Ars Obscura

DU MÊME AUTEUR

Dominium Mundi – Livre I, Critic, 2013
Dominium Mundi – Livre II, Critic, 2014
L'Effet domino, Bragelonne, 2017
Tepuy, Critic, 2020
Sorcier d'Empire – Ars Obscura, Livre I, Denoël, 2023
Second Sorcier – Ars Obscura, Livre II, Denoël, 2023
Sorcier Empereur – Ars Obscura, Livre III, Denoël, 2024

L'Appel de Cthulhu illustré, Bragelonne, 2017
Les Montagnes hallucinées illustré T1, Bragelonne, 2019
Les Montagnes hallucinées illustré T2, Bragelonne, 2020
L'Abomination de Dunwich illustré, Bragelonne, 2022
L'ombre sur Innsmouth illustré, Bragelonne, 2024

François Baranger

Ars Obscura

LIVRE IV

Sorcier de Sang

LUNES D'ENCRE
DENOËL

DANS LE TOME PRÉCÉDENT...

Éthelinde, Ludwig et Mathurin se rendent en Égypte afin de tenter de mettre la main sur les cristaux d'uchronite d'Élégast et d'en apprendre davantage sur l'événement catastrophique qui a fait dévier l'Histoire de son cours, et que les *Magi Karoli Magni* nomment « l'Anomalie ». Durant leur traversée de la Méditerranée, ils se lient d'amitié avec Loukás, le capitaine du navire et riche négociant. Dès leur arrivée, Loukás les aide à reconstituer le parcours et les recherches archéologiques de Charles Ordant, le père d'Éthelinde, lorsqu'il accompagna Napoléon seize ans plus tôt sur la terre des pharaons.

En Russie, Nicolas Romanov ourdit l'assassinat de son frère, Alexandre Ier, grâce à son ancien maître, Ivan Khanybekov, transformé en marionnette sans âme entre les mains de Vakt, le sorcier qui repose dans les cryptes du palais d'hiver. Une fois intronisé tsar à la place de son frère, Nicolas comprend rapidement qu'il n'exercera que l'apparence du pouvoir, vivant dans la terreur de se voir à son tour phagocyté par Vakt. Sans parler des déconvenues sur le front face aux Français ; la septième coalition a trop tardé à repartir à l'offensive après Waterloo, laissant à Élégast le temps de reconstituer les forces militaires de l'Empire.

Joachim Lavès, nommé à la sécurité du château de Vincennes afin de veiller sur les installations du Sorcier Empereur, rumine sa haine contre son oncle Irénion. Cherchant à exploiter la ruse et les penchants brutaux du jeune homme, Élégast le promeut à la tête d'une compagnie spéciale de la Garde hermétique avec pour mission de retrouver Ludwig Arcerese. L'enquête qu'il mène lui permet de découvrir l'existence de l'ordre des *Magi Karoli Magni* et d'une certaine Lithian.

Après avoir presque perdu la raison lors de la bataille de Waterloo, Leandro veille désormais sur Azra, la jeune bohémienne qu'il a secourue alors qu'elle agonisait dans la forêt. Il accepte de l'accompagner à travers l'Europe en direction de la Russie, afin de l'aider à se venger d'Irina Uliatine. Une fois sur place, ils enlèvent un employé du palais d'hiver dans l'intention de lui soutirer des informations sur la *grafinia*. C'est Pavel Laptev, le pion de la Faction rouge sur lequel l'« imprégnation » par sang de résurgion n'a pas fonctionné, et qui craint constamment d'être percé à jour et exécuté. Bien qu'effrayé par ses ravisseurs, Pavel saisit cette occasion et propose à Azra de les aider à piéger Irina si, en retour, elle et Leandro lui prêtent leur concours pour organiser sa fuite de Russie, avec son père et son ami Sergueï.

Le mouvement de résistance fondé par Irénion Brégante, qui s'est installé dans une vallée reculée des Pyrénées, ne cesse de gagner en importance et commence à ressembler à une véritable armée. Soucieux de montrer qu'il ne s'oppose pas à l'usurpateur Élégast uniquement dans le but de prendre sa place, Irénion confie le commandement de ses troupes à Gratien Radony, le jugeant plus légitime que lui à ce poste, notamment parce que celui-ci avait fait partie de la conjuration de Beaumont contre le sorcier. Mais les deux hommes s'entendent mal, et des dissensions apparaissent rapidement entre eux, en particulier au sujet de la manière de combattre les régiments commandés par le colonel Villard, envoyés par Élégast pour arrêter la résistance.

En Égypte, Ludwig, Éthelinde et Mathurin sont parvenus à localiser le camp anglais érigé autour du mausolée où se trouvent les cristaux cérulés générés par Élégast lors de son apparition dans cette époque. Alors qu'ils s'y introduisent clandestinement, dans l'intention de dérober ces précieuses pierres, ils sont surpris par un *éfrit*, un *djinn* maléfique, qui semblait les attendre. Éthelinde se retrouvant en mauvaise posture face à la créature, Mathurin se précipite à son secours, en rappelant au *djinn* le marché qu'ils avaient conclu ; mais, en s'interposant, il est blessé à mort. Éthelinde n'a d'autre choix que de fuir en l'emmenant, laissant Ludwig affronter seul l'*éfrit*. Mathurin agonise peu après dans les bras de la jeune femme en révélant la terrible trahison qu'il a commise par amour pour elle.

Après avoir fait jeter en prison Agnès Cassandrie, l'ancienne compagne d'Irénion, afin de disposer d'un moyen de pression sur ce dernier, Joachim, à la tête de sa nouvelle compagnie, est parvenu à capturer Jorge, le grand maître des M.K.M. Cependant, durant l'attaque, il n'a pu empêcher l'incendie de la précieuse bibliothèque de l'ordre, ni la fuite de Lithian.

Dans la région des Pyrénées désormais contrôlée par la résistance, Irénion affronte les troupes impériales menées par le colonel Villard lorsqu'une résurgence d'un nouveau genre apparaît entre les deux armées, une bulle noire qui ne semble pas devoir se refermer… Devant la gravité de la menace, Irénion, contre les ordres de Radony, propose à Villard de s'allier temporairement afin de détruire les monstres qui s'échappent de la résurgence. Lorsqu'il revient au camp de base de la résistance, il confie à sa nouvelle compagne, Eleanor Rockwell, ses inquiétudes quant à sa relation tendue avec le général Radony. L'Américaine s'est ralliée à la résistance et travaille à améliorer leurs armes.

En Égypte, sur la recommandation de Loukás, Éthelinde engage des Bédouins afin d'aller à la rencontre d'un ermite vivant au cœur du désert du Sinaï, qui lui apprend comment lutter contre un *éfrit*. Avec l'aide de la cheffe de cette tribu, dont elle est devenue une amie, la jeune femme réussit à libérer Ludwig du camp britannique. Tandis que celui-ci se remet chez Loukás des semaines de torture qu'il a subies, Éthelinde parvient à retrouver l'accès secret que les Russes avaient creusé à l'insu des Anglais jusque dans les profondeurs du mausolée. Grâce à ce passage dérobé, ils arrivent à s'introduire dans les ruines maudites, mais, surpris avant d'avoir pu emporter les cristaux, Ludwig se voit contraint de les détruire sur place, provoquant une catastrophe qui anéantit le camp d'Al-Bahariya.

Ce bouleversement ésotérique est aussitôt ressenti par Élégast, qui comprend qu'il ne pourra dorénavant compter que sur les cristaux de Mérovée, bien moins puissants pour lui. Revenu à Vincennes après avoir quitté le front, il interroge puis exécute le vieux Jorge, avant de s'employer à retourner Agnès contre Irénion.

Azra, aidée de Leandro et Pavel, tend à Irina Uliatine une embuscade qui tourne mal et les force à prendre la fuite. Pire, la comtesse sait désormais que Pavel a le don de transmuter les cristaux d'uchronite afin de les rendre universels ! Elle, qui ne dispose pas d'une grande puissance ésotérique, tient à retrouver ce garçon à tout prix et se lance aussitôt à leur poursuite. Mais, durant cette traque, elle tombe dans un piège et se voit arrêtée par la Garde hermétique. Jetée dans les geôles de Vincennes, elle subit un interrogatoire éprouvant mené par le Sorcier Empereur en personne, au cours duquel elle entrevoit son immense réserve de cristaux. Plus tard, une fois libérée par l'agent spécial Kamenev envoyé par Nicolas Ier, elle se refuse à repartir vers la Russie et met sur pied un plan pour dérober l'uchronite d'Élégast.

Appelé au secours par Agnès, Irénion se rend secrètement à Paris. Il en profite pour retrouver Ludwig, Éthelinde et Lithian afin d'échanger leurs informations. Il leur apprend l'existence de Pavel Laptev, un jeune Russe en fuite, recherché activement par les forces d'Élégast parce qu'il saurait rendre les cristaux universels. Ludwig se lance sans attendre sur ses traces, soucieux d'empêcher le Sorcier Empereur de le retrouver en premier. Lorsque Irénion se présente au rendez-vous fixé par Agnès, il comprend qu'on lui a tendu une embuscade et ne parvient à s'enfuir que de justesse.

De retour au camp de la résistance, il se voit aussitôt arrêté par le général Radony, victime d'une machination qui l'a fait passer pour un traître.

Ludwig réussit à retrouver Leandro qui lui avoue que, par jalousie, il a livré Pavel à la Garde hermétique. Rongé par la culpabilité, l'Espagnol accepte de l'aider à faire évader le jeune homme. Il trouve la mort dans cette opération. Une fois seul avec Pavel, Ludwig s'aperçoit avec stupéfaction que celui-ci inhibe la magie par sa seule présence. Conscient de l'avantage considérable que ce talent pourrait leur conférer dans leur lutte contre Élégast, il parvient à convaincre le jeune Russe et Azra, sa compagne, de le suivre jusqu'au camp de la résistance.

De retour dans les Pyrénées, Ludwig propose au général Radony un plan pour piéger Élégast, grâce au pouvoir inespéré de Pavel. Le militaire consent à lui fournir les hommes qu'il demande, mais Ludwig attend le procès pour trahison d'Irénion avant de quitter le camp. Cependant, un coup de théâtre clôt inopinément l'affaire : le délateur, à la solde des Russes, a été confondu, et Irénion, lavé de tout soupçon. Honteux d'avoir été abusé, le général Radony rend le commandement à Irénion qui, cette fois, l'accepte. Cet épisode l'a changé ; il décide qu'il doit désormais assumer son rôle de chef, militaire et politique, à la conquête du pouvoir.

Circonspect, mais désireux d'en finir avec Ludwig, le Sorcier Empereur honore le rendez-vous que celui-ci lui a fixé. Bien que certain de vaincre son ancien demi-frère, il soupçonne un piège et envoie Joachim fouiller les bois alentour. Ludwig est venu, comme convenu, mais Élégast constate qu'il est accompagné de Pavel. Ravi à l'idée de le capturer, il ne se méfie pas de ce garçon à l'apparence si inoffensive. Après quelques échanges acerbes avec Ludwig, Élégast lance une puissante attaque magique… à laquelle l'ex-mercenaire parvient à résister ! Le sorcier craint soudain de l'avoir sous-estimé.

À ce moment, Joachim sort des bois en tenant Azra, un couteau sous la gorge. Désormais sûr de lui grâce à cet avantage, Élégast ordonne à Pavel de s'approcher afin de faire une démonstration de transmutation d'un cristal. C'était l'occasion que Ludwig attendait. Il se jette sur le sorcier, subitement incapable de lancer un sort, et une lutte physique s'engage.

De son côté, profitant de l'effet de surprise, Azra parvient à se libérer de l'étreinte de Joachim et le poignarde dans le ventre. Toujours aux prises avec Élégast, Ludwig, guidé par l'esprit de la reine Mab, trouve en lui les ressources ésotériques pour vider le sorcier de tous ses pouvoirs. Le phénomène cataclysmique les projette tous les deux dans l'Entre Monde, où Ludwig aperçoit temporairement sa femme et sa fille. Il prend conscience que l'événement a également rendu sa liberté à Mab, la renvoyant dans l'*Alter Mundus*.

Lorsqu'ils reviennent dans le Monde Naturel, l'ex-mercenaire laisse Élégast partir. Vaincu, celui-ci n'est plus rien. Maintenant qu'il l'a définitivement privé de ses pouvoirs, Ludwig juge qu'obliger l'ancien Sorcier Empereur à vivre une simple existence de mortel constituera une punition bien pire que la mort.

De retour en Russie après la réussite partielle de son opération visant à dérober les cristaux d'Élégast, Irina comprend que Nicolas Ier a été phagocyté par Vakt. Jouant le tout pour le tout, elle propose au sorcier antique de la laisser devenir sa concubine, malgré tout le dégoût que lui inspirent la dépouille desséchée ainsi que les marionnettes non mortes qui l'entourent.

Maintenant que l'usurpateur est tombé, Irénion Brégante retourne à Paris afin de s'emparer du pouvoir. Il assiège sans délai le château de Vincennes dans l'intention de démanteler la Garde hermétique et de récupérer les cristaux que le sorcier s'était appropriés. Mais Joachim, agonisant, lui résiste et se retranche en haut du donjon avec Agnès comme otage. Lorsqu'il est abattu, il entraîne dans sa chute la malheureuse, qui se tue sous les yeux d'Irénion. Fou de douleur, celui-ci parvient néanmoins à trouver la force de poursuivre sa conquête du pouvoir afin de ne pas laisser la France s'effondrer.

L'une de ses premières décisions consiste à envoyer sur le front nord Villard et Radony dans le but de prendre le commandement de la Grande Armée et de réorganiser les défenses face à la coalition. Ceux-ci arrivent juste à temps pour assister à une nouvelle attaque lancée par les Russes. À leur grand effroi, ils constatent que, parmi les troupes ennemies, se trouvent des résurgions…

Chapitre treizième

OLATHENA

Nur 20, Ereth 124

Archipel de Nhâle, Hursëlïnh, midi.

Du sommet du roc de Palûn, le point le plus élevé des falaises bordant le fleuve, les centaines d'îles du pays de Nhâle s'étendaient à perte de vue. Olathena aimait venir s'isoler en ce lieu difficile d'accès et laisser son regard errer d'une île à l'autre. Peu d'Alôs s'aventuraient jusque-là. Trop haut, trop escarpé, trop loin de l'eau. Durant l'escalade, la roche râpait les pieds et blessait les mains. Pourtant, Olathena réalisait souvent cette ascension jusqu'à l'extrémité de l'étroit éperon minéral où elle disposait de tout juste assez de place pour s'asseoir sous les maigres arbustes qui parvenaient à pousser dans les fissures de la pierre. L'ombre dispensée par leur feuillage était la bienvenue les jours où Unlï dardait des rayons trop ardents. Là, elle parvenait à trouver une certaine sérénité lorsque la vie bruyante et constamment animée de l'archipel lui pesait. Cependant, même à une telle hauteur, le brouhaha de l'activité des Alôs se percevait encore et il était impossible de l'oublier vraiment.

Vus de l'éperon, les innombrables navires à la surface du Söthsÿn, petits ou grands, luxueux ou modestes, paraissaient frêles et insignifiants face à la majesté du fleuve dont les eaux scintillaient dans la lumière d'Unlï comme une rivière de cristal. Avec une telle effervescence, un voyageur découvrant ce panorama aurait pu croire ces îles très peuplées ; en réalité, les Alôs n'étaient pas si nombreux. Quelques milliers d'individus tout au plus, répartis sur un vaste territoire. Davantage une grande tribu qu'un peuple si l'on était honnête, même si le Conseil docte aimait prétendre le contraire. Hursëlïnh était parcourue de quantité de fleuves, tous habités par des peuples divers ; mais, bien que le Söthsÿn fût le plus grand d'entre eux – le mythique « fleuve-monde » –, les Alôs ne s'étaient jamais étendus au-delà de l'archipel de Nhâle, qui se déployait très en amont du cours d'eau, là où celui-ci ne mesurait qu'à peine six cents brasses de large.

Olathena étendit ses jambes et se laissa aller en arrière contre le tapis de mousse dans son dos qui lui offrait un dossier naturel. En cette saison, le soleil ne dispensait qu'une douce chaleur qu'elle aimait sentir sur sa peau. Même la roche sous ses jambes nues demeurait fraîche. D'ici à la fin du mois de Nur, ses rayons seraient si intenses que les Alôs passeraient autant de temps que possible dans l'eau. Elle écarta ses longs orteils afin d'étirer leur membrane et soupira d'aise.

En bas, les souffleurs de conque sonnèrent le mi-jour. C'était le signal de la fin du travail pour les pêcheurs de fond – passé ce moment, l'intensification du courant du Söthsÿn rendait cette tâche trop dangereuse.

Olathena était l'une des rares femmes à pratiquer la pêche en eaux profondes – exploit remarquable compte tenu de la différence de capacité respiratoire avec les hommes. Elle savait que cette particularité suscitait chez certains Alôs autant d'admiration que de jalousie, et les commères les plus médisantes prétendaient qu'elle ne devait ce talent qu'à son physique imposant, plus mâle que féminin. Olathena n'y prêtait aucune attention – sa féminité ne semblait point douteuse si l'on en jugeait par les avances dont elle était régulièrement l'objet. En réalité, elle ne devait ses compétences en eaux profondes qu'à sa connaissance intime du fleuve, à sa compréhension des mouvements de celui-ci et de ses humeurs, à la symbiose qu'elle éprouvait lorsqu'elle évoluait en son sein. Là où les hommes forçaient le passage pour atteindre les fonds recelant les algues et les coquillages les plus précieux, Olathena, attentive aux infinies variations des courants, se laissait porter par le souffle intérieur du Söthsÿn et ne dépensait pas la moitié de l'énergie ni de l'air nécessaires aux autres pêcheurs pour la même tâche.

Aujourd'hui, elle ne travaillait pas. La veille, le fleuve lui avait fait l'honneur d'une pêche fructueuse, notamment en algues pourpres fines, appréciées comme condiment raffiné, et surtout en brocques bleues, coquilles plus difficiles à trouver en raison de leur petite taille, qui, une fois réduites en poudre, entraient dans la composition d'un baume très prisé des plus fortunés, supposé entretenir la beauté. La vente de cette excellente pêche avait rapporté à Olathena de quoi les nourrir, elle et Olunemi, pendant au moins huit jours. Bien sûr, il n'était pas question de demeurer aussi longtemps sans travailler, mais elle n'avait pas volé une journée de repos.

En songeant à son fils, Olathena jeta machinalement un coup d'œil en contrebas, le cherchant du regard. Peine perdue ; d'un point de vue si élevé, elle ne pourrait le reconnaître. Ce matin, après avoir avalé son petit déjeuner, le jeune garçon avait filé retrouver ses amis. À son âge – bientôt neuf ans – Olathena travaillait déjà tous les jours. Toutefois, elle se refusait à lui infliger ce fardeau. Au moins tant qu'elle pourrait l'éviter. Depuis la mort de son mépê, Erniûl, l'an passé, elle était toujours parvenue à subvenir à leurs besoins par son seul travail. La mort d'Erniûl l'avait dévastée et elle se doutait qu'il devait en être de même pour Olunemi, bien qu'il ne le montrât guère. Toutefois, si elle avait toujours veillé à ce qu'il ne manquât de rien depuis le drame, elle avait conscience de ne pas lui accorder toute l'attention dont il avait besoin, accaparée qu'elle était par le travail et les tâches domestiques. Et, au fond, elle savait que son chagrin avait mis quelque distance entre eux.

Alors, Olunemi passait le plus clair de son temps avec ses amis – pas toujours très fréquentables –, à jouer, chercher l'aventure et, surtout, commettre des bêtises. À plusieurs reprises, ces derniers mois, Olathena avait dû aller le chercher à la karûknû. La « maison de la honte » portait bien son nom, car, chaque fois qu'elle avait été contrainte de s'y présenter, Olathena avait été mortifiée de venir récupérer son fils là où l'on jetait ceux dont le comportement avait été jugé répréhensible par la garde, sans toutefois mériter la prison. Pour le moment, il ne s'agissait que de broutilles de son âge, sans conséquence. Mais pour combien de temps ? Pourtant, même si elle le sermonnait toujours, elle ne pouvait se résoudre à le punir ni à lui interdire de sortir, rongée par la culpabilité de ne pas lui prodiguer toute l'attention – ni même l'amour – qu'une mère devait à son enfant.

Un vacarme soudain, mêlant froissement d'ailes et caquètements, retentit tandis que des dizaines de galtâans à trois queues quittaient les anfractuosités de la falaise où ils nichaient et s'éloignaient à tire-d'aile. Olathena se releva aussitôt ; un prédateur avait dû les effrayer. Elle posa la main sur le manche du long couteau à sa ceinture, qui ne la quittait jamais. Même si, dans la région, peu de créatures sauvages présentaient un véritable danger pour un elvëm, on n'était jamais trop prudent. Après quelques instants, elle vit finalement déboucher d'un bosquet deux jeunes Alôs, un garçon et une fille, qui, suivant le chemin qui longeait la bordure de la falaise, cherchaient des œufs de galtâans. Le garçon portait un long rouleau de corde à l'épaule qui lui permettait de descendre jusqu'aux nids et la fille, un panier à couvercle. Les deux jeunes gens sursautèrent en découvrant Olathena et s'immobilisèrent. Celle-ci se détendit et lâcha le manche de son couteau. Par politesse, elle leur adressa un salut de la tête, auquel ils ne prirent pas la peine de répondre. Le garçon, vexé d'avoir été brièvement effrayé par une femme, lui lança insolemment : « Alors Olathena, tu as vu des humains sur ton perchoir ? »

Sa compagne s'esclaffa puis, comme Olathena les toisait sans répondre, ils s'éloignèrent en ricanant.

Elle n'ignorait pas que, dans son dos, beaucoup riaient d'elle au sujet de ses idées sur les humains. Car Olathena croyait à leur existence. Elle était persuadée que toutes les légendes les concernant recelaient une part de vérité et que ces créatures mythiques vivaient dans un monde étrange qui communiquait parfois avec le leur. Toutes sortes de contes rapportaient même les visites que certains d'entre eux rendaient aux elvëms dans les temps anciens, même si aucun n'avait été aperçu depuis des cycles et des cycles, au point que la plupart des gens sensés les considéraient désormais comme des êtres mythiques.

Olathena avait entendu ces récits dans son enfance, comme tous les Alôs, mais son intérêt pour les humains s'était réellement éveillé le jour où elle avait découvert les fresques de la « Gorge-aux-Humains ». À quelques jours de marche de l'archipel, un ancien affluent du Söthsÿn, depuis longtemps asséché, avait creusé des gorges sinueuses, désormais envahies par la végétation. Là, protégées des intempéries par un auvent naturel de pierre, se trouvaient plusieurs grandes peintures à demi effacées montrant des humains dans différentes scènes, de chasse, de joute, de festin ou de danse. Nul ne savait qui les avait peintes ni pourquoi, et encore moins à quelle époque, et tout individu rationnel les considérait comme de simples visions fantaisistes imaginées par un artiste aujourd'hui oublié. Images fantasmagoriques de créatures mythologiques qui servaient tantôt à faire peur aux enfants, tantôt à les émerveiller.

La première fois qu'Olathena avait observé ces fresques, elle avait été frappée par la similitude physique entre les humains et les Alôs. Elle ignorait si, chez les humains, les différences morphologiques entre les peuples étaient aussi marquées que chez les elvëms, ou s'ils se ressemblaient tous dans leur monde, mais, en dehors de leur peau rose au lieu de grise, de l'absence de membranes nageantes entre les doigts et sous les bras, d'oreilles plus grandes et de leur taille supérieure, les humains n'étaient guère différents des Alôs.

En découvrant ces représentations, la jeune fille s'était sentie étrangement attirée par ces êtres à la fois si mystérieux et si proches d'eux, et s'était persuadée qu'ils existaient pour de bon. Les années passant, à force de railleries à ce sujet, elle avait appris à garder ses réflexions pour elle, mais ses congénères n'abandonnaient pas un bon sujet de moquerie aussi facilement. Elle était « la folle aux humains ». Olunemi lui en voulait pour cela aussi, car, bien évidemment, ces persiflages mesquins lui retombaient dessus et le poussaient parfois à provoquer des bagarres avec d'autres garçons.

Les Alôs n'étaient pas un peuple très éduqué et personne dans l'archipel ne possédait le moindre livre ou rouleau du savoir. Aussi, Olathena ne perdait jamais une occasion d'interroger les voyageurs de passage ou les marchands ambulants sur les humains, espérant toujours en apprendre davantage à leur sujet. Elle rêvait parfois de quitter le pays de Nhâle pour se rendre dans une grande ville, ou même à Opälvyr, la cité-mère, afin d'y trouver quelque érudit qui pourrait lui en apprendre davantage que les vieux conteurs-chanteurs étroits d'esprit de la tribu. Mais une simple pêcheuse alôs de l'amont du Söthsÿn, aussi douée fût-elle, n'était pas faite pour arpenter les routes d'Hursëlïnh. Elle ne connaissait rien au grand monde, elle qui n'avait jamais voyagé plus loin que les premiers villages à sept boucles en aval. Alors elle se contentait d'aller scruter les fresques de la Gorge-aux-Humains aussi souvent que possible, s'absorbant dans leur contemplation, cherchant à oublier le poids de son quotidien par un voyage en pensée dans ce monde recelant probablement mille merveilles, espérant toujours découvrir dans ces peintures délavées un détail important qui lui aurait échappé depuis des années.

Le garçon et la fille se trouvaient désormais hors de vue. Olathena n'avait plus envie de méditer sur l'éperon de Palûn ; leurs ricanements lui avaient gâché le plaisir. Debout au bord du roc, les orteils dans le vide, elle fixait l'eau quatre cents pieds plus bas. Parfois, elle était tentée de plonger d'ici, juste pour voir si elle survivrait. N'importe quel Alôs trouverait la mort dans une telle tentative. De cette hauteur, l'eau devenait aussi dure que de la pierre. Cependant, il arrivait à Olathena de se demander si le fleuve ne ferait pas une exception pour elle, si elle ne saurait pas *entrer* dans ses flots sans se tuer, même à une telle vitesse. Elle secoua la tête afin de chasser ces pensées déraisonnables et prit la direction du chemin qui redescendait par l'intérieur des terres, celui-là même qu'avaient emprunté les deux jeunes gens qui l'avaient surprise. Le trajet serait bien plus long que l'escalade en ligne droite, mais, autant Olathena aimait monter sur les falaises, autant les descendre l'ennuyait.

Son retour au niveau du fleuve prit plus de temps que d'habitude, l'une des sangles de ses sandales de cuir s'étant rompue à mi-chemin. Après quelques minutes de nage, elle atteignit la crique principale de son îlot-village, Iâlh-Mehty. Contrairement à beaucoup de villages alôs, celui-ci se dressait principalement sur pilotis – seuls les bâtiments communs étaient érigés sur les parties émergées de l'îlot et de nombreuses passerelles reliaient les autres entre eux. Avant de rentrer chez elle, Olathena se rendit chez le maître broyeur, non sans saluer quelques amis sur le chemin.

« L'eau sur toi, lança-t-elle à Sâv en entrant dans son atelier. Alors, as-tu tiré une bonne poudre de ces brocques bleues ?

— L'eau sur toi, bougonna Sâv sans lâcher le lourd pilon qu'il manipulait. Elles n'ont pas tenu toutes leurs promesses. Je n'en ai pas obtenu autant que je l'espérais, et leur bleu n'était pas si éclatant. »

Sâv, le maître broyeur du village, n'était pas assez grand pour faire un bon pêcheur, mais ses larges épaules et ses bras épais le prédisposaient à écraser les coquilles les plus dures. Bien qu'il parût toujours de mauvaise humeur, il était honnête en affaires. C'était important pour Olathena qui ne pouvait se permettre de brader sa pêche.

« Allons, tempéra-t-elle en souriant, tu en tireras toujours plus que les quatre calots de plomb que tu me les as payées !

— Un prix bien trop élevé, tu veux dire ! Tu en profites, car tu sais que je n'ai pas le cœur à barguigner sur les prix avec une veuve qui se traîne un marmot.

— Ah, Sâv, ce cœur te perdra, à n'en pas douter ! »

Le maître broyeur posa soudain son pilon au fond de son mortier et se tourna vers elle.

« Ne te moque pas, pêcheuse, ou bien tu devras trouver quelqu'un d'autre pour acheter tes coquilles ! »

Puis, comme Olathena continuait de rire, il finit par se joindre à elle.

« Je t'offre un verre de liqueur ? fit-il en se levant de son tabouret pour s'étirer. Mes vieux os ont besoin d'une pause.

— Merci, Sâv, mais il ne faut pas que je tarde. Je dois préparer le repas pour Olunemi… enfin, si je le vois ce soir. Il passe de plus en plus de temps dans les îles Tierces à s'amuser avec ses amis et, parfois, il en oublie de rentrer. »

Sâv plissa les paupières.

« Les îles Tierces ? Que des villages de coquins par là-bas. Tu devrais te montrer plus sévère avec ton fils, Olathena, si tu ne veux pas qu'il finisse mal. »

Gênée, la jeune femme baissa la tête et Sâv toussota.

« Ah, je parle toujours sans réfléchir. Je me doute que cela ne doit pas être facile depuis la mort d'Erniûl. Je suis sûr que tu fais de ton mieux.

— Je me rends bien compte qu'il ne suit pas un bon chemin, dit-elle finalement. Pourtant je n'ai pas le cœur à le punir.

— Peut-être devrais-tu te trouver un nouveau mépê ? Tu es jeune et tu as une réputation parmi les pêcheurs, les bons partis ne doivent pas manquer ! »

Olathena tâcha de sourire.

« J'ai eu des propositions, oui. Mais... je ne me sens pas prête...

— Cela fait plus d'un an, Ola. C'est plus qu'assez pour un deuil. »

La pêcheuse inspira longuement, puis adressa un nouveau sourire à Sâv.

« Je t'ai assez fait perdre ton temps, maître broyeur ! Je repasserai lorsque j'aurai de nouvelles coquilles pour toi ! »

Sâv fronça les sourcils, mais Olathena avait déjà tourné les talons.

« Tu sais que tu peux passer me voir même quand tu n'as rien à me vendre, jeune fille ! »

IRÉNION

15 février 1816

Près de Charleroi, Belgique, l'après-midi.

« Lorsque je vis cette infernale marée de résurgions déferler vers nous, je dois avouer que je crus sincèrement notre dernière heure venue et je songeais que celle de l'Empire sonnerait peu après. »

Le colonel Maximilien Villard, pourtant d'un naturel peu démonstratif, peinait à dissimuler son émotion à l'évocation de la bataille de Tournai, menée deux mois plus tôt aux côtés du général Radony, à soixante-dix kilomètres de là. Ses traits fatigués et la grisaille de ses cheveux le faisaient paraître plus âgé que ses cinquante-cinq ans ; quant à sa voix, la consommation régulière d'alcool la rendait plus rocailleuse que jamais. Cependant, même lorsqu'il lui arrivait d'abuser de la boisson, son jugement n'était en rien altéré, et Irénion lui conservait toute sa confiance.

« Si, à mon arrivée sur le front quelques jours plus tôt, je n'avais ordonné de garder constamment les troupes en alerte jusqu'à nouvel ordre et si, par un heureux concours de circonstances, le général Radony ne nous avait rejoints la veille avec dix mille hommes issus des bataillons spéciaux de la résistance et donc équipés d'armes appropriées, notamment de fusils Leyde, je n'eusse pas donné cher de notre peau. »

Une bonne vingtaine de colonels et sept ou huit généraux écoutaient Villard donner le récit de la « bataille des résurgions », entourés des nombreux aides de camp installés un peu à l'écart, sur les côtés du grand salon. Tout ce que le front nord comptait de hauts gradés avait été rassemblé pour la venue du Premier consul.

Irénion tira sur son col tout en prenant une longue inspiration, qu'il s'efforça de rendre discrète afin de ne pas troubler le compte rendu de Maximilien. La chaleur qui régnait dans cette pièce exposée au sud et pourvue de larges fenêtres était étouffante. Lors de la chute d'Élégast, deux mois plus tôt, les températures paraissaient déjà singulièrement élevées pour la saison. Aujourd'hui, ce mois de février aurait pu passer aisément pour un mois de juin. Ces conditions météorologiques anormales inquiétaient tout le monde, et chacun cherchait une explication. Irénion ne pouvait s'empêcher de songer qu'il s'agissait peut-être là d'un mauvais tour de Vakt, une autre façon de frapper ses ennemis, par des moyens non naturels. Lorsqu'il avait soumis cette hypothèse à Éthelinde, la naturaliste n'avait pas semblé convaincue que le sorcier russe fût capable d'une telle prouesse, tout en admettant que cette anomalie climatique trouvait probablement sa cause dans l'excès de l'utilisation de l'Art Obscur ces dernières années. Un effet délétère de plus de cette magie, en somme, sans qu'elle puisse le prouver de manière définitive.

Cette chaleur inaccoutumée suscitait une grande préoccupation dans la population, en particulier celle des campagnes, car elle s'accompagnait d'une alarmante absence de précipitations. Or, sans les pluies de la saison froide, une terrible sécheresse était à craindre à la prochaine saison chaude. D'après le ministre de l'Agriculture et du Commerce récemment nommé par Irénion, faute de pluies abondantes d'ici au printemps, la famine frapperait le pays avant la fin de l'année. Si ce phénomène était l'œuvre du Sorcier d'Empire, alors il avait décidé de mener la guerre sur tous les fronts : après les champs de bataille, les champs de blé ! Terrifiante perspective !

Villard poursuivait : « L'armée qui se ruait sur nous était composée d'un assemblage hétéroclite de fantassins russes et anglais – qui, d'après ce que nous révélèrent par la suite les rares prisonniers capturés, n'avaient pas été entraînés à combattre auprès de ces abominations – et de membres de cette Faction rouge, dont nous ignorions l'existence à l'époque, dirigeant les résurgions. Comme nous nous tenions prêts à toute éventualité, la canonnade commença dès le début de l'assaut. Conformément à leur habitude, les Russes ne semblaient point se soucier de la vie de leurs hommes ni même de leurs monstres, et nos boulets perpétrèrent un terrible carnage dans leurs rangs le temps qu'ils franchissent les quatre cents mètres qui les séparaient de nous. Pourtant, leur nombre était tel que nos lignes faillirent être submergées. »

Ce conseil de guerre exceptionnel avait été réuni dans la salle de réception d'une maison de maître, demeure d'un grand bourgeois local, réquisitionnée par l'état-major dès que le front s'était fixé dans cette région de la Belgique, un peu au sud de Charleroi. La bâtisse était de construction récente et sa décoration ne dérogeait pas au style impérial mis à la mode par Napoléon. L'excès de dorures et de tentures brodées déplaisait à Irénion qui se prenait souvent à regretter la vie simple et rude des casernes, ou même du camp de la Gaoube.

Le compte rendu de Maximilien était très attendu. Si le récit de cet affrontement circulait déjà parmi les troupes, la plupart des officiers doutaient de sa véracité, croyant à des affabulations ou à des exagérations. Irénion, lui, avait eu droit à un rapport détaillé dès le lendemain.

Sur la grande table centrale, recouverte de cartes du front, plusieurs montrants-à-distance avaient été disposés afin de permettre à certains généraux, stationnés trop loin de la Belgique, et surtout au Deuxième consul Aurières, demeuré à Paris, de suivre ce conseil de guerre. L'installation des imposants appareils avait été assurée par des ingénieurs de la toute nouvelle Division arcanique des armées, remplaçant la Garde hermétique du Sorcier d'Empire depuis la dissolution de celle-ci. Les images évanescentes des bustes des généraux qui flottaient dans chacune des larges bouteilles carrées jetaient sur les cartes de tremblotantes lueurs verdâtres.

« Depuis le sommet de la colline de commandement, nous étions effarés par ce spectacle innommable. Bien que j'eusse passé des semaines à lutter contre les abominations expulsées de la bulle noire permanente qui sévit à Vic-Fezensac, rien n'aurait pu me préparer à me retrouver face à des milliers de ces répugnantes malebêtes délibérément lancées contre nous. Les soldats de la Faction rouge, revêtus de leur détestable uniforme, les dirigeaient au moyen d'étranges laisses tressées de fils luisants ou bien se contentaient de les suivre à pied ou à cheval, hurlant d'ignobles borborygmes visiblement destinés à les aiguillonner. À de rares occasions, j'en aperçus même qui *montaient* certains de ces monstres ! »

Villard s'interrompit un instant, secouant la tête comme s'il peinait lui-même à croire à son propre récit.

« Nos braves soldats tinrent bon face à cette vague méphitique et très peu s'enfuirent, même lorsque certains de ces démons parvenaient à franchir nos défenses et semaient la mort dans nos rangs avant d'être enfin abattus. Les fusils crachaient sans relâche leurs projectiles et l'odeur âcre des ampoules Leyde saturait l'atmosphère. La mitraille conventionnelle n'était presque d'aucun secours, sauf à concentrer un feu nourri sur chacune des créatures ; en revanche, l'efficacité des fusils Leyde se vit, une fois encore, confirmée. Sans ces armes, nous eussions été décimés. »

La voix d'Aurières s'éleva, rendue nasillarde et lointaine par l'évent sonore du montrant-à-distance :

« *Colonel Villard, au terme de cette bataille, avez-vous exterminé tous les résurgions de l'ennemi ou bien celui-ci a-t-il ordonné la retraite lorsqu'il a compris que la partie était perdue ?* »

Ce fut Gratien Radony qui répondit, en fixant l'image verdâtre tremblotante derrière le verre épais du montrant-à-distance, comme si Aurières se fût réellement trouvé en face de lui. Depuis la réorganisation de la hiérarchie, il avait été confirmé au poste de chef d'état-major.

« Aucune retraite n'a été sonnée, monsieur le Deuxième consul. Les Russes ont envoyé jusqu'à leur dernier fantassin et leur dernier monstre se fracasser sur nos lignes. Lorsqu'il fut évident que l'assaut échouerait, certains soldats prirent la fuite, mais pas une seule créature ne fut rappelée. Les premiers rangs de notre infanterie marchaient dans la répugnante fange de leur décomposition post mortem jusqu'aux genoux ! L'odeur pestilentielle vous retournait l'estomac à des kilomètres à la ronde.

— *S'ils ne se souciaient point de la vie de leurs monstres,* fit Aurières sur un ton préoccupé, *c'est donc qu'ils peuvent s'en procurer d'autres.* »

Villard acquiesça d'un hochement de tête : « C'est la conclusion à laquelle nous sommes parvenus, monsieur le consul. Nous savons que des résurgences permanentes sont vraisemblablement apparues également en Russie. Si tel est le cas, alors ils s'emploient sûrement à capturer toutes les malebêtes qui en sont expulsées et peuvent ainsi reformer ces bataillons contre nature avec le temps. »

Pendant un instant, Irénion craignit que quelqu'un dans l'assemblée ne suggère d'en faire autant avec les trois bulles noires permanentes surgies en France et il ne put s'empêcher de jeter un coup d'œil à Gratien Radony qui, quelques mois plus tôt, lui avait donné un tel ordre, avant de le regretter. Heureusement, celui-ci ne parut pas s'en apercevoir.

Irénion décida d'intervenir avant que cette idée déshonorante ne soit avancée.

« Si votre hypothèse est fondée, colonel Villard, dit-il, cela expliquerait pourquoi la coalition n'a pas relancé d'attaque d'envergure depuis cet affrontement. Ils attendent d'avoir reconstitué leur, euh... monstrueuse ménagerie. J'ajouterai qu'ils tâchent probablement eux aussi de tirer les enseignements de cette bataille d'un nouveau genre, afin de se prémunir contre une autre défaite lors de la prochaine.

— Il nous faudra donc nous préparer nous aussi si nous voulons l'emporter une fois encore ! » lança le général Reboust, d'un ton conquérant.

Les joues rebondies, la moustache abondamment graissée et le bicorne calé sous le bras, il venait de s'exprimer comme s'il était maître de la situation. Radony leva les yeux au ciel sans toutefois le rabrouer devant tout le monde. Reboust ne brillait pas par ses qualités intellectuelles, nul ne l'ignorait. Il avait pourtant conservé son grade et sa place, car, même s'il ne fallait pas attendre de lui qu'il mette au point une stratégie digne de ce nom, il savait en revanche faire appliquer efficacement celles que d'autres élaboraient.

« Bien sûr, général, s'agaça Radony. Nous nous y employons déjà, figurez-vous. Une fonderie de campagne vient d'être construite à Vic-Fezensac afin que nous soyons en mesure de tremper nos balles dans la résurgence qui sévit toujours là-bas. Il a été prouvé que ce procédé accroissait considérablement la létalité des projectiles sur ces créatures infernales. La production a déjà démarré et les premières livraisons sur le front devraient intervenir d'ici peu.

— Quant aux armes spéciales, ajouta Irénion, l'ingénieur en chef du ministère de l'Armement, Eleanor Rockwell, travaille d'arrache-pied à l'augmentation de la cadence de production des manufactures de Rouen, et je compte lui demander d'intensifier ses efforts. Les équipes de son bureau d'études s'attachent également à en améliorer les performances. Nous pouvons espérer obtenir quelques avantages militaires de ce côté-là. De plus, il est permis de penser que cette attaque russe n'était qu'un coup d'essai de leur part, l'expérimentation d'une nouvelle stratégie. Par chance, ils manquaient de coordination et ne s'attendaient certainement pas à se heurter à un bataillon de l'ex-résistance, en partie préparé à affronter ces monstres. Au prochain assaut, ils ne commettront pas cette erreur une seconde fois et enverront des forces en bien plus grand nombre. C'est pourquoi nous allons soumettre l'ensemble de nos troupes, quel que soit leur régiment, à un entraînement intensif au maniement de ces armes spéciales. C'est le général Reboust qui réglera les détails pratiques avec les principaux chefs d'unités. »

Irénion Brégante, Premier consul, se voyait donc contraint par les événements d'endosser à nouveau le rôle de chef militaire. Son espoir de se consacrer à la réorganisation et à la réforme de la France s'était heurté à la pugnacité de la septième coalition, et en particulier des Russes qui, désormais, y comptaient les plus gros contingents. La bataille des résurgions avait montré que l'ennemi n'avait pas renoncé et ne reculerait devant rien. L'urgence était là. Avant de rendre le pays plus démocratique, il fallait le protéger de ceux qui cherchaient à l'anéantir. Néanmoins, de son côté, le général Aurières continuait depuis le palais des Tuileries à mener des consultations avec les plus éminents juristes afin de former au plus vite un groupe de constitutionnalistes dont la légitimité serait incontestable. Cela n'empêchait pas certains esprits malveillants, souvent d'anciens admirateurs de l'Empereur ou, pire, d'Élégast, de propager d'infamantes rumeurs sur le « penchant dictatorial » du Premier consul, lui qui s'était présenté comme un authentique démocrate lors de sa prise de pouvoir.

Ainsi, depuis deux mois, Irénion avait dû se contenter de stabiliser la nation, dangereusement fragilisée par la gouvernance erratique du Sorcier Empereur. Après son allocution aux généraux, dans le salon d'Apollon du palais des Tuileries, il avait remis de l'ordre dans l'administration générale de la France en renvoyant l'intégralité des ministres – y compris ceux désignés par Napoléon et qu'Élégast avait simplement choisi de confirmer à leur poste – pour nommer des personnalités partageant ses idées modernes. Les directions générales, instaurées par Napoléon afin de limiter le pouvoir des ministres et d'affaiblir l'administration républicaine au profit de l'Empire, furent suspendues.

S'il désirait vraiment réformer le pays en profondeur, Irénion savait que ces mesures provisoires seraient insuffisantes et qu'il faudrait procéder à des changements radicaux, du Conseil d'État jusqu'aux préfectures. En attendant, il avait tout de même promulgué un décret important dès les premiers jours de sa prise de fonction : la fin de la conscription obligatoire. Même si certaines compagnies manquaient encore d'entraînement, la Grande Armée possédait de nouveau de solides effectifs et le Premier consul avait pris la décision ferme de ne plus enrôler autrement que par l'engagement volontaire. À quoi bon constituer une armée pour défendre la population si la majorité de celle-ci s'y faisait décimer ? Il lui faudrait donc l'emporter sur les ennemis de la France sans remplacer ses pertes sans cesse ; sur ce point, il fallait espérer que les armes spéciales héritées d'Élégast leur donneraient un avantage notable.

Conformément à ce qu'il venait d'annoncer au conseil de guerre, il avait également convoqué les directeurs de toutes les académies militaires et tous les camps d'entraînement afin d'accélérer la formation des nouvelles recrues, et ordonné une augmentation substantielle de l'ensemble des soldes. Après des années de guerre, les finances de l'Empire se trouvaient déjà en fâcheuse posture, mais il serait toujours temps de les assainir une fois le pays hors de danger.

Maintenant que les officiers avaient pu entendre de la bouche de Villard le compte rendu de la bataille des résurgions au lieu de devoir se contenter de récits de seconde main, et que chacun avait pris conscience de l'ampleur des difficultés qui les attendaient, le général Radony demanda à Reboust de procéder à l'état des forces en présence. En principe, les conseils de guerre débutaient toujours par cette énumération des escarmouches plus ou moins sanglantes qui avaient éclaté durant la semaine dans chaque secteur de l'immense front, mais cette fois, l'ordre du jour s'était vu bouleversé. C'était le général de brigade Reboust qui se chargeait de ce fastidieux exercice parce qu'il connaissait tous les officiers de première ligne.

Irénion ne prêta qu'une oreille peu attentive à ces échanges puisqu'il était régulièrement tenu informé des principaux accrochages à mesure qu'ils se produisaient. À vrai dire, un certain calme régnait sur le théâtre des opérations depuis la dernière bataille et le front n'évoluait guère. Au lendemain de sa dernière défaite, la coalition avait concédé un peu de terrain, et la première ligne s'était déplacée vers l'est, selon un axe vertical passant par Anvers et Bruxelles. Désormais, le gros des armées se faisait face près de Charleroi.

Au sein de la septième coalition, les rapports de force avaient, eux, en revanche, nettement évolué. À Saint-Pétersbourg, la prise du pouvoir par le sorcier russe, le mystérieux et terrifiant Vakt, n'était plus un secret pour personne. Nicolas Ier, éphémère successeur de son frère, avait prononcé une allocution en ce sens à la fin du mois de décembre devant une partie de la cour, lors de laquelle il avait déclaré – tel un automate privé de toute humanité, selon les rapports des informateurs au service de la France – que s'il conservait le titre de tsar de toutes les Russies à titre honorifique, il transférait l'intégralité de son autorité au seigneur Vakt, sorcier impérial, afin qu'il protège la nation contre ses ennemis. Ce bouleversement avait porté un coup sérieux à la coalition ; bien que celle-ci fût toujours officiellement opérationnelle, sur le terrain, l'immense majorité des troupes était désormais constituée de soldats russes. De leur côté, les Anglais s'évertuaient à tenter de reprendre le contrôle de leur île, dont ils avaient déjà reconquis la moitié nord, et avaient abandonné l'Égypte aux Ottomans. Le sultan Mahmoud II, quant à lui, demeurait prudemment en retrait de ces événements, cherchant de toute évidence le parti à tirer de cette confusion générale.

Que fallait-il penser de ce Vakt ? Telle était la question que se posait Irénion Brégante, Premier consul du gouvernement temporaire de l'Empire, depuis que le sorcier russe était devenu la principale menace pesant sur la France.

L'absence presque totale d'informations au sujet de ce ténébreux personnage le préoccupait. Lorsque Lithian avait réclamé, six mois plus tôt, de dépêcher quelques-uns des espions de la résistance en Russie afin de se renseigner sur leur sorcier, Irénion avait envoyé Catherine Lavoisin, l'un de ses meilleurs éléments. Depuis, de secondaire, la mission de celle-ci était devenue prioritaire, et il attendait avec impatience qu'elle découvre enfin qui était cet individu et, surtout, quels étaient ses éventuels points faibles.

Car il craignait ce sorcier bien davantage que n'importe quel roi ou empereur. Il avait vu de quoi il était capable.

Avant de se rendre à Charleroi, Irénion avait pris la peine de faire un détour par la plaine de Waterloo, théâtre d'une bataille déjà entrée dans les mémoires, mais à laquelle il n'avait pas assisté. Là, il avait découvert un paysage d'apocalypse : une étendue de collines et de champs autrefois verdoyants, désormais réduits en cendres, où la terre elle-même était morte, friable et poussiéreuse, brûlée sur plus d'un mètre de profondeur – plus rien ne pousserait là avant longtemps. Le sol était jonché d'une infinité d'os blancs, hommes et bêtes mêlés, à moitié ensevelis dans la boue qui les avait vus mourir ce jour-là, durcie et craquelée par la pluie de feu. Partout, des fosses communes avaient été creusées à la hâte afin d'y jeter les montagnes de cadavres qui n'avaient été que partiellement carbonisés avant qu'ils ne répandent les miasmes de la putréfaction… Cet endroit n'était pas devenu qu'un cimetière, il était la demeure de la mort elle-même. Voilà ce qui attendait le monde si l'on n'arrêtait pas Vakt.

Lorsque le conseil de guerre arriva à son terme, Irénion quitta le salon et gagna le parc du domaine. Il avait hâte de retrouver l'air libre après avoir passé plusieurs heures dans cette pièce étouffante.

De leur côté, les hauts gradés rejoignirent leurs escortes respectives qui patientaient devant la résidence cossue. Désormais, plus aucun officier d'importance ne se déplaçait sans protection, même en dehors du champ de bataille. Cette mesure était devenue nécessaire depuis que les agents russes infiltrés sur le territoire avaient adopté une nouvelle stratégie consistant à lâchement assassiner le plus grand nombre possible de hauts gradés français. Le temps que les services de renseignement comprennent ce plan indigne, plusieurs colonels et un général avaient été retrouvés empoisonnés ou égorgés dans leur lit. Ces ordres déshonorants avaient été donnés par Irina Uliatine, cela allait de soi – nul rapport de ses propres espions n'était nécessaire à Irénion pour s'en douter. La comtesse n'était au fond qu'une criminelle de bas étage et n'appliquait aucun code d'honneur, surtout pas militaire. L'escorte du Premier consul était la plus considérable de toutes, bien sûr, et Irénion avait placé à sa tête l'un de ses hommes de confiance : le capitaine Montalvant. Les gardes avaient eu pour consigne de se poster tout autour du parc, aussi Irénion était-il seul quand Yvonnius vint à sa rencontre.

« Le conseil s'est-il bien passé, Irénion ? »

Lorsqu'ils se trouvaient entre eux, les deux hommes s'abstenaient d'observer le protocole.

« Le récit de Villard a produit une forte impression sur l'assemblée. Tant mieux, chacun doit avoir conscience des périls qui nous guettent. »

Archant hocha lentement la tête ; il avait vu lui aussi la terre écorchée à Waterloo.

« Les nouvelles sont-elles si alarmantes ? »

Yvonnius connaissait Irénion mieux que personne et percevait la profonde angoisse qu'il s'efforçait de cacher aux autres.

« Les dernières informations sont sans équivoque : les Russes reconstituent leurs troupes monstrueuses avec une implacable régularité. Nul ne peut prédire quand ils seront de nouveau en mesure d'attaquer, mais chaque jour qui passe nous rapproche de cette échéance. Et si celle-ci survient avant que nous-mêmes soyons prêts, la prochaine bataille pourrait bien tourner au désastre.

— Et si les troupes de Vakt enfoncent notre ligne de défense, compléta Yvonnius, le regard sombre, elles envahiront le territoire national sans que quiconque puisse les arrêter. Des dizaines de milliers de résurgions déferlant sur le pays… je ne puis envisager pire catastrophe. »

Irénion opina à son tour. Cette idée le hantait.

« Nous repartons pour Paris dès demain, conclut-il. Une fois encore, je vais devoir demander à Eleanor d'accélérer la production des armes spéciales, alors que je sais qu'elle fait déjà tout son possible. »

EVDOKIA

16 février 1816

Palais impérial de Saint-Pétersbourg, Russie, le matin.

L'antichambre de la grande salle du trône était un salon fastueux aux murs ornés de dorures rutilantes dont les reflets teintaient d'ambre le blanc immaculé des colonnes de marbre. Plusieurs majordomes empesés se tenaient devant chacune des hautes portes, prêts à les ouvrir avec diligence dès l'arrivée d'une personnalité importante. Pourtant, hormis les dizaines de gardes alignés dans les couloirs, les lieux demeuraient vides. Il y avait peu encore, ce salon ne désemplissait jamais, débordant de membres de la cour et de notables ayant des doléances à exposer ou une plainte à formuler. Désormais, nul ne se risquait plus ici, à moins d'y être contraint. Ce qui était le cas d'Evdokia Sverela aujourd'hui.

Espionne au service d'Irina Uliatine – sa meilleure agente, aux dires de la comtesse elle-même –, Evdokia fréquentait le palais d'hiver comme courtisane depuis près d'une dizaine d'années. Elle n'avait que dix-huit ans à son arrivée. Et maintenant, après un travail efficace et loyal, elle avait été élevée à la qualité de maîtresse espionne, le même rang qu'Uliatine quelques mois plus tôt à peine, avant l'arrivée de celle-ci au sommet de l'État. Car Irina avait presque atteint son objectif de conquête du pouvoir suprême, avec une rapidité qui avait déconcerté même ceux qui savaient de quoi elle était capable : de l'autre côté de ces splendides portes, la comtesse trônait aux côtés de Vakt, Seigneur de l'Abîme, Hiérophante du *Bog Krovi*.

Assis sur les banquettes aux côtés d'Evdokia, deux hommes patientaient, convoqués ce jour eux aussi. Elle connaissait le premier, Staminir Kamenev, le chef des opérations secrètes, et venait d'apprendre le nom du second, Grigori Kokhozine, l'un de ses agents. Ce dernier se racla la gorge et changea de position nerveusement. Il paraissait si effrayé à l'idée de se trouver bientôt en présence de Vakt que des crispations sporadiques lui déformaient la bouche.

Installé à côté d'Evdokia, Kamenev, quant à lui, demeurait parfaitement immobile, maître de lui-même, comme à son habitude. Son visage dur et émacié, couvert d'impressionnantes balafres, ne trahissait aucun sentiment. Cet expert des missions d'infiltration en territoire ennemi s'était distingué en libérant Uliatine des geôles d'Élégast, puis en l'aidant à dérober au sorcier français la moitié de ses cristaux. À la suite de ces deux coups d'éclat, la comtesse avait fait retirer le commandement des opérations secrètes au capitaine Elmansky – un peu trop proche de Nicolas – pour le remettre à Kamenev qui avait gagné sa confiance.

Evdokia s'interrogeait sur la raison de cette convocation. Elle ne manquait pas de tenir la comtesse informée de l'avancée de ses investigations au sujet de Pavel Laptev – la mission prioritaire qu'elle lui avait assignée – et n'avait, à son grand regret, toujours pas de renseignement décisif à lui apporter. Depuis que l'ancien pion de la Faction rouge avait rejoint les Français et trahi son pays, de nombreux agents secrets tentaient, sous les ordres d'Evdokia, de le retrouver et de le capturer. Or, il semblait que certains de ses *talents* le rendissent si précieux qu'il ne quittait jamais l'entourage d'Irénion Brégante, le nouvel empereur français – ou plutôt, comme il fallait l'appeler, le « Premier consul ». Irina avait refusé de révéler ce qui donnait à ses yeux une si grande importance à ce garçon, mais Evdokia avait fini par le découvrir.

Cette capacité unique à transmuter les cristaux pour les rendre universels conférait une telle valeur à Laptev qu'il était aisé de comprendre pourquoi les Français lui accordaient une si haute protection. Toutefois, la raison pour laquelle celui-ci suivait le Premier consul dans tous ses déplacements demeurait mystérieuse, et nul agent n'en avait percé le secret. Pas davantage que la manière dont le jeune homme s'y était pris pour briser l'emprise mentale conférée par la transfusion sur les pions. Malheureusement, Evdokia n'avait reçu aucun renseignement nouveau sur ces différents points, et la comtesse serait déçue si elle l'avait fait mander dans cet espoir.

Evdokia coula un regard de biais au capitaine Kamenev sur sa droite, mais le visage couturé de l'agent spécial n'exprimait rien. Sachant qu'il ne répondrait à aucune question, elle n'essaya même pas de l'interroger. De toute façon, il était probable qu'il ignorât lui aussi la raison de leur présence commune aujourd'hui.

Evdokia avait été surprise par la facilité avec laquelle Vakt s'était officiellement emparé du pouvoir, deux mois plus tôt.

Le 20 décembre 1815, coiffé de la couronne impériale scintillant de toutes ses pierres précieuses, le tsar Nicolas Ier avait prononcé une allocution solennelle devant la quasi-totalité de ce que l'Empire russe comptait d'aristocrates de premier plan, de hauts gradés, de secrétaires généraux de l'administration et d'ambassadeurs étrangers. Sans jamais se départir d'une attitude anormalement raide et d'une voix mécanique presque méconnaissable, le tsar avait dressé un tableau effrayant de l'état du monde et des menaces que faisait planer sur la Grande Russie la folie guerrière qui s'était emparée de l'Empire français, dont les nouveaux dirigeants s'étaient lancés dans une course à l'armement, à la fois insensée et désespérée. Là-bas, avait-il affirmé, d'immenses manufactures produisaient toujours davantage d'engins de mort et de destruction qui, une fois utilisés contre la Russie, ne laisseraient que ruines et rivières de sang. Le Sorcier Empereur n'était plus, mais le Premier consul qui avait pris sa place se révélait encore plus dangereux pour la paix et la stabilité du monde. Ainsi, face au spectre de la destruction complète de la nation, le tsar avait annoncé avoir pris une décision radicale, mais nécessaire : il transférait l'intégralité de son pouvoir au sorcier impérial, Vakt, celui qui avait fait la preuve de sa capacité à s'opposer à l'ogre français, le seul en mesure d'assurer la protection du peuple russe. Ensuite, sans se préoccuper des remous et du brouhaha que cette déclaration avait suscités dans l'assistance, Nicolas Ier s'était levé comme un automate et avait juré sur les *regalia* – le sceptre et l'orbe – de se ranger dès cet instant sous les ordres du seigneur Vakt, avant de demander à toute la nation d'en faire autant.

À ce moment, à part l'entourage proche d'Irina, nul n'avait connaissance de la capacité du sorcier impérial à prendre le contrôle des individus au point d'en faire de simples marionnettes entre ses mains invisibles. Bien entendu, lorsque Nicolas Pavlovitch Romanov avait fait cette déclaration stupéfiante, Vakt s'était déjà rendu maître de sa volonté depuis plus d'un mois.

Afin de préserver les apparences et de ne pas trop choquer le peuple, Nicolas Ier demeurait officiellement le tsar, mais à titre honorifique seulement. Au fond, il n'était plus que le porte-parole de Vakt. Dans le privé, ce n'était même pas lui que le sorcier utilisait pour s'exprimer avec une voix humaine, mais toujours Ivan Khanybekov, l'ancien guide spirituel de la Faction rouge.

À la suite de l'allocution, Evdokia et tous les agents secrets au service de l'État avaient été chargés de surveiller les réactions parmi les élites de la nation. La tentative de renversement dont avait fait l'objet Napoléon à cause de son pacte avec Élégast avait marqué les esprits jusqu'en Russie. Pourtant, contrairement aux craintes d'Irina, la contestation ne fut que fort timide. Quelques officiers de haut rang, tous issus d'anciennes familles nobles très à cheval sur la légitimité par la lignée, s'étaient réunis secrètement afin d'évoquer l'idée d'une prise de pouvoir par la force destinée à empêcher ce jeune imbécile de tsar de livrer la Russie à un démon. Chacun d'entre eux avait été arrêté dans l'heure et mené devant Vakt. Ils étaient ressortis libres de cette entrevue, en apparence ralliés à la cause du nouveau maître du pays, en réalité, transformés à leur tour en marionnettes sans âme. Toutes les autres personnalités des hautes sphères du pouvoir s'étaient pliées à la décision du tsar.

Evdokia Sverela en avait conclu que, après tout, le commun comme le bourgeois ne se préoccupaient guère de celui qui les dirigeait ni de ses véritables intentions. De toute façon, selon elle, les gens ne se divisaient qu'en deux catégories, ceux qui profitaient de l'organisation sociale en place, et ceux qui la subissaient. Les premiers finissaient toujours par tirer leur épingle du jeu, soit par leur naissance, soit par leur fortune, souvent les deux, et s'accommodaient de n'importe quel dirigeant tant qu'il ne les empêchait pas de mener leur vie et leurs affaires ; les seconds, ceux qui n'avaient rien et n'auraient jamais rien, pas même leur liberté, n'avaient pas leur mot à dire. Alors, pour peu qu'il en eût les moyens et la détermination, n'importe qui pouvait prendre ce pays et le mettre sous sa coupe. Qu'il soit légitime ou non.

Ainsi, alors qu'Evdokia n'avait jamais vu en Irina autre chose qu'une mégalomane trop sûre d'elle, aveuglée par une foi irrationnelle en son destin impérial, elle s'apercevait maintenant que la maîtresse espionne avait eu raison de se donner tant de peine pour accéder au pouvoir. Cependant, contrairement à Evdokia, Uliatine possédait tout de même le titre de comtesse. Même si son prestige n'était plus, la famille dont elle était issue pouvait faire remonter ses racines loin dans la longue histoire de l'aristocratie russe. La trajectoire implacable qui l'avait menée au sommet demeurait impensable pour une roturière telle qu'Evdokia. La plus sublime beauté ne remplacerait jamais la naissance ou la fortune. La nature d'Evdokia était peu portée vers la colère ou le ressentiment, mais l'injustice de cette situation l'irritait parfois. Une ambition de cette ampleur lui était interdite. Pourtant, il lui arrivait de songer qu'avec le réseau de relations qu'elle avait tissé à la cour, elle pourrait, elle aussi, tramer patiemment de complexes intrigues destinées à la porter au sommet. Mais elle n'en avait tout simplement pas l'envie. L'irrépressible désir du pouvoir qui en consumait tant ne la tourmentait pas.

Née dans une lointaine province de la Russie orientale, à l'est de la Lena, au sein de la famille modeste d'un maître maçon, Evdokia se vit frappée à l'adolescence d'une terrible malédiction : elle devint très belle. À seize ans, ce physique éblouissant la fit remarquer d'un nobliau local, qui en fit sa maîtresse avec l'assentiment de son père, prêt à vendre l'honneur de sa fille en échange d'une compensation financière. L'innocence de la jeune Evdokia se fana alors complètement. Une femme ne valait que ce qu'un homme acceptait de payer pour la posséder. Avec le recul, en comparaison de ceux qu'elle rencontra par la suite, elle se rendit compte que le nobliau ne l'avait pas si mal traitée, se montrant plutôt doux et attentionné avec elle, mais elle l'avait haï comme elle n'avait jamais haï quiconque.

C'était lui qui l'avait amenée à la cour impériale, fier d'y parader avec, à ses bras, une si belle créature. Bien naïf, le hobereau ne tarda point à se voir ravir la demoiselle par un gentilhomme mieux né, et Evdokia fit officiellement son entrée au palais d'hiver comme courtisane. D'année en année, la jeune femme gravit ainsi les échelons de l'aristocratie et, déterminée à ne pas subir sa condition, mais à conquérir sa liberté, apprit rapidement les usages de ce milieu. Peu à peu, sa réussite lui permit d'acquérir un bel appartement en face du palais et sa réputation fit d'elle un trophée que chaque homme d'influence désirait accrocher à son tableau de chasse. Si Evdokia les exécrait tous, au moins avait-elle repris son destin en main.

Afin d'améliorer les conditions de vie de ses frères et sœurs, elle avait envoyé à sa famille une partie des subsides qu'elle obtenait de ses faveurs, trop heureuse d'user pour faire le bien de cet argent qu'elle jugeait souillé. Il lui fallut cesser lorsqu'elle apprit que son père, espérant réitérer la bonne affaire qu'il avait faite avec son aînée, avait tenté de recommencer avec ses deux cadettes. Ses frères, eux, travaillaient honorablement à ses côtés, attendant d'être en âge de s'installer à leur nom et de devenir, à leur tour, des notables respectés. Furieuse, Evdokia se sentit si coupable d'avoir attiré le malheur sur ses jeunes sœurs, qu'elle acheta une petite propriété dans la campagne où les loger loin de leur père. Bien entendu, celui-ci n'accepta cet arrangement qu'à condition qu'Evdokia lui verse un dédommagement pour ses « pertes » ainsi que pour la « souffrance morale » de voir ses filles « adorées » quitter le foyer. Depuis, Evdokia n'avait plus entretenu la moindre relation avec lui ni avec ses frères qui, jaloux de sa réussite à la cour, ne manquaient jamais de lui faire sentir qu'ils méprisaient ce qu'elle était devenue.

Cette trahison paternelle – ainsi que le comportement souvent peu reluisant des galants auprès desquels il lui fallait monnayer sa sensualité – avait fait perdre à Evdokia toute foi en l'humanité et, afin de se protéger, elle décida de ne plus se laisser guider que par ses intérêts. Hormis ses sœurs, qu'elle n'abandonnerait jamais à leur sort, elle se refuserait désormais à tout altruisme, à la moindre empathie. C'est pourquoi elle s'entendit si bien avec Irina Uliatine le jour où celle-ci lui proposa d'intégrer son réseau d'informateurs. Une courtisane très en vue ne pouvait qu'attirer l'attention de la comtesse, qui comptait tirer le plus grand parti de toutes les confidences qu'une jeune femme aussi demandée ne manquait pas de recueillir. Evdokia vit dans cette proposition l'occasion de reprendre le contrôle de sa vie : les hommes l'avaient forcée à pratiquer une activité honteuse pour leur seul plaisir ; la comtesse lui donnait la possibilité de retourner ce piège contre eux, de servir ses propres intérêts en prétendant ne chercher qu'à satisfaire leurs désirs.

Toutefois, elle s'aperçut rapidement que, même maltraitée comme elle l'avait été, elle n'était pas devenue aussi cynique qu'Irina. Si elle n'éprouvait aucun scrupule à se servir des puissants pour parvenir à ses fins, elle répugnait à faire du mal aux petites gens si elle pouvait l'éviter. Parfois, elle venait en aide à des membres du personnel du palais, lorsque cela lui était possible en toute discrétion. Uliatine, elle, n'hésitait pas un instant à sacrifier des innocents aux nécessités de ses intérêts. Pendant longtemps, cette différence de personnalité n'avait pas nui à leur collaboration puisque la comtesse opérait en territoire ennemi, et Evdokia se contentait de lui fournir toutes les informations utiles qu'elle obtenait à la cour. Toutefois, depuis les récents bouleversements à la tête de l'État, il était devenu difficile pour la jeune femme de remplir le rôle qui lui était dévolu jusqu'alors. La peur avait envahi la cour et plus personne n'avait l'esprit aux batifolages. Pire, sa proximité avec la « fiancée du diable » commençait à se savoir. La convocation d'aujourd'hui concernait-elle ces difficultés ? En tel cas, Uliatine lui assignerait-elle une nouvelle mission, qui risquerait de l'amener à renier ses principes ?

Car, si le régime tsariste avait toujours été brutal et injuste, le règne du Seigneur de l'Abîme s'annonçait bien pire. Vakt terrorisait le pays, et nulle voix n'osait s'élever contre lui. La méfiance s'était généralisée au point que tout le monde se soupçonnait mutuellement. Bien que le procédé employé par Vakt demeurât secret, chacun avait maintenant compris qu'il disposait d'un moyen de forcer n'importe qui à se mettre à son service, et personne ne se risquait plus à livrer ses pensées à quiconque. Evdokia, elle, savait que Vakt contrôlait ses marionnettes par le sang. Cependant, il ne s'agissait en rien d'un « miracle » lié à la religion du Sang Dieu qu'il professait. Ses informations lui laissaient plutôt penser que le sorcier possédait quelque chose dans son propre sang qu'il pouvait inoculer aux autres, rappelant cette légende des *vampyri* qu'elle avait entendue dans sa jeunesse. Elle n'était pas parvenue à apprendre de quoi il s'agissait vraiment – et elle présumait qu'Irina elle-même n'en savait pas davantage –, mais il semblait que Vakt transmît à ses victimes une sorte de parasite qui se multipliait dans l'hôte, mettant celui-ci sous la coupe du sorcier en le privant de toute volonté propre.

La voix de Staminir Kamenev fit sortir Evdokia de ses pensées.

« Mademoiselle Sverela sait-elle pour quelle raison nous avons été priés de nous présenter devant Mme la comtesse ? » lui demanda de sa voix rauque le nouveau chef des opérations secrètes.

La jeune femme tourna la tête vers lui et croisa son regard froid. Ainsi, elle n'était pas la seule à avoir été maintenue dans l'ignorance par Uliatine. Si le visage indéchiffrable de Kamenev ne montrait aucune appréhension, le simple fait de s'être abaissé à poser cette question à une courtisane trahissait ses inquiétudes.

« Je ne saurais dire, monsieur. En ce qui me concerne, il est possible que la comtesse attende de moi des nouvelles de ce pion de la Faction rouge qui est parvenu à déserter et à rejoindre l'ennemi.

— Le jeune Laptev. »

Evdokia hocha la tête. Kamenev en savait probablement autant sur ses activités qu'elle sur les siennes.

« Mme la comtesse semble lui accorder une grande importance, ajouta-t-il, mais les Français le gardent sous étroite surveillance. Ce qui rend toute action à son encontre fort délicate, n'est-ce pas ?

— Mon rôle ne consiste pas à entreprendre des “actions”. C'est plutôt le vôtre, monsieur. Ma fonction se borne à fournir toutes les informations utiles à Mme la comtesse afin qu'elle prenne les meilleures décisions possibles, qu'il *vous* revient ensuite d'appliquer. »

Kamenev afficha un léger sourire, dont la jeune femme n'aurait su dire ce qu'il signifiait. Il fut un temps où Evdokia ne se serait jamais autorisé une telle effronterie envers qui que ce fût au palais, mais ce temps était révolu.

« Je suppose, reprit-elle en souriant à son tour, que votre présence céans n'est pas sans rapport avec une autre traque, que vous menez, et dont les résultats sont tout aussi maigres ? Celle du Sorcier Empereur déchu. »

Les relations entre elle et le commandant des opérations secrètes n'étaient régies par aucune règle officielle. Il n'existait donc pas de rapport hiérarchique entre eux, d'autant que leurs champs d'action n'étaient pas les mêmes. Aussi, Evdokia n'avait aucune raison de se comporter comme une subordonnée de Staminir Kamenev.

« Élégast demeure introuvable, en effet, admit l'agent balafré. Cela dit, à quoi bon se donner tant de peine pour lui mettre la main dessus. Après tout, s'il a perdu le pouvoir sur son propre empire, il ne représente plus une menace pour nous.

— Voilà précisément le point important, rétorqua Evdokia. Comment un sorcier aussi puissant, qui tenait tête même au Seigneur de l'Abîme, a-t-il pu tout perdre en un jour ? Si j'étais Vakt, cette question ne quitterait jamais mes pensées et je n'aurais de cesse de pouvoir interroger Élégast, aussi insignifiant fût-il devenu sur le plan politique ou militaire.

— Un bien joli raisonnement, madame la maîtresse espionne, qui ne vaut que si le sorcier français est encore vivant. À mon humble avis d'homme de terrain, bien fruste, il est vrai, comparé aux belles gens de la cour impériale, le corps d'Élégast gît quelque part au fond d'un fossé le long d'une route de campagne, déjà rongé par les vers. Car, au bout du compte, même les sorciers doivent mourir, ne croyez-vous pas ? »

Si Kamenev avait raison et qu'Élégast avait réellement trépassé, cela démontrerait en effet que, non seulement les sorciers pouvaient perdre leurs pouvoirs, mais qu'ils étaient aussi mortels. Même Irina ignorait la véritable nature de Vakt : simple être humain doté de capacités exceptionnelles, entité surhumaine, émissaire d'un dieu ou véritable dieu descendu sur terre sous forme humaine ? Néanmoins, qu'il fût mortel ou non, les pouvoirs de Vakt s'apparentaient sans aucun doute à ceux d'un dieu.

Irina avait donc réalisé son rêve de devenir tsarine en se donnant à Vakt. Toutefois, il lui avait fallu en payer le prix : le sorcier avait fait d'elle une hybride, mi-humaine, mi-résurgion. S'il lui avait laissé toute sa personnalité et sa volonté, la transformation physique de la comtesse effrayait Evdokia. En sa présence, elle évitait toujours de la regarder directement, tant elle peinait à supporter cette vision. La jeune femme ne comprenait pas comment Uliatine, autrefois si belle, pouvait endurer une telle dégradation de son apparence. À quoi bon se hisser au sommet si c'était pour devenir un monstre ? Evdokia désirait s'élever elle aussi, mais pas à n'importe quelles conditions. De plus, même si les motivations des deux femmes étaient similaires, les buts que la courtisane poursuivait étaient moins égoïstes. Irina désirait le pouvoir pour le pouvoir. La conquête de celui-ci l'obsédait. Tandis qu'Evdokia ne cherchait que son indépendance. En dix ans, elle était parvenue à accumuler un pécule substantiel, fortune modeste, mais suffisante, et certaines de ses relations seraient prêtes à prendre des risques pour l'aider, en cas de nécessité. Depuis longtemps déjà, elle caressait l'idée de fuir à l'étranger et de s'y cacher sous une fausse identité. Cependant, le faste de la cour ne la laissait pas indifférente et elle n'était pas pressée de devoir s'en passer. Sans parler de ses sœurs, qu'il lui faudrait emmener afin de leur épargner toutes représailles. La réalisation d'une telle opération recelait de nombreux écueils.

Pourtant, elle savait qu'elle devrait finir par s'y résoudre sans trop tarder. Contrairement à Irina, sa propre réussite ne l'aveuglait pas. Le couple infernal formé par la comtesse et le sorcier ne serait pas éternel. Un pouvoir durable, qu'il soit bon ou mauvais, devait s'exercer avec une certaine rationalité sans quoi, tôt ou tard, il s'effondrait. La peur était certes un solide levier pour forcer les gens à obéir, mais il fallait éviter qu'elle ne devienne si intense qu'elle en soit insupportable. De toute façon, Evdokia avait toujours pensé qu'un jour ou l'autre Uliatine la trahirait pour servir ses intérêts. Qu'était-il arrivé à son ancienne garde du corps, Molnézara, par exemple ? La comtesse n'avait pas hésité à l'abandonner à son sort dans les geôles françaises, où elle avait probablement subi – et subissait encore – les pires avanies. Irina n'avait pas levé le petit doigt pour la sauver. Evdokia espérait que son instinct saurait la prévenir le jour où la comtesse serait sur le point de la sacrifier à son tour.

À ce moment, les hautes portes de la grande salle du trône s'ouvrirent et un majordome annonça : « Madame, messieurs, veuillez me suivre ! Vakt, Seigneur de l'Abîme, et Mme la comtesse Uliatine, Grande Prêtresse du *Bog Krovi*, vont vous recevoir ! »

LUDWIG

17 février 1816

Vallée de la Gaoube, Pyrénées, le matin.

Debout sur le large promontoire qui surplombait l'entrée du camp de l'ex-résistance, Ludwig était absorbé par la contemplation de la Gaoube, le torrent qui donnait son nom à cette vallée. Le cours d'eau déroulait ses nombreuses boucles en descendant entre les versants abrupts et verdoyants. Comme il était alimenté par des lacs d'altitude, son débit n'avait guère diminué depuis que cette étrange sécheresse s'était abattue sur le pays. Toutefois, s'il ne neigeait pas cet hiver – ou pire, si l'hiver ne commençait même pas, comme cela semblait être le cas – alors, au prochain printemps, les lacs se videraient pour de bon et la Gaoube ne serait plus qu'un souvenir.

À l'époque où le vaste camp militaire abritait toutes les forces de la résistance, le grondement du torrent ne parvenait guère à se faire entendre au cœur du vacarme que produisaient les milliers d'hommes stationnés là. Depuis la prise de pouvoir d'Irénion, le camp s'était vidé et, désormais, le chant de la Gaoube pouvait se percevoir de n'importe quel endroit de cette étrange ville de maisons de rondins.

À la chute d'Élégast, le choix avait été laissé aux soldats de la résistance de rejoindre leurs anciens régiments – qui avaient ordre de les réintégrer le cas échéant – ou de suivre les troupes commandées par Villard en direction du front nord pour y défendre le pays. Aujourd'hui, le camp de la Gaoube n'avait donc plus d'utilité. Il n'était même plus gardé.

Pourtant, Ludwig était resté. Après son affrontement avec Élégast, il était tombé dans un profond abattement, et l'idée de regagner la capitale surpeuplée au terme d'un long périple au sein d'une troupe nombreuse et bruyante lui avait paru insupportable. La solitude d'une ville fantôme perchée dans les altitudes pyrénéennes lui convenait mieux. Là, environné d'une nature éternelle qui ne se souciait guère des fugaces affaires humaines, il pouvait se reposer et réfléchir sur les récentes épreuves endurées et, surtout, sur lui-même.

Depuis sa rencontre mouvementée avec Éthelinde, près d'un an plus tôt, les événements s'étaient enchaînés à un rythme tel qu'il ne lui avait jamais été vraiment possible de les considérer froidement, de prendre un quelconque recul sur ce qu'ils avaient subi ou accompli. Ces dernières années, la mission qu'il s'était donnée à la disparition d'Onéline et de Thalie – découvrir un moyen de les sauver ou, à tout le moins, de comprendre les causes du malheur qui s'était abattu sur elles – était progressivement devenue sa raison d'être ; or, après avoir défait Obéron, il s'était brutalement rendu compte que, emporté par la succession des événements, il avait peu à peu relégué ce but au second plan de ses pensées. En particulier depuis qu'une partie de ses souvenirs s'étaient réveillés et – surtout – qu'il avait retrouvé Mab. Sa femme et sa fille figuraient toujours dans ses préoccupations, bien sûr, mais elles n'en étaient plus le centre. Juste un objectif parmi d'autres. Cette prise de conscience lui avait causé un choc. Un insupportable sentiment de culpabilité l'avait alors envahi, qui ne l'avait pas quitté depuis.

Renouer avec une partie des souvenirs de sa première vie ainsi qu'avec tout un pan de sa personnalité qu'il croyait effacés pour toujours ne lui avait pas apporté la paix, bien au contraire. Il se sentait encore plus désemparé maintenant que durant toutes ces années d'amnésie partielle. À la douleur d'avoir perdu femme et enfant s'ajoutait désormais celle d'avoir été privé de sa vie passée ainsi que de l'amour de la reine des fées. Un tel désarroi s'était emparé de lui qu'il avait préféré demeurer seul ici, isolé dans ces montagnes.

En fin de compte, que pouvait-il faire ? Mab lui avait fait comprendre qu'il ne pourrait sauver sa famille. Les ramener dans le Monde Naturel était impossible. Cependant, il pouvait leur donner le repos, les arracher aux limbes de la Lisière, des brumes éternelles dans lesquelles elles erraient. Mais, la méthode pour pratiquer l'Ancien Rite lui faisait défaut, et celle qui aurait pu l'aider se trouvait désormais hors d'atteinte.

La fatalité l'avait acculé dans une voie sans issue.

Il fallait retrouver Mab.

Du mouvement au loin fit sortir Ludwig de ses pensées. Sur la route de terre qui longeait la Gaoube, deux cavaliers montaient en direction du camp. Ils étaient encore trop loin pour être identifiables, mais Ludwig savait de qui il s'agissait. Midi approchant, les rayons du soleil se faisaient plus ardents ; le mercenaire ouvrit son manteau qui commençait à lui tenir trop chaud puis emprunta le chemin qui descendait du promontoire vers l'entrée du camp.

Quelques jours après l'affrontement contre Élégast, il avait tenté de retourner voir Mab en ingérant un petit éclat d'uchronite récupéré dans un parlant-à-distance confisqué. Guidé par son instinct, il était parvenu à regagner l'Entre Monde, mais, là-bas, il lui avait été impossible de trouver Mab. Sa prison intemporelle était désormais vide. L'anéantissement des pouvoirs d'Obéron avait-il rompu le sortilège qui la maintenait captive en ce lieu depuis si longtemps ? Si vraiment cet événement l'avait libérée, elle avait probablement été renvoyée dans l'Autre Monde. À cette idée, Ludwig s'était senti à la fois soulagé et déchiré. D'un côté, il était heureux qu'elle ne soit plus enfermée, de l'autre, son retour dans l'*Alter Mundus* signifiait qu'il ne la reverrait jamais. Les *lysëndelïs*, les portails entre ce monde et l'autre, ayant disparu depuis un temps immémorial, il lui était impossible de se rendre là-bas afin de l'y rejoindre.

Face à ce constat effarant, il était resté cloîtré dans ses quartiers plusieurs jours durant, refusant de voir quiconque. Jamais il ne serait en mesure de pratiquer l'Ancien Rite pour donner le repos à sa famille. Jamais non plus il ne retrouverait celle qu'il avait tant aimée mille quatre cents ans plus tôt. Quel sens aurait sa vie désormais ?

Par ailleurs, depuis qu'il avait choisi de s'isoler ici, d'étranges rêves venaient le tourmenter lorsqu'il parvenait à trouver quelque sommeil. Au début, il ne s'agissait que de songes agréables, probablement sous l'influence de ses réminiscences de l'Autre Monde, dont il revoyait des lieux longtemps oubliés ; magnifiques paysages de forêts immenses ou de champs verdoyants, mers paisibles aux vagues couvertes d'écume opalescente, cavernes aussi vastes que des cathédrales dont les parois irradiaient une douce lumière bleutée. Il rencontrait également toutes sortes d'*elvëms* d'espèces différentes, dont l'aspect physique pouvait grandement varier, sans jamais en garder au réveil autre chose qu'un souvenir confus. Parfois il visitait seul ces extraordinaires contrées, parfois il était accompagné des nymphes de Mab, toujours silencieuses, sous leur forme de jeunes femmes à la peau d'une blancheur d'albâtre. Cherchaient-elles à le guider par les rêves, comme elles l'avaient fait sous leur forme éthérée dans le Monde Naturel ?

Il avait cessé de se poser ces questions lorsque les songes s'étaient mués en cauchemar. Toujours le même. Un cauchemar si perturbant qu'il le réveillait et l'empêchait de retrouver le sommeil le reste de la nuit. Chaque fois, il se voyait errant dans les Vallées Putrides, perdu au cœur d'un labyrinthe de rochers aux silhouettes monstrueuses et aux arêtes coupantes noyé dans une brume anormalement dense, étouffante. Le ventre noué par une angoisse sourde, il avançait avec prudence, attentif aux moindres bruits qui pourraient trahir la présence d'un résurgion sur ses traces, toutes griffes dehors, prêt à bondir sur lui, impatient de l'éviscérer.

Puis, une force irrésistible, incommensurable, le tirait vers le haut, à une vitesse telle qu'il perdait connaissance. Lorsqu'il revenait à lui, il flottait dans l'immensité de l'éther entre les étoiles, perdu dans l'infinitude de l'espace froid et mort, dérivant entre des mondes ignorés baignés par la lumière délétère de nébuleuses aux couleurs impossibles. Terrifié, mais incapable de s'échapper d'une quelconque manière, il continuait d'avancer, lentement en apparence, mais probablement avec une inconcevable célérité considérant les dimensions inhumaines des golfes de l'espace, jusqu'au moment où il atteignait un lieu dépassant l'entendement. Une forteresse hors de toute proportion, suspendue dans le vide, monumental édifice aux murs taillés dans un matériau inconnu dont aucune arche, aucun bas-relief, aucune statue ne paraissait d'origine humaine. L'ensemble semblait plus ancien que l'humanité elle-même, plus ancien que la Terre peut-être ! Cependant, l'effroi que lui inspirait cet endroit n'était rien en comparaison du *regard* qu'il sentait sur lui. Quelque chose résidait en ce lieu hors du temps. La négation même de la vie. Et cette conscience maléfique rêvait, elle aussi. Et ses songes recelaient les pires abîmes de l'horreur…

Ludwig atteignit le portail du camp au moment où les deux cavaliers débouchaient du dernier virage de la route, cent pieds plus bas. L'ouvrage défensif en bois avait été érigé à l'endroit le plus étroit de la vallée, là où il aurait été impossible à une armée de le prendre d'assaut. Nul garde ne le surveillait plus désormais.

Roland le Preux le rejoignit, suivi de Mutius sur une monture plus petite. Les bêtes soufflaient bruyamment de l'effort fourni pour gravir la route.

Le guerrier aux tresses blondes lui adressa un signe de tête.

« Le bonjour, Ludwig », lança-t-il de son habituel ton bourru.

Mutius tira sur ses rênes en arrivant à son tour.

« Bonjour, monsieur Arcerese. »

Ludwig leur répondit d'un hochement de tête.

Lorsque l'armée de la résistance avait suivi le général Brégante dans sa marche sur Paris et que le camp s'était vidé, Roland avait lui aussi choisi de rester, quoique pour des raisons différentes de Ludwig. Un lien particulier semblait l'unir à ces montagnes, que lui-même ne pouvait expliquer, et il rechignait à les quitter. Par ailleurs, il tenait à continuer à aider les hommes chargés de surveiller la bulle noire permanente de Vic-Fezensac, avec lesquels il avait forgé une camaraderie toute militaire. Mutius, l'une des rares personnes parvenant à bien s'entendre avec lui, avait choisi de demeurer à ses côtés par amitié. Ludwig savait néanmoins que c'était Brégante qui lui avait demandé, en toute discrétion, de veiller sur l'ancien guerrier franc, suivant en cela les conseils de Lithian.

Les deux cavaliers mirent pied à terre et Mutius se chargea de mener les chevaux à l'écurie tandis que Roland accompagnait Ludwig vers leurs quartiers.

« Quelles nouvelles de Vic-Fezensac ? demanda ce dernier.

— La tâche paraît parfois désespérante, dit Roland en soupirant. Si vraiment cette résurgence ne se solidifie pas à l'avenir, nous ne cesserons jamais de devoir occire tout ce qui en sort. À moins de parvenir à épuiser les réserves de malebêtes de l'*Obscuri Fines*, si tant est que cela soit réalisable ! »

Le mercenaire acquiesça sans répondre. Il avait vu, lui, les Vallées Putrides de l'intérieur. Il n'était pas humainement possible de venir à bout de toutes les monstruosités qu'elles contenaient. Il craignait même que les pires d'entre elles ne se soient pas encore manifestées. Il s'abstint toutefois de partager ses pensées avec Roland, afin de ne pas encourager son inclination au pessimisme.

« Vous devriez venir nous prêter main-forte parfois, reprit celui-ci. Cela vous changerait les idées et toute aide sera la bienvenue !

— Je crois que la compagnie sur place contrôle bien la situation et n'a pas vraiment besoin de renfort, fit Ludwig avec une moue circonspecte. Par ailleurs, ces créatures ont toujours exercé sur moi une, euh… fascination malsaine, que je préfère ne point encourager. »

Roland hocha lentement la tête.

« Vous souffrez toujours de ces hantises nocturnes ? »

Le vocabulaire de l'ancien paladin recelait beaucoup d'archaïsmes. Contrairement à Ludwig, celui-ci avait conservé une grande partie de sa personnalité et des souvenirs de sa vie antérieure.

« Chaque nuit. C'est pourquoi je m'efforce de me retirer en moi-même le jour. Ces méditations m'aideront, je l'espère, à les éloigner.

— Cet espoir est vain, mon ami. Si l'exercice de la méditation peut parfois permettre de trouver la paix, le plus souvent, il tourne à la rumination. L'on peut s'égarer dans son propre esprit et ne plus jamais en sortir. »

Cette réflexion, Ludwig se l'était déjà faite lui-même après avoir perdu à plusieurs reprises la notion du temps en plongeant trop profondément dans ses propres pensées. Les yeux bleus de Roland ne le quittaient pas et semblaient lire en lui avec clarté.

Dès que Lithian les avait présentés, les deux hommes avaient tout de suite noué une relation spéciale. Issus chacun d'un passé immémorial, leurs vies antérieures brisées de la même manière par un phénomène défiant toute compréhension, éprouvant les mêmes difficultés à s'acclimater à une époque qui n'était pas la leur, ils s'étaient naturellement rapprochés en raison de tous ces points communs. Si, après tout ce qu'il avait traversé à ses côtés, Éthelinde était probablement la personne qui connaissait le mieux Ludwig, elle ne pourrait jamais comprendre vraiment le profond déracinement dont souffraient les déplacés temporels, faute de l'avoir vécu. Avec Roland, les mots étaient inutiles.

« Il ne s'agit pas seulement de méditer, n'est-ce pas ? lui lança celui-ci. Vous espérez découvrir en vous un chemin pour retrouver la reine des fées. »

Ludwig haussa les épaules.

« Il est vrai que je ne parviens pas à me faire à l'idée que je ne la reverrai jamais...

— Diable, l'affaire est donc entendue selon vous ?

— À force de ne plus être employés, tous les portails entre ce monde et l'autre se sont atrophiés au point de disparaître. À ma connaissance, il n'existe pas d'autre moyen de se rendre en *Hursëlïnh*.

— Tous ? D'où vous vient une telle certitude ?

— Eh bien, euh... Lithian a été claire sur ce point. Aucun des érudits des M.K.M. n'a été en mesure d'en localiser depuis plusieurs siècles... Tous leurs travaux montrent que...

— Et cela vous suffit ? s'exclama Roland en s'immobilisant soudain. Écoutez, j'apprécie beaucoup Lithian et je ne m'aviserais pas de me mettre en travers de sa route. Toutefois, ces fichus mages ne sont que des gratte-papier qui n'ont jamais tiré le nez de leurs livres ! Ils ont accumulé un savoir immense au fil des siècles, mais ils n'ont jamais vraiment compris la nature de ce qu'ils étudiaient. »

Il s'approcha de Ludwig. Le guerrier franc était plus petit que lui, mais sa carrure n'en était pas moins impressionnante.

« Vous et moi venons d'un passé lointain où les hommes étaient différents. Nous entretenions un rapport particulier avec les matières ésotériques. Il ne s'agissait pas juste de notions savantes pour nous. Nous en faisions partie. Nous en *étions* une partie. »

Ludwig ne pouvait détacher son regard de celui, intense, de Roland.

« Ces *lysëndelïs*, comme Mab les a appelés, poursuivit-il, croyez-vous vraiment qu'ils aient pu *tous* disparaître sans laisser de trace ? S'évaporer pour toujours ? »

Le doute saisit Ludwig.

« Je… ne sais pas, lâcha-t-il, le souffle court.

— Dans ce temps, la magie ne veut plus rien dire ! asséna Roland avec force. Ce n'est plus qu'un mot vide de sens. Pourtant, même si vous l'avez oublié, je puis vous assurer que, dans l'époque qui nous a vus naître, c'était un élément commun de ce monde. Nul n'en aurait douté. Il s'agissait d'une force puissante et tangible, tout autant que le vent ou les marées. La mer a-t-elle cessé son mouvement au fil des siècles, mon ami ? »

Comprenant où il voulait en venir, Ludwig sentit son pouls accélérer.

« Vous pensez que les portails ne peuvent pas se refermer ?

— Je n'en sais fichtre rien, bon sang ! Je ne suis qu'un soldat ignorant ! Néanmoins, je sais que le vent souffle toujours et que si vous vous aventurez sur certaines falaises les jours de tempête, il vous emportera par-dessus la mer jusqu'aux terres d'Ælfrēd le Grand, cet Anglo-Saxon qui admirait tant mon oncle ! »

Ludwig refusait de se laisser convaincre trop vite, de peur de se voir déçu.

« Ce pays est si peuplé… si des portails étaient toujours ouverts, des gens les auraient découverts. »

Roland haussa les épaules à son tour.

« Je ne prétends pas qu'ils soient faciles à trouver, ni même qu'ils soient tous encore actifs. Faute d'être employés, ils se sont sûrement tant affaiblis qu'ils doivent être quasi indécelables, en effet. Cependant, nous, hommes de l'ancien temps, possédons un lien unique avec les forces invisibles, Ludwig. Et vous, en particulier. Je sais que vous êtes différent, mon ami. Vous avez un pied dans chaque monde en quelque sorte. Si des *lysëndelïs* sont encore actifs, alors vous êtes probablement la seule personne de ce temps capable de les trouver ! »

Une sensation étrange s'insinua en Ludwig, un sentiment qu'il pensait avoir oublié depuis longtemps. L'espoir.

Et s'il n'en restait ne serait-ce qu'un seul ? Alors, il le trouverait ! Il le fallait ! Dût-il passer le reste de ses jours à explorer toutes les forêts d'Europe !

ELEANOR

2 mars 1816

Manufacture impériale d'armes, Rouen, midi.

Le feu roulant des détonations heurtait les tympans, mais Eleanor avait pris la peine, comme chaque fois qu'elle venait dans la salle d'essai des armes, d'enfiler l'un des bandeaux munis d'épaisses poches bourrées de ouate qui permettaient, en couvrant les oreilles, d'atténuer cet inconfort. Irénion, quant à lui, observait la scène sans protection, stoïque ; accoutumé aux champs de bataille, le soldat ne bronchait même pas dans ce vacarme.

Cette séance d'expérimentation des divers prototypes produits ces dernières semaines tombait à point nommé pour la visite du Premier consul à la manufacture impériale. En raison de sa venue, beaucoup de monde se trouvait ce jour dans la salle d'essai : les nombreux ingénieurs et leurs assistants devant la longue table supportant les armes, Eleanor et Theodore avec leur escorte, ainsi qu'Irénion lui-même, ses aides de camp et ses propres gardes, sans oublier Pavel, qui ne le quittait jamais. Le nombre de bandeaux de protection contre le bruit étant insuffisant, la plupart des personnes présentes devaient se contenter de se boucher les oreilles avec les mains. Certains préféraient se pincer les narines à cause des fortes odeurs de métal chauffé et de produits chimiques.

« Ce modèle me paraît dangereux avec sa crosse trop courte, observa Irénion au cours d'une brève accalmie, en pointant du doigt un fusil qu'un ingénieur venait de décharger sur une cible.

— En effet, approuva Eleanor. J'ai remarqué aussi que cette forme nuisait à la prise en main du famar. »

L'équipe d'Eleanor avait réuni tous les prototypes mis au point ces dernières semaines afin de les soumettre à l'épreuve des tirs, chaque ingénieur évaluant à cette occasion les performances des modèles de ses collègues. Le banc de tir était actuellement occupé par l'équipe chargée d'améliorer le « Charleville », fusil historique de l'armée française, déjà grandement perfectionné par Élégast. Les techniciens du sorcier en avaient fait un fusil rapide à recharger grâce à l'élaboration d'une munition prête à l'emploi, comprenant une cartouche chemisée de métal couplée à une balle. Eleanor faisait travailler ses équipes à l'amélioration de ce modèle, mettant à l'épreuve toutes sortes de formes de crosse, de fût ou de pontet, ainsi que différentes longueurs de canon. Chacune de ces variantes n'avait rien de spectaculaire en soi, mais avait déjà permis de réduire le poids de l'arme de près de cinq kilogrammes à seulement quatre, d'augmenter sa cadence de tir de cinq à onze coups par minute, et sa portée de deux cents à quatre cent cinquante mètres.

« Le "famar" ? reprit Irénion en levant un sourcil. C'est le nom que vous lui avez donné ?

— J'aimerais faire oublier la parenté avec les travaux du sorcier, répondit Eleanor, mais je n'ai pas eu le temps de réfléchir à un nom approprié pour ce qu'il appelait le "Charleville modifié". J'ai donc opté pour la simplicité...

— Oh, c'est un mot composé d'initiales, n'est-ce pas ? fit Irénion, avec un sourire (il lui fallut hausser la voix, les salves venant de reprendre). Fusil, euh... amélioré de la manufacture d'armes de Rouen ?

— Fusil "d'assaut", plutôt, lui glissa-t-elle à l'oreille. Mais ce n'est qu'un nom de travail. »

Irénion hocha la tête.

« Il est vrai qu'avec une telle cadence de tir, monter à l'assaut avec un fusil devient possible. »

Il paraissait apprécier davantage cette partie de la démonstration que la précédente, au cours de laquelle les prototypes de nouveaux fusils Leyde avaient été évalués. Avec l'aide d'Éthelinde Ordant, Eleanor avait mis au point une variante capable de se passer d'un fragment de cristal d'uchronite pour susciter les décharges électriques. La naturaliste avait élaboré pour elle une de ces poudres que sa « magie scientifique » autorisait, dont les propriétés s'apparentaient à celles des précieux minéraux. Malheureusement, les performances de ce nouveau modèle étaient loin d'être satisfaisantes. Les tirs n'atteignaient qu'une fraction de la puissance de la version d'origine. Pourtant, les réserves de *lapis lucidus* étant limitées, il faudrait bien trouver une solution de remplacement si l'on voulait produire massivement ces armes autrefois destinées à la seule Garde hermétique.

Le Premier consul observait les essais avec attention, mais Eleanor était convaincue que, comme elle, il n'avait qu'une hâte : que cette séance se termine afin qu'ils puissent passer du temps ensemble.

Lorsque, le matin même, il s'était présenté à la tête de son imposante escorte à l'entrée du pont principal de l'île Lacroix, la jeune Américaine avait dû contenir l'élan qui la poussait à se jeter à son cou. Et, à travers le froid salut protocolaire qu'ils s'étaient adressé, elle avait senti qu'il était lui aussi envahi par l'émotion. Il lui manquait terriblement et les lettres qu'ils échangeaient presque quotidiennement montraient à Eleanor qu'il souffrait lui aussi de cet éloignement. Malheureusement, depuis son arrivée, ils n'avaient pu s'accorder aucun moment d'intimité. Cette visite était officielle avant tout et jamais ils ne s'étaient trouvés seuls. Les aides de camp du Premier consul de l'Empire ne le quittaient jamais, ni son escorte ni même Pavel, qui contribuait à sa manière à sa sécurité ; sans parler des propres gardes d'Eleanor. Néanmoins, bien que la jeune femme fût au supplice, elle s'acquittait de ses obligations envers le protecteur de la nation avec tout le sérieux requis. La menace qui planait au nord occupait tous les esprits. Tous, sauf le sien, car quelque chose de bien plus important – à ses yeux – accaparait ses pensées.

Soudain, une détonation nettement plus puissante que les autres fit sursauter tout le monde et les tirs s'interrompirent. La culasse d'un prototype venait d'exploser. Par miracle, le tireur ne souffrait que de légères brûlures au visage et aux mains. L'un des gardes du corps d'Irénion, qui s'était instinctivement jeté devant celui-ci à la déflagration, remarqua qu'un éclat de bois s'était fiché dans le bicorne du chef de l'État. Il insista aussitôt pour que le Premier consul quitte la salle, et Irénion sauta sur ce prétexte. En passant la porte, il glissa à Eleanor avec un clin d'œil : « D'innombrables assassins cherchent à me tuer, mais c'est toi qui as été le plus près d'y parvenir. »

La jeune femme se força à sourire. Irénion tâchait d'en plaisanter, mais la menace perpétuelle qui planait au-dessus d'eux rendait leur quotidien pesant. Car, même si le risque d'un attentat concernait surtout le Premier consul, Eleanor constituait elle aussi, en tant qu'ingénieur en chef du ministère de l'Armement, une cible potentielle pour les ennemis de la France. Sans parler de son propre père qu'elle soupçonnait d'avoir déjà lancé des tueurs à ses trousses par le passé.

Afin d'en finir avec la partie officielle de cette journée, Eleanor offrit à Irénion une visite des vastes établissements de la manufacture en détaillant tout ce qu'elle avait accompli avec Theodore depuis qu'ils avaient relancé la production. Leur première décision avait consisté à réorganiser les équipes d'ingénieurs, de maîtres artisans, de forgerons et de fondeurs, en renvoyant les plus fervents fanatiques de l'Hermétique, pour les remplacer par des individus plus jeunes, plus ouverts d'esprit, notamment les élèves les plus prometteurs de l'école polytechnique, réputée pour être à la pointe des sciences modernes, et surtout, pour ne pas être infestée de monarchistes.

Durant la visite des ateliers d'assemblage, situés au cœur des installations de l'île Lacroix, Irénion ne put cacher sa surprise devant la méthode employée pour le montage des différents éléments constituant les armes. Eleanor se fit un devoir de lui expliquer qu'il s'agissait là d'un procédé novateur élaboré par Theodore, appelé « travail à la chaîne », où la production était divisée en tâches spécialisées, toujours exécutées par les mêmes personnes. Un système bien plus efficace que celui consistant à laisser un seul individu fabriquer entièrement une arme, du début à la fin.

« Ce que tu as accompli en si peu de temps est extraordinaire, s'exclama finalement Irénion. Le pays a beaucoup de chance de te compter dans ses soutiens.

— N'oublie pas d'inclure Theo dans tes louanges, rétorqua-t-elle. Sans son aide, je n'aurais jamais… »

Celui-ci l'interrompit avec son accent américain marqué : « C'est très aimable à toi, chère sœur, de t'efforcer d'épargner mon amour-propre, mais Irénion sait comme moi que c'est toi la cheville ouvrière de cette vaste entreprise. Mon rôle consiste surtout à t'insuffler la confiance qui te fait parfois défaut. Je ne bénéficie pas de cet esprit d'analyse qui te permet de saisir en un rien de temps le principe de fonctionnement d'un dispositif ni de l'instinct qui te laisse entrevoir aussitôt comment le perfectionner. »

Eleanor lui adressa un sourire attendri. Si les capacités techniques de son frère n'étaient pas aussi limitées qu'il le prétendait, il était vrai que ses encouragements comptaient beaucoup à ses yeux. Le mépris constant et les remarques assassines de leur père envers elle avaient laissé des traces dans son esprit et le doute la taraudait en permanence.

« Je crains de devoir vous abandonner, reprit-il en lui rendant son sourire. Une cargaison d'acier doit bientôt arriver et je tiens à être présent afin de la vérifier. »

Après les avoir salués, Theodore s'éloigna sous le regard d'Irénion.

« J'envie votre relation, dit ce dernier. J'eusse tant aimé moi-même avoir un frère ou une sœur. »

Eleanor l'entraîna vers la sortie la plus proche, qui menait à la grande cour donnant sur le bois du sud de l'île. Sur un signe d'Irénion, leurs escortes prirent du recul et demeurèrent une quinzaine de pas derrière eux.

« Theodore s'efforce de ne pas le montrer, expliqua-t-elle, mais je sais qu'il est plus profondément atteint que moi par la rupture des relations avec notre père. Lorsque nous évoquons le sujet, il lui trouve parfois quelques excuses, allant même jusqu'à imaginer qu'il ne s'agirait que d'un vaste malentendu. Je le comprends, bien sûr ; étant de sexe masculin, il a reçu de sa part davantage de considération que moi et s'est donc davantage attaché à lui. Mais je n'oublie jamais de lui rappeler que, *in fine*, notre cher père ne nous a jamais vus autrement que comme deux épées de Damoclès au-dessus de ses entreprises. Des obstacles qu'il fallait abattre ainsi qu'il l'a fait de notre pauvre mère. »

D'un geste discret, Irénion frôla furtivement ses doigts. Elle aurait voulu qu'il lui enlace la taille, ou, au moins, qu'il lui prenne la main, mais le Premier consul ne pouvait se permettre ces effusions en public. Elle se consola en songeant que, le soir venu, ils se retrouveraient dans ses appartements et disposeraient enfin d'un peu d'intimité.

« Comment te sens-tu ici ? demanda Irénion machinalement. Ne t'ennuies-tu pas trop à demeurer cloîtrée sur cette île, passant de longues journées à tracer des plans ? »

S'ennuyer ? Eleanor ne s'ennuyait pas, elle *souffrait* de leur séparation forcée.

La jeune femme se sentit quelque peu blessée par cette manière impersonnelle de prendre de ses nouvelles. Elle avait déjà remarqué que les nouvelles fonctions d'Irénion le poussaient à adopter une attitude distante vis-à-vis des gens ; sans parler de la secousse morale qu'il avait dû accuser à la mort d'Agnès. Depuis, celui qui devait maintenant diriger un empire lui semblait plus froid qu'auparavant et souvent dur dans ses propos. Mais elle se refusait à toute rancœur. Comment pourrait-il réagir autrement ? Si, un jour, toute cette folie prenait fin, elle espérait qu'il redeviendrait l'homme qu'elle avait appris à aimer au camp de la résistance.

« C'est parfois difficile, bien sûr, répondit-elle sans rien laisser paraître. Cependant, tout le monde ici a conscience de l'instabilité de la situation actuelle et de la nécessité de faire de notre mieux pour donner à nos troupes autant de chances que possible de l'emporter lors des prochaines confrontations.

— Quelle responsabilité te voilà contrainte d'endurer, ma chère Eleanor. C'est une bien lourde charge que tu as acceptée lorsque je t'ai demandé de prendre en main la manufacture. Peut-être n'aurais-je pas dû te…

— Je ne le regrette pas un instant, même si… notre éloignement me pèse… »

Elle s'en voulut aussitôt de s'être laissée aller à cette confidence et chercha à le rassurer : « Mais ne t'inquiète pas de cela. Je n'ai pas le temps de me morfondre ici. Et cette tâche me passionne ! »

Il hocha la tête lentement. Elle ignorait s'il se rendait compte que cette assurance était feinte.

Même en marchant à pas lents, ils avaient déjà atteint le petit bois qui occupait le sud de l'île Lacroix. La bande de terre se rétrécissait en s'approchant de son extrémité et, bien que son niveau fût anormalement bas, les flots de la Seine pouvaient s'entrevoir à travers les arbres.

« Eh bien... tant mieux, fit Irénion sans parvenir à cacher son embarras. Car, vois-tu, la situation demeure fort dangereuse sur le front. Les Russes pourraient lancer un nouvel assaut à tout moment et j'ignore si nous serions en mesure de leur résister. Je sais que toi et tes équipes faites déjà tout votre possible, mais il nous faut davantage d'armes spéciales. Cela pourrait se révéler vital. »

Eleanor lui fit face et plongea ses yeux dans les siens. Elle comprit à ce moment que, au-delà de la dureté qu'il s'était vu contraint d'adopter pour endosser pleinement son nouveau rôle, Irénion avait peur. Le destin de millions d'âmes se trouvait entre ses mains et la crainte de commettre une erreur de jugement fatale le rongeait. Une fois encore, elle dut se retenir de l'enlacer. Leurs escortes avaient beau s'être éloignées, elles ne les quittaient pas des yeux.

« Nous travaillons sans relâche à améliorer les Charleville et les Leyde, répondit-elle en tâchant de teinter ses paroles d'optimisme, et j'ai bon espoir que de nouvelles versions plus performantes seront bientôt... »

Non sans une certaine brusquerie, Irénion lui saisit les mains en secouant la tête.

« Le temps presse, Eleanor ! Nous n'avons pas le loisir de perfectionner nos fusils indéfiniment. Il faut mettre en production de grandes quantités d'armes, même imparfaites à tes yeux, sans autre atermoiement ! Faute de quoi, la prochaine attaque pourrait bien nous anéantir… »

Bien qu'Eleanor n'aimât guère la précipitation, une telle injonction ne pouvait se discuter. Les troupes d'Irénion avaient combattu les légions maudites de Vakt alors que, pour elle, il ne s'agissait que d'une menace lointaine, presque abstraite.

« Je… comprends, fit-elle. Je comprends. À partir de maintenant, je… vais demander aux ingénieurs de se concentrer sur l'organisation de la production plutôt que sur l'amélioration des prototypes.

— Il ne s'agit pas d'abandonner complètement la recherche…, tempéra Irénion, embarrassé.

— Non, bien sûr. Je laisserai une partie des équipes sur les modèles les plus prometteurs, mais l'essentiel de nos efforts portera désormais sur le rythme de production. »

Le Premier consul n'avait toujours pas lâché ses mains. Toutefois, ce contact n'avait rien d'agréable. Se rendant compte qu'il les serrait un peu trop fort, il relâcha son étreinte et son expression s'adoucit.

« Je suis désolé, Eleanor. Je n'ai que trop conscience de faire un bien piètre amant et je comprendrais que tu… »

La brève détresse qui venait de transparaître sur son visage noua le cœur d'Eleanor. Elle lui pressa les mains à son tour.

« Ne dis rien ! souffla-t-elle. Le moment venu, nous nous rattraperons. » Puis, soucieuse de dissiper cette gêne, elle s'exclama, avec un enthousiasme forcé : « Et, lorsque la situation le permettra, tu trouveras un moyen d'amener Ludwig à me laisser utiliser de l'uchronite afin de tenter d'entrevoir l'avenir de l'armement ! Ainsi, je comblerai aisément le retard que j'aurai pris dans mes recherches. »

Irénion opina lentement, un pâle sourire sur les lèvres.

« Entendu, je tâcherai de le convaincre. Cependant, je préfère te dire que, la dernière fois que je l'ai vu, il était plus mutique que jamais, comme détaché du monde. Étrangement, sa victoire contre Élégast semble lui avoir porté un coup dont il peine à se remettre. Je ne sais pas s'il s'intéresse encore suffisamment aux affaires des hommes pour t'aider à améliorer nos armes. »

Eleanor haussa les épaules : « Après tout, qui a décrété que Ludwig Arcerese était le gardien des cristaux ? Nous pourrions aussi bien voir cela avec Éthelinde, ou même Lithian. »

Irénion acquiesça et ils reprirent leur déambulation.

D'ici à son départ pour la capitale, il avait promis de rester deux jours à Rouen. Deux jours ensemble – bien davantage que tout ce qu'ils avaient eu depuis des semaines. Eleanor espérait que le peu d'intimité qui leur serait laissé leur permettrait de retrouver la complicité et la légèreté des premiers temps de leur relation.

Et qu'une occasion se présenterait de lui annoncer ce que, pour le moment, elle *seule* savait.

OLATHENA

Nur 39, Ereth 124

Archipel de Nhâle, Hursëlïnh, midi.

Revenant d'une longue et éreintante matinée de pêche, Olathena s'engagea sur la passerelle principale d'Iâlh-Mehty en direction de l'amont. La plupart des passerelles secondaires de cet îlot-village aboutissaient sur celle-ci et tous les habitants l'empruntaient plusieurs fois par jour. De chaque côté, les garde-corps croulaient sous les décorations, principalement composées de coquillages sans valeur et de fleurs, quotidiennement entretenues. On ne pouvait en dire autant de la passerelle elle-même, dont les planches et même certains pilotis commençaient à présenter d'inquiétants signes d'usure, voire de pourriture. Si les Alôs n'étaient pas un peuple paresseux, ils avaient parfois tendance à remettre à plus tard les tâches non essentielles. « Les esprits y pourvoiront » était la phrase qu'on entendait le plus souvent au pays de Nhâle. Il faudrait donc que la passerelle principale commence à s'effondrer pour que des réparations soient entreprises. Olathena, elle, n'accordait nulle confiance aux esprits et ne pratiquait pas leur culte ; cependant, cette attitude était peu répandue chez les Alôs.

Après avoir bifurqué deux fois sur des passerelles secondaires, la pêcheuse arriva en vue de sa cahute. L'habitation n'était ni grande ni jolie, mais, au moins, Olathena en prenait-elle soin en veillant à changer régulièrement les algues shuriques séchées et tressées qui en constituaient les parois. Bien que ce matériau ne fût pas des plus nobles, il était abondant et facile à travailler. Soudain, Olathena se figea. Devant chez elle patientait un garde du Conseil, reconnaissable à son armure de cuir gravée de motifs imitant des écailles de poisson. Adossé à un poteau, l'homme se redressa à son arrivée. La signification de sa présence ici n'était que trop évidente. Son fils, Olunemi, avait encore fait des siennes.

Le soldat lui lança : « Tu es la pêcheuse Olathena ? »

L'interpellée hocha lentement la tête, saisie par l'appréhension.

« Tu es convoquée devant le Conseil docte.

— Le Conseil ? »

Elle ne s'attendait pas à cela.

« Quand ? » demanda-t-elle, la voix rauque.

Le garde haussa les sourcils.

« Maintenant, bien sûr ! Que crois-tu, pêcheuse ? Que tu peux faire attendre les sages ? Suis-moi ! »

Résignée, Olathena obéit et lui emboîta le pas. À l'embarcadère d'Iâlh-Mehty, elle descendit dans un canot sur lequel un autre garde attendait. Même si elle se refusait à regarder les gens, elle sentait leur regard sur elle et devinait sans peine leurs pensées. *Son rejeton a encore fait des siennes. Elle ne sait pas l'éduquer. Une bonne mère doit tenir ses gamins d'une main ferme.*

Cependant, cette fois, elle ne devait pas se contenter d'aller chercher Olunemi à la karûknû, elle était convoquée par le Conseil docte. Cette idée l'inquiétait au plus haut point et elle eût préféré devoir s'humilier une fois de plus à la « maison de la honte » à la place.

À cette heure du jour, remonter le courant à la rame donna bien de la peine aux deux soldats. Après un moment, Olathena remarqua qu'ils ne prenaient pas la direction de la Grande Île, où siégeait habituellement le Conseil docte, mais de Gol-û-Sol. Déjà en vue, cette étroite péninsule s'étirait sous la haute cascade qui formait l'embouchure d'un des affluents du fleuve-monde ; à l'extrémité de la bande de terre s'élevait le Temple des esprits de la pêche, l'un des rares bâtiments construits sur un soubassement de pierre dans tout l'archipel. Quelques minutes plus tard, ils accostaient le ponton. Là, à la surprise d'Olathena, attendait Megüi. D'apparence frêle et de petite taille, même selon les critères alôs, Megüi était l'une des femmes du Conseil. Brodeuse de son état, son caractère bien trempé et sa forte personnalité la prédestinaient à endosser des responsabilités de plus en plus importantes au sein du peuple de l'archipel. Olathena ne savait pas s'il fallait interpréter sa présence comme un bon ou un mauvais signe.

Car Megüi la convoitait depuis longtemps. Par le passé, la maîtresse femme l'avait aidée à plusieurs reprises, sans qu'Olathena saisisse les raisons de cette bienveillance. Puis, à la mort d'Erniûl, la brodeuse avait tout juste attendu les trois floraisons traditionnellement consacrées au deuil pour lui proposer de devenir sa nouvelle mépê. Olathena ne s'était pas imaginé qu'elle s'intéressât à elle de cette façon. Avec une différence de deux pieds de moins pour la taille et presque douze années de plus pour l'âge, Megüi paraissait plutôt mal assortie à cette pêcheuse en eaux profondes. Toutefois, cela n'aurait pas gêné Olathena si elle avait éprouvé quelque attirance pour cette femme. Mais la personnalité autoritaire de Megüi ne lui inspirait aucun sentiment favorable, et encore moins amoureux. Embarrassée, elle avait donc repoussé chacune de ses avances. Depuis, la brodeuse n'avait cessé d'insister, souvent de manière pesante, et Olathena s'ingéniait à éviter de la croiser.

« L'eau sur toi, Olathena, fit Megüi en venant à sa rencontre.

— L'eau sur toi, ô sage, répondit Olathena, circonspecte.

— Il n'est pas nécessaire de m'appeler ainsi tant que nous ne sommes pas au Conseil, tu le sais. »

D'un geste, elle congédia les deux gardes. L'un d'eux protesta :

« Nous avons ordre de la mener au patriarche.

— Je pense qu'un membre du Conseil docte peut se charger lui-même de cette tâche », répliqua Megüi, de son ton cassant habituel.

L'autre quitta les lieux avec son camarade sans insister.

La brodeuse invita Olathena à la suivre et elles se dirigèrent vers l'entrée du Temple des esprits de la pêche.

« Que se passe-t-il, Megüi ? s'aventura à demander Olathena. Est-ce en lien avec mon fils ?

— Bien évidemment, Ola. Ce garçon ne t'apporte que des ennuis. Tu aurais dû le mettre au travail dans l'équipe de Silaï-le-Fort, comme je te l'avais conseillé l'année dernière.

— Alors qu'il venait de perdre son père ? Je n'en ai pas eu le cœur.

— Tu ne lui rends pas service en le couvant ainsi. »

Mal à l'aise, Olathena garda le silence. Elle aurait voulu répondre que Megüi n'était pas sa mépê, et que celle-ci n'avait donc pas à commenter l'éducation qu'elle dispensait à son fils. Toutefois, le moment aurait été mal choisi pour se mettre à dos l'un des membres du Conseil.

Comme tous ceux dont la pêche était le métier, Olathena avait déjà pénétré dans le temple, bien qu'elle ne s'y soit résolue que pour se plier à la tradition, puisqu'elle ne croyait pas aux esprits. Sa réputation de marginale lui compliquait assez la vie sans qu'elle l'aggrave en rompant avec une coutume aussi importante aux yeux des autres. Au-dessus du soubassement de lourds blocs de pierre se dressait un long bâtiment en bois de plumetier, essence aussi rare que difficile à travailler. Pourtant, les artisans étaient parvenus à en graver toutes les parois de bas-reliefs relatant la vie des Alôs, et en particulier de scènes de pêche, bien sûr.

En franchissant la grande porte, ornée de la représentation stylisée d'une énorme silakôa attaquant un navire, Olathena expira longuement afin de ralentir les battements de son cœur.

Tout le Conseil docte se trouvait réuni dans la grande salle du temple, là où chaque année était célébré le rite des fortunes de la pêche. Dix-huit notabilités du peuple alôs – neuf femmes, neuf hommes – assises en cercle sur des fauteuils disposés là pour l'occasion. Pour quelle raison ce lieu voué aux esprits avait-il été choisi pour traiter des bêtises commises par un enfant ? Sur un fauteuil surélevé siégeait un vieil homme aux traits sévères, le patriarche Galnîc. À sa droite, debout et un peu en retrait, Olathena remarqua l'un des jeteurs d'eau du Sanctuaire des larmes, reconnaissable à son habit rituel.

Megüi, visage fermé, fit signe à Olathena de s'avancer au centre du cercle, puis s'installa sur le siège libre. Face à ces notables qui la toisaient, vêtus de costumes nobles et coûteux, la pêcheuse se sentit aussitôt humiliée de devoir paraître dans sa tenue légère en mauvaise toile d'arcû, qui ne dissimulait que fort peu son anatomie. Vêtements bien plus appropriés aux eaux du Söthsÿn qu'au Temple des esprits de la pêche.

Sans que nul ait prononcé une parole, la porte du fond s'ouvrit et Olunemi entra, escorté de deux gardes. Le cœur d'Olathena fit un bond dans sa poitrine en découvrant son fils en pareille posture. Le visage du garçon, encadré des boucles noires de ses cheveux en bataille, paraissait défait. À son expression, Olathena comprit aussitôt que quelque chose de grave s'était produit. Envolé l'air de défi perpétuel du jeune adolescent : apeuré comme il l'était, Olu ressemblait plus que jamais à un enfant. Un sursaut maternel intérieur enjoignit à Olathena de se précipiter vers son fils afin de le prendre dans ses bras, mais elle parvint à le refréner. Le patriarche sourcillait déjà. Olunemi fut mené lui aussi au centre, à quelques pas de sa mère, puis les gardes se postèrent à l'entrée.

« L'eau soit sur ce conseil ! » lança Galnîc de sa voix forte.

Les deux longs favoris blancs qui pendaient de chaque côté de sa tête tremblaient à chacune de ses paroles. Olathena ignorait son âge exact, mais elle avait l'impression de l'avoir toujours connu sous les traits d'un vieillard.

« Cette réunion des Doctes, inhabituelle en ce lieu, nous a été imposée par un drame survenu il y a quelques heures à peine. J'ai ainsi le regret de devoir vous apprendre une bien mauvaise nouvelle : l'une des quatre larmes de Nhâle a été perdue, et c'est ce garçon, ici présent, qui a causé cette épouvantable catastrophe ! »

Un brouhaha soudain emplit la vaste salle tandis que les dix-huit membres du Conseil poussaient des exclamations de stupeur tous en même temps. Enfin, presque tous, car certains semblaient déjà informés de l'événement et se contentaient de garder les yeux fixés sur Olunemi, dont la détresse faisait peine à voir.

« Je ne comprends pas, patriarche Galnîc ! s'exclama Olathena, totalement désemparée. Mon fils n'aurait jamais porté atteinte aux idoles ! Il doit s'agir d'une erreur et…

— Tiens ta langue, pêcheuse ! cria l'un des Doctes. Tu t'exprimeras lorsque tu y seras invitée ! »

Le patriarche leva les mains et le calme revint dans l'assemblée. Il reprit la parole.

« C'est le jeteur d'eau ici présent qui nous a alertés. » Il fit signe de s'avancer à l'homme qui se tenait à ses côtés. « Prêtre, relate au conseil ce dont tu as été témoin. »

Les motifs rehaussés de fil d'argent brodés sur la tenue complexe du jeteur d'eau scintillèrent dans la lumière qui tombait des ouvertures du toit de l'édifice. Plusieurs bandelettes de largeurs différentes et de couleurs vives pendaient de ses bras, symbolisant les principaux courants du fleuve.

« La plupart d'entre vous me connaissent, commença-t-il, je suis l'un des huit jeteurs d'eau du Sanctuaire des larmes. J'ai été consacré il y a bien des années déjà, et jamais je n'ai failli à ma tâche. »

Visiblement ébranlé, il s'interrompit brièvement avant de reprendre.

« Ce matin, alors que j'avais presque terminé mon tour des larmes, j'ai quitté le sanctuaire, comme un jeteur le fait toutes les douze minutes environ, afin d'aller emplir mon outre à la source sacrée. Durant cette manœuvre, les quatre piliers ne sont laissés sans surveillance qu'une minute tout au plus. Cela a suffi à ce petit démon (il pointa Olu du doigt), probablement caché dans les parages, pour nager jusqu'à l'un d'eux et l'escalader aussi vite qu'un rumquîl arboricole. Lorsque je suis revenu, il était déjà au sommet du pilier et tendait le bras vers la larme du Levant, encore humide de l'eau sacrée dont je l'avais honorée quelques instants plus tôt. »

Olathena ne s'était plus rendue au Sanctuaire des larmes depuis longtemps. La légende fondatrice des Alôs recelait trop de références aux esprits et trop de commandements à son goût. Pourtant, comme tout le monde, elle connaissait l'histoire de la déesse Nhâle qui s'était sacrifiée pour son peuple et dont les larmes auraient engendré le fleuve Söthsÿn lui-même. Quatre piliers de pierre sculptés se dressaient sur les roches aux arêtes déchiquetées émergeant des eaux tumultueuses qui marquaient la fin des rapides de l'amont, frontière naturelle du pays à cet endroit, et au sommet de chacun, une alcôve abritait une idole représentant la déesse Nhâle elle-même, dans des postures différentes, symbolisant les quatre étapes de son calvaire. Nul ne savait qui avait érigé ces colonnes de pierre ni de quand elles dataient, mais les Alôs s'en servaient comme sanctuaire depuis la nuit des temps et considéraient que les idoles les protégeaient et leur assuraient la prospérité. Il ne serait venu à l'idée de personne d'escalader les piliers.

« Horrifié par ce sacrilège, poursuivait le jeteur d'eau, j'ai hurlé sur ce garçon, lui ordonnant de descendre. J'ignore s'il m'aurait obéi ou non, car c'est à ce moment que le drame s'est produit... »

Le prêtre marqua une pause, soit qu'il fût sincèrement bouleversé, soit qu'il voulût impressionner son auditoire.

« La partie saillante d'un bas-relief auquel ce vaurien s'agrippait a cédé sous son poids, provoquant sa chute. Malheureusement, comme il était déjà parvenu au niveau de l'alcôve, le plateau sur lequel reposait l'idole s'est brisé lui aussi et celle-ci a été emportée dans l'éboulement. Je me suis d'abord figé d'effroi devant cet événement impensable puis, reprenant mes esprits, j'ai lâché l'outre d'eau sacrée et je me suis précipité vers le pilier. Malheureusement, le courant est puissant à cet endroit et les idoles sont faites, comme vous le savez tous, d'une pierre mystérieuse, translucide et très légère. Ainsi, lorsqu'elles sont immergées, elles ne coulent pas, mais flottent entre deux eaux, juste sous la surface, comme les pierres volcaniques. J'ai eu beau plonger à plusieurs reprises et la chercher avec l'énergie du désespoir, il m'a été impossible de la retrouver. Le courant l'avait emportée... (Il hoqueta.) Le fleuve-monde l'a reprise pour toujours ! Jamais nous ne la retrouverons ! C'est tout simplement impossible ! Elle est probablement déjà loin à l'heure qu'il est ! »

Le désarroi qui pouvait se lire sur le visage des Doctes impressionna Olathena. Bien qu'elle ne crût pas aux esprits, elle aussi respectait les idoles et leur présence au cœur du pays de l'archipel la rassurait. Imaginer que l'une d'elles puisse avoir été perdue dans le fleuve était effarant.

« Par la déesse, qu'allons-nous devenir ? » s'écria l'une des Doctes, d'une voix plaintive.

Le patriarche tourna son regard courroucé vers Olunemi.

« Fils d'Olathena, as-tu conscience de la gravité de ton acte ? Quelle explication peux-tu avancer pour un geste aussi irréfléchi ? »

Les mains et la lèvre inférieure d'Olu tremblaient de manière si pathétique que sa mère ne put s'empêcher de prendre sa défense.

« Vous ne pouvez le tenir pour responsable ! lança-t-elle au Conseil. Ce n'est qu'un enfant !

— Silence, pêcheuse ! la rabroua Galnîc. Ton fils est jeune, c'est entendu, mais son acte porte un tel préjudice à notre peuple qu'il va devoir en répondre. »

Olathena sut qu'il fallait se taire afin d'éviter d'aggraver la situation. D'un signe de tête, elle invita Olu à répondre.

« Ce n'était pas ma faute, mâmé, je le jure ! » Après s'être tant contenu, il explosa en sanglots et sa voix dérapa dans une tonalité aiguë. « Je ne voulais pas causer de dégâts, ce n'était pas du tout mon intention ! »

Le patriarche perdit patience.

« Pour quelle raison as-tu escaladé ce pilier ? » tonna-t-il.

Les épaules d'Olunemi s'affaissèrent.

« Pour honorer un pari…, répondit-il du bout des lèvres.

— Un pari ? » répéta Galnîc, qui semblait peiner à croire ce qu'il entendait.

Olunemi baissa la tête, honteux.

« Les copains des îles Tierces m'avaient mis au défi de toucher l'une des idoles. Ils m'ont dit qu'ils ne m'accepteraient parmi eux qu'à cette condition.

— Les Tierces sont peuplées de vauriens ! lança quelqu'un. Rien d'étonnant que ce garçon se cherche des amis là-bas. De la graine de bandit ! »

Olathena comprit que sa réputation de mère permissive allait se retourner contre son fils.

« Le pari consistait juste à grimper au sommet d'un des quatre piliers puis à m'enfuir avant le retour du jeteur d'eau. Quand tout s'est écroulé et que j'ai vu que l'idole était tombée, je suis resté pour la chercher avec le prêtre. J'ai plongé moi aussi alors que j'aurais pu m'enfuir ! Il n'aurait jamais su qui j'étais, et je n'aurais pas été inquiété, mais je savais que retrouver l'idole était le plus important ! »

L'expression du patriarche changea imperceptiblement.

« Tu as omis de mentionner cela, jeteur d'eau, bougonna-t-il, comme s'il était mécontent que la situation soit moins tranchée qu'elle en avait l'air. Est-ce la vérité ?

— C'est la vérité », confirma le prêtre à contrecœur, ne pouvant se résoudre à mentir en dépit de son désir d'accabler le « vaurien » qui avait commis un tel sacrilège.

« Je vous en prie, patriarche Galnîc, ô membres du Conseil docte ! » intervint de nouveau Olathena – cette fois, nul ne l'empêcherait de s'exprimer, une mère avait le droit de défendre son fils ! « Olunemi n'est qu'un enfant ! Il a commis un acte irréfléchi, qui a eu de graves conséquences, mais il en a conscience. Ce n'est pas un vaurien !

— Que suggères-tu, pêcheuse ? rétorqua l'une des femmes du Conseil. Qu'il ne reçoive qu'une légère punition ? Par exemple, il pourrait passer l'après-midi à la karûknû, puis revenir à la maison ce soir comme si de rien n'était, c'est cela ? »

Bien que le sarcasme de la suggestion n'ait pas échappé à Olathena, elle s'abstint de répondre directement, de peur de se montrer trop agressive, et continua de s'adresser à l'ensemble du Conseil.

« Olunemi mérite de subir un châtiment, je ne le conteste pas, concéda-t-elle. Je vous conjure cependant de garder à l'esprit son jeune âge et le drame qu'il a vécu l'an dernier. »

Une autre voix de femme s'éleva alors : « Nous avons tous subi les affres du deuil à un moment ou à un autre de notre vie, pêcheuse. Pour autant, l'affliction ne nous a pas poussés à commettre de tels sacrilèges. »

La Docte qui venait de prononcer ces paroles était Megüi.

Olathena lui lança un regard suppliant. Pourquoi ne prenait-elle pas leur défense alors qu'elle avait proposé à Olathena de devenir sa mépê ? Cette dernière aurait attendu de la maîtresse brodeuse un soutien de principe. Pourtant, la raison lui apparut à cet instant tristement évidente : Megüi lui en voulait de l'avoir rejetée et elle saisissait cette occasion de lui faire payer cet affront. Olathena hocha la tête lentement ; elle comprenait maintenant pourquoi elle avait toujours éprouvé des réticences à se rapprocher de cette femme. Son instinct ne l'avait pas trompée.

« Le geste irresponsable de ton fils met en péril la protection de la déesse qui gardait les Alôs à l'abri des dangers extérieurs. Qui sait ce qui attend désormais le pays avec seulement trois idoles dans le Sanctuaire des larmes ? Je n'ignore pas que, pour toi, le culte des esprits est une pratique arriérée, mais tu nous pardonneras de préférer perpétuer les traditions de nos ancêtres plutôt que de croire aux fariboles des légendes concernant l'existence des humains. »

L'attaque était transparente pour celui qui connaissait leurs rapports ; malheureusement, il était peu probable que cela fût le cas de la plupart des membres du Conseil. Furieuse, Olathena envisagea de révéler sur-le-champ la proposition qu'elle avait repoussée quelques mois plus tôt, afin d'exposer la duplicité de Megüi, puis se ravisa. Il serait aisé pour la notable de l'accuser de mentir et le Conseil préférerait la croire, par principe. Hésitant sur l'attitude à adopter, Olathena gardait le silence, donnant l'impression de cautionner l'exposé trompeur que Megüi venait de donner de ses opinions.

« Là n'est pas le sujet, intervint le patriarche, visiblement excédé. Nous sommes réunis ici afin de décider des suites à donner à cette situation exceptionnelle. Prêtre, la protection que nous procuraient les larmes de la déesse a-t-elle été anéantie par la perte d'une des idoles, ou seulement affaiblie ? »

L'homme au costume bariolé hésita.

« Je ne saurais répondre de manière catégorique à cette question, patriarche Galnîc. Je suppose que seul l'avenir le dira et que...

— Jetez le gamin aux Fosses ! cria quelqu'un.

— Oui, aux Fosses ! renchérit un autre Docte. Cela apaisera le courroux qui doit animer la déesse en ce moment ! »

Aussitôt, une cacophonie de cris et d'exclamations éclata dans l'assemblée. Effrayée, Olathena franchit sans hésiter la distance qui la séparait de son fils et le serra contre elle. Aucun garde n'essaya de l'en empêcher. L'expression de fureur haineuse de certains membres du Conseil l'horrifia. Olu enfouit son visage dans ses vêtements et se mit à pleurer.

La voix puissante de Galnîc s'imposa alors, dominant le vacarme.

« ASSEZ ! cria-t-il, le front rouge de colère. Un peu de tenue ! Par les eaux du fleuve-monde, montrez-vous dignes de cette assemblée ! »

Le silence retomba dans la grande salle du temple de Golû-Sol. Quelques membres du Conseil se raclèrent la gorge, embarrassés du spectacle qu'ils venaient de donner.

« Avez-vous tous perdu la tête ? s'écria Olathena. Vous parlez de jeter un enfant dans les Fosses, comme s'il s'agissait du pire des criminels, comme s'il avait assassiné quelqu'un ! »

Il était fort rare que le Conseil prononce une sentence aussi sévère. Ceux qui étaient jetés dans les étranges orifices rocheux des Fosses des maudits trouvaient toujours la mort. En principe, cette peine était une façon de laisser les esprits juger de la culpabilité du condamné ; dans la pratique, jamais personne n'était ressorti vivant de l'une des extrémités de ce labyrinthe de conduits immergés, soumis à un fort courant. Les Fosses ne rendaient que des dépouilles sans vie, brisées et lacérées par les angles coupants de la roche. Parfois, les corps ne réapparaissaient jamais.

« Rassure-toi, pêcheuse, cela n'arrivera pas ! asséna Galnîc d'une voix vibrante de colère. Les Alôs ne sont pas des sauvages, jamais je n'autoriserai pareille barbarie. »

Aucun Docte n'osait braver le regard du patriarche.

« Toutefois, l'enfant doit être puni, ajouta-t-il. Et le châtiment doit être à la mesure de la gravité de son acte ! Que suggèrent les Doctes, qui n'implique point d'ôter la vie d'un enfant ? »

Ce fut Megüi qui répondit. Son filet de voix glacial fit frissonner Olathena.

« Il doit être banni. Qu'il quitte le pays de Nhâle pour ne jamais y revenir. »

Un murmure d'assentiment parcourut l'assemblée.

Bien qu'Olathena se sentît infiniment soulagée de voir s'éloigner la menace des Fosses, elle n'en fut pas moins épouvantée devant cette proposition.

« Mais..., bredouilla-t-elle, les larmes aux yeux, il n'a que neuf ans... Comment pourrait-il survivre seul, loin de sa mère et de son îlot ? »

Les sanglots d'Olunemi redoublèrent. Olathena lança un regard implorant à Galnîc.

Le visage grave, le patriarche garda le silence. Il avait usé de son autorité pour épargner la vie d'Olu, il ne pouvait s'opposer une nouvelle fois aux Doctes.

La voix de Megüi s'éleva de nouveau, implacable, pour répondre à sa place.

« À cet âge, il ne peut survivre seul, tu as raison, pêcheuse. C'est pourquoi il te faudra partir avec lui. »

EVDOKIA

4 mars 1816

Région de Zamość, Pologne, vers l'aube.

En dépit du bruit et des ballottements de la diligence, Evdokia somnolait, la tête posée sur son châle roulé en boule et calé contre la paroi. Elle n'était jamais vraiment parvenue à dormir dans une voiture ; même si les voyages nocturnes s'effectuaient à une vitesse réduite, les cahots, le concert de grincements et le martèlement de huit paires de sabots lui rendaient tout véritable sommeil impossible. En revanche, chaque fois qu'un choc sur les roues lui faisait relever la tête en sursaut, elle constatait que les cinq hommes qui partageaient l'habitacle avec elle ne paraissaient guère dérangés par ces conditions et dormaient à poings fermés.

Elle remonta son oreiller de fortune qui avait glissé puis souleva le rideau de la portière. Dehors, l'aube poignait. Le ciel se parait de teintes roses diaphanes à l'horizon, détachant les silhouettes des arbres et des maisons qui défilaient le long de la route. Depuis la veille, ils étaient entrés dans l'ex-duché de Pologne, contrôlé par l'Empire français jusqu'à la défaite de Waterloo, désormais prétendument indépendant – en réalité sous domination russe. Ils ne comptaient point s'y arrêter plus longtemps que nécessaire, pas davantage que dans le royaume de Prusse ni dans la confédération du Rhin qu'il leur faudrait également traverser. Leur objectif était d'entrer en France en secret. Tout du moins de *laisser penser* que c'était leur intention.

Deux semaines plus tôt, une mission cruciale leur avait été confiée.

Après avoir patienté un temps infini dans l'antichambre de la grande salle du trône, tourmentée à l'idée de ce qui l'attendait, Evdokia Sverela avait fini par être appelée. Elle avait passé les grandes portes, suivie de Kamenev et de son agent, Grigori Kokhozine, puis pénétré dans le plus haut lieu de pouvoir de l'empire de Russie.

Depuis qu'elle séjournait au palais d'hiver, la *courtisanka* avait déjà eu l'occasion d'admirer la grande salle du trône, joyau de la grande enfilade de l'aile orientale, qui comptait cinq salles d'apparat successives. La première fois, elle avait été éblouie par ses dimensions et le luxe de sa décoration, l'incroyable marqueterie du plancher dont les motifs répondaient aux moulures dorées du plafond, les colonnades de marbre blanc et les énormes lustres.

Cette magnificence n'était plus qu'un souvenir. Le faste corrompu, la grandeur souillée, l'antre de la malfaisance ; les qualificatifs se bousculaient dans l'esprit d'Evdokia. Désormais, les lourds rideaux demeuraient tirés devant les fenêtres en permanence, plongeant les lieux dans une pénombre seulement troublée par des dizaines de grands cierges plantés sur des socles en fonte. Partout sur les murs, de saintes icônes, arrachées aux églises, avaient été clouées à l'envers et barbouillées de peinture noire – à moins qu'il ne s'agît de sang de résurgion. Nulle lumière ne provenait du plafond puisque les lustres avaient été retirés afin de laisser place à quelque chose que la jeune femme se refusait à regarder. D'épaisses volutes d'une fumée jaunâtre flottaient dans l'air, suintant des encensoirs pendus aux balustrades de la coursive. Evdokia n'aurait su dire ce qui se consumait dans ces globes d'argent, mais elle était certaine qu'il ne s'agissait pas d'encens consacré.

Elle s'engagea dans la longue salle d'un pas hésitant. Si Kamenev ne paraissait pas intimidé, le visage de Kokhozine exprimait une intense frayeur. Ils avancèrent vers l'estrade qui était autrefois surplombée par le trône du tsar, aujourd'hui occupée par un cercueil noir, dont les flancs étaient couverts d'une multitude de petits symboles peints, à demi effacés. La boîte oblongue était posée sur un socle, presque à la verticale, afin que chacun puisse en observer le contenu. Car, depuis qu'il avait été sorti de la crypte, le cercueil demeurait ouvert et les rares personnes convoquées en ce lieu maudit devaient endurer la vue du corps physique de Vakt. Une dépouille desséchée, enveloppée dans une toge rongée par le temps ; son squelette se devinait aisément sous la peau fripée et jaunie, et ses dents brillaient d'un éclat malsain entre les lèvres étirées, amincies. Ses bras étaient croisés sur sa poitrine.

Chaque fois qu'elle voyait le corps du sorcier, il semblait à Evdokia que la chair de celui-ci s'épaississait peu à peu. Avec les énormes quantités de sang dont il était nourri depuis des mois, elle avait cru que le processus serait plus rapide. Raccordés en permanence à des aiguilles fichées dans ses bras et ses jambes, plusieurs fins tuyaux souples montaient jusque dans les hauteurs ténébreuses de la salle, là où les sinistres boîtes renfermant la source de l'alimentation de Vakt avaient remplacé les lustres.

Partout dans la salle, d'étranges excroissances noires s'étaient développées telles d'impossibles racines, rampant sur les murs et grimpant à l'assaut des colonnes ; leurs formes torturées rappelaient celles des coulures qui s'accumulaient le long des trépieds supportant les cierges dans les églises. Mais la comparaison s'arrêtait là. Ces excroissances étaient bien plus grandes et leur couleur, noire. Un noir brillant, chitineux. Elles provenaient toutes de la même source : le cercueil. Celles qui s'étendaient sur le plancher étaient couvertes de fines radicelles poussant à la verticale, excroissances malsaines se balançant lentement, tels des brins d'herbe troublés par une légère brise, bien que nul souffle d'air ne se fît sentir en ces lieux. Evdokia tâcha de masquer la grimace de dégoût qui lui vint à ce spectacle impie, qu'elle avait pourtant déjà été forcée de contempler à plusieurs reprises.

Tout ici la répugnait au plus profond d'elle-même. Sans parler de l'odeur fétide émanant des dizaines de personnes – de marionnettes, plutôt – qui se tenaient sur les côtés, devant les rideaux, se balançant elles aussi selon le même rythme d'outre-monde qui agitait les radicelles. Les yeux vides, sales, mal nourris, parfois malades ou blessés, ils demeuraient là, imperturbables sentinelles auprès de leur maître, armée de gardiens dans la main du Seigneur de l'Abîme, aussi indifférents à leur sort que des fourmis. En comptant ceux qui occupaient la longue coursive en hauteur, leur nombre se montait probablement à une centaine.

Touche finale de ce tableau insensé, une horrible sculpture de bois sommairement taillé, haute de plus de deux mètres, trônait au milieu de la salle. Le style primitif et grossier interdisait d'en reconnaître le sujet, ou même de simplement le comprendre, mais la silhouette effrayante d'une créature blasphématoire se devinait sans peine dans la pénombre : un corps allongé, dont les différentes parties s'entremêlaient tant qu'on ne pouvait imaginer l'apparence de la chose une fois dépliée, de nombreuses pattes aranéiformes émergeant par endroits et d'obscènes tentacules grouillant à la base. Le tout avait été absurdement barbouillé de couleurs criardes, comme l'ultime coup de folie du sculpteur qui s'était peut-être donné la mort après avoir commis cette aberration. Evdokia n'avait jamais demandé ce qu'elle représentait et ne voulait l'apprendre à aucun prix.

« Pressez donc le pas ! s'agaça Irina, tandis qu'Evdokia et les deux hommes contournaient avec une crainte révérencieuse l'idole. On ne fait point attendre le prophète du *Bog Krovi* ! »

En atteignant l'estrade, les trois personnes s'inclinèrent profondément.

« Mes respects, Votre Altesse », dit Evdokia, en tâchant de s'exprimer d'une voix plus ou moins assurée.

Irina Uliatine la toisa un instant puis lança, de son éternel ton irrité : « Kamenev ! Ne restez donc pas en retrait. Approchez également, vous êtes concerné au premier chef par les paroles qui vont être prononcées ici ! »

L'écho de sa voix résonnait étrangement dans la salle en se répercutant entre les excroissances noires.

L'agent spécial obtempéra et, suivi par son subordonné, vint se placer à la droite d'Evdokia.

Depuis qu'elle avait noué une union impie avec Vakt, qui lui permettait de se prétendre « impératrice », l'aspect physique de la comtesse avait profondément changé. Des protubérances repoussantes s'étaient formées sous sa peau, donnant l'impression que son squelette formait de nouveaux os dont certains dessinaient d'étranges alignements striés rappelant des côtes ou des vertèbres impossibles. Là où elles affleuraient à la limite de l'épiderme, ces saillies contre nature laissaient paraître des veinosités violacées. Bien qu'elles ne fussent visibles que sur les parties de son anatomie laissées apparentes par sa robe – la gorge et les avant-bras –, Evdokia savait que son corps en était entièrement recouvert.

Même si le visage de la *grafinia* avait toujours exprimé une certaine dureté, ses traits étaient autrefois plaisants et harmonieux. Maintenant, ils terrifiaient quiconque se trouvait devant elle. Ses pommettes étaient devenues si saillantes qu'elles paraissaient anguleuses, son front s'était bombé et ses lèvres crevassées. Quant à ses yeux, le blanc s'en était si assombri que ses iris bleus semblaient, par contraste, presque luminescents. Seuls ses cheveux, toujours aussi beaux et soyeux, avaient échappé à cette métamorphose. Elle continuait à les nouer en deux nattes autour de son crâne.

« L'un d'entre vous a-t-il reçu des renseignements dignes d'intérêt depuis notre dernière entrevue ? »

L'altération générale de son physique touchait même sa voix, qui muait d'une manière malsaine, plus grave et rauque. Un lointain sifflement se percevait chaque fois qu'elle s'exprimait.

L'impératrice se leva et fit quelques pas le long de l'estrade, qui grinça sous son poids.

« Votre Altesse, je suis au regret de devoir vous répondre par la négative », souffla Evdokia.

Ne me prenez pas ! ne put-elle s'empêcher de penser dans un élan de panique. *Ne me transformez pas !*

Avant même que Kamenev ne s'exprime, pour annoncer qu'il n'avait pas non plus progressé dans ses recherches – Evdokia le savait –, Irina reprit en s'adressant aux deux : « Au-delà de la traque de l'ex-Sorcier d'Empire, toujours infructueuse, me semble-t-il, il vous a été confié à chacun une mission tout aussi importante : obtenir autant d'informations que possible sur Pavel Laptev, le localiser et tenter de l'éliminer. »

Elle laissa passer un silence qui n'augurait rien de bon.

« Vous allez pouvoir expliquer vous-même au seigneur Vakt si vous estimez avoir accompli cette mission ! »

Evdokia sentit son cœur se serrer ; voilà exactement ce qu'elle avait craint en répondant à cette convocation.

Alors que nul bruit ne se faisait entendre, la jeune femme sentit soudain une intense pression sur ses tympans, comme si un bourdonnement assourdissant venait d'emplir les lieux, pourtant silencieux. Une brume lumineuse diffuse se forma au-dessus du cercueil, constituée de filaments phosphorescents verdâtres qui s'étendaient dans l'air à la manière d'une goutte d'encre dans l'eau. Peu à peu, les volutes vaporeuses se précisèrent et une haute silhouette humaine translucide apparut, celle d'un homme grand et maigre, au visage cruel dépourvu de sourcils et dont les cheveux mi-longs étaient coupés en une frange rectiligne sur le front.

« ÀÀÀ GEEENOUX, MOOORTELS ! »

Comme ses compagnons d'infortune, Evdokia ne put s'empêcher de se couvrir les oreilles de ses mains. Geste inutile, bien sûr, puisque Vakt s'exprimait directement dans l'esprit des gens. Sans se soucier de sa dignité ni de la robe coûteuse qu'elle portait, elle se laissa tomber à genoux et baissa la tête.

« *Slava tébé, Bog Krovi !* » lâcha-t-elle dans un souffle, aussitôt imitée par ses deux compagnons.

L'apparition paraissait moins fantomatique que les autres fois, plus concrète. Cela signifiait-il que Vakt gagnait en vigueur ? D'ailleurs, lorsqu'elle releva la tête, le regard d'Evdokia fut attiré par un mouvement dans le cercueil : il lui sembla que les bras de la dépouille physique reposant là avaient légèrement bougé, même si elle n'aurait pu le jurer. Puis, un torrent d'effroi se déversa en elle lorsqu'elle vit les paupières du corps de Vakt se soulever et deux yeux intensément brillants la fixer.

Au-dessus, le visage du spectre, décharné et tatoué de symboles inconnus, les toisait tous alternativement. La terreur coulait dans les veines d'Evdokia qui ne pouvait détacher son regard de celui de l'entité allongée dans le cercueil.

« VOOOUS, INFÂÂÂMES LAAARVES, NE REMPLIIISSEZ PAS VOOOTRE DEEEVOIR ENVERS VOOOTRE DIIIEU. PEUT-ÊÊÊTRE DEVRAAAIS-JE VOUS PHAGOOOCYTER VOUS AUSSIII, AAAFIN QUE VOUS SOYYYEZ PLEINEEEMENT À MOOON SERVIIICE ? »

Evdokia éprouvait une grande peine à supporter cette voix. Elle s'aperçut qu'elle haletait, afin d'éviter de s'évanouir. Si elle perdait conscience, elle craignait de ne jamais la retrouver à son réveil. Le terme « phagocyter » lui était inconnu, mais sa signification lui paraissait odieusement claire.

Révulsée, la jeune femme ne s'imaginait que trop bien en marionnette reliée à Vakt par les invisibles fils de l'emprise qu'il exerçait sur ses esclaves, parasitée par sa volonté, prisonnière impuissante de son propre corps en déliquescence. Elle ferait tout pour empêcher que cela n'arrive.

Après un lourd silence, Vakt reprit : « CE MOOONDE, COMME LEEES AAAUTRES, M'APPARTIIIENDRA BIENTÔÔÔT. CEUX QUI S'OPPOOOSENT À MOI SEEERONT DIIISLOQUÉS JUUUSQUE DANS LEEEUR STRUCTUUURE MÊÊÊME... »

Tandis que le sorcier exprimait sa colère, la silhouette spectrale qui le représentait émit une vive lumière. Au même moment, une lueur apparut également derrière le plexus du corps physique de Vakt dans son cercueil, comme si sa poitrine contenait une source de lumière si intense qu'elle parvenait à se frayer un chemin à travers les replis de chair desséchée. Evdokia la remarquait pour la première fois.

« QUAAANT À CEUX QUIII ME SEEERVENT, MAIIIS ÉCHOUENT PAAAR LEUR MÉDIOOOCRITÉ, UUUN SOOORT BIIIEN PIIIRE LES AAATTEND... »

L'intensité de la voix, déjà à peine supportable, atteignit un paroxysme. Bien qu'elle sût que c'était inutile, Evdokia s'évertuait à presser de toutes ses forces ses paumes contre ses oreilles. Elle sentit que des larmes roulaient sur ses joues à force de fixer ces yeux maléfiques.

Puis, soudain, tout s'arrêta. Le spectre s'évanouit, les paupières de la dépouille retombèrent et la salle redevint silencieuse.

Le sorcier s'était de nouveau retiré en lui-même. Que faisait-il durant ces moments de sommeil apparent ? Quels plans tramait-il ? Quels lieux hors de portée de l'imagination humaine arpentait-il ? Nul ne le savait.

Grigori Kokhozine expira d'un coup. Il avait pleuré lui aussi, mais des larmes de sang. Evdokia porta les doigts à ses joues afin de vérifier qu'ils ne se tachaient pas de rouge.

L'impératrice Uliatine, qui était demeurée imperturbable durant toute l'intervention de Vakt, fit quelques pas afin de se placer à son tour au centre de l'estrade.

« Je pense qu'il est désormais clair pour vous que le Seigneur de l'Abîme est mécontent de votre absence de résultats », lâcha-t-elle avec toute la morgue dont elle savait faire preuve.

Il fallut à Evdokia prendre une longue inspiration avant d'être en mesure de répondre :

« Mes agents sont parvenus à retracer le parcours de ce Pavel Laptev avant qu'il ne rejoigne l'ennemi, Votre Altesse. Ce n'était qu'un insignifiant *istopnik* au palais qui s'est vu, euh… enrôlé de force par la Faction rouge. Il ne s'était jamais fait remarquer avant sa fuite, sauf lorsqu'il avait été brièvement soupçonné d'avoir aidé un autre pion à s'évader. À l'époque, ceux qui l'avaient interrogé n'avaient pas imaginé qu'il puisse mentir, car…

— … les pions ne mentent jamais, compléta Irina.

— En effet, Votre Altesse. Le conditionnement par la transfusion les rend incapables d'un tel acte.

— En ce cas, comment a-t-il fait ?

— Je ne vois qu'une seule explication, Votre Altesse : le conditionnement n'a pas fonctionné avec lui. »

Les sourcils de l'impératrice se levèrent.

« C'est impossible ! Soit les sujets meurent, soit ils perdent toute personnalité.

— C'est pourtant la seule explication, Votre Altesse. Laptev semble être une exception dans bien des domaines, preuve en est sa faculté à transmuter les cristaux… »

Uliatine hocha lentement la tête.

« Le seigneur Vakt a émis une hypothèse semblable. Il a parlé d'une possible "mutation". »

Le sorcier employait fréquemment des termes incompréhensibles pour le commun des mortels. Evdokia se doutait qu'Irina ne les comprenait pas davantage, mais se gardait bien de le montrer. Celle-ci se tourna vers Staminir Kamenev.

« Capitaine ! Une mission claire vous avait été confiée : localiser ce jeune homme puis vous emparer de lui, ou à défaut, l'éliminer. À ma connaissance, aucun de ces buts n'a été atteint. »

Bien qu'elle ne fût pas aussi terrifiante que Vakt, Uliatine pouvait, par sa nouvelle apparence, se montrer très intimidante, et même effrayante lorsque la colère l'envahissait. Evdokia ignorait pourquoi la *grafinia* se transformait ainsi. S'en rendait-elle seulement compte ? Parfois elle prétendait même se trouver de plus en plus belle !

Kamenev ne parut pas troublé et répondit avec sa froideur habituelle :

« Je puis assurer à Son Altesse que j'ai envoyé mes meilleurs hommes sur cette mission. Malheureusement, la protection dont bénéficie ce garçon s'est révélée impossible à déjouer. Comme il ne quitte pratiquement jamais le Premier consul Brégante, la garde de celui-ci s'ajoute à l'escorte de Laptev, faisant de lui l'un des hommes les mieux protégés de l'empire de France.

— Cette protection doit refléter la valeur que les Français accordent à la seule personne connue capable de transmuter l'uchronite, estima Evdokia.

— C'est possible, admit Kamenev. Toutefois, les Français ont perdu leur sorcier. En principe, ils n'ont donc plus besoin de cristaux... »

Irina se mit à faire les cent pas sur l'estrade.

« Alors, dit-elle pensivement, peut-être possède-t-il d'autres pouvoirs qui nous seraient à ce jour inconnus ? »

Comprenant où l'impératrice voulait en venir, Evdokia prolongea le raisonnement : « S'il ne s'éloigne jamais du Premier consul... c'est peut-être qu'il procure à celui-ci une protection magique. Même si aucun de nos espions n'a jamais vu Laptev pratiquer l'Art Obscur, il doit pourtant en être capable. Sinon, comment expliquer que Brégante ne se sépare jamais de lui ? »

Uliatine hocha lentement la tête.

« En ce cas, fit-elle, les Français se donneraient tout ce mal pour rien. Le Seigneur de l'Abîme ne peut atteindre Brégante à une telle distance. Cela dit, le fait qu'ils craignent une attaque magique les a peut-être amenés à nous révéler involontairement l'un des talents cachés de Laptev. Ce garçon, d'apparence insignifiante, saurait donc susciter un bouclier magique perpétuel ? Voilà qui serait tout à fait stupéfiant. Lors de notre face-à-face, il m'avait pourtant paru tellement... inoffensif.

— Inoffensif, il ne l'est certainement point, Votre Altesse, reprit Evdokia. Toutes mes sources sont unanimes, le jeune homme se trouvait au plus près de l'affrontement final, entre Ludwig Arcerese et Élégast. Il ne peut s'agir d'un hasard ; Arcerese devait avoir besoin de lui pour vaincre le sorcier, quels que puissent être ses talents. »

L'impératrice s'immobilisa à ces mots, le visage crispé.

« Il nous faut ce garçon, coûte que coûte ! »

Elle descendit de l'estrade et ordonna d'un geste à sa maîtresse espionne de se relever.

Evdokia sentit son cœur accélérer. Irina allait-elle faire d'elle sa marionnette ? Selon ses informateurs, la *grafinia* n'en était pas capable. Du moins, si elle l'était, personne ne l'avait jamais vue faire.

La voir de si près, observer en détail les répugnantes veinosités noires qui couraient sous sa peau, humer l'odeur animale qu'elle dégageait, tout cela révulsait Evdokia au plus haut point. Elle ferait tout ce qu'il faudrait pour éviter une telle dégénérescence.

Irina se pencha presque au point de toucher le visage d'Evdokia. Dans les irisations bleues de ses yeux, de fins filaments semblaient se mouvoir lentement.

« Ma chère amie, vous avez toujours été ma meilleure agente, aussi j'ai décidé de vous confier la mission la plus importante que vous aurez jamais à exécuter pour moi : me trahir. »

La *courtisanka* écarquilla les yeux, saisie par l'effroi.

Un sourire sardonique s'afficha sur le visage de l'impératrice. Irina n'aimait rien tant que d'abuser du pouvoir qu'elle détenait sur les autres.

« Ne vous inquiétez pas, il s'agira d'un double jeu, bien sûr, fit-elle sur un ton presque badin. Vous allez faire ce pour quoi vous êtes la plus douée : espionner. Et vous le ferez directement chez l'ennemi.

— En... infiltration, Votre Altesse ? Un certain délai me sera nécessaire afin de préparer une couverture suffisamment...

— Non. Nous ne disposons pas d'assez de temps pour ces finasseries. Le Seigneur de l'Abîme ne veut pas attendre trop avant de repasser à l'offensive, afin de ne pas laisser à ces damnés Français l'occasion de s'organiser encore mieux que lors du dernier affrontement. »

Trois mois plus tôt, quelle n'avait pas été la stupéfaction de l'état-major en apprenant que les troupes du tout nouveau Premier consul avaient tenu bon face à l'attaque surprise de l'armée de résurgions ! Cette sous-estimation de l'ennemi avait été imputée à la mauvaise qualité du renseignement militaire et des têtes étaient tombées, mais Evdokia avait échappé à cette purge impitoyable. À en croire ceux qui avaient eu le malheur d'y assister, la colère de Vakt avait été terrifiante. Depuis, il ne songeait qu'à sa vengeance. Une attitude qui, selon Evdokia, convenait bien peu à celui qui se prétendait prophète d'un dieu et entretenait même l'ambiguïté sur sa propre nature divine.

Irina poursuivit : « Nous irons donc droit au but en endormant la méfiance de l'ennemi avec un appât irrésistible : vous, ma chère ! Vous allez fuir la Russie telle une vile déserteuse et vous vous présenterez chez les Français en proposant de leur vendre de précieux renseignements sur vos anciens maîtres. La plupart de ces informations seront fausses, bien entendu, mais nous prendrons soin d'en glisser d'authentiques afin de gagner leur confiance. Si vous manœuvrez habilement, vous devriez rapidement être en mesure de leur soutirer des renseignements intéressants pour nous et, surtout, de vous approcher de Pavel Laptev… »

Evdokia comprenait maintenant pourquoi elle avait échappé à l'imprégnation du Seigneur de l'Abîme : pour une telle mission, il lui faudrait faire preuve d'une finesse et d'un naturel dont aucun pion n'était capable.

« Il sera fait… comme Son Altesse l'entend… », balbutia-t-elle.

Même si elle tâchait de ne rien laisser paraître, la jeune femme comprenait qu'il s'agissait d'un voyage sans retour. Qu'elle échoue ou qu'elle réussisse, lorsqu'elle reviendrait, elle serait immanquablement « phagocytée », comme disait Vakt. Soit comme châtiment pour son éventuel échec, soit parce qu'une fois sa fausse trahison éventée par l'ennemi, elle ne servirait plus à rien comme maîtresse espionne.

Irina se pencha jusqu'à ce que sa bouche frôle l'oreille d'Evdokia.

« Entendez-moi bien, ma chère, je veux ce garçon et, contrairement au Seigneur de l'Abîme, je le veux *vivant* !

L'objectif essentiel de votre mission sera donc de le capturer et de me l'amener. S'il périt, vous le paierez de votre vie. »

L'obsession d'Uliatine pour Laptev était aisée à comprendre : cette faculté à rendre les cristaux d'uchronite universels était inestimable pour l'impératrice, puisque son fluide naturel ne pouvait se comparer à celui des véritables sorciers. En revanche, maintenant qu'elle avait été initiée aux sombres arcanes de l'Art Obscur par son nouveau maître, qui pouvait prédire ce dont elle serait capable une fois en possession d'une quantité importante de cristaux blancs ?

Par ailleurs, cet ordre chuchoté au creux de l'oreille venait de répondre à une question qu'Evdokia se posait depuis le début : Irina ne se trouvait pas sous l'influence de Vakt comme les marionnettes, ni même à un degré moindre. Elle pouvait prendre ses propres décisions, et même, dans le cas présent, contredire son maître.

L'impératrice s'écarta et remonta les marches de l'estrade.

« Pour cette mission exceptionnelle, reprit-elle d'une voix forte, vous serez sous les ordres du capitaine Kamenev, qui, avec quelques-uns de ses hommes, assurera votre escorte. Certains d'entre eux seront "convertis" afin d'assurer le lien avec le seigneur Vakt. »

Aussitôt, sans même qu'un geste fût esquissé ni une parole prononcée par l'impératrice, trois membres de l'innommable garde du sorcier antique sortirent de l'ombre des bordures de la salle et entourèrent Grigori Kokhozine. Comprenant soudain ce qui l'attendait, celui-ci eut un mouvement de recul, mais deux des sinistres marionnettes le ceinturèrent fermement, tandis que la troisième tirait un poignard de sa veste. Kokhozine rua et se débattit, en vain. La troisième marionnette s'entailla l'avant-bras sans manifester la moindre émotion, puis, relevant une manche de Kokhozine, lui infligea la même blessure. Elle appliqua ensuite sa propre plaie, dégouttant d'un immonde liquide noirâtre, directement sur celle de sa victime qui saignait abondamment. Kokhozine hurla alors de terreur et ce cri, viscéral, effraya Evdokia plus encore que toutes les horreurs contre nature auxquelles elle avait été contrainte d'assister depuis l'arrivée de l'entité dans les cryptes du palais.

Bien qu'il s'efforçât de conserver une apparence imperturbable, Evdokia s'aperçut que même Staminir Kamenev pâlissait devant cette scène. Toutefois, il n'esquissa pas le moindre geste pour venir en aide à son agent. Il ne fallut que quelques secondes pour que Kokhozine cessât de tenter de se défendre. Ses membres s'affaissèrent et les marionnettes qui le maintenaient le relâchèrent. Il demeura ainsi, debout et inerte, durant près d'une minute, la poix noire dégoulinant de son avant-bras, puis s'effondra mollement sur le parquet tandis que les trois gardes regagnaient leurs places.

Evdokia savait que, dans quelques heures, le converti se réveillerait, déjà capable d'exécuter des ordres simples. Au bout de quelques jours, il pourrait passer pour une personne presque normale. Depuis les premières expérimentations basées sur les transfusions de sang de résurgion jusqu'aux injections forcées du Sang Vie de Vakt, le procédé de « l'enrôlement forcé » avait considérablement gagné en efficacité. D'ici peu, Kokhozine pourrait, à son tour, convertir d'autres individus.

Renonçant à chercher le sommeil dans la voiture en mouvement, Evdokia se redressa et passa son châle autour de ses épaules. Même s'il ne faisait pas vraiment froid, la fatigue la faisait frissonner. Aucun des cinq hommes qui l'accompagnaient ne s'était réveillé. Une mission de la plus haute importance lui avait été confiée par l'impératrice en personne, et pourtant, il était évident que cette « escorte » ne lui avait pas été attribuée pour la protéger, mais surtout pour la surveiller.

Avant de devenir cette créature maléfique, la *grafinia* avait surtout été une experte en matière de renseignement ; les états d'âme de l'agente Sverela n'avaient pu lui échapper.

Jusqu'à présent, Evdokia avait fidèlement servi Irina, car elle voyait en elle un moyen de s'élever dans la société et admirait son indépendance et son inébranlable foi en son destin. Toutefois, elle réprouvait cette nouvelle religion que Vakt tentait d'imposer de force à la population. Quant au sorcier lui-même, il lui faisait horreur. Il ne s'agissait pas tant de son apparence physique ni même de son absence totale de considération envers la vie humaine – sur ce point, tous les dirigeants de la Russie s'étaient toujours ressemblés –, mais bien de la vertigineuse noirceur de son projet. Même si elle ne possédait aucune information concrète à ce sujet, la jeune femme était convaincue que le prophète du *Bog Krovi* ne comptait pas dominer l'humanité, mais la détruire…

Evdokia était issue du petit peuple, et il lui semblait que ces gens, qui subissaient déjà une vie très dure, ne méritaient pas de finir comme marionnettes désincarnées d'un monstre sanguinaire, et encore moins d'être consumés dans un ultime anéantissement sacrificiel offert à un dieu aveugle et indifférent.

ÉTHELINDE

9 mars 1816

Hospice des enfants abandonnés de Saint-Maur, le matin.

« Demain matin, pendant votre temps d'étude, vous lirez le chapitre quatre du manuel de botanique sur les graminées, ainsi que la leçon du *Rudimenta* de grammaire latine sur la quatrième déclinaison des noms. Allez, le cours est terminé, filez en récréation ! »

Les vingt-six fillettes de la classe des grandes se levèrent avec toute la discipline requise par les règles de cet établissement, mais leur impatience se percevait sans peine. Après trois heures de cours, le besoin de se dégourdir les jambes se faisait sentir, et elles bouillaient de rejoindre la cour de récréation. Chacune des filles, âgées de neuf à onze ans, quitta la classe dans le calme. Elles étaient vêtues de leur robe bleu marine couverte d'un tablier de finette grise ; durant cet hiver, les manteaux n'avaient presque jamais été nécessaires et, alors que le printemps approchait, les températures étaient déjà si élevées que tout vêtement chaud paraissait superflu.

Une fois la grande salle vide, Éthelinde en ferma la porte à clé puis emprunta le long couloir à la suite de la ribambelle dont l'agitation augmentait à mesure qu'elle se rapprochait de la sortie du bâtiment. Dès qu'ils débouchèrent dans la cour, les enfants s'égaillèrent en courant et criant à l'envi. Dans un ciel sans le moindre nuage, le soleil s'approchait du zénith. Comme toujours depuis des mois, aucun signe ne semblait annoncer la pluie. Alors que la renaissance végétale printanière s'amorçait à peine, les plantes, manquant d'eau, paraissaient déjà souffrir et produisaient bien moins de bourgeons que d'ordinaire en cette saison.

Éthelinde traversa la cour au milieu des fillettes turbulentes en direction de l'aumônerie. Arrivée avec Lithian à la Congrégation de la Vierge depuis le début du mois de janvier, elle connaissait désormais parfaitement le plan du vaste couvent et s'y orientait sans difficulté. À peine avait-elle atteint l'extrémité de la cour que l'une des jeunes filles la rattrapa et lui emboîta le pas.

« Mademoiselle Ordant !

— Oui, Ernestine ? »

La fillette lui tendit un livre.

« Je voulais vous rendre *Entretiens sur la pluralité des mondes* de M. Fontenelle que vous m'aviez donné à lire.

— Déjà ? Ma foi, Ernestine, j'espère que tu ne t'es pas contentée de le parcourir superficiellement. Ce genre d'ouvrage doit être lu avec la plus grande attention, car il présente des idées complexes. »

Éthelinde savait que la petite Ernestine voyait en elle une sorte de modèle féminin idéal, auquel elle aspirait à ressembler un jour, et qu'elle essayait toujours de lui faire bonne impression.

« Bien sûr que non, mademoiselle ! se récria-t-elle. Si je l'ai lu si vite, c'est qu'il m'a passionnée ! »

Bien qu'*Entretiens sur la pluralité des mondes* fût un ouvrage ancien, la plupart des théories astronomiques qu'il développait demeuraient valables aujourd'hui. Il ne contenait certes pas les conceptions les plus récentes et les plus avancées comme *Exposition du système du monde* de M. Laplace, paru une quinzaine d'années auparavant, mais présentait l'avantage de rester intelligible pour une enfant de onze ans à l'esprit vif comme Ernestine.

« J'ai même rédigé un journal de lecture, comme vous me l'aviez conseillé, afin d'être sûre d'en retenir les idées principales. »

Elle remit à Éthelinde quatre feuillets pliés, couverts d'une écriture soignée.

« Eh bien, je te félicite, Ernestine. Je lirai ton résumé avec la plus grande attention, afin de m'assurer que tu as compris l'essentiel du contenu de ce livre. Saurais-tu me dire pourquoi cet ouvrage t'a tant intéressée ?

— À dire vrai, mademoiselle, j'ai été stupéfaite de m'apercevoir qu'on pouvait chercher une explication à, euh… au monde qui nous entoure, autre que celle formulée dans la Bible. J'ai toujours cru que la Terre occupait le centre de l'univers parce que tout tourne autour, la lune, le soleil, les étoiles. Prétendre le contraire semble tellement absurde. Et pourtant, certains l'ont fait et ont fini par démontrer qu'ils avaient raison, par la simple qualité de leur argumentation. Quant à imaginer que les étoiles – si nombreuses – pourraient être autant de soleils dont chacun éclaire un monde peut-être habité par d'autres êtres vivants se posant les mêmes questions que nous, quelle idée vertigineuse ! »

Éthelinde hocha la tête en souriant. Elle avait elle aussi ressenti cette exaltation en lisant ce livre lorsqu'elle était enfant.

« Je me demande simplement..., reprit Ernestine avec une gêne manifeste, si ce n'est pas pécher que de s'enthousiasmer pour des idées qui contredisent le message de Dieu... »

Durant les discussions qu'elle avait déjà eues avec Ernestine, Éthelinde s'était aperçue que la fillette doutait de l'existence de Dieu, mais que, en tant qu'« indigente » à la charge d'un couvent de bonnes sœurs, elle ne pouvait le dire ouvertement. Le simple fait de le penser lui faisait peur. À onze ans, née d'un père inconnu et d'une mère qui, se prostituant pour survivre, s'était vu retirer sa fille, Ernestine avait déjà connu trop d'injustices pour ne pas ouvrir les yeux face à la laideur de ce monde. Comment un dieu omniscient et omnipotent, c'est-à-dire n'ignorant aucune des misères humaines et ne faisant rien pour y remédier alors qu'il en possédait le pouvoir absolu, pouvait-il exister ? Et, s'il existait vraiment, une telle indifférence le rendait-elle digne du culte qu'on lui vouait ?

Éthelinde était parvenue à la même conclusion plus ou moins au même âge. Intuitivement, elle s'était doutée que le « Dieu patriarche » de la Bible n'était qu'une fable inventée par les hommes, qui avaient modelé cette entité imaginaire à *leur* image. Toutefois, à la différence d'Ernestine, elle avait à ses côtés un père qui l'avait accompagnée dans ses réflexions. Aussi, afin de ne pas brusquer la fillette, qui découvrait à peine ces idées déconcertantes, elle se contenta de lui répondre qu'elle pouvait considérer la Bible comme un guide pour les hommes, mais qu'il ne fallait pas la tenir pour une description exacte du monde.

Au couvent de la Congrégation de la Vierge, en tant que naturaliste, Éthelinde donnait une classe sur les sciences, en complément de l'instruction classique que recevaient les enfants ici. Les idées qu'elle y abordait faisaient parfois grincer des dents dans cette institution catholique, et les accrochages ne manquaient pas avec la mère supérieure qui lui enjoignait souvent de se contenter de sujets simples et utiles aux jeunes filles tels que l'agriculture, la cuisine, l'hygiène, etc. Afin de maintenir un *statu quo* acceptable, Éthelinde s'efforçait de ne pas répondre trop clairement aux questions ingénues des enfants sur les contradictions évidentes entre la science et la religion.

Ernestine reprit : « Pourquoi ne peut-on s'empêcher de se poser toutes ces questions sur ce qui nous entoure ? »

Éthelinde sourit et lui répondit : « Johannes Kepler, un grand astronome, a dit un jour : "De même que l'on ne se demande pas à quelles fins chante un petit oiseau, car l'on sait qu'il trouve de la joie à chanter, puisque c'est la raison pour laquelle il a été créé, il n'y a pas lieu de se demander pourquoi l'esprit humain se préoccupe tant de découvrir les secrets des cieux. La raison pour laquelle il existe une si grande variété dans les choses, dans les trésors si bien dissimulés jusque dans la trame des cieux, réside précisément dans la nécessité de l'esprit humain de ne jamais manquer de nourriture nouvelle." »

La jeune fille fronça les sourcils tandis qu'elle s'efforçait de saisir le sens de ces paroles, puis son visage s'éclaira.

« Oh, je vois. Comme Dieu nous a créés curieux, et qu'il a fait le monde beau et complexe, ce n'est pas un péché de chercher à le comprendre et à l'expliquer. »

Cette petite astuce rhétorique serait opposable aux bonnes sœurs au cas où Ernestine se laisserait aller à livrer ses pensées un peu trop clairement. Cependant, il ne faudrait pas qu'elle l'emploie avec la mère supérieure Gauthier, qui n'aimait guère les argumentateurs.

« Allez, rejoins tes camarades, Ernestine, fit Éthelinde en tournant à l'angle du bâtiment. Nous parlerons de ton résumé dès que je l'aurai lu. »

La fillette s'éloigna en courant.

Éthelinde était juste tolérée entre les murs de cette institution, et il ne fallait pas que les bonnes sœurs s'imaginent qu'elle tentait de faire perdre leur foi aux orphelines recueillies ici.

Au cours de sa vie mouvementée, elle n'avait jamais vraiment eu l'occasion de côtoyer des enfants et encore moins de leur faire la classe. Cette activité qui, au début, lui était apparue comme une encombrante corvée uniquement destinée à parfaire leur couverture, s'était somme toute révélée plaisante et même enrichissante. Éduquer ces esprits neufs, qui n'ont pas encore eu le temps d'être contaminés par les invraisemblables quantités de fadaises auxquelles les gens sont capables de croire, procurait à Éthelinde un plaisir inattendu.

Peu à peu, elle s'était même attachée à certaines de ces fillettes malmenées par la vie et privées de leurs parents, tout comme elle-même, qui n'avait jamais connu sa mère, décédée en lui donnant la vie, et dont le père avait été déclaré mort alors qu'elle n'avait pas encore atteint dix-huit ans.

Après avoir longé l'austère bâtiment de l'aumônerie, Éthelinde s'arrêta devant la porte principale et en chercha la clé sur le lourd trousseau qui ne la quittait jamais. La plupart de ces clés étaient fausses et n'avaient pour objet que de compliquer la tâche d'un éventuel voleur qui serait contraint de les essayer une par une s'il voulait ouvrir cette porte. Opération qui ne manquerait pas de le faire repérer.

Cette précaution, parmi d'autres, avait été prise car l'endroit abritait le nouveau quartier général secret de la confrérie des *Magi Karoli Magni*. C'était Irénion qui avait trouvé à l'ordre un lieu où s'établir en toute discrétion après la perte tragique du quartier général historique au Jardin des plantes, grâce à un membre de son secrétariat qui connaissait le couvent et se souvenait de ce bâtiment inutilisé. Fort de son pouvoir de Premier consul, il avait imposé à la mère supérieure la présence de ces importuns avec pour consigne formelle de ne pas se mêler de leurs activités. Il avait été convenu que la couverture serait meilleure si Éthelinde se faisait passer pour une enseignante. Bien que la mère Gauthier rechignât, elle n'osa point s'opposer à Irénion. De nombreux hospices religieux pour enfants abandonnés avaient été réquisitionnés à la Révolution et transformés en hospices publics laïcs.

Le couvent de la Congrégation de la Vierge se trouvait sur la commune de Saint-Maur, à l'extrémité ouest d'une boucle de la Marne si resserrée qu'elle formait une sorte de presqu'île. L'endroit était donc difficile d'accès et, comme tous les couvents, ceint d'un mur dissuasif. De plus, le bâtiment de l'aumônerie disposait d'une entrée séparée, qui autorisait autrefois l'aumônier à recevoir des visiteurs sans importuner les bonnes sœurs.

Le lourd battant grinça sur ses gonds et Éthelinde le verrouilla de nouveau une fois entrée. L'ensemble du rez-de-chaussée était plongé dans la pénombre, les volets demeurant clos en permanence, et seuls quelques rais de lumière épars éclairaient faiblement les meubles couverts de poussière de ces salles inutilisées depuis des années. La jeune femme emprunta l'escalier principal et gagna le premier étage.

En haut, un long couloir traversait le bâtiment, desservant plusieurs salles. La plupart étaient encombrées de caisses de tailles diverses et de toutes sortes d'appareils étranges : Éthelinde avait fait transporter ici l'ensemble du matériel découvert dans le laboratoire d'Élégast, placé sous étroite surveillance dès le fort de Vincennes conquis par Irénion, trois mois plus tôt. La naturaliste avait personnellement supervisé l'opération, veillant à ce qu'aucun de ces instruments mystérieux ne soit endommagé et que nul risque ne soit pris avec des substances potentiellement dangereuses ; sans parler des innombrables livres de l'impressionnante collection de l'ex-

Sorcier Empereur, plus précieux aux yeux d'Éthelinde que leur pesant d'or.

Quant à l'importante réserve de cristaux trouvée sur place, elle avait été transportée ailleurs, dans un endroit tenu secret. Irénion avait néanmoins accepté de lui confier une fraction de ces pierres à des fins d'étude.

Éthelinde se rendit directement dans la plus grande pièce de l'étage, qui avait été convertie en bibliothèque et leur servait de salle d'étude. Chaque pan de mur libre était occupé par de hautes étagères sur lesquelles les milliers d'ouvrages d'Élégast attendaient d'être examinés puis classés. C'était Lithian qui se chargeait de cette tâche herculéenne, de mauvaise grâce. La vieille magesse se trouvait d'ailleurs là, sa frêle silhouette voûtée perchée sur un escabeau devant l'un des rayonnages.

« Quel épouvantable fatras ! pesta la magesse à l'arrivée d'Éthelinde. Ce damné sorcier aurait pu mettre au point un système de notation pour ses ouvrages, comme n'importe quel bibliothécaire le fait ! Voilà qui m'eût fait gagner un temps considérable. Au lieu de cela, je suis contrainte d'ouvrir tous ces grimoires poussiéreux un à un afin d'en déterminer le contenu, avant de les coucher dans mon inventaire. Fastidieux au possible !

— Profitez-en pour répertorier ceux annotés de sa main, suggéra la jeune femme. On pourra légitimement supposer qu'ils présentent un intérêt supérieur aux…

— Ma chère, interrompit Lithian, me prenez-vous pour une dinde ? Bien évidemment que je les classe dans une catégorie spéciale ! »

Bien que toujours cordiales, les relations entre les deux femmes s'étaient quelque peu tendues avec le temps. Les soupçons qu'Éthelinde nourrissait à l'égard de Silja ne s'étaient pas dissipés, bien au contraire. L'étrange discussion qu'elle avait surprise entre elle et cet ami de passage – Benedikt Magnússon – demeurait présente dans ses pensées. L'idée que la magesse lui dissimulait de toute évidence des aspects essentiels de son passé l'empêchait de se montrer parfaitement naturelle avec elle, et leur relation s'en ressentait.

Parfois, Éthelinde lui posait des questions en apparence innocentes sur sa vie, espérant que Lithian finirait par lui livrer une information par simple inattention. Où avait-elle vécu son enfance ? Quelle famille lui restait-il ? Jusqu'à présent, la magesse avait toujours botté en touche, prétextant préférer oublier un passé douloureux.

Celle-ci poursuivit :

« Ces notes nous poseront d'ailleurs un sérieux problème, car, en général, Élégast les a rédigées dans sa langue, celle de l'Autre Monde, que nul autre ici bas ne comprend.

— Ludwig affirme qu'elle lui semble familière, comme s'il l'avait parlée à l'époque où il était Mérovée. Peut-être des bribes lui reviendront-elles avec le temps ?

— L'avoir parlée dans une autre vie ne le rend pas nécessairement capable de la lire. De plus, il nous faudra davantage que des bribes pour déchiffrer les annotations de l'ex-Sorcier Empereur, bougonna Lithian.

— En ce cas, adressons-nous à des philologues renommés. Dans le fond, cette langue semble moins éloignée de la nôtre que ne le sont les hiéroglyphes, par exemple. »

Une moue passa sur le visage de la vieille magesse tandis qu'elle descendait de son escabeau.

« L'idée de montrer des livres recelant un savoir aussi dangereux à des inconnus ne m'enchante guère... »

Lorsque l'humeur de Lithian était mauvaise, il ne servait à rien d'argumenter avec elle. Éthelinde se contenta de hocher la tête puis s'installa à sa table de travail, dans un coin de la grande salle, près d'une des fenêtres offrant une vue sur la Marne par-dessus le mur d'enceinte.

À leur arrivée au couvent, Éthelinde avait présenté Lithian comme sa vieille mère vivant avec elle. Couverture commode, d'autant plus facile à accepter pour les bonnes sœurs, soulagées qu'elle ne fût point mariée. Il eût été impensable qu'un homme non ordonné emménage dans le couvent, même dans un bâtiment séparé.

Éthelinde ouvrit son encrier afin d'y tremper sa plume, puis reprit son travail là où elle l'avait laissé la veille. Depuis qu'elle avait remplacé feu Herstal à la tête de l'ordre des *Magi Karoli Magni*, acceptant le titre de grand maître – « grande maîtresse », comme disait Silja, d'une façon qui amusait Éthelinde –, elle avait entrepris d'en réécrire la charte. Ce texte antique contenait des règles d'un autre âge, qui ne pouvaient convenir à une confrérie de savants modernes. Sans parler du fait que Roland le Preux avait finalement été retrouvé, ôtant ainsi sa principale raison d'être à cet ordre fondé pour rendre à Charlemagne ce neveu qui lui avait été si cher.

L'intention de la naturaliste était de scinder la confrérie en deux branches distinctes, travaillant de concert : l'une consacrée à la recherche qui s'attacherait à appliquer aux phénomènes « occultes » toute la rigueur de la méthode scientifique ; l'autre vouée à l'action, qui recruterait et formerait des agents aptes à combattre toutes les manifestations nuisibles de l'Art Obscur et leurs conséquences, telles que les résurgions ou les bulles noires, ou même d'éventuels futurs sorciers.

Bien que, à force d'insistance, Lithian fût parvenue à la convaincre, Éthelinde regrettait parfois d'avoir accepté cette charge. À quoi bon relancer un ordre vieillot et vacillant ? Dans le but de se persuader elle-même qu'il lui restait un rôle à jouer dans ce monde ? Lors de ses fréquents moments de doute nocturnes, la jeune femme pleurait en silence en songeant à ceux qu'elle avait perdus, son père, Vincenzo, Mathurin... Au fond, à quoi rimait tout cela ? Pourquoi se donner autant de mal à mener cette existence alors que, depuis la disparition de son père, sa vie n'avait consisté qu'en une longue fuite, ponctuée de douleurs, de déceptions ou d'erreurs tragiques ? Pourquoi ne pas mettre un terme à cette course absurde, partir loin des turbulences de la civilisation, s'isoler, s'oublier dans l'étude de la nature et rayer de sa mémoire ces damnés humains, tous plus détestables les uns que les autres ?

La réponse était simple : Ernestine. Elle et tous les autres innocents qui ne demandaient qu'à vivre heureux sans chercher à nuire à leur prochain. Ceux-là valaient qu'on se batte pour eux. Éthelinde ne pouvait se résoudre à les abandonner à leur sort.

Lithian avait cédé à ce pessimisme mortifère des années auparavant en se cachant en Suisse. Elle reconnaissait aujourd'hui qu'elle avait commis là une erreur.

Non, même si l'humanité la désespérait souvent, Éthelinde ne pouvait s'en désintéresser. Et l'ordre des M.K.M. la mettait dans la meilleure des positions pour mener cette lutte. C'était d'ailleurs la raison pour laquelle elle avait refusé la proposition qu'Irénion lui avait faite, lors de la constitution de son gouvernement, de prendre la direction de la nouvelle Division arcanique des armées.

La porte de la salle d'étude s'ouvrit, interrompant les pensées d'Éthelinde. Un homme d'une quarantaine d'années entra. Le crâne en partie dégarni et la barbichette déjà grisonnante.

« Bonjour, maître Ordant, dit Gacien de son habituelle voix étouffée, je souhaiterais vous soumettre une idée sur laquelle je travaille depuis quelques jours, concernant notre recherche en cours. »

Éthelinde avait déjà signifié à plusieurs reprises à Gacien Guigès de s'abstenir de lui donner son titre et de se contenter de l'appeler par son prénom, mais celui-ci ne parvenait pas à s'y résoudre. Son sens un peu désuet de la hiérarchie et des convenances semblait l'en empêcher. De même, il se refusait à féminiser son titre ainsi que Lithian prenait un malin plaisir à le faire. Pour un « jeune » mage, Gacien était très vieux jeu.

« Bonjour, cher Gacien, fit Éthelinde en se levant, allons voir cela. »

Durant les semaines qui avaient suivi la chute d'Élégast, quelques membres des M.K.M. s'étaient manifestés, un peu honteux de s'être si longtemps cachés, terrifiés par la campagne d'assassinats d'érudits menée par la garde sombre. Le danger passé, ils étaient revenus se mettre au service de l'ordre. Penaud, pas un n'avait contesté la décision de Lithian de confier les rênes de la confrérie à Éthelinde. La nouvelle grande maîtresse leur avait assuré qu'il ne leur serait pas tenu rigueur de leur attitude avant de les renvoyer chez eux jusqu'à nouvel ordre – sans la moindre intention de les rappeler. Il était temps que l'organisation secrète recrute de nouveaux membres, plus jeunes et moins pleutres.

L'un d'eux, cependant, un mage moins âgé que les autres – quarante-trois ans à peine ! –, avait retenu son attention en raison de sa qualité de diplômé de l'École de chimie de Mulhouse. Il paraissait en effet posséder les compétences idéales pour l'assister dans ses recherches sur les bulles noires, activité nécessitant de solides connaissances non seulement ésotériques, mais également scientifiques.

Car, bien qu'elle brûlât d'envie d'étudier le matériel et les nombreux produits mystérieux saisis dans le laboratoire d'Élégast, la gravité de la situation imposait à Éthelinde de se consacrer entièrement au développement de moyens de lutter contre les résurgions. D'un côté, elle tentait d'améliorer ses philtres, dont certains avaient démontré leur efficacité contre ces rejetons de l'enfer ; d'un autre, elle travaillait à un moyen d'oblitérer les bulles noires elles-mêmes. Si l'on parvenait à empêcher la formation de résurgences, ou au moins à les solidifier rapidement, le problème des résurgions serait réglé par la même occasion.

Gacien venait donc travailler ici tous les matins, en gagnant l'arrière de l'aumônerie par la porte supposément abandonnée dans le mur d'enceinte, accessible directement depuis le petit chemin de la rive.

Ils avaient installé le laboratoire dans la dernière pièce à l'extrémité du bâtiment, à l'opposé de la salle d'étude, afin d'épargner à Lithian les odeurs et émanations parfois incommodantes, voire franchement nauséabondes, de certains ingrédients ou préparations. Le coûteux microscope Adams en cuivre trônait sur la table centrale, au milieu des cornues et des tubes à essai. En raison des commentaires critiques de Silja sur cet appareil pourtant performant, Éthelinde en avait commandé un nouveau, plus moderne, au célèbre constructeur anglais – ce qui avait nécessité de contourner l'interdiction de commercer avec l'ennemi en utilisant un prête-nom.

Sur la longue paillasse à côté reposaient plusieurs fragments d'apparence minérale, ressemblant à du goudron durci ; c'étaient là les échantillons de bulles noires solidifiées qu'Éthelinde avait demandé qu'on lui envoie de toute la France. Même ainsi, alors qu'ils ne représentaient plus aucun danger, ces débris de résurgences paraissaient exsuder une menace sourde. Sans parler de leur odeur méphitique.

Gacien lui désigna sur une table une large feuille étalée, sur laquelle il avait tracé un croquis avec soin.

Éthelinde lui adressa un signe du menton signifiant qu'elle attendait une explication.

Tandis que Gacien s'éclaircissait la gorge, elle tendit l'oreille : le chimiste possédait la fâcheuse tendance de ne pas articuler distinctement lorsqu'il s'exprimait.

« Voilà plusieurs semaines, commença-t-il, nous avons mis au point un procédé chimique prometteur qui permettra, espérons-le, de solidifier les bulles noires dès leur apparition, avant qu'elles ne muent en résurgence et livrent passage aux monstres. »

Tout en parlant, il pointa d'un geste machinal deux cuves de verre, contenant pour la première une poudre grise parcourue d'irisations pourpres ou bleutées selon l'angle sous lequel on l'observait, et pour la seconde une poudre verdâtre renvoyant une multitude de petits scintillements dorés.

« Nos expériences ont montré que la réaction induite par le mélange de ces deux composés, le réactif et l'inerte, produisait des résultats prometteurs pour accélérer le processus de solidification des… »

Non seulement Guigès avalait la moitié de ses mots, mais il était incapable de résumer sa pensée et d'aller à l'essentiel.

« Je sais cela, Gacien, l'interrompit Éthelinde en tâchant de ne pas employer un ton trop cassant. Je vous rappelle que c'est moi qui, avec votre aide, ai mis au point ces substances.

— Euh, oui, bien sûr, pardonnez-moi, maître. Le problème auquel nous nous heurtons depuis le début – comme vous le savez – réside dans la difficulté de mettre en contact le réactif et l'inerte de manière régulière et simultanée tout autour de la résurgence…

— … faute de quoi, la réaction ne se produira pas de manière uniforme et nuira à son efficacité, coupa Éthelinde de nouveau, car elle avait déjà compris où son assistant voulait en venir. Vous avez donc réfléchi à une procédure plutôt qu'à un procédé, n'est-ce pas ?

— Absolument, maître Ordant. Les résurgences n'ayant pas l'obligeance d'attendre que nous améliorions notre formule, je me suis efforcé de concevoir un moyen de mettre le composé en œuvre en l'état. Comme vous pouvez le voir sur mon croquis, il suffirait que plusieurs hommes répandent l'inerte tout le long de la base de la bulle tandis qu'un autre serait positionné au sommet de celle-ci afin de disséminer le réactif en fonction de la diffusion de l'inerte… »

Le croquis montrait un hémisphère vu de profil, non loin duquel un lourd chariot était positionné. Sur ce véhicule, une sorte de bras articulé en bois, actionné par un ensemble de poulies et cordes, pouvait se déplier afin d'aller placer un homme, sanglé à son extrémité, au sommet de l'hémisphère.

« Suspendu là-haut, fit-elle à mi-voix tandis qu'elle évaluait mentalement la viabilité de la méthode, l'opérateur aurait une vue parfaite sur les crêtes de la substance inerte et serait à même de diffuser le réactif en quantités précises, là où il serait nécessaire…

— Bien entendu, l'opération présenterait de grands risques pour toute l'équipe qui en serait chargée.

— Particulièrement pour le pauvre hère attaché au-dessus d'une de ces abominations ! s'exclama la naturaliste. C'est une bonne idée, Gacien, qui pourrait en effet nous permettre de commencer sans tarder la lutte contre ces phénomènes. Il faudrait peut-être soumettre votre projet à un véritable ingénieur, afin de le perfectionner, notamment d'améliorer sa stabilité et la vitesse de déploiement du bras, mais je pense que vous tenez là une solution exploitable. »

Le chimiste hocha la tête en se retenant manifestement de sourire à ces compliments – c'eût été manquer de respect au grand maître de l'ordre.

« Reste à trouver des hommes prêts à prendre de tels risques… », reprit-il avant d'être interrompu par trois coups frappés à la porte du laboratoire.

Éthelinde et Gacien se retournèrent tandis que le battant s'ouvrait sur un homme de haute stature et marqué d'une impressionnante tache de vile-peau au visage.

Son long manteau couvert de poussière et ses lourdes fontes sur les épaules, Ludwig était de retour.

IRINA

Palais impérial de Saint-Pétersbourg, Russie, le matin.

L'eau de la baignoire était tiède lorsque l'impératrice Uliatine s'y glissa. Nul domestique n'était à blâmer, elle exigeait elle-même cette température peu élevée. Autrefois, elle se délectait de bains si brûlants qu'une épaisse vapeur emplissait la pièce, mais, depuis que sa transformation physique s'était amorcée, elle supportait de moins en moins la chaleur.

Irina se laissa aller en soupirant d'aise jusque dans le fond de la magnifique baignoire taillée dans un bloc de marbre vert de mer, ne laissant dépasser de la surface de l'eau que sa tête tout en prenant garde de mouiller ses cheveux. Après s'être livrée une partie de la nuit à des ébats sauvages, il lui fallait se délasser et retrouver ses esprits avant d'entamer une journée de consultations diverses. Le bain avait toujours été pour elle un moment propice à la réflexion.

La situation avait énormément évolué ces derniers mois, pour Irina, et pour la Russie. C'était une période de grands bouleversements. Si l'attaque surprise lancée par Vakt contre les troupes françaises à la mi-décembre ne s'était certes pas soldée par une éclatante victoire, elle avait plongé le monde entier dans la stupeur. Nul n'ignorait désormais que le Hiérophante du *Bog Krovi* régnait sur l'Empire russe et qu'il commandait à une armée de résurgions. Tous les souverains d'Europe avaient redouté Élégast du temps de la gloire de Napoléon ; aujourd'hui, la terreur les dévorait face au Seigneur de l'Abîme et à ses créatures blasphématoires.

Après l'échec relatif de l'offensive face aux régiments de l'ex-résistance française, étonnamment bien préparés à affronter un bataillon de monstres, Vakt avait opté pour une stratégie différente. Une vaste série d'attaques coordonnées avait été lancée sur les principales possessions françaises de l'Europe centrale : le royaume de Prusse, l'empire d'Autriche et la confédération du Rhin. Affaiblis par la bataille contre la Faction rouge à Tournai, peinant encore à reconstituer leurs forces après la terrible défaite de Waterloo et désorganisés par le changement récent de régime, les Français s'étaient vus contraints de reculer face aux soldats de l'armée impériale russe. Leur retraite honteuse ne s'était interrompue qu'aux anciennes frontières de la France où, semblait-il, un sursaut d'orgueil leur avait insufflé l'énergie nécessaire pour endiguer la progression des régiments de Vakt. Durant tout ce temps, le Seigneur de l'Abîme avait choisi de demeurer au palais d'hiver et de laisser les généraux mener cette campagne avec des troupes conventionnelles.

L'Empire russe était désormais plus grand que jamais, et rien ne paraissait en mesure de l'arrêter !

Irina se redressa dans la baignoire et saisit, sur la tablette accrochée au rebord de marbre, le savon parfumé à la violette, le seul que son épiderme, devenu très sensible, supportât encore. À l'aide d'une éponge, elle lava soigneusement chaque partie de son anatomie. Depuis que son corps avait commencé à changer, elle était obsédée par l'hygiène. Attitude paradoxale, elle en avait conscience : pourquoi tant craindre une éventuelle maladie et si peu s'inquiéter de son effrayante transformation physique ? Ces excroissances sombres qui affleuraient sous sa peau la répugnaient et la fascinaient à la fois. Vakt avait refusé de lui révéler pour quelle raison la communion directe avec lui avait eu cet effet sur elle, et sur nul autre qu'elle. Le savait-il seulement ?

Bien qu'elle regrettât parfois le temps où son anatomie séduisante lui permettait d'user de ses charmes pour parvenir à ses fins, elle aimait déceler l'effroi dans le regard de ses interlocuteurs, lorsqu'elle découvrait devant eux, négligemment, un bras ou une épaule. Certes, elle ne pourrait plus jamais subjuguer les hommes comme avant et susciter, par la simple promesse de son corps, tant de désir qu'elle obtenait d'eux tout ce qu'elle souhaitait, mais après tout, quelle importance maintenant qu'elle était impératrice, ou, du moins, considérée comme telle ? Son but était atteint. Enfin, presque atteint. Elle ne régnait pas vraiment. Vakt, oui.

Une fois rincée, elle appela l'une de ses suivantes, un pion de la Faction rouge, bien sûr, afin qu'elle la sèche et la coiffe. La jeune femme, visage inexpressif, ne manifesta aucune émotion en tamponnant délicatement, à l'aide d'une serviette parfumée, les excroissances noires entre lesquelles couraient des veines bleues palpitantes.

Depuis sa transformation, même si Irina n'était pas devenue un pion elle-même, elle vivait un peu à leur manière. À l'image de la salle du trône, ses appartements demeuraient plongés dans la pénombre même en journée, les rideaux toujours tirés devant les fenêtres ; elle fuyait les trop fortes chaleurs, ne laissant brûler dans les poêles que des feux couverts, et elle se nourrissait peu, n'ayant plus autant d'appétit qu'avant. Toutefois, il lui restait encore assez d'humanité pour se refuser à vivre dans la crasse, comme les marionnettes de Vakt, qui ne se souciaient plus de l'état de leur corps ni de leur santé, ni même de leur vie d'ailleurs.

Elle avait gagné en taille, dominant désormais la plupart de ses interlocuteurs, y compris masculins, et minci également, ce qui ne lui déplaisait pas, même si elle savait que les hommes préféraient en général les femmes bien en chair. Ah, au diable sa beauté révolue ! De toute façon, elle vieillissait inéluctablement et le jour où ses capacités de séduction n'auraient plus opéré approchait. Ses sens aussi se voyaient affectés par cette transformation, plus aiguisés qu'auparavant, et elle maîtrisait bien mieux l'Art Obscur, surtout lorsqu'elle employait un cristal. Vakt n'acceptait de lui en fournir qu'au compte-gouttes et Irina se gardait bien de protester. Quand elle avait rapporté la fabuleuse cargaison dérobée à Élégast, elle avait bien entendu pris la peine d'en détourner une partie à son profit avant de déposer le reste aux pieds du Seigneur de l'Abîme. Une centaine de cristaux ambrés l'attendaient, soigneusement cachés, dont elle pourrait faire usage en cas de nécessité absolue.

Une fois convenablement séchée, Irina congédia la suivante puis, revêtue d'un peignoir de satin, regagna la chambre à coucher. S'installant à sa coiffeuse, elle alluma deux lampes et entreprit de se maquiller. Dans le reflet de son miroir, elle remarqua du mouvement sous les draps dans le haut lit à baldaquin derrière elle. Quelques soupirs s'élevèrent. Son amant de cette nuit peinait à s'éveiller ; à sa décharge, elle l'avait épuisé à la limite de ce qu'un homme, même jeune, pouvait supporter, et probablement blessé aussi. Mais celui-ci avait serré les dents courageusement, Irina devait bien l'admettre. La plupart ne montraient pas une telle résistance à la douleur…

En dépit de sa transformation, Irina Uliatine savait qu'elle était toujours elle-même ; elle n'avait pas reçu le sang de Vakt en assez grande quantité pour devenir une marionnette de celui-ci. Quoique… en aurait-elle conscience si tel était le cas ? Il lui semblait que oui. Jamais elle n'avait senti ses pensées envahies par celles du sorcier, jamais elle n'avait eu le sentiment de faire quoi que ce fût contre sa propre volonté. Toutefois, à mesure que son corps se métamorphosait, elle constatait que son esprit dérivait lui aussi un peu plus chaque jour. Souvent elle se perdait dans de longues rêveries morbides, faites de visions fantasmagoriques effrayantes où elle flottait pour toujours, comme suspendue dans une nuit glaciale et infinie, pourchassée par des créatures indicibles. Chaque fois il lui était plus difficile de lutter contre cette attirance délétère pour le vide oblitérateur, et elle craignait un jour de ne plus se réveiller.

Car, là-bas, dans l'insondable espace entre les mondes, elle percevait une présence. Bien que ce sentiment fût apparu peu après qu'elle eût reçu une parcelle du sang de Vakt, Irina était convaincue que cette présence n'avait rien à voir avec celui-ci. Il lui semblait plutôt que ce que contenait le sang de Vakt avait ranimé une sorte de sens atrophié chez elle, un sens primitif présent chez les humains depuis la nuit des temps, mais oublié par la plupart, lui donnant accès à des perceptions auxquelles elle demeurait insensible auparavant. Quelle était la nature de cette présence ? Elle n'en avait nulle idée. Le véritable *Bog Krovi* ? Irina n'avait jamais cru à la fable stupide de ce dieu, bien commode pour terrifier les esprits faibles, comme tous les dieux inventés par les hommes. Toutefois, là-bas, dans cet éther effrayant, quelque chose attendait.

Quelque chose de bien pire que tout ce qu'elle eût jamais imaginé, d'une absolue noirceur.

Secouant la tête afin de chasser la torpeur qui venait de la saisir à l'évocation de ces songes hideux, Irina reprit l'application de son fard.

Elle était persuadée que le *Bog Krovi*, tel qu'il était vénéré par la Faction rouge, n'existait pas. Par voie de conséquence, Vakt, contrairement à ce qu'il prétendait, n'avait rien d'un dieu. Et s'il n'était pas un dieu, il n'était qu'un homme. Différent du commun des mortels, cela était évident ; il avait touché à d'inconcevables puissances et se les était appropriées par des moyens qui dépassaient l'entendement. Cependant, s'il n'était qu'un homme, il pouvait être vaincu.

Alors, parfois, dans le secret de sa conscience, l'impératrice se demandait si elle pourrait défaire l'empereur et prendre sa place. Dans l'immédiat, vraisemblablement pas. D'ailleurs, le simple fait de l'imaginer pouvait peut-être même se révéler dangereux. Qui sait si la présence de parcelles du sang de Vakt dans son propre corps ne permettait au sorcier de percevoir ses pensées ? Cela était peu probable, mais, au fond, elle ne pouvait en avoir la certitude. En son for intérieur, elle était résolue à affronter Vakt le jour où elle se sentirait sur le point de basculer et de devenir l'une de ses marionnettes à son tour ; à ce moment, elle ferait usage de sa réserve d'Aiônite et tenterait de le tuer. Perdue pour perdue, elle se dresserait contre le Hiérophante du *Bog Krovi* et drainerait une centaine de cristaux d'un seul coup pour déchaîner les puissances obscures contre lui.

C'était la raison pour laquelle, après avoir donné ses ordres de mission officiels à Evdokia, elle avait discrètement enjoint à celle-ci de ne pas traquer Pavel Laptev dans le but de l'éliminer, mais afin de le capturer et de le lui ramener. Irina enfermerait ce stupéfiant jeune homme dans le plus grand secret et lui ferait convertir autant de cristaux que possible, tout en étudiant les étranges capacités magiques dont il semblait disposer. Peut-être découvrirait-elle chez lui un talent caché qui lui conférerait un avantage dans une éventuelle confrontation avec Vakt ?

De toute façon, si elle voulait tenter quoi que ce fût, Irina ne pourrait attendre indéfiniment. Elle ignorait si le sorcier antique retrouverait une forme physique réellement fonctionnelle un jour, ou même si cela était dans son intention, mais il était évident que son enveloppe charnelle desséchée se renforçait au rythme des dizaines d'individus saignés à mort dans les boîtes suspendues au-dessus de lui. Il lui arrivait même d'esquisser quelques gestes et d'ouvrir les yeux. Des yeux entièrement blancs et luminescents, qu'il était impossible de fixer sans aussitôt éprouver un profond malaise.

Afin d'affermir son emprise sur l'empereur, Irina Uliatine s'asseyait parfois à côté du cercueil et caressait langoureusement son corps qui, même s'il évoquait de moins en moins une momie fripée, n'en demeurait pas moins repoussant. Bien que le sorcier ne manifestât jamais la moindre réaction, elle faisait le pari que ce faux dieu n'étant qu'un homme, il ne pouvait rester totalement insensible à ce genre de démonstration sensuelle. Selon l'expérience d'Irina, tous les représentants de la gent masculine se ressemblaient sur ce point, même les sorciers vieux de quatre mille ans.

À dire vrai, songea Irina, il n'était pas tout à fait exact que Vakt demeurât sans *aucune* réaction dans ces moments-là. Elle avait parfois remarqué une étrange lumière bleutée irradiant du centre de sa poitrine décharnée, laissant voir par transparence le plexus et les côtes. Quelle était la source de cette mystérieuse lueur pulsatile ? Elle était bien incapable de le deviner.

Jusqu'à ce jour, Vakt semblait apprécier leur relation et trouver un intérêt à sa présence à ses côtés. Il faisait régulièrement appel à ses conseils, lors de longues discussions par le truchement de Nicolas ou d'Ivan. Irina se réjouissait lorsque c'était son ancien amant qui servait d'intermédiaire au sorcier, se demandant si au fond de la marionnette qu'il était devenu, un reste de sa personnalité assistait à tout cela, impuissant et désespéré ; cette idée procurait chaque fois à l'impératrice un frisson d'excitation. Vakt voulait à tout prix comprendre ce monde et cette époque. Dans la guerre pour la domination totale de ce continent, une seule pensée l'habitait : ne pas commettre ici la même erreur qu'autrefois, en Égypte, en sous-estimant la capacité de ses adversaires à se liguer contre lui. Chacun, pris séparément, n'était qu'un misérable ver face à lui ; mais la coalition de leurs forces pouvait leur permettre de le vaincre.

Pour le moment, le Seigneur de l'Abîme se refusait à s'impliquer personnellement dans les combats en cours. Bien qu'il ne l'admît point, Irina avait compris qu'il ne recouvrait pas sa puissance aussi vite qu'il l'aurait voulu : imprégner autant d'individus afin de les transformer en marionnettes à son service, et surtout les contrôler en permanence, lui demandait un effort important et affaiblissait constamment son sang. Sa défaite, jadis, face aux magiciens du pharaon, l'avait rendu prudent et méfiant, parfois jusqu'à l'excès.

Derrière elle, le jeune homme s'était réveillé pour de bon et se levait. Contournant le lit à baldaquin, il s'approcha d'elle, boitillant. Son corps splendide était couvert d'ecchymoses et de griffures, certaines profondes, dont le saignement avait déjà formé des croûtes. Elle ne savait même pas comment il s'appelait. Il lui souhaita bonjour d'une voix rauque et l'enlaça avec toute la sensualité dont il était capable, s'efforçant en dépit de ses souffrances de se montrer enjôleur.

Amusée, Irina lui rendit son étreinte et sa main glissa jusqu'au sexe du bellâtre qu'elle entreprit de caresser. Le jeune homme peina à dissimuler une grimace de douleur. Cette partie de son anatomie avait particulièrement souffert cette nuit. Puis, après quelques instants de ce jeu sadique, Irina le repoussa et appela les gardes pour qu'ils l'emmènent. Le jeune homme résista, protesta, l'implora, lui jura que, lui, contrairement aux autres, l'aimerait vraiment, qu'il ferait tout ce qu'elle lui demanderait. Cependant, Irina ne l'écoutait déjà plus. Chaque nuit, ou presque, elle épuisait un nouvel éphèbe, mais jamais deux fois le même. C'était lire le dégoût et l'effroi dans leurs yeux qui lui plaisait, et cela ne se produisait vraiment que la première fois. Ensuite, aussi beaux fussent-ils, elle ne voyait plus en eux qu'une fragile enveloppe charnelle humaine, pitoyable et irritante.

Alors, ils finissaient tous dans les boîtes de Vakt dès le lendemain.

IRÉNION

Hospice des enfants abandonnés de Saint-Maur,
début d'après-midi.

Le niveau de la Marne était plus bas que jamais, si bien que sur l'étroit sentier qui en longeait la rive, d'ordinaire rendu boueux par le léger ressac de la rivière, la terre s'était tant desséchée qu'elle présentait de larges craquelures. La végétation sauvage qui prospérait là permettait d'habitude d'emprunter discrètement ce chemin ; désormais, elle se réduisait seulement à quelques ronciers étiques et à de maigres bouquets d'herbes brunâtres. Un observateur sur la rive opposée n'aurait eu aucun mal à apercevoir les deux hommes sur ce sentier à l'abandon.

Néanmoins, même amoindries, les ronces leur accrochaient régulièrement les mains et les vêtements, provoquant autant d'égratignures et d'accrocs. Derrière Irénion, Yvonnius ne cessait de pester. Les hommes de leur escorte avaient, quant à eux, reçu l'ordre de les attendre sur la route principale, au commencement de la piste. Après une dizaine de minutes de marche, ils atteignirent l'entrée supposément abandonnée du couvent. Irénion se servit du double de la clé en sa possession pour l'ouvrir, et ils gagnèrent rapidement l'ancienne aumônerie, à cinquante pas de là. L'orientation du bâtiment dans l'enceinte du couvent permettait de couvrir cette distance à l'abri des regards. Sur la porte, il frappa plusieurs coups, selon le code convenu. Après quelques minutes, le petit volet ménagé au milieu du battant s'ouvrit et, à travers une grille, Irénion aperçut le visage de Lithian. Ou plutôt, son reflet, car un miroir incliné à quarante-cinq degrés vers la gauche permettait à la magesse de vérifier qui se trouvait derrière la porte sans risquer de recevoir une balle.

Aussitôt, Lithian tira les trois lourds loquets et fit entrer les deux hommes.

« Capitaine Brégante ! s'exclama-t-elle (elle n'avait jamais cessé de lui donner le grade qu'il détenait lorsqu'elle l'avait connu, comme si son ascension hiérarchique, pour le moins exceptionnelle, ne l'intéressait pas le moins du monde). Nous ne vous voyons guère souvent par ici !

— Chère Silja, je suis ravi de vous revoir moi aussi, lui répondit-il avec un sourire un rien taquin.

— Ne soyez pas insolent, mon jeune ami ! »

Puis, tandis que l'ami et confident d'Irénion entrait à son tour, elle ajouta :

« Le bonjour, Yvonnius ! Les autres seront heureux de vous voir également. Suivez-moi donc, messieurs. Tout le monde est dans la cuisine.

— Tout le monde ? s'interrogea Irénion.

— Ludwig nous a rejoints ce matin. »

Voilà qui tombait bien.

Irénion n'était revenu à Paris que depuis une semaine à peine, après son détour par Rouen pour voir Eleanor. Plusieurs jours durant, depuis son bureau des Tuileries, il avait traité les innombrables affaires de l'État qui nécessitaient son attention, chaque directeur de cabinet ou secrétaire général d'administration insistant pour passer en priorité, chacun convaincu que son dossier revêtait une plus grande importance que celui des autres. Il lui avait fallu en particulier se concentrer sur la question des récoltes, car la terrible sécheresse qui s'annonçait menaçait de provoquer une famine dans le pays. Privée de la plupart de ses anciennes conquêtes territoriales, la France ne pouvait plus compter que sur sa propre production agricole.

Sans parler de la rédaction de la nouvelle Constitution, qui n'avançait pas aussi rapidement qu'il ne l'avait espéré. Le Deuxième consul Aurières lui avait présenté le projet de texte, toujours en cours d'élaboration avec les plus grands juristes, et ces discussions lui avaient douloureusement remis en mémoire celles qu'il tenait autrefois avec Agnès sur ces sujets. Après avoir longtemps cherché un éminent constitutionnaliste susceptible d'occuper le poste de Troisième consul, comme il s'y était engagé lors de sa prise de pouvoir, Irénion avait dû se résoudre à laisser ce problème en suspens tant les affaires militaires monopolisaient l'essentiel de son temps. Aussi importantes que fussent toutes ces questions, la défense du pays passait avant tout.

Ils suivirent la magesse au premier étage, jusqu'à la cuisine. Là, ils trouvèrent Éthelinde et Gacien Guigès, son assistant, ainsi que Ludwig, attablés, prenant leur déjeuner. Chacun se leva afin de leur donner une accolade amicale. Même si Irénion n'était pas devenu intime avec la naturaliste et le mercenaire, ils avaient traversé tant d'épreuves ensemble qu'il les considérait comme des amis et les comptait parmi les rares personnes auxquelles il accordait toute sa confiance.

Lithian les invita à s'asseoir eux aussi et leur servit le reste de poitrine d'agneau rôtie dans une sauce au beurre, qui tiédissait dans une casserole. Irénion ne se fit pas prier ; la simplicité des tablées des casernes lui manquait.

« Je suis heureux de vous retrouver céans, leur lança-t-il. Voilà des semaines que je ne vous avais vue, Éthelinde, et des mois, je pense, en ce qui vous concerne, Ludwig.

— Plaisir partagé, cher Irénion, répondit Éthelinde. Enfermée dans ce laboratoire, je n'ai suivi les derniers événements que de loin, mais je sais que la situation intérieure et extérieure du pays est tumultueuse depuis la chute d'Élégast. »

Le Premier consul opina du chef.

« En effet. Cela dit, j'ai le sentiment que c'est le cas depuis la Révolution. Voilà maintenant vingt-cinq ans, le peuple français s'est engagé dans une aventure probablement nécessaire, mais fort hasardeuse. Nous avons tous cru qu'avec Napoléon la nation avait recouvré une certaine stabilité, sans nous rendre compte qu'en s'appuyant inconditionnellement sur un sorcier, l'Empereur semait déjà les ferments du chaos actuel…

— Je suis certaine que vous saurez remédier à cette situation, Irénion. Ne doutez pas de vos capacités. Je sais que votre, euh… prise de pouvoir est critiquée dans les milieux politiques et intellectuels de la capitale, mais je suis convaincue que vous êtes ce qui pouvait arriver de mieux à ce pays. »

Touché par cette sincérité, Irénion lui sourit.

« Trêve d'amabilités ! s'exclama Lithian de sa voix haut perchée. La charge qui est la vôtre doit tant vous accaparer que, si vous avez pris le temps de nous rendre visite, je suppose que vous devez avoir une bonne raison ! »

Irénion avait appris à connaître Silja Lithian et ne se formalisait plus de ses manières abruptes.

« En effet, il me semblait qu'il était temps de vous tenir au courant des derniers développements militaires et de m'informer moi aussi de l'état de vos recherches, les deux n'étant pas sans lien. »

Tout en se restaurant, Irénion leur dressa un tableau complet de l'état des forces en présence aux frontières du pays, ainsi que des prédictions alarmantes des services de renseignement concernant les opérations en préparation du côté de la septième coalition – des *Russes*, était-il tenté de dire, tant ceux-ci avaient pris l'ascendant dans cette alliance. Et surtout, il leur fit le récit fidèle, tel que donné par Villard, de la bataille des résurgions. La presse n'ayant publié qu'un résumé volontairement atténué de cet affrontement, les deux magesses et le mercenaire ne pouvaient en connaître les détails. Comme Irénion s'y attendait, ce compte rendu provoqua une grande consternation chez eux.

« Les Russes ne reculeront donc devant aucune atrocité, souffla Éthelinde, abattue. Alors que nous devrions unir nos forces contre ces innombrables créatures et les exterminer, ils en font une armée ! Qui sait seulement comment ils les nourrissent ou les dressent ? J'en ai froid dans le dos rien que d'y songer ! »

Irénion partageait ce sentiment. De telles méthodes ne lui inspiraient que dégoût et colère. Quelques mois auparavant, son vieil ami et mentor Michel de Caumont avait fini par décéder des suites de sa blessure reçue à la tête lors de l'attaque des résurgions qu'ils avaient essuyée dans les Cévennes, l'an passé. Combien de drames affreux ces abominations d'outre-monde causeraient-elles encore ? Il fallait à tout prix arrêter Vakt comme on avait arrêté Élégast.

Arcerese étant devant lui, Irénion saisit l'occasion.

« À ce propos, Ludwig…, commença-t-il, embarrassé. Je n'ignore point que votre affrontement avec le Sorcier Empereur fut pour vous un moment difficile et que depuis, vous semblez avoir choisi de demeurer éloigné des affaires de ce monde… Mais, en tant que Premier consul, chargé de la sécurité de la nation, je me dois de vous demander si vous seriez prêt à nous prêter votre concours le jour où une confrontation directe avec Vakt deviendra inévitable. »

Le mercenaire se rembrunit.

« Je ne vois pas en quoi je pourrais vous être utile, bougonna-t-il.

— À ce jour, vous êtes le seul à avoir vaincu un sorcier.

— Je n'ai pas vaincu "un sorcier". J'ai défait Obéron. C'est le lien particulier qui nous unissait qui m'a permis d'y parvenir, pas d'hypothétiques pouvoirs magiques supérieurs que je posséderais. Face à un autre sorcier, je me trouverais aussi démuni que n'importe lequel d'entre vous !

— Même avec la forte réserve d'uchronite dont nous disposons ? Je croyais que celle-ci décuplait la capacité à canaliser l'Art Obscur de ceux qui, comme vous, bénéficient de, euh... prédispositions magiques. »

Ludwig secoua la tête avec agacement.

« Cela n'a rien d'aussi facile. Même avant l'Anomalie, dans ma vie antérieure, mes pouvoirs n'étaient que de simples "prédispositions", en effet. Rien de comparable avec l'immense *spiriti aestus* d'entités telles qu'Obéron ou Vakt. Ce n'est pas l'utilisation des cristaux qui m'a permis d'anéantir les pouvoirs de mon demi-frère lors de notre ultime rencontre. À dire vrai, je ne sais même pas exactement comment je m'y suis pris. Mais ce dont je ne doute pas, c'est que je ne dois plus me servir de cristaux, pas même des miens !

— Même lorsque le "Seigneur de l'Abîme" en personne se présentera devant nous et attaquera pour de bon ? rétorqua Irénion, irrité par cette obstination.

— Écoutez bien mes paroles : quelles que soient les circonstances, je ne dois plus me servir d'uchronite ! Du moins de manière massive. Même dans l'hypothèse où ma magie pourrait rivaliser avec celle de Vakt, ce dont je doute, le simple fait de tenter d'utiliser la puissance de cristaux, fussent-ils de ma couleur, pourrait avoir des conséquences dramatiques ! Il est possible que je perde totalement la maîtrise des forces auxquelles je ferais appel et qu'une réaction en chaîne se produise dont les répercussions seraient telles que le remède serait pire que le mal ! Je ne me souviens que trop bien de la déflagration qui causa la destruction des cristaux d'Élégast en Égypte, et du phénomène comparable qui se produisit près du lac... En ces deux occasions, j'ai tenté de garder le contrôle, mais si Mab n'était pas venue à mon aide... »

Il s'interrompit, avant de reprendre, la voix rauque : « Or, Mab ne se trouve plus dans l'Entre Monde. Elle ne pourra plus intervenir si je suis de nouveau happé par le *miroitement*… »

Un lourd silence s'installa.

Comprenant à quel point Ludwig avait été affecté par ces événements, Irénion voyait s'éloigner l'espoir de bénéficier de son aide.

« Je ne suis pas sûr que vous saisissiez pleinement les enjeux, insista-t-il néanmoins. La menace que représente Vakt dépasse nos craintes personnelles, dépasse tout. Souvenez-vous des ravages atroces perpétrés à Waterloo. Je n'y étais pas, mais j'ai vu les immenses plaines carbonisées jonchées des os noircis de nos soldats. Vous ne pouvez vous dérober par crainte de ce qui arrivera. Les régiments qui se dresseront devant Vakt lorsqu'il marchera sur nous n'auront pas ce choix.

— Croyez-vous vraiment que je tente de me “dérober” ? gronda Ludwig, les mâchoires serrées.

— Ludwig a raison, cher Irénion, intervint Lithian, qui pensait manifestement que la conversation prenait une tournure fâcheuse. Les risques qu'il prendrait en tentant de faire usage de l'Art Obscur à grande échelle ne concernent pas sa seule personne. Il les ferait courir à tout le monde. Il est tout simplement impossible d'en prévoir les conséquences potentielles.

— Votre prudence est bien belle ! s'emporta Irénion. Mais les malheurs, les souffrances et la destruction que Vakt causera bientôt seront bien réels ! Ils n'auront rien d'hypothétique ! Comment pouvez-vous affirmer sans sourciller que tout ne doit pas être tenté pour l'empêcher ?

— Le problème ne se limite pas à la perte de contrôle éventuelle par Ludwig des sorts qu'il pourrait lancer, poursuivit la vieille femme, il concerne aussi son esprit. Je soupçonne depuis longtemps que l'uchronite assombrit peu à peu l'esprit de celui qui en fait usage, le pervertit. Obéron était déjà une mauvaise personne avant l'Anomalie, mais l'utilisation intensive des cristaux cérulés a fait de lui un véritable monstre. Notre ami Ludwig, en dépit d'une tendance naturelle à, euh… disons, la misanthropie, a toujours su faire la différence entre le bien et le mal. Même s'il a toujours préféré la solitude à la fréquentation de ses contemporains, il ne s'est jamais désintéressé du sort des innocents. Pourtant, qui sait ce que deviendrait cette misanthropie aggravée à l'excès par l'effet délétère des cristaux ? La dernière chose dont nous voulons, Irénion, serait de créer un troisième sorcier maléfique en cherchant à vaincre le deuxième, n'est-ce pas ? »

Le Premier consul demeura silencieux. S'il comprenait les préventions de la magesse, le chef de la nation enrageait de disposer d'une telle arme et de devoir renoncer à en faire usage.

« Cela a déjà commencé, lâcha Ludwig d'une voix terne. Mon esprit, mes pensées… mes rêves, même, ont changé… Je ne me suis jamais vraiment senti chez moi dans ce monde ni dans ce temps, mais depuis le cataclysme d'Al-Bahariya et l'affrontement contre Obéron, je me sens plus désemparé que jamais… Je suis perdu ici… Je ne suis plus certain de savoir qui je suis ni ce que je dois faire… Si je recommençais à jouer avec ces puissances ténébreuses, ma personnalité pourrait s'effondrer brutalement… »

Irénion hocha lentement la tête. Si le mercenaire mutique en venait à se livrer ainsi, avec autant de sincérité, alors il fallait peut-être prendre au sérieux ses mises en garde.

Éthelinde, qui jusqu'alors n'avait pas pris part à la conversation, intervint à son tour : « J'ajouterai que toute utilisation massive d'uchronite suscite des bulles noires. Même si j'ai la conviction que les cristaux transmutés ne provoquent peut-être pas cet effet secondaire dramatique, je ne l'ai pas encore démontré avec certitude. »

Le Premier consul accepta de rendre les armes face à un feu d'arguments aussi nourri.

« C'est entendu, lâcha-t-il à contrecœur. Pas d'intervention directe de Ludwig face à Vakt. »

Lithian se leva afin de resservir Yvonnius qui, selon son habitude, mangeait vite et beaucoup.

« De toute façon, poursuivit-elle, si j'en crois les rapports que Catherine Lavoisin m'envoie régulièrement de Russie, et mon, euh… intuition personnelle, la nature de Vakt semble très différente de celle d'Élégast. Ces deux sorciers n'ont rien de commun, croyez-moi. Ce qui a fonctionné contre l'un ne donnerait probablement rien contre l'autre. »

En observant Ludwig, Irénion devait admettre que celui-ci paraissait profondément changé. Il demeurait perdu dans ses pensées, le regard dans le vide.

« Pourquoi avez-vous quitté les Pyrénées pour revenir ici ? lui demanda-t-il. Quels sont vos projets ? »

Le mercenaire sembla se rappeler où il se trouvait et se redressa.

« Je veux tenter de… retrouver Mab », dit-il finalement.

Il eut l'air gêné de cet aveu et jeta un coup d'œil embarrassé vers Éthelinde.

« Je… l'aime toujours et je ne vois plus guère d'intérêt à ma vie dans ce monde. De plus, je n'ai pas renoncé à pratiquer l'Ancien Rite afin de donner le repos à Onéline et Thalie.

— Comment pourriez-vous la rejoindre si, comme vous le dites, elle est retournée dans l'Autre Monde ? »

Au regard intense que lui lança Ludwig, Irénion comprit soudain.

« Vous comptez trouver un portail encore actif ? s'exclama-t-il. Je croyais qu'ils n'existaient plus depuis des siècles !

— On *suppose* qu'ils n'existent plus. Mais ce n'est pas parce que personne n'en a vu depuis longtemps qu'ils ont tous disparu. Je crois… je sens que certains pourraient être encore actifs, mais tant affaiblis que leur présence serait devenue pratiquement indécelable…

— En ce cas, comment vous y prendriez-vous pour les déceler ? »

Irénion regretta aussitôt ce scepticisme un brin narquois. Son ami avait prouvé depuis longtemps que son instinct sur ces questions le trompait rarement.

« Peut-être pourrais-je vous apporter mon aide dans cette entreprise… ? »

La voix aigrelette qui venait de s'élever était celle de Lithian. Tous les regards se tournèrent dans sa direction.

« Je pense, comme Ludwig, que des passages entre ce monde et l'autre pourraient avoir subsisté. En fait, statistiquement (Irénion fronça les sourcils, il avait déjà noté cette tendance de la magesse à employer des termes étranges), il est même fort improbable qu'ils se soient tous éteints. Or, je crois que ce sens singulier dont je semble disposer, qui me permet parfois de discerner ce qui ressemble à, hum… disons une "aura" chez les individus possédant quelque *spiriti aestus*, pourrait me donner une certaine sensibilité pour déceler plus facilement ces anciens portails, même très affaiblis… »

Si cela était possible, Lithian paraissait encore plus embarrassée que ne l'avait été Ludwig quelques instants plus tôt. Irénion remarqua le curieux regard qu'Éthelinde lui lança furtivement. Il sourcilla derechef, songeur. De toute évidence, les relations entre ces trois-là avaient évolué sans qu'il s'en soit rendu compte jusqu'à présent.

« Je croyais que cette histoire d'"aura" n'était qu'une façon de parler, magesse ! lâcha Ludwig. Lorsque je vous avais interrogée sur ce point, vous aviez prétendu qu'il ne s'agissait pour vous que d'une façon imagée de dire que vous me trouviez "remarquable" ! »

Lithian eut un geste agacé.

« Ne compliquez pas tout, mercenaire ! Je suis en train de vous proposer mon aide, cela ne devrait-il pas vous satisfaire ? Cette, euh… prédisposition à discerner l'expression du *spiriti aestus* n'est guère précise et échappe grandement à mon contrôle. Je préfère donc ne pas en parler à tout bout de champ ! Toujours est-il qu'il est envisageable que ce talent ténu m'autorise à déceler les rémanences d'anciens portails…

— Admettons, ronchonna Ludwig. Mais pour quelle raison m'accompagneriez-vous dans des pérégrinations longues et pénibles, et probablement infructueuses, au lieu de poursuivre vos recherches ici ? »

Lithian haussa les épaules : « Continuer à trier des ouvrages poussiéreux ? Ce que je fais dans ce sinistre couvent, n'importe qui pourrait s'en charger. En revanche, si jamais vous étiez dans le vrai et que des passages vers l'*Alter Mundus* étaient encore en activité, et qu'il soit possible de passer de l'autre côté… Quelle découverte extraordinaire ! Il y aurait tant à apprendre, à étudier… »

Depuis qu'il la connaissait, le Premier consul n'avait jamais vu la vieille magesse faire montre d'un tel enthousiasme. Ses yeux brillaient et elle se frottait les mains à l'idée que cet Autre Monde puisse exister pour de bon. Irénion, lui, avait toujours éprouvé la plus grande peine à y croire. S'il admettait globalement la plupart des affirmations de ses amis parce qu'ils avaient montré que leur parole était digne de foi, en son for intérieur, il pensait qu'un jour ou l'autre une explication plus vraisemblable serait apportée à tous ces phénomènes étranges.

Trêve de bavardages ; il était temps de recentrer la discussion sur le seul sujet important.

« Mes amis, je n'ai malheureusement que peu de temps à vous consacrer, aussi me permettrez-vous d'aller à l'essentiel. Avez-vous de nouveaux éléments à porter à mon attention au sujet de Vakt ou des bulles noires permanentes ? »

Lithian parut soulagée de changer de sujet : « Comme vous le savez, je reçois régulièrement des rapports de Lavoisin, répondit-elle. Toutefois, bien que cette femme semble disposer de talents surprenants pour obtenir des informations, je crains que, pour le moment, elle ne nous ait rien appris que nous ne sachions déjà. »

Ces rapports étaient également transmis à Irénion, mais il ne les lisait que rarement, faute de temps.

« Il est vrai que ses renseignements portent surtout sur la situation intérieure de la Russie, comme nos autres espions peuvent nous en fournir. Il faudra encore du temps à Lavoisin pour parvenir à infiltrer l'entourage direct du sorcier, au palais d'hiver.

— La situation qu'elle décrit dans ce pays fait froid dans le dos, intervint Éthelinde, la mine sombre. L'emprise de Vakt sur la Russie est désormais totale, et sa secte, sous l'égide de l'effroyable Irina Uliatine, fait régner la terreur jusque dans le moindre village. La Faction rouge essaye d'imposer le culte du *Bog Krovi* partout et réprime dans le sang toute tentative de contestation. »

Irénion approuva.

« En effet. D'après mes informations, les Russes ont cessé de mobiliser pour les forces régulières et opèrent maintenant des rafles dans les villages, convertissant de force les jeunes gens par cette transfusion contre nature qui nous a été rapportée par de nombreuses sources, même si je peinais à y croire au début.

— Contaminer délibérément des innocents avec du sang de résurgion…, énonça lentement Éthelinde. Quelle ignominie !

— Pis encore, renchérit Irénion, leurs sbires font passer cette méthode honteuse pour une mystérieuse épidémie et propagent partout la rumeur que celle-ci serait l'œuvre de la France qui, à défaut de pouvoir l'emporter à la loyale, répandrait cette horrible maladie, créée de toutes pièces par Élégast, du temps de sa toute-puissance ! Ils ne reculent devant aucune bassesse. Je reconnais là la main de la comtesse qui, du temps de son activité d'espionne, était passée maître dans l'art de fomenter des troubles…

— Au fait, ajouta Éthelinde, je me dois de vous signaler un détail qui a attiré mon attention dans les rapports de Lavoisin et qui vous aura certainement échappé, car il n'était mentionné qu'une fois : il semblerait que dans la région de Krasnoïarsk, une résurgence géante soit apparue… »

L'incompréhension se peignit sur les traits d'Irénion.

« Géante ? répéta-t-il d'une voix blanche. À quel point ?

— Les informations étaient trop parcellaires à ce stade pour en tirer des conclusions précises. Elles faisaient état d'une taille peut-être deux à trois fois plus grande que celles que nous avons connues jusqu'à présent. Nous ne savons pas encore si, à l'instar de celle de Vic-Fezensac, elle sera permanente. »

Atterré, le Premier consul secoua la tête.

« Seigneur, cela n'en finira-t-il donc jamais ? Croyez-vous que... les résurgions excrétés par cette bulle géante lui soient proportionnés ?

— Je l'ignore. C'est une éventualité qu'il ne faut pas négliger. »

L'accablement d'Irénion s'aggrava : « Les Russes capturent déjà autant de ces monstres qu'ils le peuvent pour les envoyer contre nous le moment venu. Si, par malheur, ils disposaient de résurgions géants, les ravages qu'ils causeraient sur les champs de bataille seraient terribles... »

Son repas étant terminé, Ludwig se leva brusquement.

« Je vais prendre l'air, fit-il. Ces histoires sont désespérantes. »

Plus renfrogné que jamais, il quitta les lieux sans un mot de plus.

Irénion éprouvait la même lassitude devant la répétition des événements. Après avoir tant lutté contre Élégast, il leur fallait tout recommencer face au « Hiérophante du *Bog Krovi* ». Cependant, contrairement au mercenaire, le Premier consul ne pouvait se murer dans un fatalisme indifférent. Ses responsabilités le lui interdisaient.

« Ludwig a raison, finit-il par dire. Tout cela empire lentement mais sûrement. Que va devenir le monde si nous n'arrêtons pas Vakt ?

— Je ne sais pas si cela sera suffisant pour vous mettre quelque baume au cœur, répondit Éthelinde sur un ton compatissant, mais je puis au moins vous apporter une nouvelle un peu encourageante : avec l'aide de Gacien, nous avons mis au point un procédé chimique destiné à forcer la solidification d'une résurgence.

— Diable ! s'exclama Irénion. Voilà qui, en effet, tempérerait la mauvaise nouvelle précédente ! »

Éthelinde leva les mains afin de modérer cet enthousiasme.

« Même si nous fondons de bons espoirs sur cette méthode, nous n'en sommes qu'au stade expérimental et, par ailleurs, celle-ci pose de sérieux problèmes de mise en œuvre. Si nous voulons aller plus loin, il nous faut maintenant tenter l'expérience en conditions réelles. Nous souhaitons donc nous rendre à Vic-Fezensac, où la résurgence permanente est sous le contrôle de vos troupes. Là-bas, nous serons en mesure d'éprouver notre composé.

— Nous vous fournirons tous les moyens nécessaires, bien sûr, répondit Irénion, un peu ragaillardi par cette nouvelle. À commencer par une escorte pour le voyage, ainsi qu'une lettre d'ordres pour que le régiment sur place se mette à votre service.

— Merci, Irénion. Je vous ferai savoir lorsque nous serons prêts à partir. »

Comme il avait terminé de manger à son tour, Irénion repoussa son assiette et se resservit du vin.

« J'ai moi-même un service à vous demander, dit-il avec circonspection. À vous deux, ajouta-t-il avec un geste de la main englobant les deux femmes. Seriez-vous prêtes à conseiller et guider Eleanor dans l'utilisation d'uchronite pour entrevoir des fragments d'avenir, comme elle le réclame depuis longtemps ?

— C'est à Ludwig que vous auriez dû demander cela, répondit Lithian. Lui seul a déjà fait une telle expérience.

— Vous savez fort bien quelle eût été sa réponse.

— Je comprends ce qu'Eleanor espère en retirer comme bénéfice pour ses recherches, toutefois, faute de savoir précisément comment Élégast procédait, elle pourrait s'exposer à des dangers inconnus. »

Irénion hocha la tête lentement, l'estomac noué. Il aurait tant préféré interdire purement et simplement cette tentative.

« Je ne le sais que trop bien. Mais les enjeux auxquels il nous faut faire face imposent à tous des… sacrifices. »

Une fois encore, Éthelinde parut compatir à ses difficultés morales.

« Ne vous tourmentez pas, Irénion, lui dit-elle. Nous rechercherons dans les documents du Sorcier Empereur déchu toutes les allusions éventuelles à sa méthode pour exploiter les cristaux à ces fins. Et dès que nous disposerons d'éléments concrets, nous aiderons Eleanor à l'appliquer en tâchant de réduire autant que possible les risques qu'elle courra. »

Irénion inclina la tête pour la remercier. Mais, au fond, égoïstement, il aurait préféré qu'Éthelinde et Lithian refusent.

Chapitre quatorzième

OLATHENA

Nur 55, Ereth 124

Boucles du Grand Huydan, Hursëlïnh, le matin.

Le tourbillon était puissant, mais Olathena en avait vu d'autres. Ses jambes vigoureuses battaient les flots avec force et régularité, ses longs orteils largement écartés afin d'exploiter les pleines capacités de ses membranes nageantes. Grâce à elles, elle pouvait prendre appui sur le courant et, paradoxalement, plus grande était l'intensité de celui-ci, mieux Ola lui résistait. Bien sûr, parfois, le courant coulait si fort qu'il devenait impossible de lutter. Un bon pêcheur alôs connaissait ses propres limites. Aujourd'hui, ce n'était pas le cas, aussi n'aurait-elle probablement pas besoin de tirer un coup sec sur la corde attachée autour de sa taille pour qu'Olunemi l'aide à remonter. Tout ce qu'elle avait à faire était de se laisser porter par la force interne du tourbillon tout en imprimant à son corps une ondulation régulière – comme si elle n'était rien d'autre qu'une algue – qui l'empêchait de se voir peu à peu rejetée vers l'extérieur, notamment vers ces rochers râpeux qui pourraient lui occasionner de belles écorchures. Car c'était au centre du vortex qu'elle trouverait peut-être les meilleurs coquillages, là où le courant en rotation creusait le lit du fleuve. Même si la visibilité était amoindrie à cause du sable en suspension, Olathena pouvait tâtonner sur le fond, là où les coquilles plus lourdes demeuraient.

Malheureusement, ce jour-là, ses mains n'en rencontraient presque aucune. Seuls quelques fragments de nacre de peu de valeur se mêlaient aux innombrables petits galets qui tapissaient le fond. Sans parler de la corde qu'Olu gardait trop tendue, la gênant dans ses mouvements. Bientôt à court d'air, la pêcheuse se résigna à remonter les mains vides, non sans attraper au passage deux poissons acéphales, faciles à harponner, qui feraient leur déjeuner.

En émergeant, elle prit une longue inspiration, savourant le plaisir de sentir un air vivifiant emplir de nouveau ses poumons, puis grimpa sur le rocher plat au milieu des remous sur lequel Olunemi l'attendait, affairé à enrouler la corde.

« Rien, déplora-t-elle. Le Söthsÿn n'a pas été généreux aujourd'hui. Il me faudra replonger cet après-midi.

— Je pourrais tenter ma chance, suggéra Olu.

— Non. Ces tourbillons ne sont pas très puissants, mais ils peuvent se montrer traîtres. Tu n'es pas encore assez expérimenté. »

L'adolescent haussa les épaules.

« Je sais que j'en suis capable », maugréa-t-il.

Olathena dut se retenir de soupirer.

« Je vais t'apprendre peu à peu et, bientôt, tu seras en mesure d'affronter n'importe quel tourbillon. Mais rappelle-toi que le plus important pour un pêcheur alôs est…

— … de connaître ses limites. Je sais, tu le répétais sans arrêt à papê. »

Olathena encaissa en silence. Comment pouvait-il lui reprocher la mort d'Erniûl alors que, justement, elle n'avait cessé de tenter de tempérer sa témérité ? Le garçon parut se rendre compte de la dureté de sa remarque, mais, au lieu de s'excuser, se renfrogna davantage.

« Allons manger », fit-elle simplement en ramassant les deux poissons, ses harpons, son filet et la corde.

En quelques bonds souples et puissants, elle sauta de rocher en rocher jusqu'à rejoindre la rive, suivie de son fils.

Dans une petite crique tapissée de sable blanc, ils avaient installé un abri au pied d'un aljivfô de grande taille dont plusieurs larges feuilles, coupées puis disposées entre ses racines, leur avaient fourni un toit de fortune. Ainsi se trouvaient-ils protégés de la pluie et de la plupart des insectes, que la forte odeur de la sève de cet arbre repoussait.

« Vide les poissons, s'il te plaît, Olu, demanda Olathena en déposant son chargement. Je vais allumer le feu.

— Je préfère allumer le feu, répondit son fils. Je n'aime pas vider les poissons et tu dis toujours que je le fais mal.

— Justement, lorsque l'on maîtrise mal une technique, il faut la pratiquer pour s'améliorer. »

Comme d'habitude, l'adolescent bougonna et marqua ostensiblement son mécontentement par des gestes brusques. Chaque fois, Olathena s'efforçait d'ignorer son attitude, mais ce climat de défiance permanent lui pesait.

Depuis leur bannissement, seize levers d'Unlï plus tôt, elle avait décidé de ne pas ressasser ce malheur et de mettre à profit cet exil pour reprendre Olunemi en main. Loin de toute tentation et de ses fréquentations douteuses, il n'avait d'autre choix que de suivre sa mère et de l'aider au quotidien s'il voulait se nourrir.

Cette proximité forcée ainsi que la volonté d'Olathena de se montrer désormais inflexible avait dégradé leurs rapports, déjà mauvais. Pourtant, même si cela ne faisait qu'attiser la colère perpétuelle de son fils, la jeune femme demeurait déterminée à faire de lui un Alôs accompli, capable de prendre soin de lui-même et des autres. De toute façon, même auparavant, lorsqu'elle lui passait tout, leur relation n'était guère meilleure.

« Voilà, j'ai fini », dit Olu en lançant les tripes des guâos dans le fleuve.

Occupée à ramasser du bois sec, Olathena jeta un simple coup d'œil de loin.

« Non, ce n'est pas fini. Tu as oublié quelque chose. »

Le garçon leva les yeux au ciel.

« Quoi encore ?

— La petite boule rose près de leurs queues. C'est une glande toxique. Si tu la laisses et que tu la manges, tu souffriras tellement pendant deux jours que tu t'en souviendras toute ta vie.

— Tu ne pouvais pas me le dire avant ?

— C'est quelque chose que tous les Alôs de ton âge savent déjà. Tu le saurais toi-même si tu avais passé moins de temps avec tes amis et plus de temps à m'aider à la maison. »

Olunemi resta coi devant cette sévérité. Se montrer si dure avec son fils coûtait beaucoup à Ola, mais elle était déterminée à en passer par là s'il le fallait. Ne sachant que répondre, Olunemi jeta rageusement le couteau et partit en courant dans la forêt. Sa mère ne chercha pas à le retenir ; elle finirait de vider elle-même les guâos et préparerait le repas. Olu reviendrait lorsque la faim le tenaillerait trop.

Elle était profondément attristée que leur relation ait atteint un tel niveau de crispation et espérait que le temps atténuerait ces sentiments délétères, qu'il éroderait la colère qu'elle éprouvait envers lui pour avoir provoqué leur bannissement et qu'il amoindrirait le ressentiment qu'Olu nourrissait à son égard depuis la mort de son père. Loin de ses amis peu recommandables qui lui avaient lancé ce pari stupide, l'adolescent finirait peut-être par réussir à contenir peu à peu la rébellion propre à son âge et à faire la paix avec sa mère.

Une fois le bois convenablement empilé, Olathena frotta les pierres ignifères afin d'y mettre le feu, puis entreprit de cuire les poissons embrochés. Une odeur alléchante s'éleva bientôt, qui ne tarderait pas à faire revenir Olu.

Aujourd'hui encore, elle n'avait trouvé nulle trace de l'idole en plongeant dans le fleuve. Depuis leur départ, au trente-neuvième jour de Nur, ils descendaient le Söthsÿn dans leur udal'ekî, la longue pirogue à un flotteur typique des Alôs, naviguant dans tous les affluents du fleuve, explorant chaque crique, chaque îlot, chaque radeau de branchages, chaque tourbillon, à la recherche de la statuette. L'objectif était irréaliste, Ola ne le savait que trop bien, mais que faire d'autre ? Maintenant qu'ils étaient bannis, qu'ils n'appartenaient plus à aucun peuple, à aucune tribu, ils n'avaient plus d'avenir. Alors, autant tenter l'impossible. Même s'ils devaient y passer le reste de leurs jours, ils chercheraient l'idole.

Curieusement, bien qu'elle se refusât à l'admettre vraiment, Olathena ne se sentait peut-être pas tout à fait aussi abattue qu'elle aurait dû l'être face à une telle adversité. Bien sûr, l'exil constituait un terrible châtiment, un déracinement tragique. Pourtant, en quittant le pays de Nhâle pour toujours, elle avait fait l'expérience d'une sensation nouvelle, comme une étrange petite flamme intérieure s'allumant au fond de son esprit : l'appel de l'inconnu… Après tout, elle ne s'était jamais complètement sentie chez elle dans l'archipel. Trop différente des autres Alôs, incapable de se plier à toutes ces coutumes absurdes, de faire semblant d'adopter leur mentalité étriquée, tout en se refusant à franchir le pas : rompre avec sa communauté et partir à l'aventure, explorer le vaste monde.

C'était la responsabilité de l'avenir d'Olunemi qui l'en avait toujours empêchée, bien sûr. Le garçon n'avait pas à subir les conséquences de l'excentricité de sa mère. Voilà pourquoi, même si cet exil contraint n'était pas forcément pour lui déplaire, Olathena se sentait tout de même le devoir de chercher l'idole. Son fils devait pouvoir revenir vivre parmi son peuple, s'il le désirait.

Du bruit dans les fourrés lui fit détourner les yeux des guâos en train de griller ; Olunemi était de retour. Le visage fermé, toujours en colère contre sa mère, mais aussi contre lui-même pour ne pas avoir été capable de jeûner plutôt que de s'abaisser à revenir, il s'assit sur une pierre près du feu sans la regarder ni lui adresser la parole. Olathena s'abstint de toute remarque. Lorsque les poissons furent cuits, elle lui en tendit un et ils mangèrent en silence.

IRÉNION

20 mars 1816

Palais des Tuileries, Paris, le soir.

« Vos rêves vous inquiètent, dites-vous ? fit Pierre-Eugène Aurières. Allons, cher ami, les songes sont dénués de sens. Si vous voulez mon avis, leur chercher une quelconque signification est une perte de temps. »

Le général, ancien commandant en chef du régiment des chasseurs à cheval, désormais Deuxième consul, se tenait devant l'une des hautes fenêtres ouvertes du bureau d'Irénion au palais des Tuileries. Le léger courant d'air du soir en provenance de l'extérieur abaissait enfin la température des lieux après une journée encore une fois anormalement chaude pour la saison. Dehors, la lumière avait tant diminué que les ailes latérales du Louvre ne formaient plus qu'une silhouette sombre massive.

Un verre à la main, Irénion était assis dans l'un des fauteuils disposés au milieu de la vaste pièce. Lorsqu'il s'entretenait avec Aurières, il préférait s'abstenir de siéger derrière son imposant bureau d'acajou afin d'éviter de donner à son ami l'impression qu'il le traitait comme un subordonné.

« Bien sûr, finit-il par répondre. En temps normal, je réagirais comme vous. Je n'ai jamais cherché de présages dans les rêves. Ceux-ci ne sont que d'absurdes pièces de théâtre que l'esprit s'amuse à nous jouer lorsque nous dormons et que nous ne sommes plus maîtres de nos pensées. Toutefois, depuis quelques semaines, mon, euh... activité onirique est devenue *différente.* »

Aurières quitta la fenêtre et se rapprocha du meuble à alcools afin de remplir de nouveau son verre de ce vieil armagnac qu'ils dégustaient depuis le début de leur entrevue. Toujours très à cheval sur les formes, il s'était refusé à retirer sa magnifique veste brodée de consul en dépit de la chaleur, tandis qu'Irénion, maintenant que plus aucune visite n'était à attendre, n'avait pas hésité à ôter la sienne et à remonter ses manches de chemise. Aurières s'était tout de même résolu à en défaire quelques boutons.

« Voilà qui est vague, fit-il après une brève gorgée. Décrivez-moi donc ces songes qui vous tourmentent. »

Craignant le ridicule, Irénion faillit renoncer, puis il se lança : « C'est très difficile à expliquer. Imaginez une errance sans commencement ni fin, dans un lieu qui n'aurait aucune logique, ni même d'existence concrète, où le temps ne s'écoulerait pas de la même manière que pour nous... Un endroit que l'esprit ne parviendrait pas à saisir... Le siège d'une inconcevable terreur, si grande qu'elle vous paralyserait, vous rendant incapable d'y faire face, vous poussant à vous résigner à une éternité d'épouvante ou à sombrer dans la pire des folies... Pardon, j'ai conscience que tout cela paraît bien décousu. Les mots sont parfois impuissants à dépeindre ce qui s'apparenterait plutôt à des sensations primitives. Bien que je ne me sois jamais considéré comme débordant de courage, j'ai toujours su affronter ma peur et la canaliser, la garder sous contrôle de manière à être capable de faire preuve de bravoure le moment venu, au combat. Pourtant, là-bas, dans ce "non-lieu", je cède entièrement à la panique. Elle déferle en moi tel un torrent furieux dévastant tout sur son passage, un torrent fait de ténèbres pures, d'obscurité infinie, dans lequel je serais englouti pour l'éternité, sans même l'espoir de me voir libéré par la mort... »

Le regard perdu dans le vague depuis qu'il tâchait de se remémorer ses songes, Irénion releva les yeux et croisa ceux d'Aurières. Le général aux cheveux gris le dévisageait, interdit ; ces paroles lui avaient fait forte impression.

« Ce lieu que vous décrivez... ressemble à l'enfer... »

Irénion secoua la tête : « Je n'ai jamais cru à l'enfer. Le concept même m'a toujours paru profondément absurde ; comme le paradis, d'ailleurs. S'il fallait mettre un nom dessus, ce serait plutôt... le domaine de la mort elle-même, la négation de la vie, de la conscience, de toute forme de sentiment autre que la terreur brute, mais surtout... cet endroit aberrant n'est pas vide... Quelqu'un ou quelque chose s'y trouve et attend. Et lorsque la nuit m'amène devant lui, il me scrute, m'étudie, joue avec moi... »

Aurières inspira brusquement, comme s'il avait oublié de respirer pendant quelques instants.

« Grand Dieu, mon ami, je regrette de vous avoir taquiné. Ce que vous endurez la nuit paraît effroyable.

— Il ne s'agit pas de simples cauchemars, Pierre-Eugène. Même si cela peut sembler fou, je pense que ces... *visions* sont liées aux événements que nous vivons.

— Ces rêves vous ont fait forte impression, c'est entendu, mais, quant à les qualifier de "visions", je ne sais si... Ne peut-il s'agir de la simple – et bien compréhensible – appréhension des batailles incertaines qui nous attendent ?

— Je ne suis pas le seul à être assailli par ces songes odieux. Ils poursuivent Ludwig également. Il m'a avoué repousser le sommeil jusqu'à ne plus y tenir, car, pour lui, le phénomène se reproduit toutes les nuits ! Un calvaire terrible... Yvonnius lui-même m'a confié subir de pénibles cauchemars, ces derniers temps. Et vous, général, n'avez-vous rien remarqué ?

— Moi ? À mon âge, cher ami, c'est le sommeil qui me fuit. Je dors bien peu, et par tranches successives, si courtes, que je n'ai pas l'occasion de rêver, ou alors, j'oublie mes songes dès le réveil. Cela dit, pour être tout à fait honnête, depuis quelques semaines, je me sens souvent nauséeux en me levant, subissant des vertiges et des maux de tête, et, surtout, avec comme un affreux goût de charbon au fond de la gorge. Cela finit toujours par se dissiper, alors j'ai mis cela sur le compte de l'âge et…

— Un "goût de charbon au fond de la gorge" ! l'interrompit Irénion. J'aurais pu user exactement des mêmes mots ! Pierre-Eugène, je crois que certaines de vos nuits sont hantées par les mêmes cauchemars que nous, simplement, vous avez la chance de ne pas vous en souvenir ! »

Aurières le dévisagea longuement, le front soucieux. Puis il sembla se rappeler son verre d'armagnac et le vida d'un trait.

« Croyez-vous que nous perdions la raison ? énonça-t-il lentement. Ou bien que ce maudit sorcier russe ait conçu un moyen de nous atteindre, en dépit de la protection de Pavel ? »

À ce nom, Irénion se souvint que le jeune homme se trouvait de l'autre côté de la porte.

« Et si nous demandions son avis à celui-ci ? » fit-il en se levant prestement.

Il ouvrit la porte du bureau. Dans l'antichambre, Pavel Laptev, assis dans un canapé de velours, releva la tête de son livre. Depuis qu'il était devenu « l'escorte magique » du Premier consul, l'exilé russe ne s'éloignait jamais d'Irénion de plus de vingt pas. Bien qu'il eût fini par s'y résigner, l'ingratitude de ce rôle lui pesait, car il l'empêchait de quitter l'Europe avec sa compagne, l'impétueuse Azra, et de partir découvrir le monde comme ils en rêvaient tous les deux. Sans parler de l'ennui suscité par les longues heures à ne rien faire d'autre qu'offrir la protection du bouclier invisible contre la magie dont il bénéficiait, sans même savoir comment.

Alors, Irénion avait fini par lui suggérer de s'adonner à la lecture et Pavel, qui parlait et comprenait le français à la perfection, avait mis à profit ce conseil. Depuis des semaines maintenant, il dévorait tout ce qu'Aurières – bien plus lettré qu'Irénion – lui recommandait. Œuvres classiques, romans, essais philosophiques, tout y passait. L'ancien *istopnik* découvrait une autre forme de « magie », bénéfique celle-là, qui consistait pour un auteur à transférer ses pensées de son esprit à celui d'un lecteur par le truchement de simples mots couchés sur du papier ! Pavel avait toujours considéré que la lecture était un loisir interdit au petit peuple. Pouvoir y consacrer presque tout son temps demeurait un émerveillement pour lui.

« Pavel ? lui lança Irénion. Venez un instant, je vous prie. »

L'interpellé referma l'ouvrage qu'il lisait, *La Jérusalem délivrée* du Tasse, et s'empressa de rejoindre le Premier consul dans son bureau.

« Que puis-je pour vous, Irénion ? » demanda-t-il.

Le Premier consul avait insisté dès le début pour que le jeune homme se dispensât de toute forme de protocole à son égard. Il se sentait déjà bien assez coupable de le retenir à ses côtés.

« Cela va sûrement vous paraître étrange, mais nous nous demandions s'il était possible que Vakt s'en prenne à nous par les rêves. »

Pavel eut une moue indécise.

« Comme vous le savez, même si j'empêche la magie par ma simple présence, j'en ignore absolument le fonctionnement. Vous devriez poser cette question à Lithian ou à Éthelinde. »

Irénion hocha la tête.

« Je suppose qu'il vous arrive, comme tout un chacun, de faire des cauchemars. En ce qui vous concerne, diriez-vous que leur fréquence ou leur intensité ont augmenté récemment ?

— Euh... non, je n'ai pas cette impression », répondit le Russe, déconcerté.

Après un instant de réflexion, Irénion lui enjoignit d'aller demander la même chose aux nombreux gardes en poste dans le couloir. Il valait mieux éviter que le Premier consul pose en personne une question aussi incongrue.

Quelques minutes plus tard, Pavel était de retour.

« Sur les six soldats que j'ai interrogés, aucun n'a remarqué de changement particulier dans ses rêves ces derniers temps. »

Voilà qui confirmait l'intuition d'Irénion.

« Il est possible que ce phénomène ne touche que les individus directement concernés par les événements en cours, soit parce qu'ils détiennent quelque pouvoir ou, comme Ludwig, parce que leur histoire personnelle les y lie fortement.

— Qu'est-ce qui pourrait influer sur les rêves de tant de gens en même temps ? s'interrogea Pavel, impressionné. Cela fait froid dans le dos... »

Aurières intervint de nouveau, sur un ton apaisant : « Allons, allons, ne tirons aucune conclusion hâtive sur des prémisses aussi fragiles. Nous avons des sujets de préoccupation bien réels, dont il faut nous soucier en priorité. Tant que ces cauchemars se contentent de perturber notre sommeil et n'ont pas d'expression concrète sur les champs de bataille, ils ne doivent pas nous inquiéter outre mesure. L'être humain est un animal anxieux par nature. Vakt nous effraye tous et cela pèse sur nos pensées, notre humeur, voilà tout. Dans la position qui est la nôtre, nous ne pouvons nous laisser aller à de telles idées négatives. Nous nous devons de demeurer optimistes et de croire en notre victoire, en dépit de tous les mauvais augures ! »

C'était cette nature pragmatique chez Pierre-Eugène qui avait d'emblée séduit Irénion dès leur première rencontre. Lorsque Élégast avait usurpé la place de l'Empereur, le vieux général s'était opposé au sorcier sans hésiter, acceptant stoïquement son inéluctable arrestation sans rien ignorer des conditions de détention qui l'attendaient. Ce côté fataliste aurait pu déplaire à Irénion, lui qui était habité par la conviction que les hommes pouvaient faire mentir le destin et changer le monde, mais Aurières n'était pas résigné pour autant. Il le prouvait tous les jours par son implication sans faille dans son rôle de Deuxième consul et dans la conduite de l'élaboration de la future Constitution.

Depuis, cette première impression favorable ne s'était point démentie. Même s'il arrivait à Aurières d'exprimer des idées un peu datées sur certains sujets, il savait toujours faire preuve d'ouverture d'esprit. Et, surtout, en plus de sa grande expérience militaire, il détenait un solide sens politique ainsi qu'une connaissance du fonctionnement de l'État qui faisait parfois défaut à Irénion. Alors, c'était toujours un plaisir pour ce dernier de rentrer à la capitale et de le retrouver.

Plaisir d'autant plus grand que séjourner à Paris permettait également à Irénion de passer davantage de temps avec Eleanor, dont la manufacture située à Rouen ne se trouvait qu'à une petite journée de cheval. La jeune femme avait laissé la direction des ateliers de production à son frère afin de le rejoindre deux jours plus tôt. Il restait encore une semaine entière à Irénion avant de devoir repartir au front ; il n'avait pas le souvenir d'avoir pu profiter d'une aussi longue période aux côtés d'Eleanor depuis le début de leur relation.

Ce qui tombait d'ailleurs fort opportunément compte tenu de la nouvelle que sa compagne lui avait annoncée la veille, une nouvelle qui avait tant bouleversé Irénion qu'il avait d'abord refusé d'en croire ses oreilles : Eleanor attendait un enfant ! Après neuf semaines d'aménorrhée et souffrant de nausées quotidiennes, le doute n'était plus permis selon elle. Le choc avait été tel pour Irénion qu'il en avait pleuré.

Fils d'un tailleur sévère, parfois violent, Irénion n'avait pas vécu une enfance très heureuse ; dès qu'il avait été en âge de subvenir seul à ses besoins, il avait quitté ce foyer sans amour. Il s'était alors juré de prodiguer à ses futurs enfants toute l'affection dont il serait capable, si toutefois un jour il fondait une famille. Les soldats de métier n'y parvenaient pas toujours et, la plupart du temps, ils faisaient de bien mauvais pères. D'ici quelques mois, Irénion serait donc en mesure de vérifier s'il valait mieux que le sien.

Malheureusement, la joie que cette nouvelle lui avait procurée avait été quelque peu ternie par les sombres perspectives qui planaient sur la France dans les semaines à venir. Resterait-il seulement quelque chose du pays lorsque Eleanor atteindrait le terme de sa grossesse ? Leur futur enfant allait-il naître dans un monde dévasté par un Vakt plus maléfique que jamais ?

Ils étaient convenus de garder cette nouvelle secrète ; le risque de connaître l'infortune d'une fausse couche étant élevé lors d'une première grossesse, Eleanor préférait attendre que celle-ci soit bien avancée avant de l'annoncer. Risque accru pour l'Américaine, car les médecins affirment que l'anxiété augmente la probabilité d'avortement spontané. Or, à l'instar de Pavel, Eleanor vivait sous la menace constante d'assassins russes en raison de son rôle à la manufacture de Rouen, et de nombreux attentats la visant avaient déjà été déjoués. Même si elle prétendait qu'Irénion s'inquiétait davantage à ce sujet qu'elle-même, celui-ci se doutait qu'elle devait nécessairement en souffrir.

« Trêve de divagations ! conclut finalement Aurières. Nous avons des matières plus importantes à traiter que ces rêves, qui, bien que déplaisants, n'en demeurent pas moins de simples songes. Aucun cauchemar n'a jamais tué personne ! Cher ami, j'aimerais partager avec vous une idée qui m'est venue, idée qui vous paraîtra, disons… iconoclaste sur le plan stratégique…

— Je vais vous laisser, en ce cas, dit Pavel en esquissant un pas vers la porte.

— Restez, Pavel, je vous en prie, rétorqua Irénion. Considérant la manière dont vous avez lié votre destin au mien, vous avez ma complète confiance. Aussi, je ne vois pas pourquoi vous ne pourriez pas assister à ce genre de discussion. »

Touché par cette attention, Pavel inclina la tête et Aurières, qui s'était pris d'affection pour le jeune homme, ne vit pas d'inconvénient à poursuivre en sa présence.

« Les rapports de nos services de renseignement et de tous les espions de terrain sont unanimes, reprit-il : la prochaine attaque des Russes ne tardera plus. Une affaire de semaines, tout au plus. Or, d'après vous, nous ne sommes pas prêts, n'est-ce pas ?

— Comment le savoir ? soupira le Premier consul. Jamais nul n'a eu à faire face à une telle menace. Des légions de monstres dressés pour obéir à une secte sanguinaire, elle-même dirigée par un sorcier terrifiant, bien plus encore qu'Élégast en son temps – lui, au moins, poursuivait un but bien humain qui le rendait en partie prévisible : la conquête du pouvoir. Lors de la bataille du 18 décembre, lorsqu'il nous fallut affronter cette armée de résurgions, nous avons frôlé la défaite. Quand les troupes de Vakt ont reculé, elles ignoraient qu'elles étaient près de nous vaincre. Nous avons eu beaucoup de chance ce jour-là. Une telle fortune ne nous sourira pas deux fois.

— Les armes spéciales ne nous donnent-elles pas les moyens de la victoire ?

— Elles nous permettent de résister, pas de l'emporter. Tout dépendra du nombre de monstres que les Russes enverront sur nous. Il faudrait du temps à Eleanor pour concevoir de nouvelles armes véritablement révolutionnaires. Et ce temps, nous n'en disposons point. »

Un air résolu sur le visage, Pierre-Eugène s'approcha et s'assit dans le fauteuil en face d'Irénion.

« Voilà pourquoi il nous faut prendre une décision radicale, lâcha-t-il. L'ennemi a changé les règles du jeu ; nous devons en faire autant. »

Irénion haussa les sourcils.

« Je vous écoute.

— Vakt n'est plus une menace pour la France seule ; il est une menace pour le monde entier, pour l'humanité elle-même. Je pense que même nos autres ennemis au sein de la septième coalition ont compris cela. Les Anglais, les Ottomans, les Prussiens… Aucun d'eux n'a jamais aimé les Russes. Mais maintenant, ils en ont *peur*. Et cette peur, nous pouvons l'exploiter.

— Songeriez-vous à leur proposer une… alliance ?

— Les lignes de force stratégiques se sont profondément modifiées depuis Waterloo. De manière lente, presque insensible, certes, mais le résultat est là : aujourd'hui, les alliés de la Russie craignent davantage Vakt que la France. Nous devons donc inverser le rapport de force et proposer à nos ennemis d'hier de se coaliser avec nous contre la Russie !

— La France s'alliant avec l'Angleterre ! s'exclama Irénion. C'est tout bonnement… »

Il s'interrompit aussitôt, tandis que l'évidence le frappait. Aurières avait raison, bien sûr. Les alliances militaires ne répondaient qu'aux intérêts des pays et si, pour l'Angleterre ou le sultan, la principale menace contre ces intérêts n'était plus la France, mais une créature à peine humaine aux pouvoirs effrayants, alors ils n'hésiteraient pas à trahir la septième coalition. Il ne fallait pas réagir à cette proposition en se laissant guider par l'orgueil blessé du vaincu d'hier, mais aborder la question à la manière d'Aurières, en pragmatique.

« Les rapports de nos espions permettent-ils vraiment de penser qu'un tel retournement de nos, euh… adversaires serait envisageable ? finit par demander Irénion.

— Je le crois. Je ne prétends pas que cette décision serait facile à prendre pour eux non plus ; toutefois, nous aurions tort de ne pas tenter un tel rapprochement. »

Irénion se redressa en hochant la tête. Un nouvel espoir se formait lentement en lui.

« Il est vrai que tous les comptes rendus récents qui m'ont été dressés par nos services de renseignement estimaient qu'après la bataille des résurgions, les Anglais avaient quitté le front, imitant les troupes de Mahmoud II peu avant. En ce qui me concerne, j'espérais simplement que ce délitement de la septième coalition contre la France nous faciliterait un peu la tâche. Je vois maintenant que, contrairement à vous, cher ami, je manquais d'audace : il s'agit là pour nous d'une occasion de former la première coalition contre la Russie ! »

ÉLÉGAST

25 mars 1816

Lumbres, le matin.

Accroupi dans une position inconfortable qui lui causait des élancements aux genoux, les ongles noircis et abîmés, Élégast creusait la terre à l'aide d'une houe à manche court. Il avait commencé cette besogne harassante plusieurs heures auparavant, au lever du jour, et le soleil, qui n'était pourtant pas encore à son zénith, lui cuisait déjà douloureusement le crâne et la nuque. Le sol était dur et compact, desséché faute d'avoir reçu la moindre goutte de pluie depuis des mois. Transpirant et haletant sous l'effort, l'ex-Sorcier Empereur s'écorchait les mains sur les petits cailloux aux arêtes vives et les radis racornis oubliés dans le sol à la précédente récolte, désormais durs comme de la pierre. Juste à côté de lui, Puck enfonçait les pommes de terre dans le sol au fur et à mesure, versait dessus un peu d'eau puis rebouchait les trous.

Lorsqu'il leur avait donné leurs instructions pour ce travail, le fermier avait précisé qu'il ne plantait pas de nouveau des radis cette année afin de varier les cultures, évitant ainsi de fatiguer la terre et le retour de certaines maladies. Depuis le début de leur errance, les deux fugitifs avaient souvent été contraints de proposer leurs bras dans des exploitations agricoles, et Élégast s'était rendu compte en ces occasions des innombrables connaissances que réclamait cette activité qu'il considérait jusqu'alors comme simple, voire primitive. Pour autant, il méprisait toujours les paysans – sous-espèce à peine civilisée à ses yeux –, surtout depuis qu'il lui fallait se mettre à leur service pour survivre, se ravalant au rang d'une bête fouissant la terre. Au même niveau que les vers et les cancrelats.

Son front dégoulinait de sueur dont les gouttes coulaient jusque dans ses yeux. Il s'essuya rageusement le visage, y laissant d'immondes traces brunes.

« *Yef'uvïn !* gronda-t-il entre ses dents. Quelle puanteur ! Pourquoi les fermes sentent-elles toujours aussi mauvais ?

— Ils ont répandu du lisier hier afin de fertiliser le sol, répondit Puck, et la chaleur rend l'odeur beaucoup plus forte. »

Travailler dans les excréments d'animaux, voilà à quoi Élégast en était réduit ! Comment les choses avaient-elles pu si mal tourner ?

« Maî..., euh... Louis, si je puis me permettre... », commença Puck en hésitant.

Élégast avait ordonné à son assistant de ne plus l'appeler par son vrai nom en public, afin de limiter les risques de se faire prendre. Plutôt que d'opter pour un nom trop quelconque, il avait choisi celui d'une longue lignée de souverains français. Le jeune homme avait mis longtemps avant de cesser de lui donner du « maître » et cela lui échappait encore parfois.

« Veuillez me pardonner, Louis, reprit Puck. Mais il vous faut creuser plus profond pour les pommes de terre. Sur au moins quatre pouces. Sans quoi le patron nous fera tout déterrer et reprendre au début. »

L'ex-Sorcier Empereur pesta, mais suivit le conseil. Il n'avait aucune envie de recommencer une tâche aussi harassante. La veille, c'était lui qui se chargeait de planter les pommes de terre germées et Puck qui excavait le sol. Mais le patron l'avait réprimandé devant tout le monde en lui faisant remarquer qu'il tassait trop la terre par-dessus les tubercules et leur avait ordonné d'inverser leurs rôles.

Devant un tel manque de respect, Élégast avait, par réflexe, tenté de solliciter les forces obscures comme il l'avait toujours fait lorsque la colère le saisissait, dans l'intention de châtier cet impudent en lui infligeant les pires souffrances, physiques et morales. Mais rien ne s'était produit, bien sûr. Ce damné Mérovée l'avait privé de ses pouvoirs. Obéron n'était plus qu'une coquille vide, une simple créature mortelle comme une autre, fragile et impuissante.

Comprenant que sa remarque avait irrité son maître, Puck se releva sans attendre une réflexion acide, voire un coup, et s'en alla remplir le seau avec lequel il humidifiait la terre avant de reboucher le trou. On leur avait recommandé d'économiser cette ressource précieuse, car l'eau du puits était déjà très basse, quasiment au niveau d'une fin d'été alors que le printemps commençait à peine. L'inquiétude des campagnards à ce sujet était palpable. Élégast s'en réjouissait. Il espérait que cette chaleur anormale les ferait tous crever, et lui avec, car cette vie dégradante ne valait pas la peine d'être vécue. Lui qui avait toujours connu une existence particulièrement privilégiée, dans ce monde et plus encore dans l'autre, se demandait si les *elvëms* peinaient autant que les humains dans leur quotidien. Durant son règne en *Hursëlïnh*, jamais il ne s'était posé cette question.

Puck revint bientôt sans oser croiser son regard et ils reprirent leur besogne en silence. S'ils voulaient manger dans les jours à venir, il leur fallait gagner leur pitance.

Après son effarante défaite sur les rives du lac de Mognac, ils avaient vécu des semaines en bêtes traquées. Dès le début de leur fuite, Élégast n'avait nourri nul doute sur le fait qu'Irénion Brégante, lorsqu'il apprendrait que Ludwig l'avait laissé partir, ne verrait pas les choses de la même façon. Pour ce fichu idéaliste, l'ex-Sorcier Empereur devrait répondre de ses « crimes » devant la justice et il le ferait rechercher aussitôt. Alors, Puck et lui s'étaient cachés dans les forêts plusieurs semaines durant, ne parvenant à survivre que grâce aux origines d'Obéron : tout natif de l'Autre Monde savait intuitivement comment tirer parti de la nature, même un roi qui n'avait jamais rien connu d'autre qu'une existence dorée dans un palais.

Ensuite, lorsque Élégast estima que les risques avaient diminué, ils avaient pris la route, errant sans but précis en se faisant passer pour des vagabonds – en devenant des vagabonds de fait –, se déplaçant au gré des occasions de mendier ou de gagner des sommes misérables dans des travaux épuisants, vivant dans une crasse repoussante telle qu'Élégast n'avait jamais imaginé en connaître un jour, lui, le souverain absolu d'*Hursëlïnh*, dont la lignée comptait d'anciens dieux et devant lequel tous les *elvëms* s'inclinaient avec le plus grand respect. L'Anomalie avait ruiné tout cela, puis Mérovée l'avait empêché de se construire une nouvelle destinée grandiose...

Non, c'est ton orgueil démesuré qui est le seul responsable de ta déchéance ; ta volonté absurde d'asservir un monde ami, quitte à faire de ton peuple pacifique une armée belliqueuse, poussa Mab à s'éloigner de toi et à se rapprocher de Mérovée...

« NON ! NON ! » ne put s'empêcher de s'exclamer Élégast en lâchant sa houe afin de se frapper les tempes de ses poings.

Ce genre de pensées sarcastiques l'assaillaient régulièrement depuis sa chute. Comme si sa situation actuelle ne le faisait pas assez souffrir, il fallait en plus que son propre esprit se rebelle contre lui. Le dénigrement de soi était la marque des faibles ! Les forts ne perdaient jamais foi en leur destin !

Il s'aperçut que Puck et les autres journaliers le regardaient avec embarras. Il savait qu'il renvoyait désormais l'image d'un vieux fou. Le rouge au front, il reprit son travail et les autres l'imitèrent.

Parfois, il se disait qu'avec son apparence actuelle, il aurait très bien pu garder son vrai nom : qui aurait pu imaginer que ce vieillard chétif et sale, vêtu de guenilles et sans un cheveu sur le crâne, régnait sur le plus grand empire du monde à peine quelques mois plus tôt ! Voilà ce que ce damné Mérovée avait cherché en lui laissant la vie sauve : au-delà de la très haute idée que ce bellâtre se faisait de sa magnanimité hypocrite, il devait se délecter chaque jour en songeant que son ennemi endurait une telle humiliation.

Après des semaines d'errance, ils avaient fini par se faire embaucher dans cette vaste exploitation près de Lumbres, dans le nord de la France, non loin du front actuel. Il ne s'était aperçu que plus tard qu'ils se trouvaient sur le lieu de l'ancienne forêt Charbonnière, désormais presque disparue, en partie rasée par les humains afin de laisser place à leur activité industrieuse. Cette espèce ne comprenait pas qu'en détruisant ses forêts, son monde perdait non seulement en beauté, mais aussi en mystère, sentiment essentiel à l'existence. Que vaudrait la vie dans un monde où tout est connu, tout est su, tout est vu ? Cette forêt millénaire, jadis gigantesque, se réduisait dorénavant à quelques bois épars, des marais et, surtout, des champs.

Ainsi, une sorte d'instinct primitif l'avait ramené ici sans qu'il en eût conscience, en ce lieu autrefois magnifique où il avait vécu tant de moments heureux avec son demi-frère. Aujourd'hui, d'une manière contradictoire, la haine terrible envers Mérovée qui le rongeait se mêlait à une douloureuse nostalgie pour ce passé désormais révolu. Et il avait beau tout faire pour détester Mérovée, il ne parvenait pas à éteindre dans son propre esprit la petite voix insidieuse répétant sans cesse qu'il ne devait s'en prendre qu'à lui-même de cette infortune, que seule son hubris avait provoqué sa chute.

Une fois encore, il lui fallut se faire violence pour chasser ces pensées exaspérantes. Il tâcha de se concentrer sur son fluide intérieur, son *spiriti aestus*, ainsi que l'appelaient les érudits de ce monde. Comme souvent, il s'efforça de le solliciter, de le faire revivre afin de l'entraîner et, qui sait, d'être de nouveau en mesure d'en user. Mais cette force primordiale, autrefois si vivace chez lui, si flamboyante, demeurait désespérément éteinte.

Chaque jour, tôt le matin, à l'aurore, à une heure où personne ne pouvait le surprendre, il s'isolait en pleine nature, face à l'est, fermait les yeux et tentait de percevoir les forces ésotériques traversant l'univers, d'en sentir la trame même comme il en était naguère capable, lorsqu'il savait entrer en résonance avec le chant intime de la nature. Sans succès, jusqu'à présent. Tout juste parvenait-il à discerner une vibration arcanique ténue, si faible qu'elle ne représentait rien de plus que celle que chaque être vivant était susceptible de déceler en prenant la peine d'*écouter*, une infime quantité du fluide ésotérique dans lequel baignait l'univers, qui conduisait parfois certains mystiques à une extase qu'ils n'étaient même pas aptes à comprendre.

La voix de Puck, sur ce ton niaiseux qui lui portait sur les nerfs, le sortit de sa rêverie :

« Veuillez me pardonner de vous le dire de nouveau, monsieur Louis, mais vous ne creusez pas assez pro…

— Tais-toi donc, vermine ! » s'exclama Élégast, soudain hors de lui.

Levant sa houe, il s'apprêtait à frapper son assistant, qui se recroquevilla aussitôt en se protégeant de son bras, lorsqu'il remarqua que le fermier, M. Mateau, venait d'entrer sur la parcelle afin de vérifier le travail des journaliers. Élégast reprit tout de suite sa tâche en s'appliquant à creuser suffisamment profond.

Sans être un grand propriétaire, Mateau possédait assez de terres pour ne plus avoir à travailler lui-même. Soucieux de la rentabilité de son domaine, il gardait un œil attentif sur le travail de ses ouvriers et, même s'il ne se comportait pas en tyran, il pouvait se montrer sévère. Gare à ceux dont le travail laissait à désirer ou, pire, aux fainéants. Élégast et Puck n'avaient été embauchés que depuis peu au sein d'une équipe d'une vingtaine de journaliers. En plus du salaire dérisoire qu'ils recevaient en échange de leur travail, ils étaient logés dans une grange au milieu des autres, sur des paillasses à même le sol, et, surtout, ils étaient nourris. Maintenant qu'Élégast avait connu la faim, il savait que l'essentiel était d'avoir le ventre plein à la fin de la journée.

Mateau ne s'attarda pas près des journaliers qu'il connaissait déjà et vint directement inspecter la tâche accomplie par les deux nouveaux. Ses sourcils broussailleux froncés, il ne parut pas trouver le résultat très satisfaisant et ne se gêna pas pour le faire remarquer, mais Élégast savait qu'il ne s'attendait pas à mieux de la part d'un vieillard maladif et d'un jeunot chétif. D'ailleurs, le salaire qu'il leur avait proposé – imposé serait plus exact – tenait compte de leurs « limitations ». Cette exploitation cynique de leur situation précaire, Élégast s'y était résigné depuis que leur fuite avait commencé. En revanche, il ne parviendrait jamais à s'habituer à devoir ravaler sa fierté devant la morgue de ceux qui avaient le pouvoir de lui remplir l'estomac, que ce soit par le travail ou par l'aumône.

Et pourtant, il le faisait. Car il n'avait pas renoncé. Un jour, il retrouverait ses pouvoirs, d'une manière ou d'une autre ! Même si toute son expérience lui disait que la chose était irréaliste, il tenterait l'impossible. Un jour, il retrouverait ses pouvoirs et il aurait sa vengeance. D'ici là, il fallait survivre. Endurer les avanies, tant qu'il en avait la force, en attendant qu'enfin, peut-être, une chance inespérée se présente. Ainsi, il prenait grand soin de se tenir informé sur l'état du pays et du monde en lisant les journaux abandonnés qu'il trouvait ou en demandant des nouvelles à tous ceux qu'il croisait.

« Bien le bonjour, monsieur Mateau ! s'exclama-t-il sur un ton aussi enjoué que possible, et avec toute l'humilité qu'il était capable de simuler. Quelles sont les nouvelles de la guerre ? »

Accroupi comme il l'était, il lui fallait se tordre douloureusement le cou pour regarder le patron qui se tenait debout, sans parler du soleil qui l'éblouissait. Heureusement pour lui, Mateau, comme beaucoup de fermiers, était un bavard impénitent ; il ne se priva point de cette occasion de pérorer sur les racontars qui circulaient, se faisant l'écho des inquiétudes de la population sur ce sorcier russe terrifiant qui menaçait la France et de la rumeur selon laquelle il commandait à une armée de monstres. « Des commérages de bonne femme, à coup sûr ! » ironisa-t-il. Élégast, lui, jugeait qu'il s'agissait sûrement de la vérité. Quant à savoir si Vakt était également responsable de cette chaleur et de la sécheresse qu'elle provoquait, qui mèneraient « à coup sûr » à une famine dans les prochains mois, il était impossible de le déterminer. Pour le moment, ces conditions climatiques préoccupaient bien davantage les paysans que l'état du front, pourtant fort proche.

Tous ces imbéciles méritent leur sort ! maugréa-t-il intérieurement.

Lui aurait pu affronter Vakt ! Il l'avait déjà fait et, avec la préparation adéquate, il aurait pu le vaincre et s'approprier ce monde !

Maintenant, il n'était plus rien. Moins que rien !

Qu'ils meurent tous ! Que Vakt déchaîne toutes les forces obscures sur eux et consume ce monde indigne ! Bon débarras !

Palais des Tuileries, Paris, début d'après-midi.

Le voyage d'Evdokia Sverela et de son escorte depuis la Russie avait duré trois semaines. Il fut éprouvant pour la courtisane, plus habituée aux couloirs du palais d'hiver qu'aux rigueurs du « terrain ». Evdokia n'avait jamais eu à accomplir de mission en territoire ennemi, exercice auquel la *grafinia* Uliatine était rompue, à l'époque où elle officiait comme espionne. Toutefois, aussi pénible qu'il eût été, Evdokia avait mis ce trajet à profit pour s'efforcer de mieux connaître chacun des hommes qui l'accompagnaient, afin de déterminer lequel elle pourrait manipuler le plus aisément au cas où le besoin s'en ferait sentir. La mission qui lui avait été confiée avait beau être de la plus haute importance, Irina était devenue si étrange, si imprévisible, qu'Evdokia craignait qu'elle ne changeât d'avis soudainement et n'enjoignît à Kamenev de se débarrasser d'elle. Un tel ordre n'aurait aucun sens, mais les décisions de la nouvelle impératrice n'obéissaient plus toujours à la raison.

Ainsi, après trois semaines à jauger chacun des cinq hommes qui composaient son « escorte », elle en avait exclu quatre de ses plans pour n'en garder qu'un.

D'emblée, Evdokia avait éliminé le premier d'entre eux, Staminir Kamenev, l'agent spécial au visage couturé. Elle avait rapidement compris que cet homme n'avait ni cœur ni véritable personnalité. Une seule chose l'intéressait, l'obsédait même : mener à bien les missions qu'on lui confiait. Il en faisait une affaire personnelle. Rien d'autre ne comptait. D'après les renseignements qu'elle avait pu obtenir sur lui, il n'était motivé ni par l'argent, ni par la gloire, ni par les femmes. D'une certaine manière, il se comportait comme une marionnette sans pourtant avoir été phagocyté. Kamenev semblait n'avoir d'autre désir que celui d'atteindre les objectifs qui lui avaient été fixés, quel qu'en soit le prix. Si les ordres concernant Evdokia changeaient, celle-ci n'aurait aucune pitié à attendre de lui.

L'agent spécial paraissait d'ailleurs se méfier d'elle et la tenait à l'œil lors des échanges qui pouvaient se produire entre elle et ses hommes. Uliatine avait dû le mettre en garde à ce sujet ; le principal talent d'Evdokia en tant qu'agente avait toujours été sa capacité à séduire ses cibles en les charmant plutôt qu'en couchant avec elles. Evdokia soupçonnait d'ailleurs quelque jalousie de la part de la comtesse sur ce point, elle qui ne savait parvenir à ses fins que par une sensualité provocante.

Durant son étude du caractère des cinq hommes, elle avait également exclu dès le début Grigori Kokhozine. L'agent avait été converti en marionnette sous le regard horrifié d'Evdokia dans la grande salle du trône. Depuis, bien qu'il eût recouvré suffisamment de personnalité pour sembler normal aux yeux des autres, il n'était plus vraiment humain. Evdokia le considérait comme une excroissance de Vakt, qu'il ne trahirait jamais.

Concernant les trois autres membres de son escorte, elle avait acquis la conviction qu'aucun n'était un pion de la Faction rouge ni une marionnette du sorcier. C'était donc sur Kirill, Oleksandr et Borislav qu'elle avait concentré ses observations. Les deux premiers, cosaques, soldats réformés, n'étaient que des brutes sans âme, prêts à commettre les pires crimes et, si possible, à être payés pour cela. Borislav était le seul qui semblât posséder une petite parcelle d'humanité.

Encore jeune – guère plus de vingt-cinq ans –, il n'avait pas eu le temps de voir son cœur irrémédiablement corrompu comme les autres. Borislav était un dur, cela ne faisait aucun doute, sans quoi il n'aurait pas été recruté par Kamenev, qui l'avait probablement sorti de prison afin qu'il travaille sous ses ordres ; toutefois, Evdokia croyait déceler chez lui un reste d'humanité qui faisait défaut aux autres. Alors, elle avait entrepris d'attirer son attention sur elle. Quelques coups d'œil discrets lui permirent d'accrocher son regard. Chaque fois, elle détournait le sien, comme si, trop timide, elle ne souhaitait pas qu'il s'aperçût de son intérêt pour lui. Rapidement, elle sut que ses chances étaient bonnes ; toutefois, il fallait œuvrer avec retenue, afin de ne pas risquer que le jeune homme ne voie clair dans son jeu et ne la dénonce. Kamenev se montrerait impitoyable.

Bien entendu, celui-ci ne pourrait la châtier avec trop de brutalité ; une grande partie des compétences d'Evdokia – et, par conséquent, des chances de succès de la mission – dépendait de sa capacité à charmer, et donc de son apparence. Néanmoins, il existait de nombreux moyens d'infliger des souffrances physiques sans laisser la moindre trace sur le corps.

Alors, elle construisait sa « relation » avec Borislav dans la plus grande subtilité, se contentant d'œillades furtives, de sourires à peine esquissés. Si Borislav s'efforçait de ne rien montrer, Evdokia savait qu'elle exerçait désormais une attirance sur lui et qu'il luttait intérieurement pour n'en rien laisser paraître. Jusqu'à ce jour, le jeune agent n'avait probablement jamais connu d'autres femmes que des prostituées dans de sordides bordels ; une véritable courtisane lui jetant des coups d'œil troubles devait provoquer chez lui un certain bouleversement émotionnel.

Borislav ne pouvait ignorer qu'il serait contraire aux ordres de s'intéresser à l'agente spéciale de cette manière. Cependant, il est pratiquement impossible d'éteindre la flamme sentimentale lorsqu'elle a commencé à brûler. Pour le moment, Evdokia se gardait bien d'attiser celle-ci trop fort, mais, en cas de danger, elle pourrait tenter de chercher un appui de son côté. Il s'agissait là d'un pari, bien sûr. Rien ne lui permettait d'être certaine qu'il prendrait son parti. Cela dit, elle était déterminée à ne pas se laisser phagocyter sans lutter.

Dès leur entrée sur le territoire français, elle commença à jouer le rôle qui lui avait été assigné : Evdokia Mikhnov, exilée russe fuyant la répression et la barbarie du régime en place dans son pays. Le nom de famille était faux, mais elle avait choisi de conserver son vrai prénom afin de réagir avec davantage de naturel.

À leur arrivée à Paris, elle s'installa sous ce nom dans un bel appartement prêté par un « ami » fictif de son père non moins fictif, le général Anatoli Mikhnov. De nombreux militaires russes ou membres de la cour du tsar entretenaient avant la guerre des liens forts avec la France, dont ils enviaient la culture et imitaient le mode de vie dans leur pays. Disposer de résidences en France n'avait rien d'exceptionnel pour les plus fortunés d'entre eux. Bien évidemment l'escorte de la fille du général logerait elle aussi dans l'appartement afin d'assurer une protection continue ; des agents du régime tsariste devaient nécessairement chercher à attenter à sa vie.

Deux jours plus tard, la jeune femme fit porter une missive au ministère de la Guerre par l'un des valets de son personnel de maison – dont tous les membres étaient français. Dans ce courrier cacheté, elle se présentait et proposait un échange de bons procédés, expliquant de manière elliptique qu'elle possédait des informations susceptibles de représenter quelque valeur aux yeux de l'État français.

Le lendemain, deux hommes se firent annoncer chez elle et demandèrent à la rencontrer. De simples policiers, affirmèrent-ils, qui, prévenus de l'arrivée d'une ressortissante d'un pays en guerre avec la France, souhaitaient l'emmener à la préfecture afin de lui poser quelques questions et « procéder à des vérifications ». Naturellement, il ne faisait aucun doute qu'il s'agissait d'agents secrets.

Entouré de ses hommes, Kamenev s'interposa, poliment, mais fermement.

« Compte tenu des risques que Mlle Mikhnov a pris en venant ici, expliqua-t-il dans un français acceptable, bien que teinté d'un fort accent, elle ne parlera qu'à des officiels du ministère. »

Les faux policiers repartirent sans insister.

Trois heures plus tard, Evdokia réceptionnait un message l'invitant à se rendre au ministère de la Guerre afin d'y être reçue par le secrétaire général du cabinet du ministre. Le message précisait qu'elle était autorisée à se présenter à ce rendez-vous en compagnie de son escorte.

Le premier objectif était atteint : on la prenait au sérieux. En revanche, les allées et venues depuis son appartement, ainsi que les moindres de ses faits et gestes, seraient désormais observés en permanence. Il fallait donc redoubler de prudence.

Le jour suivant, la prétendue fille de général se rendit au ministère, situé dans l'hôtel d'Orsay, rue de Varenne. Même si on avait fourni aux hommes de Kamenev des costumes présentables, Evdokia eut l'impression d'avoir fait entrer une bande de brigands en les voyant tous assis, mal à l'aise, sur les banquettes de velours de l'antichambre. Lorsque l'assistant du secrétaire général l'invita à entrer dans le bureau, il était bien sûr impensable que Kamenev l'accompagne. Un « garde du corps » n'avait pas sa place dans une telle réunion. Toutefois, celui-ci lança à la jeune femme un ultime regard lourd de menaces.

Evdokia ignorait si, en dehors de leur lien maléfique avec leur maître, les marionnettes de Vakt possédaient des capacités « surhumaines » leur permettant, par exemple, d'écouter une conversation à travers les murs, ou par d'autres moyens dépassant l'entendement d'une personne normale. Aussi, elle décida de s'en tenir strictement à son rôle pour le moment. Tant qu'elle n'aurait pas trouvé un moyen raisonnablement sûr pour échapper à son escorte, elle accomplirait sa mission sans sourciller. Si elle tentait de trahir réellement dès maintenant, Kamenev n'hésiterait pas à recourir au coup de force pour la reprendre et lui faire payer sa forfaiture, quitte à faire périr tout le monde, lui compris. Evdokia revoyait encore l'immonde sang noirâtre dégouttant de la plaie de Grigori et jamais elle n'oublierait le cri inhumain qu'il avait poussé avant d'être vidé de sa personnalité pour toujours.

Le secrétaire général du cabinet du ministre de la Guerre reçut Evdokia avec courtoisie et s'efforça durant près d'une demi-heure d'obtenir d'elle toutes les informations qu'elle prétendait détenir sur la Russie. Comme le plan le prévoyait, celle-ci répéta à chacune des questions qui lui étaient posées qu'elle ne livrerait ces renseignements sensibles qu'au Premier consul en personne. Elle affirma qu'elle était bien placée pour savoir que la Russie avait des espions partout. Et d'ailleurs, comme preuve de sa bonne foi et, surtout, de la qualité de ses informations, elle dénonça un véritable agent russe infiltré dans le personnel du ministère. Irina Uliatine lui avait ordonné de sacrifier sans état d'âme cet espion afin de gagner la confiance de ses interlocuteurs.

Dès le lendemain, un nouveau message lui fut porté, pour l'inviter à un autre entretien… au palais des Tuileries, cette fois ! Serait-il possible qu'on lui fît déjà rencontrer Irénion Brégante ? Cela était peu probable.

Néanmoins, tout se déroulait bien plus vite qu'attendu. Les Français étaient aux abois, ils ne pouvaient se permettre de négliger une proposition comme la sienne.

En se rendant sur place, Evdokia ne put s'empêcher d'éprouver une certaine émotion en longeant la façade du Louvre, palais mythique pour une grande partie de la noblesse russe, pétrie de culture française. Elle s'étonna de la quantité de troupes et de points de passage déployés autour des lieux. Le palais d'hiver, pourtant bien plus grand, n'était pas protégé de la sorte. Vakt n'avait pas besoin de tels moyens pour assurer sa sécurité. Qui oserait s'en prendre à lui ? L'on ne savait même pas s'il était possible de le tuer par des méthodes conventionnelles.

Une fois dans les lieux, Evdokia enchaîna plusieurs entretiens devant des militaires, probablement officiers des services de renseignement, qui remplirent toutes sortes de documents puis, alors qu'elle pensait qu'on la renverrait chez elle en attendant d'être convoquée de nouveau, on lui annonça qu'elle allait rencontrer l'un des aides de camp du Premier consul en personne.

Déjà ? songea la jeune femme, soudain inquiète. Elle ne s'attendait pas à gravir les échelons vers Brégante aussi rapidement. Elle ignorait si celui-ci se trouvait aux Tuileries à ce moment-là, ou sur le front nord. Les déplacements du Premier consul étaient le secret le mieux gardé de France.

Non sans appréhension, Evdokia suivit les soldats qui la guidèrent, elle et son escorte, à travers les longs couloirs du palais. Comme au ministère de la Guerre, Kamenev et ses hommes furent invités à l'attendre dans une antichambre tandis qu'on l'introduisait dans un bureau. Là, un officier plutôt jeune l'accueillit avec un baisemain, galanterie inattendue en un tel lieu.

« Chère mademoiselle, colonel Yvonnius Archant, pour vous servir », fit celui-ci.

Evdokia répondit à cette courtoisie par un sourire aimable auquel elle ajouta une pointe de timidité, puis, à l'invitation de l'aide de camp, prit place dans l'un des sièges face au bureau.

Archant commença par lui demander si elle était bien installée à Paris, lui proposant de mettre à sa disposition un autre appartement si celui qu'elle occupait ne lui convenait pas, puis s'enquit de sa sécurité. Bien qu'il eût été informé de la « détermination » de son escorte, considérant la menace que ses révélations faisaient planer sur sa personne, il suggéra de poster des soldats à l'entrée de son immeuble. Suggestion poliment refusée par Evdokia.

Durant la suite de l'entretien, elle étudia ce colonel Archant avec attention, s'étonnant de sa jeunesse – un peu moins de trente ans, jugea-t-elle – à un tel niveau de responsabilité, et de sa décontraction en de telles circonstances. Tous ceux qui l'avaient reçue depuis qu'elle s'était signalée aux autorités de ce pays avaient adopté avec elle une prudente froideur, s'en tenant à une politesse purement protocolaire. Archant tentait visiblement de nouer avec elle une relation plus naturelle. La stratégie était transparente, bien sûr, toutefois, Evdokia croyait déceler dans cet effort une relative sincérité.

Yvonnius Archant était un charmeur, elle le comprit tout de suite. L'homme avait des habitudes de séduction envers les femmes, que même ses importantes responsabilités actuelles ne lui avaient pas fait perdre complètement. Il était évident que ses attraits physiques indéniables, notamment ses beaux yeux clairs, lui avaient probablement toujours valu un grand succès auprès de la gent féminine, lui donnant cette assurance plaisante, bien qu'un brin agaçante. Pourtant, au-delà des apparences, Evdokia croyait percevoir une fêlure. Cette séduction n'était qu'un réflexe masquant le désenchantement propre à ceux qui ont connu les champs de bataille. Que de fois la courtisane l'avait constaté chez ceux revenant des combats : la guerre abîmait les hommes, surtout les moins âgés. Ils perdaient leur optimisme, l'énergie vitale propre à la jeunesse.

Une fois qu'il estima avoir fait montre d'assez de civilités, l'aide de camp entra dans le vif du sujet.

« Permettez-moi de vous poser une question directe, mademoiselle Mikhnov : quels sont ces renseignements précieux que vous affirmez pouvoir fournir à la France ?

— Comme j'ai déjà eu l'occasion de le signifier à tous ceux qui m'ont reçue jusqu'à présent, colonel, nul autre que le Premier consul en personne ne peut entendre des informations aussi importantes.

— Je suis son homme de confiance, comme on a dû vous le dire.

— Je n'en doute pas, cher monsieur. Vous comprendrez néanmoins que je ne souhaite pas prendre le moindre risque concernant ma sécurité. Je ne parlerai donc qu'au consul Brégante. »

Archant hocha la tête avec un sourire.

« Je crains que cela ne soit impossible. Aussi charmante que vous soyez, et même si je suis certain que vous ne nourrissez aucune mauvaise intention à son égard, personne ne peut approcher directement le Premier consul. Il s'agit là d'un impératif de sécurité que nul ne peut transgresser, pas même moi. Si vous souhaitez bénéficier de la protection de l'État français, il va falloir m'en dire davantage, afin que je sois en mesure de me faire une idée de la qualité de vos informations.

— L'espion infiltré au ministère de la Guerre dont je vous ai livré l'identité n'était donc point suffisant ? »

Nouveau sourire séducteur ; Evdokia ne doutait pas que pour beaucoup de demoiselles, Archant devait être irrésistible. Si le monde avait été dirigé par des femmes, cet homme aurait pu remplir le même rôle qu'Evdokia.

« C'est précisément la qualité de ce renseignement qui justifie votre présence devant moi, répondit-il. Cet individu a été interpellé et la fouille de son appartement a permis de trouver des documents compromettants qui ne laissaient nulle place au doute. Il a tout avoué lors de son interrogatoire. »

Evdokia ne put s'empêcher d'éprouver une certaine culpabilité d'avoir été contrainte de trahir un « confrère » qui n'avait pourtant commis aucune faute envers la mère patrie.

« Si vous ne souhaitez pas me livrer ces informations, poursuivit Archant, comment me convaincre de plaider votre cause auprès du Premier consul ? »

L'espionne se garda de répondre trop vite. Elle ne devait pas oublier son personnage en se montrant trop sûre d'elle-même.

« Mon père est veuf et… je suis son seul enfant. Il n'a plus que moi en ce monde, c'est pourquoi il a pris tous les risques pour me faire sortir de Russie…

— Comment êtes-vous donc parvenue à passer les frontières de tant de pays en guerre ? s'étonna Archant, avec un plissement méfiant des paupières.

— Bien que, afin de ne pas éveiller de suspicion chez les autorités russes, je n'aie pu emporter qu'une partie de notre modeste fortune familiale, j'avais tout de même suffisamment de fonds à ma disposition pour payer tous les pots-de-vin nécessaires (le colonel ne pouvait ignorer que la corruption était fréquente aux postes-frontières), y compris pour acheter un faux passeport français.

— Tous les regards sont tournés vers le front nord, n'est-ce pas ? soupira Archant. Dans le chaos général provoqué par Vakt, qui se préoccupe d'une simple voiture sur les routes de l'Autriche, de Trieste ou de la Suisse ? »

Ainsi, les services français avaient su reconstituer leur itinéraire. Leur contre-espionnage n'était peut-être pas si mal en point, après tout.

« En m'envoyant ici, reprit-elle, la considération principale de mon père était de me mettre à l'abri, hors d'atteinte des marionnettes de Vakt dont la Faction rouge se sert pour faire pression sur les militaires de l'armée régulière, en s'en prenant à leur famille… »

L'aide de camp leva un sourcil.

« Les "marionnettes" de Vakt ? »

Aussitôt, Evdokia fit en sorte de rougir – elle en était capable sur commande – et détourna le regard comme si elle se rendait compte qu'elle venait de trop en dire par erreur.

« Cela fait, euh… partie des révélations que je réserve au Premier consul. Sachez que mon père m'a chargée de vous informer qu'une fois que je serai à l'abri, il désertera afin de se rendre à l'armée française. Il réprouve la manière dont Vakt leur demande de livrer combat, qu'il juge incompatible avec l'honneur militaire. Toutes les informations dont je dispose viennent de lui et, lorsqu'il vous aura rejoints, il pourra vous en donner davantage. Notamment au sujet d'Irina Uliatine, la nouvelle impératrice, qu'il connaît bien pour avoir longtemps travaillé avec elle, à l'époque où elle occupait un poste haut placé dans la "partie secrète" russe. »

À l'expression de son interlocuteur, Evdokia sut que la mention du nom de la comtesse avait fait mouche. Avant d'accéder au trône, Irina était déjà tristement connue des services français.

« En admettant que je parvienne à convaincre le chef de la garde du Premier consul de vous laisser le rencontrer, fit Archant pensivement, que demanderiez-vous en échange des renseignements dont vous disposez ?

— Je crains que ma réponse ne vous paraisse affreusement prosaïque…

— Rien de ce qu'une si accorte jeune femme pourrait dire ne me paraîtra jamais prosaïque, je puis vous l'assurer. »

La flatterie excessive et le sourire enjôleur. Pendant un bref instant, Evdokia faillit oublier qu'elle n'était pas là pour badiner. Elle se souvint que de l'autre côté des portes de ce bureau, cinq hommes prêts à faire couler le sang se montreraient impitoyables s'ils la soupçonnaient d'avoir trahi.

« Je demande de l'argent afin d'assurer ma subsistance ainsi qu'un sauf-conduit me permettant de m'installer en Italie, où de lointains cousins m'accueilleront en attendant que mon père me rejoigne ; après vous avoir livré tout ce qu'il sait, cela va de soi. »

Comprenant qu'il n'obtiendrait d'elle rien de plus, Yvonnius Archant se leva et lui offrit son bras afin de la raccompagner. En ouvrant les portes de son bureau, il lui dit :

« Je vous souhaite une bonne journée, mademoiselle. Je ne doute pas que nous aurons l'occasion de nous revoir. »

Evdokia inclina gracieusement la tête avant de se diriger vers Staminir Kamenev qui s'était levé à l'ouverture des portes et l'observait de son regard froid.

30 mars 1816

Rouen, le soir.

Le fracas des sabots et des roues cerclées de fer retentit de manière assourdissante durant le temps qu'il leur fallut pour traverser la chaussée pavée du pont reliant l'île Lacroix à la rive nord de la Seine. Dès que le convoi atteignit la route de terre de l'autre côté, le niveau sonore diminua dans la cabine de la voiture.

« Nous ne devrions pas nous rendre à ce rendez-vous, répéta Eleanor. C'est une erreur.

— Ne relançons pas cette discussion, ma chère sœur, répondit Theodore. Nous avons déjà tourné et retourné la question. »

Eleanor se renfrogna et reporta son attention sur les façades de la rue qui défilaient derrière la vitre de la portière. Elle appréhendait beaucoup cette rencontre dont il ne pouvait rien sortir de bon selon elle. Toutefois, elle se sentait trop fatiguée pour argumenter de nouveau. L'accroissement considérable de sa charge de travail depuis des semaines l'épuisait, sans parler des nausées régulières que sa grossesse lui causait. À part Irénion, seul Theo avait connaissance de son état.

Ainsi que le Premier consul l'avait requis, elle faisait tout depuis un mois pour augmenter la cadence de production des armes spéciales. Jusqu'à présent, elle avait laissé ces questions à son frère, naturellement doué pour l'organisation, afin de se concentrer sur la création d'armes nouvelles, mais l'urgence de la situation l'avait obligée à abandonner ses recherches. Cependant, même en dépit de cette regrettable contingence, il lui fallait bien admettre que celles-ci piétinaient. Tant qu'on ne la laisserait pas user d'uchronite pour bénéficier d'aperçus du futur, elle en serait réduite à se contenter d'améliorer les armes inventées par les ingénieurs d'Élégast.

Alors, elle mettait toutes ses compétences d'ingénierie au service de la conception d'outils et de machines permettant d'accélérer la fabrication des armes actuelles. La technique du « travail à la chaîne » mise au point par Theodore avait déjà abouti à une nette augmentation de la cadence des ouvriers ; les dispositifs qu'elle développait leur feraient encore gagner du temps en automatisant certaines tâches répétitives ou en rationalisant le transport des pièces à travers les vastes ateliers.

Sans parler du recrutement de nouveaux travailleurs et de leur formation par des maîtres armuriers. Les effectifs de la manufacture impériale d'armes de Rouen avaient presque doublé en un mois. Lorsque ces ouvriers en apprentissage seraient enfin opérationnels, le rythme de production accélérerait considérablement. Déjà, chaque semaine, des milliers d'armes neuves et de caisses de munitions sortaient de la manufacture et prenaient immédiatement la direction du front. L'état-major s'attendait à une nouvelle attaque russe à tout moment et massait là-bas autant de troupes que possible. Plus ces dernières seraient équipées d'armes spéciales, mieux elles seraient en mesure de résister.

Eleanor nourrissait de lourds regrets de ne pas avoir le temps de pousser jusqu'au bout ses recherches, notamment sur l'artillerie Leyde. Theodore avait tenté de la réconforter en lui rappelant qu'il y aurait toujours d'autres batailles et que ces recherches finiraient par être utiles, mais, étrangement, cette tentative pour atténuer sa déception l'avait davantage abattue. L'absurdité des guerres et, de manière générale, la violence des hommes lui avaient toujours paru odieuses et, pourtant, cela ne l'avait jamais empêchée, jusqu'à présent, de consacrer tout son talent à inventer de nouvelles armes. Au fond, dès son jeune âge, elle s'était inscrite dans la tradition industrielle familiale sans jamais la remettre en question.

Concevoir une arme n'était pour elle qu'un exercice abstrait. La barbarie que celles-ci engendraient lui paraissait lointaine.

Toutefois, depuis que l'homme qu'elle aimait risquait sa vie sur le front, et, surtout, depuis qu'elle portait un enfant, la contribution qu'elle apportait par son travail à la folie du cycle perpétuel de la violence humaine lui semblait plus difficile à accepter. Pour le moment, comme il fallait lutter pour la survie face à un ennemi terrible commettant les pires atrocités, sa participation à l'effort de guerre lui paraissait absolument justifiée. Cependant, si, par chance, ils finissaient par vaincre Vakt, souhaiterait-elle continuer à inventer ou perfectionner des armes ? Elle n'en était plus tout à fait aussi sûre.

Alors, son moral s'en ressentait. Certains jours, une mélancolie néfaste s'emparait d'elle et occupait ses pensées au point de nuire à son travail. Lorsque cela arrivait, elle tâchait de lutter contre ces idées noires en se remémorant le moment où elle avait annoncé son état à Irénion. Elle avait craint une réaction négative de sa part, de l'indifférence ou, pire, une fâcherie. Il n'en avait rien été. D'abord stupéfait, il lui avait fallu quelques instants pour prendre pleinement conscience de cette nouvelle ; alors, il avait débordé d'une joie sincère, pleurant même sans retenue. Émue, Eleanor en avait fait autant et ils avaient sangloté de longues minutes dans les bras l'un de l'autre. Elle n'oublierait jamais ce moment, et se le rappeler l'aidait à tenir dans les heures difficiles qu'ils traversaient tous.

Après avoir remonté la rue des Carmes, le coupé bifurqua sur la gauche et s'immobilisa quelques minutes plus tard dans la rue des Bons-Enfants, devant une auberge peu fréquentée. Si Eleanor et Theodore avaient jugé préférable de fixer ce rendez-vous dans un lieu public, ils avaient néanmoins choisi d'éviter les établissements huppés du centre-ville. Même s'ils sortaient peu de la manufacture, ils étaient désormais connus dans la capitale normande.

Les trois hommes en armes de leur escorte quittèrent leurs montures puis inspectèrent rapidement les alentours ainsi que l'intérieur de la grande salle de l'auberge. L'un d'eux vint ensuite leur ouvrir la portière, leur annonçant que tout semblait en ordre.

Depuis qu'Eleanor, nommée ingénieur en chef du ministère de l'Armement, avait pris en main la fabrication d'armes spéciales pour les armées françaises, elle était devenue une cible pour d'éventuels assassins à la solde des Russes. Ainsi, bien que cette contrainte lui pesât souvent, elle vivait sous la protection constante de plusieurs gardes – des Sentinelles intérieures –, ne sortait que très peu de l'île Lacroix et ne rencontrait que fort peu de monde. Elle avait déjà échappé à une tentative d'assassinat, au cours de laquelle l'un de ses gardes du corps s'était sacrifié pour recevoir à sa place la balle qui lui était destinée.

Theodore descendit le marchepied puis aida sa sœur afin de l'aider à en faire autant.

Encadrés des trois gardes, ils pénétrèrent dans l'établissement. La salle de repas était vide à cette heure tardive, à l'exception de trois hommes attablés, qui se levèrent à leur arrivée.

« Bonsoir mes enfants ! s'exclama l'un d'eux en anglais. Comme je suis ravi de vous voir !

— Bonsoir, père », répondit froidement Theodore.

Eleanor garda le silence, se contentant de jeter un regard noir à l'auteur de ses jours.

À peine une semaine plus tôt, on leur avait fait porter un message qui leur avait causé un véritable choc : Samuel Rockwell, leur père, se trouvait à Rouen et souhaitait les rencontrer dans l'intention de « dissiper les malentendus et les incompréhensions qui les avaient éloignés ».

Outrée qu'il eût l'audace de demander à les voir après ce qu'il avait fait, Eleanor avait aussitôt décidé d'envoyer la police l'arrêter afin de le traduire en justice, mais son frère l'en avait dissuadée. Ils ne disposaient d'aucune preuve ni de témoin permettant de faire condamner leur père pour l'assassinat de leur mère, ni pour la tentative d'homicide dont ils avaient été victimes. Même si toutes leurs hypothèses se tenaient parfaitement, on n'envoyait pas un homme à l'échafaud sur des conjectures. Theodore avait donc suggéré d'accepter cette rencontre et d'entendre ce que leur père souhaitait leur dire.

Alors qu'elle ne l'avait pas vu depuis plus d'un an, Eleanor le trouva vieilli et fatigué. Il venait tout juste de passer la soixantaine, mais paraissait dix ans de plus. Sa tendance à l'embonpoint s'était fortement accentuée et son ventre était si proéminent qu'il parvenait à peine à boutonner sa veste. Étrangement, son visage était demeuré maigre, presque émacié. Quant au sommet de son crâne, il était désormais entièrement dégarni, cerné de longues mèches de cheveux éparses qu'il laissait pousser dans une pathétique tentative pour ressembler au vénérable Benjamin Franklin.

« Asseyez-vous, mes enfants ! fit-il sur un ton enjoué. Nous allons commander à souper. Depuis que je suis en France, j'ai pu constater à quel point ce pays mérite sa réputation en matière culinaire ! »

Les deux hommes qui l'accompagnaient – qu'Eleanor ne connaissait pas – firent le tour de la table dans l'intention de leur tirer les chaises, mais les Sentinelles intérieures s'interposèrent aussitôt afin de les empêcher d'approcher.

« C'était juste, euh... politesse », se justifia l'un d'eux dans un mauvais français, avec un fort accent américain.

Eleanor l'avait compris, toutefois elle ne fit rien pour atténuer l'embarras qu'avait provoqué l'intervention des gardes et les deux compagnons de leur père reculèrent avec un sourire gêné. Elle s'installa avec son frère d'un côté de la table tandis que les sentinelles s'éloignaient de nouveau. Leur père et les deux hommes s'assirent de l'autre côté.

« Nous ne sommes pas venus partager un repas avec toi, le reprit-elle sur un ton cassant. Dis ce que tu as à dire.

— Allons, ne soyez pas si froids avec moi, mes chers enfants ! J'ai traversé l'océan afin d'essayer de renouer un dialogue avec vous. Vous me manquez et je ne crois pas qu'il y ait de malentendu que nous ne puissions lever par une saine discussion. »

Cette jovialité forcée irritait profondément Eleanor.

« Tu as fait tuer maman, gronda-t-elle, et tu as tenté de nous éliminer ! Il te faudra répondre de ces crimes, un jour ou l'autre ! »

L'atterrement qui se peignit sur les traits de Samuel Rockwell ne parut presque pas feint.

« Comment peux-tu imaginer de telles horreurs, Eleanor ? C'est épouvantable. J'aimais votre mère plus que tout et sa mort m'a anéanti. Quant à attenter à votre vie… Pourquoi voudrais-je commettre un acte aussi indigne ? Je sais que… je n'ai pas toujours été un bon père ; ma passion pour mon travail m'a parfois empêché d'être aussi présent auprès de vous que je ne l'aurais dû, mais je ne me suis donné corps et âme à la manufacture que pour assurer votre avenir.

— Notre avenir te préoccupait, en effet, intervint Theodore, tout aussi glacial que sa sœur, mais pour des raisons bien différentes de celles que tu avances. Selon les dernières volontés de mère, un tiers des parts de l'entreprise devait nous revenir à chacun, à Eleanor et à moi, dès qu'elle aurait atteint vingt-cinq ans. À ce moment, il t'aurait donc fallu la partager avec nous. Nous aurions dès lors représenté deux tiers du capital, te mettant de fait en minorité. Perspective insupportable pour toi !

— Grands dieux, d'où tires-tu une idée aussi saugrenue ? Jamais votre mère n'a exprimé de telles volontés !

— Elle avait parlé au vieux Bernard du document qu'elle t'avait fait signer comme condition à la donation qu'elle t'avait faite pour développer la manufacture. Et il me l'a répété après qu'elle eut été renversée par une voiture, dans des circonstances pour le moins suspectes.

— Bernard – paix à son âme – était sénile sur ses vieux jours. Il divaguait constamment !

— Ne dis pas de mal de lui ! s'emporta Eleanor. Il nous a pratiquement élevés après la mort de maman. Il s'est davantage comporté comme un père que toi ! »

Samuel ne répondit pas immédiatement, comme s'il lui fallait encaisser cette dernière remarque.

« Cela me peine beaucoup que tu penses cela, Eleanor, finit-il par dire, la voix tremblante. Pourtant, je suppose que je le mérite. »

La jeune femme ne put s'empêcher d'éprouver un pincement de remords pour ses paroles. Même si elle haïssait son père pour ce qu'il avait fait, elle lui restait attachée. Et elle lui en voulait pour cela aussi.

« Qui sont ces personnes qui t'accompagnent ? demanda-t-elle afin de masquer sa gêne.

— Ces deux gentlemen sont Mr Higgins et Mr Merckerson, fit son père. Ce sont mes nouveaux associés.

— Tu as pris des associés sans nous consulter ? »

Samuel soupira.

« Contrairement à ce que tu sembles croire, Eleanor, je suis le seul habilité à prendre des décisions pour la *Rockwell Rifles Company*. Et de toute façon, vous aviez pris le large sans donner de nouvelles. La manufacture va mal, il fallait de nouveaux capitaux pour la sauver. Mon unique préoccupation est de la faire prospérer afin de préserver votre héritage, mes enfants. C'est l'entreprise familiale, celle pour laquelle votre mère a tout sacrifié…

— N'évoque pas sa mémoire pour servir tes mensonges ou je demande à mes gardes de t'abattre sur-le-champ ! »

Les lèvres tremblantes de colère, Eleanor avait crié.

« Je suis ton père, Eleanor ! rappela Samuel. Cela ne signifie-t-il donc rien pour toi ?

— Tu es notre géniteur, mais tu as perdu le droit de te présenter comme notre père depuis que tu as fait assassiner maman et que tu as lancé des tueurs contre nous ! »

Le visage de Samuel exprima la plus grande incompréhension.

« Seigneur, comment peux-tu croire de telles inepties ? J'entends que tu puisses me reprocher beaucoup de choses, mais ces histoires d'assassinat ne sont que de folles supputations ! Le cocher de la voiture qui a renversé Sarah a pris la fuite et n'a jamais pu être châtié pour sa faute impardonnable. S'il avait été attrapé, l'on aurait probablement découvert qu'il était ivre et cette discussion n'aurait pas lieu. Il faut des preuves pour accuser un homme d'un crime aussi horrible, ne croyez-vous pas ? »

Eleanor hésita. Avec n'importe qui d'autre, elle aurait approuvé cette déclaration. Cependant, elle refusait d'admettre que son père avait droit comme tout le monde à la présomption d'innocence. Il n'avait jamais aimé leur mère et ne l'avait épousée que pour sa fortune, elle en était convaincue !

« Et ces tueurs qui ont essayé de nous éliminer ? intervint Theodore sur un ton plus mesuré. L'un d'eux parlait anglais avec un accent américain. Je ne pense pas que l'on trouve beaucoup de voyous américains à Paris… »

Alors qu'il se tenait coi depuis le début, Merckerson prit la parole :

« Avant d'investir dans la *Rockwell Rifles Company*, nous nous sommes renseignés sur l'état de l'entreprise, bien sûr, mais également sur la concurrence. Même si nous n'avons pas de preuve, nous avons de bonnes raisons de penser que les dirigeants de la *Sivers & Co Guns* ont pu tenter de chercher à, euh… vous nuire. Jack Sivers est connu pour être un homme d'affaires aux pratiques douteuses qui n'hésite pas à recourir à des méthodes répréhensibles pour affaiblir ses concurrents. Une fois les entreprises en difficulté, il les rachète pour une bouchée de pain. Vous pourrez facilement vérifier mes dires, plusieurs actions en justice ont déjà été intentées contre lui, mais il s'en est toujours tiré.

— Pourquoi chercherait-il à nous tuer ? » rétorqua Eleanor.

Merckerson haussa les épaules.

« Pour vous empêcher d'hériter de la manufacture, à la mort de votre père ? De jeunes actionnaires comme vous auraient revivifié l'entreprise et eussent été moins enclins à la céder à vil prix. Ou peut-être tout simplement pour abattre moralement votre père et ainsi nuire à la *Rockwell Rifles*, la plus sérieuse concurrente actuelle de la *Sivers & Co*... »

La jeune femme ouvrit la bouche pour répondre, mais, une nouvelle fois, se ravisa.

Et si c'était vrai ?

Non, sa conviction était acquise, elle refusait de se laisser ébranler.

« Oh, voilà donc ce qui a justifié que tu traverses l'Atlantique, lança froidement Theodore à son père. Te réconcilier avec tes enfants n'était qu'un prétexte, ce qui t'intéresse, ce sont nos secrets industriels. Tu convoites les plans des armes spéciales de l'Empire afin de développer ton entreprise...

— Pas le moins du monde ! s'offusqua leur père. Je suis venu renouer le contact avec vous parce que je souffre de cette situation, bien sûr ! »

Il hésita, puis sembla décider de se lancer.

« Toutefois, si, par la même occasion, ces retrouvailles peuvent éviter à l'entreprise familiale de sombrer, cela sera bénéfique pour tout le monde, ne croyez-vous pas ? Après tout, comme vient de le rappeler Mr Merckerson, vous hériterez de la manufacture à ma mort. C'est donc de votre avenir qu'il est question également. »

Eleanor eut un rire sarcastique.

« Crois-tu vraiment que nous te livrerons de tels secrets ? De toute façon, Iré... le Premier consul s'y opposerait ! »

Son père leva les mains en signe d'apaisement.

« Bien sûr, tes paroles sont le bon sens même. Je n'imaginais pas cela un seul instant. En revanche, nous pouvons participer à l'effort de guerre de la France. Bien que je ne maîtrise point les techniques mystérieuses qui permettent à ces dispositifs de fonctionner, je sais fabriquer des armes, et surtout, les fabriquer en grand nombre. Et je sais que vous ne pouvez pas en produire autant qu'il vous en faudrait pour affronter votre ennemi.

— D'où tiens-tu cette information ? fit Theodore, les paupières plissées par la méfiance.

— Je serais un bien mauvais manufacturier d'armes si je ne me renseignais pas sur les conflits en cours. Écoutez, je sais que vous rechignez à me croire, mais je n'ai pas commis les horreurs dont vous m'accusez. J'ai été un mauvais père, j'en conviens ; cela ne fait pas de moi un assassin. Laissez-moi me racheter en vous apportant mon concours. Cette collaboration nous donnera l'occasion, je l'espère, de réapprendre à nous connaître et de nous rapprocher. Et si cela permet de sauver l'entreprise tout en renforçant les chances de la France de l'emporter face à ses ennemis, où est le mal ?

— Que proposes-tu au juste ?

— Laissez-moi prendre en charge une partie de la production. Je ne parle pas d'armes complètes requérant des méthodes de fabrication secrètes, mais de pièces classiques telles que les canons, les culasses, les queues de détente, ou que sais-je encore. Je pourrais ainsi libérer une partie de vos équipes et vous permettre d'augmenter votre cadence de production en peu de temps, sans avoir à former de nouveaux ouvriers.

— Ton usine est en Amérique, objecta Theo. Le front est en France.

— Lorsque les courants et les vents sont favorables, la traversée prend à peine plus de trois semaines. Avec une livraison disons chaque quinzaine, je pourrais alimenter votre manufacture en milliers de pièces que vous n'auriez plus qu'à assembler. »

Eleanor bouillait de colère. Elle n'avait aucun doute : leur père leur mentait. Il ne pouvait être innocent des crimes dont ils l'accusaient, et il ne se souciait aucunement de sa relation avec eux, contrairement à ce qu'il prétendait. La seule raison pour laquelle il s'était résolu à solliciter cette rencontre était la position que ses enfants occupaient désormais dans l'industrie de l'armement en France. Son entreprise se portait mal, alors il essayait de jouer sur la corde sensible de sa progéniture afin de leur soutirer des commandes. C'était révoltant !

Toutefois, devant la réaction de Theodore, elle s'abstint d'exprimer tout haut ses pensées. Son frère semblait tenté d'accorder le bénéfice du doute à leur père, au moins en partie, et, comme elle se savait parfois trop impulsive, elle hésita à s'en remettre entièrement à sa seule intuition. Elle était presque certaine que leur père n'était pas sincère, mais elle ne pouvait en jurer. De plus, l'augmentation de la cadence de production était leur préoccupation première et elle craignait de décevoir Irénion sur ce point.

Eleanor remarqua que son frère la regardait, comprenant très bien avec quelles pensées elle se débattait. Il prit alors l'initiative.

« Tout cela est très soudain et pour le moins inattendu, père. Nous avons pris note de ta proposition, mais elle demande réflexion. Nous ne pouvons te donner de réponse maintenant. »

Samuel Rockwell parut enchanté de ce qu'il venait d'entendre. En venant à eux, il avait probablement craint de se voir rejeté, ou même arrêté.

« Cela va de soi, Theo. On ne peut prendre de telles décisions à la légère. Je vous laisse discuter cette idée entre vous, et nous en reparlerons lorsque vous aurez arrêté votre choix. D'ailleurs, peut-être pourrions-nous nous revoir avant, sans parler affaires, bien sûr, juste pour réapprendre à nous connaître ? Cela ferait de moi le plus heureux des hommes. »

Ce sourire bienveillant factice insupportait Eleanor. Craignant d'exploser de colère, elle se leva brusquement, mettant fin au rendez-vous.

Theodore se contenta de dire : « Nous verrons cela. Je ne te promets rien. »

Puis ils quittèrent l'auberge.

OLATHENA

Hanki 7, Ereth 124

Boucles du Grand Huydan, Hursëlïnh, le matin.

À bord de leur udal'ekî, Olathena et son fils poursuivaient leur périple, toujours en direction de l'aval du fleuve-monde. Dans cette région, le Söthsÿn était si large que, en naviguant en son centre, les deux rives se réduisaient à un fin ruban de verdure au loin. Inutile de chercher l'idole ici ; compte tenu de la matière dans laquelle elle avait été taillée – une étrange pierre flottante dont personne ne connaissait l'origine –, la statuette aurait tendance à se voir entraînée vers les parties les plus tumultueuses du fleuve. Et, si elle en croyait la nature des remous profonds que les vibrations de sa rame lui communiquaient, Olathena savait qu'ils ne tarderaient pas à rejoindre des rapides.

Elle donna la pagaie à Olunemi, qui, ce matin-là, semblait de meilleure composition que d'habitude.

« Ce n'est pas mon tour de ramer, ronchonna-t-il tout de même, par principe.

— Lis le fleuve et dis-moi ce que tu perçois », répondit-elle.

Il la regarda et, comprenant ce qu'elle attendait de lui, prit la pagaie.

Dès qu'elle en avait l'occasion, Olathena s'efforçait de transmettre à son fils non seulement tout ce que ses parents lui avaient appris, mais surtout sa compréhension innée du fleuve, qui faisait d'elle la meilleure pêcheuse du pays de Nhâle ; talent qui représentait pour elle à la fois un bienfait, mais également une malédiction pour toutes les jalousies qu'il avait suscitées à son égard.

Le garçon immergea la rame et poussa sur l'eau selon un mouvement lent et régulier. De cette manière, si l'on était assez attentif, il était possible de percevoir l'*humeur* du fleuve.

« Le courant est puissant, mais paisible, ici..., finit-il par dire, les sourcils froncés par la concentration. Et les ridules à la surface de l'eau indiquent que, euh... le vent accélère, c'est ça ? »

Ola inclina la tête avec un sourire encourageant. C'était un bon début.

« S'il accélère, poursuivit Olunemi, c'est que les rives doivent se resserrer plus loin et... (il fit osciller sa rame sur son axe à plusieurs reprises) je sens comme une pression sur le bord de la rame, comme si le courant de fond recevait des, euh... secousses lointaines...

— Qu'est-ce qui peut provoquer ce genre de "secousses", d'après toi ?

— Des chutes ? (Il s'aperçut qu'il avait répondu trop vite.) Non, attends ! Pas des chutes, les vibrations seraient plus régulières... Je dirais plutôt : des rapides. »

Olathena éclata d'un rire joyeux.

« Exactement, Olu ! Bravo, tu as entendu le fleuve ! »

Le garçon sourit à son tour, empli de fierté d'avoir impressionné sa mère, et entreprit de ramer, sans rechigner cette fois. Olathena savoura cet instant de complicité. Ils n'en avaient guère partagé depuis leur départ forcé. Leur relation était déjà mauvaise auparavant, mais après leur bannissement, la volonté forcenée d'Olathena de retrouver l'idole irritait encore davantage son fils qui ne croyait pas en cette possibilité. Pourtant, même si elle admettait en son for intérieur que les chances d'y parvenir étaient très faibles, la pêcheuse se raccrochait à cet espoir. Après tout, si une Alôs était capable d'un tel exploit, c'était bien elle ! Voilà pourquoi, depuis leur départ de Nhâle, Ola avait pris soin de ne jamais perdre le fil du courant au milieu duquel se dressait le Sanctuaire des larmes. L'idole ne pouvait en sortir, donc il devait être possible de suivre sa piste, si l'on était apte à ne pas confondre un courant avec un autre. Tôt ou tard, l'idole serait arrêtée par des branchages ou une anfractuosité dans un roc, et là, la jeune femme la trouverait. Il le fallait ! Et ces rapides qui approchaient offriraient un bon terrain de recherche.

« Il y a de la fumée au-delà de la prochaine boucle, mâmé », fit Olunemi.

Olathena l'avait remarquée depuis longtemps.

« Il doit y avoir un grand village, là-bas, si j'en juge par le nombre de panaches de fumée, fit-elle. Nous nous y arrêterons pour le ravitaillement. »

Une heure plus tard, ils accostaient auprès d'un embarcadère en bois, parmi de nombreux autres bateaux de toutes tailles. Tant de monde s'affairait sur les quais sur pilotis que presque personne ne prêta attention à eux. Olathena n'avait jamais vu de village aussi grand. Depuis leur départ, ils n'étaient passés que par des hameaux qu'elle connaissait déjà, le plus souvent des communautés isolées commerçant régulièrement avec les Alôs. Désormais, ils se trouvaient bien plus loin qu'elle était jamais allée.

La jeune femme n'ignorait pas que, plus on descendait le Söthsÿn, plus les villages étaient grands. Au-delà d'une certaine taille, elle savait qu'on parlait de « villes ». C'était probablement le cas pour celui-ci.

Elle héla une vieille femme assise sur le bord de l'embarcadère, occupée à ramender un filet :

« L'eau sur toi ! Mon nom est Olathena ! fit-elle en s'efforçant de se montrer amicale. Où sommes-nous, ici ?

— Tu as l'accent du pays d'Nhâle, toi ! s'exclama la vieille femme sans quitter son ouvrage des yeux. Jamais navigué aussi loin sur le fleuve, n'est-ce pas ? »

Elle ricana, mais Ola ne perçut pas ce rire comme de la moquerie.

« Ici, inutile de te présenter quand tu t'adresses aux gens, personne n'en a rien à faire d'ton nom ! Cette ville s'appelle Yahau. »

D'un bond souple, Olathena grimpa sur l'embarcadère et attacha son udal'ekî à un poteau.

« Sais-tu si l'on m'achètera mes coquilles ici ? demanda-t-elle.

— Les Alôs sont des pêcheurs réputés. Alors je suppose que t'as des coquillages plutôt rares. Tu d'vrais trouver acheteur sans problème. »

Tandis qu'elle parlait, les mains de la vieille femme ne cessaient de s'activer sur le filet, la navette filant entre les mailles à toute vitesse. Comme elle paraissait plutôt cordiale, Ola décida de la questionner davantage.

« Dois-je, euh… me méfier des gens à Yahau ?

— Il y a d'mauvaises personnes partout, pêcheuse. Mais Yahau n'est pas l'pire endroit pour ça. Tu pourras y faire tes affaires sans craindre plus de malveillance que dans ton archipel ! »

Olathena n'était pas certaine que Nhâle fût une bonne base de comparaison de ce point de vue, mais s'abstint de le faire remarquer. Pendant qu'Olu déchargeait leurs affaires sur le ponton, elle observa les gens qui les entouraient. Sur le plan physique, il n'y avait guère de différence entre les locaux et les Alôs, hormis l'absence de membrane nageante. Leur peau était moins grise, également, tirant plus vers le brun.

« As-tu entendu parler d'une statuette étrange qui aurait été trouvée dans le fleuve récemment ?

— Une statuette ? Par Nilrym ! Qui pourrait s'intéresser à une fichue statuette trouvée dans l'fleuve ? Le Söthsÿn rejette n'importe quoi sur ses rives, personne n'y prête la moindre attention, sauf s'il s'agit d'un cadavre, pour sûr ! »

Elle éclata d'un rire stridulant.

Ola haussa les épaules.

« C'est si grand ici, et si peuplé, que tu ne le saurais pas nécessairement.

— Détrompe-toi, Alôs. Plus un endroit est peuplé, plus les gens cancanent et plus les nouvelles vont vite. Mais en ce moment, personne ne s'intéressera à ta statuette, tout le monde ne parle que du r'tour de Mab ! »

Stupéfaite, Olathena se tourna vivement vers la vieille femme.

« Mab ? La reine des légendes ? L'épouse d'Obéron ? Comment pourrait-elle être de retour, alors qu'ils ont disparu tous les deux voilà plus de mille ans ! Presque huit cycles !

— Je ne fais que répéter c'que tout le monde dit ! Elle serait r'venue au palais de Sijendäl au début de Nur, ou à la fin de la floraison précédente, me souviens plus ! La rumeur prétend qu'elle s'rait apparue dans un éclat éblouissant au milieu des jardins du palais, près du puits du Grand Nénuphar, à l'endroit exact où, comme disent les légendes dont tu parles, elle avait disparu autrefois. »

Olathena ne pouvait en croire ses oreilles.

« Mais… où serait-elle allée pendant si longtemps et comment ne serait-elle pas, euh… morte de vieillesse ?

— Que veux-tu que j'en sache, pêcheuse ? Je n'suis qu'une vieille ramendeuse de filets. »

Elle interrompit soudain sa tâche, lâchant sa navette qui se balança au bout du fil, et pointa vers Olathena deux petits yeux à peine visibles derrière ses paupières boursouflées.

« Ces gens-là… les rois, les reines, les magiciens… Ils sont capables d'choses qui nous dépassent, nous, simples elvëms. Alors, revenir après mille ans, pourquoi pas ? Tout ce que j'espère, c'est qu'Obéron ne reviendra pas lui aussi ! »

Les Alôs ne s'intéressaient guère aux anciennes légendes d'Hursëlïnh, considérant les leurs comme plus véridiques et plus importantes. Toutefois, tout le monde se souvenait du dernier roi qui trôna à Sijendäl. D'innombrables histoires contaient comment son règne s'était achevé dans la peur et le sang, avant qu'il ne disparaisse du jour au lendemain, laissant le monde sans souverain. Depuis, chaque contrée s'était donné son propre monarque et l'unité du Pays des feuillages n'était plus qu'un mythe lointain.

« Alors, Mab est revenue seule ? fit pensivement Olathena. Il y a de nouveau une reine entre les murs de Sijendäl, mais pas de roi ?

— Y paraît que les guerriers oracles ont rappliqué au palais eux aussi dès qu'la nouvelle a été connue. Ils auraient annoncé qu'un nouveau roi allait v'nir bientôt ! Un roi que nul ne connaîtrait, que nul n'aurait jamais vu. Alors, je suppose que ça ne peut pas être Obéron, n'est-ce pas ? »

ÉTHELINDE

31 mars 1816

Près de Vic-Fezensac, l'après-midi.

« Vous devrez vous montrer patient et ne commencer à répandre la poudre que lorsque vous verrez la frontière de la réaction chimique remonter vers vous, disait Éthelinde. Il est essentiel que le réactif rencontre l'inerte de la manière la plus régulière possible. C'est l'une des conditions de la réussite de l'expérience.

— Je sais tout cela, érudite ! grommela Roland le Preux. Vous me l'avez assez répété ces derniers jours. »

Éthelinde s'employait à serrer les courroies de cuir du harnais qui maintenait le paladin antique à l'horizontale sous le long bras en bois suspendu à environ dix-huit mètres du sol. Elle se tenait elle-même sur un échafaudage léger érigé pour l'occasion. Heureusement qu'elle n'était point sujette au vertige.

Elle continua d'énoncer ses instructions sans tenir compte de l'agacement de Roland.

« Le pulvérisateur sera attaché à une longe de sécurité au cas où il vous échapperait, ainsi que votre épée. Si d'aventure, euh... quelque chose sortait de la bulle, n'hésitez pas à lâcher le pulvérisateur pour vous défendre à l'aide de votre arme.

— "Pulvérisateur" ? Où diable êtes-vous allée pêcher un nom aussi inepte ?

— Nous nous sommes inspirés d'un ustensile utilisé par les médecins pour appliquer des remèdes sur les plaies infectées sans avoir à les toucher. Dans le fond, c'est tout à fait comparable à ce que nous voulons faire avec les résurgences, sauf que nous ne cherchons pas à les soigner, bien entendu ! »

Ce modeste trait d'esprit laissa Roland de marbre. Il se contenta de saisir l'appareil qui pendait en se balançant en dessous de lui au bout d'une longe de corde et l'examina. Comme les exemplaires distribués aux soldats qui patientaient en bas, il avait été fabriqué à Paris par un artisan spécialisé dans le travail du cuivre. Mesurant trois pieds de long, son tube central contenait presque trois kilos de la poudre réactive alors que ceux des soldats avaient été chargés avec le composé inerte. Une poignée en bois fixée au-dessus du cylindre permettait de le tenir d'une main tandis que, de l'autre, on activait le piston à l'arrière. L'instrument était lourd et encombrant, rendant son utilisation malaisée, surtout par une personne suspendue comme Roland l'était. Pourtant, celui-ci ne semblait pas s'inquiéter le moins du monde.

En arrivant trois jours plus tôt au camp de la résurgence, Éthelinde et Gacien avaient eu l'agréable surprise de découvrir que les charpentiers locaux avaient parfaitement respecté leurs instructions en construisant l'engin qui allait mener Roland au-dessus de la bulle noire permanente. Avant d'entreprendre leur voyage, ils en avaient transmis les plans en les décrivant oralement à un maître charpentier sur parlant-à-distance – les envoyer physiquement par une malle-poste eût pris bien trop de temps. Si les soldats en place ici avaient disposé d'un montrant-à-distance, les dessins auraient pu être présentés de visu au charpentier, mais très peu d'exemplaires existaient de ce dispositif, et ils étaient tous réservés à l'armée. Aussi, en raison des approximations inévitables d'une description orale, Éthelinde et Gacien s'étaient attendus à devoir rectifier des erreurs dans la construction du véhicule expérimental. Il n'en avait rien été.

Au-dessus d'un lourd chariot à quatre roues pleines, une structure de poutrelles s'élevait à plus d'une cinquantaine de pieds du sol – soit environ dix-huit mètres –, de laquelle s'élançait dans le vide un long bras d'une dizaine de mètres, équilibré par un contrepoids. À l'origine, Gacien avait prévu que ce bras fût articulé, de manière à pouvoir le replier et ainsi déplacer l'ensemble plus facilement. Toutefois, cette sophistication aurait rendu la description orale des plans trop hasardeuse.

« Ce procédé, euh… comment dites-vous ? “chimique”, reprit Roland, l'avez-vous mis à l'épreuve avant ? »

Éthelinde tira d'un coup sec sur la dernière sangle enserrant les genoux de Roland, avant d'en refermer la boucle.

« Cela ne nous était pas possible, car aucune bulle noire ne s'est déclarée en région parisienne récemment – et heureusement. Toutefois, nous l'avons éprouvé sur des échantillons provenant de résurgences solidifiées et notre longue expérience en matière de…

— Vous n'avez aucune idée de ce qui va se passer, n'est-ce pas ? »

Éthelinde lança un regard pénétrant à Roland, qui la dévisageait de ses yeux bleus.

« Si vous voulez renoncer, fit-elle, je puis prendre votre place. Cela semblait naturel que vous vous chargiez de cette tâche en raison de votre, euh... extraordinaire résistance aux blessures, mais si...

— "Résistance aux blessures" ? Je suis invulnérable, érudite ! s'exclama Roland. Que votre science se révèle incapable de l'expliquer n'y change rien ! »

Il lui sourit : « Allons, croyez-vous vraiment que je renoncerais face au danger ? Ma foi, je suis plutôt curieux de découvrir la vue que j'aurai de là-haut ! »

À travers le portrait que Lithian avait dressé de lui et après les trois jours qu'elle venait de passer en sa compagnie, la naturaliste commençait à mieux comprendre la mentalité de l'ancien paladin. Bien qu'il pestât sans cesse contre tout et tout le monde, il n'aimait rien tant que l'action et, même s'il se donnait des apparences de brute insensible, il appréciait de se rendre utile.

La jeune femme reconnaissait en lui certains traits de personnalité de Ludwig, comme si les *persona absens a suo tempore* développaient une mentalité commune, en particulier cette tendance marquée à la morosité, au pessimisme et à une certaine irritabilité ; autrement dit, ils avaient mauvais caractère.

Cependant, en dépit de ce tempérament ombrageux, Roland le Preux, comte de la Marche de Bretagne, s'était révélé un compagnon plutôt agréable depuis que Gacien et elle étaient arrivés au camp de la bulle noire. Si, à l'image de Ludwig, il ne se souvenait guère de sa vie passée, il avait en partie conservé la manière de penser de son époque reculée, contrairement au mercenaire qui, en ayant échoué dans le corps d'un enfant sauvage, avait été si perturbé que son esprit avait, en quelque sorte, fait table rase de tout ce qu'il contenait. Mérovée avait été un homme du Vᵉ siècle ; Ludwig, lui, appartenait au XIXᵉ. Tout au moins jusqu'à présent, car il semblait à Éthelinde que, plus le temps passait, plus celui-ci cherchait à retrouver ses racines antiques. Était-ce seulement possible ? Sa quête d'un portail vers l'Autre Monde le montrerait peut-être.

Les discussions avec Roland permettaient donc à Éthelinde d'appréhender en partie l'état d'esprit d'un guerrier du VIIIᵉ siècle, l'un des premiers seigneurs du royaume de France, issu directement de la deuxième lignée majeure des rois francs. Même si, en tant que naturaliste, l'Histoire ne faisait pas partie des disciplines qu'elle pratiquait, elle percevait le potentiel d'un personnage tel que Roland pour un historien qui se donnerait la peine de l'interroger.

Il avait d'ailleurs confié à Éthelinde un détail qui avait éveillé l'attention de celle-ci : l'une des raisons qui l'avaient poussé à demeurer au camp de la vallée de la Gaoube provenait d'une étrange attirance qu'il éprouvait pour ces montagnes, comme si un lien particulier l'unissait à elles. Une scène déterminante de sa vie passée s'était-elle déroulée dans les Pyrénées ? À ce sujet, il avait mentionné en passant que Lithian l'appelait parfois Roland « de Roncevaux » sans jamais lui en avoir donné la raison. Il avait considéré qu'il ne s'agissait que d'une lubie de la vieille magesse jusqu'à ce qu'il découvre qu'un col des Pyrénées portait ce nom. Il prévoyait de la questionner sur ce point lorsqu'il la croiserait de nouveau. Éthelinde n'était pas la seule à s'interroger au sujet de Lithian.

En attendant, parce qu'il se sentait inutile dans ce monde qui n'était pas fait pour lui, le paladin s'était intégré de lui-même à la compagnie chargée de contenir les hordes de monstres vomis par la résurgence permanente de Vic-Fezensac. Faute de parvenir à trouver un sens à sa présence dans cette époque, il tirait une certaine satisfaction de sa vie au milieu de la troupe et à montrer à ses camarades militaires qu'ils pouvaient compter sur lui.

« Tout le monde sait que vous êtes invulnérable, Roland, le sermonna Éthelinde en fronçant les sourcils. N'allez donc pas prendre des risques inconsidérés afin de le démontrer. Cette expérience est plus importante que votre fierté. Vous ne pourrez lutter à vous seul contre toutes les bulles noires qui surgiront à l'avenir ; or, si nous disposons d'une solution efficace applicable par n'importe qui n'importe où, cela sauvera de nombreuses vies.

— Ne vous bilez donc pas, érudite ! Je vais me prêter à votre petit jeu et nous verrons si vous êtes si malins que vous le prétendez, vous, les M.K.M. ! »

Éthelinde hocha la tête, lui souhaita bonne chance puis descendit l'échelle jusqu'au pied de l'échafaudage. Huit hommes poussèrent le chariot qui s'ébranla en grinçant vers l'enclos de rondins effilés entourant la résurgence. Les madriers bloquant les hautes portes furent ôtés. Suivant la troupe de près, Éthelinde avait revêtu la tenue de voyageuse qu'elle portait à l'époque où elle était constamment sur les routes et avait ressorti ses armes, ainsi que ses étuis à fioles. Elle s'était préparée à toute éventualité.

Les soldats de la compagnie avaient rejoint leurs postes selon les instructions qu'elle avait données. Les uns se tenaient sur le chemin de ronde de la clôture ou dans les tourelles surplombant le noir hémisphère, armés de fusils Leyde ou de Charleville améliorés, les autres, au nombre de dix, attendaient devant la porte, un pulvérisateur rempli de poudre inerte entre les mains, accompagnés chacun d'un de leurs camarades chargé de les protéger durant la manœuvre. Tous, Roland y compris, portaient d'épais masques en tissu ; les concoctions chimiques pouvaient se montrer fort irritantes pour les voies respiratoires et même pour les yeux.

Sur un signe d'elle, les portes furent ouvertes et la résurgence apparut. Éthelinde l'avait déjà observée depuis les hauteurs de la clôture, mais au niveau du sol, la bulle noire paraissait bien plus intimidante.

Elle était plus grande que celles que la jeune femme avait pu voir par le passé, environ quinze mètres de diamètre pour autant de haut – si vraiment, comme les rapports de Lavoisin le laissaient penser, des résurgences géantes existaient, le phénomène devait être terrifiant. Les volutes vaporeuses en rotation à la surface de celle-ci tournaient plutôt lentement, signe d'une phase d'inactivité. Les soldats en poste ici depuis le début lui avaient expliqué que les vagues de résurgions ne déferlaient que par intermittence, entrecoupées de périodes de calme pouvant durer parfois plusieurs jours. N'ayant connu que des bulles temporaires qui déversaient leurs abominations chitineuses tant qu'elles n'étaient pas solidifiées, Éthelinde n'avait jamais pu en approcher une sans avoir à se battre contre des monstres ; cette expérience était donc nouvelle pour elle.

Entre les volutes grises mouvantes, des halos lumineux rougeâtres éclataient par moments, de manière si fugace qu'on eût dit des éclairs à l'intérieur de gros nuages d'un orage d'été. Les dix soldats équipés de pulvérisateurs accompagnés de leurs dix gardes du corps pénétrèrent dans l'enclos et se répartirent autour de la résurgence. Le chariot supportant la structure fut approché lentement. Éthelinde retint son souffle tandis que la longue poutre passait au-dessus de la bulle jusqu'à ce que Roland, attaché à son extrémité, se retrouve à l'aplomb du sommet. Le guerrier avait cessé ses fanfaronnades et son visage n'exprimait plus que de la concentration. Il adressa un signe à Éthelinde pour signifier que tout allait bien… jusque-là. La naturaliste se posta au pied du chariot, un Charleville modifié entre les mains. Bien qu'elle se fût munie de ses pistolets habituels, elle avait accepté cette arme qui bénéficiait d'une capacité de tir de onze coups sans recharger – avantage considérable, il fallait bien le reconnaître. Toutefois, elle se sentait mal à l'aise en portant ce fusil lourd et encombrant. Les portes furent refermées derrière eux.

Les relents pestilentiels de la résurgence lui causèrent tout de suite des nausées. Au pied de l'hémisphère suintaient des flaques de liquide visqueux noirâtre qui souillaient la terre et sur ses flancs, les multiples couches superposées, bien visibles de si près, se croisaient et se décroisaient continuellement, générant d'étranges reflets iridescents. La dernière fois qu'Éthelinde s'était retrouvée à proximité aussi immédiate d'une bulle, à Vauloup, les choses avaient failli mal tourner.

Depuis l'une des tourelles surplombant la clôture, Gacien éleva la voix afin de lancer le signal du début de l'opération. Les dix hommes chargés de répandre l'inerte commencèrent alors à actionner la pompe à l'arrière de leurs pulvérisateurs, projetant de larges jets pourpres sur la base de l'hémisphère tournoyant. Là où la poudre touchait la résurgence, de vives turbulences produisaient des grésillements semblables à de la friture, et des fumerolles s'échappaient en sifflant. Il fallait espérer qu'elles ne soient pas toxiques.

Tout autour de la bulle se constitua peu à peu une bande où les volutes grises paraissaient recouvertes par une couche opaque parcourue d'irisations violacées. Les observateurs postés sur la clôture, chargés de coordonner la manœuvre, levèrent les bras à l'unisson et les hommes en bas firent lentement remonter le jet pulvérulent. La limite de la bande pourpre grimpa à l'assaut de la résurgence, formant une longue ligne agitée de soubresauts rapides, tel un serpent pris de convulsions. Éthelinde grimaça ; il était impératif que la ligne soit la plus régulière possible. C'était ce à quoi les observateurs perchés en haut devaient veiller, en indiquant à chacun, par des gestes précis, qui faisait remonter son jet trop vite ou pas assez.

Dès que la ligne ondulante lui parut assez haute, la naturaliste cria : « Roland ! C'est à vous ! ».

Le guerrier franc entreprit alors de projeter le réactif sur la bulle noire à son tour. Dès que la poudre verdâtre mêlée de particules dorées atteignit celle-ci, une autre bande opaque se forma à partir du pôle supérieur, dont la frontière descendante était parcourue de soubresauts aussi brusques que celle qui remontait vers elle.

Sous l'effet du réactif, les mêmes phénomènes brutaux se produisaient à la surface de la résurgence. Or, comme Roland se trouvait suspendu au-dessus, il lui était presque impossible d'éviter les fumerolles et, rapidement, il sembla très incommodé. Son visage se couvrit de sueur et sa respiration se fit plus difficile. Cet inconfort ne lui facilitait pas la tâche puisqu'il lui fallait imprimer de subtils mouvements au pulvérisateur afin de répandre le réactif autour de l'hémisphère en quantités appropriées. Car lui aussi devait à tout prix maintenir la limite de la bande mouvante aussi régulière que possible.

Les deux lignes, l'une montante et l'autre descendante, se rapprochaient rapidement. La buse des pulvérisateurs avait été conçue suffisamment étroite pour que la pression exercée sur la pompe arrière permette de projeter un jet de poussière aussi long que fin. Les dix hommes au sol avaient déjà atteint la moitié de la hauteur de la résurgence, mais peinaient à maintenir une ligne régulière. La frontière de la bande pourpre était agitée de vagues aux crêtes multicolores. Dans le même temps, Roland envoyait le réactif de tous les côtés simultanément, en s'efforçant de doser la quantité de poudre en fonction des ondulations de la ligne qui s'élevait vers lui, espérant les faire coïncider.

Bien qu'Éthelinde ne pût s'empêcher d'admirer le sang-froid avec lequel il s'acquittait de cette tâche, elle comprit que, gêné comme il l'était par les fumerolles agressives, il ne pouvait voir la frontière pourpre avec assez de précision.

« Qu'un homme sur deux cesse de surveiller ceux qui pulvérisent en bas et aide Roland ! cria-t-elle aux coordinateurs sur la clôture. Guidez-le en lui disant où il doit envoyer le réactif en priorité ! Il n'y voit presque rien avec les fumerolles ! »

Les soldats en haut s'exécutèrent aussitôt, mais, en certains endroits, les deux bandes avaient déjà commencé à se croiser. Là où les frontières étaient agitées, le contact entre elles, trop irrégulier, suscitait d'écœurants bouillonnements, des ébullitions noirâtres qui troublaient la bande pourpre et la faisaient régresser. De grosses cloques éclataient, libérant des gouttelettes répugnantes et des nuages de vapeurs toxiques. À l'inverse, là où les deux lignes se rencontraient de manière à peu près parallèle, la réaction produisait peu de turbulences et un début de solidification s'opérait.

Le cœur d'Éthelinde bondit dans sa poitrine : sur le plan chimique, le procédé fonctionnait !

Cependant, la difficulté de coordonner les deux bords de la réaction paraissait insurmontable. Là où les bouillonnements surgissaient, la solidification reculait. Chaque fois que l'on croyait gagner du terrain d'un côté, l'on en perdait de l'autre.

Une voix forte se fit entendre par-dessus le tumulte des turbulences liquides mêlé aux cris des hommes.

« Que chacun garde son calme, bon sang ! tonna Gacien. Que les coordinateurs évitent de parler tous en même temps, surtout ceux qui guident Roland ! Gardez tous un œil sur vos voisins, ne restez pas concentrés uniquement sur votre secteur ! Rappelez-vous que vous êtes des soldats : agissez comme une troupe à la manœuvre ! Si chacun se bat dans son coin sans se préoccuper des autres, la bataille sera perdue, sacrebleu ! »

Éthelinde regarda Gacien sans cacher sa stupéfaction. Son assistant timide faisait montre d'une autorité qu'elle ne lui avait jamais vue. L'enjeu de la réussite de cette expérience était tel qu'il découvrait en lui des ressources insoupçonnées.

Les deux bandes ceinturant la résurgence se touchaient désormais sur l'ensemble de la circonférence. Les endroits où les oscillations brutales empêchaient la réaction de se produire tendaient à diminuer grâce au regain de concentration des hommes et les zones de solidification commençaient à s'étendre pour de bon. Tout le monde pleurait à cause des émanations irritantes, et le vacarme du grésillement de surface obligeait à crier pour se faire entendre.

Soudain, alors qu'Éthelinde se prenait à croire que l'issue était proche, la résurgence parut réagir, comme si elle cherchait à se défendre. De violentes ondes agitèrent sa surface, déformant le voile opaque des bandes au point de le déchirer par endroits. Par ces brèches, de noirs pseudopodes gélatineux se faufilèrent en tâtonnant puis s'étirèrent en direction des hommes tenant les pulvérisateurs. Frappés d'effroi, ceux-ci reculèrent d'un pas et la ligne supérieure de la bande pourpre se troubla aussitôt, faisant régresser le début de solidification.

Les balles, même trempées dans une bulle noire, étaient peu efficaces contre ces tentacules innommables. Seules les lames – trempées elles aussi – pouvaient en venir à bout. Les soldats en poste ici depuis des mois le savaient mieux que personne. Aussi, après une brève hésitation due à la surprise, les gardes chargés de protéger les hommes à la manœuvre rejetèrent leurs fusils en bandoulière et s'attaquèrent aux pseudopodes à coups de sabre. Le début de panique reflua et la bande se stabilisa de nouveau.

Un cri étouffé dans les hauteurs fit relever la tête à Éthelinde ; Roland, mâchoires serrées, se trouvait lui aussi sous la menace de trois tentacules qui étiraient vers lui leurs repoussantes extrémités.

« Saisissez votre épée, Roland ! lui cria Éthelinde. Défendez-vous ! »

Le guerrier franc continua de promener le jet de poudre verdâtre autour du pôle tournoyant, se refusant à lâcher son pulvérisateur.

« Pas… question…, articula-t-il péniblement. Nous y… sommes presque… Si j'arrête, ce sera… un échec… »

Éthelinde comprit alors que le réservoir de son instrument devait être presque vide et que s'il le lâchait maintenant pour prendre son arme, la bande du sommet refluerait tant qu'il ne disposerait plus d'assez de réactif pour la reconstituer.

Sans hésiter un seul instant, la naturaliste jeta son encombrant fusil à terre et bondit sur la structure dressée sur le chariot. L'escaladant comme un chat, elle parvint rapidement au niveau du long bras horizontal qui soutenait Roland. À califourchon, elle entreprit alors de ramper dessus. Bientôt, elle se trouva au-dessus de la résurgence et de ses tourbillons fangeux à travers lesquels se devinaient des formes étranges, lointaines, bien au-delà du niveau du sol de ce monde. La jeune femme sentit son estomac se nouer à l'idée qu'elle n'était pas harnachée comme Roland, et qu'une chute l'enverrait directement au cœur de la bulle noire. Or, elle n'était pas Ludwig ; ce voyage serait pour elle sans retour. Saisie d'effroi, transpirant sous l'effort, elle se força à regarder devant elle tandis qu'elle rampait toujours vers Roland.

Celui-ci dut sentir les vibrations sur la poutre, car il tourna la tête vers elle.

« Que faites-vous là... érudite ? s'exclama-t-il d'une voix hachée. Redescendez... de suite !

— Pas question ! Je ne vais pas vous laisser être souillé, ou pire, pour les besoins de mon expérience !

— Vous ignorez ce que... ces maudites excroissances... peuvent me faire ! Probablement rien ! Et quand bien même... c'est sans importance ! Je ne suis qu'un soldat... alors que si vous mourez... qui vous remplacera ? »

En dépit de l'urgence du moment, Éthelinde ne put s'empêcher d'être touchée par les mots du paladin. Sous ses airs revêches, Roland l'estimait au point de refuser qu'elle prenne des risques pour lui. Raison de plus pour voler à son secours. Elle ne resterait pas à le regarder se faire attaquer sans rien tenter. Alors qu'elle atteignait l'extrémité du bras, elle le sentit ployer sous leurs poids cumulés. Il fallait espérer qu'il ne cède point ; il n'avait pas été conçu pour soutenir deux personnes.

« Épargnez votre salive, lui lança-t-elle en arrivant au-dessus de lui. Restez concentré sur votre tâche et laissez-moi m'occuper de ces saletés ! »

Les émanations acides des fumerolles étaient bien plus irritantes ici qu'au niveau du sol. Les yeux en feu, Éthelinde s'agrippa au support en bois aussi fort qu'elle put du bras gauche et de l'autre dégaina sa longue rapière, qu'elle abattit aussitôt d'un geste nerveux sur le pseudopode le plus proche, qui frôlait déjà le visage de Roland. Sectionné, l'appendice gélatineux se rétracta dans un mouvement contre nature, avec un bruit de succion révulsant. La jeune femme coupa les deux autres et se tint prête à en faire autant avec tous ceux que la résurgence lancerait contre eux.

Des crampes commencèrent à tenailler le bras par lequel elle se raccrochait à la longue poutre, mais elle ne se risquerait pas à en desserrer l'étreinte, épouvantée à l'idée de chuter dans le maelström fangeux. Vu de son sommet, l'hémisphère blasphématoire suscitait une terreur primitive contre laquelle il était difficile de lutter. À travers le voile de ses larmes et des fumerolles, elle croyait discerner des choses qu'elle préférait ignorer, de peur de voir sa santé mentale vaciller. À plusieurs reprises, les vibrations de la poutre manquèrent de provoquer sa chute dans les tourbillons écœurants. Roland continuait de vociférer : « Descendez donc… satanée magesse ! Vous allez finir… par vous tuer ! », sans qu'elle en tienne compte.

Soudain, à ce moment, les bordures des deux bandes devinrent brusquement parallèles et, sous les yeux ébahis d'Éthelinde, le processus de solidification, qui hésitait depuis de longues minutes, se propagea d'un coup à la surface de l'hémisphère qui se mua presque instantanément en un dôme minéral d'un noir mat. Le phénomène fut si brutal qu'il provoqua d'innombrables fissures et cassures, projetant de fins éclats dans toutes les directions et produisant une série de craquements sinistres.

La rapidité de la solidification stupéfia tous les hommes qui demeurèrent bouche bée durant plusieurs secondes, incrédules, dans un silence total. Puis, pris d'un élan commun, ils poussèrent un puissant cri collectif, se livrant sans retenue à l'exultation d'avoir enfin vaincu cette aberration malfaisante qu'il leur fallait tenir en respect depuis de si longs mois. Des vivats et des sifflets fusèrent pendant plusieurs minutes et des shakos furent lancés dans les airs.

Une fois le chariot sorti de l'enclos, ses deux occupants purent en descendre et les soldats les portèrent en triomphe sur les épaules, célébrant leur courage. Éthelinde riait, heureuse de cette joie partagée et, surtout, du succès de l'expérience. Même Roland ne retint pas ses sourires.

Une fois qu'on les laissa regagner le plancher des vaches, le guerrier franc bougonna à l'attention d'Éthelinde :

« Vous n'aviez point besoin de courir ces risques, érudite. Je m'en sortais parfaitement tout seul. Dois-je vous rappeler que je suis…

— … invulnérable, je sais, répliqua celle-ci en lui donnant une bourrade amicale. Cher Roland, avec ces phénomènes non naturels, d'une part, nous ne pouvons être sûrs de rien, d'autre part, je n'allais pas laisser cette saleté faire de vous un vile-peau si je pouvais l'éviter ! Croyez-en mon expérience, cela n'a rien d'enviable. »

Elle s'interrompit soudain, s'apercevant que, pour la première fois, elle venait d'admettre devant quelqu'un qu'elle était affligée de taches de souillé. Au fond, il lui semblait que la victoire qu'ils avaient remportée contre l'une de ces bulles maudites rendait cette affliction moins infamante. Elle avait pris sa revanche sur ces abominations. Si elle avait été croyante, elle se serait sûrement dit que Vincenzo, où qu'il fût désormais, devait être fier d'elle.

Le soir, une grande fête fut donnée à Vic-Fezensac en l'honneur de toute la compagnie et des « savants venus de Paris », qui étaient parvenus à débarrasser le village de la menace sous laquelle ses habitants vivaient depuis six mois. Éthelinde put constater les liens solides que ces soldats avaient noués avec les gens de la région. L'idée lui traversa l'esprit qu'elle pourrait suggérer à Irénion de créer un régiment spécial consacré à la lutte contre les résurgences, en commençant par cette compagnie qui venait de passer tant de temps au contact de l'une d'elles, accumulant une précieuse expérience. Elle pourrait les former au maniement du composé chimique qu'elle avait conçu avec Gacien.

S'apercevant que Roland s'était mis à l'écart des réjouissances et demeurait perdu dans ses pensées, adossé à un arbre, elle lui apporta une pinte de bière.

« Vous voilà d'humeur bien morose. Vous êtes pourtant le héros du jour. »

Le comte de la Marche de Bretagne accepta la bière en remerciant d'un signe de tête puis, après en avoir avalé quelques gorgées, répondit :

« Je n'ai fait que répandre un peu de poudre, érudite. Pas de quoi écrire une chanson de geste.

— Allons, mon ami, je sais que vous venez d'un monde où l'on composait des poèmes en l'honneur de ceux qui affrontaient des hordes d'ennemis enragés avec pour seules armes un bouclier, une épée et leur courage, mais ce temps est révolu. Il vous faudra trouver un autre chemin dans cette époque.

— Ah, on croirait entendre Lithian ! Êtes-vous toutes issues du même moule dans votre fichu ordre ? »

Éthelinde ne put s'empêcher de rire à cette idée.

« Qu'allez-vous faire maintenant ? »

Roland haussa les épaules.

« La bulle est refermée, la compagnie va être affectée ailleurs. J'ai appris à connaître ces hommes, mais je ne vais pas les suivre. Ma place n'est pas avec eux ; le métier de soldat dans ce temps ne me sied guère. Je suis un paladin, il me faut une cause noble et unique…

— Défendre la veuve et l'orphelin, ce genre de choses… »

Éthelinde regretta la touche d'ironie qui avait affleuré dans ses paroles.

« Cela serait-il si déshonorant ? répliqua Roland en la toisant sévèrement.

— Ce n'est pas ce que je voulais dire. Simplement, cette époque ne manque pas d'autres causes nobles qui valent de se battre pour elles.

— Le front nord ? Oui, bien sûr, je vais m'y rendre. Je réprouve les massacres aveugles à grande échelle que sont devenues les batailles d'aujourd'hui, mais il y aura du panache à faire face à un ennemi si formidable…

— Ce n'est pas ce à quoi je faisais allusion. Vous pourriez venir avec moi à Paris et intégrer l'ordre des *Magi Karoli Magni*. Après tout, l'empereur Charlemagne, votre oncle, l'avait créé pour vous retrouver ! Cela ne serait qu'un juste retour des choses ! »

Roland afficha une mine stupéfaite.

« Que diable irais-je faire dans un ordre de vieillards passant leur temps le nez fourré dans des livres poussiéreux ?

— Cet ordre-là n'existe plus. Maintenant que j'en ai pris la tête, j'ai bien l'intention d'en faire une organisation plus… active, disons. Vous pourriez être le fer de lance de notre lutte contre les phénomènes non naturels : résurgences, résurgions et sorciers. Quant à vos, euh… qualités hors normes, nous pourrions les étudier et en tirer de précieux enseignements.

— Voilà ce que je suis pour vous : un sujet d'étude ! Vous imaginez que je vais vous laisser mener des expériences sur moi ?

— Je ne le présenterais pas de cette manière, cher Roland. Je vous demande de nous aider à faire progresser nos connaissances. Par ailleurs, ajouta-t-elle avec un sourire en coin, bien que je ne sois pas veuve, je suis orpheline. Je réclame donc également votre protection. Au même titre qu'Eleanor,

Irénion ou Pavel, de nombreux assassins russes cherchent probablement à m'éliminer… »

Roland secoua la tête d'un agacement dont Éthelinde voyait bien qu'il était en partie feint.

« Magesse, de toutes les orphelines que j'ai pu rencontrer, vous êtes celle qui a le moins besoin de protection… »

LUDWIG

20 avril 1816

Près de La Capelle, les Ardennes, la nuit.

Lorsqu'il vole dans les Vallées Putrides, il ne voit pas son corps. Il avance lentement, cinquante pieds au-dessus du sol, sans choisir sa direction, comme porté par une force supérieure. Les crêtes hérissées de rochers aux pointes effilées le frôlent parfois de si près qu'il craint de finir blessé. Partout en contrebas, à travers les voiles d'une brume rougeâtre empoisonnée, des résurgions errent à la recherche d'une proie ou d'un adversaire à combattre pour défendre leur territoire. Il connaît toutes les espèces répertoriées de ces monstres, mais sa mémoire ne semble pas lui appartenir ici, il ne se souvient d'aucun de leurs noms.

Soudain, il se sent tiré vers le haut à une vitesse bien trop élevée. Les larges vallées rapetissent jusqu'à se réduire à de simples failles fracturant une région immense. Des nuages méphitiques l'entourent bientôt, s'accumulant au point de lui obstruer toute vue, puis s'effilochent tandis qu'il les quitte pour entrer dans la nuit perpétuelle.

C'est là que le pire commence. Dérivant, impuissant, au cœur des ténèbres infinies, assailli d'un insoutenable vertige en contemplant ces abysses, terrassé par sa propre insignifiance face au gigantisme de nébulosités aux couleurs impossibles déployant de sinistres draperies, il est saisi d'un effroi existentiel. Il se sent oublié, abandonné, condamné à une solitude éternelle. Au regard de cet univers, il n'est rien. L'humanité n'est rien. Moins qu'une fugace étincelle échappée du feu cosmologique.

Maintenant, il approche d'une structure immense, forme géométrique obscure se détachant sur le fond verdâtre phosphorescent de la nébuleuse. Il ne connaît que trop bien ce bâtiment monstrueux. Il veut fuir, mais ne peut influer sur sa trajectoire. Il préférerait mourir plutôt que de pénétrer en ces lieux, mais sa vie ne lui appartient plus. Elle lui *appartient.*

La construction n'en finit pas de grandir à mesure qu'il avance. Lorsqu'il l'atteint, les colonnes cyclopéennes en suspension dans l'éther dépassent sa compréhension. Il ne peut en évaluer les dimensions. Les bas-reliefs et les statues colossales qui les ornent sont si choquants qu'il veut fermer les yeux, cesser de les contempler. Cela lui est refusé.

Au centre de la structure trône un prodigieux polyèdre minéral. C'est vers lui que la force l'attire. Bientôt, l'indicible citadelle emplit tout son champ visuel, l'écrasant de terreur absolue. Sur l'une des facettes titanesques, se dresse devant lui une forme incompréhensible gravée dans la pierre dont il ne peut détacher son regard. Elle représente une créature que le langage humain ne saurait décrire.

Soudain, la forme se fend en plusieurs parties, dont les pans basculent pour s'ouvrir. Il s'agit d'une porte ! La force l'attire à l'intérieur de la citadelle cosmique. Il se débat avec l'énergie du désespoir, mais rien n'y fait. Celui *qui réside céans le prendra bientôt, comme il prendra tout ce qui vit, tout ce qui existe…*

Ludwig sortit de son sommeil en sursaut, le souffle court, les tempes palpitantes.

Il ne cessait de revivre ce damné cauchemar et, chaque fois, il approchait davantage de la forteresse flottante entre les étoiles. Jamais jusqu'alors il n'avait vu la porte s'ouvrir.

Combien de nuits lui restait-il avant d'entrer pour de bon dans le polyèdre de pierre ? Serait-il capable de se réveiller s'il y pénétrait ? Une terreur primitive lui nouait l'estomac à cette idée.

La paix de la nuit tranchait avec le chaos de son esprit et les battements erratiques de son cœur. Ludwig tâcha de se concentrer sur les bruits nocturnes de la nature et la sérénité qui s'en dégageait jusqu'à ce que ses pensées se calment. Le feu qu'ils avaient allumé dans la clairière était éteint ; les braises ne rougeoyaient même plus. De toute façon, il n'avait servi qu'à les éclairer et à cuire leur repas. La chaleur était telle qu'il n'était pas nécessaire d'utiliser les couvertures, même la nuit.

Au-dessus de lui, les étoiles scintillaient dans le ciel obscur, comme elles le faisaient depuis l'aube des temps. Mais ce spectacle, qu'il appréciait tant autrefois, paraissait désormais insupportable à Ludwig, lui rappelant par trop ses horribles visions oniriques. Il n'avait aucune envie de se rendormir et de prendre le risque de retourner là-bas. Alors il s'assit en tailleur et fouilla la cendre avec une branche afin de raviver les braises qui couvaient. Nul besoin d'une flambée, simplement de quelques flammes pour faire reculer – un peu – les ténèbres.

« Encore un de vos cauchemars ? » fit une voix à côté de lui.

Étendue de l'autre côté du foyer, Lithian n'avait pas bougé, mais ses yeux étaient ouverts. Elle aussi avait renoncé à la couverture, qu'elle utilisait, pliée, comme matelas de fortune sur le sol durci par la sécheresse.

« Navré si je vous ai réveillée, répondit Ludwig.

— À mon âge, on a le sommeil léger..., soupira la magesse. Racontez-moi donc ce rêve. »

Ludwig secoua la tête.

« Nous en avons déjà parlé. Rien de nouveau.

— Recommencez alors. Ces songes sont probablement insignifiants, mais ils pourraient être plus importants qu'ils ne le semblent. Certains détails pourraient...

— D'accord, d'accord. C'est entendu. »

Ludwig l'avait interrompue d'un ton agacé, mais, au fond, il avait envie d'en parler, espérant ainsi faire refluer l'effroyable sentiment que lui avait laissé le cauchemar : celui de se sentir seul dans un univers mort et infini.

Alors, il s'efforça de mettre des mots sur des sensations inexprimables, sur des visions impossibles. Comment faire ne serait-ce qu'entrevoir à celui qui ne l'a pas expérimentée l'horreur absolue qu'inspiraient les insondables espaces de l'éther glacé, ce lieu où nul souffle de vie ne pourrait être exhalé et où, pourtant, il se voyait forcé de dériver, nuit après nuit. Il tenta de décrire ces étoiles géantes et ces mondes inconnus, parfois couverts d'une nature étrangère à la nôtre et recelant de stupéfiantes civilisations. Mais, le ravissement qu'il aurait pu éprouver face à ces merveilles se trouvait flétri par la *présence*... Car il savait que quelque chose l'observait. Quelque chose qui résidait dans la forteresse cosmique. Il était très difficile à Ludwig de dépeindre cette structure gigantesque vers laquelle il était irrémédiablement attiré, nichée au cœur d'une nébuleuse malsaine aux couleurs anormales et abritant une conscience profondément maléfique. Et, entre toutes ces horreurs, le pire était son impuissance absolue. Il ne pouvait lutter. Sa liberté et sa volonté se voyaient annihilées. Ne restait que le *miroitement*, toujours plus fort, irrésistible...

Les petites flammèches qui léchaient de nouveau les bûches à demi consumées lançaient sur le visage de Lithian des lueurs tremblotantes. Elle semblait préoccupée.

« Je ne sais quoi penser de ces songes, fit-elle, les traits soucieux. L'hypothèse la moins, euh... inquiétante serait l'influence néfaste de l'uchronite. Si, comme je le soupçonne, le recours à celle-ci assombrit l'esprit de celui qui s'en sert, alors l'usage que vous en faites en ce moment pourrait être la cause de ces hantises nocturnes…

— Je n'y crois guère, magesse. Ces damnés cauchemars ont débuté bien avant que je ne recommence à consommer des cristaux pour chercher les portails. De plus, les quantités dont j'use sont si faibles ! »

Ludwig s'interrompit un instant, puis reprit en fronçant les sourcils : « Pourquoi cette hypothèse serait-elle la "moins inquiétante" ? »

Lithian se tourna sur sa couverture et se mit sur le dos, contemplant les étoiles que Ludwig ne voulait plus voir.

« À l'avenir, signalez-moi tout changement significatif dans vos rêves. Il faut que nous les surveillions, car ce n'en sont peut-être pas.

— Qu'entendez-vous par là ? »

Lithian prit quelques instants avant de répondre.

« Je ne vois pas comment vous expliquer cela en termes profanes…

— Essayez tout de même. Je sais que je ne suis qu'un mercenaire ignorant et que vous…

— Épargnez-moi votre susceptibilité ! Il ne s'agit pas de cela. Il est des conceptions que même les plus érudits de ce temps ne connaissent point. En ce qui me concerne, j'ai eu accès, euh… autrefois, à une source de savoir qui dépasserait votre entendement. »

La vieille femme tourna la tête et le regarda comme si elle essayait de voir à travers lui.

« Il est possible que vous captiez quelque chose qui ne vous est pas destiné…

— "Capter" ? Que voulez-vous dire ? Je ne vole rien à qui que ce soit.

— Hum, pardon, ce mot n'a pas le même sens pour moi. Pour le dire autrement : peut-être votre *spiriti aestus* si particulier rend-il votre cerveau réceptif à, euh… disons, une vibration de l'éther que nul autre ne peut percevoir ? En ce cas, vous recevriez à votre corps défendant une sorte d'"onde" dont je ne puis supposer la nature. Comme un récepteur trop sensible...

— Un "récepteur" ? Comme toujours, magesse, lorsque vous prétendez simplifier votre propos, vous le rendez encore plus obscur.

— Vous savez que les chiens perçoivent des sons très aigus, que la plupart des humains ne peuvent entendre, n'est-ce pas ? Eh bien, je pense qu'il pourrait en être de même pour ces visions qui s'insinuent dans vos rêves. »

À cette idée, Ludwig sentit l'angoisse presque physique qui l'avait réveillé l'envahir de nouveau.

« Cette forteresse de l'éther existerait pour de bon ? Il ne s'agirait pas de songes absurdes, mais de visions d'un endroit réel ?

— Je ne sais pas, Ludwig. Je me contente de réfléchir à voix haute. »

Contrairement à son habitude, Lithian paraissait compatir à son trouble.

« Ne vous minez pas trop. Tout cela trouvera probablement une explication simple et moins dramatique le moment venu. »

Ludwig se garda d'insister. Cette discussion le mettait trop mal à l'aise.

Au matin, ils réunirent leurs affaires et versèrent de l'eau sur les cendres ; avec la sécheresse qui sévissait depuis des mois, même les forêts des Ardennes – en temps normal verdoyantes et humides – pouvaient s'embraser facilement.

Tout en étirant ses articulations endolories avant de remonter à cheval, Lithian ne cessait de se plaindre de l'inconfort d'un tel voyage, répétant, comme presque tous les jours depuis leur départ, qu'elle avait passé l'âge de coucher à la belle étoile. Alors que Ludwig lui demandait justement son âge, elle répondit qu'elle avait perdu le compte des années depuis longtemps et ne le savait pas vraiment elle-même.

Lorsqu'ils se remirent en route, Ludwig activa le parlant-à-distance agrafé à son col, au cas où l'on tenterait de le contacter. Yvonnius le tenait régulièrement informé de l'évolution du front nord et, lors de leur dernier échange, il semblait anticiper une bataille imminente. Ludwig ignorait si celle-ci avait déjà eu lieu. Faute de nouvelles dans les prochains jours, il l'appellerait lui-même. Il considérait désormais Yvonnius comme un ami et s'inquiétait de son sort.

En revanche, il avait dû renoncer à joindre Éthelinde qui se trouvait loin dans le Sud. Il se demandait si l'expérience qu'elle était partie tenter avec Roland sur la bulle noire de Vic-Fezensac s'était révélée concluante, mais les parlants-à-distance fonctionnaient de plus en plus mal ces derniers temps. Personne ne savait à quoi étaient dues ces interruptions fréquentes. Une partie des machinistes chargés de l'entretien des « Grandes Orgues » de Vincennes étaient morts lors de l'assaut d'Irénion contre le château et, de toute façon, seul Élégast comprenait vraiment les processus à l'œuvre dans cette étrange machine. Le jour où une défaillance critique surviendrait dans le dispositif, nul ne saurait y remédier et le réseau de communication cesserait définitivement de fonctionner. Si, d'ici là, personne n'en avait percé le secret, il faudrait s'en passer. À l'évidence, cela constituerait un retour en arrière pour le pays. Ou… le retour à une situation normale ?

Voilà un mois qu'ils avaient quitté l'orphelinat de Saint-Maur pour se mettre en quête d'un portail encore actif et une semaine qu'ils cheminaient dans les vallées boisées des Ardennes. Ils avaient déjà exploré de nombreuses forêts sur leur parcours – surtout lorsque les légendes locales les prétendaient fréquentées par des créatures magiques – sans rien découvrir de probant jusqu'à présent. Ils se doutaient qu'il ne pouvait rester de passage encore ouvert ; en ces temps modernes, le pays était si peuplé qu'un portail vers un autre monde, même caché au plus profond d'une forêt, ne pourrait passer inaperçu.

Ils traquaient donc les éventuels vestiges que d'anciens *lysëndelïs* laisseraient si, comme l'avait supposé Roland, certains s'étaient affaiblis au point de disparaître aux yeux des hommes sans pour autant se fermer complètement. Mais ces traces, si elles existaient, seraient si ténues qu'il serait très difficile de les déceler. Tout au plus de subtiles réminiscences à peine perceptibles.

Alors, régulièrement, dès qu'il avait le sentiment qu'un lieu possédait une certaine charge ésotérique, Ludwig tentait de nouer un contact étroit avec la nature en entrant en cohésion profonde avec celle-ci par l'intermédiaire de la terre et des racines, comme il l'avait toujours fait. Cependant, il lui avait fallu se rendre à l'évidence que ce procédé ne fonctionnait plus aussi bien qu'autrefois. Quelque chose avait changé en lui depuis l'annihilation des cristaux en Égypte, qui n'avait pas seulement altéré sa personnalité, mais aussi son *spiriti aestus*. Ou alors, ce changement était-il dû à une trop grande utilisation de cristaux, en particulier au cours de son affrontement contre Élégast ? Il n'aurait su le dire.

En revanche, bien que ses capacités se fussent amoindries sur ce plan, il pensait en avoir acquis de nouvelles, même s'il éprouvait encore quelques difficultés à les mettre en œuvre. À force de s'entraîner à méditer durant ses longues journées de solitude dans le camp déserté de la Gaoube, cherchant ainsi à échapper à ses cauchemars, il avait découvert qu'il était capable de se concentrer à un point tel qu'il lui semblait se « replier » en lui-même. Depuis, il s'était aperçu que l'utilisation d'un fragment d'uchronite l'aidait à atteindre une transe si profonde qu'elle lui permettait de voir le monde différemment, comme s'il discernait la trame même des choses, les lignes d'une force inconnue qui traverserait tout, tout le temps.

À de nombreuses reprises depuis le début de son périple avec Lithian, Ludwig avait pratiqué ce repliement en lui-même et, en plusieurs endroits, il était parvenu à déceler les traces d'anciens portails, aujourd'hui bien trop affaiblis pour être ranimés. Parfois, Lithian elle-même les remarquait sans avoir besoin de se concentrer ni de méditer. Ainsi qu'elle l'avait conjecturé, elle était en effet en mesure de percevoir ces rémanences de la même manière que les « auras résiduelles » des individus, comme elle les nommait. Cette capacité troublait Ludwig, mais il s'abstenait de l'interroger sur le sujet, car il savait qu'elle esquiverait la question.

Chaque fois, il se rappelait les préventions d'Éthelinde à l'égard de la magesse. Quelques semaines plus tôt, la jeune femme lui avait confié les soupçons qu'elle nourrissait envers Lithian. Elle semblait persuadée que celle-ci n'y allait pas de franc jeu avec eux et – au minimum – gardait pour elle certaines informations.

« N'avez-vous vraiment aucun souvenir de l'Autre Monde ? » lui lança soudain Lithian, interrompant le fil de ses pensées.

La route forestière sur laquelle leurs montures avançaient était suffisamment large pour qu'ils cheminent de front.

« Je n'ai nul véritable souvenir de ma première vie, répondit Ludwig, pas davantage dans ce monde que dans l'autre. Toutefois, je pense avoir vu l'*Alter Mundus* lors de mon expérience... cataclysmique en Égypte. Cela dit, pour être honnête, ce moment provoqua un tel chaos dans mon esprit que je ne pourrais affirmer que les endroits aperçus alors n'aient pas été le fruit d'une illusion, pas plus que je ne sais si j'ai vu juste quant à ma, euh... fonction là-bas... »

Lithian tourna son regard vers lui.

« Vous pensez vraiment avoir pris la place d'Obéron en tant que roi ? »

Le mercenaire haussa les épaules.

« Cela me semble impensable à moi aussi. Presque ridicule, même. Sur le moment, cela m'a paru évident, mais maintenant, le souvenir de cet épisode est si embrouillé pour moi que je ne suis plus du tout sûr de ce que j'ai vu ni de ce que j'ai compris. J'ai débarrassé le monde d'Élégast, mais, en défaisant mon demi-frère, en le dépouillant de tout ce qui le définissait, je crois que je me suis un peu perdu moi-même… »

Lithian hocha lentement la tête.

« Avez-vous songé à ce que vous ferez une fois là-bas, si jamais nous parvenons à ranimer un portail ? »

Ludwig y avait, bien évidemment, beaucoup réfléchi. Cette question le tourmentait même. Bien qu'il sentît confusément qu'il devait tout tenter pour se rendre dans l'Autre Monde, l'impossibilité de savoir à quoi s'attendre une fois sur place lui causait une grande inquiétude. Sans parler de l'appréhension d'une éventuelle rencontre avec Mab.

« Non, je… ne sais pas. Il sera toujours temps d'aviser si nous parvenons à relancer un *lysëndelïs*. C'est là mon seul sujet de préoccupation en ce moment. »

Leur sinueux parcours les avait menés dans l'ancienne forêt Charbonnière. Il ne s'agissait en rien d'un hasard ; Ludwig s'était délibérément orienté peu à peu dans cette direction, espérant que, si leurs tentatives étaient demeurées infructueuses ailleurs, cet endroit leur offrirait de meilleures chances. Aujourd'hui en grande partie disparue, remplacée par les champs et les villages modernes, cette forêt qui s'étendait autrefois au cœur du royaume de son premier père – le roi Clodion, d'après les recherches de Lithian – avait occupé une place particulière dans sa vie précédente : il savait par Mab que c'était là que s'était ouvert le portail originel, avant que les *elvëms* et les hommes en découvrent d'autres.

En venant ici, Ludwig espérait que son instinct le guiderait vers ce portail, comme il l'avait mené vers ses propres cristaux dans une gorge perdue des Cévennes, un an auparavant.

Depuis trois jours qu'ils s'enfonçaient dans les sous-bois sombres et silencieux de la forêt Charbonnière, Ludwig s'arrêtait régulièrement afin d'écouter la nature ou de tenter le repliement en lui-même, espérant ainsi discerner les « lignes » qui le mettraient dans la bonne direction. Jusqu'à présent, le résultat était décevant. S'il avait le sentiment que le chemin était le bon, toutes traces d'ancien portail demeuraient désespérément introuvables.

Pourtant, ce matin, peu de temps après leur départ, il avait commencé à éprouver une sensation nouvelle. Quelque chose vibrait dans cette partie de la forêt... Son imagination lui jouait-elle des tours ? Il coulait de temps à autre des regards de biais à Lithian sans rien lui dire, vérifiant si elle aussi percevait cette tension particulière. Cela lui rappelait la vibration unique qui accompagnait chacune des apparitions des nymphes de Mab, du temps où celles-ci tentaient parfois de le guider ou de l'avertir. Malheureusement, plus aucune de ces étranges créatures n'était venue à lui depuis la libération de la reine de fées de sa prison de l'Entre Monde.

« Ne sentez-vous... rien d'inhabituel ? » fit soudain Lithian.

Elle avait parlé doucement, presque à voix basse, mais le silence du sous-bois était si dense et Ludwig si concentré qu'il sursauta à ces mots.

« Il me semble discerner quelque chose, là-bas... », reprit-elle, les yeux tournés dans la direction d'une futaie épaisse.

Le cœur de Ludwig accéléra. D'un geste hésitant, il tira sur les rênes de Kuromir afin de s'approcher. À l'endroit désigné par la magesse, les arbres étaient si serrés qu'il leur fallut quitter leurs montures et continuer à pied. Oui, Lithian avait vu juste, ce lieu était la source de la vibration !

Après quelques minutes à se faufiler entre les branches, ils débouchèrent sur une trouée. Disposés en triangle, trois énormes chênes millénaires se dressaient ici, leurs ramures étrangement imbriquées formant comme un plafond naturel au-dessus de l'étroite clairière, la plongeant dans une pénombre perpétuelle. Quelques maigres fougères poussaient au sol. Aucun des bruits de la forêt ne parvenait jusqu'à eux. Le silence était absolu.

Ludwig sut tout de suite qu'il connaissait cet endroit. C'était là, il en était sûr !

« Je vais essayer encore une fois », dit-il en ouvrant la petite sacoche à sa ceinture, dans laquelle il conservait les fragments de cristaux ambrés qu'Irénion avait accepté de lui confier.

Comme chaque fois, Lithian exprima son désaccord.

« Je n'aime guère que vous usiez d'uchronite...

— Je sais cela, magesse. Mais je n'y arriverai pas par mes propres moyens. »

Pour une fois, la vieille femme se garda d'insister.

« Essayez de me décrire ce que vous verrez au fur et à mesure, si cela ne nuit pas à votre concentration. »

Ludwig la regarda en plissant les paupières.

« Vous le discernez déjà, n'est-ce pas ?

— C'est très vague, mais... oui, il y a quelque chose ici. »

Un fragment de cristal dans sa main, le mercenaire s'assit à même le sol, en bordure de la trouée, puis ferma les yeux.

Le repliement était un état difficile à atteindre. Il fallait à Ludwig ralentir ses pensées, les trier, éviter les sujets d'inquiétude, mettre de côté les mauvais souvenirs, ceux provenant des blessures tant physiques que morales, oublier la culpabilité pour les erreurs passées ; bref, se débarrasser de tout le cortège de pensées négatives qui s'accumulent au cours d'une vie et qui encombrent l'esprit. Même s'il n'arrivait pas toujours à atteindre un recueillement véritablement profond, en général, c'était suffisant pour diminuer sa crispation nerveuse. Toutefois, aujourd'hui, il ne s'agissait pas seulement de se détendre. Il fallait aller plus loin, bien plus loin. Alors il focalisa toutes ses facultés sur les harmoniques de la vibration qu'il percevait depuis le matin et qui s'était intensifiée dès qu'ils avaient découvert ce lieu isolé.

Peu à peu, le fragment d'Aiônite qu'il serrait dans sa paume se désagrégea et, lorsqu'il fut réduit en poussière, Ludwig ouvrit la main et souffla dessus. Les particules ambrées formèrent aussitôt un nuage en suspension devant lui, scintillant faiblement dans la pénombre. C'était Éthelinde qui lui avait suggéré cette méthode, inspirée des techniques qu'elle avait elle-même mises au point. Lorsqu'il rouvrit les yeux, Ludwig vit les « lignes ». Le miroitement commençait, il fallait se montrer vigilant, ne pas se laisser happer.

Les lignes qu'il distinguait lorsqu'il entrait dans cet état ressemblaient à des fils lumineux flottant en l'air, reliant toutes choses, les enveloppant ou les frôlant. Une étrange trémulation les animait qui, à chaque battement, accentuait leur rayonnement. En général, cette irisation aux couleurs imprécises semblait transmettre une énergie particulière, indiquant une direction. Cette fois, tous les fils convergeaient vers le centre de la trouée.

« Il y a eu un *lysëndelïs* ici, articula-t-il lentement. Il n'en reste que des traces, mais elles sont nettes, bien plus que les autres fois... »

Il percevait la présence de Lithian en périphérie de son champ de vision, mais s'efforçait de demeurer concentré. Il tendit les mains devant lui afin de tenter d'*accorder* la vibration.

À force de pratiquer le repliement, il s'était aperçu qu'il pouvait « tirer » sur certains fils. Ce contact immatériel lui donnait parfois accès à des informations, souvent incompréhensibles, dissimulées aux regards humains. Il avait également remarqué qu'il pouvait changer « l'accord » ; lorsqu'il sentait un dérèglement harmonique dans la vibration, il parvenait, en certains cas, à le corriger par de subtiles pressions sur certains fils.

Il avait découvert cette possibilité empiriquement et ne comprenait pas vraiment comment il procédait. Il aurait été bien incapable de trouver une explication à tous ces phénomènes et s'en accommodait ; les savants tels qu'Éthelinde se chargeraient plus tard d'étudier tout cela sous un angle rationnel si tel était leur désir. Ce qui importait aux yeux de Ludwig était que cette méthode donnait des résultats : depuis le début de son périple avec Lithian, chaque fois qu'ils avaient découvert les vestiges d'anciens portails, il était parvenu à les ranimer, comme lorsqu'on souffle sur des braises. Malheureusement, à ce jour, jamais il n'avait réussi à en rouvrir un pour de bon.

Avec celui-ci, c'était différent. Le miroitement était bien plus puissant. Le cœur plein d'espoir, Ludwig se concentra de plus belle en déplaçant les fils lumineux. À certains moments, il voyait très bien comment améliorer l'accord, à d'autres, l'aide de Lithian, qui percevait ce phénomène d'une manière différente, se révélait indispensable. De longues minutes s'écoulèrent, durant lesquelles ils coopérèrent de cette manière, n'échangeant que les paroles nécessaires. Peu à peu, la vibration s'intensifia, produisant dans l'air des turbulences presque physiques ainsi qu'une sorte de sifflement pénible.

Tout d'un coup, sans que Ludwig s'y soit attendu, l'accord se fit.

Un frémissement parcourut les ramures alentour, décrochant des feuilles et de petites branches.

Le portail venait de s'ouvrir. Au centre des trois chênes flottait une étrange draperie luminescente à peine perceptible.

« Voyez-vous cela, magesse ? lâcha-t-il dans un souffle.

— Je distingue une sorte de, euh… chimère chromatique, oui, répondit Lithian d'une voix blanche. C'est magnifique… et un peu effrayant en même temps… Voyons-nous seulement la même chose ? Décrivez-la-moi. »

Ludwig se releva avec lenteur, craignant presque qu'un geste brusque ne fasse disparaître la fragile manifestation ésotérique en suspension.

« Cela me fait penser à de fins voiles de tulle ondulant au ralenti dans une brise insensible et jetant de fugaces reflets lumineux. Je ne les distingue pas tout le temps ; il suffit que je déporte à peine mon regard pour qu'ils s'estompent. Un peu comme les mirages que nous avions aperçus dans le désert égyptien. Je ne pense pas que n'importe qui puisse les observer… Est-ce une hallucination ?

— Non, je vois bel et bien le même phénomène que vous, fit Lithian. C'est… extraordinaire… »

Jamais Ludwig n'avait senti la magesse, souvent blasée et peu impressionnable, aussi émue. Les émanations multicolores du portail ne jetaient nulle lumière sur son visage ni sur les arbres environnants. Ce portail n'avait pas d'existence réelle dans ce monde, pas davantage qu'il ne devait en avoir dans l'autre. Ce n'était qu'un passage.

Intimidé, le mercenaire s'approcha et tendit le bras au milieu des flammèches évanescentes. Leur vibration fit se dresser les poils sur sa main. Il se tourna vers Lithian et lui sourit. Les yeux de la vieille érudite brillaient.

« Êtes-vous sûr de vouloir y aller ? demanda-t-elle dans un souffle.

— Plus que jamais. Et vous ?

— Pour rien au monde je ne manquerais cela. »

Alors, Ludwig prit la main de Lithian, puis, sans réfléchir davantage, ils firent ensemble un pas en avant et franchirent le *lysëndelïs*.

IRÉNION

Santes, début de matinée.

Irénion et sa garde rapprochée, au sein de laquelle se trouve Pavel, se hâtent le long des maisons de briques de la rue principale de Santes, en direction de l'église dont le clocher a été en partie abattu par un boulet, quelques minutes plus tôt. Le Premier consul marche vite, mais il se refuse à courir. Il ne sera pas dit qu'il fuyait devant les troupes russes. Le fracas des canonnades est assourdissant. Ce sont surtout les batteries françaises que l'on entend ici – si les boulets russes pleuvent en continu, le bruit de leurs canons est atténué par la distance. Les fusils ne sont pas en reste : leurs détonations ininterrompues résonnent dans les rues. L'odeur de poudre est partout, mêlée à celle des incendies des habitations en flammes.

En atteignant la placette devant l'église, Irénion s'empresse d'enfourcher son cheval qui l'attendait là. Il sent la monture frémir à chaque déflagration. Heureusement, les effroyables spirales noires ont disparu pour le moment, plus aucune ne file au-dessus de leurs têtes. Ces manifestations d'Art Obscur terrorisaient les bêtes.

« Il faut partir au plus vite, monsieur ! crie Montalvant, le capitaine de sa garde, en se hissant sur son cheval à son tour.

— Un instant encore ! » rétorque Irénion.

Une trop grande précipitation risquerait de mettre son plan en péril.

Il se retourne afin de vérifier que les troupes les ont suivis. Derrière eux, des centaines d'hommes s'engouffrent sur la place ainsi que dans la partie sud de la rue principale. Les 3e fusiliers de la Moyenne Garde et 5e chasseurs de la Vieille Garde essentiellement. Juché sur son cheval, Irénion tente de regarder plus loin, là où il s'attend à voir les Russes arriver. Peine perdue, ce n'est pas le mètre et demi vertical supplémentaire que lui procure sa monture qui change quoi que ce soit. La vue est bouchée par les bâtiments. Quelle idée de livrer bataille en ville ! Cela ne se fait pas, un combat honorable se déroule en rase campagne, là où les adversaires se font face à la loyale. Ces damnés Russes ne respectent rien !

« Monsieur ! s'exclame de nouveau Montalvant, pressant.

— Nous quitterons le terrain le plus tard possible, capitaine ! »

La monture d'Irénion manque de se cabrer à cet éclat de voix.

« Chaque minute supplémentaire ici à ralentir les Russes sera autant de gagné pour nos artilleurs ! »

Montalvant ouvre la bouche dans l'intention de protester, mais des cris horribles retentissant au loin l'interrompent. Tout le monde se fige et un silence de mort tombe sur la place. Chacun sait ce qui approche. L'écho des hurlements bestiaux s'intensifie et soudain, la horde infernale débouche du virage nord de la rue principale. Le vert foncé et le blanc traditionnels des troupes russes ont laissé place au pourpre de la Faction rouge et, surtout, au noir des résurgions. Les horribles malebêtes sont en première ligne. Des dizaines d'entre elles se précipitent dans la rue, serrées au point de se gêner, certaines marchant sur les autres, d'autres piétinées sans vergogne par la cavalerie dans la furie générale. Un répugnant torrent de chitine noire aux reflets blafards.

Derrière eux, les soldats de Vakt les dirigent par des longes de cuir et par le fouet. Ils portent l'uniforme des adeptes de la nouvelle religion du Sang Dieu, entièrement rouge sombre, un masque noir leur couvrant le visage. Irénion les a déjà vus sans ce dernier et il n'en a pas gardé un bon souvenir. Leurs traits sont affreusement inexpressifs, désincarnés, comme s'ils avaient été privés de leur personnalité. De simples coquilles vidées de leur humanité.

Le torrent fétide se déverse vers eux et, quand il atteint la place, la fusillade éclate aussitôt. Bien qu'épouvantés, les fusiliers et les chasseurs ont déjà affronté ces monstruosités deux heures plus tôt. Lorsque la bataille a débuté, la panique a désorganisé les rangs et de longues minutes, coûteuses en vies, ont été nécessaires avant que la discipline ne revienne et que la riposte ne se coordonne correctement. Maintenant, même si la peur tenaille toujours les tripes, les soldats impériaux tiennent leur position, tant bien que mal.

Les Charleville modifiés – les famars, comme les appelle Eleanor – et les fusils Leyde crachent la mort à un rythme effréné et provoquent une hécatombe parmi les premiers résurgions. Les carapaces éclatent et les membres épineux se déchirent, projetant quantité d'un liquide jaunâtre nauséabond dont Irénion ignore s'il s'agit du sang de ces monstres.

Dans ces rues étroites, il est difficile d'appliquer les techniques traditionnelles de combat. Point de carrés d'infanterie ni de charge de cavalerie ici. Le corps-à-corps est presque inévitable. Les officiers tentent d'insuffler de l'ordre dans ce chaos en coordonnant les rangs de ceux qui font feu et de ceux qui rechargent, mais les résurgions se rapprochent inexorablement. Bientôt ils seront au contact. L'armée des ténèbres de Vakt semble mieux organisée que lors de la première bataille. Des meneurs contrôlent les troupes et, lorsque l'un d'eux tombe, une dizaine – parfois davantage – de soldats rouges dirigeant les monstres cessent pratiquement le combat, comme désorientés, jusqu'à ce qu'un nouveau meneur les prenne en main. L'un de ces étranges « officiers » a été capturé dès le début des combats et conduit devant Villard ; celui-ci a ensuite rapporté, effaré, que, plutôt que d'être interrogé, l'homme avait préféré s'égorger lui-même avec un poignard caché dans sa botte.

Les boulets russes pleuvent partout autour d'eux, perforant les toits, percutant les façades en projetant des éclats alentour, tuant sans distinction des soldats des deux camps. L'artillerie française a reçu l'ordre de cibler uniquement les lignes ennemies en dehors de la ville ; il était impensable pour le Premier consul de prendre le risque de toucher ses propres troupes. Heureusement, plus aucun civil ne se trouve dans Santes. Tous les habitants ont été évacués au lever du soleil, dès que les espions ont averti l'état-major que les Russes allaient lancer leur assaut ici. Quelques kilomètres au nord-est, Lille est tombée la veille. Irénion n'ose imaginer les crimes qui vont être perpétrés envers la population. Malheureusement, il aurait été impossible d'évacuer une ville aussi grande.

Pour le moment, la position qu'ils tiennent offre l'avantage de fournir une ligne de tir dégagée sur le goulet d'étranglement que représente l'entrée de la rue principale sur la place. Toutefois, l'ennemi gagne du terrain peu à peu, au prix de pertes énormes. La chaussée est littéralement recouverte de cadavres de monstres et d'humains, mêlés à la boue visqueuse des résurgions en train de se décomposer. L'odeur est épouvantable.

Soudain, un mouvement agite les troupes françaises, comme un souffle de vent traversant l'herbe d'une prairie, annonciateur d'orage. Irénion relève la tête et aperçoit au loin, dans le virage de la rue, une silhouette sombre juchée sur un étalon nerveux. Après une brève apparition lors des premiers affrontements quelques heures plus tôt, l'impératrice Uliatine avait disparu, laissant ses soldats combattre seuls.

« Par l'enfer ! s'exclame Montalvant. Ce démon est revenu ! »

Pavel blêmit et crie quelque chose en russe. Irénion n'a pas besoin de comprendre cette langue pour deviner la teneur de ce qu'il a dit – il connaît le passé du jeune homme et son histoire particulière avec Uliatine.

Même s'il ne l'a aperçue que de loin à la longue-vue, cette femme répugne le Premier consul. L'*anormalité* qu'elle dégage suscite en lui encore plus de dégoût que les résurgions. Quant à son attitude… Chaque fois, elle paraît jubiler au plus haut point devant la boucherie perpétrée sous ses yeux. Comment peut-on jouir d'un tel spectacle, à moins d'être l'amie de la mort elle-même ?

Pendant un bref instant, Irénion est tenté de foncer vers elle avec sa garde rapprochée, de charger la troupe de monstres en se taillant un chemin à coups de sabre et de décharges Leyde afin de l'affronter face à face, Pavel à ses côtés. Dépouillée de ses indignes talents magiques, Uliatine serait à sa merci. Mais il sait qu'une telle tentative serait trop risquée, bien sûr. Le temps que la concubine de Vakt se trouve « à portée » de

Pavel, ils subiraient un tel assaut de l'armée de résurgions que l'échec serait assuré. Il faut s'en tenir au plan et défendre la sortie de la ville le plus longtemps possible.

Pendant une demi-heure encore, les troupes françaises résistent. Malheureusement, l'ennemi finit par enfoncer les barricades installées plus loin dans les deux autres rues débouchant sur la place, jusqu'alors défendues avec courage par de petits bataillons, et ouvre ainsi deux nouveaux fronts d'un coup. Bien que les fusiliers et les chasseurs réagissent promptement en réorganisant leurs lignes de tir, il est évident qu'il va falloir bientôt abandonner le terrain.

C'est ce moment que l'infâme impératrice choisit pour faire de nouveau usage de l'Art Obscur. Elle emploie le même sortilège qui avait fait tant de mal tôt ce matin-là ; d'étranges fumerolles spiralées formant des pics noirs acérés s'échappent de ses bras tendus. Même d'aussi loin, on peut entendre les paroles qu'elle prononce dans ce langage venu du fond des âges que Ludwig appelle la Langue Ancienne. Les spirales flottent autour d'elle pendant quelques instants avant de s'élancer vers les troupes françaises, produisant un son aigu révulsant.

La panique s'empare des rangs tandis que les premiers pics spiralés les atteignent. Plusieurs soldats sont transpercés de part en part et hurlent de terreur avant de s'effondrer au sol dans de mortelles convulsions. Ce sort n'a rien de la puissance que Vakt est capable de déployer au combat ; sur un champ de bataille, Irina ne pourrait faire la différence à elle seule, comme Élégast du temps de l'Empereur. Cependant, l'impact psychologique sur les hommes est réel. L'impératrice fait peur. Tout le monde la connaît désormais, et son pacte avec le diable alimente beaucoup de conversations. Alors, même si les victimes de ces sortilèges sont peu nombreuses, l'effroi qu'ils suscitent brise les volontés, mine le moral.

Brusquement, tous les membres de la garde d'Irénion baissent la tête par réflexe tandis qu'un pic spiralé les vise, se précipitant droit sur le Premier consul. Celui-ci écarquille les yeux, hypnotisé par la fumerolle noire tournoyant sur elle-même, alors qu'elle accélère dans sa direction avant de... s'évaporer. Expirant d'un coup, Irénion regarde Pavel dont la monture était demeurée collée à la sienne. Nul sort ne peut fonctionner à moins de dix pas du jeune homme. Irénion lui adresse un signe de tête.

« Monsieur le Premier consul ! lui lance Montalvant dans un souffle. Je vous en conjure, il faut partir ! »

Jusqu'à maintenant, Irénion s'était refusé à quitter les lieux en abandonnant les troupes, mais elles ont tenu plus longtemps que nécessaire.

« Formez les rangs et faites sonner la retraite, capitaine ! Et surtout, que personne ne dévie de l'itinéraire prévu ! »

Reculer en bon ordre face à l'ennemi constitue toujours une manœuvre délicate, et de nombreux soldats périssent durant le temps qu'il faut aux deux régiments pour atteindre la sortie de Santes, soumis au feu de l'infanterie adverse et aux assauts continus des malebêtes. Heureusement, Irénion avait pris la peine de faire poster les meilleurs tireurs sur les toits le long du trajet de repli et leurs famars font des ravages chez les Russes.

Dès la sortie de la ville, l'armée ennemie, bien plus nombreuse, en profite pour s'étaler et tenter de déborder les impériaux par les côtés. Comme prévu, le 3e fusiliers et le 5e chasseurs cessent de combattre et se lancent dans une marche « au grand trot », direction sud-ouest. Les résurgions et leurs maîtres de la Faction rouge foncent sur les côtés, piétinant les champs, écrasant les haies, suivis de près par la féroce cavalerie cosaque. Comme Irénion et ses généraux l'avaient escompté, les Russes, grisés par leur supériorité, les poursuivent sans se méfier, se croyant à l'abri de l'artillerie française qu'ils supposent toujours aux portes de la ville, trop proche pour qu'elle les prenne pour cible.

Il est vrai que cette fichue région, désespérément plate, n'offre guère de possibilités de placement des canons. Toutefois, quelques modestes tertres s'élevant à un demi-kilomètre de la ville fournissaient un poste de tir acceptable et l'essentiel de l'artillerie a été reculé jusque-là durant tout le temps que les troupes s'efforçaient de retenir l'ennemi devant l'église de Santes. Seules quelques batteries ont été laissées dans les champs afin de faire illusion par leur feu sporadique.

Ainsi, dès que les rangs russes s'étalent, le tonnerre des canons éclate au loin et les boulets s'abattent sur l'ennemi comme une grêle de fer, tuant hommes et monstres par dizaines. À partir de ce moment, la fuite des troupes françaises devient presque irréelle aux yeux d'Irénion qui observe, alors qu'il se retourne, ces deux longues colonnes d'hommes disciplinés en train de progresser au trot à travers l'épaisse fumée des explosions d'obus, environnés de hordes de monstres et de soldats ennemis hurlants, grognants, fulminants de rage tandis qu'ils sont fauchés de toutes parts par un déluge de boulets et de biscaïens. Bien peu parviennent à atteindre les Français et, lorsque cela se produit, il ne faut qu'un bref instant aux hommes pour venir à bout de ces adversaires isolés.

L'impératrice maléfique n'est plus visible aux yeux du Premier consul ; il y a fort à parier qu'elle a préféré retourner à l'abri de la ville dès qu'elle a compris qu'elle venait de tomber dans un piège. Pourtant, même sous un feu aussi nourri, les officiers russes continuent de faire avancer leurs troupes sans se soucier de leurs pertes, ne comptant que sur l'effet de masse. Bien que cette tactique soit intimidante en mêlée, elle est vouée à l'échec face à une armée organisée. Bientôt, l'ennemi ralentit, ses rangs s'éclaircissent et sa détermination fléchit. Irénion fait alors donner l'ordre aux régiments de s'arrêter et de former les carrés.

Pendant une demi-heure, ce qui reste de troupes russes tente encore de monter à l'assaut, mais l'avantage défensif des carrés est considérable, surtout lorsqu'ils sont soutenus par une artillerie parfaitement coordonnée. Les pertes dans les rangs ennemis sont si élevées que ceux-ci finissent par renoncer et sonnent la retraite.

N'est pas tacticien qui veut. Espionner sous le couvert d'une caravane de bohémiens et mener des batailles sont deux choses fort différentes ; Irina Uliatine vient de l'apprendre à ses dépens.

EVDOKIA

Jardin des Tuileries, l'après-midi.

« La visite de l'exposition de l'Académie des beaux-arts vous a-t-elle plu ? » demanda Yvonnius à Evdokia.

Celle-ci déambulait aux côtés du colonel français dans l'allée centrale du jardin des Tuileries, qui s'étendait à l'arrière de l'aile du Louvre du même nom. Elle avait revêtu pour l'occasion l'une de ses plus belles toilettes, tandis que l'officier, coiffé d'un bicorne noir à cocarde, portait l'uniforme bleu sombre aux brandebourgs or des aides de camp. En raison de la chaleur, il avait abandonné la « pelisse de hussard » qui couvrait habituellement son épaule gauche.

« C'était passionnant, répondit Evdokia, sans avoir à mentir – elle avait réellement apprécié. J'ai toujours été très attirée par l'art, et en particulier la peinture, mais c'est un domaine dont j'ignore presque tout, je le crains. Le prix de Rome étant le symbole de l'excellence européenne en la matière, avoir la chance d'admirer de mes propres yeux les œuvres de prétendants à cette distinction fut extrêmement intéressant. Heureusement que vous avez accepté de jouer les guides pour moi et que vous m'avez éclairée de vos lumières ! »

Le colonel Archant eut un rire léger.

« Vous me surestimez, ma chère. Je ne suis qu'un soldat et, en réalité, je ne connais que bien peu de choses à l'art. Pour ne rien vous cacher, ajouta-t-il avec un clin d'œil, je me suis renseigné sur les œuvres présentées avant de vous emmener faire cette visite, sans quoi, je n'eusse rien trouvé à dire !

— Monsieur, vous vous êtes joué de moi ! s'exclama Evdokia, riant à son tour.

— Mille pardons. J'étais simplement soucieux de ne point passer pour un ignorant et perdre votre estime. Car, en dépit de ce que vous prétendez, je suis sûr que vous en savez bien davantage sur l'art que votre serviteur et que vous ne feigniez la méconnaissance que pour ménager ma fierté. »

Une brève inquiétude traversa Evdokia ; Yvonnius insinuait-il d'une manière détournée qu'il l'avait percée à jour ? Non, de toute évidence, il se contentait de badiner. Elle lui adressa un sourire, puis, alors qu'elle faillit lui prendre le bras, elle se ravisa. Ce geste de politesse affectueuse pourrait éveiller les soupçons de Kamenev. La jeune femme devait sans cesse soupeser chacune de ses attitudes à l'égard de l'officier français, de sorte que l'agent russe n'y voie rien d'autre qu'un comportement lié à la séduction qu'elle était censée exercer sur celui-ci et ne soit pas en mesure de deviner ses sentiments réels. Car Evdokia devait bien admettre qu'elle commençait à éprouver une certaine attirance pour lui.

« Comment les plantes de ces jardins peuvent-elles montrer une telle vitalité alors que, partout ailleurs, la végétation peine à reverdir en ce printemps anormal ? s'interrogea-t-elle, espérant dissimuler son trouble.

— Elles le doivent à la proximité immédiate de la Seine, ma chère, répondit Yvonnius, dans laquelle le personnel chargé de l'entretien puise toute l'eau nécessaire aux plantations. Sans quoi, ces jardins seraient desséchés depuis des semaines, comme tant d'autres. Mais pendant combien de temps cela sera-t-il encore possible ? Le niveau du fleuve a tant décru que nul ne se souvient de l'avoir vu si bas. Si cette situation climatique terrible se prolonge, qui peut affirmer que même un tel cours d'eau ne pourrait finir à sec ? Perspective à peine croyable ! Que serait Paris sans la Seine ? Aussi impensable que Saint-Pétersbourg sans la Neva, je suppose.

— La Neva est alimentée par le lac Ladoga, qui est si vaste que je ne puis l'imaginer asséché. Ou alors, cela signifierait qu'il ne se trouverait plus une goutte d'eau douce sur terre ! »

La mine sombre, Yvonnius demeura silencieux à ce qu'elle s'était figuré n'être qu'une boutade. Depuis son arrivée en France, elle s'était rendu compte que la situation climatique effrayait vraiment les gens. Aussi s'abstenait-elle de préciser que la Russie semblait épargnée par la chaleur et la sécheresse exceptionnelle qui sévissait en Europe. De toute façon, quelqu'un d'aussi bien renseigné que le colonel Archant le savait nécessairement.

D'ailleurs, comme s'il avait lu ses pensées, Yvonnius lui demanda :

« Parmi les informations que vous comptez révéler au Premier consul se trouve-t-il la réponse à la question que tout le monde se pose ici : Vakt est-il responsable de cette sécheresse hors du commun ?

— Mon ami, ne m'avez-vous proposé cette charmante promenade que pour me soutirer mes précieux secrets ? » fit-elle avec un air mutin parfaitement calculé.

Ah, comme elle se haïssait d'être contrainte d'user de faux-semblants avec lui !

Toutefois, elle-même ignorait la réponse à cette question. Elle doutait d'ailleurs que quiconque, y compris en Russie, possédât cette information, à part le principal intéressé lui-même.

« Non, bien sûr, chère Evdokia. J'ai abordé ce sujet machinalement. Je sais que les renseignements que vous détenez sont votre seule richesse ici et il serait bien déloyal de tenter de vous les soutirer. »

Il s'arrêta puis lui prit la main afin d'y déposer un chaste baiser. Elle lui sourit en retour, tout en s'efforçant de ne pas jeter un coup d'œil derrière eux, craignant que son trouble ne la trahisse. Staminir Kamenev et ses hommes, ainsi que les gardes du colonel les suivaient à vingt pas. Ils poursuivirent leur promenade en direction du Bassin octogonal. La célèbre place de la Concorde, encore nommée il y avait peu « place de la Révolution », s'étendait une cinquantaine de mètres plus loin. Evdokia n'était âgée que de quatre ans et Yvonnius de cinq lorsque Marie-Antoinette y avait été décapitée. L'événement avait frappé les esprits dans toutes les monarchies européennes.

Depuis leur première rencontre, un mois plus tôt, ils s'étaient revus à plusieurs reprises et, chaque fois, leurs entretiens se faisaient moins formels, plus chaleureux. Le pouvoir de séduction d'Evdokia agissait peu à peu. Ce n'était pas une surprise ; elle n'avait presque jamais connu d'hommes sur lesquels ses charmes n'eussent pas opéré. Pourtant, contrairement à Irina, elle n'en tirait nulle fierté. En son for intérieur, cela l'attristait même.

Cependant, pour une fois, cette séduction paraissait agir en sens inverse également, car elle avait conscience que le colonel français ne la laissait pas indifférente en retour. D'un côté, elle était heureuse de constater que ce genre de sentiments pouvaient encore naître en elle, que son cœur n'avait pas été irrémédiablement endurci par ces années de manipulations amoureuses au point de ne plus rien éprouver, d'un autre, cette attirance était dangereuse, car elle causerait sa perte si Kamenev la soupçonnait.

L'agente russe avait une mission à accomplir, et le colonel français n'était qu'un moyen d'y parvenir. D'ailleurs, si Kamenev ne s'était pas aperçu – pour le moment – de l'émoi d'Evdokia, il avait en revanche bien noté l'intérêt marqué d'Yvonnius pour elle et avait résolu d'en tirer profit. En effet, l'un de leurs ordres prioritaires consistait à tenter de transformer un ou plusieurs officiers français en marionnettes de Vakt. Et ils y étaient déjà parvenus une fois.

Une dizaine de jours plus tôt, alors qu'en raison de leurs nombreuses visites aux Tuileries, la méfiance de la garde du palais à leur égard s'était un peu relâchée, un lieutenant avait jugé qu'il pouvait les accompagner seul jusqu'aux bureaux d'Yvonnius. Kamenev avait saisi cette occasion inespérée et, profitant d'un passage dans un couloir désert, avait ordonné à ses hommes de s'emparer de l'officier. Celui-ci, promptement bâillonné, avait été traîné de force à l'écart, dans une antichambre vide.

Là, sous le regard horrifié du lieutenant, fermement maintenu par les sbires de Kamenev, Grigori avait sorti un petit couteau dissimulé dans sa semelle avec lequel il avait pratiqué une fine entaille sur son propre avant-bras ainsi que sur celui du prisonnier. Il avait ensuite collé les deux plaies l'une sur l'autre. Après une minute environ, le lieutenant avait perdu connaissance. Les « parasites » de Vakt, présents dans le sang de Grigori depuis la scène épouvantable à laquelle Evdokia avait eu le malheur d'assister au palais d'hiver, avaient contaminé l'homme et se multipliaient déjà en lui. D'ici vingt-quatre heures, il se réveillerait et demeurerait en état de stupeur, comme hébété, durant quelques jours. Ensuite, il recouvrerait peu à peu ses esprits et serait en mesure de reprendre son poste sans éveiller de soupçons. Pourtant, sa personnalité ne serait plus ; il serait soumis aux ordres de Kamenev ou de quiconque parlerait au nom de Vakt.

Evdokia ignorait si ce genre de conversion présentait la même efficacité que celles pratiquées par le sorcier lui-même à l'aide de ses atroces fins tentacules noirs, de même qu'elle ne savait pas si celui-ci était capable de contrôler ses marionnettes à une aussi grande distance. Il lui semblait que non, mais elle n'avait aucun moyen d'en être certaine. En revanche, elle savait qu'elle préférerait se donner la mort plutôt que de subir un tel sort. Quant à la volonté de Kamenev de convertir Yvonnius, elle était effondrée à cette idée.

Une fois le lieutenant infecté, les sbires de Kamenev l'avaient ramené dans le couloir où ils avaient donné l'alerte, prétendant que l'homme avait brusquement perdu connaissance.

Une semaine plus tard, le lieutenant livrait déjà des informations. Et l'une d'elles s'était révélée fort précieuse. Ils savaient désormais comment Pavel Laptev s'y prenait pour protéger le Premier consul de toute attaque magique : contrairement à ce qu'ils croyaient depuis le début, le jeune Russe ne possédait pas le pouvoir de susciter un bouclier magique, comme Élégast le faisait pour Napoléon, mais pouvait, par sa seule présence, inhiber toute expression d'Art Obscur autour de lui ! Il agissait comme une sorte de paratonnerre pour les fluides ésotériques !

Cette information stupéfiante revêtait une telle importance qu'Evdokia l'eût gardée pour elle si elle l'avait pu, ne souhaitant nullement donner un avantage à la comtesse maléfique qu'elle haïssait autant qu'elle la craignait. Malheureusement, c'était Kamenev lui-même qui avait recueilli ce renseignement vital.

Ces sombres moments venant de lui revenir en mémoire, Evdokia ne put s'empêcher de jeter un coup d'œil inquiet à son « escorte » par-dessus son épaule, qu'Yvonnius remarqua. Tout en continuant à marcher, il la dévisagea quelques instants avant de dire : « Ces hommes qui ne vous quittent jamais… Ils ont l'air de gaillards endurcis. »

Manière élégante d'insinuer que sa sécurité était assurée par des bandits.

« C'est votre père qui les a recrutés, je suppose ? » poursuivit-il.

Evdokia approuva de la tête.

« Ces hommes ont sa confiance, c'est pourquoi il les a chargés de veiller sur moi. Pour être franche, je ne les connaissais pas avant d'entreprendre mon périple et, si je subodore, comme vous, qu'ils traînent peut-être derrière eux un passé douteux, ce qui importait par-dessus tout à mon père était que je sois protégée efficacement. Comme vous vous en doutez, j'aimerais parfois me passer de leur présence ainsi que… de celle de vos gardes… »

Yvonnius lui adressa un doux sourire.

« Ce sont les déplaisantes nécessités de cette période troublée, ma chère. Toutefois, je caresse l'espoir qu'une fois que vous aurez rencontré le consul Brégante et qu'un accord aura été conclu entre vous, nous pourrons nous fréquenter de manière plus... informelle. Si vous le souhaitez, bien sûr.

— J'en serais très heureuse, Yvonnius ! Si vous me permettez de vous appeler par votre prénom.

— Bien entendu. Je suis charmé de l'entendre prononcé par votre bouche. »

Evdokia s'aperçut qu'il esquissa un geste dans l'intention de lui prendre la main de nouveau, mais qu'il s'abstint. Bien qu'il ne fût pas, à l'inverse d'elle-même, sous la surveillance de ses propres gardes, en tant qu'aide de camp du Premier consul, il se devait de maintenir une certaine distance avec une ressortissante russe.

Yvonnius pourrait-il représenter son échappatoire à toute cette folie ? Elle ne le saurait qu'en prenant le risque de tout lui révéler durant l'un de leurs entretiens dans son bureau. Jusqu'à présent, elle avait renoncé à cette idée, car elle craignait sa réaction et, par-dessus tout, celle de Kamenev et ses hommes. Même dans l'hypothèse où Yvonnius accepterait de la croire, que se passerait-il s'il tentait de faire arrêter son « escorte » ? Kamenev constituait une menace qu'il convenait de ne pas prendre à la légère. Qui sait s'il ne parviendrait pas à blesser ou tuer Yvonnius ? Ou à s'échapper ? Dans un tel cas de figure, Evdokia serait condamnée à vivre dans la hantise que l'agent spécial ne réussisse à lui faire payer son forfait, car l'homme avait prouvé qu'il était capable de s'introduire jusque dans les lieux les mieux gardés. Alors, elle guettait toutes les occasions qui lui permettraient de faire comprendre à demi-mot à Yvonnius sa situation inextricable, sans y être parvenue jusqu'à présent.

Arrivés devant le Bassin octogonal, ils s'assirent sur le rebord afin de mieux profiter de la fraîcheur de ses eaux.

« Je vous sens préoccupé, mon bon ami, fit-elle tandis qu'elle remarquait les plis de son front. Presque tourmenté, même. »

Se pouvait-il qu'il eût deviné ses propres affres ?

Il haussa les épaules en regardant au loin.

« Rien de plus que le lot de tout officier haut placé en temps de guerre, malheureusement. Les comptes rendus que je viens de recevoir du front nord sont alarmants… Une terrible bataille a été livrée par nos armées ce matin, et j'enrage de me trouver à Paris plutôt que là-bas. »

Il la regarda avec un sourire triste.

« Même si je suis heureux que ma présence ici m'ait permis de vous rencontrer, bien sûr. »

Cette fois, Evdokia lui posa la main sur l'avant-bras, peu importe ce qu'en conclurait Kamenev.

« Je suppose que le Premier consul a besoin d'hommes de confiance dans la capitale », répondit-elle.

Il opina du chef.

« Assurément. Et vous allez pouvoir vous réjouir, car je puis vous annoncer qu'il va bientôt revenir ici et qu'à cette occasion, j'organiserai un entretien entre vous.

— C'est merveilleux, Yvonnius ! J'en suis ravie, en effet ! »

En réalité, une sourde anxiété venait de la saisir à cette nouvelle. Ce moment, qu'elle avait espéré repousser le plus longtemps possible, elle en était arrivée à souhaiter qu'il n'advienne jamais. Des choses terribles allaient se produire ce jour-là, et Evdokia ne parvenait à concevoir aucun moyen de les empêcher.

« Une réunion, euh… très importante va avoir lieu ce soir, sur le front, poursuivit Yvonnius, et en fonction de ce qui y sera décidé, le Premier consul devra revenir à Paris afin de prendre de nouvelles dispositions. »

Cette information, négligemment donnée par le colonel Archant, pouvait se révéler exceptionnellement importante.

Aussi Evdokia résolut-elle de ne la livrer à aucun prix à Kamenev, et encore moins à la comtesse.

IRÉNION

Santes, début de soirée.

« Nous avons tenu, une fois de plus. Mais à quel prix… Quelles pertes, aujourd'hui encore… »

Tirant sur sa bouffarde qui envoyait des tourbillons de fumée vers le toit de la tente, le colonel Villard s'était exprimé à mi-voix.

« C'est tragique, en effet, acquiesça Irénion. Et que dire de celles des Russes ? Probablement trois à quatre fois supérieures aux nôtres, sans que cela semble tempérer leurs ambitions pour autant ! Comment peut-on faire si peu de cas de la vie humaine, de celle des siens en particulier ? »

Le Premier consul percevait lui-même les accents de découragement dans sa voix. D'ici quelques minutes, lorsqu'il se rendrait à ce « sommet informel » – crucial pour l'avenir –, il lui faudrait montrer davantage de détermination.

Pour le moment, il s'était accordé quelques instants en compagnie de son ami, qu'il avait invité à prendre un verre sous sa tente. Bien que celle-ci fût aussi grande et meublée que l'avait été celle de Napoléon en son temps, Irénion avait demandé qu'on en retire les tapis. La terre battue nue permettait de diminuer la température de quelques degrés.

Maximilien Villard, qui s'efforçait de réduire sa consommation d'alcool, avait refusé le verre proposé par Irénion pour se contenter de tirer sur sa pipe. Les volutes de fumée qui s'effilochaient lentement devant les lampes à huile rappelaient un peu trop à Irénion les affreuses spirales noires d'Uliatine. Dès qu'il fermait les paupières, il revoyait l'épouvantable bataille qui avait fait rage quelques heures plus tôt ; les membres de la Faction rouge qui agissaient en automates sanguinaires, les résurgions échappés de l'enfer, dressés pour servir les sombres desseins du sorcier russe, Irina, changée en demi-monstre, sourire sardonique sur son visage déformé, jouissant de la souffrance et de la mort qu'elle semait…

« Croyez-vous que ce sommet ait quelque chance d'aboutir ? » fit Villard.

Irénion vida son verre avant de répondre.

« Ils ont vu ce que nous avons vu aujourd'hui, n'est-ce pas ? Si cela ne suffit point à emporter leur décision, nous ne pourrons rien faire de plus. »

Ce sommet informel ressemblait davantage à un conseil de guerre qu'à une réunion diplomatique.

Dans une vaste grange aux murs de pierre si épais qu'elle offrait une fraîcheur bienvenue dans cette soirée aussi étouffante que les autres, une longue table de ferme et des sièges avaient été disposés pour accueillir les émissaires étrangers. Derrière chacun de ces ambassadeurs, deux conseillers avaient été autorisés. Les gardes rapprochées n'avaient pas été admises à l'intérieur et attendaient dehors.

Dans la lumière tremblotante des chandeliers, les visages affichaient une gravité qui ne semblait pas feinte aux yeux d'Irénion. Du vin avait été servi, mais personne n'avait touché à son verre.

« Les Russes ne sont pas des adversaires à prendre à la légère, disait le général André Klenzel, qui s'exprimait au nom de l'empereur François Ier d'Autriche. Le tsar Alexandre aurait peut-être hésité à retourner ses armées contre un coalisé qui aurait violé l'alliance, mais Vakt le fera à coup sûr. »

Coiffé d'un double turban de soie blanc et rose, Rami Ragip, le *Reis Effendi* – c'est-à-dire ministre des Relations extérieures – du sultan de l'Empire ottoman, leva les bras en faisant voleter les larges manches de son caftan vert richement brodé.

« Nul n'ignore que le Hiérophante du *Bog Krovi* peut exterminer des régiments entiers sur un champ de bataille ! renchérit-il. Qui sait si, dans un accès de colère, il ne pourrait faire subir le même sort à tout un pays ? »

Comme toujours pour les échanges diplomatiques, chacun s'exprimait en français.

En face du Turc, le général Walter Moray, comte de Malmesbury, représentant du roi d'Angleterre, secoua la tête.

« Nous savons de source sûre que l'exploit... », commença-t-il, puis, après un bref coup d'œil gêné en direction du Premier consul, il se reprit : « La, euh... l'action militaire décisive que le sorcier russe a accomplie dans les plaines de Waterloo lui a tant coûté qu'il lui a fallu des semaines, peut-être des mois, pour s'en remettre. Sans parler de la quantité de cristaux cérulés partis en fumée à cette occasion. Honnêtement, je ne pense pas que Vakt puisse infliger un tel châtiment à un pays entier. »

Les sourcils de Rami Ragip, aussi fournis que sa barbe noire, se froncèrent tandis qu'il lançait un regard lourd à l'émissaire britannique.

« Simple supposition de votre part, monsieur le comte. Êtes-vous réellement prêt à prendre ce risque pour votre pays ? Pour votre peuple ? Si vous vous trompez, assumerez-vous de voir votre île réduite en cendres ? »

Malmesbury changea de position sur son siège sans répondre.

Lorsque celui-ci était arrivé quelques jours plus tôt, Irénion avait eu la désagréable surprise d'apprendre que Jonas Whisby faisait partie de sa députation. Bien que le Premier consul ait été tenté de mettre aux arrêts ce criminel sur-le-champ, il avait dû y renoncer par respect envers l'immunité diplomatique de la délégation anglaise.

Or, le matin même, alors que la bataille était imminente, on l'avait informé que l'ancien espion avait disparu. Les

Anglais avaient dû se résoudre à demander à leurs hôtes français de les aider à chercher leur compatriote, incapables de déterminer si Jonas avait été enlevé ou s'il avait discrètement quitté le camp militaire, en violation des engagements pris pour cette ambassade. Irénion était convaincu que Jonas s'était volontairement évanoui dans la nature, en préparation de quelque mauvais coup. Ses propres espions l'avaient assuré que Malmesbury ne semblait pas feindre la surprise. Jonas Whisby ne savait que trahir, y compris les siens.

« Se mettre en retrait au sein d'une coalition est une chose, reprit le général Klenzel, se retourner contre Vakt et l'affronter ouvertement en est une autre. Les troupes russes stationnent déjà sur le territoire autrichien. Simple "présence amicale d'un allié", officiellement ; en réalité, il s'agit bien sûr d'une épée de Damoclès au-dessus de nos têtes. Au premier signe de trahison, l'empire d'Autriche sera aussitôt annexé à la Grande Russie dans un bain de sang !

— C'est pourquoi je ne propose pas de simplement défaire les armées de Vakt et de les repousser jusqu'en Russie, intervint Irénion. Il nous faut affronter Vakt *lui-même* et le détruire. Les troupes russes régulières – je ne parle pas de la Faction rouge et de son monstrueux cheptel – n'obéissent que par peur de leur chef suprême. Celui-ci vaincu, je gage qu'elles cesseront le combat aussitôt. »

Un silence significatif suivit ces paroles. Les ambassadeurs se lancèrent des regards inquiets.

Quelques semaines plus tôt, Irénion avait écouté le conseil d'Aurières et demandé à son ministre des Affaires étrangères d'organiser cette rencontre peu ordinaire entre lui et les anciens ennemis ou anciens vassaux de la France, désormais tous « libérés » ou « protégés » par les Russes, en réalité occupés ou sous la menace de l'être, comme venait de le rappeler Klenzel. Eux aussi, la peur les pétrifiait et les empêchait d'agir. Un mois de tractations confidentielles avait été nécessaire pour que toutes ces nations acceptent de prendre le risque d'envoyer ici des émissaires, dans le plus grand secret. Irénion avait fait en sorte qu'ils soient présents aujourd'hui, afin de voir, de leurs propres yeux, à quoi ressemblait une bataille selon les méthodes de Vakt. L'armée de résurgions menée par des soldats privés de leur humanité, tels d'horribles automates, et commandés par une femme transformée en monstre avait fait forte impression.

Or, inspirer la peur est une arme à double tranchant : si cette peur devient trop grande, elle peut se muer en panique. Alors ceux que la puissance dominatrice cherche à soumettre risquent au contraire de se rebeller, parce que l'intensité de la menace leur paraît plus insupportable que le péril qu'ils encourent en se soulevant contre elle.

Heinrich Meyer, duc de Hardenberg, reprit la parole le premier. Moins rompu que les autres aux échanges diplomatiques, il s'était peu exprimé jusque-là. Il n'avait aucun rôle officiel auprès du roi de Prusse, qui s'était refusé à envoyer un véritable ambassadeur à ce dangereux sommet.

« Vaincre le Seigneur de l'Abîme ? fit-il en frottant sa barbiche impeccablement taillée. *Herrgott !* Cela est-il seulement possible, monsieur le Premier consul ?

— Que monsieur le duc me pardonne, rétorqua Irénion sans cacher son agacement, mais quelle autre solution s'offre à vous ? Ne rien faire ? Laisser les Russes écraser les Français, en espérant qu'ils se contenteront de cette victoire et épargneront leurs alliés d'hier ? Croyez-vous vraiment, vous tous (il fit un geste englobant l'assemblée), qu'il soit envisageable de vivre dans un monde où une… créature telle que le Seigneur de l'Abîme règne sur la Russie ? L'objectif des sept coalitions successives qui se sont dressées contre Napoléon Ier était de remettre le roi de France sur son trône, en espérant retrouver le monde d'avant la Révolution. Je suis au regret de vous annoncer que ce monde n'existe plus ! Il a disparu le jour où Vakt a fait assassiner Alexandre Ier afin d'usurper sa place à la tête de la

Russie. Alors, messieurs, regardez les choses en face : une fois la France anéantie, vos nations respectives seront englouties à leur tour. Si nous ne l'éliminons pas, Vakt ne s'arrêtera jamais. »

Irénion Brégante n'avait rien d'un ambassadeur et n'usait donc pas de tournures diplomatiques.

Les quatre émissaires étrangers demeurèrent silencieux quelques instants, puis Walter Moray répondit d'un filet de voix à peine audible : « Monsieur le Premier consul, vous énoncez l'évidence et nous le savons tous. Aucun de nous n'ignore la nature, euh... blasphématoire de celui qui tient la Russie entre ses griffes. Preuve en est notre présence ici, ce soir. À titre personnel, j'ajouterai que ce que j'ai vu ce matin, cette armée des ténèbres face à laquelle vous avez combattu avec courage et, je tiens à le dire, une grande habileté, m'a profondément horrifié... »

Les autres hochèrent la tête.

« Je souscris à votre propos, monsieur le comte, renchérit le Prussien Heinrich Meyer, qui semblait éprouver moins de difficulté que ses confrères à énoncer ouvertement le fond de sa pensée. Vakt dispose déjà d'un tel pouvoir qu'il représente une menace pour le monde. Laissons-le vaincre les Français et il deviendra inarrêtable. En apportant notre concours au Premier consul, nous aurons de meilleures chances de l'emporter qu'en demeurant neutres. »

Le général André Klenzel eut un sursaut de patriotisme.

« Tout de même ! s'exclama-t-il. La France est notre ennemie. Des milliers de soldats autrichiens ont donné leur vie pour combattre les armées de Napoléon !

— Allons, général, répliqua Meyer, c'était l'Empereur notre ennemi et il n'est plus. En outre, admettez que ce sont les coalitions qui ont attaqué la France et non l'inverse.

— Bonaparte était un conquérant ! Tôt ou tard, il aurait...

— Assez ! interrompit cavalièrement le *Reis Effendi* Ragip. Laissons de côté ces anciennes querelles. Je suis d'accord avec le duc Meyer. Nous devons nous hisser à la hauteur des nouveaux enjeux. L'ogre français n'est plus. En revanche, un monstre – un véritable, cette fois – s'est éveillé à l'est et nous ne pouvons nous voiler la face à son sujet ! »

Klenzel ouvrit la bouche pour répondre puis se ravisa. Irénion avait compris que l'Autrichien était déjà convaincu et n'avait montré qu'une opposition de principe, se refusant à céder trop facilement devant son ancien ennemi.

Les émissaires étaient prêts, il était temps de frapper les esprits.

« Laissez-moi vous dire que nous n'en sommes qu'au début, commença-t-il avec gravité. Le pire est à venir. Vakt a achevé son réveil et il est entré dans la phase finale de son ascension. De son "avènement", devrais-je dire, car il semble que cette créature, bien qu'elle professe le culte de ce *Bog Krovi*, se prenne elle-même pour un dieu. Nos agents de renseignement infiltrés en territoire russe sont formels : le "Seigneur de l'Abîme" – tel qu'il se présente, comme un aveu de la noirceur de ses projets – se montrera bientôt en personne sur le champ de bataille. Et, cette fois, il ne reposera point dans un cercueil plombé comme à Waterloo. Lorsqu'il viendra, il sera plus puissant que jamais, et même les armées françaises, aussi redoutables et courageuses fussent-elles, seront écrasées par ses maléfices. Alors, la voie sera libre pour engloutir le reste de l'Europe. Ne nourrissez aucun doute à ce sujet, messieurs ! »

Irénion observa un bref silence afin de laisser ses paroles produire leur effet.

« S'il nous faut, nous, Français, l'affronter seuls le jour venu, poursuivit-il, nous serons perdus. Oh, vous pouvez compter sur notre détermination : nous nous battrons avec acharnement plutôt que de voir notre population tomber sous la coupe de ce démon ! Toutefois, avec les informations qui m'ont été rapportées – et je sais que vos espions respectifs vous ont fourni les mêmes –, je ne nourris aucune illusion sur les capacités hors du commun dont dispose le sorcier maintenant qu'il a recouvré la totalité de ses moyens. Ainsi, que vous l'admettiez ou non, la France est désormais le rempart du monde. Voilà pourquoi les Russes veulent la faire tomber en premier. Une fois cet odieux plan exécuté, Vakt s'en prendra à chacune de vos nations, messieurs. Les unes après les autres. Nul ne sera à l'abri, n'en doutez point ! »

À l'expression qu'affichait le visage des émissaires, Irénion sut que la partie était gagnée. Il songea même que leur conviction avait été emportée le matin, en observant la bataille sanglante qui avait fait rage, mais qu'ils n'avaient pu l'admettre trop rapidement. Il est très difficile de se rallier à la cause d'un ennemi qu'on a combattu pendant plus d'une décennie.

Une fois qu'un accord de principe fut scellé – charge aux diplomates de le faire accepter par leurs monarques respectifs –, chacun se leva et s'entretint à voix basse avec ses conseillers.

Irénion s'approcha du colonel Villard et de Montalvant. À leurs côtés, Pavel semblait inhabituellement nerveux et ne quittait pas des yeux les Ottomans.

« Que se passe-t-il, mon ami ? » s'enquit Irénion.

D'un geste discret, Pavel désigna l'un des membres de la délégation du *Reis Effendi*. Un homme encore plus jeune que lui, presque un adolescent. Le Premier consul ne lui avait pas prêté attention jusqu'alors, sans quoi il se serait étonné de la juvénilité de ce conseiller diplomatique.

« Ce garçon a quelque chose de différent, fit lentement Pavel. J'ai du mal à saisir de quoi il retourne exactement, mais il suscite en moi une réaction similaire à celle que je ressens en présence d'Irina ou de Ludwig, par exemple…

— Il possède un *spiriti aestus* ? Des talents magiques que Rami Ragip nous aurait cachés ?

— Je ne saurais l'affirmer… C'est très confus, mais je perçois un fluide ésotérique en lui, c'est certain. »

Craignant un piège, Irénion décida d'exiger immédiatement une explication des Ottomans.

Tout en s'efforçant de conserver une apparente bienséance, il demanda avec autorité aux émissaires et à leurs conseillers de bien vouloir quitter les lieux, à l'exception des Turcs. Si les visages des uns et des autres affichèrent une certaine surprise, chacun s'exécuta néanmoins. Une fois les autres délégations sorties, Montalvant ordonna aux gardes d'entourer le *Reis Effendi* et ses conseillers, puis le Premier consul s'approcha, Pavel juste derrière lui.

L'expression profondément outrée du ministre du sultan était éloquente.

« Que signifie tout cela ? articula-t-il lentement, les lèvres pincées. Comment osez-vous menacer une députation diplomatique ?

— Votre Excellence, répondit Irénion d'une voix ferme, il nous faut procéder à une vérification. Qui est ce jeune homme qui vous accompagne ? »

L'émissaire haussa les sourcils et se tourna vers le garçon, qui eut l'air surpris qu'on le remarque.

« Nizam ? fit-il. C'est une sorte de, euh… conseiller spécial. Il n'a aucune importance. »

Puis il dit quelque chose en turc au dénommé Nizam avec l'intonation d'un maître fâché qui s'adresse à un subalterne pris en faute.

Nul besoin de parler la langue du sultan pour deviner la teneur du propos, qui sonna aux oreilles d'Irénion comme : « Qu'as-tu donc fait, imbécile ? » L'expression de contrition fautive du jeune homme confirma cette impression. Cette admonestation parut si spontanée à Irénion qu'il sut aussitôt que ces deux-là n'avaient préparé aucune tentative d'attentat.

« Je ne comprends pas…, reprit Ragip à son intention, les mâchoires crispées. Si ce conseiller a commis une faute quelconque ou manqué de respect à l'un de vos hommes, je puis vous assurer que...

— Peut-être s'agit-il d'un malentendu », coupa Irénion sur un ton plus conciliant.

Puis il demanda à Pavel : « Veux-tu t'approcher de lui afin d'affiner ta perception ? »

D'un signe de tête, le Russe approuva puis fit quelques pas vers Nizam qui paraissait pétrifié à l'idée d'avoir fait une erreur.

Bien qu'Irénion fût convaincu que le *Reis Effendi* ne projetait pas d'attenter à sa vie, celui-ci semblait tout de même un peu trop nerveux pour une simple « inspection », tandis que Pavel tournait autour de son conseiller.

« Cela provient de ce pendentif, dit Pavel. Il contient quelque chose de non naturel.

— Parles-tu français, jeune homme ? » demanda Irénion.

Rami Ragip s'adressa une nouvelle fois en turc à son étrange conseiller, visiblement très en colère après lui.

« Je somme Son Excellence de se taire ! » s'exclama le Premier consul, sur un ton impérieux, craignant que celui-ci n'influence Nizam.

L'interpellé sursauta à l'affront, mais un bref coup d'œil aux gardes armés l'incita à garder le silence.

« Oui, monsieur, répondit le jeune homme d'une voix hésitante. Je suis né à Chypre, je parle un peu le français. »

Le pendentif avait la forme d'une petite bouteille en argent ouvragé, couverte de symboles qui ressemblaient à de l'arabe aux yeux d'Irénion.

« Que contient ce pendant ? »

Nizam, plus embarrassé que jamais, baissa les yeux vers l'étrange petite bouteille.

« Je, euh... ce n'est qu'un... bijou, monsieur...

— Ne mens pas ! s'exclama Irénion. Sans quoi je te ferai jeter en prison ! Et ton maître aussi ! »

À l'idée d'être responsable d'une telle infamie, le jeune homme sembla plus désemparé que jamais. De toute évidence, il était tiraillé entre l'obligation de conserver un secret et la peur de commettre une erreur. Ce fut le *Reis Effendi* qui le tira de ce dilemme.

« Au point où nous en sommes, maugréa-t-il en français, parle, Nizam. »

Les épaules du garçon s'affaissèrent, soulagé qu'il était de se voir libéré de la responsabilité d'avoir à décider seul.

« C'est la bouteille du *qarin* qui m'accompagne…

— Un "*qarin*" ? Qu'est cela ? demanda Irénion.

— C'est un esprit, monsieur. Un *djinn.* »

À ce mot, le Premier consul recula d'un pas et les gardes épaulèrent leur fusil. Tous connaissaient le récit de Ludwig au sujet de ce démon de feu qui l'avait torturé des semaines durant en Égypte.

« Non, ce n'est pas ce que vous croyez ! s'écria Ragip en blêmissant. Ne vous alarmez point, monsieur le Premier consul. Nizam va vous expliquer de quoi il retourne, mais je vous conjure de dire à vos hommes de garder leur sang-froid ! »

Sourcils froncés, Irénion le dévisagea un instant puis ordonna à ses gardes de baisser leurs armes. D'un regard, il intima au jeune conseiller de s'exprimer.

« Je suis un… », commença le garçon en hésitant, puis il prononça un mot en turc en jetant un coup d'œil au *Reis Effendi.*

« Tu peux dire "maître-*djinn*", répondit Ragip. Il n'y a pas vraiment de traduction exacte pour ce terme.

— Voilà, je suis maître-*djinn*, reprit Nizam. Et dans ce pendentif se trouve mon *qarin*, le *djinn* qui m'accompagne depuis toujours. Du moins, depuis que je suis en âge d'avoir des souvenirs.

— Les *djinns* ne sont-ils pas des esprits maléfiques ? demanda Irénion, encore suspicieux.

— Pas tous, monsieur, certains sont…

— “Monsieur le Premier consul” ! corrigea Ragip, soucieux de ne pas contrarier de nouveau Irénion alors que la tension avait diminué.

— Peu importe, rétorqua celui-ci, agacé. Continue, Nizam.

— Oui, monsieur le Premier consul. Certains esprits sont maléfiques, en effet, tels les *éfrits*, mais il y a beaucoup de *djinns* dans le *Qaf*. La plupart sont indifférents aux humains, d'autres les haïssent et d'autres, en revanche, les apprécient et recherchent leur compagnie. Il serait trop long de vous expliquer maintenant ce qu'est un *qarin*, mais on pourrait les comparer à ce que vous appelez, euh… »

Il prononça encore un mot en turc, que Ragip traduisit par « ange gardien ».

« Et tu portes ce *qarin* dans une bouteille autour de ton cou ?

— Oui, monsieur le Premier consul. Nous procédons ainsi pour ne pas effrayer ceux qui, chez nous, ne connaissent pas les *djinns* ou en ont peur. Et bien sûr, ici, en France où ils sont totalement inconnus.

— Pas totalement, malheureusement, répliqua Irénion. Peux-tu le faire sortir et, euh… nous le présenter ?

— Je ne pense pas que cela soit une bonne idée, monsieur…, intervint le colonel Villard.

— À vrai dire, je ne crois pas, monsieur, répondit Nizam. D'habitude, même lorsqu'il se trouve dans sa bouteille, je peux, euh… entendre mon *qarin*. Mais depuis que je suis en votre présence, j'ignore pourquoi, je ne l'entends plus. Comme s'il était parti dans le *Qaf*, ainsi qu'il le fait parfois… »

Irénion hocha la tête ; le jeune Turc venait de confirmer ce dont il se doutait déjà.

« C'est normal, fit-il. Je bénéficie d'une protection contre la magie qui rend celle-ci inopérante à ma proximité. Je pense que tu entendras de nouveau ton *qarin* dès que tu t'éloigneras. »

Puis, une idée s'insinuant dans son esprit, il demanda :

« Tu te présentes comme "maître-*djinn*". En détiens-tu beaucoup dans ta, euh… ménagerie ?

— "Ménagerie" ? Si je puis me permettre, monsieur, ce ne sont point des animaux. Ce sont des individus, au même titre que les humains. Simplement, leur nature est différente. »

Irénion sourit. Nizam était prompt à défendre ses étranges compagnons.

« Je ne chemine qu'avec mon *djinn*, répondit finalement le jeune homme. Mais, grâce à Dieu, et avec l'aide de mon *qarin*, j'enseigne à d'autres comment faire la même chose au sein du régiment des maîtres… »

Le *Reis Effendi* se racla la gorge et Nizam s'interrompit soudain.

Irénion se garda de réprimander Ragip. Il ne pouvait lui reprocher de chercher à préserver les secrets militaires de sa nation et, de toute façon, il avait déjà deviné ce que Nizam avait failli lui révéler par inadvertance : le sultan Mahmoud II avait formé un régiment de maîtres-*djinns*. Le fait qu'aucun des espions de l'Empire n'ait rapporté cette information capitale montrait la remarquable capacité des Ottomans à protéger leurs secrets.

Apprendre que l'une des plus grandes armées du monde commençait à intégrer des entités non naturelles souleva chez lui quelques inquiétudes – sans parler de la réaction de Ludwig lorsqu'il saurait qu'un tel régiment existait de l'autre côté du détroit de Constantinople. Cependant, le sultan, bien qu'il fût un dirigeant sévère, n'avait rien d'un monstre inhumain comme Vakt. De plus, les nécessités politiques et militaires primaient sur les considérations ésotériques. Si la France se voyait écrasée par le Seigneur de l'Abîme, que le sultan enrôle des *djinns* ou pas n'aurait plus la moindre importance.

Rami Ragip, embarrassé, reprit :

« Je prie monsieur le Premier consul de croire que la présence de Nizam à mes côtés n'avait d'autre but que de pourvoir à ma protection contre les créatures de Vakt, au cas où vos armées se seraient vues débordées.

— Son Excellence n'aurait pas dû me cacher un fait de cette nature », répondit sèchement Irénion.

L'envoyé du sultan s'inclina respectueusement.

« Je vous présente mes plus sincères excuses, monsieur le Premier consul. Afin de rattraper cet impair, je puis vous assurer que votre exposé a emporté ma conviction et que mon conseil à Son Altesse Mahmoud II sera de suivre vos préconisations. Bien sûr, je ne puis préjuger de la décision qu'elle prendra. »

Irénion inclina la tête à son tour.

De tous les empires ou nations représentés ici, il s'était attendu à ce que les Ottomans soient les plus difficiles à rallier à sa cause, car ils étaient ceux qui avaient le plus à perdre à se retourner contre le sorcier russe. Si le *Reis Effendi* Ragip avait été convaincu, alors les autres l'avaient certainement été également.

ÉLÉGAST

21 avril 1816

Près de La Capelle, les Ardennes, la nuit.

Depuis la veille, Élégast ne quittait presque jamais le *lysëndelïs* des yeux, comme s'il craignait que, en détournant le regard, ne serait-ce qu'un instant, le fragile portail ne se referme pour toujours. Si Puck ne l'avait assuré qu'il le voyait lui aussi, l'ex-Sorcier Empereur en serait venu à douter de ses propres yeux tant il avait fini par croire que tous les passages vers l'Autre Monde étaient à jamais clos…

Une semaine plus tôt, alors qu'il s'échinait comme chaque jour à d'épuisants travaux sur la ferme Mateau, contraint de supporter de misérables et dégradantes conditions d'existence s'il voulait simplement se nourrir, Élégast avait surpris une conversation entre le propriétaire et l'un de ses fils. En revenant de Lumbres, ce dernier avait croisé sur la route un drôle de couple qui lui avait demandé son chemin.

« Une vieille bonne femme juchée sur un cheval trop grand pour elle, disait-il, accompagnée par un sacré gaillard au regard un peu fou, assez intimidant, ma foi. Car, outre sa forte stature, ce diable était affligé d'une tache de vile-peau comme je n'en avais jamais observé auparavant, une sorte d'étoile plaquée derrière son crâne qui lançait ses pointes sur sa gueule de bandit d'une manière étrangement symétrique. À tel point que j'ai d'abord cru à un tatouage avant de comprendre, lorsque je l'ai vu de près, qu'il avait été souillé par une bulle noire. Pour être franc, le bougre avait l'air si redoutable avec ses deux pistolets et son énorme épée que je me suis abstenu de cracher au sol ainsi que je le fais toujours devant les gens comme lui et que je lui ai obligeamment indiqué le chemin qu'il m'avait demandé ! »

Le fils de Mateau s'esclaffa et son père l'imita, mais Élégast, lui, se figea sur place.

Il se sentit soudain glacé et ses tempes palpitèrent au point qu'il lâcha la fourche avec laquelle il déplaçait du foin. Si Puck ne lui avait empoigné le bras, il se serait affalé à terre tant ses jambes s'étaient mises à trembler.

Après s'être assis sur le rebord d'un abreuvoir, il expira longuement afin de faire refluer le vertige qui l'avait saisi en entendant la description de Mérovée. La fortune le favoriserait-elle enfin ? Non, le hasard n'avait probablement rien à voir dans cette circonstance ; le même instinct qui l'avait lui-même ramené vers la forêt Charbonnière avait sans doute poussé Mérovée à en faire autant. Et Élégast n'avait aucune peine à deviner pour quelle raison son demi-frère était revenu sur la terre de ses très lointains ancêtres.

L'ancien sorcier prit sa décision sur-le-champ, sans la moindre hésitation. À la nuit tombée, avec Puck, ils dérobèrent des vivres et deux chevaux puis quittèrent cette maudite ferme, en direction de Lumbres. Durant les jours qui suivirent, ils cherchèrent la trace de Ludwig et de cette vieille femme qu'Élégast supposait être la magesse Lithian, interrogeant les passants ou les travailleurs forestiers. En principe, leur incompétence en matière de traque ne leur aurait pas permis de retrouver quiconque, mais avec une personne aussi remarquable que Ludwig, la tâche leur fut facilitée. Aucun de ceux qui croisaient le chemin du mercenaire ne l'oubliait.

Un matin, alors que Puck était parti explorer une piste sur les ordres de son maître, il revint, hors d'haleine d'avoir couru, affirmant avoir vu, au loin sur un sentier, les deux voyageurs recherchés. Bien qu'il ne se fût pas approché, par crainte d'être repéré, il était formel : l'un d'eux était Ludwig Arcerese.

Dès lors, Élégast et son assistant servile suivirent le drôle de couple avec la plus grande prudence. Tant que ces derniers empruntaient les chemins forestiers, il leur était possible de les pister de loin grâce aux traces des sabots, bien visibles sur un terrain dégagé. Mais lorsque Ludwig décida de s'enfoncer dans les sous-bois, Élégast sut qu'ils ne pourraient poursuivre cette traque à distance, incapables qu'ils étaient de déceler une piste sur un sol accidenté. Il leur fallut se résoudre à abandonner leurs montures. Les autres ne pouvaient progresser qu'au pas parmi les arbres serrés, aussi pourraient-ils les suivre à pied, et de plus près, puisqu'ils seraient bien plus discrets que sur leurs lourdes bêtes. Puck attacha leurs chevaux au bord du chemin ; tant pis si un maraud passant par là les leur dérobait.

Deux jours durant, Élégast ne perdit jamais Ludwig et Lithian de vue, observant leur errance apparente. Car, ce qui n'avait été pour lui qu'une intuition une semaine plus tôt s'était mué en certitude : ces deux-là cherchaient les vestiges éventuels d'un portail encore actif. Leur trajet sinueux, sans direction manifeste, entre les bosquets obscurs et les combes encaissées, les étranges rituels auxquels se livrait régulièrement Mérovée, qu'Élégast reconnut comme des pratiques primitives destinées à entrer en communion avec la nature, ne pouvaient s'expliquer autrement. À plusieurs reprises, durant les moments de repos que son demi-frère et sa bizarre compagne s'accordaient, il fut tenté de s'approcher en silence et de les occire dans leur sommeil, mais il craignait les pouvoirs, même grossiers, de Ludwig. Quant à cette Lithian, il ignorait de quoi elle était réellement capable. Et surtout, l'espoir de retourner dans l'*Alter Mundus* supplantait son désir de vengeance. Alors, il patientait.

Au troisième jour, ils pénétrèrent dans une partie si reculée de la forêt Charbonnière que peu d'humains devaient jamais s'y aventurer. Parfois, Élégast croyait reconnaître certains reliefs, même s'il tâchait de se raisonner : s'il était venu ici plus d'un millénaire auparavant, les lieux auraient tant changé qu'il ne pourrait se les rappeler. Et pourtant, il ne parvenait pas à se départir de cette impression. D'ailleurs, désormais, lorsque ce damné mercenaire s'adonnait à ses rituels ridicules, il lui semblait qu'un frisson le parcourait lui-même, comme l'écho lointain des arcanes qu'il entendait autrefois avec une clarté incomparable. Ces lieux étaient chargés d'un fluide ancestral, si puissant que, même privé de ses pouvoirs ésotériques, l'ancien sorcier le percevait.

Ainsi, lorsque Ludwig et la magesse quittèrent leurs montures et s'avancèrent au cœur d'une futaie encore plus sombre que les sous-bois environnants, jusqu'à un endroit où trois énormes chênes formaient un triangle, Élégast sut qu'ils l'avaient trouvé.

Le portail originel.

Le passage légendaire s'ouvrait là autrefois, il en était sûr.

Ces chênes, il ne les avait pas oubliés. D'évidence, mille quatre cents ans plus tôt, ils étaient bien plus jeunes, leur tronc n'était pas aussi large et boursouflé, leurs branches, fines et vigoureuses, ne s'abaissaient pas jusqu'au sol comme aujourd'hui, mais ils étaient déjà là à l'époque où Obéron et Mérovée franchissaient le portail entre leurs mondes presque quotidiennement.

Allongés à même le sol parmi les feuilles mortes et les racines, Élégast et Puck ne perdaient pas les moindres gestes de Ludwig. L'ex-Sorcier Empereur ne discernait aucune trace du *lysëndelïs*, mais il n'aurait su dire si c'était dû à la disparition de celui-ci ou à l'insensibilité à la magie dont il était désormais affligé.

Ludwig et Lithian paraissaient très agités. À n'en pas douter, ils percevaient clairement, eux, les rémanences de l'ancien portail. D'une bourse à sa ceinture, le mercenaire sortit quelque chose qui lança un reflet ambré et le cœur d'Élégast accéléra : un cristal d'Aiôn ! Il n'en avait jamais revu depuis sa chute.

Ludwig s'assit en tailleur à même le sol au centre des chênes et, les paupières closes, sembla entrer en méditation. Un moment plus tard, il leva la main et souffla sur la poudre que le fragment d'uchronite, qui s'était désagrégé, avait laissée au creux de sa paume. Aussitôt, un nuage aux reflets orangés l'enveloppa, scintillant dans la demi-obscurité du sous-bois. Élégast retint sa respiration. Durant de longues minutes, son demi-frère se livra à une gestuelle absconse, comme s'il tirait sur des fils invisibles. En dépit de toutes ses connaissances, l'ancien sorcier n'avait pas la moindre idée de ce à quoi il assistait. Mérovée avait toujours pratiqué une magie brute, instinctive, dénuée de toute élégance. Malheureusement pour lui, Élégast avait sous-estimé son efficacité.

Soudain, une vibration de l'air agita les ramures et souleva quelques feuilles mortes au ras du sol. Élégast ressentit comme une pression sur ses tympans et dut résister à la tentation de couvrir ses oreilles de ses mains. Un sort venait d'être lancé. Pourtant, rien de particulier n'était visible, rien ne semblait s'être produit entre les chênes. Ludwig continuait sa gestuelle grotesque. Il lui arrivait d'échanger à voix basse quelques mots avec la magesse, qu'Élégast ne pouvait entendre clairement.

Une nouvelle vibration agita l'air et les branches, plus profonde celle-là, et un sifflement aigu s'éleva durant quelques secondes. Puis, Ludwig et Lithian poussèrent une exclamation, et il fallut à Élégast mobiliser toutes les ressources de sa volonté pour s'abstenir d'en faire autant. Car, au milieu des trois vénérables chênes, d'évanescentes flammèches chromatiques étaient apparues, flottant lentement en suspension devant le mercenaire qui se relevait avec précaution.

Un *lysëndelïs* ! Une intense émotion s'empara d'Élégast. Ce portail était faible, mais il était bien réel ! Ce maudit Mérovée avait réussi ce qui semblait impossible. Une fois encore, les arcanes favorisaient cet humain qui pourtant ne le méritait en rien ! Néanmoins, à cet instant, la rancœur se voyait reléguée au second rang dans le cœur d'Élégast, car l'espoir venait de renaître en lui. Un portail vers l'Autre Monde était de nouveau ouvert ! S'il parvenait à l'emprunter, il pourrait enfin rentrer chez lui et retrouver les Terres Originelles dont il avait toujours tiré son pouvoir !

Après un bref conciliabule, Mérovée et Lithian se prirent la main et firent ensemble un pas à l'intérieur des draperies chromatiques. Aussitôt, ils disparurent à la vue d'Élégast et de Puck.

Désormais seuls, ils purent enfin se relever et approcher du phénomène iridescent. Élégast peinait à croire à la réalité de ce que ses yeux lui montraient. Une impulsion subite lui commanda de franchir le *lysëndelïs* à son tour, mais il y résista. Il serait stupide de prendre le risque de tomber sur Ludwig à peine revenu en *Hursëlïnh* !

Et si le passage se referme avant que je ne me décide à l'emprunter ? songea-t-il, saisi d'une brusque angoisse.

Non, une fois réactivé, un *lysëndelïs* ne se refermait pas aussi vite. Les portails entre les mondes se renforçaient chaque fois qu'un être vivant les utilisait et s'affaiblissaient peu à peu dans le cas contraire. Cependant, bien que celui qui vibrait devant lui fût encore fragile, il ne disparaîtrait pas si rapidement. Puck et lui pouvaient bien patienter jusqu'au lendemain.

Chapitre quinzième

OLATHENA

Hanki 30, Ereth 124

Rive des Nids Rouges, Hursëlïnh, midi.

Ils demeurèrent à Yahau une dizaine de levers d'Unlï, bien plus longtemps qu'Olathena ne l'avait prévu. Une nouvelle floraison était advenue, mais ici, personne ne célébrait les luöns. Hanki avait succédé à Nur dans l'indifférence générale. Chez les Alôs, on ne perdait jamais une occasion d'organiser des fêtes, au point qu'Ola s'en lassait parfois. Toutefois, dans cette grande ville peuplée d'inconnus, un peu de fraternité aurait contribué à raffermir son moral.

Cette occasion de découvrir la vie au cœur d'une cité représentait pour elle une expérience à la fois étrange et captivante. Et encore davantage pour Olunemi qui, une fois surmontée sa frayeur face à un environnement aussi différent de ce qu'il avait connu jusqu'alors, finit par éprouver une véritable fascination. À son âge, on est attiré par la nouveauté.

À Yahau, tout était différent du pays de Nhâle. Le plus frappant – pour une Alôs – était la foule ; quel que soit le moment de la journée, une multitude de gens se pressaient toujours partout, où que l'on aille, se croisant, se bousculant, s'interpellant, achetant ou vendant les articles les plus inattendus, mangeant les plats les plus appétissants ou les plus repoussants, riant, se bagarrant ou s'entraidant. Pourtant, derrière ce chaos déconcertant, une puissante vitalité se dégageait de cette fourmilière elvëm qui tempéra rapidement le sentiment négatif initial d'Olathena.

Bien qu'au fond, elle fût une solitaire et que le bouillonnement perpétuel de Yahau lui pesât, Ola apprit beaucoup durant leur séjour. Sur les autres peuples d'Hursëlïnh, leurs différences physiques, leurs croyances ou leurs coutumes, sur Opälvyr, la cité-mère et son mythique palais de Sijendäl, ou sur le commerce par la monnaie (on ne pratiquait que le troc au pays de Nhâle). Elle se délecta également des nouvelles du monde, provenant parfois de contrées si reculées qu'elle ignorait qu'on pût voyager si loin, au point qu'elle finit par ressentir une pointe de honte d'appartenir à un peuple si isolé qu'il ne se préoccupait presque pas des affaires d'Hursëlïnh, et de ne jamais avoir eu la curiosité elle-même de naviguer en aval au-delà des sept premières boucles du Söthsÿn.

Contre quelques pièces par jour, on leur loua une maisonnette de bois sur la rive. Il eût été impensable pour eux de demeurer dans le centre-ville ; l'idée de dormir si loin des eaux du fleuve était presque angoissante. Grâce à ses talents de pêcheuse, Olathena put sans difficulté gagner ses premiers ghëas, la monnaie la plus répandue dans la région. Elle n'avait jamais détenu d'argent ; personne n'en avait besoin en Nhâle où tout se payait avec des coquilles ou des calots de plomb pour les biens les plus précieux – le métal le plus lourd avait de la valeur chez un peuple de plongeurs.

Rapidement, ses séances de pêche attirèrent des curieux venant s'extasier devant cette étrangère pourvue de membranes entre les doigts et les orteils, capable de plonger sans sourciller dans les criques les plus dangereuses où les remous traîtres provoquaient tant de noyades. Les badauds, ravis, applaudissaient chaque fois qu'elle revenait à la surface et de petits malins commencèrent même à organiser des paris sur le temps qu'elle passerait sous l'eau. Elle les dissuada de poursuivre dans cette voie en remontant délibérément plus tôt que d'habitude.

Tous les matins, elle se rendait sur les marchés vendre le fruit de sa pêche afin de payer son loyer et de se procurer toutes sortes de choses ; toujours en premier de quoi manger, s'efforçant de goûter des mets qu'elle ne connaissait pas, parfois savoureux, parfois moins (Olunemi rejetait souvent cette nourriture étrange avec des grimaces de dégoût exagérées), ensuite de quoi s'équiper en matériaux pour l'entretien de son udal'ekî et remplacer ses outils de mauvaise facture, et enfin, de quoi satisfaire le désir d'Olu pour des babioles – il la supplia de lui acheter un pendentif rutilant qui lui sembla le plus précieux des bijoux jamais forgés et elle-même se laissa tenter par un magnifique marteau ouvragé. Cet outil, d'une qualité sans égale au pays de Nhâle, ferait un cadeau de choix pour son ami maître broyeur, et, au fond d'elle, représenterait une motivation supplémentaire pour retrouver la larme de la déesse : à quoi servirait ce présent si elle ne revenait jamais chez elle pour l'offrir à Sâv ?

Après sept jours, ses talents et son physique particulier attirèrent l'attention d'un notable local qui l'invita un soir à sa table. Réhän Ulhü avait fait fortune dans le négoce de cornes de drugärs noirs, les plus rares et donc les plus chères – certains avaient bâti des empires sur ce commerce, selon lui –, et désirait la rencontrer afin de voir de ses yeux le phénomène dont tout le monde parlait à Yahau. Il passa la soirée à l'interroger sur le peuple de Nhâle, mal connu dans cette région, et à lui raconter ses propres aventures. Réelles ou inventées de toutes pièces, Ola n'aurait su dire, car l'homme était de toute évidence un hâbleur. Toutefois, il ne manquait pas de charme et n'hésitait pas à en jouer. Il parvint même à faire rire Olunemi, pourtant mal à l'aise, en plaisantant avec lui.

La pêcheuse décida de profiter de la compagnie de quelqu'un qui avait beaucoup voyagé pour se renseigner sur les humains, car ici, même si la plupart des gens ne savaient presque rien à ce sujet, au moins ne la prenait-on pas pour une illuminée lorsqu'elle en parlait.

Réhän donna un ordre et, quelques instants plus tard, un domestique apporta un livre relié. Olathena en avait déjà aperçu quelques-uns chez le patriarche Galnîc, mais n'en avait jamais eu en main. Chez les Alôs, la langue n'était qu'orale et l'écrit n'existait pas ; seuls quelques érudits maîtrisaient l'epräl, la langue des savants ou des nobles de la cité-mère. Son équivalent oral, l'opräl, le « dialecte central », était parlé – plus ou moins bien – par presque tout le monde en Hursëlïnh.

Les ouvrages qu'Olathena avait entrevus chez Galnîc étaient vieux et très abîmés. Celui que lui montra Réhän était magnifique, avec sa reliure de cuir rehaussée de dorures, ses pages faites d'un papier souple à la blancheur éclatante et ses incroyables enluminures.

« Ce livre est consacré aux légendes concernant les humains, expliqua Réhän. Il a été écrit par de grands savants qui connaissent cette question mieux que n'importe quel manant que tu pourras croiser à Yahau, qui ne sont bons qu'à colporter les racontars populaires. La plupart des gens considèrent que les histoires à propos des humains relèvent des contes pour enfants, mais les érudits savent qu'il n'en est rien. »

Le cœur d'Olathena battait à toute vitesse en tournant les pages avec précaution et révérence. Les images dessinées avec soin montraient les humains dans toutes sortes de situations dont certaines ressemblaient de manière frappante aux peintures, plus grossières, de la Gorge-aux-Humains. Ces fresques n'avaient donc pas été exécutées par un exalté en plein délire ainsi que les Alôs se plaisaient à le prétendre !

Au-delà du pays de Nhâle, d'autres pensaient, comme elle, que les humains pourraient bien être davantage qu'une légende, y compris de grands savants dont on couchait les idées dans des livres !

Olathena tomba en arrêt devant une illustration sur laquelle un humain paraissait posséder quatre pattes et deux têtes, dont une très longue.

« Par l'eau du Söthsÿn ! ne put-elle s'empêcher de s'exclamer. Les humains présentent donc de grandes différences entre eux, comme les elvëms ! Mais comment est-il possible de posséder deux têtes ? »

Réhän émit un petit rire bienveillant.

« Celui-ci est juché sur une bête, fit-il. L'équivalent de nos galzans, sauf que les montures humaines semblent n'avoir que quatre pattes. »

Ola avait parlé trop vite. Maintenant qu'elle observait plus attentivement le dessin, elle voyait les jambes du cavalier humain sur les flancs de sa monture. Elle se sentit idiote et s'en voulut de confirmer l'image que les habitants de Yahau se faisaient des Alôs.

« Tu peux le garder, si tu le désires, reprit Réhän.

— De quoi parles-tu ?

— Le livre sur les humains. Il te plaît tant que je te l'offre. »

Ola leva les sourcils, stupéfaite. Il lui faudrait pêcher toute une année pour gagner de quoi se payer un tel ouvrage.

« Oh non, je ne peux pas accepter, ce livre a bien trop de valeur...

— Allons, je te le donne de bon cœur ! Je m'en achèterai un autre. Pour moi, c'est une dépense insignifiante. Et tu ne me devras rien, je te le promets. »

La pêcheuse se douta que cette générosité servait avant tout à la séduire, mais la tentation était trop forte. Alors, elle remercia Réhän avec toute la politesse requise puis la soirée se poursuivit dans la bonne humeur.

Plus tard dans la nuit, tandis qu'Olunemi s'était endormi sur une banquette confortable et que les deux adultes continuaient leur conversation dans les vapeurs d'alcools raffinés, Réhän finit, comme Ola s'y attendait, par lui dévoiler ses intentions en proposant de l'épouser. Elle rejeta aussitôt cette demande en riant, tout de même un peu flattée d'intéresser un homme aussi important. Réhän ne renonça pas pour autant et insista pour lui présenter ses quatre épouses, afin qu'elle puisse constater à quel point celles-ci étaient heureuses et bien traitées.

La douce ébriété procurée par les liqueurs dans laquelle baignait Olathena se dissipa à l'instant : Réhän était déjà marié ? Comment pouvait-il lui proposer de l'épouser ? Puis elle se rappela qu'à Yahau, la polygamie était admise même si peu la pratiquaient.

Bien que, gênée, Ola refusât de voir les femmes de Réhän, celui-ci les fit quand même mander par un domestique et les quatre épouses vinrent saluer tour à tour. Plus embarrassée qu'elle ne l'avait jamais été, Olathena leur adressa à toutes un sourire timide, ne sachant comment se comporter en pareille circonstance. Certaines étaient plus âgées qu'elle, d'autres bien plus jeunes. Si, en effet, elles ne paraissaient pas malheureuses – autant qu'il soit possible de juger sur une simple rencontre –, un détail acheva de la dégriser lorsqu'elle en prit conscience : elles étaient toutes issues d'un peuple différent.

Défilèrent devant elle une lijhe'zi, reconnaissable à ses cheveux vert sombre jetant des reflets presque métalliques, une ardïl, qui, comme toutes ses semblables, ne dépassait pas la taille d'un enfant alôs, une sëvie'o à la peau couverte d'un duvet strié de rayures ocres et pourpres et une icôl'kh étonnamment belle en dépit de ses crocs intimidants, propres aux tribus des falaises volcaniques.

À ce moment, Olathena comprit que le marchand de cornes n'avait pas épousé ces femmes parce qu'il les aimait, mais parce qu'elles provenaient d'ethnies différentes. Réhän les *collectionnait*, et il souhaitait ajouter une Alôs à son assortiment. Croisant le regard de la plus jeune épouse – qui s'efforçait toujours de sourire –, Olathena crut y déceler de la tristesse, comme si elle essayait de lui dire de ne pas se laisser enjôler par les belles paroles de Réhän. Cet avertissement muet n'était pas nécessaire. La pêcheuse avait déjà pris sa décision. Elle se remit debout, réveilla Olunemi, puis dit à son hôte : « Il est tard et je travaille tôt le matin. Merci pour cette soirée. »

Puis elle lui tendit le précieux ouvrage.

Réhän leva les mains en signe de protestation.

« Je suis désolé si je t'ai offensée d'une quelconque manière. Réfléchis à ma proposition et, en attendant, tu peux emporter le livre. Je te l'ai offert, il est à toi. En l'acceptant, tu ne me dois rien. »

Après un instant d'hésitation, Olathena se résolut à le garder. Elle s'en voulut aussitôt de ne pas avoir le courage de refuser, mais ce livre comptait trop pour elle.

Sur le chemin du retour vers leur cahute, par les ruelles endormies de Yahau, elle ne put s'empêcher de songer à ce regard triste. Elle ne pensait pas que Réhän maltraitait ses épouses, mais que pouvaient-elles ressentir à être exhibées ainsi, tels des trophées ? Jamais Olathena ne pourrait accepter une telle situation.

Les Alôs disaient toujours que les villes étaient attirantes, mais dangereuses ; cet épisode le confirmait. Naïve comme elle l'était, elle avait vraiment cru que Réhän était sous son charme autant qu'elle était sous le sien. Mais comment un riche marchand pourrait-il s'intéresser sincèrement à une pêcheuse alôs, pauvre et ignorante ?

Ola décida qu'il était temps de repartir sur le Söthsÿn.

Le lendemain, après s'être renseignée sur les méandres du fleuve en aval de Yahau, les villages ou les villes bordant ses rives ainsi que les éventuels dangers qui pourraient les guetter, elle remit son udal'ekî à l'eau avec l'aide d'Olu et ils reprirent leur route.

Ils passèrent une semaine à explorer les rapides au-delà de Yahau et, à sa grande déception, l'idole du Sanctuaire des larmes demeura introuvable. Elle avait fondé de bons espoirs sur cette partie du fleuve-monde, où tout ce qui flottait avait de fortes chances de se voir happé par les innombrables tourbillons des remous. Cette désillusion ne fit qu'accentuer la morosité qui voilait son humeur depuis leur départ de Yahau, et qui finissait par déteindre sur Olu également. Comme au début de leur voyage, l'adolescent demeurait le plus souvent silencieux.

Ils poursuivirent néanmoins leurs recherches pendant deux semaines, se contentant de faire étape dans les villages sans jamais y passer plus d'une nuit.

Chaque fois qu'elle trouvait un écrivain public, Olathena se faisait lire des passages de son précieux livre. Peu à peu, elle découvrait que le peuple humain avait, à une époque reculée, entretenu des relations étroites avec les elvëms, et qu'ils vivaient dans un Taël Mu'a, un « autre monde » tout aussi vaste et varié qu'Hursëlïnh, dont l'un des rois (ou *fils* de roi, ce n'était pas très clair pour elle) avait même été le demi-frère d'Obéron en personne, lorsque celui-ci régnait, près d'une dizaine de cycles auparavant ! Tous les soirs, une fois Olunemi endormi, elle détaillait longuement les enluminures soignées du livre à la lueur du feu, voyageant en pensée dans ce Taël Mu'a insoupçonné à la découverte des merveilles du monde des humains.

Malheureusement, cet enchantement ne suffisait point à dissiper sa morosité et le mal du pays lui pesait chaque jour davantage. L'ardeur qui, au début de leur périple, poussait Olathena, aiguillonnée par le sentiment d'injustice, à rechercher inlassablement l'idole de pierre, avait laissé place au découragement.

Olu lui aussi retombait peu à peu dans le mutisme qu'il observait au début de leur voyage. Sa rébellion s'était envolée ; il avait pris conscience que la responsabilité de leur infortune lui incombait et se le reprochait sans pouvoir l'admettre ouvertement, par fierté. Olathena s'efforçait de ne pas l'accabler et tentait de le rassurer aussi souvent que possible, prétendant qu'ils allaient reconstruire leur vie ailleurs et que, bientôt, Nhâle ne serait plus qu'un lointain souvenir. Pourtant, elle n'y croyait pas elle-même. Seuls et isolés comme ils l'étaient, leur existence serait très difficile dans les forêts sauvages ; quant aux villes, le séjour à Yahau leur avait montré qu'ils n'étaient peut-être pas capables de s'adapter à un mode de vie qu'ils n'avaient jamais connu.

Parfois, Ola se reprochait intérieurement d'avoir refusé les avances de Megüi. Bien qu'elle n'eût jamais aimé cette femme autoritaire et calculatrice, c'était un parti solide et l'épouser aurait assuré la sécurité d'Olunemi. Mais la brodeuse avait révélé son véritable visage lorsque, au lieu de prendre leur défense durant le Conseil docte, elle les avait accablés, les condamnant à l'exil.

Alors, elle essayait d'oublier le pays de Nhâle et les amis qu'elle avait eus là-bas et continuait de descendre le fleuve en cherchant l'idole, même si elle ne croyait plus qu'il fût possible de la retrouver. Ils ne passaient jamais plus d'une nuit dans les villes ou les villages, le temps pour elle de vendre le fruit de sa pêche, et les algues médicinales ou coquilles rares pour des sommes dérisoires.

Depuis quelques jours, elle avait même renoncé à sa quête – provisoirement, tentait-elle de se convaincre – et avait installé leur camp parmi des cahutes délabrées dressées sur la plage d'une crique isolée du Söthsÿn, dans un ancien village abandonné comme on en voyait tant en cet Âge du déclin. Alors qu'ils n'auraient dû demeurer là qu'un jour ou deux, Olathena ne parvenait plus à trouver en elle les ressources pour repartir à la recherche de cette maudite statuette et Olunemi, apathique, ne protestait même pas.

Un matin, alors qu'ils regagnaient le camp après avoir cherché des œufs d'ihfs rouges dans les mangroves de la rive, Olathena s'immobilisa soudain sur le sentier. Olu leva vers elle un regard inquiet de la voir ainsi alarmée.

« Que se passe-t-il, mâmé ?

— Il y a des gens qui arrivent sur le chemin, fit-elle. Je pense qu'ils sont deux. »

À cet endroit, l'étroit sentier serpentait au milieu d'arbres de faible hauteur, mais si serrés qu'on ne pouvait observer bien loin. C'était l'ouïe fine d'Ola qui l'avait avertie.

« Des bandits ? demanda son fils, avec appréhension.

— Je ne pense pas. Des bandits se seraient montrés plus discrets. Mais je ne reconnais pas cette façon de marcher… (Elle ferma les yeux pour mieux écouter.) On dirait qu'ils se sont arrêtés. Ils ont dû nous entendre eux aussi. »

Elle observa les sous-bois alentour. Les taillis étaient si denses qu'il était impossible de couper à travers. Il faudrait bien croiser ces inconnus qui paraissaient aussi précautionneux qu'elle. Elle souleva un pan de sa tunique afin de dégager le manche de son long couteau.

« Ne t'inquiète pas, dit-elle à Olu. Reste simplement derrière moi. »

Puis elle se remit en marche, à pas prudents.

Après quelques instants, à un détour du sentier, elle aperçut deux silhouettes à l'arrêt. Comme ils se tenaient dans la pénombre des branches feuillues d'un olämier, Olathena ne perçut pas immédiatement leur particularité. Plus elle approchait, plus l'apparence des inconnus lui semblait… anormale, notamment celui qui était si grand.

Se peut-il que… Non, c'est impossible…

Alors qu'elle ne se trouvait plus qu'à dix pas, la plus petite des deux silhouettes parut prendre conscience que demeurer dans l'ombre pouvait être interprété comme de l'hostilité et ils s'avancèrent en pleine lumière.

Les tempes palpitantes, Olathena s'immobilisa.

Très clairs de peau et accoutrés bizarrement, l'homme était inhabituellement grand et, bien que plus petite, la vieille femme atteignait la taille d'Ola, pourtant elle-même considérée comme grande pour une femme. L'homme arborait un curieux tatouage en forme d'étoile sur la tête et portait à la ceinture une énorme épée, un poignard, ainsi que d'étranges instruments faits d'une poignée en bois et d'un tube en métal – intuitivement, Olathena comprit qu'il s'agissait d'armes.

Chacun à l'arrêt, ils s'observaient avec attention. Les inconnus semblaient aussi surpris qu'elle. Faisaient-ils partie d'une ethnie elvëm dont elle n'avait jamais entendu parler ?

Soudain, elle comprit.

Le souffle coupé, elle recula d'un pas et prit la main d'Olu.

Des humains ! Ces créatures étaient des humains, elle en était certaine !

Elle se rappela les paroles de la vieille ramendeuse de filets qui l'avait accueillie à Yahau : la reine Mab était réapparue en Hursëlïnh, les oracles étaient revenus à Sijendäl, il se passait des choses mystérieuses au Pays des feuillages !

Des humains se tenaient devant elle, elle peinait à en croire ses yeux ! Ainsi, elle avait toujours eu raison : ils existaient !

Bien qu'ayant l'air fort dangereux, l'homme demeurait calme et la dévisageait avec intérêt. Quant à la femme âgée, elle paraissait inoffensive, mais cela ne voulait rien dire. Rien dans leur attitude n'évoquait une quelconque menace ; de toute évidence, ils s'efforçaient même de ne pas l'effrayer.

Soit Olathena s'enfuyait, soit elle tentait de communiquer.

J'ai rêvé d'un tel moment toute ma vie, ce n'est pas pour me dérober le jour où il se produit enfin !

Timidement, Ola leva la main dans un geste universel de paix. Ce fut la vieille femme qui le lui rendit en premier – arquant les sourcils de surprise lorsqu'elle remarqua ses membranes nageantes –, puis l'homme à son tour.

Alors, prise d'une subite impulsion, elle se remit en marche vers eux.

« Mâmé, non ! » s'écria Olunemi dans un cri étouffé.

Olathena franchit la distance qui la séparait d'eux, son fils trottinant derrière elle, puis s'immobilisa à deux pas.

Le visage indéchiffrable, l'homme n'avait pas bougé. De près, il était encore plus impressionnant. La vieille femme souriait.

« L'eau sur vous ! » fit Olathena sans réfléchir.

L'homme eut l'air stupéfait, puis répéta lentement : « L'eau… sur… vous… »

Il se tourna vers sa compagne et lui dit quelque chose dans une langue inconnue aux sonorités étranges, comme s'il était surpris d'avoir saisi le sens des paroles de cette elvëm.

« Salut… à… toi… », répondit-il enfin dans un opräl hésitant.

Olathena n'avait pas eu l'occasion de pratiquer le dialecte central depuis plusieurs années, mais elle le parlait sans difficulté.

« Salut à toi, dit-elle à son tour. Je suis Olathena, du pays de Nhâle. »

L'homme se redressa et son visage sembla rayonner soudain, comme ému d'entendre de nouveau une langue qu'il n'avait pas entendue depuis bien longtemps.

« Je m'appelle Ludwig…, fit-il, hésitant, butant sur la prononciation des mots. Et ma… compagne est Lithian… Nous sommes des, euh… amis des elvëms… »

Par les eaux du fleuve-monde, comme sa voix est grave ! Cela était sûrement dû à sa taille.

N'y tenant plus, Ola demanda : « Êtes-vous des humains ? »

Le géant hocha la tête.

Les questions se bousculaient dans l'esprit de la pêcheuse alôs : « D'où venez-vous ? Comment êtes-vous arrivés dans ce monde alors que plus personne n'y a aperçu d'humains depuis des cycles et des cycles ? Êtes-vous venus avec d'autres comme… » Puis, elle s'interrompit, en s'apercevant qu'elle parlait bien trop vite pour l'homme qui ne parvenait pas à suivre un tel débit. Confuse, elle reprit sur un rythme plus lent : « Oh, pardonnez-moi, je suis si… impressionnée de vous voir que j'en oublie mes manières. Nous ferez-vous l'honneur de partager notre modeste repas ? »

Ludwig traduisit la proposition à sa compagne qui, de toute évidence, ne comprenait pas l'opräl.

« Nous acceptons… volontiers », répondit-il.

Elle les invita à la suivre, les précédant de quelques pas. Olu ne la lâchait pas, serrant sa main de toutes ses forces. Bien qu'il fût effrayé, se mère percevait également son excitation.

Durant les quelques minutes du trajet, Olathena ne cessait de se répéter qu'elle avait eu raison d'y croire toutes ces années. Elle avait rencontré des humains ! C'était l'événement le plus extraordinaire qui lui soit jamais arrivé !

Une fois au campement, elle les pria de prendre place sur les rochers plats disposés autour du cercle de pierres du foyer en plein air, un peu honteuse du dénuement dans lequel elle s'était résignée à vivre. Même sa modeste cahute sur l'îlot-village d'Iâlh-Mehty offrait davantage de confort que le camp de fortune dont ils se contentaient ici. Elle relança le feu puis s'affaira à préparer les œufs et les poissons pêchés le matin même. Le ciel était sans nuage, le soleil approchait du zénith, il ne tarderait pas à faire chaud.

Les deux humains ne paraissaient guère se soucier du confort sommaire ; ils ne perdaient aucun de ses gestes, surtout la dénommée Lithian qui lui souriait chaque fois que leurs regards se croisaient. De peur d'attirer l'attention, Olunemi n'esquissait pas le moindre mouvement, mais il était fasciné lui aussi par ces deux créatures d'un autre monde, en particulier par le géant intimidant. Olathena était heureuse qu'il puisse constater que sa mère, dont il avait si souvent eu honte au pays de Nhâle par la faute des médisants et des moqueurs, n'était pas folle.

Une fois sa stupéfaction initiale dissipée, Ola commença à s'habituer à la présence de ces êtres surnaturels. Maintenant qu'elle les avait devant elle, qu'elle avait échangé quelques mots avec eux, qu'elle les voyait respirer, observer leur environnement avec curiosité, transpirer sous les rayons d'Unlï, ils ne lui paraissaient pas plus extraordinaires que s'ils avaient fait partie d'une ethnie elvëm qu'elle découvrait pour la première fois. Le silence entre eux commençant à devenir gênant, elle demanda :

« À part les humains tels que vous, quels sont les autres peuples de votre monde, euh…

— Notre monde… s'appelle la *Terre* », répondit Ludwig.

Olunemi s'essaya à prononcer ce drôle de nom en se retenant de rire. Comme cette langue semblait bizarre, si râpeuse !

« Il y a des centaines de, euh… peuples sur la Terre, poursuivit Ludwig, mais, à part la couleur de peau qui peut… varier beaucoup suivant les régions, ils ont tous la même apparence que nous. Contrairement aux elvëms, si j'en crois mes souvenirs, euh… lointains. De plus, nous sommes la seule espèce intelligente dans notre monde ; toutes les autres sont des animaux qui vivent soit à, euh… l'état sauvage, soit dans des élevages. »

Son opräl s'améliorait rapidement. Bien que sa prononciation et son vocabulaire fussent étranges, très archaïques, on le comprenait sans peine. Lui-même semblait surpris d'être capable de s'exprimer dans cette langue sans plus de difficultés.

« Tes "souvenirs", dis-tu ? Es-tu déjà venu en Hursëlïnh ?

— Je crois. Il y a… fort longtemps. J'ai malheureusement perdu une partie de ma mémoire… »

Olathena parsema les poissons d'herbes aromatiques en réfléchissant. Comment pouvait-on perdre un tel souvenir ? Si elle s'était rendue dans le monde des humains, elle ne l'aurait jamais oublié !

« Ainsi, il n'y a sur terre qu'une seule espèce d'humains ? Toute votre culture, votre savoir ne viennent que de celle-ci ? »

Comme Ludwig traduisait tous leurs échanges à l'intention de Lithian, celle-ci eut l'air très intéressée par cet étonnement et lui demanda, toujours par le truchement de son ami, d'essayer de l'expliquer.

« Eh bien, par exemple, nous, les Alôs, sommes un peuple de l'eau. (Elle leva les mains et écarta les doigts afin qu'ils puissent observer en détail ses membranes nageantes.) Toutes nos cultures et nos croyances se rapportent au fleuve-monde. Nos vêtures, nos habitats, notre mode de vie sont adaptés à l'élément liquide. En revanche, les Morköls, par exemple, vivent dans les vastes grottes forestières des crevasses de l'Ouest ; contrairement à ma peau grise, la leur est très blanche – encore plus que la vôtre ! – et leurs yeux voient dans le noir. Leurs légendes ne parlent que des grandes forêts luisantes dont ils tirent toute leur subsistance. À l'inverse, les Ykati'c des Montagnes sèches présentent une morphologie si frêle, des corps si petits et légers, qu'ils peuvent habiter dans des villes entièrement faites de toile, suspendues à d'immenses filins tirés entre les pics acérés des montagnes. On raconte que la structure de ces cités aériennes forme un dessin visible uniquement depuis les cieux, à destination des divinités que révère ce peuple, très spirituel. J'ai même entendu dire que certains elvëms, dans des régions si reculées que je ne saurais les nommer, posséderaient des ailes leur permettant de voler, mais j'ignore si cela est vrai. »

À plusieurs reprises, il lui fallut s'interrompre afin d'expliquer à Ludwig un terme qu'il peinait à traduire à sa compagne. Lorsqu'ils parlaient entre eux, Olathena croyait reconnaître par moments un mot ou un autre, comme si leurs langues comportaient de lointains points communs.

« Je pourrais continuer ainsi longtemps, conclut-elle. Je doute que même les plus grands savants de la cité-mère soient capables de dresser une liste complète de toutes les espèces elvëms d'Hursëlïnh. »

Lithian affichait une mine stupéfaite. Elle adressa quelques mots à Ludwig, qu'il s'efforça de traduire, non sans difficulté.

« Mon amie, qui est considérée chez nous, elle aussi, comme une érudite, suppose que les, euh… “processus d'évolution” sont beaucoup plus rapides chez les elvëms que chez les humains, ce qui leur permet de s'adapter plus vite à leur, euh… milieu… » Il leva les mains en esquissant un sourire : « Pour être franc, Olathena, Lithian est… certainement une grande savante, mais, souvent, je ne saisis pas un… traître mot de ce qu'elle dit ! »

Il leur fit un clin d'œil entendu, mais sa compagne, qui avait compris qu'elle faisait l'objet d'une raillerie, lui flanqua un coup de coude en fronçant les sourcils. Olathena et son fils s'esclaffèrent, et leurs invités les imitèrent.

Les poissons étant à point, Ola tira les œufs d'ihfs des cendres où elle les avait mis à cuire et servit le tout dans des feuilles d'olämier, suffisamment rigides pour faire office de plat.

« Dans notre monde, expliqua Ludwig, même si notre physique varie beaucoup moins que celui des elvëms entre eux, les cultures présentent en revanche de grandes différences, comme les vôtres.

— Alors, au fond, chez toi, c'est un peu comme chez nous ? » fit Olunemi, qui s'enhardissait à parler pour la première fois.

Le géant lui sourit en hochant la tête.

« Il y a de grandes différences sur bien des détails, mais en effet beaucoup de ressemblances aussi. De plus, nous avons une histoire commune, vous et nous. »

Ola se rappela ce que le livre de Réhän lui avait appris.

« À une époque lointaine, nos mondes communiquaient, c'est cela ?

— Oui, il existait de nombreux portails qui permettaient de passer de l'un à l'autre.

— Les lysëndelïs, se remémora Ola. Certaines de nos légendes les mentionnent, mais personne n'en a jamais vu. »

Alors qu'il semblait apprécier le poisson grillé, Ludwig réprima une grimace en goûtant l'œuf d'ihf. Si l'on n'y était pas habitué, sa forte saveur pouvait surprendre.

« Il en est de même dans notre monde, confirma-t-il. Pourtant, nous avons réussi à en retrouver un – très affaibli – et à le ranimer.

— Tous les vôtres sont-ils capables de cette prouesse ? s'exclama Olathena. Oh, non, se reprit-elle avant que Ludwig ait eu le temps de répondre, tu es… particulier, même pour un humain, n'est-ce pas ? Je le sens… Je perçois comme un lien entre toi et ce monde… »

L'humain plissa les paupières et échangea quelques mots avec sa compagne. Puis il haussa les épaules et fit :

« Tu es dans le vrai. J'entretenais autrefois une relation étroite avec ce monde. Mais c'était il y a si longtemps que j'ai… presque tout oublié. C'est assez compliqué à expliquer…

— Des rumeurs prétendent qu'Hursëlïnh aurait un nouveau roi prêt à monter sur le trône d'Obéron. On dit que les guerriers oracles de Sijendäl ont prédit sa venue prochaine. Es-tu son… héraut ? »

Voyant que Ludwig ne comprenait pas ce terme, elle reprit : « Es-tu là pour annoncer l'arrivée du nouveau souverain d'Hursëlïnh ? »

La gêne de l'homme était perceptible.

« Hum, peut-être… D'une certaine manière… »

Il se hâta de changer de sujet.

« Dis-moi, pourquoi es-tu seule céans, avec ton fils ? Ce village semble abandonné depuis longtemps. Les vôtres sont-ils partis sans vous ?

— Nous ne sommes pas d'ici. Le pays d'où nous venons se trouve en amont du fleuve-monde, dans un archipel reculé nommé Nhâle. En temps normal, les Alôs ne voyagent presque pas et vivent repliés sur eux-mêmes. Mais, euh… nous avons eu un, euh… problème et… »

Percevant son embarras, Olunemi l'interrompit soudain.

« J'ai fait une bêtise, dit-il d'une voix dure, sourcils froncés et visage fermé. Une bêtise vraiment stupide et vraiment grave, qui a provoqué la perte d'une idole, très importante pour notre peuple. Alors, pour m'épargner une punition terrible, mâmé a choisi l'exil. Par ma faute, nous errons sur le Söthsÿn depuis des semaines, à la recherche de la statuette, dans l'espoir de la retrouver et de pouvoir revenir chez nous. Mais c'est impossible ! Le fleuve ne la rendra jamais et, à cause de moi, nous ne reverrons plus notre pays. »

C'était la première fois qu'il parlait à cœur ouvert de cette manière. Olathena ne put retenir ses larmes et le serra dans ses bras.

« Non, Olu, ce n'est pas ta faute. Tout le monde commet des erreurs à ton âge, c'est normal. Les responsables de notre malheur sont l'intransigeance et les croyances. Si notre peuple n'accordait pas tant d'importance à quelques statuettes de pierre, tu aurais simplement reçu une punition juste et nul ne nous aurait obligés à partir sans espoir de retour. »

Bien que Ludwig gardât le silence, ses traits exprimaient la compassion. Lithian leur souriait ; même si elle ne pouvait avoir compris la déclaration d'Olunemi, son chagrin avait franchi la barrière du langage.

Ils passèrent le reste de l'après-midi à discuter, échangeant récits et descriptions de leurs mondes respectifs. L'opräl de Ludwig continuait de s'améliorer, comme s'il lui suffisait de le pratiquer pour retrouver une certaine aisance, et Lithian se passionnait pour chaque détail qu'elle apprenait sur le Pays des feuillages. Olathena, quant à elle, n'était jamais à court de questions sur la Terre, même si elle tâchait de refréner son enthousiasme de peur de lasser ses invités inattendus. Aucun d'eux ne vit les heures s'écouler et, le soir venu, la pêcheuse prépara un nouveau repas.

Depuis qu'il s'était libéré du poids de sa culpabilité, Olunemi paraissait plus joyeux qu'il ne l'avait été depuis longtemps. Il ne craignait plus de parler avec le géant humain, qui accepta même de le laisser tenir son énorme épée, et tentait par moments d'apprendre quelques mots d'opräl à Lithian, qui les répétait avec application. Olathena était si heureuse de le voir aussi enjoué qu'elle en aurait de nouveau pleuré si elle ne s'était retenue, par pudeur.

À la nuit tombée, lorsque vint le moment de se coucher, Ludwig demanda s'il était nécessaire de monter la garde. De toute évidence, cet humain était une sorte de guerrier. Olathena le rassura : cette région n'était pas particulièrement dangereuse. Il acquiesça d'un signe de tête, mais la pêcheuse se douta qu'il ne dormirait que d'un œil.

IRINA

23 avril 1816

Près de Santes, le soir.

Depuis que quelques parcelles du sang de Vakt coulaient dans ses veines, Irina Uliatine déchiffrait les Mots Interdits avec bien plus de facilité qu'auparavant. Les étranges parasites que contenait le liquide vital du Hiérophante du *Bog Krovi* – ou plutôt, ses « auxiliaires », comme il préférait les appeler lui-même – n'avaient pas seulement conféré à l'impératrice une puissance magique décuplée ainsi que métamorphosé son physique, ils lui avaient procuré une compréhension supérieure de la Langue Ancienne.

Nul ne connaissait vraiment l'origine de cet idiome laid et rugueux à l'oreille ; avait-il réellement été parlé par un peuple oublié à une époque reculée, ou s'agissait-il d'une sorte de jargon codé en usage dans d'antiques cercles d'occultistes ?

Irina l'ignorait. Certains érudits avaient émis l'hypothèse qu'il puisse provenir d'un « autre monde » où les forces arcaniques seraient sans commune mesure avec celles qui traversent cette terre ; mais la *grafinia* n'accordait que peu de foi à cette idée, qui lui semblait par trop ridicule – bien que ses espions aient parfois rapporté avoir entendu le terme *Alter Mundus* évoqué dans l'entourage du Premier consul Irénion Brégante…

Quoi qu'il en soit, les quelques rares grimoires écrits dans ce langage perdu qu'elle avait amassés depuis qu'elle s'intéressait à ces sujets trouvaient enfin une utilité réelle. Si, par le passé, Irina en était réduite à tenter de deviner le sens de courtes phrases ainsi que la manière de les prononcer, une fois qu'elle avait reçu les parcelles du « Sang Dieu » – comme les adeptes de cette secte stupide se plaisaient à le nommer –, elle avait eu la surprise de s'apercevoir qu'elle parvenait à en interpréter des passages entiers et les formules qu'ils contenaient. Même si l'essentiel lui demeurait obscur, il lui était désormais possible d'apprendre de nouveaux sortilèges bien plus efficacement, sans pour cela avoir à les quémander auprès de Vakt.

La nuit était tombée depuis longtemps et le calme s'établissait peu à peu dans le camp militaire russe à mesure que les hommes se couchaient. La luxueuse tente de campagne de l'impératrice avait beau avoir été dressée à sa demande à l'extérieur du périmètre du camp, l'inévitable brouhaha permanent engendré par une telle accumulation de troupes nuisait à sa concentration. Toutefois, même si la présence de ces légions de rustres en uniforme crotté l'indisposait, il était difficile de se passer d'eux si l'on voulait faire la guerre.

Dans le silence relatif de cette heure tardive, elle pouvait enfin s'atteler au déchiffrement des pages de vélin jauni de l'un de ses précieux ouvrages en Langue Ancienne dans l'espoir d'y découvrir une incantation susceptible de produire sur le champ de bataille un effet bien plus dévastateur que celles qu'elle parvenait à lancer pour le moment. Si les Spires de

Ténèbres semaient la terreur et la mort parmi les ennemis, ce sort ne pouvait occire que quelques personnes à la fois ; un degré de létalité ridicule en comparaison des gigantesques maléfices que Vakt et l'ex-Sorcier d'Empire avaient échangés à Waterloo.

Pourtant, deux jours plus tôt, la première bataille d'ampleur à laquelle elle avait enfin participé lui avait laissé un souvenir impérissable ! Elle avait mené l'assaut contre les Français retranchés dans la ville de Santes, afin d'en expulser ce damné consul. Il avait certes fallu renoncer à le poursuivre lorsqu'il avait lâchement pris la fuite, juste après qu'elle fut intervenue en personne, mais l'intensité de cet événement resterait gravée dans sa mémoire. Ôter la vie de tant d'hommes à la fois, par ses ordres ou par ses sorts, représentait une expérience grisante, enivrante même ! On en viendrait à se prendre pour un dieu ! Elle comprenait désormais pourquoi les hommes se passionnaient tant pour la guerre. Quel vertige existentiel ! Dire qu'elle avait œuvré si longtemps dans l'ombre de la clandestinité au lieu d'étinceler dans la mêlée, rayonnant des feux de la mort et se forgeant une gloire éternelle sur une montagne de cadavres ! Car, il fallait bien se rendre à l'évidence : plus le nombre de victimes d'une bataille était élevé, mieux celle-ci marquait les mémoires.

Malheureusement, cette sublime exaltation s'était vue ternie par le piège lâche que ce maudit Brégante avait tendu à Irina, en l'incitant, en dépit des avertissements de ses officiers qui avaient tenté de l'en dissuader, à poursuivre les troupes françaises hors de la ville pour l'hallali. Là, en terrain découvert, soumis au feu écrasant des batteries ennemies positionnées à dessein, les Russes n'avaient eu d'autre choix que de battre en retraite après avoir essuyé des pertes sévères. Bien évidemment, l'impératrice Uliatine ne s'était pas abaissée à reconnaître cette erreur de jugement devant son état-major, mais elle avait pris conscience de son ignorance en matière de tactique militaire et s'était promis, en son for intérieur, de tâcher à l'avenir d'écouter ses officiers pour ce qui était de la manœuvre.

Cependant, en dépit de ce revers mineur, le bilan des premiers affrontements sous ses ordres demeurait positif puisque le front avançait et les Français se tenaient toujours sur la défensive.

De plus, la veille, quelque chose de tout à fait inattendu et, somme toute, très plaisant, s'était produit. Une vieille connaissance lui avait rendu visite.

Après une longue journée de préparation du prochain assaut avec ses hauts gradés, Irina Uliatine s'était couchée fort tard, l'esprit saturé de cartes d'état-major couvertes de lignes embrouillées et de pions de bois représentant des divisions qu'on alignait comme si la guerre n'était au fond qu'un jeu. Ces chicaneries sans fin étaient sûrement nécessaires pour mener des batailles, mais elles l'ennuyaient au possible. Aussi, avant de se glisser dans les draps de satin de son lit, s'était-elle concocté un philtre de délassement qui l'aiderait à trouver le sommeil plus facilement.

Alors qu'elle sentait déjà la somnolence s'emparer d'elle, une petite clochette suspendue au-dessus de sa couche tinta doucement. Il ne fallut qu'une infime seconde pour que l'impératrice retrouve tous ses esprits. D'un geste vif, elle repoussa les draps et bondit hors de son lit, saisissant au passage le long poignard effilé posé sur la table de nuit. Dehors, les minuscules autoguetteurs disséminés dans le périmètre interdit autour de sa tente venaient de détecter la présence d'un intrus. D'ailleurs, grâce à ses perceptions nouvelles, Irina sentait déjà l'individu, son excitation mêlée de peur, les battements rapides de son cœur, son odeur même. Et elle connaissait bien celle-ci.

Un sourire mauvais se dessina sur ses lèvres craquelées au moment où elle s'embusquait entre deux replis de la paroi de la tente plongée dans l'obscurité.

Le bruit de quelques piquets que l'on déterre se fit entendre, puis la toile épaisse se souleva lentement ; après un instant d'hésitation, un homme se faufila au ras du sol et se redressa sans un bruit – il était rompu à ce genre d'intrusion. Irina se glissa derrière lui puis, d'un geste aussi rapide que ferme, l'attrapa par le front, l'attira à elle et, de son autre main, plaqua la lame tranchante sur sa gorge. Comprenant à l'instant que sa vie ne tenait qu'à un fil, l'homme se figea complètement, cessant même de respirer. Quelques gouttes de sang perlèrent sur sa pomme d'Adam tandis qu'il ne pouvait retenir une déglutition.

L'impératrice approcha sa bouche de l'oreille de l'intrus pour murmurer en français : « Cher Jonas, quel plaisir de vous revoir. Je ne l'espérais plus… »

L'Anglais ne pouvait lui répondre ; s'il ouvrait la bouche, il s'entaillerait les chairs plus profondément encore. Dans un frisson d'excitation brutal, presque sexuel, Irina faillit lui trancher le gosier sur-le-champ, mais elle refréna cette pulsion et relâcha son étreinte. Jonas fit deux pas en titubant, se tâtant la gorge de manière compulsive, comme pour vérifier qu'elle était toujours en une seule partie. Enfin, il se tourna vers elle et la regarda pour la première fois, plissant les paupières dans la pénombre de la tente. Irina savait que ses iris verts luisaient désormais faiblement dans le noir.

« *Grafinia*, finit-il par dire d'une voix rauque, ce n'est pas ce que vous croyez…

— Un homme qui m'a déjà trahie une fois s'introduit de nuit dans ma tente, probablement en ôtant la vie à quelques sentinelles au passage… Quelle conclusion dois-je en tirer, très cher ?

— Je… n'en ai tué qu'une… Deux autres ne sont qu'inconscientes. »

La respiration de Jonas était toujours hachée. Il avait vraiment cru sa dernière heure venue.

« Je ne vous ai jamais trahie, reprit-il aussitôt. Je n'ai même… jamais cessé de penser à vous… »

Irina se dirigea vers l'un des trépieds et en alluma les lampes. Les flammes pétillèrent dans un crépitement d'huile puis s'allongèrent, jetant une lumière jaune tremblotante sur eux.

La concubine du Seigneur de l'Abîme ne put retenir un sourire carnassier devant l'expression horrifiée qu'afficha le visage de l'agent anglais au moment où il découvrait sa nouvelle apparence. Elle s'aperçut d'ailleurs que son propre regard sur son ancien amant avait changé – et ce n'était pas seulement dû au fait qu'elle était désormais bien plus grande que lui. Alors que, naguère, elle le considérait comme un homme attirant, à la fois viril et raffiné, elle ne voyait plus qu'une charogne en devenir, un corps faible dont elle percevait les fragiles processus internes le maintenant en vie. Sans parler du bouillonnement erratique de son esprit. En fin de compte, voilà tout ce qu'était « le meilleur des espions de Sa Majesté » !

« Vous n'avez jamais cessé de penser à moi ? Même lorsque vous avez quitté le palais d'hiver pour rejoindre votre peuple terré sur son île ?

— Il m'était impossible de trouver une place à vos côtés là-bas… »

Ce ton plaintif était écœurant.

« Et je voulais aider ma patrie, défendre les miens contre les Français.

— Le rôle de l'agent froid et impitoyable, prêt à violer toutes les lois morales si sa mission le requérait, n'était finalement qu'une posture chez vous, lâcha-t-elle avec dédain. Une culpabilité ridicule vous ronge depuis toujours et, au fond, vous espérez que la rédemption soit encore à votre portée. Voilà pourquoi vous m'avez quittée pour rejoindre votre patrie de cloportes. »

L'impératrice se dirigea vers son lit, les pans de soie de sa robe de nuit voletant derrière elle ne dissimulant presque rien de son anatomie inhumaine, et s'assit sur le rebord. Même dans cette position, son regard se trouvait presque au niveau de celui de son interlocuteur.

« Au risque de vous décevoir, poursuivit-elle, il n'est point de rédemption pour les gens tels que nous. Et nous n'en avons que faire ! Les lois morales ne sont qu'un outil de contrôle des peuples bien commode, rien de plus. Nous n'y sommes pas soumis. Si un quelconque dieu résidait dans les cieux, jamais vous n'échapperiez à la damnation éternelle dans cet enfer que vous craignez tant – bien que vous prétendiez le contraire –, et ce, quoi que vous accomplissiez au cours de ce qui reste de votre misérable existence. Quel juge suprême serait assez naïf pour croire à un repentir sincère de votre part ? Nous savons tous deux le plaisir que vous avez retiré de tous vos crimes, même si vous avez toujours essayé de vous persuader qu'ils étaient un mal nécessaire pour le service de la patrie ! »

Le visage de Sir Whisby était si pâle qu'on l'eût dit déjà mort.

« *Grafinia*, dit-il finalement, j'ai pris tous les risques pour venir vous trouver – et cela me vaudra probablement d'être exécuté pour haute trahison –, mais il me fallait tenter de vous convaincre de tout arrêter avant qu'il ne soit trop tard !

— Vous êtes venu ici pour me demander de cesser le combat contre les Français, alors que nous gagnons toutes nos batailles ?

— Je déteste les Français tout autant que vous, la question n'est pas là ! Vous pouvez ravager ce maudit pays, si tel est votre désir. Je vous parle de Vakt ! »

Irina se raidit à la mention de ce nom.

Cette petite discussion avec son ancien amant était amusante – qui sait même si elle ne lui ferait pas l'amour une dernière fois avant de le tuer –, mais il ne lui fallait pas oublier l'ombre menaçante de celui dont les auxiliaires coulaient dans ses veines.

« Au fond de vous, Irina, vous devez avoir conscience de ce que Vakt fera à ce monde une fois qu'il en aura fini avec les Français. Y compris à la Russie. Il faudra bien l'arrêter à un moment ; nous ne pouvons pas le laisser tout ravager, lâcher ses malebêtes partout, massacrer des millions d'innocents et transformer les survivants en… monstres innommables… »

Il s'interrompit, s'apercevant du faux pas qu'il venait de commettre.

L'impératrice se releva, dominant de nouveau Jonas de toute sa hauteur anormale. Elle tendit une main osseuse, à l'épiderme distendu par les excroissances striées qui couraient sous sa surface, et fit glisser ses ongles pointus sur la joue de l'espion anglais.

« Qu'est-ce qu'un monstre, cher Jonas ? N'est-ce vraiment qu'une question d'apparence, selon vous ? »

Comme il ne répondait pas, muet d'effroi, elle poursuivit : « Vous me décevez profondément. J'ai toujours considéré que nous étions de la même espèce, vous et moi. Vous pensez que je me soucie du destin de la Sainte Russie, ou même de celui du monde ? Allons, il est inutile de tenter de faire vibrer cette corde : je n'ai jamais éprouvé le moindre sentiment patriotique. Avec le temps, nulle frontière n'est intangible ; celles d'aujourd'hui ne valent pas davantage que celles d'hier. À la fin des fins, seul le pouvoir importe. Et vous savez aussi bien que moi à quoi se mesure celui-ci : au nombre de gens que vous pouvez tuer sans avoir à rendre de comptes. Vous pensez me convaincre de me retourner contre le Hiérophante du *Bog Krovi* en raison des victimes innocentes qu'il fera ? C'est précisément pourquoi je me suis unie à lui ! Vakt m'apporte davantage de pouvoir que je n'en ai jamais espéré ! Et si, pour le servir, je dois couvrir ce continent de cadavres, qu'il en soit ainsi ! »

L'horreur et le dégoût qu'exprimaient les traits de Jonas procurèrent à Irina un nouveau frisson d'excitation.

Désemparé, celui-ci se lança alors dans une tirade confuse et ennuyeuse au possible, où il la suppliait de rompre cette alliance insensée en débitant toutes sortes d'arguments sans intérêt, promettant même de revenir auprès d'elle comme autrefois si elle renonçait à ses projets.

Ce sentimentalisme écœurant lui porta sur les nerfs. Qu'était donc devenu l'agent féroce et implacable qu'elle avait tant apprécié ?

Constatant qu'il ne parvenait pas à la convaincre, et comprenant que l'issue fatale approchait pour lui, Jonas bredouilla péniblement une ultime diatribe où il usa cette fois de menaces voilées, en suggérant, sans le révéler pour de bon, que la septième coalition avait vécu, car la Russie était désormais si dangereuse que ses alliés eux-mêmes étaient sur le point de se retourner contre elle. L'ancienne maîtresse espionne n'ignorait pas, bien évidemment, que des délégations anglaises, ottomanes, autrichiennes et prussiennes étaient arrivées la veille au camp français, mais cette confirmation de leurs intentions était toujours bonne à prendre. Ainsi, Jonas l'aurait servie jusqu'au bout, même à son corps défendant.

Irina aurait pu le tuer en usant de l'Art Obscur, déchirant ses chairs et arrachant ses membres les uns après les autres, comme on réduirait en charpie une poupée de chiffon, mais, en souvenir de l'affection qu'elle lui avait portée à une autre époque, elle se contenta de lui enfoncer son poignard dans le crâne, d'un geste si vif qu'il n'eut même pas le temps de ciller. Durant les longues secondes où Jonas comprit que la vie le quittait, la *grafinia* garda son regard plongé dans le sien, puis elle se détourna lorsqu'il s'affaissa sur les épais tapis.

Elle n'avait éprouvé qu'un bref pincement au cœur en le tuant alors que, au fond, elle l'avait autrefois presque aimé – probablement autant qu'elle soit capable d'aimer qui que ce fût. Ce constat lui confirma que les changements qui l'affectaient ne concernaient pas seulement son physique, mais aussi sa personnalité, et lui rappela cette préoccupation constante qui la tourmentait depuis son union avec le sorcier : possédait-elle encore tout son libre arbitre ou se trouvait-elle sous la coupe de Vakt sans en avoir conscience ?

Le lendemain, après avoir dormi d'un agréable sommeil, elle appela des gardes afin qu'ils débarrassent la tente du corps désormais froid de Jonas. Il ne resta de lui qu'une tache sombre sur un tapis.

Plus tard, dans la matinée, elle reçut un message codé de l'agent Kamenev – entre eux, ils réservaient le parlant-à-distance aux cas d'urgence. Ils avaient enfin découvert de quelle manière le jeune Laptev protégeait Irénion Brégante : il semblait que celui-ci fût capable, par sa seule présence, d'inhiber toute forme de magie ! Ce garçon possédait décidément des talents stupéfiants. D'où les tenait-il ? Le mystère ne serait probablement jamais éclairci. En attendant, ils savaient désormais que le Premier consul demeurerait inaccessible à toute attaque ésotérique tant que Pavel vivrait, et se trouverait à ses côtés. Information essentielle.

La suite du rapport de Staminir Kamenev concernait Evdokia Sverela. Bien que, à ce jour, la courtisane parût s'en tenir strictement à ses instructions, il ne pouvait se départir de l'impression tenace qu'elle poursuivait ses propres buts et pouvait trahir à tout moment. Sur ce point, Irina trouva que Kamenev s'inquiétait trop ; même si Sverela s'était parfois montrée un peu trop sentimentale dans l'exécution de ses ordres, elle les avait toujours accomplis sans discuter. Cela dit, une telle méfiance était justement ce qu'elle attendait d'un chef de mission tel que Kamenev.

Le renseignement concernant Pavel Laptev était trop important pour qu'elle n'en informe pas Vakt immédiatement. Aussi, après avoir ordonné qu'on ne la dérange pas, elle entreprit de préparer l'incantation grâce à laquelle elle communiquait avec le Seigneur de l'Abîme, procédé bien plus efficace – et impressionnant – que le parlant-à-distance. Elle alluma les lampes des cinq trépieds disposés en cercle au centre de la vaste tente, tous gravés de symboles occultes anciens, enflamma l'encens maudit, puis avala une décoction dont la composition avait été soigneusement élaborée.

Une fois au centre du cercle de trépieds, elle récita l'incantation puis attendit. Après quelques secondes, sa vision se troubla, le décor sembla se déformer avant de s'estomper et tous les sons en provenance de l'extérieur disparurent, comme si ses oreilles venaient de se remplir de cire. L'obscurité était totale, bien que les trépieds supportant les lampes fussent toujours visibles. La tente n'était plus là ; à sa place, une tornade de volutes d'une fumée noire et opaque tournoyait lentement en périphérie, ne produisant aucun vent réel, aucune turbulence. Vakt avait expliqué que ce procédé permettait d'atteindre une *autre* réalité, une réalité « alternative » selon le terme qu'il avait employé – quoi que cela puisse signifier. La *grafinia* ne comprenait pas toujours les concepts avancés par le sorcier, mais seule importait l'efficacité de cette incantation.

Après quelques instants, le rideau de fumée se fendit et une silhouette en émergea, s'avançant vers Irina d'un pas assuré. Dans ce lieu non réel, l'apparence du Hiérophante du *Bog Krovi* était fort différente de celle de la « réalité authentique ». La première fois, Irina avait même éprouvé un choc en découvrant un homme grand et svelte, au visage émacié pourvu d'un regard dur et inquisiteur que ne surmontait aucun sourcil, cheveux noirs mi-longs attachés en arrière. De ses yeux émanait une légère lueur, comme ceux d'Irina désormais, et son front était couvert de symboles inconnus, luminescents eux aussi. Il n'était vêtu que d'une toge noire à la coupe droite, d'une simplicité absolue.

Ici, Vakt ne ressemblait en rien à la momie décharnée (quoiqu'elle le fût de moins en moins) qui reposait dans un cercueil antique à Saint-Pétersbourg. Irina devinait qu'il s'agissait là de l'apparence qu'il possédait autrefois, avant qu'on l'eût emmuré dans un mausolée égyptien afin qu'il y pourrisse vivant.

L'impératrice s'agenouilla en baissant la tête.

« Mes respects, mon époux », dit-elle.

Même si leur union n'avait été scellée selon aucune loi humaine, et encore moins bénie par un représentant de Dieu, Irina tenait à employer la terminologie habituelle des couples mariés.

« *Vous m'avez appelé, Irina. De nouveaux développements sur le front nécessitent-ils mon attention ?* »

Ici, la voix de Vakt ne ressemblait en rien à celle par laquelle il s'exprimait dans le monde réel, que ce soit par l'intermédiaire de ses marionnettes ou, pire, directement dans l'esprit de ses interlocuteurs.

Ici, bien qu'il demeurât intimidant, le sorcier antique n'était pas l'entité terrifiante qui tissait une toile de ténèbres depuis le palais d'hiver, mais un être humain d'apparence presque normale.

Irina se releva et lui sourit. Pas un sourire niais de séduction ; plutôt le signe de sa satisfaction à retrouver celui qu'elle considérait comme son égal, avec lequel elle se préparait à partager la domination du monde.

« Une information essentielle vient de me parvenir, cher époux, qui ne pouvait souffrir le moindre délai pour vous être livrée… »

Elle observa une courte pause avant de poursuivre ; Vakt se contenta de la fixer de son regard pénétrant sans s'abaisser à la relancer. Tout au plus, cette étrange lumière qui luisait au centre de sa poitrine, toujours visible en ce lieu, même à travers son épaisse toge noire, s'intensifia-t-elle.

Même unie à lui, Irina ne devait pas oublier qu'elle s'adressait au plus puissant sorcier de ce monde, à celui qui commandait aux forces de l'Art Obscur comme personne avant lui ; elle ne fit donc pas durer l'attente davantage et lui révéla ce qu'elle venait d'apprendre au sujet de Pavel Laptev.

Vakt hocha lentement la tête, les yeux perdus dans le vague, avant de réagir.

« *Je comprends mieux maintenant certains phénomènes autrefois inexplicables. Je me souviens de la présence de ce jeune* *homme quand je me trouvais encore retenu dans la crypte de l'*Astral'nyy otryad. *Il faisait partie du personnel envoyé par la Faction rouge afin de servir ce stupide El Asfar, qui imaginait pouvoir me contrôler. J'avais perçu cette capacité tout à fait déroutante à inhiber la magie, notamment lorsque j'étais parvenu à ouvrir une brèche dans la chambre de confinement… Au moment où j'avais cru pouvoir me libérer de ces chaînes infamantes qui m'entravaient, son retour dans la crypte m'avait forcé à battre en retraite. Sur le moment, désorienté comme je l'étais après un sommeil de quatre mille ans, je n'avais pas été en mesure de faire le lien avec cet insignifiant vermisseau…* »

Le sorcier croisa les mains dans son dos et fit quelques pas, comme s'ils se trouvaient dans l'un des salons du palais d'hiver, et non dans un endroit hors du temps, hors du monde.

« *L'existence même de Laptev est une menace pour moi…* »

Irina faillit l'interrompre en ajoutant : « pour *nous* », mais parvint à se retenir à temps.

« *Le Premier consul Brégante galvanise ses troupes. Tant que nous n'en aurons pas fini avec lui, les Français se battront jusqu'au dernier. C'est pourquoi je compte me rendre en personne sur le champ de bataille maintenant que ma condition physique me l'autorise afin de m'occuper de lui moi-même. Cependant, une fois que nous nous ferons face, je ne peux me permettre de me retrouver soudain privé de tous mes pouvoirs. Car, je le comprends désormais, c'est précisément ce qui a provoqué la chute d'Élégast. Ce mystérieux Ludwig Arcerese dont vous m'avez parlé a été le premier à saisir le talent inhabituel de Laptev et s'en est habilement servi pour provoquer la fin du Sorcier d'Empire… Je ne subirai pas ce sort déplaisant. Ce qui m'arriva jadis face à cette maudite alliance en Égypte n'adviendra pas une nouvelle fois !* »

À ce souvenir, ses yeux étincelèrent – littéralement – de colère. Il fit de nouveau face à Irina.

« *J'avais ordonné la mort de ce jeune homme*, reprit-il. *Qu'en est-il de la mission spéciale que vous aviez mise sur pied dans ce but ?* »

Uliatine comprit que les ordres secondaires secrets qu'elle avait confiés à Kamenev et Evdokia devraient être annulés si elle voulait demeurer impératrice… et même seulement vivante. Menacé, Vakt se montrerait encore plus impitoyable que d'ordinaire. Bien que cela contrariât ses plans – car Pavel était le seul à pouvoir lui assurer la disposition d'une grande quantité de cristaux universels –, elle n'avait plus le choix, il fallait l'éliminer. Si son « époux » s'apercevait qu'elle l'avait trompé sur ce point, le châtiment serait atroce…

« L'infiltration de mes agents au plus haut sommet de l'état-major français se déroule comme prévu. Je ne doute pas que nous n'en finissions avec Laptev rapidement. De plus, s'empressa-t-elle d'ajouter en espérant masquer son embarras, nous serons bientôt en mesure de convertir l'un des plus proches collaborateurs du Premier consul : le colonel Yvonnius Archant, un fidèle de la première heure, qui a toute sa confiance. Si nous y parvenions, cela constituerait un avantage décisif ! »

Le Hiérophante du *Bog Krovi* se contenta de la dévisager sans manifester la moindre réaction.

Savait-il tout du double jeu d'Irina ? Une fois encore, celle-ci enragea d'avoir dû accepter ces damnés parasites dans son sang afin d'accéder à une énergie ésotérique supérieure, introduisant un doute permanent dans ses pensées.

« *Fort bien, Irina*, conclut finalement Vakt. *Ne me décevez point et je ferai de vous la femme la plus crainte que cette terre ait jamais portée.* »

Puis, l'entité venue du fond des âges recula jusqu'au rideau de ténèbres qui l'enserra de ses fumerolles innommables au sein desquelles elle disparut ainsi qu'elle était arrivée.

Hanki 31, Ereth 124

Rive des Nids Rouges, Hursëlïnh, à l'aube.

Le sommeil avait fui Olathena une bonne partie de la nuit. L'idée d'avoir rencontré de véritables humains, d'être la première en ce monde à avoir parlé avec eux, lui avait procuré une telle excitation que mille pensées avaient agité son esprit. Lorsque les premiers rayons d'Unlï illuminèrent les cimes des arbres, elle se redressa sur sa couche et regarda aussitôt en direction des humains, craignant d'avoir simplement rêvé la journée de la veille.

Lithian se trouvait toujours là, emmitouflée dans sa couverture ; Ludwig, en revanche, était déjà debout. Il se tenait un peu plus loin sur la berge, immobile, observant les eaux du fleuve qui roulaient inexorablement vers l'océan.

Olathena s'approcha. La masse sombre du Söthsÿn s'enflammait peu à peu tandis que le soleil levant en faisait scintiller la surface. De petits poissons dorés jaillissaient du courant dans des tentatives frénétiques pour attraper les insectes que la lumière rasante rendait bien visibles.

« C'est le seul moment de la journée où les joläs ailés peuvent se nourrir. »

Elle avait parlé à voix basse, de peur de troubler la sérénité de l'aube.

Ludwig sursauta et se tourna vers elle.

« Il est rare que l'on parvienne à s'approcher de moi sans que je m'en aperçoive, fit-il, mi-fâché, mi-impressionné.

— Navrée, je ne voulais pas te surprendre. Les Alôs se déplacent sans faire de bruit. C'est l'une de nos particularités. »

L'humain s'absorba de nouveau dans la contemplation du fleuve-monde.

Après un moment, il dit : « Je fais souvent des rêves… déplaisants. Je préfère alors me lever et me perdre dans l'observation de la nature. J'y trouve un certain apaisement. »

Ola acquiesça en hochant la tête, geste que Ludwig ne pouvait voir.

« Je m'isole parfois également, lorsque j'en ai… avais assez de l'agitation de l'archipel. Apprécier la solitude n'est pas un défaut, contrairement à l'idée répandue.

— Jadis, je n'étais pas si solitaire, fit Ludwig, comme perdu dans ses pensées. Je fréquentais mes congénères sans déplaisir. Puis, un… drame est arrivé, qui a obscurci ma vie et, probablement, mes sentiments aussi. J'ai pris la route, je suis devenu mercenaire et chasseur de résurgions (la veille, les humains avaient décrit à Olathena le phénomène des bulles noires ; elle n'était pas certaine d'avoir bien compris) et je me suis peu à peu éloigné des autres. Tu es très attirée par les humains, je le sais ; nous sommes pour toi un peuple de légende habitant un monde merveilleux. Tu serais déçue, terriblement déçue. Les humains sont méchants et stupides, ils ne suivent que leur instinct belliqueux et ne servent que leurs intérêts.

— Maintenant que je vous ai rencontrés, Lithian et toi, je comprends que vous n'êtes pas des créatures fabuleuses, mais des êtres de chair, comme les elvëms. De même que chez nous, il doit y avoir chez vous de mauvaises personnes, mais aussi de braves gens, non ? Vous deux, par exemple, ne semblez pas animés de mauvaises intentions. »

Ludwig inspira longuement puis répondit en se tournant vers l'Alôs :

« Non, bien sûr, tu as raison. Ces derniers temps, j'ai même connu davantage de gens dignes de respect que durant toutes mes années d'errance. Même dans un océan de ténèbres, on finit toujours par trouver quelque lumière, je suppose. Désolé,

Olathena, depuis que je fais ces rêves, mon pessimisme naturel s'aggrave notablement. Il faut que je prenne garde à ne pas y sombrer pour de bon.

— Bien parlé, humain. Allons donc ranimer le feu et manger quelque chose ! »

Une fois tout le monde réveillé, Ola prépara le jîs-pâlla, déjeuner typique des Alôs, constitué d'un bouillon d'algues dans lequel on trempait des morceaux d'un biscuit parfumé. Ludwig, quant à lui, leur fit goûter un plat humain appelé « gruau d'avoine » et qu'Olunemi recracha en fronçant le nez. Ola le sermonna, mais Ludwig insista pour qu'il essaye de nouveau, après qu'il eut ajouté une épice nommée « cannelle », et Olu parut apprécier cette saveur nouvelle. Sa mère, elle, s'émerveillait qu'ils fussent en train de déguster de la nourriture humaine !

Quand ils furent tous restaurés, le mercenaire lui annonça qu'ils souhaitaient se rendre au palais royal. Bien qu'il ne donnât aucune explication, et qu'elle s'abstînt, par politesse, d'en demander, Olathena vit là une confirmation de ce que Ludwig avait admis la veille : l'arrivée extraordinaire d'humains dans leur monde était liée au retour annoncé d'un roi en Hursëlïnh. Sinon, pourquoi se rendraient-ils à Sijendäl, la résidence des souverains ?

Elle aurait aimé, bien sûr, qu'ils restassent plus longtemps avec eux, mais elle se doutait qu'ils n'avaient pas accompli la prouesse de franchir la barrière des mondes simplement pour rencontrer une modeste pêcheuse alôs en exil. Alors, tout en s'efforçant de dissimuler sa déception de les voir partir aussi vite, elle tâcha de leur expliquer le chemin à suivre avec autant de clarté que possible ; même si elle n'avait jamais voyagé si loin, tout le monde savait où se trouvait la cité-mère. Comme il leur fallait prendre la direction du couchant, ils devaient d'abord rejoindre l'autre rive du Söthsÿn. Bien sûr, Olathena offrit de les faire passer sur son udal'ekî.

Une fois leurs affaires empaquetées, les humains prirent donc place dans la longue pirogue, entre les elvëms. Olunemi poussa fort sur la perche afin de les éloigner du fond sableux, puis Ola prit le relais avec la pagaie. Comme l'embarcation pesait plus lourd que d'ordinaire, Olu lui prêta main-forte avec la seconde pagaie. Son aide ne serait pas superflue contre les courants traîtres de ces méandres, aux eaux trompeusement placides.

La traversée durant, Lithian ne cessa de s'extasier sur la taille du Söthsÿn. Elle leur expliqua, par le truchement de Ludwig, que, si la Terre possédait elle aussi d'immenses fleuves, nul ne rivalisait avec celui qu'elle avait sous les yeux. Ravie de pouvoir continuer à leur faire découvrir son monde, Olathena ne se priva point de leur livrer toutes sortes de détails à propos du Söthsÿn, sur les différences importantes que présentaient les régions qu'il traversait avant de se jeter dans le grand océan, à des milliers de lakïs de sa source, sur les espèces les plus étonnantes que contenaient ses eaux, des plus petites, comme les crustacés homûs, aux plus imposantes tel le gigantesque silakôa, qu'Ola elle-même n'avait aperçu qu'une fois dans sa vie et, heureusement, seulement de loin, ainsi que sur les ressources infinies que ses fonds recelaient et les innombrables techniques de nage que les Alôs avaient développées au fil des générations pour les récolter.

Après une traversée d'une heure (à en croire les humains, l'équivalent terrestre de leurs heures paraissait sensiblement plus court), ils accostèrent enfin sur la rive opposée. Une fois tout le monde débarqué, Olathena répéta à Ludwig ses explications sur le chemin qu'ils devaient suivre jusqu'à Opälvyr, la cité-mère, en précisant que, même s'il était envisageable de s'y rendre à pied, un tel voyage leur prendrait des semaines. Comme ils semblaient pressés, elle leur conseilla donc de se payer aussi souvent que possible une place à l'arrière des chariots ou en croupe derrière les cavaliers qu'ils ne manqueraient pas de croiser sur les routes.

Afin qu'ils soient en mesure de s'acquitter des sommes qu'on leur réclamerait, elle leur donna une bourse contenant des coquilles de différentes valeurs, ainsi que la monnaie qu'il lui restait de Yahau. Les humains, gênés par cette générosité, tentèrent de refuser, mais elle insista en rappelant qu'elle était une pêcheuse alôs et que se procurer ce montant de coquilles ne serait pour elle que l'affaire de quelques jours (ce qui n'était pas tout à fait la vérité). Ludwig se résolut à accepter.

Elle conclut en leur rappelant l'évidence : leur apparence allait effrayer ou alarmer la plupart des elvëms qu'ils croiseraient ; aussi, elle leur enseigna les quelques signes de paix et paroles d'apaisement communs à tous les elvëms, et les assura que la connaissance qu'avait Ludwig de l'oprâl leur permettrait de limiter le rejet qu'ils allaient susciter.

« Je tiens à te remercier, Olathena, de ce que tu as fait pour nous », dit Ludwig, un rien raide.

Cet humain ne savait guère se montrer spontané avec les autres, Ola l'avait déjà compris.

« J'aimerais essayer de te rendre un service, à mon tour, poursuivit-il. Je possède, euh… une sorte de talent, difficile à expliquer. J'ignore s'il peut opérer ici, dans l'Autre Mon… dans votre monde, mais ça ne coûte rien de faire une tentative. Donnez-moi chacun l'une de vos parures. »

Étonnés, Olathena et son fils s'exécutèrent, ôtant, elle, l'un de ses bracelets, lui, l'un de ses colliers. Ludwig retira alors ses bottes et alla s'asseoir en tailleur dans l'eau peu profonde de la rive. Là, une main serrée sur les bijoux sans valeur des Alôs, l'autre enfoncée dans le sable limoneux, il ferma les yeux et parut entrer en méditation, un peu à la manière des prêtres du Sanctuaire des larmes. Après un certain temps, il commença à émettre d'étranges grognements rauques et ses épaules s'agitèrent de tremblements incontrôlés.

Les deux elvëms jetaient des coups d'œil mi-étonnés mi-inquiets à Lithian qui leur faisait signe de patienter et de se montrer confiants. Après un long moment ponctué de toutes sortes de grommellements et borborygmes parfois embarrassants, Ludwig émergea à demi de sa transe et leur demanda de le rejoindre. Toujours circonspects, Olathena et Olunemi vinrent s'asseoir à leur tour dans l'eau, chacun d'un côté du mercenaire, conformément à ses instructions. Une fois que celui-ci leur eut rendu leurs parures, il leur prit chacun une main, les enfonça dans le sable meuble, puis entonna de nouveau sa litanie rauque.

De plus en plus déconcertée, Ola patienta sans oser interrompre l'humain, espérant qu'il ne ferait rien de dangereux. Soudain, un curieux fourmillement se forma dans son ventre, remontant lentement son torse jusqu'à envahir sa poitrine, qui se mit à irradier d'une étrange chaleur – du moins, ce fut ce qu'elle crut ressentir. Au bout de quelques instants, la sensation disparut d'un coup, d'une manière aussi inattendue qu'elle avait débuté. Ludwig expira brusquement et rouvrit les yeux. Après leur avoir lâché les mains, il les invita à se relever.

« L'idole n'a jamais quitté l'archipel de Nhâle », fit-il simplement.

Le visage d'Olu n'aurait pu afficher une plus profonde stupéfaction ; Ola devina que le sien exprimait le même sentiment.

« Lorsque j'entre en contact avec la nature, précisa Ludwig en devançant leurs questions, des visions viennent à moi. Ne me demandez pas d'explication, je ne saurais vous en fournir. Parfois, à force de concentration, je parviens à orienter ces visions de manière à obtenir des informations. C'est très aléatoire et, la plupart du temps, très flou, voire incompréhensible. Mais dans votre cas, j'ai vu avec une grande clarté une statuette faite d'une pierre capable de flotter à la surface de l'eau et représentant une femme assise, les mains sur les yeux, en pleurs.

— La déesse ! s'exclama Olunemi.

— Tu as vu l'idole ? fit Ola d'une voix fébrile. Où était-elle ?

— Je l'ai vue tomber de son piédestal et être emportée par le courant. Mais, contrairement à ce que vous avez cru, elle n'a pas dérivé longtemps : des remous l'ont capturée entre des rochers, sur la berge d'un des îlots de votre archipel. »

L'espoir ressurgit avec une brutalité presque douloureuse dans le cœur d'Olathena.

« Saurais-tu me dire à quoi ressemble cet endroit ? demanda-t-elle d'une voix étranglée.

— Oui, mais ce serait inutile, la statuette ne s'y trouve plus. Quelqu'un l'a découverte et récupérée une heure à peine après l'incident au temple. »

L'effarement qui saisit Olathena n'aurait pu être plus grand. Quelqu'un savait que l'idole n'était pas perdue lorsqu'elle avait été convoquée devant le Conseil, et cette personne n'avait rien dit ! À ce moment, elle se sentit glacée en dépit de la température pourtant douce de cette matinée : elle avait compris de qui il s'agissait.

« Comment décrirais-tu cette personne ? » fit-elle d'une voix blanche.

Ludwig s'efforça de dresser le portrait de l'elvëm que sa vision lui avait montré. L'intuition de la pêcheuse s'en trouva malheureusement confirmée.

Megüi.

Abasourdie, Olathena sentit ses jambes se dérober sous elle et il lui fallut s'asseoir sur un rocher.

Megüi lui en voulait tant d'avoir repoussé sa proposition de devenir sa mépê qu'elle avait saisi la première occasion pour lui faire payer ce refus. Cet acte était si cruel et si malfaisant qu'Ola peinait à y croire. Pourtant, au plus profond d'elle-même, elle savait que Ludwig disait vrai.

Dire que Megüi avait prétendu l'aimer sincèrement… Olathena comprenait maintenant la raison de ses réticences envers la brodeuse ; une sorte d'instinct de préservation l'avait probablement incitée à se tenir à distance de cette femme.

Comment une personne pouvait-elle se résoudre à faire autant de mal à une autre par simple frustration ? Le désarroi fit place à la colère dans l'esprit d'Ola, car, en agissant de la sorte, Megüi avait aussi causé du tort à son fils ! Elle se releva, les poings serrés. Olunemi, les traits anxieux, ne l'avait pas quittée des yeux tout ce temps.

« Je crois comprendre dans quelle situation tu te trouves, dit Ludwig, l'air préoccupé. Je ne saurais trop te conseiller de prendre le temps de la réflexion avant d'agir. La vengeance ne règle jamais les problèmes ; elle en crée souvent de nouveaux.

— Cette femme a brisé nos vies, articula-t-elle froidement.

— Elle a essayé, oui. Mais vous êtes toujours debout, toi et ton fils. Il n'est pas trop tard pour réparer le mal qu'elle vous a fait. Si tu rentres dans ton pays pour t'en prendre à elle physiquement, tu ne résoudras rien.

— Que veux-tu que je fasse ? Si nous retournons en Nhâle pour simplement raconter cette histoire, personne ne nous croira.

— Fais preuve de ruse. Si vraiment cette idole est si importante pour ton peuple, il est probable que cette femme n'ait pas osé s'en débarrasser. Il est même possible qu'elle se soit contentée de la cacher chez elle. Trouve-la et tu auras ta vengeance sans perdre le respect de toi-même… »

Ludwig n'avait pas ajouté « … ni celui de ton fils », mais le regard de côté qu'il coula vers Olunemi à la fin de sa phrase était éloquent.

Lorsqu'ils furent de retour sur l'autre rive, la colère d'Olathena lui brûlait toujours l'estomac comme si des braises y couvaient. Il faudrait du temps pour que ce terrible sentiment s'estompe et qu'elle soit en mesure d'envisager sereinement les suites à donner à l'odieux méfait de Megüi. Car Ludwig avait raison, bien sûr ; rien de bon ne sortait jamais d'une vengeance aveugle. Elle retournerait au pays de Nhâle et ferait payer son forfait à la brodeuse, mais ce châtiment devrait être le résultat d'un froid calcul et non d'un geste irréfléchi.

Olunemi, quant à lui, n'avait pas desserré les mâchoires depuis les adieux à Lithian et Ludwig. Dès qu'ils étaient revenus au village abandonné, il avait empoigné un morceau de bois et l'avait frappé en hurlant contre un rocher jusqu'à ce qu'il se brise. Il était ensuite demeuré immobile, la poitrine soulevée par son souffle saccadé. Olathena l'avait laissé faire sans rien dire. À son âge, la colère était une réaction bien plus difficile à contrôler que pour un adulte.

« J'ai été puni pour une faute stupide, d'accord, mais elle était involontaire, finit-il par articuler d'une voix sourde. Et il t'a fallu subir ma punition, toi aussi. Megüi nous a fait du mal délibérément et nous ne devrions pas nous venger ? C'est... injuste... »

Ola aurait voulu avoir la force morale de lui expliquer en quoi la vengeance était mal ; mais, à cet instant, chez elle aussi, ce désir de faire payer sa mauvaise action à Megüi supplantait tout dans son esprit. Il fallait espérer que le temps du trajet de retour, elle parviendrait à retrouver son sang-froid.

« Nous partirons après manger, dit-elle finalement. Commence à réunir tes affaires.

— Nous retournons à l'archipel ?

— Oui, mais avant, nous allons faire un détour... »

Elle regarda son fils avec intensité. Après toutes ces années à subir les railleries et, par contrecoup, à les imposer à Olu aussi, Olathena était heureuse d'avoir pu lui prouver qu'elle avait toujours eu raison. Alors, elle voulait qu'il voie de ses yeux ce portail par lequel des humains, de *véritables* humains, étaient entrés dans leur monde.

Une fois leurs effets emballés, et dès qu'ils se furent restaurés, les deux Alôs s'engagèrent sur le sentier où ils avaient rencontré Lithian et Ludwig la veille. Le mercenaire lui avait expliqué comment se rendre à l'endroit où le portail s'était ouvert dans ce monde. Soumise à de fréquentes inondations, la région s'étendant autour de cette boucle du Söthsÿn n'était pas habitée, et les chemins qui la traversaient, peu fréquentés, disparaissaient souvent sous la végétation sauvage pour réapparaître parfois fort loin. Si Olathena éprouvait quelque peine à se repérer dans les forêts, elle parvint néanmoins à s'orienter dans ce maquis en suivant à rebours le parcours emprunté par les humains.

À mesure qu'ils progressaient, les arbres se faisaient plus hauts et plus serrés, et la lumière diminuait rapidement au point qu'il leur fallut bientôt avancer dans une semi-obscurité. Après deux heures de marche, ils atteignirent un sous-bois où tout était couvert d'une mousse jaune si dense que les sons étaient absorbés à peine émis, faisant régner un silence oppressant.

Soudain, Olunemi lui saisit la main, l'obligeant à s'arrêter.

« Mâmé, là-bas ! »

Ola suivit du regard la direction indiquée par son fils. Au début, elle ne vit rien d'autre que l'enfilade monotone des troncs et de leurs branches entremêlées. Puis, après quelques instants, elle crut distinguer des lueurs changeantes à une trentaine de pas. Elle se remit en marche prudemment sans quitter des yeux le phénomène, de peur de le perdre de vue tant il était ténu. S'ils n'avaient su quoi chercher, ils auraient pu passer à côté sans même le remarquer.

Lorsqu'ils furent assez près, ils ne purent s'empêcher de se cacher derrière un arbre mort pour observer. Olathena se trouvait un peu ridicule – il n'y avait ici aucun danger apparent –, mais l'instinct de préservation était fort chez elle et jamais elle ne ferait courir de risque à son fils.

Dix pas devant eux, d'étranges émanations aux couleurs changeantes flottaient au-dessus du sol, se déformant avec lenteur, s'enroulant les unes autour des autres, se dissipant et se recomposant sans cesse. La plupart du temps, ces longues flammèches immatérielles frôlaient à peine le seuil de visibilité, même dans la pénombre du sous-bois, mais parfois, sans raison apparente, l'une d'elles flamboyait brièvement. Nul son n'était perceptible. Tout ici était étouffé par la mousse jaune qui recouvrait le sol et les créatures sauvages gardaient leurs distances avec le lysëndelïs.

« Allons-nous… y entrer ? » chuchota Olunemi, non sans appréhension.

Sa mère le regarda. Ses yeux écarquillés fixaient le phénomène, qui jetait sur son visage des reflets multicolores.

Olathena y songeait, bien évidemment. La tentation était même très forte. Cependant, elle avait la responsabilité de veiller sur son fils, et il était impensable de lui faire courir un tel risque. Car ils ignoraient tout de ce qui se trouverait de l'autre côté.

« Non, se résolut-elle à dire, à contrecœur. Il nous faut prouver ton innocence avant tout. Nous retournons donc au pays, comme prévu. » Elle haussa les épaules en espérant masquer sa frustration. « Plus tard, il sera toujours temps de revenir ici et de décider si… »

Elle n'eut pas le loisir de terminer sa phrase ; quelque chose venait de changer dans le lysëndelïs.

Le miroitement des longues volutes verticales s'accentua soudainement et de brefs éclairs blancs jaillirent de manière répétée, blessant leurs yeux accoutumés à l'obscurité relative des lieux. Inquiets, Ola et Olu se tassèrent davantage derrière le tronc mort. La transformation du portail sembla s'accélérer ; désormais, les flammèches tourbillonnaient avec une célérité redoublée et leurs scintillements colorés avaient laissé la place à une simple lumière blanche, éblouissante.

À ce moment, quelqu'un surgit au cœur du lysëndelïs et fit un pas hésitant pour en sortir. Même si sa stature était bien moins imposante que celle de Ludwig, d'après son aspect physique et sa vêture, il était évident qu'il s'agissait d'un humain ! D'apparence fort jeune, et plutôt effrayé, il jetait alentour de rapides coups d'œil anxieux.

Puis, quelques instants plus tard, un second humain franchit le portail. Il était aussi petit que Lithian et semblait presque aussi âgé. Au début, ses traits affichèrent également de la crainte, mais celle-ci parut se dissiper dès qu'il découvrit la forêt environnante.

Il s'avança sans hésiter en inspirant de longues goulées d'air, comme s'il savourait un parfum depuis trop longtemps oublié, puis tomba à genoux et empoigna des feuilles mortes et des morceaux de mousse jaune, qu'il porta à son visage afin de les humer à leur tour. Des larmes coulaient sur ses joues parcheminées. Des larmes de joie.

« Oh, Puck, quel bonheur ineffable ! s'exclama-t-il. Je ne pensais jamais retrouver les Terres Originelles ! »

Le cœur d'Olathena se figea dès qu'elle entendit ces mots. L'homme venait de s'exprimer dans un opräl parfait ! Contrairement à Ludwig, aucune trace d'accent n'était perceptible dans sa prononciation.

En se relevant, le vieillard se tourna vers son compagnon et s'adressa à lui dans le langage des humains. Si Ola ne pouvait comprendre, elle devina qu'il répétait ce qu'il venait de dire en opräl. L'autre ne connaissait donc pas le dialecte central.

La pêcheuse alôs hésita un instant à aller à leur rencontre afin de les accueillir ; pourtant, elle n'en fit rien et demeura embusquée derrière le tronc. Même s'il était beaucoup moins intimidant physiquement que Ludwig, le vieil humain la mettait mal à l'aise. Elle n'aurait su dire ce qui, de son apparence, de sa voix ou de son comportement, suscitait en elle ce sentiment trouble, mais cet homme ne lui inspirait aucune confiance.

Aussi, elle et Olunemi attendirent qu'ils s'éloignent avant de sortir de leur cachette.

ELEANOR

24 avril 1816

Hospice des enfants abandonnés de Saint-Maur, le soir.

« Notre méthode n'est vraiment guère scientifique, maugréa Éthelinde. Ces tâtonnements à l'aveugle ne nous auraient point valu les compliments de M. Lavoisier. »

Gacien Guigès haussa les épaules.

« J'apprécie que vous citiez un chimiste. Cependant, l'empirisme n'est pas déshonorant d'un point de vue scientifique, tempéra-t-il. Nombre de découvertes importantes ont été faites de cette manière. »

Les deux membres des M.K.M., ainsi qu'Eleanor, étaient assis – affalés même – dans des fauteuils crapauds qu'ils avaient sortis d'une pièce inutilisée du rez-de-chaussée, encombrée de meubles au rebut de l'hospice. Ils en avaient monté trois dans leur laboratoire du premier étage après les avoir longuement époussetés. En dépit de leurs efforts, les fauteuils expulsaient encore un nuage de poussière chaque fois qu'ils s'y laissaient tomber de découragement.

Ils s'étaient installés dans la partie dégagée du laboratoire, loin des paillasses couvertes d'ustensiles fragiles, afin de mener les expérimentations demandées depuis longtemps par l'Américaine dans l'espoir de bénéficier d'aperçus de l'avenir grâce à l'uchronite. Seul problème – mais de taille : ils ignoraient tout de la manière dont procédait Élégast pour parvenir aux résultats impressionnants qui avaient permis d'équiper les troupes de Napoléon d'armes bien plus modernes que celles de ses ennemis.

Au centre du triangle formé par les trois fauteuils, une simple caisse de bois traînée là faisait office de table, supportant plusieurs piles de livres et de carnets de notes d'Éthelinde, quelques cristaux ambrés et blancs, ainsi que les restes des collations qu'il leur arrivait de prendre (ils se refusaient à s'interrompre pour de véritables repas). Des tasses de thé et de café, qu'ils consommaient en grande quantité, s'empilaient à l'extrémité de cette table improvisée.

« L'Art Obscur est un territoire nouveau pour la science, fit Eleanor. Il n'est donc pas anormal que nous en soyons réduits à expérimenter un peu au hasard, même si, je l'admets, la méthode manque d'élégance. »

Elle craignait que, découragée et abattue, Éthelinde n'abandonne. Il avait été si difficile de la convaincre qu'il en faudrait peu pour qu'elle renonce.

Depuis des semaines, chaque fois qu'Eleanor demandait à mener cette tentative, Éthelinde, à l'instar de Ludwig, persistait à refuser, réticente à l'idée de prendre de tels risques, même dans le but de donner un avantage à la France grâce aux armes nouvelles qu'il serait – peut-être – possible de mettre au point. Elle avait fini par céder lorsque les nouvelles du front nord étaient devenues alarmantes. L'heure n'était plus à la prudence ; un ennemi terrible approchait, qui ne s'embarrassait d'aucun principe éthique. Si l'on voulait avoir la moindre chance d'arrêter Vakt, il fallait accepter de courir certains risques.

Éthelinde supervisait personnellement les expériences qu'ils menaient depuis trois jours, de nombreuses fioles à portée de main, toujours prête à intervenir. Car elle craignait pour la sécurité d'Eleanor, bien sûr, mais pas seulement ; chercher à exploiter le pouvoir de l'uchronite pouvait entraîner des conséquences aussi graves qu'imprévisibles. Les bulles noires en étaient un sinistre exemple, et les rapports de plus en plus inquiétants de Lavoisin au sujet des résurgences géantes qui se multipliaient en Russie, probablement en raison de l'activité magique croissante du Seigneur de l'Abîme, ne faisaient que renforcer sa théorie sur le lien étroit entre l'utilisation de l'*Ars Obscura* et l'apparition de ces phénomènes mortifères.

Or, pour le moment, ces trois jours d'expériences diverses se révélaient infructueux, et ils étaient tous fatigués et démoralisés.

« Je ne vois guère ce que nous pouvons faire de plus, grommela la grande maîtresse de l'ordre. Nous avons tout essayé, sans succès. Allons-nous bientôt en être réduits à tenter n'importe quoi en espérant un résultat par simple chance ? Ce n'est pas l'idée que je me fais de la science. »

Il fallait bien admettre que, depuis le début, ils avaient davantage procédé au hasard que sur la base d'hypothèses solides, s'en remettant à la bonne fortune. Ils avaient commencé par le procédé le plus évident : Eleanor prenait un cristal en main puis tâchait, les yeux fermés, de se concentrer sur des systèmes d'armes futuristes. Il ne s'était rien passé, qu'elle emploie un cristal entier ou un simple fragment, qu'il soit ambré ou universel.

Éthelinde lui avait également donné un philtre de sa composition qui aidait parfois, selon elle, à « canaliser les forces non naturelles ». Grâce à cette décoction au goût amer, Eleanor avait en effet réussi à obtenir un début de vision en serrant un cristal dans sa paume. Des images troubles s'étaient formées derrière ses paupières closes, pour la plupart incompréhensibles, qui montraient peut-être des armes ou tout autre chose. Quoi qu'elle ait vu, c'était inexploitable. Multiplier les tentatives et modifier la composition du philtre n'y changea rien.

D'innombrables essais avaient également été faits avec une étrange poudre ocre mise au point par la naturaliste qui, mêlée à de la poudre de cristaux écrasés, lui servait à « améliorer sa vision et sa perception de son environnement » sans qu'elle se donne la peine d'être plus claire. La poussière était projetée dans l'air où elle formait un nuage en suspension – qu'il était déconseillé d'inhaler, selon Éthelinde – dans lequel Eleanor parvenait à discerner des images parfois étonnamment nettes, mais trop brèves. Différentes proportions avaient été essayées entre les deux poudres sans amélioration notable.

D'autres tentatives, frôlant quelquefois le ridicule, certaines basées sur l'hypnose, la méditation ou la récitation de formules en Langue Ancienne dont ils ignoraient le sens, ne donnèrent pas davantage de résultats.

Eleanor se leva pour préparer du café. La nuit commençait à peine et les précédentes avaient été longues.

« Peut-être faudrait-il compulser de nouveau les écrits d'Élégast ? suggéra-t-elle.

— Nous ne ferions que perdre notre temps, bougonna Éthelinde. Avant de partir pour Vic-Fezensac, j'avais déjà épluché toutes les notes rédigées de sa main parmi les documents saisis à Vincennes – du moins celles dans notre langue et non dans celle de l'Autre Monde. Or, même si nombre d'entre elles évoquaient clairement ses séances d'observation de l'avenir, aucune ne donnait le moindre détail quant à la méthode employée. De toute évidence, c'était très intuitif pour lui et il n'éprouvait pas le besoin de consigner quoi que ce fût à ce sujet.

— Et si la raison de notre échec était simplement que vous ne possédez pas de *spiriti aestus*, Eleanor ? intervint Gacien. Peut-être devrions-nous suggérer à Ludwig de faire une tentative ?

— Ce serait inutile, répondit celle-ci. Il lui faudrait me décrire ce qu'il verrait et, comme il n'est pas ingénieur, il ne saurait le faire clairement. Pour que cette expérience soit efficace, je dois observer moi-même ces hypothétiques dispositifs. Je me demande d'ailleurs comment s'y prenait Élégast, lui qui n'avait pas davantage de connaissances techniques…

— Il a eu des années et d'innombrables essais pour décrire ce qu'il voyait à ses ingénieurs, précisa Éthelinde. De plus, j'ai cru comprendre à travers ses notes qu'il avait fini par mettre au point un sort lui permettant de partager ses visions avec d'autres personnes. »

Les épaules d'Eleanor s'affaissèrent de découragement.

« Bien sûr, le Sorcier d'Empire commandait aux forces ésotériques, lui. Qui suis-je, moi, misérable humaine, pour avoir le front de l'imiter ? Je crains que Gacien n'ait raison : faute de posséder un quelconque fluide, jamais je ne parviendrai à voir quoi que ce soit… »

Le café était prêt. Eleanor le versa dans les tasses, qu'elle distribua ensuite.

« Il existe peut-être un moyen, commença la naturaliste, visiblement embarrassée. Je n'en ai pas parlé jusqu'à présent, car j'estimais le procédé trop dangereux, mais comme nous nous trouvons dans une impasse… »

Les sourcils d'Eleanor s'arquèrent de surprise et elle faillit renverser la tasse qu'elle tendait à Éthelinde. Quelques gouttes atteignirent cette dernière, qui se recula dans son fauteuil.

« *My apologies !* balbutia l'Américaine. Je vous en prie, dites-moi à quoi vous songez !

— Eh bien, il y a presque un an de cela, nous cherchions à découvrir qui avait provoqué le cratère de *lapis lucidus* situé près du campement de l'enfant sauvage qu'était Ludwig autrefois. Or, comme Ludwig avait perdu tout souvenir de cette période, il avait lui aussi tenté d'utiliser des fragments de ces pierres pour regarder non pas l'avenir, mais le passé.

— C'est ce qui lui a permis de comprendre qu'il était une *persona absens a suo tempore*, un déplacé temporel, n'est-ce pas ?

— Oui, c'est cette nuit-là, dans le repaire de la bande de Luigi, au cœur des catacombes, qu'il s'est souvenu qu'il était Mérovée, fils de Clodion, roi des Francs saliens, né il y a mille quatre cents ans. Cependant, le plus intéressant pour ce qui nous occupe à présent s'est produit le lendemain matin. Ludwig voulait recommencer, mais il ne lui restait qu'un seul fragment de cristal, très petit, qui ne lui eût procuré qu'une vision fort courte s'il avait procédé comme la veille, en le serrant dans sa paume et se concentrant. Alors, suivant une idée aussi subite qu'irréfléchie, il l'a avalé.

— *Good grief !* s'exclama Eleanor. Qu'est-il arrivé ?

— Il a obtenu une vision incomparablement plus forte et précise que la veille. À vrai dire, ce qui s'est passé n'est pas très clair. Il a vu l'Entre Monde, mais… pas seulement. Il a rencontré Mab et ils ont parlé.

— Ils ont *parlé* ? répéta Eleanor. Alors, ce n'était pas une simple vision…

— Je ne saurais qualifier l'expérience qu'il a vécue. Toutefois, si l'on considère que le fait d'avaler un fragment de cristal a décuplé son effet, peut-être qu'avec vous, qui ne possédez pas de fluide, cela permettrait d'obtenir une simple vision ? »

Eleanor soupesa l'idée. Bien que le danger recelé par une telle tentative fût réel, la menace que Vakt faisait peser sur le monde ne l'était pas moins.

« Il serait absurde de prendre un tel risque, dit Gacien. Nous n'avons aucune idée des conséquences éventuelles pour une personne dénuée de *spiriti aestus.* »

L'assistant d'Éthelinde avait raison, bien sûr, songea Eleanor. D'autant plus qu'elle était enceinte. L'uchronite pouvait-elle affecter l'enfant qu'elle portait, même si elle n'en était qu'à quatorze semaines ? Nul ne pouvait répondre à cette question, il était donc inutile de révéler son état aux autres.

« Gacien exprime la voix de la raison, fit Éthelinde. Rien ne vous force à…

— Je vais le faire ! »

Eleanor avait parlé sans réfléchir, de peur que sa volonté ne flanche. Le récit des massacres épouvantables perpétrés sur le front par les légions de Vakt n'était que trop présent à son esprit. Là-bas, des hommes mouraient par milliers pour tenter de seulement ralentir ces monstres et elle se refuserait à braver un péril hypothétique ?

Après l'avoir longuement dévisagée, Éthelinde hocha la tête, puis, retournant à la paillasse du laboratoire, s'attela à la préparation de l'éclat de cristal. Selon elle, il était possible de réduire les risques en dissolvant le fragment dans une décoction de sa composition qui la protégerait peut-être des conséquences indésirables de l'expérience. Et, afin d'augmenter leurs chances de réussite, elle y adjoignit une mesure de son philtre de canalisation des forces non naturelles.

Durant tout le temps que prit la préparation, Gacien demeura silencieux, cependant son visage exprimait clairement sa désapprobation. Eleanor le comprenait, mais le récit que lui avait fait Irénion de la bataille de Santes la hantait. Sans la protection de Pavel, elle aurait perdu l'homme qu'elle aimait ce jour-là.

Éthelinde revint enfin vers elle et lui tendit une petite fiole contenant quelques centilitres d'un liquide gris ressemblant à de l'eau sale. Eleanor la prit, se recula dans son fauteuil, puis la vida d'un trait. L'amertume de la décoction était si forte qu'elle manqua de tout recracher par réflexe. Elle l'avala avant de changer d'avis.

Aussitôt, tout devint noir pour elle.

« Avez-vous senti cela ? Ce heurt dans l'air ? »

Gacien s'était exclamé, mais sa voix était parvenue assourdie à Eleanor, comme lointaine. Elle-même faillit pousser un cri sous l'effet de la surprise conjuguée à la peur d'être soudain privée de la vue !

« Oui ! répondit Éthelinde. Un phénomène similaire s'était produit avec Ludwig, bien que beaucoup plus puissant. »

À les entendre sans les voir, Eleanor avait l'impression qu'ils se trouvaient à l'autre bout d'une pièce aussi vaste qu'une cathédrale, alors qu'elle savait qu'ils n'avaient pas bougé du laboratoire.

« Tout va bien, Eleanor ? demanda la magesse.

— Oui… oui, je crois, lâcha-t-elle d'une voix tremblante, sans être sûre que ses compagnons l'entendent. Je… distingue des formes colorées qui s'assemblent lentement. Oh ! Je crois que je commence à voir des images, euh… intelligibles… »

Il lui semblait qu'elle venait d'être projetée dans le rêve de quelqu'un d'autre. Tout était flou, comme si elle ne parvenait pas à accommoder son regard, mais elle savait que ses yeux n'étaient pas réellement impliqués dans ce qu'elle observait. Il s'agissait d'une vision formée dans son esprit.

Peu à peu, les images se firent plus précises et elle discerna toutes sortes de gens, dans toutes sortes de situations, occupés à toutes sortes de tâches. Les scènes se succédaient sans logique et semblaient prendre place à des époques très différentes. Eleanor comprit qu'elle devait se concentrer si elle voulait avoir une chance de voir quoi que ce soit d'utile. Alors elle s'efforça de canaliser ses pensées sur des armes.

Les images se mirent aussitôt à tourbillonner à un rythme si élevé qu'elle eût probablement perdu l'équilibre si elle n'avait été assise dans le fauteuil, puis la vision se stabilisa et elle se trouva soudain au milieu d'une troupe nombreuse en marche, visiblement en route pour une bataille !

Le ciel était sombre, annonciateur de pluie, la campagne environnante était verdoyante et les soldats portaient cottes de mailles, heaumes bâtards et bannières anglaises. Eleanor était stupéfiée par la précision de la vision. Il lui semblait presque qu'elle allait sentir l'odeur de la végétation sous les premières gouttes de pluie ! Les tuniques blanches barrées d'une croix rouge et les arcs lourds, prémonitoires du massacre à venir, lui permirent de comprendre qu'elle contemplait les troupes d'Henry V juste avant la bataille d'Azincourt.

C'était à peine croyable, toutefois, elle se sermonna intérieurement : il serait toujours temps de s'extasier plus tard, car elle avait une tâche à accomplir et elle ignorait quelle serait la durée de l'effet de la décoction d'Éthelinde. Alors elle se concentra de nouveau, cette fois en s'efforçant de visualiser mentalement des armes plus futuristes.

Le maelström de couleurs et de formes virevolta derechef devant ses yeux – ou plutôt dans son esprit –, se figeant par intermittence sur des scènes ou des images fugaces, lui montrant des soldats de toutes époques, aussi bien à la guerre qu'à l'entraînement, avant de recommencer à tourbillonner au point qu'Eleanor ressentit un début de nausée. Sous l'effet de l'excitation, son esprit s'emballait à désirer voir autant d'armes que possible et la vision ne pouvait se stabiliser.

La voix lointaine d'Éthelinde lui parvint :

« Eleanor ? Comment vous sentez-vous ? Votre respiration est très irrégulière…

— J'éprouve quelques difficultés à contrôler la vision, mais… je commence à y arriver, je crois… »

Elle fit alors un profond effort de volonté pour orienter ses pensées avec autant de clarté que possible vers le siècle prochain ; essayer de se projeter encore plus loin l'exposerait au risque d'être incapable de comprendre ce qu'elle verrait. Après quelques instants, le tourbillon s'apaisa de nouveau et elle aboutit dans un autre endroit.

Un véritable lieu de désolation, des kilomètres de terre ravagée sur laquelle plus une plante en vie n'était visible. À perte de vue de la boue et des décombres, des squelettes d'arbres déchiquetés et de profonds cratères. Partout des explosions éclataient dans un fracas d'apocalypse et des hommes chargeaient désespérément au milieu de la mitraille, enjambant les corps de leurs camarades mutilés. Certains se terraient dans de longues excavations parfois étayées par des planches, mais cet abri ne les protégeait point d'un effrayant nuage de gaz jaunâtre se propageant insidieusement dans ces tranchées pour les tuer par suffocation dans d'atroces souffrances. L'ampleur de cette bataille ébranla Eleanor. Des centaines de milliers d'hommes s'affrontaient ici et des dizaines de milliers de cadavres pourrissaient dans cette plaine dévastée.

Se rappelant son objectif, elle tâcha d'oublier l'horreur de la scène et chercha à observer l'armement. Les fusils ne semblaient guère différents du Charleville modifié, mais d'autres armes à feu attirèrent son attention. Des pistolets très compacts et entièrement métalliques permettant de tirer de nombreux coups, dont il lui parut évident qu'un ingénieux système emmagasinait les cartouches dans un étui métallique situé sous le bloc de culasse. Elle remarqua également d'étranges fusils, au canon plus court et bien plus large que les Charleville, équipés eux aussi d'un « étui chargeur », plus grand et recourbé, inséré sur la partie supérieure de l'arme, qui crachait les balles à une cadence effarante, capable d'abattre un grand nombre d'hommes d'affilée. Quel mécanisme permettait donc d'obtenir un tel résultat ? Eleanor tenta de l'apercevoir, mais la vision se déplaça brusquement et elle découvrit des pièces d'artillerie comme elle n'en avait jamais imaginé.

Des monstres pourvus d'un canon de plus de dix mètres et montés sur un support complexe comportant de larges pièces mécaniques, sans doute destinées à amortir le recul terrible d'une telle arme. Quels projectiles ce canon tirait-il ? Probablement des obus de trente ou quarante centimètres de diamètre. Elle comprenait mieux maintenant les cratères énormes entraperçus un instant plus tôt. Comment pouvait-on usiner un canon d'une telle longueur sans perdre en précision ? À peine s'était-elle posé cette question qu'elle remarqua un engin encore plus déconcertant au loin : un véhicule entièrement recouvert d'une carapace de métal et mû par une force invisible, car aucun cheval ne le tractait – se pouvait-il qu'en ce temps, on eût miniaturisé à ce point les machines à vapeur ? Au-dessus de cet engin s'élevait une tourelle pourvue d'un court canon de la taille d'une couleuvrine.

Eleanor s'efforçait de mémoriser tout ce qu'elle voyait, regrettant de ne pouvoir prendre des notes ou dresser des croquis, faute d'avoir l'usage de ses yeux.

Une fois encore, comme elle venait de perdre sa concentration l'espace d'un instant, la vision se brouilla et se recomposa ailleurs, peut-être à une autre époque. Cette fois, il lui semblait qu'elle observait une sorte de jungle tropicale constituée d'aréquiers, de bananiers et de cocotiers. Des villages de maisons de bois se dressaient au cœur de la végétation luxuriante, tous en feu. Encore des explosions, encore des soldats tirant, se cachant, hurlant de rage ou de peur, mourant. Les uniformes n'avaient plus rien à voir avec les lourds manteaux gris de la scène précédente, mais arboraient un vert terne, probablement destiné à les rendre moins visibles dans cette végétation dense. Eleanor eut à peine le temps de remarquer de minuscules bombes à main qui pouvaient être lancées contre l'ennemi, produisant une explosion suffisante pour en tuer plusieurs à la fois, avant que son attention soit attirée vers le haut par un bruit assourdissant. Levant la tête, elle découvrit d'énormes oiseaux de métal traversant les cieux à une vitesse inimaginable !

Seigneur, comment parvient-on à faire voler de telles machines ? La magie est-elle encore présente dans ce futur ?

Certes, les ingénieurs d'Élégast étaient parvenus à construire un appareil volant impressionnant, *L'Épervier*. Mais l'engin n'avait jamais accompli de performances vraiment satisfaisantes et Irénion avait choisi d'abandonner cette voie de recherche.

Les véhicules volants qu'elle voyait larguèrent en passant plusieurs objets qu'elle identifia immédiatement comme des obus. Cependant, à l'inverse de ce qu'elle attendait, ils ne produisirent pas d'explosions en atteignant le sol, mais des boules de feu géantes qui embrasèrent indistinctement végétation, habitations, animaux et humains dans une épouvantable fournaise. Horrifiée par le spectacle de ces dizaines de malheureux transformés en torches vivantes, courant comme des damnés en espérant échapper à leur indicible souffrance, Eleanor perdit une fois de plus sa concentration et sa vue s'obscurcit de nouveau.

Bien qu'elle crût entendre les voix de ses compagnons, elle n'était plus en état de les comprendre. Eleanor ne souhaitait plus qu'une chose : que tout s'arrête. Elle se rendait compte qu'elle avait commis une erreur : en cherchant à voir le futur des armes, il ne lui avait pas été donné d'observer de tranquilles bureaux d'études ou des salles de tir pour prototypes ; elle était forcée de contempler les carnages que ces inventions autorisaient. Eleanor se débattait intérieurement pour quitter l'état second dans lequel l'uchronite l'avait plongée, sans y parvenir. Elle n'avait pas le choix, il lui fallait continuer à voir les horreurs perpétrées par ses semblables sans même pouvoir fermer les yeux ou détourner la tête. Elle avait conscience de gémir et il lui semblait qu'on la secouait sans qu'elle puisse en être sûre.

La vision se stabilisa de nouveau. Dans une ville cette fois, assez grande visiblement, qui s'étendait entre les multiples bras d'une large rivière se jetant plus loin dans la mer. Si, à quelques exceptions près, le style architectural ne paraissait pas si éloigné des bâtiments occidentaux, Eleanor comprit qu'elle se trouvait en Asie au type physique des passants qui déambulaient en ce calme début de matinée. Étrangement, cette fois, la vision ne lui montrait pas une scène de guerre. Pourtant, une sourde angoisse se fit jour en elle en entendant un vrombissement lointain. Levant les yeux au ciel, elle remarqua un autre de ces incroyables véhicules volant dans les nuées, à une altitude si élevée qu'il était à peine visible. Néanmoins, elle vit clairement la bombe qu'il largua et songea que d'un moment à l'autre de terribles incendies ravageraient cette ville paisible.

Il lui fut impossible de comprendre vraiment ce qui se produisit ensuite. L'éclair aveuglant, d'une puissance impensable, qui déchira le ciel alors que la bombe n'avait même pas encore touché le sol, puis l'explosion cataclysmique qui vaporisa tout – au sens littéral du terme – sur des kilomètres à la ronde. Des dizaines de milliers d'êtres humains, peut-être des centaines de milliers, venaient de se voir annihilés en l'espace d'un instant. L'ultime vision qu'elle eut avant de perdre connaissance fut la colonne de fumée cyclopéenne laissée par la déflagration, qui, s'élevant dans le ciel, prenait peu à peu la forme d'un champignon morbide, aussi haut qu'une montagne.

LUDWIG

Hanki 38, Ereth 124

Palais de Sijendäl, Hursëlïnh, le matin.

Comme à son habitude, Ludwig s'était levé un peu avant l'aurore et contemplait le ciel qui se parait peu à peu de teintes roses et dorées. Depuis qu'il avait provoqué la chute d'Élégast, le mercenaire ne dormait plus que quelques heures par nuit. Le plus souvent, il tâchait de tirer profit de ces moments en méditant face à la nature qui s'éveillait, trouvant une certaine sérénité à l'idée de faire partie de ce monde sauvage, en apparence si paisible, indifférent aux folies humaines.

Ce matin-là, la nature qui s'étendait devant lui n'avait rien de sauvage ; elle se résumait aux faîtes des arbres plantés dans les jardins en contrebas. Leurs feuilles atteignaient à peine la terrasse sur laquelle donnait la porte extérieure de la chambre qui lui avait été attribuée au palais de Sijendäl. Depuis le dernier étage de l'imposant édifice royal, il pouvait observer, par-delà les jardins, le labyrinthe de ruelles et de bâtiments étroitement entrelacés d'Opälvyr, la cité-mère. Toute la diversité de constructions qu'une telle capitale pouvait compter se détachait sous forme de silhouettes grises dans les ultimes moments d'obscurité de la nuit ; de la masure à la somptueuse résidence princière, de l'échoppe modeste au temple richement décoré, de la large avenue à la petite placette. Des panaches de fumée commençaient à s'échapper des cheminées tandis que les plus matineux rallumaient les fourneaux et des cris d'animaux s'entendaient au loin, probables équivalents des coqs du Monde Naturel.

À l'horizon, à travers la brume aurorale, se devinaient les premiers contreforts d'une chaîne de montagnes dont les sommets s'illuminaient déjà sous les rayons d'Unlï – ici, le soleil portait un nom.

Cette nuit, comme presque chaque nuit depuis des mois, le même cauchemar hideux était revenu tourmenter Ludwig, quoiqu'il différât légèrement cette fois. Il n'aurait su dire en quoi exactement, mais il lui avait semblé que sa perception du mal effroyable qui hantait la forteresse des abîmes stellaires n'était pas la même. Était-ce lié à sa présence dans l'Autre Monde ? Il ne savait répondre à cette question. D'une certaine manière, il avait l'impression d'avoir changé d'*angle de vue* sur l'indicible chose tapie dans ce lieu impossible.

Un éclat de lumière lui fit lever la tête : les rayons du soleil venaient d'atteindre le sommet des tours élancées du palais qui se dressaient de part et d'autre de la terrasse, et la chaude clarté entreprenait de descendre le long des parois de pierre.

Lorsqu'il avait émergé du portail, une semaine plus tôt, Ludwig avait d'abord cru que celui-ci n'avait pas fonctionné. Autour de lui, la forêt ne paraissait pas si différente. Puis, au moment où Lithian, le suivant de près, arriva à son tour, il s'était rendu compte que la lumière n'était pas la même. Ils étaient entrés dans le lysëndelïs durant un après-midi au ciel couvert et à la chaleur lourde, ils en étaient sortis sous un soleil matinal et une fraîcheur que le Monde Naturel n'avait plus connus depuis des mois. Quant au sous-bois obscur, peuplé d'arbres centenaires, qu'ils venaient de quitter, il avait laissé place à une forêt clairsemée d'arbres jeunes.

Les premiers jours, ils n'avaient cessé de s'émerveiller à la découverte de ce monde inconnu. Partagés entre des sentiments contradictoires ; tout leur semblait à la fois familier et différent. D'un côté, bien que la plupart des espèces leur fussent inconnues, l'environnement présentait beaucoup de ressemblances avec leur propre monde – des arbres similaires, des prairies verdoyantes, des ruisseaux d'eau claire courant entre des rocs moussus, des champs cultivés ceints de murs de pierre sèche ; d'un autre, les dissemblances étaient frappantes, l'apparence des elvëms et leur manière de vivre, bien sûr, mais également certains des aspects les plus fondamentaux du monde tels que la qualité de la lumière ou la texture de l'air. Lithian avait même affirmé que la « pesanteur » semblait légèrement plus forte, expliquant ainsi l'effort un peu plus important que chaque geste leur demandait – ignorant le sens de ce terme, Ludwig finit par comprendre qu'elle parlait de leur propre poids. Ensuite, à leur première nuit dehors, la magesse avait été stupéfaite d'apercevoir deux lunes dans le ciel nocturne, dont l'une, à en juger par le point lumineux qui tournait autour, possédait elle-même un « satellite naturel », selon l'expression qu'elle avait employée. Une lune possédant une lune !

Toutefois, le moment le plus passionnant fut bien sûr leur rencontre avec leurs premiers elvëms, Olathena et son fils, une heure à peine après être sortis du portail. Quel saisissement de découvrir leur physique si particulier, si semblable à celui des humains et malgré tout ô combien différent ! De loin, si ce n'était leur peau grise, ils auraient pu passer pour des humains ; cependant, un examen attentif révélait que cette même peau présentait une étrange texture alvéolée et que la forme de leurs iris n'était pas ronde, mais légèrement ovale. Les membranes qui se déployaient entre leurs doigts et leurs orteils constituaient leur caractéristique la plus frappante, ainsi que leur petite taille : Olathena, pourtant adulte, ne mesurait que quatre pieds et demi (Ludwig et Lithian constatèrent par la suite que les Alôs faisaient de surcroît partie des elvëms les plus grands). Quant à leur costume, Ludwig n'avait pas assez voyagé de par le monde pour avoir vu des peuplades exotiques ; néanmoins, leurs vêtements de cuir, plutôt courts et légers, ainsi que leurs cheveux réunis en de multiples tresses fines attachées vers le sommet du crâne, lui rappelèrent une gravure aperçue un jour dans un vieil ouvrage relatant le périple d'un Espagnol en Amérique du

Sud au XVIe siècle, qui montrait des indigènes d'apparence assez proche.

Lorsqu'ils s'immobilisèrent face à face sur le chemin, Ludwig perçut la peur des deux Alôs tandis qu'ils le scrutaient, tout aussi stupéfaits que lui, tâchant d'estimer le danger qu'il pouvait représenter pour eux. Puis, en observant Lithian, Ola parut rassurée par la présence d'une vieille femme. Elle avança alors vers eux avec un courage désarmant – même si la présence d'un couteau de bonne taille à sa ceinture n'avait pas échappé au mercenaire.

Mais la surprise la plus extraordinaire pour Ludwig survint à l'instant où Olathena s'adressa à eux dans une langue non humaine… que pourtant il comprit aussitôt ! Cette langue, il fut immédiatement évident pour lui qu'il l'avait parlée jadis et l'avait oubliée, comme il avait tout oublié de son passé. Cependant, dès qu'il en entendit les premiers mots, elle lui revint. Avec lenteur d'abord, puis de plus en plus rapidement à mesure qu'il parlait avec la pêcheuse alôs.

Les instants partagés avec elle et son fils furent les plus émouvants pour lui, leur relation lui rappelant celle qu'il avait entretenue avec Onéline et Thalie. Bien qu'il perçût quelques crispations entre eux, il était évident que leur attachement mutuel était profond. C'est pourquoi il tint à leur apporter son aide au moment de se séparer, même s'il n'ignorait rien des difficultés qui attendaient la jeune femme lorsqu'elle tenterait d'exposer aux yeux de tous l'injustice qui leur avait été faite.

Ils entreprirent ensuite le voyage jusqu'à Opälvyr en tenant compte des conseils prodigués par Olathena, qui leur avait expliqué comment la plupart des elvëms réagiraient face à eux et la façon de se comporter dans les situations les plus courantes. Après les premières rencontres, Ludwig adapta peu à peu son attitude afin de se présenter de la manière la moins intimidante possible. Par ailleurs, l'argent étant, ici comme partout, l'un des moyens les plus efficaces d'aplanir les différences, la petite bourse de ghëas et de coquilles qu'Olathena leur avait fournie constitua pour eux une aide précieuse dans les premiers jours.

Au début, en dépit de sa connaissance de l'oprël, Ludwig eut parfois du mal à se faire comprendre ainsi qu'à comprendre les autres, notamment pour l'évaluation des distances et le décompte du temps. Quelques rapides calculs permirent sans trop de difficultés à Lithian d'estimer le « lakï » à environ trois kilomètres et, grâce à la montre de la magesse, la durée d'une heure de l'Autre Monde à un peu plus d'une heure et quinze minutes du Monde Naturel.

Cependant, ce fut la complexité du système de dates qui donna le plus de peine à la savante.

De ce qu'elle parvint à démêler, elle établit que les mois étaient indexés sur le cycle de vie d'une fleur présente partout en Hursëlïnh, le mhunrïon, qui connaissait sept périodes de floraison différentes (la couleur de la fleur changeant chaque fois), puis une période de repos, pour un total de huit mois. Ces mois comptant cinquante-huit jours, les années de l'Autre Monde duraient donc quatre cent soixante-quatre jours. Cette division du temps, une fois assimilée, ne posait pas de difficulté de compréhension particulière pour un voyageur provenant du Monde Naturel.

En revanche, le calendrier paraissait singulièrement abscons, car les elvëms ne comptaient pas les années selon la même logique que la plupart des humains : ils se repéraient dans leur Histoire par cycles, et non selon une division arbitraire, telle que les siècles, comptés à partir d'une unique date symbolique. Ces cycles portaient tous un nom différent, et le passage de l'un à l'autre demeura mystérieux pour Lithian, en dépit de toutes les explications qu'on lui donna. Il semblait qu'il dépendît parfois d'interprétations de présages par les oracles mystiques de Sijendäl ou d'événements importants à l'échelle du monde. Le cycle actuel était celui d'Ereth, un sage qui marqua son époque et vécut si longtemps qu'à sa mort on lui dédia le cycle suivant, qui durait depuis cent vingt-quatre années locales.

Sur le trajet qui les mena du fleuve-monde à Opälvyr, Ludwig et Lithian eurent l'occasion de rencontrer de nombreux habitants d'Hursëlïnh. Après l'excellente impression que leur avaient laissée Olathena et Olunemi, ils s'aperçurent rapidement que, comme chez les humains, il y avait de tout chez les elvëms, des gens bienveillants et d'autres cruels, certains ouverts d'esprit et d'autres méfiants, des personnalités chaleureuses et d'autres agressives. Nul peuple n'était entièrement bon ou mauvais, ici comme ailleurs.

Au début, ils tâchèrent de demeurer aussi discrets que possible, marchant sous le couvert des bois et campant la nuit à l'écart des chemins. Puis, à mesure qu'ils se familiarisaient avec la manière d'aborder les elvëms, ils s'enhardirent et commencèrent à emprunter les grandes routes. Ludwig s'efforçait de paraître moins dangereux qu'il n'était (il dissimulait ses armes sous son manteau et gardait son épée emmaillotée) et Lithian souriait à tout le monde. Ils s'habituèrent rapidement aux réactions qu'ils suscitaient, le plus souvent de la curiosité ou de la stupeur, voire de l'effroi, plus rarement de la panique ou de l'hostilité, quelquefois aussi de la joie.

Suivant les recommandations d'Ola, ils parvinrent à l'occasion à convaincre des voyageurs de les laisser monter à l'arrière de leur chariot ou en croupe sur leurs galzans, contre une petite rémunération – et parfois pour rien –, gagnant ainsi un temps de trajet non négligeable. Peu à peu, ils se mirent à dormir dans des granges, puis dans des lëthmas, équivalent des auberges en Hursëlïnh. S'il arrivait que certains elvëms refusent de leur adresser la parole et préfèrent garder leurs distances, en général, la plupart d'entre eux se montraient plutôt chaleureux et quelques-uns même, à l'instar d'Olathena, ne cachaient pas leur émerveillement en constatant que les légendes concernant les humains étaient vraies.

Après un certain temps, la nouvelle de leur arrivée les précédait et les gens les attendaient dans les villages ou le long des routes, les observant comme des bêtes curieuses et les interpellant. Faire l'objet d'une telle attention n'était pas dans les habitudes de Ludwig et il était toujours terriblement gêné lorsqu'un attroupement se formait autour d'eux pour voir de plus près ces « êtres venus d'un autre monde », ou même les toucher. Lithian, elle, paraissait fort divertie par toute cette agitation et ne cessait de prendre des notes dans des petits carnets qu'elle avait emportés. La magesse s'intéressait beaucoup à la diversité physique des elvëms et ne cachait pas sa frustration de ne pouvoir les interroger elle-même. Alors, elle tentait d'apprendre des rudiments d'opräl, non sans difficultés.

L'un de leurs principaux sujets d'étonnement durant ce périple fut les nombreux signes de déclin apparent de l'Autre Monde qu'ils remarquèrent ici ou là. Des maisons abandonnées un peu partout, des champs en friche et des fermes en ruine, des routes envahies par les ronces, des anciens attestant que la population d'elvëms ne cessait de diminuer. Lorsqu'ils interrogeaient les gens à ce sujet, certains répondaient évasivement, comme s'il s'agissait de la fatalité, de la pente naturelle de toutes choses qui tendent à se dégrader à mesure que le temps passe ; d'autres au contraire attribuaient l'étiolement d'Hursëlïnh à l'absence de couple royal à Sijendäl, les plus érudits affirmant que les textes ancestraux montraient clairement que celui-ci avait commencé peu après la disparition de Mab et d'Obéron.

Et l'une des manifestations les plus frappantes de cette dégénérescence concernait des créatures que Ludwig ne connaissait que trop bien : les résurgions. Au début, lorsque les elvëms mentionnèrent la tendance des « unrëks » à sortir des Vallées Putrides pour s'aventurer dans les régions habitées, toujours plus près des villages, il ne pouvait comprendre de quoi il était question. Puis, un jour, il eut l'occasion de prêter main-forte aux habitants d'un hameau aux prises avec un monstre couvert de chitine noire et hérissé d'appendices acérés qu'il identifia immédiatement comme un phoboïde. Des résurgions dans l'Autre Monde ! Selon Lithian, il était vraisemblable que, pour une raison qu'ils ignoraient encore, les bulles noires missent en contact ces Vallées Putrides avec des régions du Monde Naturel, permettant à ces monstres d'aller y semer chaos et mort. Ce constat intéresserait probablement beaucoup Éthelinde.

Dans les jours suivants, Ludwig proposa à deux autres reprises de débarrasser des villages d'un ou plusieurs unrëks rôdant dans les environs, et parvint même à se faire rémunérer pour cette tâche, se retrouvant temporairement ramené à l'époque où il officiait comme chasseur de résurgions. Les nouvelles se déplaçant plus vite que les voyageurs, ils se virent rapidement précédés partout par la réputation que la rumeur avait forgée à Ludwig : celle d'un grand guerrier venu du monde des humains, un redoutable « tueur d'unrëks ».

Désormais, lorsqu'ils arrivaient quelque part, on ne leur posait plus qu'une question : pourquoi se rendaient-ils à la cité-mère ? Après l'espoir soulevé par le retour de la reine Mab au palais de Sijendäl, l'extraordinaire arrivée de véritables humains annonçait-elle le retour d'un roi en Hursëlïnh ?

« Bien le bonjour, Ludwig », fit une voix haut perchée derrière lui.

Lithian venait de faire son apparition sur la terrasse à son tour, en dépit de l'heure matinale.

Ludwig lui adressa un signe de tête tandis qu'elle approchait. Comme toutes celles de cet étage du palais, sa chambre communiquait aussi avec cette terrasse, qui, en fin de compte, ressemblait davantage à une sorte de large chemin de ronde serpentant entre les nombreuses tours qu'à un simple balcon.

Venant se placer à ses côtés, Lithian s'accouda à la balustrade de pierre envahie par un équivalent local du lierre et promena son regard sur l'immense ville s'éveillant peu à peu.

« Vu des hauteurs de Sijendäl, dit-elle, on pourrait croire ce monde florissant...

— Au moins est-il en paix, fit Ludwig. Ils n'éprouvent pas comme nous le besoin de se massacrer mutuellement en permanence... »

La vieille femme secoua doucement la tête.

« N'idéalisons pas les elvëms, tempéra-t-elle. Du peu que nous avons rencontrés jusqu'à présent, ils semblent plutôt pacifiques, mais je doute qu'ils échappent à la fatalité de la guerre. Les processus d'évolution des êtres vivants impliquent une compétition, et donc un degré d'agressivité inné qui, chez les espèces supérieures, génère presque inévitablement une tendance à la guerre.

— "Évolution" ? Vous avez déjà employé ce terme pour expliquer les fortes disparités physiques entre les elvëms. Vous faites allusion au "transformisme" théorisé par M. Lamarck, n'est-ce pas ? Éthelinde m'a expliqué les fondements de cette hypothèse qu'elle juge révolutionnaire, mais, pour être franc, ces conceptions sont trop complexes pour un simple mercenaire tel que moi.

— Je me demande où en sont les combats chez nous, reprit Lithian. Êtes-vous certain que le parlant-à-distance ne fonctionne pas ici ?

— Je l'ai essayé tous les jours depuis que nous sommes arrivés dans l'Autre Monde. Le cornet demeure obstinément muet et le cristal ne s'illumine même pas.

— Comme je n'ai pas étudié tous ces dispositifs fonctionnant grâce aux cristaux, je n'en comprends pas le principe de base. Je ne puis donc formuler d'hypothèse sérieuse sur la raison pour laquelle le vôtre ne capte rien ici. Question de distance ? Après tout, nous n'avons aucun moyen de savoir où l'Autre Monde se situe physiquement. Qui sait même si le temps ne s'écoule pas à une vitesse différente ici ? »

Ludwig faillit émettre des doutes sur le fait que le temps pût s'écouler différemment d'un endroit à un autre, puis se rappela qu'il avait fait preuve du même scepticisme, un an auparavant, lorsque la magesse lui avait affirmé que l'Anomalie avait entraîné des répercussions dans le passé.

« Mais je ne crois pas que ce soit le cas, poursuivit Lithian. Sans quoi vous l'auriez remarqué à l'époque où vous passiez régulièrement d'un monde à l'autre, lorsque vous fréquentiez Obéron. »

Ils avaient atteint Opälvyr cinq jours plus tôt, aux environs du 22 avril, soit Hanki 33 en temps elvëm. Depuis leur arrivée dans l'Autre Monde, Ludwig s'efforçait de ne pas perdre le compte des jours terrestres.

La découverte de la cité-mère les avait beaucoup impressionnés. Construite sur les flancs d'un mont – aujourd'hui presque invisible sous les bâtiments enchevêtrés – autour duquel s'enroulait une large rivière, Opälvyr était ceinte d'une énorme muraille, aux contreforts massifs, visible de loin. Ce rempart était-il destiné à défendre la ville contre d'éventuels ennemis ou à la protéger des crues de la rivière ? Ludwig n'avait pas encore eu l'occasion de l'apprendre. En bien des endroits, des effondrements avaient endommagé la muraille, que personne n'avait réparée. Certaines brèches étaient si anciennes et si larges que la végétation s'y était développée, leur donnant l'aspect de jardins suspendus.

À Opälvyr, comme partout désormais, leur arrivée suscita beaucoup de curiosité. Un attroupement se forma dès qu'ils franchirent l'une des hautes portes de bronze. Du peu que Ludwig pouvait en voir, la cité-mère paraissait magnifique et mieux préservée que le reste du pays, mais, de même qu'à Alexandrie, derrière les oripeaux de la splendeur passée, les stigmates du déclin se décelaient rapidement. Des fragments de souvenirs décousus lui revinrent en observant ces constructions de pierre ocre et il avait hâte d'arpenter les rues qui serpentaient entre elles, mais l'affluence causée par leur arrivée était telle qu'il leur fallut bientôt renoncer à avancer. Alors qu'ils hésitaient déjà à rebrousser chemin, la foule se fendit pour laisser passer, avec respect (et une certaine crainte, semblait-il), une étrange procession.

D'extraordinaires créatures féminines vinrent à eux, paraissant presque flotter au-dessus du sol au lieu de marcher. Leur visage, long et fin, présentait une peau brillante couleur émeraude et leurs yeux sans iris étaient entièrement bleus. Dans leurs cheveux noirs étaient fichés des diadèmes faits d'un métal blanc, ornés d'une large pierre polie sur laquelle se distinguait un motif différent pour chacune d'elles. Lorsqu'il les vit, Ludwig sut d'emblée qui elles étaient. Les nymphes – ou « hüldres », telles qu'on les appelait en Hursëlïnh – étaient les suivantes de Mab et les prêtresses de la nature. Ludwig se souvenait clairement des nombreuses fois durant ces dernières années où elles lui étaient apparues, sous leur forme éthérée, dans le Monde Naturel, pour l'aider ou le guider, mais, jusqu'alors, il ignorait tout de leur aspect dans leur propre monde.

La première hüldre s'arrêta devant eux, imitée par les quatre autres derrière elle, en rang deux par deux, puis elle s'adressa à eux.

« Bienvenue à Opälvyr, seigneur Mérovée et magesse Lithian. » Sa voix flûtée produisait des harmoniques déconcertants pour une oreille humaine. « Je suis Aspëra du Jardin intermédiaire. Laissez-moi vous mener au palais. »

En invitant les humains à les suivre, les hüldres firent demi-tour et entreprirent de remonter la rue en pente. Les plis de leurs toges aux couleurs irisées semblaient bouger d'une manière anormale, comme s'ils étaient agités par autre chose que leurs mouvements ou le vent.

Sous le regard des curieux, les êtres surnaturels conduisirent Ludwig et Lithian à travers la cité-mère jusqu'à un édifice prodigieux. Le palais royal de Sijendäl, immémoriale demeure des souverains d'Hursëlïnh, se dressait sur la partie supérieure du mont central de la cité – le Mont du milieu –, lançant vers le ciel des dizaines de tours fines et gracieuses. La pierre dont ses murs étaient construits, rappelant le marbre, paraissait changer de couleur selon l'angle sous lequel on la regardait et les joints entre les blocs étaient si peu visibles que Ludwig finit par se demander si l'ensemble n'avait pas été taillé à même le mont, bien qu'un tel exploit semblât impossible.

Plusieurs bâtiments secondaires s'élevaient sur des pics autour de l'éminence centrale, reliés au corps principal du palais par des passerelles si étroites que le vertige pouvait vous saisir à seulement les observer. En comparaison du reste de la ville, Sijendäl donnait l'impression d'avoir plutôt échappé au délabrement, même s'il était en grande partie envahi par la végétation, ce qui n'était pas sans lui conférer un charme certain. D'ailleurs, Ludwig n'aurait pu jurer que cela fût le résultat de l'abandon et que les lieux n'eussent pas toujours présenté cet aspect.

Les hüldres les guidèrent le long des couloirs du palais, où de nombreux gardes en armure dressèrent leur lance à leur passage, jusqu'aux appartements qui leur avaient été attribués.

« Prenez votre temps pour vous installer, vous reposer et vous rafraîchir, seigneur Mérovée et magesse Lithian, leur dit Aspëra. Sa Majesté Mab, Titania-aux-Paupières-Closes, viendra à vous bientôt. »

Le cœur de Ludwig bondit dans sa poitrine, autant d'impatience que d'appréhension.

« Elle se déplacera ici en personne ? s'étonna-t-il. Je m'attendais à devoir aller à sa rencontre dans la salle du trône... si toutefois il y en a une dans ce palais. »

Après tout, la façon de régner pouvait être très différente ici.

« Sijendäl comporte bien une salle du trône, confirma la nymphe avant de partir. Toutefois, Sa Majesté n'y siège jamais. »

Se retrouvant seul dans une vaste chambre après que Lithian eut gagné la sienne, voisine, Ludwig déposa ses affaires sur le bord du lit puis, prenant conscience de son apparence de voyageur, aux vêtements sales et couverts de poussière, il se rendit dans une alcôve qui tenait lieu de salle de bains. Là, une baignoire pleine était constamment alimentée par une goulotte latérale où s'écoulait un filet d'eau parfumée et, sur la margelle, s'alignaient divers bocaux contenant des poudres ressemblant à du savon ou à des lotions.

Une fois lavé, Ludwig s'efforça de trouver dans son sac les habits les plus présentables, regrettant de ne pas avoir le temps de les faire nettoyer, puis s'installa dans un fauteuil afin de patienter. Quelques instants plus tard, incapable de se contenir, il se releva et se mit à faire les cent pas.

Après une vingtaine de minutes, qui lui parurent effroyablement longues, on frappa à la porte.

« Entrez », dit-il d'une voix si atone qu'il douta d'avoir été entendu.

Le battant s'ouvrit, révélant Aspëra, qui s'effaça aussitôt afin de laisser passer sa reine.

Sans même en avoir conscience, Ludwig retint sa respiration tout le temps qu'il fallut à Mab pour le rejoindre au milieu de la pièce. Elle s'immobilisa devant lui et lui sourit. Il voulut en faire autant sans y parvenir tant il était bouleversé. La peau laiteuse de son visage ovale contrastait harmonieusement avec les reflets châtains de ses cheveux tressés de fleurs et ses traits délicats n'exprimaient rien d'autre qu'une immense bonté. Ludwig ne pouvait quitter du regard ses yeux, dont la couleur paraissait changer subtilement d'un instant à l'autre. Elle était telle qu'il l'avait revue dans l'Entre Monde. Le souvenir de l'amour qu'ils avaient éprouvé l'un pour l'autre des siècles plus tôt vint le frapper. Saisi par l'émotion, il étouffa un sanglot et tomba à genoux devant elle.

« Oh, Mérovée ! », souffla Mab.

S'agenouillant à son tour, elle lui prit les mains ; Ludwig aurait voulu la serrer dans ses bras, mais une certaine gêne le retint. Il hésitait sur la manière de se comporter avec elle. D'une part, il était en présence d'une reine alors qu'il n'était désormais qu'un grossier mercenaire, d'autre part, elle le voyait pour la première fois sous l'apparence de Ludwig Arcerese, car, même lors de leurs brèves retrouvailles dans la Lisière des Mondes, il était venu à elle sous les traits de Mérovée. Avec sa haute taille, ses épaules larges et sa tache de vile-peau, il se sentait laid et disgracieux à côté d'elle.

« Mon aimé, dit-elle. Je suis si heureuse, moi qui désespérais de te revoir un jour. Comment es-tu parvenu à t'ouvrir un chemin pour gagner Hursëlïnh ? »

Ludwig voulut répondre, mais, la gorge serrée par l'émotion, la voix lui manqua.

En se trouvant si près d'elle, il découvrait de subtils détails qu'il n'avait pas remarqués lors de leur précédente rencontre et qui lui rappelèrent qu'elle était une elvëm. Dans l'Entre Monde, lui aussi l'avait revue telle qu'elle était dans ses souvenirs – qui venaient tout juste de remonter des profondeurs où ils étaient enfouis, avec toutes les approximations que leur nébulosité imposait. Derrière sa nuque gracile se détachaient d'étranges ramifications, semblables à de fines branches et, sur sa gorge, de nombreuses petites taches brillaient légèrement comme des pierreries. Alors qu'il les prit tout d'abord pour des ornements, il s'aperçut que ces particularités semblaient faire partie de son anatomie. Comment pouvait-il les avoir oubliées ?

Cependant, si Ludwig avait perdu une grande partie de ses souvenirs de la reine des fées, d'autres lui revenaient au fur et à mesure, par la grâce de ses attitudes, de son sourire, de son parfum ou du son mélodieux de sa voix. Osant enfin un geste vers elle, il tendit la main et lui effleura la joue d'une caresse. Mab inclina la tête afin de prolonger ce contact, puis ferma les yeux, s'abandonnant à ce moment tant espéré.

« Inüsel eremdïr ! », soupira-t-elle.

Ces mots, intraduisibles en langage humain, il se les rappela dès qu'il les entendit ; ils étaient un surnom affectueux qu'elle lui donnait jadis. Des larmes lui montèrent aux yeux et ils s'enlacèrent enfin.

La clarté du jour inondait peu à peu Opälvyr, révélant les détails de l'immense cité. En se remémorant ce souvenir, qui ne datait pourtant que de quelques jours, Ludwig venait de revivre l'intense émotion éprouvée à ce moment. Il sécha ses yeux humides du revers de sa manche.

Toujours accoudée à la balustrade de la terrasse, Lithian gardait le silence depuis plusieurs minutes, absorbée dans la contemplation de la ville qui s'éveillait.

Soudain, une voix féminine s'éleva derrière eux : « Isomé, magesse, isomé, seigneur Mérovée. »

Ils se tournèrent tous les deux pour faire face à la nymphe Aspëra qui venait de surgir, selon son habitude, sans le moindre bruit. Néanmoins, Ludwig l'avait sentie arriver avant qu'elle ne leur adresse la parole. Les hüldres étaient constamment entourées d'un halo étrange qui donnait l'impression de dévier la lumière et suscitaient chez lui, lorsqu'il se trouvait en leur présence, une gêne physique difficile à définir. Lithian la percevait également, mais, d'après elle, à un degré moindre. Il semblait que les elvëms fussent tout à fait insensibles à ces phénomènes.

Ludwig la salua à son tour :

« Isomé, Aspëra.

— Veuillez me suivre, je vous prie. Sa Majesté Mab est levée. »

ELEANOR

Manufacture impériale d'armes, Rouen, le matin.

Attablée dans la salle à manger de l'appartement qu'elle partageait avec son frère à la manufacture, Eleanor Rockwell prenait son « petit déjeuner », comme les Français appelaient maintenant le premier repas de la journée. Elle s'était habituée à celui qu'affectionnaient les Parisiens : des tranches de pain beurrées trempées dans du café au lait. Son cœur se soulevait à la simple idée de tremper le pain dans du vin ou, pire, dans la soupe de la veille, ainsi qu'on le faisait dans les campagnes ou même parfois ici, à Rouen. S'il avait tout de même cédé au fromage français, Theo, quant à lui, s'en tenait toujours au *breakfast* à l'américaine, œufs, poitrine fumée et pain. Ce menu lui rappelait le pays, dont il était nostalgique depuis qu'il était venu la rejoindre en France, un an auparavant.

Cependant, quel que fût le repas de la journée, Eleanor manquait d'appétit depuis le début de la semaine. Et les nausées causées par sa grossesse n'étaient pas seules en cause. L'expérience menée au laboratoire des *Magi Karoli Magni*, cinq jours plus tôt, avait représenté l'un des pires moments de sa vie. Ainsi, les guerres étaient vouées à se répéter encore et encore au long des décennies à venir, tel un monstre vomissant inlassablement de nouveaux monstres, au lieu, comme l'espère tout humaniste, de se raréfier avec le temps, grâce à l'éducation des peuples et au développement des échanges entre les pays. Cette expérience avait viré au cauchemar pour elle.

Son erreur avait été de vouloir reproduire la méthode d'Élégast sans avoir vraiment réfléchi à ce qu'elle en attendait. L'activité privilégiée des hommes avait de tout temps consisté à s'entretuer et semblait vouée à le rester. La seule différence résidait dans l'évolution de la technologie qui, année après année, autorisait à se massacrer avec toujours plus d'efficacité. Jusqu'à atteindre le paroxysme de folie et d'absurdité auquel elle avait assisté avant de perdre connaissance devant une telle horreur : une bombe de fin du monde. Une bombe tuant à elle seule des dizaines de milliers d'êtres humains, des centaines de milliers peut-être !

Et Eleanor savait fort bien que ce qu'elle avait vu n'était en rien l'œuvre d'un quelconque sorcier maléfique, mais bien l'aboutissement d'une recherche savante de haut niveau appliquée à l'armement. Ce seraient donc les gens comme elle qui mèneraient l'humanité à sa perte. Comment les ingénieurs et les scientifiques du futur avaient-ils pu accepter de mettre leurs connaissances au service d'une telle abomination ? Était-ce parce que, à l'image des Français confrontés aujourd'hui à Vakt, ils feraient face dans l'avenir à un péril si grave qu'ils s'en sentiraient l'obligation afin de défendre leur population ? Après le récit qu'Irénion lui avait livré de la bataille de Santes, préfigurant l'affrontement direct contre le Hiérophante du *Bog Krovi* qui ne manquerait pas d'advenir, Eleanor avait cru que tous les moyens seraient bons pour mettre un terme à cette guerre, qu'elle ne reculerait devant rien. Maintenant qu'elle avait assisté à cette apocalypse artificielle démente, son état d'esprit avait changé du tout au tout.

Un bruit de pas interrompit l'enchaînement de ses pensées négatives : Theodore arrivait dans la salle à manger, les traits encore ensommeillés.

« *Hello sister*, fit-il en bâillant – entre eux, ils parlaient toujours en anglais. Comment te sens-tu, ce matin ? »

Il lui déposa un baiser sur le sommet du crâne, comme il le faisait depuis leur enfance.

« J'ai connu des jours meilleurs, répondit-elle avec une moue à mi-chemin entre la grimace et le sourire forcé.

— Encore des nausées ?

— Oui, mais je ne crois pas qu'elles soient dues à mon état. C'est surtout le poids du remords…

— Pour le choix que tu as fait ? »

Elle hocha la tête puis ajouta : « Et pour ne pas avoir trouvé la force de le dire à Irénion. »

Deux jours plus tôt, alors qu'il était de passage à Paris, l'homme qu'elle aimait était venu la retrouver l'espace de vingt-quatre heures avant de repartir pour le front. Une visite qui, si elle avait fait beaucoup de bien à Eleanor, l'avait aussi plongée dans les affres de la culpabilité, puisque, à aucun moment, elle n'avait osé lui dire qu'elle renonçait à concevoir de nouvelles armes pour la France.

De retour à la manufacture le surlendemain de son expérience traumatisante au laboratoire d'Éthelinde, Eleanor avait aussitôt tout raconté à son frère. Elle lui avait avoué le vacillement de sa volonté de poursuivre ses recherches, de prendre part, même indirectement, aux atrocités présentes et futures. Le dilemme était terrible pour elle : soit elle participait au développement de l'armement et contribuait à mener l'humanité à sa perte, soit elle abandonnait et augmentait mécaniquement les chances de Vakt de détruire les armées françaises, lui laissant alors le champ libre pour s'en prendre au reste de l'Europe et du monde.

Bien qu'il peinât à croire en la description de la bombe d'apocalypse que sa sœur lui fit, Theodore comprit son désarroi et tâcha de la réconforter. Il lui affirma que, bien entendu, nul ne lui reprocherait quoi que ce soit si elle renonçait à ses recherches. Saisie par l'émotion, Eleanor l'avait serré dans ses bras tout en se doutant qu'il n'y croyait pas lui-même. On lui tiendrait évidemment rigueur de ce qui serait considéré comme une lâcheté, voire une désertion. Mais l'opinion des autres ne lui importait point. Seule la réaction d'Irénion l'inquiétait.

Une fois seule, le soir, dans son lit, elle en avait pleuré de désespoir et de rage. Pourquoi diable s'était-elle lancée dans cette aventure insensée ? Pourquoi avait-il fallu que son père dirige une manufacture d'armes, incitant ainsi l'enfant qu'elle était à rêver de l'imiter ?

Au fond de sa conscience, elle savait qu'elle avait déjà pris sa décision, avant même de revenir à Rouen. Celle-ci s'était imposée à elle dès que la vision s'était dissipée. Elle se refuserait à participer à cette course à l'arme la plus dévastatrice, quel qu'en soit le prétexte. Peut-être eût-elle considéré les choses différemment si elle n'avait pas porté la vie ? Car elle ne pouvait imaginer laisser à son enfant ainsi qu'à ses descendants le monde qu'elle avait entrevu. Si, pour défaire Vakt et tous les dictateurs sanguinaires que l'humanité allait inéluctablement engendrer dans les décennies à venir, il fallait inventer des moyens de destruction toujours plus puissants, il n'en résulterait qu'un nombre de victimes toujours plus grand sur les champs de bataille et parmi les civils. En effet, c'était l'un des aspects de sa vision qui l'avaient le plus bouleversée : il semblait que, dans l'avenir, les armées s'en prendraient délibérément aux civils. Attitude impensable de militaires dignes de ce nom, correctement commandés. Bien sûr, de tout temps, des exactions étaient commises en marge des guerres parmi les populations, mais cela ne pouvait être en rien comparé à cette bombe qu'elle avait vue anéantir une ville entière peuplée, loin de tout terrain d'affrontement.

Il faudrait bien que cette folie s'arrête un jour. En attendant, elle n'y prendrait plus part, même si ce choix devait demeurer incompris. Afin de ne pas abandonner Irénion et ses armées dans leur combat contre l'abomination tapie en Russie, elle continuerait de superviser la fabrication d'armes actuelles, mais elle n'en concevrait plus de nouvelles.

Maintenant, elle allait devoir trouver la force d'annoncer cette décision à Irénion, lui qui voyait ses hommes mourir au front tous les jours, en espérant qu'il la comprenne comme Theodore.

Une fois leur petit déjeuner avalé, ils se rendirent à la fonderie de la manufacture dans l'intention de superviser la fabrication des pains d'acier. La veille, un chargement de fer de haute qualité leur avait été livré, qui allait être mélangé à du charbon afin d'en tirer le meilleur alliage possible. L'opération était délicate, car la précision de la teneur en carbone déterminait la dureté de l'acier.

La fonte du fer durait déjà depuis deux heures et se déroulait en bon ordre lorsqu'on les fit prévenir que Mr Samuel Rockwell venait de se présenter à l'entrée de la manufacture.

Eleanor soupira ; elle eût préféré s'épargner ce rendez-vous, mais Theodore avait insisté.

Depuis les retrouvailles avec leur père, un mois plus tôt, ils l'avaient revu à deux reprises (seul, sans ses associés). Chaque fois, la rencontre avait été cordiale ; bien qu'Eleanor nourrisse toujours une profonde rancœur à son égard, elle s'efforçait de ne pas trop le montrer, par égard pour son frère qui semblait tenir plus qu'elle à cette réconciliation. Elle ne parvenait pas à croire vraiment aux justifications de son père et continuait à penser qu'il était responsable de la mort de leur mère, ainsi que des tentatives d'assassinat dont ils avaient été la cible. Theodore, à l'inverse, lui accordait le bénéfice du doute. Comment rejeter les arguments de leur père alors qu'ils étaient vraisemblables ? Des accusations aussi graves se devaient d'être irréfutables. Au bout du compte, Eleanor ne savait plus que croire et hésitait à repousser catégoriquement leur père. Se pourrait-il qu'elle se trompât à ce point à son sujet ?

Toutefois, même en mettant de côté ses soupçons les plus lourds, la jeune femme ne pouvait s'empêcher de considérer que la subite volonté de rapprochement de leur père paraissait un peu trop commode compte tenu des difficultés de son entreprise. Car la *Rockwell Rifles Company* périclitait depuis que la manufacture menée par ses enfants montrait quel serait l'avenir de l'armement. Cherchait-il à leur dérober des secrets industriels ? Si tel était le cas, il en serait pour ses frais, jamais Eleanor ne le laisserait entrevoir quoi que ce soit d'important.

Il lui avait fallu pourtant admettre que sous-traiter chez lui une partie de leur production, ainsi qu'il l'avait suggéré, pourrait leur être bénéfique. La montée en cadence de la manufacture impériale n'était pas assez rapide pour fournir les armées comme Irénion le demandait. Or, leur père possédait une longue expérience dans la fabrication d'armes ; lui déléguer certaines étapes de la production, sur des pièces non essentielles, n'aurait rien d'absurde.

Aussi avait-elle fini par céder à la requête de son frère de le laisser visiter une partie de la manufacture – sans lui montrer de secret industriel majeur – afin qu'il voie à quoi ressemblait une usine moderne, avec ses fameuses chaînes d'assemblage, et puisse s'en inspirer pour améliorer le rythme de production de la sienne.

Lorsque, mené par deux gardes, il entra dans la fonderie et vint à eux, Eleanor sentit aussitôt son irritation redoubler : son père était accompagné de ses deux associés aux mines patibulaires. Dès le premier rendez-vous, elle leur avait trouvé de véritables têtes de voyous, bien qu'ils se prétendissent hommes d'affaires.

Elle les toisa avec tout le mépris dont elle était capable et, sans même le saluer, lança en anglais à son père : « Nous étions convenus que tu viendrais seul ! »

Le visage vieilli et fatigué de Samuel Rockwell paraissait plus marqué que jamais, et il transpirait abondamment. Les creusets de métal en fusion dégageaient certes une intense chaleur, pourtant il venait à peine d'arriver. Une fois encore, la jeune femme eut le regard attiré par son ventre proéminent, qui jurait tant avec ses joues creusées, presque maladives.

« Allons, ma chère Eleanor, Mr Higgins et Mr Merckerson sont mes associés et leur investissement dans la manufacture familiale légitime pleinement le fait qu'ils s'intéressent à notre futur partenariat.

— *Éventuel* partenariat, rectifia Eleanor d'un ton coupant. Je te rappelle simplement que ce n'était pas ce qui était convenu. Si tu souhaites que nous concluions un accord, il faudrait commencer par respecter un simple engagement verbal ! »

Son père rougit devant l'affront, sa sudation redoubla et il balbutia un semblant de justification, tandis que ses associés paraissaient s'agacer de se voir traités ainsi, lorsque Theodore intervint.

« Eleanor, pour une visite des parties les moins secrètes de la manufacture, ces messieurs peuvent bien accompagner père. Après tout, si nous devons leur déléguer certaines étapes de notre production, il faudra bien que nous leur montrions comment procéder. »

Eleanor savait qu'elle se comportait d'une manière un peu ridicule. Si vraiment elle acceptait de se ranger à l'opinion de Theo concernant leur père, il était puéril de chercher à humilier ce dernier de la sorte. Ne pouvant se résoudre à l'admettre à voix haute, elle se contenta d'incliner la tête, mâchoires crispées.

« Bien, messieurs, reprit Theodore sans attendre, de peur qu'elle ne change d'avis, si vous voulez bien me suivre, nous allons commencer par les ateliers de…

— Qu'on les fouille ! » ordonna Eleanor.

Le visage de son père était désormais couvert de gouttelettes de sueur et ses cheveux clairsemés trempés s'étaient plaqués sur son crâne dégarni. Cette sudation trahissait une nervosité anormale.

« Eleanor…, protesta son frère, décontenancé. Je ne crois pas qu'il soit utile de…

— Cela ne nous pose aucun problème, coupa Mr Merckerson. N'est-ce pas, Mr Higgins ?

— En effet, c'est bien naturel dans votre position », répondit l'autre sur un ton mielleux qui exaspéra la jeune femme.

Elle adressa un signe aux deux Sentinelles intérieures qui, chargées de leur sécurité, les suivaient en permanence. Les gardes s'approchèrent des deux hommes et, passant leur fusil en bandoulière afin d'avoir les mains libres, commencèrent à palper leurs vêtements. En dépit de l'expression désapprobatrice de Theo, Eleanor ne les quitta pas des yeux durant toute la fouille. Tandis que Mr Higgins lui rendait son regard, elle crut déceler un léger sourire narquois sur ses lèvres. Plissant les paupières, Eleanor ne parvint pas à déterminer si elle avait imaginé ce rictus, qui, tout à la fois, avait attisé sa colère et lui avait fait peur. Les sentinelles reculèrent d'un pas ; elles n'avaient rien trouvé.

« Fort bien, fit Theo, merci, messieurs, de votre patience. Nous allons donc commencer…

— Fouillez mon père également ! » lança Eleanor.

À ces mots, le visage de celui-ci blêmit à une vitesse qu'Eleanor n'eût pas crue possible.

« Pardon, ma fille, mais je m'y refuse ! s'exclama-t-il en bredouillant. C'est extrêmement insultant !

— Allons, Eleanor, tu n'y penses pas ! intervint Theodore.

— Il a déjà essayé de nous faire tuer ! gronda-t-elle.

— Encore cette histoire ! » s'insurgea leur père.

Sans tenir compte de ces protestations, Eleanor ordonna aux deux Sentinelles intérieures de s'exécuter.

Tout s'enchaîna alors très vite.

Dès que les sentinelles esquissèrent un pas en direction de Samuel Rockwell, Mr Higgins se jeta sur ce dernier, donnant l'impression à Eleanor, stupéfaite, qu'il l'attaquait. En réalité, Higgins plongea brutalement les mains sous le manteau de Samuel et, déchirant ce qu'elle comprit à ce moment n'être qu'un faux ventre rembourré, il en sortit deux pistolets d'un geste vif. Avant que les malheureux soldats n'aient eu la moindre chance d'empoigner leurs armes, il les abattait froidement, d'une balle en plein front à bout portant. Eleanor poussa un cri tandis qu'elle recevait une éclaboussure de sang au visage.

Sans perdre une seconde, Merckerson imita son comparse et, bousculant rudement Samuel qui tomba à la renverse, saisit deux autres pistolets dans le ventre postiche, qu'il braqua sur Eleanor et Theodore alors que les corps des sentinelles achevaient à peine de s'effondrer au sol.

« Personne ne bouge ! » cria-t-il d'un ton impérieux.

Tous les ouvriers fondeurs présents avaient interrompu leurs tâches, sidérés, et un silence étrange s'abattit sur les lieux, seulement troublé par le bouillonnement des creusets de métal en fusion.

Higgins abaissa lentement ses pistolets dont les canons fumaient encore. Avec le même sourire narquois qu'Eleanor avait décelé quelques instants plus tôt, il dit : « Vous allez nous mener sans faire d'histoire à vos bureaux d'études où vous nous remettrez les plans de vos armes spéciales. Ensuite, nous… »

Il n'eut jamais le loisir d'aller au bout de ce qu'il avait à dire, car Theo se jeta sur eux avec un cri de colère. Ce dernier n'avait aucune chance, bien sûr, car Merckerson le tenait déjà en joue et le coup partit avant même qu'il ait pu l'atteindre. Theodore s'écroula à son tour, rejoignant les Sentinelles intérieures qui baignaient dans leur sang. Sans même réfléchir, son geste dicté par un réflexe de survie, Eleanor en profita pour tirer de sa manche le petit pistolet qui ne la quittait jamais et le déchargea en pleine tête de Merckerson. La balle entra par l'œil droit et ressortit par l'arrière du crâne.

Higgins se jeta sur le second pistolet – encore chargé – que son comparse venait de lâcher en s'effondrant, mais les ouvriers les plus proches, reprenant enfin leurs esprits, se ruèrent afin de le maîtriser avant qu'il n'eût l'occasion de s'en servir. Dans le même temps, bien qu'il ne semblât point représenter une quelconque menace, d'autres s'occupèrent de Samuel.

Eleanor, prenant conscience qu'elle avait cessé de respirer, inspira d'un coup et se précipita vers le corps inerte de son frère qui gisait entre les sentinelles, un trou sanglant s'ouvrant sur la gauche de son torse. Elle tomba à genoux et lui redressa la tête.

« Theo, non ! cria-t-elle, la voix brisée. NON ! »

Aucune réaction. Il ne respirait plus. Theodore était mort ! Celui qui avait toujours veillé sur elle, avec qui elle avait tout partagé depuis l'enfance, n'était plus. Tué par l'avidité de leur propre père !

Tout à coup, un voile rouge obscurcit le regard d'Eleanor et son cœur accéléra brutalement. Elle se leva d'un bond et ramassa le pistolet encore chargé de Merckerson. Toute humidité semblait avoir déserté sa bouche, ses tempes palpitaient douloureusement. Elle se rua sur son père qui, toujours affalé par terre, recula à la hâte avant de se voir bloqué par le muret de briques qui longeait les creusets, cinquante centimètres plus bas. Toute couleur quitta son visage – pourtant déjà pâle – en croisant le regard de sa fille qui avançait sur lui.

Une fois à son niveau, Eleanor se pencha et l'empoigna par le col. Soudain douée d'une force surhumaine, elle le souleva comme s'il ne pesait rien et le jeta sur le muret, qu'il heurta de son dos en gémissant de douleur. Eleanor plaqua alors le canon du pistolet sur sa tempe tandis que, de son autre main, elle serrait son col de toutes ses forces en hurlant de rage et de désespoir, les joues inondées de larmes. Elle voulait tout à la fois lui écraser la gorge et lui faire sauter la cervelle. Non seulement ce serpent avait tenté de lui ôter la vie, mais il lui avait pris tous ceux qu'elle aimait !

« TU L'AS TUÉ ! rugit-elle à quelques centimètres de son visage convulsé. Comment as-tu pu ! Ton propre fils ! Tu mérites la mort ! »

Theo s'était sacrifié pour la sauver parce qu'au dernier moment, il avait sûrement été frappé par le remords d'avoir commis l'erreur d'accorder sa confiance à leur père, contre l'avis de sa sœur. Son ultime sentiment avait été la culpabilité et jamais elle ne pourrait le réconforter ! Cette simple idée suffisait à alimenter le torrent de haine qui déferlait en elle.

Bredouillant de terreur, son père se débattait pour échapper à la poigne d'Eleanor, mais, soit que celle-ci fût dotée d'une force inhabituelle, soit qu'il fût privé de la sienne par la peur, ses coups rebondissaient mollement sur les bras de sa fille. Les dents serrées à se les briser, Eleanor accentua sa pression sur sa gorge et ils dérapèrent sur le muret de briques avant que le bassin de Samuel ne heurte celui-ci, interrompant leur chute. Ils se tenaient désormais en équilibre au-dessus d'un creuset de fer en fusion. L'arrière du crâne de son père se trouvait à moins de vingt centimètres du métal liquide et ses cheveux s'enflammèrent aussitôt, ainsi que certaines mèches d'Eleanor. Il hurla de douleur et se débattit de plus belle, saisi par l'épouvante. Lorsque l'horrible odeur de la chair commençant à brûler atteignit les narines d'Eleanor, sa rage refroidit suffisamment pour qu'elle reprenne conscience d'elle-même.

Alors, elle le tira en arrière et le laissa tomber de l'autre côté du muret ; à l'instant, il se recroquevilla au sol en sanglotant, les mains plaquées sur le crâne. Eleanor resta devant lui, les bras baissés, les cheveux fumants. Elle lâcha le pistolet qui heurta le dallage avec un bruit métallique. Au dernier moment, elle avait renoncé à le tuer à cause de l'enfant qu'elle portait. L'idée de l'associer à un tel acte lui avait paru insupportable. Autour d'eux, les ouvriers la dévisageaient, interdits.

Les gémissements de son père redoublèrent : « Je suis… désolé ! Je… te demande pardon ! J'ai été forcé, je n'avais… pas le choix ! Ah, j'ai si mal ! »

C'était sûrement faux, bien entendu. Eleanor se doutait qu'il n'avait agi que par appât du gain ou pour rembourser ses dettes, et probablement aussi par jalousie pour la réussite de leur manufacture.

« J'aurais dû te laisser brûler, répliqua-t-elle d'une voix blanche. Tu ne mérites aucun pardon. Mais ce n'était pas à moi de t'ôter la vie. Tu seras exécuté, j'en fais le serment ! Mais tu devras d'abord répondre de cette infamie devant la justice des hommes, avant d'affronter celle de dieu. »

Soudain, une voix s'éleva derrière elle. L'un des ouvriers, penché sur le corps de Theodore, s'écria : « Il n'est pas mort ! Je sens sa respiration ! Elle est très faible, mais je la sens ! »

Eleanor crut que son cœur allait s'arrêter. Elle se précipita vers son frère et, s'agenouillant à ses côtés, lui saisit le poignet afin de chercher son pouls. Et, en effet, après de longues secondes d'une insoutenable angoisse, elle décela un infime battement sur la veine qu'elle pressait. Avec une telle blessure, elle était persuadée que Theodore n'avait pu survivre.

« Un médecin ! cria-t-elle. Que l'on aille quérir un médecin ! Vite, je vous en supplie ! »

Aussitôt, un ouvrier quitta la salle en courant.

« Oh, Theo ! fit-elle en laissant éclater ses larmes. Je t'en conjure, ne m'abandonne pas ! Reste en vie ! »

LUDWIG

Hanki 38, Ereth 124

Palais de Sijendäl, Hursëlïnh, le matin.

Ludwig et Lithian suivaient Aspëra le long des couloirs labyrinthiques et dans les escaliers délicatement ornés du palais. Sur le chemin, de nombreux elvëms s'arrêtaient pour les observer, telles des bêtes curieuses, suscitant des abîmes de gêne chez le mercenaire qui n'aimait rien moins qu'attirer l'attention. Certains d'entre eux étaient visiblement l'équivalent de domestiques, chargés de l'entretien du palais, d'autres paraissaient occuper des fonctions plus élevées, dont Ludwig ignorait tout.

Durant le trajet, Lithian tenta à plusieurs reprises d'interroger Aspëra au sujet des hüldres – le mot étant difficile à prononcer, elle continuait à les appeler « nymphes » –, de leurs caractéristiques physiques si particulières ou de leur étrange interaction avec l'environnement, sans obtenir la moindre réponse de sa part. La plupart du temps, Aspëra se contentait de s'exprimer en un minimum de paroles, et lorsqu'il lui arrivait de développer davantage, son propos était souvent obscur, fait de périphrases énigmatiques.

Depuis leur arrivée en Hursëlïnh, Ludwig avait remarqué que Lithian se comportait plus bizarrement que jamais. La vieille femme excentrique et retirée des affaires humaines qu'il avait connue avait laissé place à une personne étonnamment énergique, avide de découvrir ce monde mystérieux, comme si la magesse d'un ordre ésotérique ancien s'était subitement muée en une savante à la curiosité insatiable. À la voir griffonner sans cesse dans ses carnets de peur d'oublier tel ou tel détail, elle lui rappelait parfois Éthelinde.

Quittant l'aile ouest du palais, ils continuèrent à l'extérieur en traversant une esplanade dégagée avant d'emprunter l'un des nombreux ponts qui s'élançaient dans le vide en direction de l'une ou l'autre des éminences rocheuses voisines du Mont du milieu. Très étroit, il ressemblait davantage à une passerelle dont le garde-corps, proportionné à la taille des elvëms, paraissait si peu élevé que Ludwig éprouva un début de vertige en jetant un coup d'œil en contrebas. Sur leur gauche, de multiples cascades dévalaient les pentes enfouies dans la verdure avant de s'unir, plus loin dans la vallée, en une large rivière qui alimentait la cité-mère en eau.

De l'autre côté du pont s'élevait un magnifique bâtiment à l'architecture curieuse : un corps central oblong, dont la forme rappelait un peu celle d'un cocon, surmonté de dizaines d'arches de pierre d'une incomparable finesse. Des centaines d'oiseaux de toutes espèces volaient autour. Aspëra s'arrêta au seuil d'un porche en ogive dépourvu de portes et les invita d'un geste à entrer.

À l'intérieur se tenait la reine Mab, appelée Titania-aux-Paupières-Closes par les hüldres, entourée d'oiseaux multicolores, voletant autour d'elle ou posés sur ses bras. Ils chantaient pour elle et elle chantait pour eux en retour, tout en leur distribuant des graines. Ludwig n'avait jamais rien vu de plus beau. Les échos de sa voix claire, multipliés par les arches entrecroisées de la voûte, semblaient répondre aux reflets scintillants que sa longue robe nacrée renvoyait. Suivi de Lithian, il s'approcha, et elle interrompit son chant en les apercevant. La plupart des oiseaux s'éloignèrent, mais quelques-uns demeurèrent sur ses épaules, à picorer les graines qu'elle leur tendait. Aspëra resta à l'entrée du bâtiment et se désintéressa d'eux tandis que des oiseaux s'assemblaient autour d'elle aussi.

« Isomé, Mab, dit Ludwig en prenant les mains de la reine sur lesquelles il déposa un baiser.

— Isomé, Inüsel eremdïr, répondit Mab avec un sourire. Ma journée s'illumine de te voir.

— Mes respects, Votre Altesse, fit Lithian en inclinant la tête par déférence.

— Isomé, magesse. »

Même s'il n'était pas du genre de Lithian de se plier à quelque protocole que ce fût, ici, dans ce monde inconnu, elle s'efforçait d'éviter tout impair.

« Cette volière est magnifique, dit Ludwig en lançant un regard circulaire. Loin des pigeonniers sinistres des châteaux de notre monde. »

D'un geste gracieux, Mab désigna les hauteurs de la salle.

« Entre chacune de ces arches se trouvent des ouvertures qui permettent aux oiseaux d'aller et venir à leur guise, expliqua-t-elle. Aucun n'est captif ici ; ils disposent, dans ces nombreuses alcôves, de lieux où nicher, se nourrir, se protéger des prédateurs ou se reproduire. Avec le temps, certains développent des relations privilégiées avec les elvëms et, parfois même, acceptent de porter des messages pour eux. Non parce qu'ils sont dressés, mais parce qu'ils apprécient la compagnie des elvëms.

— Es-tu capable de communiquer avec eux ? demanda Ludwig, qui avait encore en mémoire le chant mélodieux qu'il avait entendu en arrivant.

— Pas réellement. Je parviens presque à comprendre certaines espèces, mais je ne possède pas le talent de parler avec elles, car il m'est physiquement impossible d'émettre les mêmes sons qu'elles. »

Ludwig hocha la tête. Faute de trouver quelque chose à dire, il sourit de nouveau, cherchant à masquer son léger embarras.

Depuis deux jours qu'il était installé au palais de Sijendäl, il avait eu l'occasion de partager plusieurs moments avec Mab et, contre toute attente, il en souffrait…

Ludwig avait tant espéré ces retrouvailles, il les avait tant idéalisées que, lorsqu'elles étaient enfin advenues, il en avait été non pas déçu, mais… déconcerté. Même si, au fond, il n'avait pas vraiment su à quoi s'attendre, il avait toujours songé confusément que les sentiments qui le liaient jadis à la reine des fées rejailliraient spontanément dès qu'ils se retrouveraient. Il n'en avait rien été. Bien qu'il n'eût conservé presque aucun souvenir de sa première vie, il se rappelait avec une douloureuse acuité l'effet qu'elle produisait alors sur lui, le rayonnement quasi surnaturel qui émanait d'elle. Or, maintenant, il lui semblait que cette présence avait perdu en intensité, comme si Mab ne participait plus tout à fait de la réalité de ce monde, comme si son incommensurable et cruelle captivité dans la Lisière l'avait changée.

Quant à lui, il avait dû se rendre à une amère évidence : revenir dans l'Autre Monde, retrouver le Pays des feuillages après l'avoir quitté contre son gré plus d'un millénaire auparavant, n'avait pas refait de lui Mérovée, fils du roi légendaire Clodion le Chevelu. Par la faute de l'Anomalie, Ludwig Arcerese il était devenu, Ludwig Arcerese il resterait. Jamais plus il ne serait Mérovée.

Depuis le moment où il avait pris conscience d'avoir vécu une première existence avant de devenir un enfant sauvage mutique, il s'était raccroché à l'idée qu'un jour il serait de nouveau celui qu'il avait été autrefois. Mais, après avoir enfin retrouvé celle pour laquelle il avait tout sacrifié mille quatre cents ans plus tôt, il s'apercevait peu à peu que ce désir s'apparentait à une illusion. Et ce constat l'attristait profondément, sans parler de la peine qu'il causait en retour à Mab elle-même, bien qu'elle s'efforçât de ne rien laisser paraître.

Aussi, une fois la chaleur de leurs retrouvailles dissipée, une certaine gêne s'était installée entre eux, tel un intrus déplaisant s'immisçant dans une conversation intime. Ludwig éprouvait toujours de profonds sentiments envers Mab, mais ce n'étaient plus les mêmes que ceux du jeune chevalier enamouré qui lui faisait la cour sous les frondaisons de la forêt Charbonnière, une éternité plus tôt. Maintenant qu'il l'avait retrouvée, chaque fois qu'il croyait, par un tendre regard, une douce parole ou un sourire lumineux, que sa passion pour elle allait renaître, l'image d'Onéline et de Thalie s'interposait et les larmes lui montaient aux yeux.

La désillusion était terrible et, même s'il faisait tout pour la masquer afin de ne pas blesser Mab, celle-ci la percevait nécessairement.

La reine s'adressa à la magesse, qui admirait l'architecture des lieux.

« Chère Lithian, qu'avez-vous pensé de la bibliothèque du palais ? Y avez-vous trouvé de quoi satisfaire votre curiosité ? »

Comme chaque fois, Ludwig traduisit la question en français avant d'en répéter la réponse en oprâl : « Je ne saurais trop vous remercier de m'en avoir autorisé l'accès, Votre Altesse, dit Lithian. Il y a là tant de rouleaux et de livres que des générations de savants pourraient y étudier sans en épuiser les ressources. Bien sûr, en attendant d'apprendre l'eprâl, je ne puis réellement en profiter. Toutefois, j'ai remarqué quelques ouvrages en latin, datant de toute évidence de l'époque où nos deux mondes communiquaient, dont j'ai commencé la lecture. C'est passionnant ! »

Mab hocha la tête en souriant avec bienveillance devant tant d'enthousiasme. Il sembla pourtant à Ludwig déceler une pointe de préoccupation affleurant sur les traits de la reine, comme si quelque chose piquait sa curiosité chez la magesse.

« Chère Lithian, reprit-elle, les portes de la bibliothèque vous seront ouvertes autant que vous le souhaiterez. Il y avait bien longtemps qu'aucun érudit ne s'y rendait plus.

— Merci, Votre Altesse. J'y étudierai avec plaisir le moment venu, mais l'heure n'est pas à la science pour la science, je le crains. Je me dois de chercher toutes les informations utiles que je pourrais trouver sur l'irruption de Vakt dans votre monde autrefois et, surtout, sur la façon dont vos illustres ancêtres parvinrent à le vaincre…

— La "Terreur Rampante" ne pouvait être vaincue, rectifia Mab. À l'époque, nos mages et les hüldres, aidés par des magiciens humains, ne réussirent qu'à le maîtriser et à l'enfermer pour toujours. Du moins le croyions-nous, jusqu'à ce que des fous décident de le ranimer…

— Justement. J'ai échafaudé quelques hypothèses sur la raison pour laquelle Vakt n'avait pu être tué et je nourris l'espoir de les voir confirmées dans vos archives. Malheureusement, c'est là une tâche herculéenne, compte tenu du nombre impressionnant d'ouvrages que compte votre magnifique bibliothèque. D'ailleurs, j'ai hâte de retourner là-bas et je prie Son Altesse de bien vouloir me pardonner de quitter son auguste compagnie. D'autant que je gage que vous préférez certainement bénéficier d'un peu d'intimité plutôt que subir le chaperonnage d'une vieille bonne femme ! »

Elle émit un rire aigu et Ludwig renonça à traduire cette saillie. Après s'être brièvement inclinée, Lithian s'éloigna en trottinant.

Mab invita Ludwig à sortir pour une promenade et celui-ci lui offrit galamment son bras.

Aspëra ne prêta aucune attention à leur départ, toute à ses volatiles multicolores. Il semblait à Ludwig qu'elle communiquait silencieusement avec ceux-ci. Il ne pouvait se défaire du sentiment que les hüldres possédaient une lointaine parenté avec certains oiseaux, sans être capable de s'expliquer lui-même cette impression.

Quittant la volière par le porche opposé, ils entamèrent une déambulation au-dessus des innombrables cascades et cours d'eau serpentant dans les recoins secrets du Mont du milieu, dévalant ses coteaux parfois abrupts. En traversant de nombreux ponts moussus ou passerelles envahies de plantes grimpantes, Mab lui fit visiter plusieurs éminences rocheuses et les annexes du palais qui s'y dressaient. Par moments, Ludwig éprouvait le vague sentiment d'une présence les observant, mais il eut beau scruter discrètement les hauteurs environnantes, il ne décela rien de suspect. Comme Mab ne semblait pas inquiète, il mit cette impression sur le compte de toutes les étrangetés que ce monde lui réservait depuis leur arrivée.

Même si les assauts du temps n'étaient pas parvenus à en retirer toute la beauté, la plupart des endroits que la reine lui montra étaient laissés à l'abandon et, pour certains, à demi écroulés. À la suite de l'effondrement du pont qui y menait, certaines éminences isolées ne disposaient même plus d'un accès.

Mab ne cachait pas sa peine : « Sijendäl, comme toute Hursëlïnh, était autrefois un lieu merveilleux, magnifique et débordant de vie. L'assombrissement de l'esprit d'Yilünsel (Ludwig se souvint qu'elle appelait parfois ainsi Obéron), sa sinistre soif de pouvoir et de conquête ont tout abîmé, tout flétri. Durant ma captivité dans la Lisière, je n'ai cessé de penser à mon monde, ne rêvant que d'y revenir afin de redonner espoir aux elvëms, mais, lorsque ce rêve se réalisa enfin, j'ai été atteinte au plus profond de mon cœur en découvrant l'état dans lequel se trouvait le Pays des feuillages après une si longue absence du couple royal…

— Pour quelle raison les elvëms ne se sont-ils pas choisi de nouveaux souverains durant tout ce temps ? » demanda Ludwig tandis qu'ils grimpaient un escalier de pierre à travers des buissons bourdonnants d'insectes butineurs.

Mab eut un geste pour exprimer la difficulté d'expliquer un concept propre à ce monde.

« Les souverains d'Hursëlïnh ne sont pas comparables à ceux du Monde Naturel. Tu traduis spontanément dans ta langue les termes qui les désignent dans la nôtre par "roi" et "reine", mais, ici, il s'agit nécessairement d'un couple : l'Olnëan. Bien que, à l'image des souverains humains, ils dirigent et soient obéis, ils sont avant tout un… liant, un ciment entre toutes les choses de ce monde. Sans Olnëan, Hursëlïnh continue d'exister, bien sûr, mais elle perd en cohésion, en harmonie.

— Obéron ne semblait plus guère assurer cette harmonie à la fin…

— C'est pourquoi je pense qu'il avait cessé d'être roi avant même que l'horrible déchirure de la trame de l'univers que vous nommez "Anomalie" ne l'emporte dans le temps. Il n'était déjà plus qu'un tyran sans même le savoir. Après sa subite disparition, et la mienne, Hursëlïnh a lentement périclité. Au fil des cycles, des régions entières sont redevenues sauvages, et parfois aussi leurs habitants, les choses innommables des Vallées Putrides se sont frayé un passage jusqu'aux territoires habités, des guerres ont éclaté entre des peuples en paix depuis toujours… »

Ils atteignirent un promontoire pourvu d'un banc de pierre, depuis lequel la vue sur Opälvyr était remarquable. Unlï était désormais haut dans le ciel, et la cité-mère entièrement éveillée. Même à cette distance, les centaines de milliers d'âmes qui y vivaient produisaient un brouhaha diffus.

Après quelques instants, Mab reprit : « L'Olnëan est la transcendance de ce monde, son inspiration. Et sans inspiration, un corps dépérit. (Ludwig comprit qu'elle employait le mot "inspiration" à la fois dans le sens de l'influence suggérant aux autres une direction à suivre ainsi que dans celui du souffle de vie.) Depuis que je suis revenue, je tente de communiquer de nouveau cette inspiration aux elvëms, mais seule, je ne puis rien. Hursëlïnh a besoin d'un couple royal. En devenant un tyran, Obéron avait déjà perdu le droit moral de régner sur les elvëms et il ne pouvait le faire que par la force de son pouvoir. Or, en détruisant ses cristaux, tu as annihilé l'essence de ce pouvoir, ce qui a fait de toi le nouveau souverain d'Hursëlïnh… »

Titania prit les mains de Ludwig et les serra.

« Ainsi, pour que l'Olnëan se reforme et que notre monde retrouve son souffle de vie, tu dois accepter d'en devenir le roi. Nous devons nous unir, Ludwig… Inüsel eremdïr, y consens-tu ? »

Ludwig sentit ses jambes se dérober. Il dut s'asseoir sur le banc de pierre.

Cette demande était exactement ce qu'il craignait.

En venant dans l'Autre Monde, il désirait retrouver Mab, son amour passé, espérant ainsi se retrouver lui-même, mettre un terme à cette maudite confusion qui lui brouillait l'esprit depuis que l'Anomalie l'avait projeté dans une époque qui lui était totalement étrangère, et qui s'était aggravée après l'annihilation des cristaux cérulés. Malheureusement, cette confusion que sa victoire contre Élégast n'avait pas dissipée, ses retrouvailles avec Mab n'y étaient pas parvenues davantage.

D'une certaine manière, c'était presque l'inverse qui s'était produit ; il se sentait plus désorienté que jamais, ne sachant plus qui il était, ni ce qu'il devait faire, ni même ce qu'il voulait réellement. Cependant, au cœur de ce maelström mental, il avait la certitude de ne pas souhaiter être proclamé roi. Il avait eu tout le temps d'y songer depuis qu'il avait pris conscience d'être devenu une sorte de « successeur naturel » d'Obéron à la suite de la destruction de ses cristaux. Bien que, lors de leur affrontement sur les rives du lac de Mognac, il lui ait affirmé le contraire dans le but de le déstabiliser, jamais Ludwig n'avait eu le moindre désir de régner sur un peuple. Il n'aspirait à nul pouvoir, à nulle responsabilité.

Son seul souhait consistait désormais à se retirer loin de tout, des humains comme des elvëms, aussi bienveillants fussent-ils. Si, au fond de lui, il avait cru, sans vraiment oser le formuler, que Mab l'accompagnerait dans ce voyage sans retour et qu'ils vivraient leur amour, seuls et heureux, il comprenait à présent que cet espoir n'avait été qu'une douce chimère. Les peuples d'Hursëlïnh comptaient sur elle ; jamais elle ne les abandonnerait.

Pire, il savait maintenant que Lithian avait eu raison depuis longtemps sur un point : l'utilisation d'uchronite pour susciter l'*Ars Obscura* avait entraîné des conséquences délétères pour son esprit, obscurcissant ses pensées, empoisonnant jusqu'à ses rêves – ces songes horribles qui le hantaient l'attestaient. En reformant l'Olnëan avec Mab, redeviendrait-il le guerrier franc dont elle était tombée amoureuse ou se muerait-il en tyran cruel à son tour ?

Mab s'assit à ses côtés sur le banc de pierre et lui reprit la main. Toute la compassion imaginable pouvait se lire dans son regard.

« Mon aimé, nous avons traversé chacun des épreuves terribles qui nous ont transformés. Je comprends mieux que personne les affres qui te font souffrir, mais je ne crois pas que ces blessures intérieures nous aient changés autant que tu sembles le craindre. »

Ludwig lui serra les mains en retour.

« Toi, ô Mab, je suis convaincu que non ! Comment ton esprit pourrait-il nourrir de sombres idées ? En ce qui me concerne… »

La reine garda le silence quelques instants, puis dit avec douceur : « Je respecterai ton choix, bien sûr. Je te demande simplement d'y réfléchir avant de me donner une réponse définitive. »

Ludwig acquiesça lentement, honteux de lui avoir opposé un refus.

Elle l'invita à la suivre de nouveau et ils continuèrent leur promenade. Ludwig se sentait plus malheureux que jamais, effondré que rien ne se soit passé tel qu'il l'avait espéré et, surtout, d'avoir déçu sa reine. Toutefois, rien n'eût été pire que de lui mentir, ou de se forcer à accepter.

« Lorsque tu avais trouvé un chemin jusqu'à moi dans ma prison de l'Entre Monde, reprit Mab, tu m'avais parlé de ta femme et de ta fille. J'avais senti ton profond amour pour Onéline et Thalie, et je l'avais partagé, ainsi que j'avais senti et partagé ta souffrance de les avoir perdues. »

Une fois encore, Ludwig était terriblement gêné ; pourtant, à l'époque, pas davantage que maintenant, il n'avait pu ni souhaité dissimuler ses sentiments.

« J'ai également partagé ton désir de leur donner le repos, continua Mab. Je sais que tu n'oseras point me le demander de nouveau, mais je vais te parler moi-même de l'Ormänthor, l'Ancien Rite.

— Je ne voudrais pas que tu croies que je ne suis venu que pour... », commença le mercenaire.

La reine des fées ne le laissa pas poursuivre : « Je le sais, Inüsel, je le sais. De toute façon, je ne puis guère t'en dire plus à ce sujet. Ce n'est pas une simple incantation. Il s'agit d'une méthode que seules les hüldres connaissent et qui recèle des dangers. Il faut être guidé pour l'employer. Quelle que soit la puissance ésotérique dont tu disposeras, elle ne te mettra pas à l'abri une fois que tu seras dans le Lüalen, l'Interstice. Cependant, Aspëra t'aidera, je le lui demanderai. »

Ludwig n'essaya même pas de la remercier ; Mab n'attendait rien en retour. Ils poursuivirent leur déambulation, et la reine lui fit visiter d'autres parties du palais, encore en activité celles-là, en s'efforçant de lui expliquer les fonctions de certaines d'entre elles, parfois obscures pour un humain. Par moments, Ludwig éprouvait la brève impression que des souvenirs enfouis allaient ressurgir, comme lorsqu'il était revenu sur les lieux de sa seconde enfance, dans les Cévennes, mais, jusqu'à présent, ils demeuraient obstinément sous la surface.

Lorsqu'ils prirent le chemin du retour, Mab, montrant soudain une grande hésitation, demanda : « J'ignore si... cela te gêne de l'évoquer, mais j'aimerais savoir ce qu'est devenu Obéron dans le Monde Naturel... »

Ludwig s'arrêta puis, la regardant avec compassion, lui frôla la joue de la main.

« Quoi de plus naturel, mon aimée ? En dépit du mal qu'il t'a fait, tu étais sa reine, il était ton roi, vous étiez liés. »

Mab lui sourit puis, après avoir accepté le bras qu'il lui tendait, ils se remirent en marche. Sans trop s'attarder sur les détails politiques et militaires de l'activité d'Élégast aux côtés de Napoléon, Ludwig lui résuma l'arrivée et l'ascension du sorcier devenu empereur à son tour, et de la terreur qu'il avait inspirée aux humains. Il raconta le lent cheminement, avec l'aide d'Éthelinde et de Lithian, pour retrouver une partie de sa mémoire, comprendre son lien avec Élégast et découvrir comment le vaincre.

« Au dernier moment, lorsque je le tenais à ma merci, défait, je ne pus me résoudre à le tuer. Obéron est mon demi-frère. Il était anéanti, privé de toute capacité de nuire. Non seulement il m'était impossible de lui ôter la vie, mais le condamner à subir une existence d'humain – à ses yeux, misérable et méprisable – constituait un châtiment pire que la mort pour lui. »

Mab acquiesça de la tête ; elle partageait cette opinion.

« Qu'est-il devenu ensuite ?

— Je l'ignore. Irénion Brégante fut profondément contrarié que je l'aie laissé partir et le fit activement rechercher, mais personne ne le retrouva. Je suppose qu'il vit caché dans une forêt quelque part, à l'abri des regards. À vrai dire, je ne pense plus jamais à lui. Cette page de mon existence a été tournée.

— Les hommes ne t'ont-ils pas remercié d'avoir délivré leur monde d'un terrible sorcier ?

— Débarrasser la France du Sorcier Empereur était une étape essentielle, mais il n'y avait pas de temps pour de quelconques congratulations. Le nécromant qui se levait à l'est menaçait déjà le monde. Les armées françaises n'avaient pas une minute à perdre si elles voulaient avoir une chance de freiner sa progression.

— Ce Vakt est donc si puissant ?

— Jusqu'à ce jour, il a été fort peu présent sur les différents fronts en personne, mais, chaque fois, les sorts qu'il a employés ont été dévastateurs. À part son cercle rapproché, nul n'a vraiment idée de son apparence. Comme tu le sais, Lithian pense qu'il s'agit d'un sorcier antique qui, jadis – bien avant le temps où nous nous fréquentions dans la forêt Charbonnière –, fut combattu par des mages égyptiens alliés aux vôtres...

— La "Terreur Rampante" de nos légendes... Si son hypothèse est fondée, ce serait une nouvelle effrayante. D'énormes sacrifices furent faits des dizaines de cycles avant nous pour arrêter et emprisonner ce monstre. Comment des humains ont-ils pu prendre le risque de le réveiller ?

— Ils ignoraient à qui... ou à quoi ils avaient affaire, tenta d'expliquer Ludwig. De plus, je soupçonne qu'une, euh... *force extérieure*, une force qui dépasse notre entendement, pourrait avoir influencé certains esprits humains afin qu'ils libèrent celui qui, désormais, se fait appeler le Hiérophante du *Bog Krovi*. Quoi qu'il en soit, une terrible bataille se prépare, là-bas, non loin du lysëndelïs que j'ai ranimé pour venir dans ce monde. Peut-être la pire de toutes, car Vakt ne se contentera pas de lâcher les milliers de résurgions qu'il a capturés et dressés au combat, il se présentera en personne, bien décidé à anéantir les forces massées par le Premier consul pour tenter de l'arrêter. »

Quasiment revenus au point de départ de leur longue promenade, Mab et Ludwig s'engagèrent sur le pont, en direction de la volière dont les délicates arches reflétaient la lumière éblouissante du soleil de midi. La reine s'immobilisa au milieu du pont et, les mains sur la balustrade de pierre, laissa ses yeux se perdre dans le lointain, vers la chaîne de montagnes qui se devinait à l'horizon.

« Cette guerre, fit-elle d'une voix troublée, l'humanité ne peut la gagner. C'est aussi pour cela que tu es venu jusqu'ici, n'est-ce pas ?

— Ce n'est pas la raison principale, répondit Ludwig, embarrassé. Néanmoins, il est vrai que, au-delà de mon désir de nous voir réunis, je nourrissais également le vague espoir de trouver de l'aide auprès des elvëms. Au fond, en ce qui me concerne, il y a longtemps que le sort de mes contemporains ne m'intéresse plus vraiment. La plupart des humains que j'ai connus ne m'ont rien fait d'autre que du mal... Toutefois, certains, bien que peu nombreux, se sont montrés dignes d'amitié, et même d'amour. Ceux-là, je ne parviens pas à me désintéresser de leur destin. »

Mab dirigea vers lui ses iris à la couleur changeante et lui adressa de nouveau un sourire, mais, cette fois, empreint d'une certaine tristesse.

« À mes yeux, les humains comptent autant que les elvëms, fit-elle. Il doit exister un équilibre entre nos deux mondes, car ils sont liés de la même manière qu'Obéron et toi-même. Vous aviez la même mère, peut-être en est-il de même, d'une certaine façon, pour nos deux peuples ? Le péril qui menace aujourd'hui le Monde Naturel faillit détruire Hursëlïnh il y a bien des éons, et, à l'époque, elvëms et humains avaient déjà choisi de s'allier afin de le conjurer.

— Tu serais prête à venir en aide à l'humanité ? À te joindre au combat contre Vakt aux côtés d'Irénion et des troupes françaises ? »

Mab secoua doucement la tête et les boucles de ses cheveux tressés de fleurs ondulèrent.

« Ma captivité dans l'Entre Monde a provoqué un changement en moi, que je ne saurais expliquer. Il m'est désormais interdit de franchir les lysëndelïs.

— En es-tu certaine ? Après tout, ils sont tous inactifs depuis longtemps et tu n'as pas eu l'occasion d'essayer…

— Je le sens au plus profond de moi. Si j'essayais, je ne sais ce qui m'arriverait, mais j'ai la conviction que je ne ressortirais pas de l'autre côté… Je ne puis donc venir en aide aux hommes en personne. Cependant, même si cela remonte aux origines de nos mondes, les légendes nous ont transmis le souvenir du mal que la "Terreur Rampante" fit autrefois. Hursëlïnh *doit* aider l'humanité.

— Comment ? En levant une armée d'elvëms ? Je crains que nous ne disposions pas d'assez de temps pour une telle entreprise.

— Les elvëms communs n'ont pas la fibre guerrière. Les convaincre d'aller se battre dans le Monde Naturel… je ne crois pas que cela soit possible. En revanche, les hüldres et les guerriers oracles – qui furent autrefois également des mages – pourraient épauler votre Premier consul et ses troupes dans une alliance semblable à celle que nous scellâmes dans les temps anciens avec les Égyptiens.

— Le leur ordonnerais-tu ?

— Non, mon aimé, comme je te l'ai dit, je ne suis pas une reine au sens où vous, les humains, l'entendez. Je ne puis, et ne veux, disposer de la vie des autres contre leur gré. Il faudra les convaincre. »

Le visage du mercenaire afficha une moue sceptique.

« Les persuader de se rendre dans un monde inconnu lutter contre une créature maléfique terrifiante afin de venir au secours des hommes, alors qu'il y a peu encore, ils croyaient que nous n'étions qu'un mythe ? »

Mab ne répondit pas tout de suite, les yeux toujours fixés dans les siens.

« Peut-être que Lithian pourrait les aider à prendre cette décision ? C'est une magesse, elle parlera un langage qu'ils comprendront.

— Peut-être. J'ignore si elle accepterait de se prêter à un tel exercice. Les réactions de Lithian peuvent se révéler parfois… déconcertantes. »

Mab laissa passer un instant de silence avant de reprendre :

« Je ne la connais pas encore vraiment… mais elle semble singulière.

— Qu'entends-tu par là ?

— Je ne puis le dire précisément… Je sens quelque chose de particulier chez elle. Son aura est différente, même pour une humaine… »

EVDOKIA

5 mai 1816

Palais des Tuileries, Paris, fin de matinée.

« Laissez, soldat ! Je vais me charger de conduire Mlle Mikhnov et ces messieurs jusqu'au colonel. »

Le lieutenant Juquier, prévenu de la visite d'Evdokia, s'était porté à leur rencontre dans les couloirs du palais des Tuileries afin d'intercepter l'adjudant-major et les trois gardes qui l'escortaient depuis que celle-ci s'était présentée, avec Kamenev et ses hommes, à l'entrée principale.

« Bien, mon lieutenant ! répondit l'adjudant-major sans discuter. Les gardes vont vous accompagner.

— Ce ne sera pas nécessaire, rétorqua Juquier. Qu'ils regagnent avec vous le poste de contrôle.

— À vos ordres, mon lieutenant ! »

L'escorte fit demi-tour, et Juquier attendit qu'ils se trouvent assez loin pour cesser de jouer son propre rôle. Son visage se vida aussitôt de toute expressivité et c'est un regard neutre, presque mort, qu'il tourna vers Staminir Kamenev.

« Du nouveau ? demanda ce dernier à mi-voix.

— Il y a de l'agitation dans l'air depuis ce matin, répondit Juquier d'un ton mécanique. Je ne sais pas de quoi il retourne, mais il se prépare quelque chose. »

Les paupières de l'agent russe se plissèrent.

« Tant mieux. S'il règne une certaine confusion, elle nous aidera à exécuter notre plan. »

Le lieutenant se mit en marche et les précéda dans les couloirs bordés de hautes fenêtres donnant sur les jardins.

Depuis qu'Edmond Juquier, contaminé par les parasites de Vakt un mois et demi plus tôt, avait repris sa place à l'état-major, il avait déjà fourni des informations utiles à Kamenev. Toutefois, sa position hiérarchique subalterne ne lui permettant pas l'accès à des renseignements militaires de première importance, l'agent spécial avait résolu de se servir de lui afin de préparer une « action décisive ». Comme Kamenev la laissait délibérément dans l'ignorance, Evdokia ne savait rien de son plan. Une seule chose était – malheureusement – certaine : Yvonnius en était devenu, après Pavel, la cible principale. La jeune femme en concevait une terrible culpabilité, qui lui avait fait perdre le sommeil.

« Ce n'est pas le chemin habituel », fit-elle remarquer tandis que le lieutenant leur faisait monter un escalier qu'ils n'avaient encore jamais pris pour se rendre aux bureaux du colonel Archant.

Elle eut beau interroger Kamenev du regard, elle n'obtint nulle réponse de sa part. Pas même un coup d'œil.

Juquier emprunta un itinéraire compliqué, à travers des salles inoccupées, et finit par les faire entrer dans une petite pièce à l'écart, manifestement utilisée par les femmes de charge pour ranger leur matériel. Des seaux, des balais et des serpillières s'alignaient sous des crochets auxquels pendaient des dizaines de chiffons servant à briquer l'argenterie ou à nettoyer les vitres, et des bocaux remplis de copeaux de savon noir, de vinaigre blanc ou d'alcool à brûler encombraient de hautes étagères.

Une fois tout le monde à l'intérieur, et après avoir jeté un coup d'œil dehors afin de s'assurer que personne ne les avait vus entrer, le lieutenant referma la porte.

Quelque chose de grave était sur le point de se produire ; Evdokia sentit son estomac se nouer. Tâchant de ne rien laisser paraître, elle s'adressa de nouveau à Kamenev : « Monsieur, je vous prie de m'informer de ce que vous planifiez. Comment puis-je exécuter ma mission si vous me celez vos intentions ? »

Pendant qu'elle parlait, Juquier s'était approché de l'unique fenêtre de la pièce et, d'un coup du plat de la main, fit sauter l'un des panneaux de bois du bardage de l'encadrement. Derrière, insérés entre les tasseaux de la structure, se trouvaient plusieurs objets enroulés dans des morceaux de drap blanc.

Kamenev dévisagea Evdokia avec un sourire cruel.

« Que madame l'espionne se rassure, lâcha-t-il, elle va avoir l'occasion aujourd'hui d'achever sa mission. »

Juquier déroula les bandes de drap, révélant six pistolets.

Evdokia se sentit blêmir. Elle espérait que son fard dissimulerait cette soudaine émotion.

Le lieutenant-pion distribua une arme à chaque homme et en conserva une pour lui.

« Prenez garde, dit-il de sa détestable voix désincarnée, ils sont tous chargés.

— J'avais dit deux pistolets par personne, s'agaça Kamenev.

— Il ne m'a pas été possible d'en faire entrer davantage. La sécurité a été renforcée il y a une semaine. J'ignore pourquoi. »

L'agent spécial soupesa le pistolet, vérifia que le bassinet était correctement fermé et l'amorce bien en place, puis le glissa à sa ceinture, sous sa veste.

« Mademoiselle Sverela, persifla-t-il, l'excellent travail que vous avez accompli depuis bientôt un mois va enfin payer : nous allons convertir le colonel Archant aujourd'hui.

— Le… convertir… ? balbutia Evdokia. À quoi sont donc destinées ces armes ?

— S'occuper discrètement d'un aide de camp du Premier consul sera moins aisé que pour un simple lieutenant (il eut un geste méprisant en direction de Juquier, dont le visage demeura de marbre). Si, par malheur, les choses devaient mal tourner, je tiens à disposer de quelques arguments… »

Evdokia était glacée.

« Permettez-moi d'exprimer mon désaccord, trouva-t-elle la force de dire. Si les choses devaient mal tourner, comme vous le dites, nous perdrions un avantage considérable. Je vous rappelle que notre objectif n'a jamais été Yvo… le colonel Archant, mais Pavel Laptev. Je ne pense pas que l'impératrice Uliatine approuverait…

— C'est l'impératrice elle-même qui m'a donné l'ordre de convertir Archant, coupa Staminir Kamenev avec brusquerie. Elle ne croit plus que nous parviendrons à approcher Laptev. Estimant que tout cela n'avait que trop duré et qu'il fallait saisir notre chance, elle a changé nos priorités. Il m'a également semblé qu'elle craignait que, avec le temps, votre sentimentalité ne vous rapproche un peu trop d'Archant. Une simple erreur d'appréciation de sa part, bien sûr, jamais vous ne trahiriez la Russie, n'est-ce pas, mademoiselle ? »

L'ironie contenue dans le ton et le regard narquois : il était évident que Kamenev avait deviné que la relation qu'elle avait tissée avec Yvonnius avait dépassé le cadre de la mission qui lui avait été confiée.

Il ne fallait pas répondre. Si elle tentait de nier, elle aurait l'air encore plus coupable. Elle se contenta de toiser avec dédain l'agent au visage couturé, comme n'importe quelle femme de la cour l'eût fait en pareille circonstance.

Un quart d'heure plus tard, ils se présentaient au secrétaire particulier d'Archant, qui les invita à patienter dans l'antichambre de son bureau. Le lieutenant Juquier resta avec eux, prétextant avoir reçu l'ordre de les surveiller.

Evdokia était désespérée. Elle avait beau tourner le problème en tous sens dans son esprit tourmenté, elle ne voyait aucun moyen de prévenir Yvonnius du péril qui le menaçait sans provoquer un bain de sang. Kamenev ne la quittait pas du regard, comme pour lui rappeler qu'à la moindre tentative suspecte, il n'hésiterait pas à l'abattre.

« Ma chère, veuillez me pardonner de vous avoir fait attendre ! »

Evdokia tourna la tête en direction de la voix joviale qui venait de se faire entendre : Yvonnius sortait de son bureau et, en quelques pas vifs, fut devant elle.

« Allons, mon ami, je sais que vous êtes fort occupé, fit-elle en espérant que sa voix ne tremblait point. Vous êtes tout excusé. »

Il lui baisa la main puis salua Kamenev d'un coup de menton. Ces deux-là ne s'étaient pratiquement jamais adressé la parole.

« Vous avez mille fois raison, bien sûr. Et aujourd'hui encore plus que d'ordinaire : figurez-vous que le Premier consul se trouve aux Tuileries ce jour ! »

Les sourcils d'Evdokia se soulevèrent tandis que son visage exprimait toute sa stupéfaction. Du coin de l'œil, elle s'aperçut que même l'imperturbable Staminir Kamenev n'avait pu retenir un léger mouvement de surprise.

« Cela est… fort soudain, articula-t-elle.

— Je suis désolé de ne pas avoir pu vous prévenir avant, répondit Yvonnius. Les déplacements du consul Brégante sont soumis au secret le plus strict. De plus, il était prévu qu'il reparte pour le front plus tôt, mais un événement regrettable l'a contraint à prolonger son séjour à Paris.

— Que s'est-il passé ?

— Je ne suis pas censé vous le dire, mais, de toute façon, l'information commence à circuler : Mme Rockwell, l'ingénieur en chef du ministère de l'Armement, a été la cible d'un odieux attentat il y a quelques jours. Elle en a réchappé, mais son frère a été sérieusement blessé.

— Mon Dieu, c'est terrible ! »

Yvonnius hocha la tête. Il était sincèrement attristé.

« Oui, c'est une femme brillante et son frère, un homme admirable. J'espère qu'il se remettra. Néanmoins, sans vouloir me montrer cynique, ce malheur joue en votre faveur, ma chère, car il va vous donner l'occasion de rencontrer le Premier consul aujourd'hui même. »

Les événements s'accéléraient. Nouveau coup d'œil rapide vers Kamenev : l'agent la fixait sans rien laisser paraître, mais il était évident qu'il attendait d'elle qu'elle saisisse cette « chance » inespérée. Evdokia n'avait que trop conscience de son pistolet dissimulé sous sa veste et imaginait sans peine une balle porteuse de mort se loger dans le dos d'Yvonnius…

« C'est… tout à fait inattendu, balbutia-t-elle. J'en suis à la fois ravie et embarrassée de devoir cette occasion à un drame…

— Allons, ma chère, la rassura Yvonnius, vous n'êtes pour rien dans ce sinistre attentat ; ne vous le reprochez donc point. Veuillez m'accompagner, je vais vous mener aux bureaux du Premier consul. »

Prenant le bras que le colonel Archant lui tendait galamment, Evdokia le suivit, Kamenev et ses hommes sur leurs talons. Durant le court trajet dans le couloir principal du premier étage du palais, elle ne cessait de chercher un moyen d'attirer l'attention d'Yvonnius sans en concevoir aucun qui n'aboutisse à leur mort à tous deux. Quoi qu'elle tentât, les hommes de son « escorte » les abattraient, elle et lui, dès que Kamenev aurait le moindre doute. La tragédie s'annonçait, et elle ne pouvait rien pour l'empêcher.

Une fois le dernier point de contrôle passé, ils accédèrent au salon attenant au bureau du Premier consul. De nombreux gardes se trouvaient en faction dans le couloir, mais seulement deux dans le salon, encadrant la porte qui donnait dans le bureau.

Yvonnius les fit asseoir avant de dire : « Je vais prévenir le Premier consul. Je vous prie de ne pas lui tenir rigueur de l'attente, qui risque d'être un peu longue. »

Durant son absence, Evdokia s'astreignit à éviter le regard de Kamenev, craignant qu'il ne lui donne un ordre silencieux. Elle se doutait qu'il devait être déstabilisé lui aussi, forcé de modifier son plan initial. Elle espérait que le dispositif de protection du Premier consul le dissuaderait de toute action inconsidérée. Cependant, si jamais il apercevait Pavel Laptev, Evdokia savait qu'il tenterait le tout pour le tout, quitte à y laisser la vie. La fierté qu'il retirait de sa réputation d'agent infaillible l'emporterait sur toute prudence. La nervosité d'Evdokia atteignait un niveau à peine supportable.

Elle faillit sursauter lorsque, une demi-heure plus tard, Yvonnius franchit de nouveau la porte du salon, seul. Il la rejoignit et s'assit sur le siège le plus proche.

« Le Premier consul va vous recevoir d'ici quelques minutes », dit-il avec un sourire satisfait. Puis, remarquant sa fébrilité, il ajouta : « Ne vous troublez pas, ma chère. Irénion est un homme simple. Il n'a rien à voir avec vos tsars, ni même avec notre défunt empereur. Présentez-lui tout bonnement votre proposition, comme vous l'avez fait avec moi, et je suis sûr qu'il vous écoutera avec le plus grand intérêt. »

La bouche trop sèche pour répondre, Evdokia se contenta de hocher la tête.

À ce moment, la porte s'ouvrit de nouveau. Deux autres gardes entrèrent dans le salon, suivis d'un jeune homme blond aux yeux bleus, habillé en civil. Son visage était vaguement familier à Evdokia ; elle comprit aussitôt qu'il s'agissait de Laptev.

« Voici l'escorte rapprochée du Premier consul, dit Yvonnius, tandis que les trois nouveaux venus avançaient dans la pièce. Elle le précède en tous lieux afin de le prémunir contre un, euh… type d'attaque particulier. »

Il redoutait de trahir un secret sans se douter que les Russes l'avaient déjà éventé.

Au moment où le regard de Pavel croisa celui d'Evdokia, il s'immobilisa, interloqué, puis s'exclama : « Vous êtes… Evdokia Sverela, l'une des courtisanes de la *grafinia* Uliatine ! »

L'interpellée sentit son cœur bondir dans sa poitrine sous l'effet de la panique : elle se rappela brusquement avoir déjà vu ce jeune homme alors qu'il n'était qu'un *istopnik* au palais d'hiver !

« Vous faites erreur, monsieur, bredouilla-t-elle, mon nom est Mikhnov et je ne crois pas vous connaître. »

Tout s'enchaîna alors très vite.

La bouche du colonel Archant s'arrondit de surprise et il lâcha : « Evdokia, que signifie… », mais cette dernière, qui avait vu Kamenev glisser la main sous sa veste, l'interrompit pour crier : « Pavel ! Attention ! »

Au même moment, Staminir Kamenev beugla : « Maintenant ! » et, se levant d'un bond, sortit le pistolet passé à sa ceinture. Ses quatre hommes ainsi que le lieutenant Juquier l'imitèrent de concert. Le premier coup de feu fut tiré par Kamenev et atteignit Pavel en pleine poitrine, faisant éclater une fleur de sang sur son plastron blanc. Grigori et Kirill déchargèrent leur pistolet sur deux gardes, qui n'eurent aucune chance, tandis qu'Oleksandr prenait Pavel pour cible et faisait feu à son tour, lui logeant une balle dans le ventre. Le jeune homme se plia en deux puis s'écroula.

Evdokia, l'esprit comme figé dans la glace de l'horreur, assistait, impuissante, à ce foudroyant déchaînement de violence, mais, lorsqu'elle remarqua que Juquier dirigeait son arme vers Archant, son corps réagit avant même qu'elle n'ait eu le temps d'y réfléchir. Dans un réflexe de protection, elle poussa Yvonnius de toutes ses forces. Déséquilibré, celui-ci heurta l'accoudoir du fauteuil derrière lui et bascula à la renverse. Le projectile qui lui était destiné frôla Evdokia avant de briser une vitre.

Borislav la regarda. Il n'avait pas encore tiré sur quiconque, visiblement en proie à un conflit intérieur.

Les deux gardes de la porte et le troisième parmi ceux qui accompagnaient Pavel réagirent enfin et, faisant usage à leur tour de leurs pistolets, abattirent ceux qui venaient d'éliminer leurs camarades, Grigori, Kirill et Oleksandr. Puis, le garde le plus proche de Juquier lâcha son arme vide et, dégainant son sabre, se jeta sur ce dernier. Juquier parvint à lui attraper le bras avant qu'il ne le frappe de sa lame et un combat à mains nues s'engagea entre eux.

Kamenev, auquel l'acte d'Evdokia pour sauver Archant n'avait pas échappé, lança froidement en russe : « Je savais que tu trahirais, catin ! » puis s'élança vers elle, un couteau à lame courte venant d'apparaître comme par magie dans sa main. La jeune femme, paralysée par la peur, le regarda se ruer sur elle sans esquisser un geste, attendant le coup fatal, tandis qu'Yvonnius peinait à se relever.

Une nouvelle détonation retentit et le front de Kamenev explosa, projetant fluides et débris d'os dans toutes les directions. Une balle l'avait atteint à l'arrière du crâne. Evdokia reçut du sang dans les yeux et, aveuglée, les ferma brièvement. Lorsqu'elle les rouvrit, le corps inerte de Kamenev s'étalait sur le parquet, déjà mort. Derrière lui, Borislav, son pistolet fumant toujours à la main, regardait, incrédule, le corps de son chef, qu'il venait d'occire. Sa lèvre inférieure tremblait.

La fusillade n'avait duré que quelques secondes. Les portes côté couloir s'ouvrirent à toute volée et plusieurs gardes, alertés par le vacarme, déboulèrent dans le salon, fusil à la main. Découvrant ce qui venait de se produire et voyant Borislav pistolet à la main, deux d'entre eux levèrent leurs armes. Evdokia leur cria de ne pas tirer, mais nul ne lui prêta attention, et le jeune homme de vingt-cinq ans reçut deux balles dans le dos. Lorsqu'il tomba à genoux, ses yeux étaient toujours fixés sur ceux d'Evdokia et ils le restèrent jusqu'à ce que toute vie les quitte. Pendant ce temps, plusieurs hommes étaient venus à l'aide du garde qui tentait de maîtriser Juquier. Le lieutenant se débattait avec une force anormale et, les globes oculaires révulsés, jurait *en russe*.

Une épaisse fumée blanche flottait dans la pièce. L'odeur âcre de la poudre brûlait les yeux, irritait les narines. Yvonnius, qui venait à peine de se relever, cria : « Protégez l'entrée du bureau du Premier consul ! »

Plusieurs gardes encore dans le couloir se précipitèrent afin de prendre position devant les portes.

Juquier, désormais immobilisé au sol sous le poids de trois soldats, vociférait toujours, comme possédé. Les hommes qui le maintenaient semblaient horrifiés.

Evdokia saisit le bras d'Yvonnius et s'écria :

« Couvrez-lui les yeux et bouchez-lui les oreilles ! Vite !

— Ferme ton clapet, traîtresse ! » lança l'un des gardes.

Yvonnius, qui s'efforçait visiblement de réfléchir rapidement, la dévisagea quelques secondes avant de paraître comprendre de quoi il retournait. D'une voix forte, il ordonna : « Faites ce qu'elle dit ! Tout de suite ! » puis il ajouta : « Que l'on fasse venir des médecins ! Dépêchez-vous, pardieu ! »

Il se précipita ensuite vers le corps de Pavel qui gisait sur l'un des tapis, dans une mare de sang. Après qu'il eut rapidement examiné ses blessures et cherché son pouls, ses épaules s'affaissèrent et il baissa la tête. Evdokia comprit qu'il n'avait pas survécu. Irina Uliatine était parvenue à ses fins.

Le colonel Archant se releva et, s'approchant d'elle, le regard sombre, lui dit : « Vous allez devoir répondre de tout cela. »

La porte du bureau s'entrouvrit, et un soldat risqua un rapide coup d'œil.

« Tout danger est écarté ! » cria Yvonnius, afin d'être entendu de l'autre côté du mur.

Les deux battants furent alors ouverts en grand et plusieurs gardes supplémentaires se postèrent dans la salle tandis qu'un homme entrait. Par-dessus un gilet blanc, il portait une redingote bleu sombre et rouge surmontée d'épaulettes dorées, et de hautes bottes de cuir noir remontaient sur sa culotte blanche. Ses cheveux bruns mi-longs étaient lâchés sur les épaules et, contrairement à la plupart des hommes, il n'arborait pas de moustache. Son nez busqué lui donnait une expression volontaire, mais Evdokia songea que ses yeux fatigués le faisaient paraître plus âgé qu'il ne l'était en réalité. Car elle avait reconnu Irénion Brégante, le Premier consul de l'Empire français.

Dès que celui-ci aperçut le corps de Pavel Laptev gisant au sol, son visage se décomposa et il se jeta à genoux à ses côtés, cherchant désespérément un signe de vie.

À ce triste spectacle, Evdokia sentit son cœur se serrer. Ce Brégante méritait donc sa réputation : aucun chef d'État ou haut gradé d'aucune nation de ce monde ne se souciait à ce point de la vie de ses hommes. En cet instant, alors qu'il venait de perdre la précieuse protection contre l'Art Obscur dont il bénéficiait grâce à Pavel, le seul sentiment qui se lisait sur les traits du consul était une affreuse culpabilité, révélant sans la moindre équivoque toute son humanité. Evdokia éprouva une honte terrible d'avoir collaboré avec des individus malfaisants tels qu'Uliatine ou Kamenev.

Lorsque les médecins arrivèrent enfin, ils ne purent que confirmer le décès du jeune homme.

« Dois-je envoyer chercher Azra dans ses appartements ? » demanda Yvonnius.

Brégante hocha lentement la tête : « La malheureuse va être anéantie », dit-il d'une voix sourde.

Puis il dirigea son regard vers Evdokia.

« Voici donc la fameuse exilée russe qui détient de si précieux secrets qu'elle tient à me rencontrer en personne.

— Je suis terriblement désolé, monsieur, dit Yvonnius. Tout est ma faute, j'ai cru à son histoire et...

— C'était vrai ! se justifia Evdokia. Je souhaitais réellement trahir, non pas ma patrie, mais les monstres qui en ont pris possession !

— Prétendez-vous que ce malheureux Pavel a menti en vous désignant comme agente de l'impératrice Uliatine ? s'exclama Yvonnius d'une voix vibrante de colère. Alors que son cadavre gît encore à vos pieds !

— Non, il a dit la vérité, admit Evdokia. C'est que... j'ai été forcée d'agir ainsi... »

Ses mains s'étaient mises à trembler.

« Bien que j'aie, en effet, longtemps travaillé au service de la *grafinia*, je ne le supportais plus et je cherchais une façon d'y mettre un terme. Je ne voulais plus de cette existence de mensonge et de duplicité ! Malheureusement, on ne quitte pas le service d'une telle personne, du moins... pas en vie. Je réfléchissais à un moyen pour m'enfuir lorsqu'elle m'a envoyée ici, sous la surveillance de ces hommes qui se faisaient passer pour mon escorte. Puis, une fois que je vous ai rencontré, Yvonnius, je n'ai eu de cesse d'essayer de tout vous révéler, mais cela m'était impossible. Ils m'auraient aussitôt éliminée et...

— En ce cas, c'était un risque à courir pour vous plutôt que laisser des innocents le courir à votre place ! » fulmina Yvonnius.

Irénion Brégante, le regard toujours aussi sombre, tempéra son aide de camp, presque à contrecœur : « Il n'est pas si aisé de se sacrifier. »

Le colonel Archant ouvrit la bouche pour répliquer, puis son expression changea et il resta silencieux.

Evdokia comprenait que de multiples émotions bouillonnaient en lui, la colère d'avoir été trompé, la culpabilité d'avoir contribué – même involontairement – à la mort de plusieurs hommes et, peut-être, la déception concernant une personne pour laquelle il avait commencé à éprouver quelques sentiments ?

« ... et ils vous auraient éliminé également, Yvonnius », termina-t-elle, la voix brisée.

D'un signe de tête, le Premier consul lui intima de gagner l'autre bout du salon afin de laisser travailler les médecins qui s'occupaient du seul garde blessé à avoir survécu. Il la suivit et ordonna aux hommes qui la maintenaient en joue de baisser leurs armes et de reculer de plusieurs pas. Yvonnius demeura à ses côtés.

« Fusillez-moi ou jetez-moi en prison pour toujours ! fit Evdokia. Je le mérite ! Toutefois, je vous conjure de me laisser auparavant vous aider en vous disant tout ce qui pourrait vous être utile pour lutter contre Irina et l'abomination à laquelle elle s'est unie ! Qu'au moins le malheur que j'ai causé serve à quelque chose.

— Vous venez de démontrer que des ennemis peuvent s'introduire au plus haut niveau de mon entourage, dit Brégante, alors, poursuivons à voix basse. Je vous ai entendue crier pour que l'on bouche les yeux et les oreilles de ce lieutenant qui semble, euh... comme pris de folie. Pour quelle raison ? »

La tension nerveuse qu'avait provoquée en elle la fusillade et qui lui avait permis de tenir jusqu'à présent s'atténuant peu à peu, Evdokia éprouva soudain le besoin de s'asseoir. Elle se laissa presque tomber sur l'un des sièges alignés au fond de la pièce, et le Premier consul s'installa sur celui juste à côté du sien. Il se pencha vers elle afin qu'elle puisse s'exprimer à mi-voix. Yvonnius s'approcha pour entendre lui aussi, mais demeura debout, les bras croisés.

« J'ignore de quelles informations vous disposez sur le Hiérophante du *Bog Krovi*, répondit enfin Evdokia. Sachez cependant que cette... chose peut prendre possession des gens, grâce à son sang.

— Son sang ?

— Je ne sais pas comment il procède exactement. Personne ne le sait. Pas même Irina, bien qu'elle prétende le contraire. Je crois que son sang contient des sortes de parasites qui peuvent contaminer les autres. Une fois qu'ils sont en vous, ils permettent à Vakt de vous contrôler comme une marionnette. Le degré de contrôle que vous conservez sur vous-même dépend de la tâche qu'il veut vous faire accomplir. »

Brégante échangea un regard avec Yvonnius. De toute évidence, elle venait de confirmer des soupçons qu'ils nourrissaient déjà.

« Certaines marionnettes peuvent continuer à mener une vie normale en apparence, poursuivit-elle, d'autres ne sont plus que des… excroissances de lui-même. D'horribles enveloppes charnelles vidées de toute humanité, presque pourrissantes, tels des morts ambulants. J'étais terrifiée à l'idée d'être convertie à mon tour…

— Ce contrôle peut-il s'exercer à grande distance ?

— Je ne saurais vous dire. J'ai le sentiment qu'il ne porte pas jusqu'ici, aussi loin de Saint-Pétersbourg. Toutefois, dans le doute, j'ai songé qu'il valait mieux que le lieutenant ne voie ni n'entende rien de ce qui allait suivre.

— Si c'est son sang qui permet à Vakt de faire des autres ses marionnettes, comment Juquier a-t-il été parasité, ici, en France ?

— L'un des hommes de mon "escorte" avait été converti avant notre départ. C'est par son sang que Kamenev a pu transformer le lieutenant en pion de Vakt. Un pion peut en convertir d'autres. En revanche, j'ignore si cette conversion est aussi, euh… efficace que celle opérée par Vakt en personne. »

Le Premier consul plissa les paupières.

« Qui me dit que vous n'êtes pas vous-même sous la coupe de celui-ci ?

— Kamenev n'aurait pas tenté de me tuer.

— Je dois ajouter, intervint Yvonnius en grommelant, que Mlle Mikhn..., hum, *Sverela* m'a également sauvé la vie alors que Juquier me prenait pour cible...

— Cela pourrait être une manipulation particulièrement perverse destinée à gagner notre confiance », insinua Brégante.

Evdokia n'avait rien à opposer à cela. Il avait raison : Irina Uliatine n'avait pas son pareil pour tramer des complots retors.

« Gardez Juquier en vie, reprit-elle. Faites-le étudier par vos savants. Vous pourrez peut-être en retirer des informations utiles sur son maître. »

Le Premier consul se releva : « Vous pouvez y compter, mademoiselle. Quant à vous, grâce à tout ce que vous savez, il se peut que vous nous soyez d'une certaine utilité, après nous avoir causé tant de mal... »

Evdokia, accablée, baissa la tête.

Brégante s'adressa à son aide de camp : « Je repars pour le front demain. Vous m'accompagnerez, Yvonnius, et nous emmènerons mademoiselle, car je souhaite l'interroger moi-même. Je vous charge de veiller sur elle, de manière qu'elle ne puisse nuire davantage s'il se révélait qu'elle n'était point sincère, et qu'il ne lui arrive rien, si jamais elle l'était... »

À ce moment, du bruit et de l'agitation à l'entrée de la salle firent relever la tête à Evdokia : une jeune fille aux longs cheveux noirs arriva en courant dans le salon et s'immobilisa au milieu des gardes, hors d'haleine, ses yeux affolés parcourant la pièce en tous sens. Soudain, son regard tomba sur le corps sans vie de Pavel. Toute couleur quitta alors son visage et elle hurla. Un hurlement de douleur absolue à glacer le sang. La douleur de quelqu'un qui vient de perdre toute raison de vivre.

Elle se jeta au sol et enlaça les épaules de Pavel, la poitrine secouée de violents sanglots. Elle se lamentait dans une langue qu'Evdokia ne comprenait pas, mais qu'elle reconnut pour du manouche.

ÉTHELINDE

12 mai 1816

Hospice des enfants abandonnés de Saint-Maur, fin d'après-midi.

Le soleil commençait à peine à décliner lorsque Éthelinde, sa leçon de l'après-midi aux petites orphelines terminée, retourna au laboratoire de l'ordre. D'ici quelques semaines, les journées atteindraient leur longueur maximale et la chaleur, déjà pénible, deviendrait probablement difficile à supporter. Pas une goutte de pluie n'était tombée depuis le début de l'année. La terre, desséchée et craquelée sous ses pieds, était dure comme de la pierre et toute la végétation était morte depuis longtemps. Seuls les arbres les plus hauts parvenaient encore à tirer un peu d'humidité du sol grâce à leurs profondes racines, mais ils finiraient eux aussi par succomber à cette sécheresse infernale. Certaines denrées alimentaires commençaient à manquer et leur prix ne cessait d'augmenter. Le spectre d'une famine prochaine hantait les esprits.

Éthelinde aimait toujours autant enseigner aux fillettes de l'hospice et s'attachait à elles chaque fois un peu plus. Pourtant, ces derniers jours, elle n'avait pas la tête à ses cours. Les mauvaises nouvelles et les drames s'accumulaient : l'attentat contre Eleanor, lors duquel Theodore, qui resterait convalescent sans doute longtemps, avait failli perdre la vie, puis le terrible assassinat de Pavel, qui endeuillait une fois encore la malheureuse Azra, déjà si durement éprouvée par le passé.

Quant à la situation sur le front, il semblait que l'état-major s'attendît à une nouvelle attaque d'envergure où l'infâme comtesse Uliatine déchaînerait de nouveau ses sorts et son ignoble armée de résurgions.

Sans parler de l'expérience menée par Eleanor ici même, trois semaines plus tôt, qui avait profondément affecté l'Américaine et quelque peu démoralisé Éthelinde. Si elle n'avait jamais placé beaucoup de foi en l'humanité, Éthelinde avait toujours nourri l'espoir que celle-ci apprendrait peu à peu de ses erreurs. La description par Eleanor de guerres sans cesse plus sauvages dans l'avenir, jusqu'à un aboutissement de folie destructrice absolue, lui avait montré qu'elle se trompait. Par leur aveuglement d'une stupidité déconcertante, les humains ne cesseraient probablement jamais de s'entretuer, avec toujours davantage de sophistication.

À la suite de cette expérience, Éthelinde avait un temps caressé l'idée d'utiliser elle-même quelques éclats de cristaux afin de tenter de découvrir, non pas l'avenir des guerres, mais celui des sciences, dans le but de voir si, au moins, la connaissance progresserait. Elle y avait longuement réfléchi, en s'efforçant de déterminer ce que son père, Charles Ordant, aurait fait en pareille circonstance. Comment le savant rationaliste, héritier des Lumières, aurait-il jugé une telle initiative ? Éthelinde l'imaginait sans peine employant le ton pédagogique patient avec lequel, lorsqu'elle était enfant, il l'aidait à comprendre des concepts savants trop difficiles pour elle.

« Si la mère Nature, dans son infinie sagesse, ne nous a pas faits doués de la capacité à voir l'avenir, il doit y avoir une bonne raison à cela. Sans se bercer de l'illusion que la nature est un tout parfait, sans défaut et idéalement équilibré – ce qui n'est de toute évidence point le cas –, il faut néanmoins aborder avec la plus grande prudence tout ce qui pourrait contrevenir à ses principes fondamentaux, et susciter des perturbations que nous ne serions pas en mesure de contrôler. Lourde responsabilité, ne trouves-tu pas ? Bien trop grande pour une seule personne, aussi bien intentionnée soit-elle. »

Souvent, elle songeait à son père et à sa fin dramatique, qu'elle n'avait su empêcher. Un jour, peut-être oublierait-elle cet épisode terrible et ne retiendrait-elle que les beaux moments passés avec lui dans sa prime jeunesse ?

La lecture des notes d'Élégast lui avait montré que le Sorcier d'Empire lui-même se posait de nombreuses questions à propos de ce qu'il appelait le « Fleuve du Temps », expression qu'il n'employait pas au sens métaphorique, mais comme une façon humaine de nommer ce « monde entre les mondes » que l'esprit peine à appréhender. Si l'Histoire est un fleuve, alors il est possible de troubler celui-ci ou même de lui faire temporairement quitter son cours ; néanmoins, ne finira-t-il pas toujours par regagner son lit ? De toute évidence, les fragments du futur qu'Élégast était parvenu à apercevoir avaient suffi à dévier le cours des événements. Dès lors, la question était : cette déviation était-elle définitive ou bien l'Histoire allait-elle reprendre sa marche « normale » ? Et si cela devait arriver, serait-ce dans un an, dans dix ou dans cent ? Ces questions obsédaient Élégast, qui avait noirci des pages entières de supputations à ce sujet.

Dire que c'était son père, lui-même si attaché à la rigueur scientifique et historique, qui avait déclenché l'Anomalie. Quelle tragique ironie !

Une fois de retour au premier étage de l'ancienne aumônerie, Éthelinde salua Gacien, qui travaillait dans la salle d'étude sur l'un des précieux traités de magie confisqués à Élégast, puis se rendit au laboratoire. Là, Roland le Preux était occupé à remettre en état une vieille épée.

« Bonsoir, Roland », lança-t-elle.

Le comte de la Marche de Bretagne se contenta de répondre par un grognement, comme à son habitude.

En dépit de cette mauvaise humeur permanente, en partie affectée, Roland appréciait Éthelinde et celle-ci le lui rendait volontiers. Leur fort caractère et leur impétuosité – confinant parfois à la témérité – les rapprochaient, même si aucun des deux ne l'aurait reconnu. Depuis leur arrivée à l'hospice, même les orphelines s'amusaient de la bougonnerie continuelle du guerrier franc, surtout quand il les grondait pour les dissuader de le suivre lorsqu'il circulait entre les murs du couvent – la mère supérieure Gauthier lui avait enjoint de demeurer discret le temps de son séjour. Éthelinde soupçonnait que Roland sourcillait exprès pour faire rire les fillettes. Si le déplacé temporel ne s'entendait guère avec les adultes de cette époque, il semblait que l'innocence des enfants lui convînt mieux.

« J'ai déniché cette splendide épée chez un antiquaire du faubourg Saint-Martin, fit Roland, affairé à briquer avec soin la lame qui ne présentait qu'un seul tranchant, doté d'une curieuse courbure. L'écervelé n'avait pas conscience de la qualité de cette arme et me l'a cédée pour une somme ridicule.

— Qu'a-t-elle de si particulier ? » demanda Éthelinde tandis qu'elle défaisait son chignon.

Dans l'enceinte du couvent, elle gardait ses longs cheveux bruns attachés afin de ne pas s'attirer les foudres de la mère supérieure qui tolérait à peine qu'elle ne se coiffe point d'un chapeau et qu'elle porte des pantalons à la manière masculine.

« C'est un fauchon, qui date probablement du XVe siècle. Il est rare d'en trouver en si bon état. La courbure de la pointe, qui le fait vaguement ressembler à un sabre moderne, permet à la lame de pénétrer plus facilement les armures… ou, je l'espère, les carapaces des résurgions. Par ailleurs, en plus d'être redoutable, elle me rappelle un peu les scramasaxes de mon époque. »

Depuis qu'ils étaient revenus ensemble de Vic-Fezensac, Roland s'était prêté, de plus ou moins bonne grâce, aux recherches que la naturaliste souhaitait mener sur lui, dans l'espoir de comprendre d'où lui venait cette étrange invulnérabilité. Durant des journées entières, elle lui avait fait subir toutes sortes d'épreuves, tentant de le blesser de toutes les manières, à l'aide d'armes physiques ou par sa magie scientifique, sans jamais parvenir à le meurtrir le moins du monde.

Contrairement à Lithian, Éthelinde ne pensait pas qu'il bénéficiait d'une forme particulière de *spiriti aestus*, puisque, à l'instar de Ludwig et d'Élégast, ainsi que probablement de toutes les *persona absens a suo tempore*, il avait dû perdre l'essentiel de son fluide ésotérique en arrivant dans cette époque. De plus, les cristaux qu'il avait sans doute générés à ce moment-là n'avaient jamais été retrouvés. Peut-être même n'avait-il point disposé d'un quelconque fluide lors de sa première vie ? En ce cas, d'où tirerait-il ce talent de toute évidence magique ?

À en croire le guerrier franc, il avait possédé jadis une épée de légende nommée Durandal, prétendument indestructible. Si cette arme avait réellement existé et que Roland la portait sur lui au moment de l'Anomalie, il n'était pas déraisonnable de faire l'hypothèse qu'il ait hérité de sa propriété particulière au moment de son passage dans l'Entre Monde. Pure spéculation, bien sûr, mais qui présentait l'avantage de la simplicité en tant qu'explication à cette faculté extraordinaire.

Quant à sa capacité à transmettre temporairement cette invulnérabilité aux armes blanches lorsqu'il les tenait en main, si Éthelinde avait pu la constater au cours de ses expériences, elle ne parvenait pas à concevoir une quelconque interprétation à ce phénomène. De toute façon, il y avait bien longtemps qu'elle avait renoncé à l'espoir de comprendre un jour la totalité des aspects de l'*Ars Obscura*. Des pans entiers de ce domaine resteraient probablement dans l'ombre pour toujours, à jamais hors de portée des lumières de la science.

Roland avait réquisitionné une longue table dans un coin du laboratoire de l'ordre, sur laquelle il entreposait les épées anciennes qu'il possédait. Il ne s'agissait pas chez lui d'un quelconque goût pour les antiquités : il n'aimait tout bonnement pas les lames modernes, et encore moins les armes à feu. Alors, il achetait régulièrement de vieilles épées dont personne ne voulait et les remettait en état, les affûtant et les huilant avec soin.

« Malheureusement, ce n'est pas contre les résurgions qu'il nous faudrait trouver une arme, finit par répondre Éthelinde, mais plutôt contre les sorciers. Nous pourrons toujours éliminer tous ces monstres à mesure que les bulles noires les excrètent ; en revanche, le jour où Vakt décidera de se présenter en personne face aux armées d'Irénion... »

Elle ne pouvait se résoudre à terminer sa phrase.

« Croyez-vous..., fit lentement Roland, que mon, euh... "pouvoir" pourrait me permettre de résister à l'Art Obscur de ce sinistre nécromant ?

— Je l'ignore. Nous n'aurions d'autre moyen de le savoir que de vous envoyer le combattre. Seule difficulté : si ce n'est pas le cas, vous mourrez. »

Le paladin antique haussa les épaules.

« De toute façon, si personne ne se révèle en mesure de l'arrêter, nous mourrons tous. Ne pourrais-je tenter d'utiliser des *lapis lucidus*, comme le fit Ludwig face à Élégast ?

— Je doute que cela soit suffisant contre une créature aussi puissante que Vakt.

— Tentons au moins quelques expériences dans cette direction.

— Ce ne serait pas absurde, en effet, répondit Éthelinde. Toutefois... Lithian nous a mis en garde contre l'utilisation de cristaux pour susciter l'Art Obscur. Elle craint que cela ne pervertisse l'esprit de celui qui en fait usage.

— Ah, au diable la magesse et ses leçons ! »

Roland se renfrogna, comme chaque fois qu'il était contrarié, et reprit le nettoyage de son fauchon.

Cet échange rappela à Éthelinde l'appel sur parlant-à-distance reçu trois jours plus tôt de la part de Ludwig au sujet de Lithian, qui l'avait plongée dans une grande perplexité.

L'ancien mercenaire lui avait appris la cause de ces deux semaines de silence complet : Lithian et lui étaient parvenus à trouver et à ranimer un portail pour l'*Alter Mundus*, puis ils l'avaient emprunté ! Éthelinde en avait été stupéfaite ! Bien qu'elle eût aussitôt insisté pour qu'il lui racontât ce qu'il avait vu, il avait refusé, faute de temps – rien que pour lui passer cet appel, il avait dû faire un aller-retour rapide entre le palais où il résidait et le portail. Après l'avoir assurée qu'il lui décrirait bientôt toutes les merveilles que ce monde recelait, il en était venu au double motif de son appel. Premièrement, la reine Mab n'avait pas exclu que certains *elvëms* acceptent de se joindre au combat des humains contre le sorcier des Russes. Si elle n'avait rien promis, le simple fait qu'elle l'envisage devait être porté à l'attention d'Irénion. La seconde raison concernait Lithian… En effet, Mab avait révélé à Ludwig que, grâce à ses sens singuliers, elle avait remarqué que la magesse était « différente ». Elle n'avait pas été capable d'expliquer clairement ce qu'elle entendait par là, mais Ludwig, compte tenu des soupçons dont Éthelinde lui avait déjà fait part, avait tenu à l'en informer.

Jusqu'à présent, Éthelinde avait repoussé toute confrontation directe avec Lithian, craignant de la blesser si jamais elle se trouvait dans l'erreur. À la suite de ce que Ludwig venait de lui apprendre, elle n'avait plus le choix. Il fallait lever le mystère qui entourait la magesse. Elle avait donc dit à Ludwig de revenir avec Lithian dans le Monde Naturel sous un prétexte quelconque et de se rendre sur le front, situé non loin de la position du portail, où elle tâcherait d'organiser une confrontation en présence d'Irénion. Tous ces soupçons se révéleraient probablement infondés le moment venu, cependant, il fallait en avoir le cœur net.

Éthelinde avait proposé la date du 22 mai, afin que Ludwig ait le temps de préparer le voyage.

Soudain, un faible éclat de lumière sur son bureau attira son attention, interrompant ses pensées : son parlant-à-distance recevait justement un appel !

Elle repoussa les nombreux feuillets couverts de notes qui encombraient la table et saisit le petit appareil. Le fragment de cristal contenu dans le tube de verre au centre de la broche n'était presque pas usé et, pourtant, il ne luisait que très faiblement. Les parlants-à-distance fonctionnaient de moins en moins bien et nul ne savait pourquoi. Les « Grandes Orgues » de la salle des appareils au château de Vincennes étaient pourtant soigneusement entretenues. Il fallait croire que l'ensemble du dispositif avait besoin d'Élégast pour opérer correctement et que la disparition de celui-ci avait nui à son efficacité. La dégradation de la qualité des communications s'était d'ailleurs notablement accélérée depuis trois semaines environ.

Tout en approchant le petit cornet de cuivre de sa bouche, la naturaliste posa le doigt sur le tube afin de répondre à l'appel.

« Éthelinde Ordant, annonça-t-elle.

— *Madame Ordant !* fit une voix affolée rendue nasillarde par le parlant. *Brigadier Rouairoux, de la 5ᵉ compagnie du 1ᵉʳ escadron des Sentinelles intérieures !* »

Éthelinde connaissait de nombreux hommes de la 5ᵉ compagnie – dont le brigadier –, car c'était celle qui avait été chargée par Irénion de contenir la bulle noire de Vic-Fezensac. Le ton de Rouairoux l'alarma immédiatement, ainsi que Roland, qui posa son fauchon et se tourna vers elle.

« J'écoute, brigadier ! dit-elle.

— *On vient de nous avertir qu'une résurgence se serait déclarée au cœur de Paris, dans le quartier des Arcis ! La compagnie va se mettre en route sur-le-champ ! D'après la maréchaussée, elle serait bien plus grande que d'habitude !*

— Une bulle noire géante ? » lâcha Éthelinde d'une voix blanche.

Sur le territoire français, ce serait une première. Malheureusement, avec l'activité croissante du sorcier des Russes, il était à craindre que cela ne se produise un jour ou l'autre.

« C'est ce qu'il semble, madame ! Le capitaine a demandé que vous veniez nous prêter main-forte, avec votre matériel, afin d'essayer de la solidifier ! »

Éthelinde fut aussitôt saisie d'une sinistre appréhension. Avec Gacien, forts de l'expérience acquise à Vic-Fezensac, ils avaient travaillé à améliorer le procédé chimique et s'étaient employés à fabriquer de nouvelles réserves des deux poudres, le réactif et l'inerte. En revanche, le chariot qu'ils avaient fait construire ici, avec un bras articulé, n'était pas dimensionné pour une résurgence géante. Il serait impossible de s'en servir.

Éthelinde s'en voulut aussitôt de ne pas avoir envisagé ce risque, en dépit des mises en garde de Lavoisin, qui rapportait depuis des mois que ce phénomène s'était produit à plusieurs reprises en Russie.

Roland, mâchoires crispées, ne la quittait pas des yeux. Sans doute alerté par le ton de sa voix, Gacien était arrivé en courant depuis la salle d'étude.

« Entendu, brigadier ! finit-elle par répondre, la gorge nouée. Le temps de charger le matériel et nous vous rejoignons ! »

ROLAND

Quartier des Arcis, Paris, le soir.

Roland le Preux sentait le frisson du combat le parcourir. Rien ne le transportait davantage que de s'y préparer. Il n'avait pas les pudeurs ridicules des soldats de ce temps, qui n'aimaient rien tant que pratiquer la guerre tout en prétendant la haïr. Certes, les combats entre armées semaient la désolation dans les campagnes et la mort parmi le commun, il était donc souhaitable de les éviter autant que possible ; toutefois, les hommes, comme les animaux, étaient faits pour s'affronter. Le nier, c'était nier leur nature même. Dès lors, il fallait bien des individus pour exercer l'art de la guerre avec autant de talent que possible afin de défendre le royaume et d'en étendre les frontières.

Le jour déclinait rapidement tandis que la voiture qui les emmenait au centre de Paris filait à forte allure dans les rues qui se vidaient peu à peu. Les cloches des églises venaient de sonner huit heures du soir. La mère supérieure Gauthier, comprenant que des vies étaient en jeu, les avait laissés emprunter la vieille calèche du couvent, un modèle ancien et inconfortable, mais assez grand pour leur permettre d'entasser les réserves de poudre réactive ainsi que la vingtaine de pulvérisateurs dont les M.K.M. disposaient depuis qu'Éthelinde en avait fait construire dix de plus.

Les visages d'Éthelinde et de Gacien étaient fermés. Ceux-là n'aimaient pas se battre, toutefois, ils ne se dérobaient pas lorsqu'ils y étaient contraints – même Gacien, que Roland avait pourtant d'abord jugé comme faible, avant de le voir, à Vic-Fezensac, garder son sang-froid là où beaucoup de braves auraient fui devant les monstres jaillissant de la bulle noire permanente.

Un cahot plus fort que les autres souleva tout le monde de la banquette et la cotte de mailles de Roland émit des cliquetis sonores. On ne portait plus d'armure en ce siècle et, de son temps, on n'en portait pas encore. Des pourpoints taillés dans du cuir épais sur lequel des plaques ou des anneaux de fer étaient cousus, voilà qui convenait à tout guerrier franc. Aussi Roland s'était-il confectionné lui-même un lourd vêtement de cuir qu'il avait recouvert d'une cotte de mailles du Moyen Âge. Bien qu'il n'en eût nul besoin, cette tenue lui rappelait son époque.

Dehors, les rues devinrent des ruelles, de plus en plus étroites et tortueuses, obligeant le cocher à ralentir ; ils approchaient du centre-ville. Le crépuscule était là lorsqu'ils franchirent les deux bras de la Seine entourant l'île de la Cité. La masse imposante de Notre-Dame de Paris se détachait sur le ciel bleu sombre. La voiture s'immobilisa à l'extrémité du pont au Change et Éthelinde se pencha par la fenêtre.

« Les Sentinelles intérieures ont dressé un barrage, dit-elle. Descendons ici. »

Dès qu'ils se montrèrent, le brigadier Rouairoux accourut.

« Je vous attendais ! s'exclama-t-il. Suivez-moi, je vais vous mener au capitaine !

— Nous avons du matériel avec nous, rétorqua Gacien.

— Laissez, des hommes vont se charger de le transporter pour vous. »

Ils emboîtèrent le pas au brigadier qui traversa au trot le quai de la Mégisserie jusqu'au centre de la place du Châtelet. Là, occupé à distribuer des ordres à un groupe de soldats, Isidore Peret, le capitaine de la 5e compagnie du 1er escadron des Sentinelles intérieures, les salua chaleureusement.

« Merci d'avoir fait diligence ! Nous allons avoir vraiment besoin de votre aide. »

Autour de lui, Roland aperçut de nombreux visages familiers et leur adressa un signe de tête. Il avait partagé le quotidien de ces hommes pendant des mois à Vic-Fezensac.

« La situation est donc si grave ? s'inquiéta Éthelinde.

— Assurément ! Et elle va empirer. »

Le capitaine les entraîna à sa suite dans la rue Saint-Jacques-de-la-Boucherie vers l'église du même nom et s'arrêta devant une barricade dressée à la hâte par les soldats avec toutes sortes d'objets et de meubles récupérés dans les maisons adjacentes.

Roland le Preux, comme ses amis, resta muet en découvrant la résurgence, visible à deux cents pas de l'autre côté de la barricade.

Elle était énorme. Le noir hémisphère s'élevait si haut qu'il avait absorbé tout un pâté de maisons juste en face de l'église. Seul le clocher de celle-ci, une imposante tour gothique, le dépassait.

« Par tous les diables, souffla Éthelinde, elle mesure au moins trente mètres de diamètre et autant de haut… »

Pas loin de vingt coudées de plus que celle de Vic-Fezensac, songea Roland, qui peinait toujours à se faire aux mesures de cette époque.

« Avez-vous pu évacuer les gens à temps, capitaine ? demanda-t-il.

— Nous sommes venus aussi vite que possible dès que la maréchaussée nous a alertés. Malheureusement, le temps d'arriver, la résurgence atteignait déjà la moitié de sa taille actuelle et avait englouti plusieurs maisons. Il est à craindre que de nombreux civils s'y soient vus piégés. Nous avons aussitôt évacué les bâtiments environnants et ceinturé le quartier de barricades.

— Des résurgions ? gronda le guerrier franc, qui avait hâte d'en découdre.

— Très peu, pour le moment. Tous occis par mes hommes au fur et à mesure. Mais leur nombre va bientôt augmenter.

— Et lorsqu'ils déferleront par vagues, lâcha Éthelinde, nous ne pourrons tous les tuer, faute d'une muraille pour les contenir. »

Isidore Peret approuva gravement de la tête.

« Ils vont se répandre dans tout Paris et faire d'innombrables victimes, déplora-t-il, d'un air sombre.

— En ce cas, tâchons de nous débarrasser de cette abomination avant une telle catastrophe.

— Mais comment faire ? Pour la solidifier, vous avez besoin de quelqu'un au sommet de la bulle. Or, elle est bien trop haute pour un quelconque chariot comme celui que…

— Nous pouvons tendre une corde à partir de cette tour », l'interrompit Roland.

Le capitaine le regarda en levant les sourcils.

« Le clocher de Saint-Jacques ? Il doit mesurer plus de cinquante mètres. Sacrée altitude pour aller se balancer au bout d'une longe !

— Une autre idée, capitaine ? »

Peret réfléchit rapidement.

« Si l'on parvient à tirer la corde jusqu'aux toits en face, ce n'est pas impossible… » Il parut se décider brusquement : « Entendu, je vais ordonner à la maréchaussée de trouver autant de cordes que nécessaire et de les assembler solidement entre elles ! »

Éthelinde demanda à trois des brigadiers de la compagnie de former des paires de soldats en choisissant en priorité ceux qui avaient participé à la première manœuvre à Vic-Fezensac, et de leur distribuer les pulvérisateurs. Il leur incomberait ensuite d'expliquer rapidement aux autres comment les charger de poudre inerte et, surtout, la manière d'en faire usage.

Roland, après avoir rempli le sien de réactif, le passa en bandoulière autour de ses épaules.

Se rappelant que le guerrier avait failli en manquer la première fois, Gacien prit la peine d'emporter un bocal de poudre verdâtre, afin de parer à toute éventualité, mais il refusa le fusil Leyde qu'Éthelinde lui proposait. Elle-même avait emprunté aux soldats un Charleville modifié aux balles trempées.

Sans attendre davantage, les trois compagnons escaladèrent la barricade puis se hâtèrent en direction de la sinistre résurgence.

La surface du monstre ressemblait à celle de n'importe quelle bulle de taille normale, couverte de fumerolles spumeuses formant par endroits des tourbillons au cœur desquels d'étranges lueurs surgissaient sporadiquement. Pour le moment, ces volutes délétères se mouvaient avec lenteur ; mais, bientôt, lorsque la résurgence entrerait en phase d'activité soutenue, la rotation des fumerolles accélérerait nettement avant de livrer passage à des hordes de créatures repoussantes.

Roland le Preux haïssait ces manifestations contre nature. Il y voyait des portails s'ouvrant sur l'enfer, même si Éthelinde lui avait répété à l'envi qu'il ne s'agissait là que de superstition de sa part. À l'époque d'où venait Roland, le paradis et l'enfer étaient des notions fort littérales, et non les concepts creux et abstraits qu'ils étaient devenus dans ce temps.

Lorsqu'ils ne se trouvèrent plus qu'à quelques pas du phénomène, ils ne purent s'empêcher de s'arrêter un instant, fascinés et intimidés par cette immense surface convexe exhalant des relents méphitiques à peine supportables. Les soldats à proximité gardaient eux aussi un silence anxieux, leur fusil épaulé et pointé vers la résurgence, prêts à faire feu sur tout ce qui en sortirait.

En quittant l'hospice, Roland avait emporté son nouveau fauchon. Il s'avisa soudain qu'il manquait à celui-ci un traitement essentiel s'il voulait affronter des résurgions. Le tirant de sa ceinture, il s'approcha de la résurgence, prenant garde de ne pas mettre le pied dans les immondes flaques de poix noire qui en constellaient les abords, puis il en trempa la lame dans les fumerolles pituiteuses.

« Pressons-nous », dit Éthelinde. Elle avait presque murmuré, comme si la bulle menaçante risquait de les remarquer si elle s'exprimait à voix haute. « Nous ne disposons peut-être que de peu de temps. »

Roland recula en secouant son fauchon afin de le débarrasser des excrétions gluantes, avant de le remettre dans la boucle de cuir à sa ceinture, puis ils gagnèrent l'entrée de l'église d'un pas rapide. Ce ne fut qu'à ce moment que le guerrier franc s'aperçut que l'édifice tombait en ruine. Des plantes grimpantes avaient envahi sa façade, se frayant un passage à travers les vitraux cassés, et de larges fissures lézardaient ses murs. Les lourdes portes de bois étaient si pourries que l'une d'elles s'était effondrée sous son propre poids. Après avoir emprunté une lanterne aux soldats, ils enjambèrent les décombres de l'entrée et cherchèrent, dans l'obscurité de la nef, la porte menant à la tour.

L'ascension par l'étroit escalier en colimaçon ne fut pas une mince affaire, de nombreux gravats obstruant le passage.

Par endroits, les degrés de pierre tremblaient sous leurs pas et Roland s'inquiéta que certains puissent dégringoler dans le vide. Une fois au niveau du clocher, il leur fallut poursuivre par des échelles de bois branlantes qui longeaient les abat-sons, en partie disparus. Par moments, Roland croyait percevoir de profondes vibrations émises par la bulle noire, qui lui donnaient l'impression que l'abomination tentait de faire s'écrouler la tour pour les ensevelir avant qu'ils n'aient pu commencer à la combattre.

« Que la peste soit avec toi, souillure infernale, murmura-t-il, tu sauras bientôt ce qu'il en coûte de se dresser devant moi. »

Ses deux compagnons ne paraissaient pas avoir remarqué le phénomène.

« C'est dans cette tour que Blaise Pascal a réalisé sa fameuse expérience sur la pression atmosphérique ! disait Gacien, d'une voix hachée par l'effort.

— C'est là qu'il l'a réitérée, rectifia Éthelinde, après qu'il l'eut menée une première fois sur le puy de Dôme. Je ne pensais pas qu'on aurait laissé cet endroit à l'abandon. On devrait l'entretenir pour l'histoire des sciences ! »

Et que la peste soit aussi de ces fichus savants jacassiers ! songea Roland, agacé.

Après de longues minutes d'efforts, les épaules et les cheveux couverts de fragments de bois et de toiles d'araignée, ils débouchèrent enfin au sommet de la tour sur un toit-terrasse plat. Plusieurs statues massives se dressaient aux angles sur les garde-corps, qui paraissaient surveiller les environs. Roland se pencha par-dessus la balustrade de pierre. De jour, la vue devait porter loin sur la capitale. Tel un répugnant bubon pesteux qui aurait poussé sur tout un quartier, la résurgence semblait occuper un espace encore plus grand vue de cette hauteur.

En bas, s'agitant comme de minuscules fourmis, les hommes avaient terminé de nouer plusieurs longueurs de corde et entreprenaient de monter cet assemblage dans la tour.

« Ces rues ne sont que d'étroites venelles, déplora Éthelinde. La manœuvre sera malaisée pour les sentinelles.

— Où accrocher l'autre extrémité de la corde ? se demanda Roland en fouillant du regard les bâtiments du côté opposé de la bulle noire.

— Les maisons ici sont anciennes, serrées les unes contre les autres et ne comptent guère plus de deux ou trois étages. Mais, faute de place pour s'étendre horizontalement, certaines se sont développées à la verticale. »

Elle pointa du doigt un immeuble de quatre étages.

« Comme celle-ci, là-bas, qui devrait faire l'affaire.

— La pente de la corde sera forte, fit Roland avec une grimace.

— Il est encore temps de renoncer. »

Le guerrier franc toisa l'érudite.

« Renoncer ? »

À ce moment, les hommes du capitaine Peret arrivèrent sur le toit à leur tour, tirant derrière eux la solide corde de chanvre. Roland choisit la tête de la statue du bœuf de saint Luc pour en nouer l'extrémité, puis ils lancèrent le reste dans le vide. En bas, des hommes la traînèrent – en contournant la résurgence – jusqu'aux maisons de la rue de la Vieille-Monnaie où elle fut hissée sur un toit, puis enroulée autour d'une cheminée. Cependant, six soldats eurent beau s'arc-bouter, il fut impossible de la tendre complètement ; la courbe qu'elle décrivait la faisait passer à une quinzaine de coudées au-dessus de la bulle. C'était un peu trop près au goût de Roland, néanmoins il faudrait s'en contenter.

Le rythme des coups de feu et des décharges Leyde autour de la résurgence s'intensifiait, indiquant que les résurgions étaient de plus en plus nombreux à en sortir. Conformément aux instructions, des Sentinelles intérieures s'étaient postées sur les toits alentour afin de pouvoir guider, le moment venu, leurs frères d'armes demeurés au sol avec les pulvérisateurs.

« La distance entre les hommes est bien plus grande que sur la palissade de Vic-Fezensac, s'inquiéta Éthelinde. Il va leur falloir donner de la voix. »

Un jeune soldat les rejoignit au sommet de la tour et les salua. Il leur dit que le brigadier Rouairoux l'avait envoyé les aider, car il avait servi dans la marine et connaissait les nœuds.

« Et alors ? grommela Roland. Que voulez-vous que nous fassions de vos nœuds ? La corde est déjà suspendue.

— Les nœuds marins ne servent pas simplement à nouer les cordages, expliqua Éthelinde. Ce sont des techniques très élaborées qui peuvent s'apparenter à des mécanismes. »

Le paladin haussa les sourcils. Ils n'avaient pas de temps à perdre pour de tels enfantillages.

Pourtant, il changea d'opinion à mesure que le jeune soldat, muni d'une corde plus fine que celle tendue dans le vide, lui confectionna en peu de temps un solide baudrier autour du bassin. Il le fit ensuite asseoir sur la balustrade, juste sous la corde principale, et attacha à celle-ci une longe dont le nœud coulissant pouvait se serrer et se desserrer simplement en tirant sur un brin qu'il laissa pendre à ses côtés. L'ingénieux système ferait office de tyrolienne et allait permettre à Roland de glisser jusqu'à l'endroit voulu en contrôlant sa vitesse.

Il était stupéfait de la rapidité avec laquelle le jeune homme avait réalisé pareille prouesse et le félicita. De son temps, la marine ne connaissait pas de tels raffinements.

Éthelinde, amusée, remercia la sentinelle : « C'est bien la première fois que quelqu'un parvient à lui clouer le bec », lui dit-elle.

Roland bougonna puis, toujours assis sur la rambarde, pivota sur lui-même pour faire passer ses jambes dans le vide.

« C'est haut », commenta laconiquement Éthelinde en se penchant à côté de lui.

Roland haussa les épaules : « Peu me chaut. Si je tombais, je ne me blesserais même pas.

— En vérité, vous n'en savez rien, tempéra la jeune femme. Ne prenez donc aucun risque inconsidéré. »

Le neveu de Charlemagne lui adressa un sourire fanfaron puis, sans l'ombre d'une hésitation, s'élança dans le vide.

Grisé par la vitesse de sa glissade, il en oublia presque de freiner. Dès qu'il tira sur le brin prévu à cet effet, le nœud se resserra et sa vitesse diminua. Se voir ainsi suspendu à quatre-vingts coudées du sol, les pieds dans le vide, se révéla plus impressionnant qu'il ne s'y attendait. En bas, tous les soldats équipés de pulvérisateurs étaient en place et le regardaient descendre. Certains poussèrent des vivats pour l'encourager. Roland leur répondit d'un signe, puis reporta son attention sur la résurgence. Maintenant qu'il en arrivait à la verticale, elle occupait presque tout son champ de vision.

Il eut l'impression troublante que le dôme de matière maléfique *l'attendait.*

Cesse de te faire des idées, s'admonesta-t-il. *Ce n'est qu'une bulle noire, ça ne pense pas.*

Lorsqu'il estima qu'il avait atteint le pôle de l'hémisphère, il s'immobilisa en tirant fermement sur le brin, puis noua celui-ci à son baudrier afin de l'empêcher de se desserrer.

L'odeur nauséabonde exhalée par les fumerolles fluctuantes était telle que ses yeux s'emplirent de larmes. Désormais, les obscurs vortex tournaient beaucoup plus rapidement que lorsqu'ils étaient arrivés, et les résurgions étaient bien plus nombreux à jaillir des ténèbres. Sans perdre un instant, il attrapa le pulvérisateur qui pendait à une fine corde attachée à sa ceinture, puis tourna la tête vers Éthelinde. Elle lui parut soudain bien loin.

« Prêt ? » lança celle-ci.

Il hocha la tête. L'érudite leva alors le bras et tous les soldats en poste sur les toits environnants en firent autant. Lorsqu'elle donna le signal du début de la manœuvre, ils se mirent tous à crier en même temps pour diriger leurs camarades au sol. Même si, placé tel qu'il l'était, Roland ne pouvait voir la base de l'hémisphère, il savait que la poudre inerte projetée par les hommes générait une réaction permettant d'en solidifier la surface mouvante. Toute la difficulté résidait dans la nécessité de produire une bande aussi régulière que possible afin que la frontière de la réaction remonte de manière uniforme. Heureusement que la plupart de ces soldats bénéficiaient de l'expérience acquise lors de la première tentative, car les conditions ici étaient bien moins favorables, notamment en raison de l'étroitesse des ruelles gênant la coordination visuelle.

Les créatures infernales jaillissaient de plus en plus nombreuses, et le vacarme des fusils menaçait de couvrir les voix. Certains des monstres paraissaient plus grands que d'habitude. Les rumeurs sur des résurgions géants en Russie étaient parvenues aux oreilles du paladin, mais il s'efforçait de ne pas y songer.

Lorsqu'il vit la bande violacée atteindre la mi-hauteur, Roland remarqua tout de suite qu'elle était bien trop irrégulière. Il donna néanmoins un léger coup de hanche dans son baudrier, qui lui permit d'entamer une lente rotation sur lui-même au bout de sa longe, puis entreprit de projeter la poudre réactive sur la bulle, en tâchant de contrôler la vitesse d'écoulement autant que possible. Il n'avait pas oublié qu'il avait failli se trouver à court de réactif à Vic-Fezensac.

Au bout du jet, une seconde bande se forma sur le pôle de la bulle, de couleur verdâtre celle-ci, et commença à descendre. Même à travers le masque de tissu qu'il avait noué devant son visage, Roland sentit ses voies respiratoires s'irriter aussitôt. Il redoubla de concentration afin de tenter de faire coïncider la forme de sa bande avec les irrégularités de celle qui remontait. Cependant, la tâche paraissait impossible. La nuit était noire maintenant, et, bien que la résurgence émît une légère luminescence, la visibilité était devenue extrêmement limitée.

« Cela va prendre trop de temps ! cria-t-il à Éthelinde. Ils doivent mieux contrôler la pulvérisation ! »

L'érudite était déjà arrivée à la même conclusion.

« J'ai demandé à Gacien de faire passer un message à tous les guetteurs, répondit-elle. Ils doivent utiliser leur lanterne en la tenant à bout de bras pour indiquer de manière plus claire à quelle hauteur le jet de chacun doit être pulvérisé ! »

Et, en effet, sur certains toits, les sentinelles commençaient à lever leurs lanternes. L'idée était bonne, mais suffirait-elle ?

Roland n'eut pas le loisir de se poser la question plus longtemps, car une forme noire massive fut expulsée par la résurgence, juste en dessous de lui, et vint le percuter. Sous le choc, le pulvérisateur – heureusement attaché à sa ceinture – lui échappa des mains et Roland se mit à tournoyer en tous sens. Le temps que ces mouvements erratiques, qu'il lui était impossible de contrôler, se calment, il remarqua que la chose qui venait de surgir dans ce monde était pourvue d'étranges ailes. Un résurgion volant !

La créature, désorientée, comme tous ses congénères, par le passage de la membrane de la bulle noire, commença par tomber dans le vide, se ressaisit brièvement en déployant ses ailes pour reprendre de la hauteur, avant de heurter plusieurs cheminées, les démolissant au passage. Enfin, elle parvint à battre l'air vigoureusement et à voler comme elle l'entendait. Des cris terrifiés jaillissaient de toutes parts.

Bien qu'il se balançât toujours, Roland avait cessé de tournoyer. Il observa le hideux volatile qui volait désormais en cercles autour de la résurgence : une vague silhouette de vautour décharné, entièrement noir, possédant une tête si allongée qu'il la prit d'abord pour son cou. Celle-ci était fendue d'une ignoble bouche garnie de dizaines de mandibules s'agitant frénétiquement. Dans cette obscurité, il ne parvenait pas à déterminer de combien d'ailes le résurgion disposait ni ce qu'étaient ces formes, ressemblant à des bras humains démesurés, qui pendaient sous son abdomen. Mais une chose était sûre : au lieu de chercher à s'enfuir, la créature restait à proximité de la résurgence, en dépit des décharges Leyde tirées vers elle par les soldats en contrebas. Soudain, Roland comprit : le volatile l'attaquait !

Le guerrier eut à peine le temps de dégainer son fauchon qu'il fut frappé par la malebête au premier passage de celle-ci. Roland ressentit toute la douleur que les ignobles griffes ébréchées auraient dû lui occasionner en pénétrant ses chairs, déchirant ses muscles, sectionnant ses tendons et brisant ses os. Il dut se retenir de hurler sous l'effet de l'atroce tourment qui explosa dans son corps. Car il ne voulait pas que quiconque sût que, s'il ne pouvait être blessé en raison de sa mystérieuse invulnérabilité, il éprouvait néanmoins la souffrance pleine et entière des plaies que chaque attaque aurait dû lui infliger.

Soudain couvert de sueur, il serra les dents tandis qu'Éthelinde criait aux soldats de ne pas tirer sur la créature tant qu'elle s'en prenait à Roland. Il la remercia intérieurement ; par le passé, il avait déjà été atteint par des balles, et même par des décharges Leyde, et il n'avait point oublié les intenses douleurs qui en avaient résulté.

Roland le Preux reporta son attention sur ce maudit résurgion qui, après avoir opéré un demi-tour, fonçait de nouveau sur lui. Cette fois, il était prêt et le fauchon, soigneusement aiguisé durant de longues heures, s'abattit sur les membres difformes qui se tendaient vers lui, toutes griffes dehors. La monstruosité poussa un hurlement atroce, proprement insupportable pour des oreilles humaines, tandis que l'un de ses bras contre nature dégringolait dans le vide, auréolé d'un nuage de gouttes de liquide noirâtre.

« Tu espérais une proie facile, n'est-ce pas, maudit ? » gronda Roland en affirmant sa prise sur la lourde épée.

Rugissant de rage et de douleur, le hideux volatile repartit aussitôt à l'attaque, cette fois en prenant d'abord de la hauteur, afin de tomber en piqué sur le guerrier franc. Gêné par sa position suspendue, Roland tâcha d'armer son bras sur le côté, déterminé à frapper avec autant de force que possible. Malheureusement, au dernier moment, le résurgion roula sur lui-même dans une tentative de le griffer dans le dos. Surpris, Roland voulut riposter par réflexe, mais l'instabilité de sa position rendit son geste imprécis et la lame vint sectionner… sa longe !

Roland tomba comme une pierre, droit dans la bulle noire.

La dernière chose qu'il entendit fut le cri d'effroi d'Éthelinde.

Roland ne comprend pas ce qui lui arrive.

Tout est noir autour de lui et plus aucun son ne lui parvient. Il ne se sent même plus choir. Il flotte au milieu d'étranges volutes vaporeuses grises fluctuant selon un mouvement anormal, comme des fumées s'écoulant à rebours.

Où sont donc passés la résurgence, les monstres, les rues de Paris ? L'esprit de Roland peine à assimiler ce qui lui arrive.

Il tente de bouger, cherchant quelque chose à quoi se raccrocher, mais ne trouve nulle prise. Dérivant au hasard, suspendu dans ce vide impossible, il ne peut rien. Même le pulvérisateur et son épée, toujours attachés à son baudrier, flottent à ses côtés, comme s'ils étaient immergés dans un liquide. Lui qui n'éprouve jamais la peur sent l'affolement l'envahir, menaçant de se muer en panique. Que lui arrive-t-il ?

Puis, comme ses yeux s'accommodent progressivement aux ténèbres régnant au-delà des volutes grises, il croit percevoir les lointains paysages fabuleux d'un monde inconnu. Il ne sait si ses yeux lui jouent des tours, ni même si ce sont ses yeux ou d'autres sens qui lui montrent ces montagnes immenses s'élevant au-dessus d'océans parsemés d'îles habitées par des peuplades qui ne paraissent pas humaines, ou ces cités ignorées aux mille merveilles architecturales. Bientôt, les visions s'estompent et son incontrôlable dérive se poursuit.

Une terrible angoisse lui serre le cœur ; errera-t-il pour toujours dans cet espace insondable, hors des mondes, hors du temps, sans haut ni bas, sans avant ni après ?

Par moments, il lui semble discerner du mouvement parmi les volutes grises, néanmoins, chaque fois qu'il cherche à voir ceux qui le suivent à distance, ils se dérobent à son regard. Ces créatures ne sont pas humaines, il le sait, mais ce ne sont pas des résurgions, il n'a rien à craindre d'elles.

Lentement, les filaments vaporeux se déchirent, se dissolvent ; seule demeure l'obscurité infinie. Puis, peu à peu, apparaissent d'immenses draperies colorées, si diffuses qu'elles étaient peut-être là depuis le début, occultées par les volutes désormais disparues. Roland ne peut déterminer si ces nébulosités aux couleurs impossibles ne sont que d'étranges fumées proches de lui ou, au contraire, de titanesques nuages situés à une distance incommensurable. Cette idée lui donne le vertige et il ferme les yeux quelques instants.

Lorsqu'il les rouvre, les draperies sont toujours là, mais son attention est attirée par autre chose, qui lui semble encore plus inconcevable. Il ne peut être sûr de ce qu'il voit, c'est encore trop loin, cependant, plus il approche, moins il doute. Devant lui, à perte de vue, des milliers et des milliers d'êtres humains flottent dans ce vacuum, tous alignés à la verticale. Ils sont nus et paraissent inconscients, les yeux clos.

*Il pénètre parmi cette étrange foule, regardant défiler leurs innombrables visages, vides de toute expression. Des femmes, des hommes, des enfants, des vieillards. Cette vision éveille en lui un souvenir. Cet endroit effarant, quelqu'un d'autre le lui a déjà décrit : Ludwig. L'ancien mercenaire était venu ici, lui aussi, lorsqu'il avait provoqué l'anéantissement des cristaux d'Élégast. Il avait appelé cet endroit « l'Interstice », une partie de l'Entre Monde où finissaient les malheureux happés par les résurgences ou frappés par les maléfices de l'*Ars Obscura*. Cependant, face au nombre de gens piégés là, Roland ne peut imaginer qu'il ne s'agisse que de victimes des bulles noires. Ces phénomènes ne se produisent pas si souvent ni depuis si longtemps.*

Le guerrier franc s'immobilise alors devant un corps en particulier et comprend soudain.

Ce corps l'a attiré pour une raison désormais claire.

Ce visage, cette barbe et ces cheveux blonds, ces cicatrices reçues au combat, ces tatouages de soldat : Roland contemple son propre *corps.*

Le corps dont il a été expulsé quelque part vers la fin du VIIIe siècle.

La majeure partie de ces humains prisonniers d'une « stase éternelle » dans l'Interstice sont les enveloppes charnelles des persona absens a suo tempore, *les déplacés temporels frappés par l'Anomalie. Roland est stupéfait devant leur nombre. Combien de personnes disparues inexplicablement tout au long de l'Histoire humaine ? Et combien de personnalités écrasées par l'arrivée subite d'un étranger dans leur propre corps ? Que de drames… Il en éprouve un brusque vertige.*

Ce corps est là depuis mille ans et, pourtant, il semble parfaitement préservé. Il n'a même pas vieilli.

Ce corps… Se pourrait-il qu'il puisse l'habiter de nouveau ? S'y réintroduire, d'une manière ou d'une autre ? Et s'il y parvenait, se réveillerait-il à son époque, comme quittant un long et pénible cauchemar ?

Et cela rendrait-il le corps qu'il a usurpé à celui qui l'occupait avant l'Anomalie et dont il a pris – bien involontairement – la place ? Il n'entend plus sa voix intérieure depuis longtemps. Au début, celle-ci l'avait presque rendu fou, car il ne comprenait pas ce qu'elle était. Jusqu'au jour où Lithian lui avait expliqué ce qu'est un déplacé temporel…

Pendant quelques secondes, il hésite à toucher cette enveloppe charnelle qui fut la sienne. Il en a peur. Une peur authentique, qu'il n'a jamais ressentie auparavant. Il est presque sûr que s'il l'effleurait du doigt, ce corps aspirerait son esprit. Il lève le bras avec une infinie lenteur, tend la main et… interrompt son geste juste au moment d'entrer en contact avec la peau.

S'il a raison, alors il va disparaître de ce temps comme il a disparu du VIIIe siècle. D'un coup, sans être en mesure de dire au revoir à personne ni de terminer ce qu'il a commencé. Or, des gens comptent sur lui. Des gens à qui il s'est attaché – même s'il se refuse à le montrer parce qu'il ne veut pas passer pour un sentimental.

Cette hésitation scelle son sort. Tout se brouille brusquement, d'une manière aussi brutale que lorsqu'il est tombé dans la bulle noire.

Alors que ses sens semblaient en sommeil depuis qu'il avait pénétré dans l'Entre Monde, ils se réveillent soudain. Ils se ruent sur lui. Roland ouvre les yeux et la lumière d'un ciel blanchâtre lui meurtrit les rétines ; ses oreilles lui transmettent des sifflements et des rugissements à peine supportables ; et – surtout – de vives douleurs irradient de ses membres et de son dos !

Il est allongé sur une terre dure, couverte de pierres, sur laquelle il vient de s'écraser, sans avoir la moindre idée de la hauteur de sa chute. Se redressant avec raideur, il cherche par réflexe les plaies et les ecchymoses qui lui font si mal, sans rien trouver. Il n'a évidemment pas été blessé par le choc, mais ressent dans tout son être la douleur affreuse des multiples fractures que celui-ci aurait dû lui occasionner.

Autour de lui s'étend une plaine aride parsemée de rocaille et, au loin, des monts aux pics noirs et acérés surmontent des forêts aux couleurs anormales, répugnantes, proliférant dans d'obscures vallées encaissées... Les Terres Interdites, autrement appelées Vallées Putrides...

Cependant, Roland n'a pas le loisir d'observer plus longtemps les lieux, car des résurgions déferlent dans la plaine, provenant de toutes les directions ! Sa main se porte par réflexe sur la hampe du fauchon à sa ceinture. Les rejetons de l'enfer sont des centaines à converger vers lui ou plutôt... vers quelque chose derrière *lui.*

Il se retourne et découvre une énorme sphère de matières vaporeuses tournoyantes. Le paladin peine à croire ce qu'il voit, mais le doute n'est pas permis : il se tient devant une résurgence d'un genre qu'il n'a jamais vu. Celle-ci est blanchâtre et il ne s'agit pas d'un hémisphère, mais d'un globe complet, auréolé de multiples pseudopodes visqueux s'agitant mollement dans le vide. La bulle blanche est si grande que Roland doit se tordre le cou pour en apercevoir le sommet.

Les monstres s'échappant des vallées alentour accourent pour se jeter à l'intérieur, traversant d'un bond sauvage la membrane de l'aberration. Dans leur précipitation, ils ne lui prêtent aucune attention ; certains le bousculent même sans s'arrêter.

En regardant mieux, à travers les multiples couches de matière fangeuse en rotation rapide, Roland distingue une large zone sombre à l'intérieur, dans la partie haute de la sphère. Soudain, il reconnaît ce qu'il contemple : les rues du quartier de l'église Saint-Jacques-de-la Boucherie, de nuit, observées par en dessous, comme du fond d'un trou. Il prend conscience qu'il se tient devant la résurgence contre laquelle il luttait, vue de l'autre côté ! En plissant les paupières, il parvient même à discerner le clocher gothique de l'église ainsi que la corde tendue au sommet de ce qui n'est là-bas qu'un hémisphère.

Les résurgions qui se jettent dans la bulle semblent attirés vers le haut pour les plus petits ou grimpent le long de la paroi intérieure avant de sauter dans l'hémisphère supérieur, afin de jaillir dans le Monde Naturel. Certains des tirs des soldats pénètrent à l'intérieur de la bulle, traversant l'étrange bande violacée de solidification… À ce moment, Roland se rappelle la manœuvre qui était en cours avant sa chute ! La résurgence sera bientôt refermée et il se trouvera bloqué ici, dans ce monde de cauchemar !

Sans hésiter une seconde, il se rue à son tour vers la sphère tournoyante et se jette à travers la paroi répugnante. Traverser cette membrane lui procure une sensation horrible, indescriptible, qui le laisse désorienté quelques instants. Où se trouve-t-il ? Que venait-il faire là ? La meute frénétique de résurgions qui se pressent à l'intérieur le ramène rapidement à la réalité. Même s'ils ne l'attaquent pas, leurs carapaces rugueuses, leurs mandibules coupantes, leurs griffes crochues le font souffrir à chaque contact. Alors, il les frappe de sa lame de toutes ses forces et en élimine plusieurs avant que les autres, par instinct, ne s'écartent.

La bande de solidification est plus haute que jamais, il n'y a pas un instant à perdre ! Roland se jette à l'assaut de la paroi concave, mais, même s'il est lui aussi soumis à cette étrange attraction verticale, il ne parvient à s'élever que de quelques coudées avant de déraper et de glisser de nouveau jusqu'à la base. À la différence des monstres, il n'a pas de griffes pour s'accrocher dans la matière fangeuse, semi-solide, de la paroi intérieure de la bulle. Le guerrier franc a beau essayer plusieurs fois, s'aidant de son épée, chaque tentative se solde par un échec. Il regarde en haut : la bande de solidification a tant monté que, de toute façon, même s'il dépassait le milieu de la paroi, il ne pourrait atteindre cette limite, désormais très en surplomb. Il va rester ici et n'en partira jamais !

À ce moment, à sa grande surprise, il voit une corde entrer par le pôle supérieur de la sphère creuse et descendre par à-coups ! Il comprend aussitôt que ses amis tentent de lui venir en aide ! Lorsque la corde parvient à son niveau, il s'en saisit avec l'énergie du désespoir et entreprend d'y grimper, soufflant sous l'effort intense. Bien qu'il soit gêné par son armure et le lourd équipement à sa ceinture, il ne ménage pas sa peine et, après de longues minutes d'acharnement, il atteint le sommet.

Au moment de franchir la membrane, Roland ne put se retenir de fermer les yeux. Lorsqu'il sentit qu'il se retrouvait à l'air libre, il lui fallut faire appel à toute sa force de caractère pour ne pas lâcher la corde sous l'effet de la désorientation. Son corps était couvert d'une répugnante couche d'humeurs noires visqueuses provenant de la résurgence, rendant ses mains glissantes. Comprenant qu'il risquait de retomber, il enroula la corde autour de ses poignets, puis leva enfin les paupières.

Éthelinde était là, juste à côté de lui, suspendue à la corde horizontale par un autre baudrier, à l'endroit même où il avait chu. Elle lui cria quelque chose, mais Roland, sonné, ne parvint pas à comprendre un traître mot. Les sons lui arrivaient assourdis, étouffés. La jeune femme saisit alors la corde à laquelle il s'agrippait et l'enroula autour du torse du guerrier franc, en passant sous les aisselles.

Pendant qu'elle s'affairait, Roland trouva juste la force de dire :

« Attention au… résurgion volant…

— Ce fichu volatile ? répliqua-t-elle. J'ai réussi à l'atteindre avec une de mes fioles et il a pris feu. Lorsqu'il s'est écrasé, les soldats l'ont achevé. D'autres sont sortis après lui, et ils ont subi le même sort ! »

Une fois qu'elle eut terminé de nouer la corde autour du torse de Roland, elle en trancha le bas, qui disparut dans la bulle noire. Ensuite, Éthelinde lui prit le pulvérisateur qu'il avait gardé attaché à sa ceinture.

« Permettez que je vous soulage de ceci, nous n'en avions pas d'autres et je vais en avoir besoin. »

Roland voulut lui dire qu'il était presque vide, mais il n'en eut pas la force. Puis il avisa le sac arrondi suspendu au baudrier de son amie, maculé de résidus de poudre verte. Éthelinde, bien sûr, avait pensé à ce détail.

Dès qu'elle eut récupéré le pulvérisateur, elle desserra le nœud par lequel la corde de Roland était accrochée à la longue corde horizontale et il commença à glisser sur la pente de celle-ci. En s'éloignant de la résurgence, il remarqua dans une rue en contrebas le cadavre d'un des résurgions volants qui achevait de se dissoudre en un amas de matières fétides, entouré de flammes. La dernière chose qu'il vit en arrivant sur le toit fut Éthelinde projetant un long jet régulier de réactif sur le sommet de la bulle noire, puis il sombra dans l'inconscience.

OLATHENA

Hanki 57, Ereth 124

Opälvyr, Hursëlïnh, le matin.

Olathena avait décidé de rentrer au pays de Nhâle par la terre. Emprunter le fleuve-monde pour le retour aurait été très difficile, car il leur aurait fallu remonter le courant. À la rame, sur une telle distance, la tâche était presque impossible. La pêcheuse aurait pu installer un mât et une voile sur son udal'ekî, mais les vents étaient incertains dans cette région et, de toute façon, elle n'avait jamais été très à l'aise avec cette façon de naviguer.

Après qu'ils furent allés observer le portail ranimé par Ludwig, Olathena et son fils quittèrent le village abandonné de la rive des Nids Rouges et retournèrent à Yahau où ils vendirent leur pirogue pour une somme modique. Cet udal'ekî, Ola l'avait construit avec Erniûl, son mépê. S'en séparer lui coûta. Olunemi tenta de la consoler en lui promettant de l'aider à en construire un nouveau lorsqu'ils seraient revenus chez eux, à Iâlh-Mehty.

De Yahau, ils entreprirent leur voyage de retour en coupant à travers les boucles du Söthsÿn par la terre. Comme tous les Alôs, ils n'aimaient guère s'éloigner de l'eau, mais, s'ils ne voulaient pas mettre trop longtemps à rentrer au pays avant de se confronter à cette maudite Megüi, ils n'avaient pas le choix. Pendant plusieurs semaines, ils suivirent le même chemin que Lithian et Ludwig et ne cessèrent d'entendre parler d'eux. Partout où les humains étaient passés, ils avaient fait forte impression. Et plus Olathena et Olunemi approchaient d'Opälvyr, plus ceux-ci semblaient être devenus célèbres. Toutes les conversations ne portaient que sur ces incroyables humains surgis dans le monde des elvëms, donnant soudain vie aux plus anciennes légendes.

Bien que Ludwig et Lithian ne fussent partis que trois jours avant eux, ils avaient pris beaucoup d'avance, car ils n'avaient pas été contraints de faire un détour par Yahau et, surtout, Ola comprit qu'il leur avait été possible de payer leur passage sur des chariots grâce aux talents de Ludwig pour chasser les monstres errants, qu'il avait monnayés dans plusieurs villages sur leur route. Olathena, elle, une fois ses dernières coquilles dépensées, se trouvait trop loin du Söthsÿn pour être en mesure de gagner quelque argent. Au grand dam d'Olu, il leur fallait donc aller à pied.

Après trois semaines de trajet par des régions variées, ils ne s'étaient jamais autant approchés d'Opälvyr et, désormais, ils ne pouvaient ignorer les rumeurs qui circulaient à propos du retour du roi en Hursëlïnh. Certains croyaient qu'il s'agissait d'Obéron, qui aurait subitement reparu dans le monde à l'instar de Mab environ deux floraisons plus tôt, d'autres évoquaient un prétendant, aperçu à plusieurs reprises en compagnie de la reine, suggérant la formation prochaine d'un nouvel Olnëan. Ludwig avait-il un lien avec ces histoires ? Olathena se posait la question puisque celui-ci n'avait pas caché son intention de se rendre à Sijendäl.

Tout le monde se demandait si ces fabuleux humains se montreraient à la cérémonie de la Ligne des lunes, qui serait enfin de nouveau célébrée par une reine, pour la première fois depuis huit cycles ! Ce moment, tous les elvëms l'attendaient avec impatience. Il marquerait, espéraient-ils, la fin de l'Âge du déclin et le début du renouveau.

Lorsqu'ils atteignirent l'endroit où le chemin pour retourner au pays de Nhâle se séparait de celui menant à la cité-mère, Olathena se vit confrontée à un dilemme qu'elle n'avait pas envisagé en reprenant la route. Le désir de rentrer chez eux et d'exposer l'injustice du traitement qu'on leur avait fait subir le disputait en elle à l'envie d'aller contempler de ses propres yeux la cité légendaire et d'assister à la Ligne des lunes. Cette cérémonie, qui autrefois avait lieu tous les trois ans, n'avait plus été célébrée depuis qu'Hursëlïnh n'avait plus de reine pour la chanter.

Hésitant depuis de longues minutes, la pêcheuse dut finalement s'écarter sur le bas-côté de la route afin de laisser passer les autres voyageurs qu'elle gênait. Là, elle regarda Olunemi, qui avait très bien compris quelles pensées la traversaient.

« Allons-y, mâmé, avait-il dit avec un sourire complice. On fait juste un tour là-bas, et après, on repart pour la maison ! »

Elle éclata de rire et le serra dans ses bras.

Il ne leur fallut qu'une semaine pour couvrir le chemin restant et ils franchirent les portes d'Opälvyr précisément le jour du grand alignement lunaire.

Quelques Alôs s'étaient déjà rendus à la cité-mère, et les descriptions prodigieuses qu'ils en avaient données en revenant à l'archipel avaient chaque fois été considérées comme très exagérées et probablement fantaisistes. Pourtant, Olathena jugea qu'elles étaient en fait en dessous de la réalité. Son imagination aurait été bien incapable de rêver une ville de dimensions aussi fabuleuses, aux constructions aussi éblouissantes de beauté et peuplée d'autant d'elvëms.

La muraille de Kinära qui la ceignait aurait justifié à elle seule le détour qu'ils avaient choisi de faire. Bien qu'elle eût souffert des assauts du temps, Ola ne pouvait concevoir d'ennemi assez puissant pour l'abattre. Une véritable falaise artificielle.

Une fois celle-ci franchie par l'une des nombreuses portes de la cité, les deux Alôs déambulèrent un long moment, se contentant d'admirer, bouche bée, les vastes avenues bordées de tant de colonnes qu'on ne pouvait les compter, les escaliers monumentaux gravissant les pentes du Mont du milieu, dont chaque marche était sculptée à son extrémité d'une espèce animale ou végétale d'Hursëlïnh, toutes différentes, et pour certaines si anciennes qu'elles avaient depuis disparu, ou les larges ponts enjambant les mille canaux alimentés par l'eau des cascades s'écoulant des hauteurs.

Et cette foule ! Dire qu'à Yahau, ils avaient été impressionnés par le nombre d'individus qui se pressaient partout ; Opälvyr grouillait d'une telle population qu'on eût dit que tous les elvëms du monde s'étaient réunis là. Dans les rues, on entendait de toutes les langues, de tous les dialectes, de tous les accents. Chaque bâtiment débordait d'activité, commerces, établissements de bains, administrations de guildes, ateliers d'artistes, forges, écuries, auberges, écrivains publics. Des gens buvaient, mangeaient, chantaient, travaillaient, se battaient, cuvaient.

Après une heure de promenade dans les rues pavées de pierre ocre, Ola et Olu éprouvèrent tout à coup le besoin de s'isoler dans un jardin un peu à l'écart, où le chant clair d'une petite fontaine leur parut reposant. Leur esprit débordait d'images, d'odeurs et de sons comme rarement ils en avaient accumulé sur une durée aussi courte. La modeste pêcheuse alôs sentit la tête lui tourner, et il lui fallut s'asseoir sur des coussins brodés disposés dans l'herbe verte. Les yeux d'Olunemi brillaient d'émerveillement. Le garçon se laissa tomber à ses côtés en souriant béatement, et elle lui ébouriffa les cheveux avec tendresse.

Après quelques minutes de délassement, s'apercevant qu'ils étaient affamés, ils mangèrent un peu de poisson séché. Leurs vivres menaçaient de s'épuiser et, faute d'argent ou même de coquilles, Olathena ne savait pas comment elle ferait pour leur trouver de quoi se nourrir dans les prochains jours.

Soudain, Olu pointa le bras vers le ciel en s'exclamant : « Regarde, mâmé ! O'pos et Ceïmu sont déjà visibles ! »

Olathena leva les yeux dans la direction que son fils indiquait et s'aperçut que, en effet, les deux lunes s'étaient montrées plus tôt que d'habitude dans les cieux. Il était rare qu'elles fussent observables de si bonne heure, au lieu d'être noyées dans l'éclat éblouissant d'Unlï. Bien qu'elles ne fussent pas encore alignées, elles se trouvaient déjà dans la même région du ciel.

« Hâte-toi de terminer de manger, dit-elle. Nous devons localiser le lieu de la cérémonie, si nous ne voulons pas la manquer. »

Durant les heures suivantes, la pêcheuse tâcha de se renseigner auprès de toutes sortes de gens – pour ceux qui comprenaient son opräl teinté d'un fort accent alôs – sur l'endroit où la fête de la Ligne des lunes devait se tenir, mais chaque fois, les explications ne l'avançaient guère, car elles faisaient référence à des rues ou à des quartiers d'Opälvyr qu'elle ne connaissait pas. Alors ils erraient, en partie au hasard, en partie d'après les itinéraires approximatifs qu'on leur indiquait, sans jamais être capables de déterminer si, au minimum, ils se rapprochaient peu à peu. Les heures s'écoulaient et Ola commençait à craindre qu'ils ne parviennent jamais à s'orienter dans le labyrinthe de cette cité cyclopéenne.

Olu, lui, ne paraissait pas regretter cette situation, puisqu'elle leur permettait d'admirer toujours plus des splendeurs d'Opälvyr. Sa joie pure faisait plaisir à voir. Par moments, sa mère finissait même par se dire que, bien que leur bannissement du pays de Nhâle eût constitué une catastrophe pour eux, il les avait aussi menés à découvrir des merveilles d'Hursëlïnh que jamais ils n'auraient simplement imaginées en demeurant à Iâlh-Mehty – sans parler de cette rencontre stupéfiante avec de véritables humains ! Un terrible malheur pouvait parfois entraîner des conséquences positives. Même s'il ne le formulait pas, elle devinait qu'Olunemi partageait ce point de vue. La colère et la rancœur qui le rongeaient au début de leur périple semblaient l'avoir quitté.

En fin d'après-midi, ils surent qu'enfin ils approchaient de leur destination lorsqu'ils constatèrent que la foule grossissait dans les avenues. Au loin, la rumeur d'une grande assemblée parvenait jusqu'à eux. Se laissant porter par le mouvement général dans les rues pentues, ils finirent par déboucher sur une longue esplanade s'étendant au pied du Mont du milieu. L'endroit, un peu surélevé, leur permit de contempler pour la première fois Opälvyr d'en haut et de se rendre compte que la cité était encore plus grande et étendue qu'ils ne l'avaient cru en arrivant.

Là, dans la lumière déclinante de la fin d'après-midi, ils découvrirent des dizaines de milliers d'elvëms assemblés dans des successions de jardins suspendus, participant à une fête comme peu d'Alôs en avaient jamais contemplé. Plus d'ethnies et de races se trouvaient représentées ici qu'Olathena pensait qu'il en existait, s'amusant et fraternisant. Beaucoup dansaient au son des innombrables formations musicales, certains exécutaient de complexes chorégraphies comprenant des dizaines de personnes tandis que d'autres se balançaient seuls pour le simple plaisir de prendre part à l'exaltation collective ; des comédiens interprétaient des pièces connues ou improvisées, tragiques ou comiques, et des Ykati'c effectuaient de gracieuses figures aériennes à dos d'alabras, virevoltant et tournoyant sur eux-mêmes, puis prenant de l'altitude avant de piquer vers la foule pour redresser leur trajectoire au dernier moment, arrachant des cris de joie aux spectateurs frôlés au passage par les quatre ailes translucides de leurs montures volantes.

Lorsque le soir arriva, des centaines de trépieds, torches et braseros furent enflammés, rendant l'événement plus féerique encore. D'énormes lampions attachés au bout de longues cordelettes s'élevèrent dans les airs, diffusant une douce lumière en se balançant au gré de la brise. Partout, des buffets couverts de mets étaient constamment regarnis par le personnel du palais à mesure que les fêtards les vidaient. Au début, Ola et son fils n'osèrent y toucher puis, encouragés par la liesse, ils s'enhardirent à se servir et découvrir des plats aux saveurs extraordinaires. Pour la première fois depuis des semaines, ils pouvaient se délecter d'une nourriture excellente et abondante.

Unlï se trouvait désormais si bas que ses rayons horizontaux éclairaient les sommets des lointaines chaînes de montagnes. Dans les cieux assombris, parés de teintes pourpres et écarlates, O'pos et Ceïmu étaient sur le point de former la Ligne des lunes, un axe vertical surmontant le soleil, qui ne se produisait que tous les trois ans. Le grand axe céleste qui, selon les mythes fondateurs d'Hursëlïnh, avait permis aux dieux primordiaux d'être guidés jusqu'à ce monde et d'y semer la vie.

Soudain, un murmure parcourut la foule et un silence impressionnant s'installa. Olathena et son fils suivirent le regard de tous les convives et aperçurent une femme qui venait de paraître sur un promontoire taillé à même le mont central, dominant l'ensemble des jardins. Sa Majesté Titania, la reine Mab, Opëride-qui-songe.

La pêcheuse alôs fut envahie d'une profonde émotion en la découvrant. Celle dont les légendes disaient qu'elle était sœur des premiers elvëms mythiques se présentait devant cette immense foule simplement vêtue de la toge bleue des prêtresses du Temple des lunes. Comme tous les participants à la cérémonie, ses cheveux étaient tressés de fleurs, parmi lesquelles les déorÿs dont les pétales s'illuminaient la nuit sous l'éclat de Ceïmu. La sérénité de son visage produisit une forte impression sur Olathena.

Un groupe de personnes l'accompagnait, restant quelques pas en arrière. Probablement des figures importantes représentant les principales ethnies d'Hursëlïnh et des notables d'Opälvyr. Mais, l'Alôs remarqua surtout d'étranges créatures qui, bien qu'elles se tinssent en retrait, paraissaient attirer tous les regards par leur silhouette longiligne, leur peau brillante couleur émeraude et leurs yeux luminescents sans iris. Les mythiques hüldres. Ola avait tellement entendu de légendes à leur sujet, concernant leur âge immémorial ou leurs pouvoirs supposés, qu'elle ignorait si aucune d'elles contenait une part de vérité. Mais en les découvrant de ses propres yeux, elle fut aussitôt persuadée que tout était vrai.

Alors, Sa Majesté leva les bras, abaissa ses paupières et entama le chant de la Ligne. L'Alôs ne reconnut pas la langue que sa reine employait, mais la mélodie du chant et le timbre de la voix de Mab firent résonner en elle de lointains souvenirs dont elle ignorait jusque-là l'existence, enfouis au plus profond de sa mémoire atavique. Pas le moindre son ne s'éleva de la foule considérable durant les longues minutes de ce chant sublime, mais, lorsqu'au moment de la note finale, les trois astres formèrent une ligne parfaite, une immense clameur retentit d'un coup, si puissante que le sol en trembla. Transportés par la profondeur mystique de cette communion collective, Ola et Olu riaient et pleuraient en même temps.

Tandis qu'elle observait la suite de la reine qui s'était attroupée sur les côtés du promontoire, la pêcheuse crut remarquer une silhouette familière. Prenant la main de son fils afin de ne pas risquer de le perdre dans cette foule compacte, elle s'approcha. Elle ne s'était pas trompée, ces longs cheveux bruns, cette tache intimidante sur le visage, cette haute taille : Ludwig était là. Comme Olathena s'en était doutée, l'humain avait donc bel et bien quelque affaire à traiter avec la reine. Demeurant à l'écart avec des invités de second rang, il était visible qu'il ne souhaitait point prendre part aux festivités ; sa présence indiquait néanmoins qu'il avait voulu observer cet événement important.

Olathena entreprit de gravir l'escalier qui menait au promontoire, mais des gardes du palais, revêtus d'armures richement ornées, lui barrèrent la route une fois en haut.

« Halte, lam'at ! Il est interdit d'aller plus loin. »

Olathena n'aimait guère les esclandres, mais elle aimait encore moins se faire traiter de « lam'at » par un soldat mal dégrossi.

Elle se redressa de toute sa stature – plus haute que la moyenne – et toisa les deux hommes :

« Vos belles armures brillantes ne font pas de vous des elvëms supérieurs, lâcha-t-elle avec morgue. Je connais quelqu'un dans la suite de la reine, et il sera fâché d'apprendre que vous m'avez empêchée d'aller à sa rencontre.

— Dis donc, bonne femme ! s'agaça l'un des deux, qui tenta, dans un effort pathétique, de se redresser à son tour sans pour autant parvenir à paraître plus grand qu'Ola. Je vais t'apprendre à rester à ta... »

Mais une voix derrière eux l'interrompit.

« Olathena ! s'écria Ludwig, qui venait de les apercevoir. En voilà une bonne surprise ! Gardes, laissez donc passer ces Alôs, ce sont des amis. »

Les joues empourprées, les deux gardes s'écartèrent sans discuter et Ola suivie d'Olu passèrent devant eux, sans pouvoir retenir un sourire un brin narquois.

Le géant humain les serra dans ses bras tour à tour, avec cette retenue qui le caractérisait.

« Je ne m'attendais pas à vous retrouver céans, leur dit-il. Je croyais que vous aviez hâte de retourner au pays de Nhâle pour y clamer votre innocence.

— C'est toujours notre intention, expliqua Olathena. Toutefois, lorsque nous avons appris la tenue de la cérémonie de la Ligne des lunes, nous n'avons pu résister à l'envie d'assister à un tel événement.

— Je vous comprends, fit Ludwig. Je n'avais moi-même jamais rien vu de semblable. Mais venez donc avec moi, je vais vous faire servir à manger et à boire.

— Oh, nous ne voulons surtout pas déranger ! Je souhaitais simplement te saluer, mais notre place n'est pas ici, les gardes avaient raison. Et de plus, nous nous sommes déjà restaurés plus qu'à satiété sur les buffets en bas. »

Mais l'humain ne voulut rien savoir et les entraîna à sa suite jusqu'à de longues tables où des hôtes de marque profitaient des festivités entre eux. Olathena se sentait terriblement gênée dans sa modeste tenue de « lam'at », ainsi que l'avait traitée le garde. Olu n'osait même pas relever la tête. Mais Ludwig attirait tous les regards, et il les fit asseoir d'autorité en bout de table.

« Remplissez quelques gibecières de viandes et de légumes cuits bien emballés, et portez-les-nous sans tarder, je vous prie », demanda-t-il à des serviteurs, qui s'empressèrent de s'exécuter. Puis, il s'adressa de nouveau à eux : « Ainsi, vous aurez de quoi vous nourrir pendant quelques jours en repartant. Et pour la suite, je vais solliciter le chambellan de Mab afin qu'il vous fournisse une bourse de ghëas qui pourvoira à vos besoins jusque chez vous. »

Olathena ne savait plus que dire.

« Ce... n'est absolument pas la raison pour laquelle je suis venue te voir..., balbutia-t-elle. Je ne voudrais pas que tu croies... »

Mais Ludwig lui prit les mains et les serra.

« Ola, toi et ton fils nous avez accueillis à bras ouverts, surmontant ta peur et prouvant ta générosité. Tu nous as même fait don du peu d'argent dont tu disposais. Laisse-moi te remercier autrement qu'en parole, maintenant que j'en ai la possibilité. »

Les yeux humides, l'Alôs se contenta de lui sourire.

« Ainsi, j'avais raison, finit-elle par dire, sur un ton faussement fâché. Tu avais bien un lien avec le retour d'un roi en Hursëlïnh !

— C'est, hum... plus compliqué que cela. »

La joie de Ludwig à ces retrouvailles se ternit quelque peu.

« J'ai en effet un lien ancien et étroit avec Mab. En d'autres circonstances, en un autre temps, j'aurais été le plus heureux des hommes – et très honoré – de devenir le roi des elvëms. Mais ce temps n'existe plus. Si je reformais l'Olnëan avec la reine Titania, je ne sais pas si mon esprit ne sombrerait pas comme celui d'Obéron sombra jadis. Le Pays des feuillages ne mérite pas un nouveau tyran... »

Ces mots remirent en mémoire à Olathena la scène dont elle avait été témoin près du portail, et elle prit brusquement conscience que cet événement étrange et vaguement inquiétant était peut-être bien plus important, et même bien plus grave, qu'elle ne l'avait cru.

Elle se pencha vers Ludwig et baissa la voix pour lui dire : « Après votre départ, poussés par la curiosité, nous sommes allés jeter un coup d'œil au lysëndelïs par lequel vous êtes arrivés dans notre monde. Pour être honnête, je crois que je désirais confusément l'emprunter pour aller voir le Monde Naturel à mon tour. Une fois sur place, trop intimidés pour nous approcher, nous sommes restés cachés un long moment derrière un tronc mort, à observer, comme hypnotisés, les délicates volutes lumineuses se faire et se défaire. Je ne sais pas si nous aurions eu le courage de franchir ce portail, ainsi que vous l'avez fait, mais, de toute façon, quelque chose nous en a dissuadés. »

Le visage de Ludwig s'assombrit. Il venait de comprendre.

« Quelqu'un d'autre en est sorti. »

Olathena hocha lentement la tête.

« Deux humains. Le premier qui a surgi était bien plus petit que toi et plus frêle. Il était d'apparence plutôt jeune, très effrayé et totalement désemparé. S'il n'avait été suivi par l'autre, je pense qu'il serait reparti sans demander son reste. »

Les traits de Ludwig étaient crispés et il se tordait les mains.

« L'autre ? fit-il d'une voix rauque à peine audible. Comment était-il ?

— Encore plus petit que le premier. À peu près la même taille que Lithian, je dirais. Et aussi âgé qu'elle, d'ailleurs. Il se tenait très voûté, et son crâne était entièrement dégarni. Il avait l'air si affaibli, si fragile, que je songeais que même Olunemi aurait pu le défaire en combat singulier. Et, pourtant, quelques instants après son arrivée dans notre monde, il donna l'impression de… revivre. Il se redressa et ses traits flasques se raffermirent, lui conférant un air d'autorité presque inquiétant. »

Ludwig ne disait plus rien. Il paraissait effondré.

« Mais ce qui m'a le plus surprise, termina l'Alôs, ce fut lorsqu'il parla. Car il s'exprima dans un opräl parfait, dénué de tout accent, contrairement à toi. Il m'a même semblé que son opräl était un peu archaïque, comme seuls les plus vieux érudits le parlent… »

Devant la réaction de son ami humain, qui venait de se prendre la tête entre les mains, Olathena se sentit coupable.

« Je suis désolée, Ludwig, je ne pensais pas t'apporter de mauvaises nouvelles.

— Non, Olathena, ne te reproche rien. C'est en effet une très mauvaise nouvelle, mais qui aurait pu avoir des conséquences peut-être terribles si je l'avais ignorée.

— Qui était cet homme ? »

Ludwig soupira et se laissa aller en arrière sur son siège.

« C'est une histoire trop longue et trop douloureuse pour que je te la conte maintenant. Tout ce qui importe est que je découvre rapidement pourquoi il est revenu en Hursëlïnh. Quels sombres plans ourdit-il en ce moment même ? Je m'en veux tellement !

— Pourquoi ?

— Je l'ai combattu dans mon monde, et je l'ai vaincu. Mais, par une stupide magnanimité, je l'ai épargné. Je l'ai laissé partir, en dépit des horreurs qu'il avait commises… »

Olathena lui prit la main à son tour.

« La magnanimité n'est jamais stupide, dit-elle avec douceur. Lorsqu'on ôte la vie de quelqu'un, on annihile tous les choix qu'il aurait pu faire, les mauvais… comme les bons. »

Ludwig secoua la tête.

« Crois-moi, cette personne ne fera jamais de bons choix. » Il réfléchit un instant. « Il a dû me suivre sans que je m'en aperçoive, devinant que je chercherais à ranimer un ancien portail. Quel imbécile j'ai été ! »

Les serviteurs revinrent avec les gibecières pleines, qu'Olathena accepta avec de chaleureux remerciements.

« L'information que tu viens de me donner arrive à point nommé, reprit Ludwig. Je dois justement repartir bientôt avec Lithian pour notre monde, où une réunion importante doit avoir lieu.

— Tu quittes Hursëlïnh ?

— Temporairement. Mes camarades et moi devons régler un problème qui nous préoccupe. De plus, si j'en crois le dernier échange que j'ai eu avec mon amie Éthelinde, le combat contre Vakt se présente mal, là-bas... Je dois donc informer notre, euh... général en chef que Mab a suggéré que les elvëms pourraient se joindre à la lutte. »

Ludwig avait expliqué à Olathena la terrible menace qui pesait sur son monde, représentée par ce sorcier nommé Vakt, qui correspondait en tout point à l'effrayante légende de la « Terreur Rampante ». Elle ne put retenir une expression de surprise.

« Je pensais qu'il n'existait plus de véritables armées elvëms capables de mener des batailles d'une telle ampleur !

— Mab n'a pas parlé d'envoyer des troupes. L'ennemi que nous affrontons ne se combat pas seulement par le nombre de soldats. Elle a plutôt évoqué les guerriers oracles et, surtout, les hüldres... »

Parmi tous les mystères d'Hursëlïnh qui avaient toujours passionné la pêcheuse alôs, ces créatures énigmatiques occupaient une place à part, car nul ne savait vraiment grand-chose à leur sujet.

« Après tant de cycles durant lesquels notre monde a été coupé du vôtre, dit-elle, il sera difficile de convaincre les oracles de prendre part à une guerre qui n'est pas la leur. Et je ne parle pas des hüldres, qui sont à peine des elvëms. Qui sait d'ailleurs ce qu'elles sont réellement et ce qu'elles pensent ?

— J'en ai bien conscience...

— Il leur faudra bien s'y résoudre, pourtant ! s'exclama soudain Ola. Si moi, pêcheuse alôs ignorante, je connais la noire légende de la Terreur Rampante, les érudits de Sijendäl doivent la connaître également. Et si ce Vakt qui vous menace n'est autre que l'effroyable sorcier humain qui faillit nous détruire, il y a quatre mille de vos années, alors, il faudrait vraiment être stupide pour penser qu'il se contentera de votre monde. Une fois qu'il vous aura soumis, il viendra ici nous soumettre à notre tour. Les monstres ne cessent jamais de commettre des monstruosités, c'est leur nature même. »

De grave, l'expression de Ludwig changea soudain en l'écoutant s'enflammer ainsi. Il la dévisagea longuement, avec un regard qu'elle ne lui avait encore jamais vu.

« Olathena, c'est toi qui devrais aller les convaincre.

— Pardon ? »

L'humain hocha vigoureusement la tête.

« Ce que tu viens de dire, va le répéter devant l'assemblée que la reine compte réunir. »

Olathena se sentit terrifiée à une telle idée.

« Jamais je n'oserais m'exprimer devant des personnes si importantes ! Je ne suis qu'une lam'at, comme l'a dit le garde. On ne m'écouterait pas. On ne me laisserait même pas prendre la parole.

— Tu te trompes, Ola. Tes pensées sont claires et ton cœur est honnête. Ton avis a de la valeur. Et, après tout, même si personne ne t'écoutait, que risques-tu ? Un bref instant de gêne devant une auguste assemblée ? Tu as survécu à pire, non ? »

Les échos de la fête un peu plus bas redoublèrent tandis que le moment de jeter des idoles de paille dans les feux de joie était venu. Des milliers d'étincelles s'élevèrent en tourbillons vers les cieux piquetés d'étoiles.

Olathena demeura un instant les yeux dans le vide, le souffle court. La suggestion de Ludwig lui paraissait effrayante et, d'un autre côté, elle sentait bien qu'il était de son devoir de tout tenter, à sa modeste mesure, pour préserver Hursëlïnh d'un destin funeste.

Elle regarda Olunemi, qui n'avait pas perdu un mot de leur conversation. Quel serait son avenir si la Terreur Rampante revenait dans ce monde ?

« Tu dois le faire, mâmé, souffla-t-il. Si Ludwig dit qu'il faut le faire, s'il dit que tu peux le faire, alors je le crois. »

Olathena, la gorge nouée par l'émotion, l'attira à elle et le serra dans ses bras.

Chapitre seizième

IRÉNION

22 mai 1816

Warloy-Baillon, la Somme, à l'aube.

Le délicat voile de brume translucide qui couvrait les champs environnants s'illuminait progressivement sous les premiers rayons du soleil levant. Les haies et les arbres les plus hauts projetaient des ombres allongées à la surface de cette couche de vapeur froide qui ne tarderait pas à se dissiper sous l'effet des températures diurnes. La sérénité de ce moment paraissait irréelle à Irénion qui, assis dans un fauteuil pliant de toile, sur le seuil de sa tente, tirait de sa pipe de longues bouffées de fumée, avant de les rejeter devant lui, comme s'il engendrait lui-même cette brume qui tapissait la campagne.

D'un bleu parfait, le ciel était entièrement dégagé. Cette journée s'annonçait radieuse.

Même dans cette région d'étangs, la sécheresse sévissant depuis des mois avait fini par avoir raison de l'humidité de la terre et les sols étaient secs. Les conditions idéales pour une bataille… Idéales pour mourir…

Après des semaines d'escarmouches contre les Russes, se soldant le plus souvent par des reculades, il avait été décidé de lancer un affrontement de grande ampleur aujourd'hui, dans l'espoir d'inverser enfin cette tendance néfaste. Car la ligne des combats se rapprochait dangereusement de Paris. Ici, dans la Somme, à l'est d'Amiens, l'ennemi ne se trouvait plus qu'à cent kilomètres à peine de la capitale.

L'immense camp militaire français s'éveillait peu à peu et les travées entre les centaines de tentes s'emplissaient de soldats mal réveillés formant de longues files jusqu'aux cuistots afin de se faire donner une mesure de bouillon ou de vin et un morceau de pain. Les hommes étaient exténués, meurtris, aussi bien dans leurs corps que dans leurs âmes, mais aucun n'était disposé à céder devant l'armée des ténèbres qui leur faisait face. Irénion avait pu le constater chaque fois qu'il déambulait parmi eux pour sonder leur état d'esprit. Tous comprenaient qu'il ne s'agissait plus de protéger l'Empire, ni même de défendre la mère patrie, mais de sauver leur vie et celles de leurs familles, de leurs amis. Lorsqu'on lutte contre la mort elle-même, il ne sert à rien de déserter.

Autour de sa tente était dressée une barrière de bois, gardée jour et nuit par la 2e compagnie du 1er escadron des Sentinelles intérieures, les hommes qui suivaient Irénion depuis le début et dont la loyauté était la mieux trempée. Lorsqu'il s'était autoproclamé Premier consul, il les avait naturellement choisis pour faire d'eux sa garde personnelle et, depuis la fin tragique de Pavel, ces quatre-vingt-seize soldats ne le quittaient plus. Ils formaient en permanence un cordon de protection autour de lui, empêchant toute personne non autorisée de l'approcher. De toute évidence, le sorcier russe ne pouvait lui nuire à distance, sans quoi il l'eût déjà fait depuis qu'il était parvenu à éliminer Pavel ; cependant, il était possible qu'il eût préparé un agent à lancer un unique sort mortel, à courte portée. Il n'y avait donc aucun risque à prendre en la matière.

Yvonnius, en particulier, s'en voulait tellement d'avoir failli précipiter sa perte, qu'il se refusait à transiger avec sa sûreté. Irénion, lui, ne s'en préoccupait guère. Sur ce sujet, il n'éprouvait qu'une profonde culpabilité pour avoir causé la mort de Pavel et le désespoir d'Azra, juste afin de préserver sa propre existence. Au nom de quoi la vie d'un Premier consul de France vaudrait-elle davantage que celle d'un modeste jeune homme sans nom, fortune, ni pouvoir ? Pavel méritait autant que quiconque de profiter d'une vie paisible et heureuse. Quelle que puisse être l'issue de cette guerre, jamais il ne se pardonnerait de lui avoir demandé d'assurer sa protection magique.

Selon ses instructions, Evdokia Mikhnov, Sverela de son véritable patronyme, avait été emmenée ici, sur le front, afin qu'il puisse assister à certains de ses interrogatoires. Pour le moment, elle paraissait coopérer et s'efforcer de les renseigner du mieux qu'elle pouvait sur les secrets de l'ennemi, notamment ceux concernant le Hiérophante du *Bog Krovi* et la Faction rouge, l'effroyable secte à son service. Ils avaient ainsi pu compléter certaines lacunes dans les informations obtenues par l'agente spéciale Catherine Lavoisin. Entre autres, le mécanisme mystérieux par lequel Vakt parvenait à transformer n'importe qui en une marionnette servile, ou comment la Faction rouge s'y prenait pour dépersonnaliser ses « pions » ainsi que capturer et dresser les résurgions qui sortaient des bulles noires permanentes apparues aussi en Russie.

Azra Yilmaz les avait suivis également. Irénion n'avait pas eu le cœur de la laisser seule à son chagrin à Paris. La jeune Tzigane tenait à prendre part elle aussi à la lutte contre les Russes. Compte tenu du mal qu'ils lui avaient fait, cette attitude était parfaitement compréhensible. Toutefois, Irénion lui avait explicitement interdit de chercher à se venger d'Evdokia

Sverela, car celle-ci représentait une trop grande valeur aux yeux des services français d'intelligence.

Dès les premiers jours dans le camp militaire, il lui avait présenté Nizam, le dresseur de *djinns* ottoman, à peine plus âgé qu'elle. Ce garçon, qu'il avait appris à connaître au cours des séances d'explication et de démonstration des capacités opérationnelles de ces étranges « génies », n'était pas sans lui rappeler la simplicité de Pavel, et il espérait que parler avec lui permettrait à Azra de se changer un peu les idées. D'autant plus que la famille d'Azra, comme beaucoup de Zinganes, avait quelques ancêtres turcs.

Mais le principal sujet d'inquiétude pour Irénion demeurait le péril qui pesait sur Eleanor. Lorsqu'on l'avait informé de la tentative d'attentat dont elle avait été victime, la nouvelle lui avait causé un choc profond. Il avait bien failli la perdre ce jour-là. Quant au malheureux Theodore, après avoir frôlé la mort, il luttait toujours, dans une convalescence éprouvante, pour recouvrer ses forces. Les médecins craignaient qu'il ne remarchât jamais, ou alors qu'il demeurât affligé d'une sévère claudication.

Grâce aux révélations d'Evdokia, ils avaient compris que l'attentat avait été fomenté par Irina Uliatine, qui n'avait rencontré, semblait-il, guère de difficultés à faire du père d'Eleanor et de Theodore un agent à son service, l'homme étant davantage intéressé par l'argent que par ses enfants. Il serait jugé sous peu et, à n'en pas douter, guillotiné.

Or, c'était le déclenchement, puis l'échec, de cette tentative russe pour s'emparer des secrets des armes spéciales du ministère de l'Armement qui avaient contraint la *grafinia* à précipiter ses plans ; elle avait donc ordonné au dangereux Kamenev de mettre immédiatement en œuvre l'assassinat de Pavel ou la « conversion » d'Yvonnius, selon l'action qui aurait le plus de chances de réussite. Uliatine craignait que le père d'Eleanor, capturé vivant, ne parle rapidement, incitant la garde des Tuileries à renforcer drastiquement ses mesures de sûreté, faisant ainsi perdre aux Russes l'avantage qu'ils avaient mis des semaines à gagner.

Du mouvement dans le cordon des sentinelles postées le long de la barrière attira l'attention d'Irénion. Les hommes s'écartèrent et Montalvant, le capitaine de sa garde, se mit au garde-à-vous, laissant le passage à Yvonnius. Le Premier consul se leva à l'approche de son aide de camp ; les deux amis se saluèrent.

« Bien dormi ? » demanda Yvonnius, avec le léger sourire de celui qui connaît la réponse.

Lorsqu'ils se trouvaient seuls entre eux, il était dispensé du protocole.

« Comme vous le savez, camarade, j'ai toujours le sommeil difficile à la veille d'une bataille.

— Avez-vous pris une collation ?

— Pour être honnête, avec ce qui nous attend, je n'ai guère d'appétit… »

Yvonnius le sermonna : « Que diriez-vous à vos soldats s'ils s'abstenaient de se nourrir avant de partir au combat ? »

Irénion admit intérieurement qu'il avait raison. Il tira sa montre.

« Six heures à peine. Nous avons un peu de temps avant le clairon du rassemblement. Je vais demander qu'on nous porte à manger, joignez-vous donc à moi. »

Une fois qu'on les eut servis à la table sous la tente, les deux hommes discutèrent une dernière fois des plans pour affronter les légions de Vakt.

Bien que l'éclatement de la septième coalition formée pour s'opposer à Napoléon ne fût plus un secret pour personne, ce jour serait le premier où les Anglais et les Ottomans commettraient l'impensable : combattre aux côtés des Français face aux Russes.

Le roi d'Angleterre avait mis longtemps à se résoudre à lier son destin à celui du Premier consul, et les troupes britanniques ne les avaient rejoints qu'une semaine plus tôt. C'était finalement le général Walter Moray, comte de Malmesbury, qui avait pris la tête de l'armée anglaise, l'amiral Binkten ayant refusé de s'abaisser à une alliance aussi choquante.

Le sultan Mahmoud II avait, quant à lui, déjà pris sa décision avant même le sommet secret qu'Irénion avait organisé, juste après la féroce bataille de Santes, avec les représentants anglais, ottomans, autrichiens et prussiens. Son émissaire, Rami Ragip, l'avait par la suite avoué à demi-mot. Le sultan ne voyait pas d'un bon œil que le sorcier russe contrôle désormais l'intégralité de sa frontière nord, et s'attendait à tout moment à ce que celui-ci rompît leur alliance et tente de lui ravir la mer Noire.

Les troupes ottomanes étaient donc arrivées depuis plus de trois semaines, mais Irénion avait délibérément choisi de les maintenir en retrait, à trente kilomètres du front, le temps que les officiers des deux nations apprennent à communiquer entre eux et à se coordonner. D'autant plus que la force principale de ces troupes « non conventionnelles » était constituée par les fameux *djinns*.

Pour leur part, Autrichiens et Prussiens n'avaient pu envoyer que de faibles contingents, leurs territoires nationaux étant déjà annexés de fait. Leur appui ne ferait pas de différence.

Bien sûr, l'ensemble de ces armées avaient accepté de se placer sous le commandement français.

D'après les espions et le réseau de guetteurs, Vakt était en chemin et nul ne savait s'il arriverait à temps pour s'impliquer dans la bataille du jour. Même si, au nom de la préservation du moral des troupes, il leur était interdit de l'évoquer, les rares survivants de l'épouvantable désastre de Waterloo terrifiaient leurs camarades par leurs récits des sorts cyclopéens du sorcier russe. Comment éviter qu'une telle tragédie humaine ne se reproduise ? À cette seule idée, Irénion sentait parfois une vague de panique sur le point de le submerger.

« Hier soir, Catherine m'a raconté quelque chose de plutôt… perturbant », lui dit Yvonnius, tandis qu'ils terminaient leur repas.

Catherine Lavoisin, cette espionne aux méthodes peu orthodoxes, qui obtenait d'excellents résultats, lui avait été présentée par Yvonnius, dont elle était une ancienne maîtresse. À l'époque, afin de répondre à la demande de Lithian de récolter des informations sur Vakt alors qu'on ignorait presque tout de lui, Irénion avait confié la mission à cette femme énigmatique. La recommandation d'Yvonnius lui suffisait. Finalement, après avoir accompli durant des mois des merveilles en plein territoire ennemi, elle s'était présentée au camp militaire français inopinément quelques jours plus tôt, comme si cela était tout à fait naturel. Elle avait expliqué que, Vakt et Uliatine ayant quitté la Russie, elle n'avait plus aucune raison de demeurer là-bas et les avait donc suivis jusqu'ici, où elle avait traversé les lignes françaises sans se faire prendre afin de recevoir de nouveaux ordres.

« Hier soir ? » répondit finalement Irénion.

Il soupçonnait que, chaque fois qu'ils se retrouvaient, elle et Yvonnius cédaient probablement à la tentation de la chair.

Son ami lui rendit son sourire, mais le cœur n'y était pas.

« Elle semble penser que Vakt serait dorénavant en mesure de quitter son sinistre cercueil, reprit-il. Son corps se serait suffisamment régénéré sur le plan physique pour qu'il en soit capable. »

Irénion sentit le dégoût l'envahir au souvenir de la description que Lavoisin avait donnée de la méthode employée par les Russes pour ramener le sorcier à la vie.

« L'a-t-elle vu faire ?

— Non, comme vous le savez, elle n'est jamais parvenue à l'approcher assez pour le voir de ses propres yeux. La répugnante armée de marionnettes qui l'entoure a rendu cette tâche impossible. Toutefois, parmi tous les espions qu'elle soudoyait au palais d'hiver, certains lui ont affirmé que le sorcier pouvait désormais se constituer une sorte d'"enveloppe charnelle temporaire", lui permettant de protéger son véritable corps, toujours fragile, et de se déplacer par ses propres moyens.

— Une "enveloppe charnelle temporaire" ? Sacrebleu, je peine à me représenter la chose. Et je ne suis pas certain d'en éprouver l'envie… »

Yvonnius approuva de la tête.

« Même Catherine paraissait effrayée à cette idée, poursuivit-il. Et, sincèrement, depuis que je connais cette femme, je ne l'ai jamais vue avoir peur de quoi que ce soit. Bien qu'elle n'ait rien observé par elle-même, on lui a décrit un phénomène presque insoutenable à regarder, par lequel le nécromant *arracherait* la chair de ses victimes afin de s'en vêtir… »

Un frisson d'horreur parcourut le dos d'Irénion. Ce cauchemar prendrait-il fin un jour ?

Dehors, des trompettes et des clairons se mirent à résonner dans tout le camp militaire. Le signal du rassemblement était donné.

Le Premier consul et son aide de camp, visages graves, se levèrent, ajustèrent leurs tenues, coiffèrent leurs bicornes, puis quittèrent la tente.

Le poste de commandement avait été établi sur la colline du bois de Vadencourt. D'une altitude modeste, elle offrait néanmoins une vue dégagée sur la plaine et ses innombrables champs entrecoupés de haies, et parsemée de bosquets ou de petits bois. Sur son versant est, cette longue éminence descendait abruptement vers Warloy-Baillon, un gros village dont on avait évacué les habitants par précaution, comme cela avait été fait une semaine plus tôt pour le bourg Albert, à cinq kilomètres de là, lorsque les Français avaient échoué à arrêter les Russes.

Le Premier consul Irénion Brégante, l'œil rivé à une puissante lunette, discernait sans peine le toit et le clocher de l'église d'Albert, ainsi que les longues bandes de soldats de l'armée adverse assemblée de l'autre côté de la plaine. Les Russes paraissaient avoir massé leurs forces « sans idée de manœuvre », se contentant de les aligner en groupes hétérogènes, prêts à être envoyés contre l'ennemi par vagues. Cette stratégie était attendue et n'étonnait pas Irénion. Toutefois, avec un tel adversaire, une – mauvaise – surprise était toujours à craindre.

Yvonnius et ses trois autres aides de camp l'entouraient, ainsi que nombre d'enseignes et de messagers, se tenant à disposition de l'état-major au cas où les parlants-à-distance connaîtraient des défaillances et qu'il deviendrait nécessaire de porter des ordres à cheval. Un peu à l'écart, Nizam, le jeune maître-*djinn*, s'était installé pour patienter, en compagnie du *Reis Effendi* Rami Ragip qui ne le quittait jamais, du moins tant qu'il se trouvait en présence d'officiers français. Il veillait sur lui comme un diplomate sur un secret d'État.

Irénion abaissa l'instrument d'optique.

« À cette distance, impossible de voir qui commande », dit-il.

Le colonel Archant, qui se tenait à ses côtés, les mains croisées dans le dos, bicorne parfaitement droit, répondit : « Les derniers rapports des espions de Lavoisin indiquent que seule l'impératrice Uliatine est présente, monsieur. D'après eux, Vakt serait en route, mais son arrivée ne serait pas prévue avant plusieurs jours. »

Le Premier consul hocha la tête. C'était cette information qui l'avait incité à provoquer l'affrontement. Il était impératif d'affaiblir l'ennemi autant que possible avant la venue du sorcier. Car, avec plus de deux cent mille hommes et un nombre impossible à estimer de résurgions, l'armée des Russes se trouvait en supériorité numérique.

« C'est une chance pour nous, poursuivit Yvonnius, car Uliatine n'est pas une stratège. Or, d'après Lavoisin, son orgueil lui fait souvent négliger les conseils de ses généraux.

— Voilà exactement ce sur quoi je compte miser. J'avais observé à Santes qu'une confiance aveugle en ses capacités l'avait amenée à commettre des erreurs. Si la providence nous le permet, nous la pousserons à les réitérer aujourd'hui. »

Il se tourna vers un enseigne et dit : « Le moment est venu ! Donnez le signal ! »

L'homme leva alors un drapeau vert sur un mât et la canonnade commença.

Les cent vingt pièces d'artillerie disposées sur la colline, ainsi que les soixante-dix autres dissimulées derrière des bottes de paille au milieu des champs, très en avant de leurs propres troupes, firent feu en même temps. Le vacarme était assourdissant et d'innombrables panaches blancs emplirent la plaine, occultant l'ennemi quelques minutes. Heureusement, un léger vent sud dissipa rapidement ces fumées qui compliquent souvent la manœuvre dans une bataille à grande échelle.

Comme le commandant du régiment de l'artillerie à pied le lui avait signalé quelques minutes plus tôt, les troupes russes stationnaient juste assez près des canons dissimulés pour être atteintes. Irénion avait ordonné que toutes les batteries fassent feu en même temps. Il put aussitôt constater que, outre les victimes que les canons à portée avaient occasionnées, l'intimidante pluie d'obus et de boulets qui s'était abattue près des soldats ennemis sans les toucher avait provoqué, comme escompté, une certaine désorganisation dans leurs rangs, notamment en raison de la présence de résurgions, difficiles à contrôler.

Pour cette bataille, Irénion avait composé quatre armées en associant, avec tout le doigté requis, différents régiments, puis les avait positionnées en arc de cercle face à l'ennemi. L'une au nord, commandée par le général Maximilien Villard, une autre au centre, dirigée par le général Gratien Radony, et une troisième au sud, emmenée par le général Hassu-Massey. Une dernière attendait encore plus au sud, à une dizaine de kilomètres du terrain d'affrontement, chargée d'empêcher l'ennemi de tenter une manœuvre d'évitement surprise et de se ruer vers Paris. Irénion ne voulait surtout pas d'une bataille rangée en milieu urbain.

Cent quarante-trois mille hommes en tout. La Grande Armée peinait toujours à se relever de la tragique hécatombe de Waterloo.

Chaque général des trois armées présentes dans la plaine connaissait ses ordres. Aussi, dès la fin de la canonnade, Gratien Radony sonna la charge avec son armée du centre, composée des 1er et 2e corps de réserve de cavalerie, suivis de la cavalerie anglaise fraîchement coalisée avec les Français. Les milliers de chevaux foncèrent dans la plaine alors que la fumée se dissipait à peine, produisant un puissant grondement sourd qui dominait les cris de guerre et les clairons. Les Russes firent donner le canon à leur tour et leurs troupes ouvrirent le feu, mais viser un cavalier lancé à pleine vitesse n'est pas à la portée de tous les soldats. Si beaucoup d'hommes tombèrent, la majorité d'entre eux atteignit les lignes ennemies.

Même à la lunette, le choc de la rencontre avec l'ennemi fut impressionnant. Quantité de soldats ou de résurgions furent impitoyablement piétinés par les énormes montures militaires, désorganisant un peu plus leurs lignes, avant que s'engage le combat à l'arme blanche : les cavaliers frappaient plusieurs fois, s'éloignaient puis remontaient à l'offensive. Technique d'assaut mise au point pour briser les carrés d'infanterie, appliquée ici contre des soldats qui n'avaient jamais appris à en former, à leur grand détriment.

Bien entendu, depuis les premiers affrontements contre ces troupes recourant à des résurgions dressés, les Français s'étaient préparés et, désormais, toutes les lames et munitions distribuées par les armuriers avaient été au préalable trempées dans des bulles noires.

Pendant une demi-heure, le combat fut d'une grande brutalité, puis, conformément au plan, Radony sonna le repli, comme s'il renonçait face à la force de l'adversaire. La tentation était trop grande pour les officiers russes. Excités par cet ennemi en fuite, ils sonnèrent la charge à leur tour, et leurs infâmes troupes de malebêtes mêlées aux humains se ruèrent en hurlant dans les champs déjà largement piétinés. Cependant, après trois cents mètres de course effrénée, l'avant-garde des chasseurs à cheval russes se heurta à une triple ligne de fusiliers français et anglais qui avaient profité de l'assaut de la cavalerie pour s'embusquer au milieu de la plaine, derrière les haies encore debout. Le temps que les Russes comprennent, des centaines de leurs chasseurs, grenadiers et hussards furent fauchés par les balles.

Puis l'infanterie ennemie atteignit à son tour la ligne de fusiliers, rendue moins meurtrière par la nécessité de recharger, et parvint à faire de nombreuses victimes avant d'être repoussée. Affaiblis, mais pas abattus, les fusiliers mirent à profit ce reflux temporaire pour reculer d'une centaine de mètres tandis que la cavalerie de Radony harcelait l'ennemi latéralement, afin de les protéger durant leur repli. Dès la ligne reformée, de nouvelles salves de balles trempées semèrent la mort en face, puis les fusiliers reculèrent de nouveau de cent mètres, avant de recommencer la manœuvre à plusieurs reprises, attirant les Russes toujours plus loin.

Après une heure et demie de combats sanglants, l'ennemi s'était avancé dans la plaine de plus d'un kilomètre et demi, formant une longue bande canalisée par la cavalerie française et anglaise, tel un fleuve monstrueux. Jusqu'alors, hormis le grouillement méphitique des résurgions mêlés aux troupes adverses, la bataille se déroulait selon des méthodes conventionnelles, et les officiers français demeuraient les meilleurs à ces tactiques.

Malheureusement, vers midi, les premiers sorts furent lancés.

Des myriades d'étincelles brillantes s'élevèrent soudain de l'arrière de l'armée russe, dessinant dans les airs d'éblouissantes traînées lumineuses blanches.

« Le sort des Pléiades ! s'exclama Irénion.

— Uliatine est là-bas ! » fit l'un des aides de camp, l'œil rivé à sa longue-vue, en pointant une zone du doigt.

Le Premier consul dirigea sa lunette dans la direction indiquée et découvrit en effet la *grafinia* à l'arrière de la longue bande de l'armée ennemie, juchée sur un résurgion massif.

« Par Dieu ! souffla l'aide de camp. Son apparence est toujours plus repoussante ! »

En effet, bien qu'il fût difficile de la distinguer en détail à cette distance, Irénion constata que sa difformité paraissait encore plus accentuée qu'à la bataille de Santes. Il lui sembla même, sans pouvoir en être sûr, que certaines excroissances avaient pris la forme de membres surnuméraires. Il en frissonna de dégoût.

Fi de son apparence ! C'était la magie qu'elle employait qui importait !

Les bras levés, elle dardait sur les troupes coalisées son sort de prédilection – selon Azra –, les « Pléiades ». Avant de s'abattre sur les soldats, la nuée de points blancs étincelants suivait dans les airs une trajectoire erratique dont les traînées ressemblaient à une multitude de fils emmêlés, rendant malaisée la prédiction de leur cible pour les hommes qui cherchaient à les éviter. Ceux qui n'étaient touchés que par une ou deux étincelles maléfiques se trouvaient pris de convulsions douloureuses qui les mettaient hors de combat pour plusieurs minutes. Au-delà de quatre impacts, c'était la mort.

« Il faut lancer la deuxième phase, monsieur », suggéra Yvonnius.

Irénion approuva de la tête et son premier aide de camp cria à une enseigne : « Hissez le drapeau bleu ! »

Dès que la bannière bleue flotta sur la colline, la ligne des fusiliers dans la plaine opéra une retraite – une véritable, cette fois – protégée par la cavalerie de Radony. L'armée russe s'était suffisamment avancée, il était inutile de faire périr davantage de soldats à cet endroit. Au même moment, avertis par parlant-à-distance, le général Villard, emmenant l'armée du Nord, et le général Hassu-Massey, à la tête de l'armée du Sud, qui ne s'étaient pas encore jetés dans l'affrontement, firent converger leurs troupes vers le centre de la plaine afin de prendre les Russes en tenaille.

Villard commandait trente-cinq mille hommes du 10e corps d'armée, comprenant désormais des Prussiens, ainsi que la Garde impériale, tandis que Hassu-Massey avait sous ses ordres trente mille hommes du 3e corps d'armée associés à la cavalerie autrichienne. C'était peu face aux légions de Vakt, mais l'effet de la tenaille démultiplia l'impact de leur entrée dans la mêlée.

En une vingtaine de minutes, les chasseurs à cheval, dragons, grenadiers et simples fantassins écrasèrent ou abattirent un nombre considérable de soldats russes et de leurs immondes bêtes, semant un tel chaos au centre de la plaine que l'impératrice Uliatine ne parvenait plus à projeter ses sorts, faute de pouvoir viser correctement. Tout paraissait se dérouler comme prévu, selon les plans élaborés par l'état-major.

Malheureusement, la satisfaction d'Irénion se ternit lorsque Yvonnius lui signala des mouvements suspects dans les nombreux petits bois et bosquets qui parsemaient la plaine en périphérie d'Albert. Soudain, de nouvelles troupes russes surgirent de ces cachettes et se précipitèrent à leur tour sur les flancs des armées du Sud et du Nord, les prenant au plus grand dépourvu. Des hordes de Cosaques et de soldats de la sinistre Faction rouge à dos de résurgion.

Irina Uliatine n'était pas tombée une seconde fois dans le piège de la bataille de Santes ! Elle avait assuré ses arrières en dissimulant des troupes – probablement sous le couvert de la nuit – en avant de ses propres lignes.

Dès lors, les combats tournèrent à l'avantage de l'ennemi. Les soldats engagés par Villard et Hassu-Massey, empêtrés dans l'avant-garde russe, se virent incapables de s'en extirper avant que la nasse formée par les Cosaques et les soldats pourpres, montés ou à pied, ne se referme sur eux. Pire, Uliatine changea au même moment de stratégie magique et cessa d'user des Pléiades, qui frappaient sans distinction ses adversaires comme ses propres soldats, pour recourir aux terribles flèches de lumière noire – Irénion ignorait quel nom savant ce sort pouvait porter – qui avaient fait tant de mal aux Français à Santes. Mais, à la différence de cette dernière bataille, elle semblait capable d'en projeter bien davantage en même temps.

Des dizaines et des dizaines de fumerolles spiralées formant des pics noirs acérés s'échappaient de ses bras tendus. Contrairement aux étincelles blanches, ces projectiles ésotériques ne tombaient pas en une pluie uniforme sur les troupes, mais cherchaient leurs cibles eux-mêmes pour ne toucher que des coalisés.

« Miséricorde ! s'étrangla Yvonnius. Cette maudite sorcière a encore gagné en puissance !

— Combien de cristaux possède-t-elle donc ? gronda le Premier consul. Avec une telle débauche de fluide, elle doit en réduire un chaque minute ! »

Les soldats alliés tombaient à un rythme ahurissant, fauchés par les balles ou les sorts, occis par d'effroyables griffes ou mandibules. Irénion espérait que Villard ne s'était pas jeté lui-même dans la mêlée : connaissant son tempérament, il savait que le général en était tout à fait capable, au lieu de rester en arrière pour commander.

Cette partie-là de la bataille échappait au contrôle du Premier consul. Le moment était venu de laisser s'exprimer d'autres forces.

Il se tourna vers le jeune Nizam qui, entre-temps, s'était approché et contemplait, comme hypnotisé, le tableau stupéfiant que constituait une bataille rangée.

« Nizam, tu peux donner le signal aux troupes du sultan. »

Le jeune homme sursauta lorsque le chef suprême de ces armées immenses s'adressa à lui. Il avait oublié qu'il n'était pas spectateur de ce spectacle insensé, mais acteur. Même vêtu de l'uniforme du régiment spécial du sultan, caftan rouge et culottes bouffantes vertes, il avait plus l'air d'un enfant que d'un soldat.

Muet de sidération, il fixa Irénion de longues secondes avant qu'une interjection en arabe de Rami Ragip le ramène à la réalité.

« Bien, Votre Excellence ! » fit-il en s'inclinant.

Depuis qu'il avait fait la connaissance du maître-*djinn* lors du sommet secret du 20 avril, Irénion avait eu l'occasion de revoir Nizam à plusieurs reprises, afin d'améliorer sa propre compréhension de cette partie des arts ésotériques encore totalement inconnue en France. Âgé d'à peine dix-neuf ans, Nizam était né en territoire chypriote avant que ses parents diplomates ne partent en Turquie dans le dessein de se rapprocher du pouvoir ottoman. Dès ses plus jeunes années, les étranges connexions du garçon avec les puissances de l'invisible l'avaient fait remarquer de « certains cercles », au sujet desquels il refusait de s'exprimer. Irénion supposait qu'il s'agissait d'une sorte de société secrète à laquelle Mahmoud II ne souhaitait pas donner trop de publicité.

À partir du peu d'informations que le *Reis Effendi* avait laissé Nizam lui fournir, Irénion avait compris que le jeune homme possédait depuis toujours un lien – unique, même en Orient – avec l'une de ces entités nommées *djinns*. Mais, à la différence de celui que Ludwig et Éthelinde avaient affronté, celui-ci ne semblait pas malveillant. Certains de ces génies, avait expliqué Nizam, les *qarins*, aimaient et recherchaient la compagnie des humains, mais fort peu de ces derniers se voyaient capables de le supporter. Comme toujours avec les questions surnaturelles, Irénion Brégante perdait vite patience et il n'avait pas cherché à en savoir très long sur ce sujet.

Un point avait retenu son attention cependant : le *djinn* qui cheminait avec Nizam depuis sa naissance s'intéressait aux affaires des hommes et avait accepté de convaincre certains de ses congénères de se mettre au service du sultan. Cette alliance était le secret le mieux gardé d'un empire qui s'y entendait mieux que personne à garder ses secrets, toutefois, face à la menace que le Hiérophante du *Bog Krovi* faisait peser sur le monde, Mahmoud II s'était résolu à envoyer son régiment de génies combattre aux côtés de la nouvelle coalition.

Tandis qu'un nouveau drapeau, pourpre cette fois, était hissé, Nizam s'approcha du bord du replat sur lequel le commandement s'était installé et ouvrit la petite bouteille rehaussée d'arabesques de cuivre qu'il portait toujours en pendentif à son cou. Un subtil fluide verdâtre s'en échappa, à peine discernable au début, qui sembla glisser autour du jeune homme, d'abord lentement, puis en accélérant subitement jusqu'à prendre rapidement la forme d'une haute silhouette vaguement humaine.

Les démonstrations que le maître-*djinn* avait faites lors de leurs précédentes rencontres avaient permis au Premier consul de s'habituer à cette apparition déconcertante. Les descriptions données par Ludwig de son génie tortionnaire laissaient penser qu'il avait été fort différent de celui-ci. Bien que le « *djinn*-qui-va-avec-Nizam » – ainsi qu'il fallait l'appeler, car il est interdit de prononcer le véritable nom d'un génie – fût lui aussi vaporeux, il ne faisait en rien penser à une tornade de feu, comme l'*éfrit*, du camp anglais en Égypte.

Maintenant qu'il était pleinement constitué, le *djinn* qui se dressait devant eux se présentait plutôt sous l'aspect d'un nuage gris-bleu contenu dans une sorte d'enveloppe transparente de forme humanoïde. Si sa nature nébuleuse était évidente, ses contours demeuraient singulièrement nets et précis. Haute d'environ trois mètres, sa silhouette émaciée se mouvait avec lenteur, non sans une certaine grâce. Néanmoins, c'était son visage qui retenait le plus vivement l'attention, car il possédait des traits étonnamment agréables dans lesquels s'ouvraient quatre longs yeux jaunes, aussi étranges que beaux. Deux cornes blanches recourbées ornaient son front et deux crocs massifs sortaient de sa mâchoire inférieure, qui ne diminuaient en rien son charme singulier.

Un murmure parcourut les personnes assemblées sur la colline qui, pour leur grande majorité, voyaient la créature pour la première fois. Nizam et son *djinn* échangèrent quelques mots en arabe, puis le jeune homme se tourna vers le *Reis* Ragip afin de quérir une dernière fois son approbation. Celui-ci hocha la tête. Le *djinn*-qui-va-avec-Nizam entonna alors un chant. Une mélodie profonde, grave et harmonieuse.

En bas, le 2e corps d'armée, qui était resté à l'arrière, se mit en branle. À peine dix-sept mille hommes dont le rôle n'était pas de monter au combat, mais de protéger les troupes spéciales des Ottomans derrière eux, soit huit cents maîtres-*djinns* et deux milliers de janissaires, constituant leur garde rapprochée. Le temps qui leur fut nécessaire pour parvenir à la distance voulue des combats parut interminable à Irénion, tant les trois armées engagées au milieu de la plaine subissaient d'importantes pertes chaque minute.

Dès qu'ils ne se trouvèrent plus qu'à une centaine de mètres de la mêlée, les maîtres-*djinns* s'immobilisèrent et détachèrent les fines chaînes suspendues à l'anneau métallique qu'une tige dans leur dos maintenait au-dessus de leur tête. Les chaînes se déroulèrent d'un coup sec, établissant un contact avec le sol. C'était ce contact qui les protégeait d'une éventuelle « saute d'humeur » de leurs *djinns*. Coordonnés par leurs officiers, les maîtres invoquèrent leur *qarin*, leur compagnon surnaturel.

Le bouillonnement nébuleux qui se produisit alors sur la ligne de deux cent cinquante mètres formée par ces hommes fut assez déconcertant à observer, même de loin. Le *djinn-qui-va-avec-Nizam* continuait son chant d'un autre monde, afin d'inciter ses congénères à quitter le *Qaf* et à se montrer parmi les humains. Bientôt, des dizaines de hautes silhouettes commencèrent à se dresser par-dessus les haies, suscitant des remous dans les troupes occupées à s'affronter, entraînant un ralentissement perceptible des combats. Quelques minutes plus tard, des centaines de *djinns* s'avançaient dans les champs, étirant derrière eux leur long ombilic vaporeux, et entrèrent dans la bataille.

Nizam avait une fois dressé pour Irénion l'inventaire des divers types de *djinns*, mais celui-ci n'avait pas retenu beaucoup de ces noms arabes et se sentait bien incapable de les différencier dans le pandémonium qu'il observait dans sa lunette. Leur seul point commun était leur nature éthérée qui les rendait insensibles aux armes matérielles. Pour le reste, leurs formes et leurs méthodes d'attaque ne pouvaient se révéler plus dissemblables.

Ceux qui semblaient faits d'eau inondaient de liquide les poumons de leurs adversaires qui s'écroulaient au sol, suffoquant, noyés ; ceux dont l'aspect évoquait des fauves ou des loups lacéraient les chairs ou broyaient les os ; ceux qui volaient, encore plus vaporeux que les autres, étaient pourvus de longues ailes dont ils frôlaient les têtes, s'insinuant dans les esprits afin d'y annihiler la mémoire, rendant totalement amnésique dans l'instant. Quelques-uns, plus rares, ressemblaient à des cadavres en putréfaction fraîchement exhumés d'une tombe profanée et transmettaient à leurs ennemis une sorte de peste horrible dont les bubons les terrassaient en quelques minutes. D'autres brûlaient les yeux, ou emplissaient la bouche et le nez de sel, ou même interrompaient les battements des cœurs en inspirant une terreur intense. Quant à ceux qui paraissaient capables d'obliger leurs ennemis à retourner leurs armes contre leurs propres frères, il s'agissait des pires aux yeux d'un soldat !

Les seuls dont Irénion n'avait pas oublié le nom – et pour cause – étaient les *éfrits*. Aucun maître-*djinn* n'en avait un pour *qarin*. Selon Nizam, jamais un *éfrit* n'accepterait de devenir le compagnon de quelqu'un, ou alors, il lui dévorerait lentement le cœur et l'esprit. Le seul moyen d'invoquer l'un de ces génies maléfiques serait de l'y contraindre, mais les risques avaient été jugés trop importants en cas de perte de contrôle par le maître invocateur.

Face à des entités aussi effrayantes et impossibles à blesser, un vent de panique souffla parmi les troupes russes. Les résurgions, immunisés contre toute forme de peur, s'évertuaient à tenter de blesser ces créatures sans parvenir à d'autre résultat que périr. Galvanisées par ce soutien, les armées du Nord et du Sud parurent se reprendre et redoublèrent de combativité.

Cependant, l'ombilic qui reliait les *djinns* à leurs maîtres ne pouvait s'allonger indéfiniment et il fallut bientôt que ces derniers s'avancent afin de trouver de nouvelles victimes. Les Russes semblèrent enfin comprendre le lien entre ces entités inconnues et les soldats orientaux ; Irénion remarqua qu'Irina donnait des ordres avec force grands gestes. Quelques instants plus tard, toute la Faction rouge se rua dans la direction des troupes ottomanes, lançant leurs détestables montures à vive allure. Bien que le 2e corps d'armée, resté en protection des maîtres-*djinns*, s'opposât avec résolution à cette charge, de nombreux soldats à la livrée sang parvinrent à franchir leurs lignes. Lorsqu'un maître était tué, son *qarin* paraissait soudain pris d'une folie meurtrière, puis se retournait contre l'assassin pour le saisir et emmener son âme, à jamais prisonnière avec lui du *Qaf*.

De toute évidence, l'impératrice Uliatine avait conscience de ce destin funeste, puisqu'elle se garda bien de lancer ses sorts contre les maîtres-*djinns*, laissant cette tâche suicidaire aux disciples du Sang Dieu.

À aucun moment depuis le début de cet assaut sidérant, le *qarin* de Nizam n'avait interrompu sa mélopée profonde.

Irénion ignorait quel rôle exact il jouait, mais il était évident qu'il assurait une sorte de cohésion dans cette armée surnaturelle. Derrière lui, le *Reis Effendi* implorait Allah et se tordait les mains de désespoir en voyant le nombre des précieux maîtres-*djinns* du sultan s'amenuiser de minute en minute. Son dieu dut l'entendre, car, alors que cinq heures de l'après-midi venaient de sonner, les lignes ennemies rompirent d'un coup, comme cela se produit parfois dans certaines batailles, où les forces en présence peuvent paraître équilibrées jusqu'au moment où un côté s'effondre brusquement.

Toutes les troupes russes battirent en retraite au même moment, parcourant en sens inverse le chemin qu'elles avaient couvert le matin, désormais diminuées d'un tiers. Plus d'une heure durant, les armées françaises les poursuivirent jusqu'à Albert, les contraignant à quitter leurs positions à l'ouest du bourg en abandonnant derrière elles des dizaines de pièces d'artillerie ! Il fallut à Uliatine et ses légions reculer de plusieurs kilomètres avant de trouver un terrain favorable où la mise en station rapide de leurs batteries obligea Villard et Hassu-Massey à se retirer.

Dès la fin des affrontements, les troupes coalisées poussèrent de concert de longs cris de victoire et, dans la plaine, Français, Autrichiens, Prussiens, Turcs et même Anglais se tombèrent dans les bras ! Pour la première fois depuis des mois, les armées de Vakt avaient cédé !

Le Premier consul échangea quelques bourrades avec son premier aide de camp, dans les yeux duquel il lut le même soulagement que celui qu'il éprouvait. Tous deux savaient ce que la *grafinia* ignorait lorsqu'elle avait ordonné le repli : si les troupes russes avaient poursuivi leur assaut un peu plus longtemps, elles l'eussent probablement emporté.

Irénion se tourna ensuite vers le maître-*djinn*.

« Je tiens à t'exprimer ma gratitude, Nizam, fit-il. Sans toi, nous nous serions retrouvés en bien mauvaise posture.

— Ce n'est pas moi qu'il faut remercier, Votre Excellence, répondit celui-ci en s'inclinant. Ce sont les maîtres qui se trouvaient en première ligne dans la plaine, et, bien sûr, leurs *qarins*. Ceux qui ont été renvoyés dans le *Qaf* vont errer longtemps dans l'*Al-Ghayb* et ne retrouveront probablement jamais le chemin de ce monde. Pour ces *djinns*, qui aiment les humains, ce sera une grande souffrance. »

Le Premier consul regarda alors le *djinn*-qui-va-avec-Nizam, en évitant toutefois de fixer ses étranges yeux jaunes trop longtemps.

« Je vous remercie également, bien sûr, noble créature du *Qaf*. Les humains qui luttent pour le bien n'oublieront pas l'aide que vous leur avez apportée. »

Le *djinn* laissa passer un moment avant de répondre, en français, d'une voix qui faisait vibrer le sol : « *Les humains ne devraient pas user de magie... Ils n'ont pas le respect qui convient pour ces forces et l'exploitation désordonnée qu'ils en font perturbe tous les mondes...* »

De retour devant sa tente le soir venu, Irénion s'était installé dans le même siège que le matin. Cette fois, les cieux se paraient de teintes pourpres tandis que le soleil se couchait. Avec l'arrivée de la nuit, la température, étouffante, comme toujours, ne tarderait pas à redevenir supportable. Les tubes électrofères, disposés tous les quinze mètres sur le périmètre, s'allumèrent, dispensant leur désagréable lumière violacée. Irénion détestait toute cette machinerie héritée d'Élégast, mais cette lumière artificielle était nécessaire pour sa sûreté.

Cette journée avait revêtu un caractère quelque peu irréel à ses yeux. Comment aurait-il pu imaginer participer un jour à une si étrange bataille ? Et comme il avait été terrible, le chemin qui l'avait mené là. Combien de souffrances et de difficultés ce « bien curieux soldat », ainsi que l'appelait Agnès, avait-il dû affronter ? Lui qui ne pouvait concevoir d'autre carrière que militaire, faute d'avoir jamais connu autre chose que les casernes, tout en éprouvant de cruels tourments moraux à l'idée de la guerre. Au souvenir de la malheureuse libelliste et du mal qu'il lui avait fait, il sentit les larmes couler. Il ne chercha pas à les sécher, la garde se tenait à distance et ne pouvait voir, depuis les barrières, l'humidité de ses joues.

Quoi qu'il advienne, qu'ils survivent à Vakt ou périssent sous ses assauts, ce jour resterait gravé dans sa mémoire et sans doute dans l'Histoire. Ils avaient résisté aux légions de l'infamie. Une fois encore.

Malheureusement, il fallait craindre que la bataille à venir ne fût la dernière. La prochaine fois, ils affronteraient le sorcier russe en personne. Et il était probable que le Hiérophante du *Bog Krovi*, lassé des demi-mesures, lance toutes ses forces sur eux, use de toute l'étendue de ses sortilèges. Ce jour-là, les portes de l'enfer s'ouvriraient grandes sur le monde…

L'un des gardes en poste à la barrière lui adressa un signe en levant un bras. À cette distance et dans la lumière déclinante, Irénion ne distinguait qu'une silhouette sombre, mais il savait qu'il s'agissait du capitaine Montalvant. Il avait enjoint à l'officier de le prévenir dès qu'Éthelinde Ordant se présenterait à l'entrée du camp.

La grande maîtresse de l'ordre des *Magi Karoli Magni* lui avait fait parvenir un message dans lequel elle appelait de ses vœux une entrevue secrète, qu'elle qualifiait de « cruciale », entre elle, Irénion, Ludwig et Lithian. Consciente des impératifs militaires, elle avait proposé de se rendre elle-même sur le front et avait demandé à ses deux autres compagnons d'en faire autant. Comme elle n'avait donné nulle précision sur la raison de cette réunion, Irénion en était réduit à espérer qu'il ne s'agît pas d'une mauvaise nouvelle. Il n'avait point besoin d'une difficulté supplémentaire en un tel moment.

La date de l'entrevue avait été convenue une dizaine de jours plus tôt, mais elle tombait mal : Irénion était épuisé, aussi bien physiquement que moralement, et il ne rêvait que de s'abandonner à l'oubli réparateur du sommeil. Toutefois, depuis qu'il la connaissait, il avait appris à accorder du crédit aux propos d'Éthelinde. Si celle-ci affirmait qu'un sujet était important, il valait mieux écouter ce qu'elle avait à dire.

Frottant plusieurs fois ses joues râpeuses pour dissiper sa torpeur, le Premier consul se leva afin d'aller accueillir la naturaliste.

ÉLÉGAST

Palais de Sijendäl, Hursëlïnh, le soir.

Obéron avait assisté à la cérémonie de la Ligne des lunes, mais il était demeuré à l'écart, caché. Il avait renoncé à se mêler à la foule célébrant l'alignement d'O'pos et Ceïmu avec le soleil. Pas par crainte d'être reconnu – depuis son retour, il avait compris qu'il ne l'était pas ; en réalité, il n'avait pas voulu participer à la liesse. Cette joie elvëm, simple et pure, il la redoutait, car il savait qu'elle lui rappellerait l'époque, si lointaine, où il était l'un des leurs. Le premier d'entre eux, même. Celui qui maintenait l'équilibre d'Hursëlïnh.

Malheureusement, cela n'avait point suffi. Même caché, il avait profondément souffert de ne plus être en mesure de partager cette communion.

Quatre jours plus tard, Obéron se tenait assis à même un sol de pierre, bras passés autour de ses jambes ramassées devant lui, dissimulé par les vestiges d'une ancienne balustrade. Ce soir-là, seule O'pos était visible tandis qu'Unlï s'abîmait sur l'horizon, allumant dans le ciel un incendie écarlate. Les ruines de ce petit temple dédié autrefois aux muses de l'art étaient envahies d'une telle végétation que nul ne risquait de l'apercevoir. Des éons plus tôt, il lui arrivait de venir ici écouter de la musique, lors de concerts donnés en l'honneur de l'Olnëan.

Un peu plus bas, à cent pieds à peine à vol d'oiseau, l'une des terrasses du palais de Sijendäl se trouvait, elle aussi, baignée des derniers rayons du soleil. S'il avait choisi cette cachette, c'était pour la vue qu'elle offrait sur cette terrasse en particulier, car *elle* y venait presque tous les soirs. Pour le moment, il n'y avait personne.

Depuis son retour en Hursëlïnh, Obéron avait découvert avec effroi ce que son monde était devenu. La terrible décrépitude de ses grandes cités, l'abandon de tant de champs dans ses campagnes, les extinctions de nombreuses espèces et même la disparition de certaines peuplades.

Ô gracieux jök'dhs des plaines sauvages de Pïhrl, qu'êtes-vous devenus ? Ô membres de l'antique tribu d'Ojlôo, où êtes-vous partis ? Vivez-vous seulement encore dans d'autres mémoires que la mienne ?

La grandeur d'Hursëlïnh n'était plus qu'un souvenir, le raffinement extrême de la culture elvëm, oublié. Ce constat l'avait désespéré et culpabilisé en même temps. Bien qu'il s'efforçât d'en attribuer la faute à Mérovée, il ne parvenait pas à s'en convaincre pleinement. Dans les recoins honteux de sa conscience, il savait très bien qui était responsable de ce désastre.

Si fouler de nouveau les Terres Originelles du Pays des feuillages lui avait permis de regagner un peu de *spiriti aestus*, ce maigre fluide se révélait bien insuffisant pour retrouver sa puissance d'antan. Au mieux, Obéron pensait posséder désormais une vigueur ésotérique équivalente à celle de Mérovée, mais il ne pouvait même pas en être sûr, car il repoussait sans cesse le moment d'éprouver ses capacités en lançant un sort quelconque. S'il détenait des cristaux d'Aiônite, nul doute qu'il dépasserait ce damné bellâtre humain ! *Yef'uvïn !*

Ce triste constat venait confirmer sa principale crainte : il n'était plus le roi de ces contrées. Comment les Dieux

Anciens avaient-ils pu laisser une telle abomination se produire ?

Non, tu te mens à toi-même ! Il n'est pas nécessaire de posséder un puissant fluide pour constituer l'Olnëan ! Si tu n'es plus roi d'Hursëlïnh, ce n'est pas parce que tu as perdu tes pouvoirs !

Ah, comme il souffrait de ces tourments intérieurs !

Depuis son retour, il l'avait constaté avec une douloureuse certitude : les elvëms ne voyaient plus en lui un roi. Sans quoi, même dans cette enveloppe charnelle humaine, ils l'auraient reconnu intuitivement.

Les premiers jours après la sortie du portail avaient été très difficiles. Les elvëms qu'il croisait étaient si effrayés de rencontrer un humain, surtout aussi repoussant que lui, qu'ils fuyaient à son approche ou le menaçaient. Alors, il avait appris à se courber plus encore que sa déliquescence physique le lui imposait. Le corps de Charles Ordant était désormais si tassé par l'âge et les épreuves qu'il pouvait presque passer pour celui d'un vieil elvëm, à condition de ne pas se redresser.

Quant à Puck, il lui fallait s'incliner davantage encore et se dissimuler sous une cape afin de ne pas trop attirer l'attention. Le jeune homme, qu'Obéron était parvenu à garder sous sa coupe depuis sa chute, avait été si impressionné par le passage du portail que son esprit s'était fissuré. Aujourd'hui encore, il continuait de lui obéir par habitude, mais il demeurait parfois des heures silencieux, prostré, le regard aussi vide que ses pensées.

Obéron lui-même se sentait désemparé. Alors qu'il avait réussi à accomplir la tâche la plus difficile – revenir dans son monde –, il s'apercevait qu'il n'avait pas réfléchi à ce qu'il y ferait. Il était pourtant évident que ce retour ne lui rendrait pas sa vie passée. Un millénaire s'était écoulé, son corps originel lui avait été volé, son pouvoir, et même sa couronne, retirés. Il avait beau avoir regagné Hursëlïnh, il y était impuissant ! Après avoir été un elvëm égaré dans le Monde Naturel, il n'était désormais qu'un humain rejeté dans l'Autre

Monde ! Jamais plus il ne serait à sa place. Jamais plus il ne serait Obéron. Et Élégast n'était plus rien.

Alors, abattu, démoralisé, il se morfondait des journées entières dans la cachette qu'il avait investie en atteignant le palais. Le Temple des arts occupait le sommet d'un des innombrables pics s'élevant autour du Mont du milieu, relié par un pont branlant à une aile abandonnée du palais. Plus personne ne venait jamais là. Sa connaissance parfaite de Sijendäl – et de ses passages secrets – lui permettait de s'y déplacer en toute discrétion, afin d'y dérober chaque jour la pitance nécessaire à leur survie.

Voler de la nourriture tel un misérable nuisible... Voilà ce que tu es devenu, un rat !

Soudain, il se figea ; alors qu'Unlï disparaissait entièrement derrière l'horizon, *elle* parut sur la terrasse !

Sa reine ! Mab l'éternelle, la sylphide aux cheveux fleuris, Titania-aux-Paupières-Closes, Opëride-qui-songe.

En la voyant, il eut l'impression que le soleil changeait d'avis et se levait de nouveau.

Chaque fois qu'elle se montrait sur cette terrasse, qui jouxtait ses appartements, Obéron était ébloui.

Chaque fois, devant une si grande beauté, presque douloureuse, il n'en éprouvait qu'une plus grande honte pour sa propre déchéance physique.

Tout son être, toute son âme, lui intimait d'aller la rejoindre et de se jeter à ses pieds afin d'implorer son pardon et lui dire qu'il avait conscience du mal terrible qu'il lui avait fait, qu'il avait fait à toute Hursëlïnh ! Mais il n'en faisait rien. Il ne pouvait supporter l'idée qu'elle le voie tel qu'il était désormais. Si laid. Si humain.

Pourtant, au fond de lui, il savait que les sentiments de Mab n'avaient jamais été guidés par l'apparence physique car, lorsqu'elle avait noué jadis une relation avec Mérovée, il était lui-même encore un magnifique roi elvëm. Elle avait perdu tout sentiment pour lui à cause de ce qu'il était devenu, de ses sombres pensées…

Non, tout est la faute de ce maudit Mérovée ! Qu'il soit damné pour l'éternité dans cet enfer que les humains ont inventé !

Comme si avoir songé à une personne détestable en avait appelé une autre, Aspëra parut sur la terrasse à la suite de Mab. *Larsün !* Cette fichue hüldre était encore là, si longtemps après leur disparition. Que n'avait-elle regagné les Marais hüldriens qu'elle et ses congénères n'auraient jamais dû quitter ! Même du temps de son règne légitime, Obéron exécrait les hüldres de Mab, constamment à veiller sur leur reine, à chuchoter de pernicieux conseils à son oreille. Il n'en avait jamais eu la preuve, mais il avait toujours supposé que c'étaient elles qui avaient instillé dans l'esprit de Mab la défiance envers lui.

Non, c'est la noirceur de tes desseins qui l'a éloignée de toi ! Tu ne le sais que trop !

Ah, assez ! Obéron se frappa les tempes de ses poings. Il ne supportait plus cette voix insidieuse. Il n'avait pas écrasé pour toujours celle de Charles Ordant pour se voir maintenant poursuivi par sa propre conscience ! Quel odieux tourment !

À cette distance, il ne pouvait entendre ce que les deux femmes se disaient. Depuis quelques jours, une grande agitation régnait au palais. Mérovée n'y était pas étranger, bien sûr. Il avait apporté avec lui la passion pour la guerre qu'entretenaient les humains. Pourtant, le descendant du roi Clodion ne s'était pas montré à la deuxième assemblée extraordinaire qui s'était tenue deux jours plus tôt dans le grand hall du palais, réunissant toutes les hüldres, les guerriers oracles, ainsi que Mab venue en compagnie d'une simple pêcheuse du peuple alôs, dont la présence était pour le moins surprenante. Grâce à sa connaissance des recoins du palais, Obéron avait pu y assister sans que personne ne le remarque, depuis une coursive située dans les hauteurs de l'énorme salle, accessible par un couloir secret oublié de tous.

Il avait écouté les échanges parfois enflammés dans lesquels il était question de la guerre qui faisait rage dans le Monde Naturel et des craintes que la Terreur Rampante ne s'en prenne à Hursëlïnh une fois les humains vaincus. Certains doutaient de cette fatalité. Ils avaient tort, bien sûr. Nul n'était mieux placé qu'Obéron pour savoir que Vakt ne s'arrêterait jamais.

Pourtant, il n'était pas descendu parmi les elvëms pour les avertir. Non seulement à cause de la honte qu'il éprouvait pour ce qu'il était devenu, mais aussi et surtout, parce qu'il ne se sentait plus concerné par le destin des mondes. À quoi bon s'en préoccuper ? Il avait tout perdu, alors, qu'il en soit de même pour tous !

Quelle indignité ! Un authentique souverain posséderait la noblesse d'esprit suffisante pour aider son peuple, même lorsque celui-ci s'est détourné de lui.

Cette satanée Aspëra s'inclina devant sa reine, puis quitta la terrasse. Obéron allait enfin pouvoir profiter d'elle pour lui seul, comme à l'époque où il était son époux légitime. De plus, bien que la vision de l'hüldre l'agaçât, il préférait encore s'infliger cette présence plutôt que celle de Mérovée. Avoir vu, durant ces quinze derniers jours, l'ancien Franc salien promener sa répugnante carcasse humaine de vile-peau dans les appartements de la reine le plongeait dans des abîmes de colère. Pourquoi lui avait-il été donné, à lui, de retrouver celle qu'il aimait ?

Tu le sais.

Pourquoi la belle Mab, qui n'avait pas changé durant son long songe d'une nuit de mille ans dans l'Entre Monde, ne cherchait-elle pas un prétendant elvëm pour reformer l'Olnëan ?

Tu le sais.

Obéron avait été néanmoins surpris de constater une réserve perceptible entre eux, alors qu'ils auraient pu vivre leur amour au grand jour. À travers leurs attitudes, il avait pu discerner leurs sentiments réciproques et, pourtant, chaque fois qu'il les avait vus ensemble, ils avaient toujours conservé une certaine distance.

Aurait-il mal compris leur relation ? Obéron se débattait intérieurement dans la plus grande confusion.

Au cœur de ce maelström de sentiments et d'émotions, seul émergeait un récif auquel il se raccrochait désespérément : son désir de vengeance. D'une manière ou d'une autre, Mérovée allait payer le mal qu'il lui avait causé, ainsi que l'odieuse captivité qu'Obéron avait, par la faute de ce maudit humain, infligé à sa reine !

Et, à cette fin, au terme d'interminables réflexions, il avait fini par trouver un moyen. Bien qu'il ne disposât désormais que d'un maigre fluide ésotérique, il pouvait toutefois défaire Mérovée par l'Art Obscur. Il existait un sort ancien, dévastateur, oublié de la plupart des érudits, qui ne nécessitait que peu de *spiriti aestus*. Un sort ultime, dont la cible se voyait littéralement *supprimée* du monde. Un sort qu'il n'avait jamais utilisé pour une raison simple : là où la cible était envoyée, le lanceur du sort la suivait.

Cette incantation était un suicide.

Mais Obéron s'en moquait. Pour lui, la vie ne valait plus d'être vécue. Seul comptait son désir brûlant de vengeance.

Alors qu'il ruminait ces sombres pensées, une mélodie s'éleva, tout en délicatesse, claire et vibrante, exprimant la tristesse du passé enfui tout en recelant une pointe d'espérance, pareille à la musique de la nature elle-même, cantilène des âges anciens et ode à la sensibilité.

Mab chantait.

Et Obéron pleurait.

LUDWIG

Près de Warloy-Baillon, la Somme, le soir.

À l'allure soutenue de leur étrange monture, les champs de la Somme défilaient rapidement devant eux. Les stigmates de la bataille qui venait de se dérouler ici pouvaient s'observer où que portât le regard. Végétation ravagée par les charges successives, cratères d'obus, restes fumants de batteries détruites ou décombres d'habitations bombardées. La désolation de la guerre. Des soldats cherchaient à la lanterne des survivants parmi les dizaines de milliers de corps qui gisaient là, ou chassaient les détrousseurs de cadavres. La plupart des dépouilles seraient incinérées sur place dans les jours à venir, les autres finiraient dans des fosses communes.

Ce monde n'avait pas manqué à Ludwig. Derrière lui, Lithian ne disait mot, probablement effarée elle aussi par ce spectacle macabre.

Ce qui restait de lumière en ce début de soirée faiblissait rapidement, mais leur *galzan* argenté parvenait encore à poser ses « pieds » sur la route en évitant sans difficulté les pierres et les ornières. En dépit de sa taille impressionnante, cette monture pouvait avancer à grande vitesse, tout en offrant davantage de confort qu'un cheval du fait de son absence de sabots. Les pieds des *galzans*, qui terminaient chacune de leurs six pattes, n'étaient pas sans rappeler à Ludwig ceux des chameaux.

Sans cette célérité, ils n'auraient pu rallier si promptement le portail depuis Opälvyr, ni gagner le front, ici, dans le Monde Naturel, à la date convenue. La force requise pour mener une telle bête n'avait pas permis à Lithian d'en conduire une ; elle avait donc voyagé en croupe, derrière le mercenaire. Depuis qu'ils étaient sortis de la forêt Charbonnière sur le dos de ce *galzan*, ils avaient fait autant sensation que lors de leur périple dans l'Autre Monde, vers la cité-mère, mais pour la raison inverse. Les quidams croisés se montraient stupéfaits devant une telle créature, ou alors s'enfuyaient, terrifiés, croyant à un résurgion d'un genre différent.

À leur départ pour l'Autre Monde, des semaines plus tôt, il leur avait fallu libérer leurs chevaux dans la forêt. Les deux montures avaient probablement erré un temps avant d'être trouvées par un fermier ou un forestier. Dès que les événements lui en laisseraient l'occasion, Ludwig avait l'intention de se mettre à la recherche de Kuromir et de racheter son fidèle boulonnais à celui qui l'aurait récupéré. Ignorant ce qu'il allait découvrir derrière le portail, il n'avait pas osé le franchir avec lui ; maintenant qu'il savait la chose possible, il comptait bien l'emmener lorsqu'il regagnerait l'Autre Monde.

Ils avaient pris la route le lendemain de la cérémonie des lunes. Lithian ne s'était pas laissée convaincre facilement d'abandonner, même temporairement, son étude des documents anciens de la bibliothèque du palais, mais Ludwig avait souligné l'insistance avec laquelle Éthelinde avait réclamé sa présence. Il avait prétendu ignorer pourquoi, préférant mentir par omission plutôt que tromper la magesse pour de bon. Ce n'était d'ailleurs qu'un demi-mensonge, car Éthelinde ne lui avait jamais expliqué clairement les raisons de sa suspicion à l'égard de Lithian. De mauvais gré, la vieille femme avait cédé en ronchonnant. Il était évident qu'elle se doutait de quelque chose sans oser protester ouvertement.

Depuis qu'il était entré dans l'Autre Monde, Ludwig avait appris à le connaître et l'aimait chaque jour un peu plus. En peu de temps, Mab l'avait déjà emmené à la rencontre de toutes sortes d'*elvëms*, de peuples ou de tribus toujours plus différents, elle lui avait montré nombre de lieux magnifiques, au cœur des villes ou dans les étendues sauvages, et lui avait fait découvrir des aspects insoupçonnés de la culture d'*Hursëlïnh*. Ludwig se sentait bien là-bas, mieux qu'il ne s'était jamais senti dans le Monde Naturel depuis la disparition de sa famille, même s'il était toujours gêné que les *elvëms* le regardent comme leur roi. En dépit de leur bienveillante insistance, il persistait à refuser de reformer l'*Olnëan* avec Mab.

Bien qu'elle s'efforçât de ne pas le montrer, la reine en était nécessairement blessée et lui-même endurait mille tourments à cause de cette décision. Pourtant, il n'éprouvait nul doute à ce sujet. Il ne pouvait envisager de donner au Pays des feuillages un roi dont l'esprit risquerait de s'assombrir un jour, le faisant basculer dans un âge des ténèbres. Cela était déjà arrivé une fois avec Obéron. Il n'avait pas encore osé évoquer devant Mab ces cauchemars hideux dont il souffrait, comme s'il avait honte du lien malsain qui le rattachait à cette mystérieuse entité, extérieure au monde, indescriptible et terrifiante. Or, c'était ce lien qui le rendait vulnérable. Il faudrait bien qu'il en parle à Mab, tôt ou tard.

Il se demandait d'ailleurs si ce n'était pas cette conscience anormale, tapie dans sa forteresse cosmique, qui avait été responsable de l'assombrissement de l'esprit d'Obéron, mille cinq cents ans auparavant ? Et, qui sait, peut-être même de celui de Vakt, en des temps encore plus reculés ?

Non, décidément, si vraiment cette chose rôdait autour de lui, quelle qu'en fût la raison, il ne pouvait prendre le risque de se trouver détenteur des pouvoirs d'un roi le jour où il sombrerait à son tour.

On sonnait huit heures dans les clochers lorsqu'ils arrivèrent en vue du vaste camp militaire français.

Bien que les cadavres recouvrant en nombre considérable les terres alentour n'aient pas eu le temps d'entrer en putréfaction, Ludwig croyait sentir l'odeur de la mort flottant dans l'air comme un remugle empoisonné. Il était revenu dans le

Monde Naturel depuis moins d'une journée et il avait déjà envie de repartir.

Tandis qu'ils approchaient, Ludwig se signala aux sentinelles en criant. Il n'avait nul désir de recevoir une balle tirée par un soldat un peu trop nerveux, s'affolant à la vue d'une créature inconnue surgie de la nuit.

Les sentinelles épaulèrent leurs fusils et les gardèrent en joue tandis qu'ils entraient dans la lumière des braseros.

« Qu'est-ce que ce monstre, brigadier ? glapit une jeune recrue dont le fusil tremblait. Faut l'abattre, m'sieur ?

— Garde ton sang-froid, mon garçon, répondit Ludwig d'une voix calme, mais ferme. Ce n'est qu'une sorte de cheval, il ne te fera rien. »

Le brigadier, qui l'observait depuis son arrivée, dit :

« Ces taches singulières sur le visage... Je les ai déjà vues...

— C'est exact, brigadier. Je suis Ludwig Arcerese, et voici Lithian, qui m'accompagne. Le Premier consul nous attend. Menez-nous à lui sans délai ! »

La mémoire sembla alors revenir au sous-officier.

« En effet, fit-il, je me souviens vous avoir vu à la Gaoube ! Je faisais partie de la résistance, monsieur. Baissez vos armes, vous autres ! »

Ludwig se détendit enfin et sauta au bas de son *galzan* argenté, avant d'aider la magesse à en faire autant.

« Suivez-moi, reprit le brigadier. Nous allons conduire votre, euh... monture aux écuries, puis je vous mènerai aux quartiers du Premier consul. »

Le mercenaire secoua la tête.

« Le *galzan* reste avec moi. Je ne voudrais pas qu'un soldat un peu trop impressionnable ne l'abatte. »

Il coula un regard sévère à la recrue dont le visage s'empourpra aussitôt.

« Bien, monsieur, répondit le brigadier. Veuillez me suivre. »

Ils entreprirent de remonter la longue route qui traversait les travées de tentes alignées. Le *galzan* suivait docilement Ludwig qui le tirait par les rênes, sa peau argentée reflétant les flammes des feux et des torches. Après avoir vécu dans l'Autre Monde, le mercenaire se sentait presque étranger ici, sous le regard des soldats qui les fixaient, bouche bée.

La grande assemblée voulue par Mab s'était réunie quatre jours plus tôt, juste après la cérémonie de la Ligne des lunes, mais n'avait pas donné les résultats attendus. La reine avait espéré que le simple exposé de la situation dans le Monde Naturel suffirait à convaincre les hüldres ainsi que l'ordre des guerriers oracles de s'impliquer dans la lutte des humains contre Vakt ; il n'en avait rien été.

Même s'il avait déjà eu l'occasion de les apercevoir depuis son arrivée au palais, Ludwig n'avait réellement découvert les guerriers oracles que ce jour-là. Bien plus grands et massifs que la plupart des elvëms, ces soldats paraissaient toujours revêtus d'une armure faite d'un métal aux reflets bleus, finement gravée de symboles mystiques destinés à renforcer leur lien avec les Anciens Dieux. Car leur rôle d'oracle comptait à leurs yeux autant, sinon davantage, que leur devoir militaire ; d'après ce que Ludwig avait entendu, la plupart des gens ne comprenaient jamais grand-chose à leurs prédictions, mais tout le monde y attachait une grande importance. Partout en Hursëlïnh, des cohortes d'érudits s'étaient même spécialisées dans l'interprétation de leurs prémonitions.

À la disparition de l'Olnëan, huit cycles plus tôt, cet ordre vénérable avait contribué à maintenir une entente relative entre les différents peuples, prévenant ainsi le chaos dans lequel l'Autre Monde aurait pu sombrer. Ils formaient avec les hüldres le Haut Conseil de Sijendäl. C'étaient eux qui avaient convaincu ces dernières de ne pas quitter Hursëlïnh, en leur assurant que Titania-aux-Paupières-Closes, leur maîtresse, reviendrait un jour.

Les chefs de phalange des guerriers oracles s'étaient montrés réticents à l'idée de partir combattre dans un monde ignoré, se porter au secours d'un peuple inconnu, alors que leur place était dans leur monde, à veiller sur leurs peuples. Ludwig avait tenté de les convaincre de la justesse de ce combat, mais il s'était rendu compte que sa misanthropie le rendait bien peu persuasif. En fin de compte, c'était Olathena qui avait le mieux défendu la cause des humains. Bien que la pêcheuse alôs, intimidée de devoir prendre la parole devant une telle assemblée – devant la reine Mab ! –, ait eu la voix tremblante, ses mots avaient sonné juste.

« Un "peuple inconnu" ? Je ne connais pas moi-même la plupart des peuples d'Hursëlïnh. Dois-je pour autant me désintéresser de leur sort ? Comme moi, vous avez certainement été surpris par l'irruption d'humains dans ce monde ; et malgré tout, une fois que nous avons appris à connaître Ludwig et Lithian, ils ne nous ont plus paru si différents, n'est-ce pas ? La grande majorité des elvëms ne croyaient plus en l'existence des humains, de même que, d'après Ludwig, les humains ne croient plus aux "fées", telles qu'ils nous appellent. Et pourtant, deux humains se trouvent là, devant nous. Ils nous prouvent que les légendes au sujet d'un monde voisin du nôtre, un monde frère, étaient vraies. Même Son Altesse la reine Mab nous assure que les humains valent la peine qu'on se batte avec eux, pour eux. Oh, je suis sûre qu'ils ne sont pas tous bons, pas davantage que tous les elvëms ne gagnent à être connus (quelques rires avaient fusé dans l'assistance), mais nous sommes des peuples frères. J'en ai toujours été convaincue, au plus profond de moi. Et nos frères livrent, en ce moment même, un terrible combat, qu'ils vont peut-être perdre si nous ne leur venons pas en aide ! Est-ce digne de ne pas porter secours à ses frères ? Bien que je ne sois qu'une pêcheuse ignorante, je me suis longtemps intéressée aux vieilles légendes, et celle concernant la Terreur Rampante m'a toujours paru la plus terrifiante d'entre elles.

Ce Vakt, dont nous parle Ludwig, est *déjà* venu dans notre monde, il y a bien des cycles de cela, et il s'en était pris à nos ancêtres. Ce ne fut qu'en s'alliant aux humains que ceux-ci parvinrent à le vaincre. Malheureusement, des fous l'ont ramené à la vie et il gagne en puissance chaque jour. Je vous le dis, nobles membres du Haut Conseil de Sijendäl, où croyez-vous que Vakt se rendra lorsqu'il aura soumis le Monde Naturel ? »

Même si la simplicité et la sincérité de ce discours avaient touché l'assemblée, Ludwig avait bien senti qu'il n'avait pas suffi à emporter la conviction de tous. Les hüldres, notamment, peinaient à croire que Vakt fût réellement la Terreur Rampante. Quelques-unes affirmaient se souvenir parfaitement de cette noire abomination – Ludwig s'était demandé s'il s'agissait d'une façon de parler, ou s'il était possible que certaines des nymphes de Mab fussent si âgées ! Elles prétendaient qu'il était improbable que la Terreur Rampante eût survécu à un si long emprisonnement, ajoutant que, même en pareil cas, elle n'aurait pu se libérer, car ses entraves magiques avaient été enchantées par le sorcier légendaire Djédi, les rendant quasiment infrangibles.

Ce débat difficile n'ayant pu être tranché lors de cette réunion, Mab avait suggéré qu'une seconde assemblée fût formée sous quelques jours, le temps que chacun réfléchît à cette situation inédite. Ludwig et Lithian ne pouvant attendre, ils étaient partis pour le Monde Naturel dès le lendemain des discussions.

Cependant, durant la nuit précédant leur départ, Ludwig eut à subir une expérience douloureuse.

Alors qu'il cherchait le sommeil, Aspëra vint le trouver dans l'appartement qu'il occupait au palais. L'hüldre lui annonça qu'elle allait l'aider à pratiquer l'Ormänthor, l'Ancien Rite, qui lui permettrait peut-être de retrouver Onéline et Thalie dans l'Entre Monde. Devant la surprise de Ludwig, Aspëra expliqua que l'alignement astral en cours était l'une des conditions de cette incantation particulière. Elle ajouta que, s'il ne se sentait pas prêt, ils pouvaient attendre le prochain alignement, trois années d'Hursëlïnh plus tard. Ludwig accepta.

Il suivit Aspëra jusqu'à une sorte de petit sanctuaire isolé à l'extérieur du palais, dans lequel une longue et fine ouverture verticale laissait passer la lumière des deux lunes d'Hursëlïnh. Là, ils s'assirent tous deux en tailleur, face à face, dans la clarté sélénienne d'O'pos et Ceïmu, et Ludwig suivit les instructions de l'énigmatique hüldre. Le rituel, composé d'une longue série de chants en Langue Ancienne, parfois difficiles à prononcer, dura une bonne partie de la nuit et se révéla éprouvant. Afin d'atteindre la transe requise pour entrer dans le Lüalen, Aspëra eut recours à de nombreux encens inconnus à l'odeur capiteuse, qui suscitèrent chez Ludwig une sorte d'état second, qui l'empêcha, plusieurs jours après, de se souvenir clairement de l'ensemble du rituel. Il ne put d'ailleurs s'empêcher de penser qu'il s'agissait peut-être là d'un effet délibéré, destiné à préserver le secret qui entourait l'Ancien Rite.

Quoi qu'il en fût, après plusieurs tentatives infructueuses, Aspëra parvint enfin à guider l'esprit de Ludwig à travers d'étranges sphères éthérées jusqu'à l'Interstice, ce monde entre les mondes qui possédait trop de noms pour qu'on pût jamais tous les énumérer. Là, flottant aux côtés de l'hüldre, dont l'apparence en ce non-lieu redevenait celle d'une nymphe, blanche créature gracile aux ailes multiples, Ludwig dériva durant un temps indéfini à la recherche de sa famille. Bien qu'il fût déjà venu à plusieurs reprises dans l'Interstice, il lui était impossible de s'habituer à un endroit aussi anormal, aussi étranger à l'esprit humain. L'alignement infini des corps en suspension – en « stase », tel qu'Éthelinde avait qualifié cet état lorsqu'il le lui avait décrit – lui inspirait toujours un profond effroi. Tout cela paraissait irréel. Dans le fond, quelle certitude pouvait-il avoir de ne pas simplement rêver ces visions fantasmagoriques ?

Après un temps inquantifiable, Aspëra finit par trouver sa femme et sa fille. Une intense émotion saisit Ludwig lorsqu'il revit les deux êtres auxquels il tenait le plus au monde, emprisonnés depuis si longtemps, ni morts ni vivants, flottant parfaitement à la verticale, comme les milliers d'autres victimes des résurgences autour d'eux. L'hüldre lui avait expliqué au préalable la partie du rituel qu'il faudrait accomplir une fois devant elles, aussi, même bouleversé, il trouva en lui les ressources pour déclamer correctement la suite de l'incantation et exécuta les gestes adéquats.

Malheureusement, la première tentative échoua, puis la deuxième et la troisième. L'inquiétude s'empara de Ludwig. Le visage blanchâtre indéchiffrable de l'hüldre sous sa forme de nymphe ne lui permettait pas de savoir si Aspëra partageait cette préoccupation, mais elle se mit à réciter une mélopée dans une langue inconnue, destinée de toute évidence à le soutenir dans ses efforts. Il essaya de nouveau, encore et encore, sans davantage de succès. Onéline et Thalie demeuraient obstinément figées, le visage inerte, les yeux vitreux. Il avait beau tout tenter pour croiser leur regard, elles ne le voyaient pas. Elles ne voyaient rien.

Le temps passant, l'alignement des lunes s'altéra et l'équilibre du rituel finit par se rompre. La transe prit fin et ils retrouvèrent le temple.

Ludwig pleura longuement, sous l'œil impassible de l'hüldre, accablé par la souffrance terrible d'avoir échoué si près du but, d'avoir dû renoncer alors qu'il avait sa femme et sa fille devant lui, après avoir attendu ce moment des années durant. Aspëra elle-même admit qu'elle ne comprenait pas vraiment ce qui avait empêché l'Ancien Rite de fonctionner. Elle supposa que l'énergie négative des bulles noires, qui avait envoyé les malheureuses dans l'Interstice, était si grande que même l'Ormänthor, une incantation pourtant puissante, ne pouvait briser leurs entraves arcaniques. Bien que Ludwig la suppliât de chercher une autre solution, elle secoua la tête, paraissant presque désemparée. Selon elle, la quantité de fluide nécessaire pour venir à bout de ces entraves dépassait l'entendement. Un véritable cataclysme ésotérique.

Cet échec plongea Ludwig dans un grand abattement. Si cela n'avait tenu qu'à lui, il se serait enfermé pendant des jours dans ses appartements, à panser ses blessures morales. Il faillit même renoncer à honorer le rendez-vous fixé par Éthelinde. Ce fut Mab qui, lui rendant visite aux premières heures de l'aube, l'aida à surmonter sa souffrance. Se murer dans le désespoir ne donnerait rien de bon, évidemment.

Alors que le palais s'éveillait lentement et que Ludwig se résignait à préparer son bagage, la reine aux cheveux fleuris l'assura que, durant son absence, elle s'efforcerait de convaincre le Haut Conseil de s'impliquer dans la cause des humains, car c'était aussi celle des elvëms, comme l'avait parfaitement exprimé sa remarquable amie alôs. Elle regretta, une fois encore, de ne plus être en mesure de franchir les lysëndelïs, sans quoi elle n'eût pas hésité un instant à aller combattre dans le Monde Naturel. Ludwig frissonna à cette idée ; risquer de perdre Mab après avoir perdu Onéline et Thalie ? Perspective insupportable !

La reine elle-même demeurait perplexe au sujet des portails, car, à l'époque lointaine qui précéda l'Anomalie, elle pouvait les utiliser à sa guise. Il fallait supposer que sa longue captivité dans le Lüalen lui avait fait perdre quelque élément constitutif de son être, nécessaire pour être « accepté » par un lysëndelïs. Peut-être une sorte de lien inné avec les autres mondes que chaque être vivant posséderait naturellement sans même en avoir conscience ? Elle en était réduite à spéculer sur cette question.

« Quoi qu'il en soit vraiment, cela ne change rien, conclut Ludwig. Je ne vois guère de quelle manière tu aurais pu affronter le Hiérophante du *Bog Krovi*. Tu n'es pas une guerrière, mon aimée. »

À ces mots, Mab demeura un long moment silencieuse. Pensive, le regard voilé, comme perdue dans des songes inaccessibles au commun des mortels. Lorsqu'elle reprit la parole, elle le fit par des phrases soudainement décousues et sibyllines, évoquant des concepts impénétrables, parfois dans une langue que ne connaissait pas Ludwig. Déconcerté, celui-ci comprit qu'elle s'était retirée en elle-même comme il lui arrivait de le faire lui aussi dans ce qu'il appelait le « repliement », ne gardant qu'une légère conscience du monde qui l'entourait. Discernait-elle également ces étranges « fils » qui parcourent la trame de toute chose ?

Des phrases éparses qu'elle prononçait, Ludwig devina qu'elle s'interrogeait sur la nature de Vakt. En l'écoutant durant de longues minutes, il comprit qu'elle acquérait peu à peu la certitude que toute la force militaire ou magique de leurs mondes ne suffirait peut-être jamais face à une entité telle que lui. Le nécromant russe était une « négation de tout ». Comment vaincre une telle chose ?

Elle parut alors émerger à demi de sa divagation, puis s'adressa à Ludwig, le regard toujours voilé, d'une voix étrangement désincarnée :

« Toi, *Inüsel*, tu ne peux rien contre la Terreur Rampante, mais la magesse, elle, a un rôle à jouer…

— Lithian ? C'est une érudite, elle ne pourrait…

— Elle est spéciale, poursuivit Mab, comme si elle ne l'entendait pas vraiment.

— Oui, c'est, euh… une personne singulière, en effet…

— Elle recèle… quelque chose d'inexplicable, continua la reine, comme habitée d'une vision soudaine. Je le sens… Cette chose entre en résonance… d'une manière à la fois unique et un peu effrayante… avec les forces fluidiques qui imprègnent la texture des mondes. »

Inquiet devant cette exaltation, inhabituelle chez Mab, Ludwig saisit ses mains et les serra dans les siennes. À ce contact, le regard de la reine se fixa enfin sur lui.

« Mab, mon aimée, que t'arrive-t-il ? » fit-il.

Bien qu'elle semblât de nouveau consciente de son environnement, son trouble n'avait pas complètement disparu.

« Depuis que tu m'as présenté Lithian, reprit-elle, je sens chez elle une différence avec toutes les autres créatures vivantes. Je ne puis l'expliquer, mais cette chose indéfinissable en elle m'attire… tout en me repoussant. Je suis désolée… mes phrases sont dépourvues de sens. »

Ludwig jugea préférable de faire porter la conversation sur un autre sujet moins perturbant pour elle et, une fois qu'il fut prêt, ils se dirent adieu. Toutefois, toujours préoccupé pour sa reine après avoir quitté Sijendäl, il ne cessa de penser à cet échange inhabituel. S'agissait-il d'un simple moment de divagation poétique, comme elle pouvait en avoir parfois, ou d'une vision dont le sens leur échappait ?

Quelle que fût la réponse à cette question, elle allait être donnée maintenant, car, après avoir franchi l'impressionnant cordon de la garde personnelle du Premier consul, Ludwig et Lithian rejoignirent la grande tente de l'état-major devant laquelle Éthelinde les attendait, le visage grave.

Ludwig attacha le *galzan* à un piquet, puis entra dans l'édifice de toile à la suite de la magesse.

ÉTHELINDE

Près de Warloy-Baillon, la Somme, le soir.

Dès qu'elle les aperçut, Éthelinde Ordant s'étonna de la tenue de Lithian et de Ludwig. Par-dessus une sorte de chemise écrue au col carré, le mercenaire portait un manteau bleu clair fait d'une étoffe légère galonnée de fils cuivrés formant de nombreux motifs géométriques entrelacés. Ses chausses bouffantes surmontant de hautes bottes noires lui conféraient une silhouette curieuse. Quant à Lithian, elle n'était vêtue que d'une ample tunique qui aurait vaguement rappelé celle des bonnes sœurs, si ce n'était les teintes vives des innombrables broderies florales qui l'ornaient. Autour de sa taille, elle avait noué la longue cordelette colorée qu'Éthelinde l'avait toujours vue porter depuis leur rencontre un an plus tôt. Hormis cet accessoire, ainsi que le vieux tricorne que Ludwig avait conservé, ces vêtements provenaient de toute évidence de l'Autre Monde.

Cependant, la naturaliste remarqua à peine ces détails tant son attention fut accaparée par l'étrange bête que Ludwig menait par les rênes, en avançant dans sa direction. Elle comprit dans l'instant qu'elle contemplait là une authentique créature de l'*Alter Mundus* !

Une véritable merveille qui mériterait à elle seule plusieurs monographies de zoologie. Si les similitudes avec les chevaux du Monde Naturel frappaient d'emblée – un long dos, plat et cambré, propice à l'installation d'un cavalier, une musculature puissante et une évidente docilité –, d'importantes différences sautaient aux yeux. Ces trois paires de pattes ! À quoi pouvait bien ressembler le squelette qui soutenait un tel nombre de membres ? Et cette peau argentée, presque aussi brillante et réfléchissante que du métal. Éthelinde fouilla rapidement ses souvenirs d'anatomie comparée et ne parvint à songer à aucun animal terrestre qui possédât un cuir similaire. La structure annulaire de son cou n'était pas sans rappeler celle du serpent, et sa tête, petite, plutôt ronde et pourvue d'une touffe d'étranges appendices, évoquait vaguement le museau des taupes à nez étoilé.

Toutefois, bien qu'elle brûlât d'examiner cette merveille animale inconnue sur terre, Éthelinde s'efforça de demeurer impassible en saluant ses amis. Il était à craindre que les moments qui allaient suivre ne se révèlent difficiles et elle ne voulait en aucun cas donner à penser qu'elle prenait les choses à la légère. Aussi, elle laissa Ludwig attacher son incroyable monture et l'invita à pénétrer dans la grande tente. Lorsque Lithian passa devant elle, elle sentit un poids immense l'accabler en croisant son regard. Cette confrontation qu'elle avait choisi de provoquer, elle en ignorait les conséquences sur sa relation avec la magesse. Mais il n'était plus question de reculer. Elle entra dans la tente de l'état-major à leur suite.

À l'intérieur, l'une des nombreuses tables encombrées de cartes de la région ou de longues listes d'effectifs avait été poussée sur le côté et quelques sièges réunis en cercle dans un coin. La nuit étant presque tombée, trois lampes à huile avaient été allumées qui dispensaient une lumière jaunâtre sur les visages des deux seules personnes déjà présentes. Compte tenu de la nature des informations qui seraient peut-être divulguées au cours de cette réunion, Éthelinde Ordant avait jugé préférable d'en limiter autant que possible le nombre de participants.

Irénion Brégante, Premier consul de France, se leva à l'arrivée des nouveaux venus et les salua avec un sourire fatigué. Quant à Roland le Preux, selon ses habitudes bourrues, il se contenta de leur adresser un signe de tête. Bien que sa présence à cette réunion ne fût pas réellement justifiée, il accompagnait désormais Éthelinde partout, prenant finalement au sérieux, surtout depuis qu'elle l'avait tiré de cette bulle noire, le rôle de garde du corps qu'elle lui avait suggéré en plaisantant.

Imitant Lithian et Ludwig, la naturaliste s'installa sur un siège de toile pliant. Roland resta debout, adossé à l'un des poteaux de la tente.

Une fois qu'ils eurent tous pris de leurs nouvelles respectives, Irénion se chargea de leur faire un compte rendu rapide de la bataille hors du commun qui avait fait rage ce jour-là. À la mention du rôle joué par les *djinns*, Ludwig ne put s'empêcher de faire part de sa désapprobation. Selon lui, faire appel à de telles créatures n'était pas sans comporter des risques importants. Irénion s'employa à le rassurer ; le régiment de maîtres-*djinns* du sultan ne comptait nul *éfrit* dans ses rangs, seulement des *qarins* qui, d'après ce qu'il expliqua, possédaient des affinités naturelles avec les humains. La moue du mercenaire indiqua son scepticisme, qui pouvait se concevoir après son expérience de prisonnier des Anglais à Al-Bahariya.

Irénion demanda ensuite à Ludwig s'il pouvait leur parler du voyage extraordinaire qu'il venait de faire dans l'Autre Monde en compagnie de Lithian, mais celui-ci proposa de remettre ce récit à plus tard, lorsqu'ils seraient tous reposés et que la situation serait moins critique. Il prit néanmoins la peine de préciser que, s'il y avait là-bas des forces militaires non négligeables, susceptibles de les soutenir le moment venu, leurs dirigeants n'avaient cependant pas encore arrêté leur décision le jour où il avait quitté *Hursëlïnh*. Par principe, il faudrait donc compter sans eux.

Il leur fallut s'interrompre quelques instants tandis qu'une estafette se présentait avec un message à l'intention du Premier consul, que celui-ci parcourut rapidement, avant de rédiger une brève réponse qu'il cacheta, puis remit au jeune soldat. Il en profita pour demander qu'on leur fasse servir de quoi manger et boire. Dix minutes plus tard, plusieurs plateaux étaient apportés, pourvus de victuailles diverses ; légumes et viande froide, pain et fromage, ainsi que des pots de bière et des pichets de vin. Le tout fut déposé sur une table à côté d'eux. Seul Roland parut avoir assez d'appétit pour se couper une tranche de pain qu'il garnit d'un morceau de bœuf rôti, accompagnée de bière.

« Bien, je crois qu'il est temps d'en venir à l'objet de ce rendez-vous, lança Irénion, dès qu'ils se trouvèrent de nouveau seuls. Éthelinde, je vous laisse prendre la parole. »

L'interpellée inspira longuement. Le poids qui l'accablait depuis l'arrivée de Lithian augmenta encore. Elle s'apprêtait peut-être à briser l'amitié qui la liait à la vieille magesse.

« Merci à tous d'être venus, commença-t-elle lentement. J'ai conscience que l'heure est grave et que cette réunion pourrait bien se révéler une perte de temps si je suis dans l'erreur. Nous sommes tous fatigués de notre voyage, et vous, cher Irénion, je ne puis qu'imaginer votre épuisement après une telle bataille. » En le retrouvant, une heure plus tôt, elle lui avait trouvé les traits si tirés qu'il paraissait vieilli de dix ans. « Cependant, précisément parce que la situation pourrait devenir critique dans les prochains jours, j'ai jugé qu'il fallait en finir avec un doute qui me taraude depuis longtemps, sans avoir jamais osé crever l'abcès. »

Éthelinde s'interrompit, craignant de se lancer.

Lithian, qui l'observait d'un œil noir, visage fermé, s'exclama : « Eh bien, ne tournez plus autour du pot, ma chère ! Je vois bien que l'on m'a tendu un piège en m'attirant ici ! »

Elle adressa un regard lourd de reproches à Ludwig qui, bien que visiblement embarrassé, ne baissa pas les yeux.

« Ludwig n'y est pour rien, reprit Éthelinde, plus déterminée. C'est moi qui lui ai demandé de vous faire venir ici sous un prétexte quelconque, car vous êtes, en effet, le motif de cette rencontre. Comme je sais que vous ne goûtez guère les tergiversations, je ne vais pas emprunter de chemins détournés : pour des raisons diverses, j'en suis venue à penser que, en dépit de toute l'aide précieuse que vous nous avez apportée depuis le début, vous ne vous êtes jamais montrée pleinement honnête avec nous. Je ne vous accuse pas de nous avoir menti, mais de nous avoir celé certaines de vos connaissances concernant des sujets cruciaux, ainsi qu'une partie de votre passé.

— Nul ne dit jamais tout de lui-même ! rétorqua la magesse en haussant les épaules.

— Malgré tout le respect que je vous porte, Lithian, je crains que vous ne fassiez semblant de ne pas comprendre. Je vais donc clarifier mon propos. Pour commencer, j'ai par moments le sentiment que vous possédez un savoir unique – même pour un membre des *Magi Karoli Magni* – sur de nombreux sujets qui sembleraient absolument mystérieux aux yeux des plus grands érudits de ce temps, et que vous employez parfois un vocabulaire scientifique des plus étranges. Par ailleurs, vous donnez souvent l'impression de soigneusement peser ce que vous choisissez de nous révéler et ce que vous préférez garder pour vous. »

Paraissant aussi irritée que mal à l'aise, Lithian maugréa :

« Voilà qui est bien vague ! Il va falloir vous montrer plus précise !

— Ensuite, continua Éthelinde sans tenir compte de l'interruption, bien que vous preniez toujours garde de ne pas évoquer votre vie passée, il m'est arrivé de percevoir de légères incohérences dans les bribes que vous laissiez échapper, notamment sur votre famille. À plusieurs reprises, vous avez mentionné deux enfants, des filles, dont vous parlez en des termes qui laissent penser que vous les avez perdues ; pourtant, je vous ai entendue au moins une fois vous demander ce qu'elles étaient devenues… Si vos filles sont encore vivantes, qu'est-ce qui vous empêche d'aller les retrouver…

— Mademoiselle Ordant, coupa vivement Lithian, cela ne vous regarde en aucune manière !

— … et si elles sont décédées, comment pourraient-elles avoir un avenir que vous ignorez ?

— Cela n'a aucun sens ! »

Éthelinde n'avait pas le souvenir d'avoir déjà vu Silja Lithian se mettre en colère. Elle poursuivit néanmoins :

« Quant à Vakt, dès que nous avons commencé à recueillir quelques informations à son sujet, vous avez tout de suite tenu à en apprendre davantage sur lui, à un moment où, pourtant, tout le monde était concentré sur Élégast. Dans les instructions préliminaires que vous avez données à l'agente Catherine Lavoisin, envoyée par Irénion, vous avez notamment demandé à obtenir une description physique de lui, et mentionné des détails étrangement précis, comme le fait qu'il pourrait posséder des capacités particulières, telles que projeter des “appendices” hors de lui-même. Par la suite, il vous est arrivé d’évoquer un nom en particulier, “Jorandi”, sans jamais expliquer de qui il s’agissait ni pour quelle raison il vous intéressait. Puis, un jour, lorsque votre vieil ami, Benedikt Magnússon, vous a rendu visite, je vous ai entendue exprimer l’hypothèse que Vakt puisse être ce Jorandi, que vous sembliez avoir très bien connu… »

Jusqu’alors simplement courroucée, Lithian parut soudain outrée, blessée même.

« Oh, dit-elle froidement, vous écoutez les conversations privées, maintenant ? »

À ce ton, qu’elle ressentit comme un jugement, l’embarras d’Éthelinde s’aggrava et elle jeta un bref coup d’œil à ses camarades. Décontenancés par la tournure de leur échange, ils ne les quittaient pas du regard.

En dépit de la tension palpable qui s’était installée, Éthelinde devait aller jusqu’au bout.

« Durant cette discussion avec Benedikt – que j’ai surprise par, euh… hasard –, je vous ai entendue évoquer un “passé secret”, que vous n’aviez confié qu’à lui, et mentionner des “concepts impossibles”. Plus étrange encore, vous lui avez affirmé vous sentir en partie *responsable* des “perturbations majeures de cette époque” ! »

Éthelinde s’interrompit, mais Lithian demeura silencieuse, le regard sombre.

Comme gêné d’intervenir dans ce qui ressemblait presque à une querelle personnelle, Ludwig s’éclaircit la gorge avant de dire : « Magesse, je ne nourris pas à votre égard de soupçons aussi précis qu’Éthelinde, toutefois, je dois admettre que j’ai souvent été troublé par votre capacité à distinguer les auras. Vous avez vous-même admis à demi-mot disposer de cette faculté. De plus, Mab elle-même m’a confié avoir remarqué que vous étiez “différente”, quoi que cela puisse signifier. Mettez-vous à notre place, Lithian, nous sommes obligés de nous interroger. Si vous disposez de talents particuliers, voire d'un certain *spiriti aestus*, pourquoi le dissimuler ? Êtes-vous capable de pratiquer une forme de magie ? »

La vieille femme ne répondait toujours pas, comme si elle avait choisi d'encaisser ces accusations en se murant dans le silence. Un bref coup de vent fit claquer la toile de la vaste tente et Irénion se redressa sur son siège, comme par crainte de s'assoupir.

« Lithian, fit-il de son habituel ton calme, mais ferme, toutes ces questions méritent de votre part des réponses, ne croyez-vous pas ? »

Cette intervention fut de toute évidence la goutte de trop pour la magesse. Elle se leva d'un bond et s'écria, furieuse : « Quel réquisitoire ! Après tout ce temps, après tout ce que j'ai fait pour vous tous, après toute l'aide que je me suis efforcée d'apporter à vos causes respectives ! (Elle pointa Éthelinde du doigt.) Après que je vous ai proposé de prendre la tête de notre ordre ! Voilà toute votre reconnaissance ? »

La naturaliste se sentit piquée par cette remarque.

« J'ose espérer que vous ne m'avez pas fait cette proposition que pour m'amadouer et détourner mes soupçons, grinça-t-elle, agacée. C'est justement parce que je vous ai fait confiance depuis le début que j'ai si longtemps gardé pour moi mes doutes à votre égard. Si je croyais un instant que vous n'êtes pas notre amie, j'aurais demandé à Irénion de vous mettre aux arrêts sans l'ombre d'une hésitation ! »

Prenant soudain conscience que cette clarification qu'elle avait provoquée risquait de se transformer en dispute stérile, Éthelinde fit un effort sur elle-même pour se calmer et tâcha d'adoucir son ton.

« Sous vos dehors revêches, j'ai appris à vous connaître, Silja, et à apprécier en particulier vos qualités humaines. Je sais que vous avez eu plusieurs vies, et probablement que certaines n'ont pas toutes été faciles. Je sais que vous vous étiez éloignée des affaires du monde et que nous vous avons tirée de cette retraite alors que vous n'aviez rien demandé.

Par ailleurs, mon père vous portait en très haute estime et, pour moi, cela vaut toutes les garanties. »

Elle observa une brève pause par retenue, afin d'éviter que l'on s'aperçoive que sa voix s'était mise à trembler ; l'évocation de son père lui avait procuré une soudaine émotion, et elle comprit que Lithian la partageait. Ah, au diable leurs fiertés respectives ! Pourquoi ne pas se contenter d'exposer leurs arguments et d'échanger leurs points de vue de manière factuelle, comme tout scientifique le ferait ?

« Lithian, reprit-elle sur un ton plus apaisé, il est inutile de nier que vous nous cachez quelque chose d'important. J'ai longtemps fait semblant de l'ignorer, cependant, après que la reine Mab a formulé cette remarque à votre propos, il me fallait en avoir le cœur net. Surtout en ce moment critique, à la veille de notre possible anéantissement... Alors, je vous le redis, Silja, je n'imagine pas un instant que vous soyez une traîtresse, mais, tandis que nous vivons peut-être les heures les plus sombres de l'humanité, vous nous devez la vérité, pleine et entière. »

À ces paroles, et peut-être parce qu'Éthelinde venait d'oser exposer ses sentiments, la carapace de Lithian se brisa subitement. Ses épaules s'affaissèrent et elle recula jusqu'à son siège, dans lequel elle se renfonça. Là, elle se prit la tête entre les mains et laissa échapper un sanglot.

Brusquement confuse d'avoir ainsi bouleversé son amie, Éthelinde dut refréner l'envie de se lever et de la serrer dans ses bras ; elle sentait que ce n'était pas ce que désirait la magesse à ce moment.

« Je... suis désolée, Lithian, balbutia-t-elle. Je me suis sans doute montrée trop dure avec vous. Mes soupçons ne justifiaient pas de... Si vous le souhaitez, nous pouvons ajourner cette réunion et rependre plus tard, le temps que...

— Non, fit Lithian d'une voix neutre. C'est vous qui avez raison. »

Elle releva la tête et sécha ses joues du revers de sa manche. Sur ses traits pouvait se lire la marque d'une grande lassitude, mais également d'un certain apaisement. Elle expira longuement avant de reprendre.

« Au fond, je n'en puis plus moi-même de toutes ces années de dissimulation… » Sa voix n'était qu'un filet à peine audible. « Plus le temps passait et plus cela m'était difficile à supporter. Même après tant années, je n'ai jamais réussi à admettre avoir été complice de cette folie… »

Un long et lourd silence suivit ces paroles.

« "Complice" ? reprit enfin Irénion. Diable, voilà un mot que je n'emploierais pas à la légère si j'étais vous. Expliquez-vous, Lithian. »

La magesse hocha lentement la tête. Elle paraissait plus âgée que jamais.

« Je vois que mon mutisme a fissuré la confiance que vous aviez placée en moi. Il est temps d'en finir avec tous ces non-dits délétères. Je suis quelqu'un de pudique, qui n'aime guère étaler ses sentiments, mais… vous êtes, tous ici, les personnes les plus dignes de respect que j'aie rencontrées dans cette époque et probablement désormais mes seuls amis en ce bas monde. Donc, je tiens à ce que vous sachiez que, si je ne vous ai pas tout révélé à mon sujet, ce n'était pas par défiance, ou encore moins parce que je m'apprêtais à vous trahir, mais parce que j'avais… honte. »

La gorge nouée, il lui fallut s'interrompre de nouveau.

Ludwig lui proposa un verre d'eau, qu'elle refusa. Elle se leva et se servit du vin à la place. Éthelinde ne se souvenait pas de l'avoir déjà vue boire de l'alcool. Profitant de cette pause, Irénion alluma sa bouffarde et des filaments de fumée s'étirèrent jusqu'aux halos de lumière des lampes à huile.

Le cœur d'Éthelinde battait vite. Elle n'osait reprendre la parole de peur de dissuader Lithian de poursuivre. Lorsque celle-ci eut avalé plusieurs gorgées de vin, elle se retourna vers eux et respira un grand coup, comme pour se donner du courage.

« Je suis moi-même une déplacée temporelle », dit-elle enfin.

Éthelinde s'exclama intérieurement : *Je le savais !*

Cependant, à l'expression qui s'afficha sur leurs visages, il était clair que ses camarades n'avaient jamais envisagé cette hypothèse. Ludwig ouvrit la bouche pour parler, mais la magesse l'arrêta en levant la main.

« Je suis une déplacée temporelle, mais pas comme vous, Ludwig, ni comme Roland ou Élégast. Je ne suis pas une *persona absens a suo tempore.* Ce n'est pas l'Anomalie provoquée par Charles Ordant qui m'a tirée de mon époque. C'est un autre phénomène, antérieur… Enfin, antérieur *pour moi.* De toute façon, le terme n'a guère de sens dans ce contexte, car le phénomène, que j'appelle "l'Incident", est une expérience qui a mal tourné. Une expérience réalisée dans… l'avenir. »

Cette fois, Irénion sortit de sa sidération et s'écria : « Vous venez de l'avenir ? Par Jupiter, voilà qui dépasse mon entendement ! »

Éthelinde, quant à elle, accusa le coup. Si elle avait déjà envisagé l'hypothèse que Lithian fût une déplacée temporelle, elle avait toujours postulé qu'elle provenait, comme toutes les autres *persona absens* connues, du passé. Cette révélation était proprement stupéfiante ! Cependant, son esprit pragmatique se remit rapidement en marche.

« De *quand* venez-vous ? » demanda-t-elle.

Après avoir réfléchi un bref instant, la vieille magesse répondit : « Il est préférable que je ne vous le divulgue point. (Anticipant des protestations, elle leva la main une nouvelle fois afin qu'on la laisse poursuivre.) N'y voyez pas de ma part une intention maligne de vous cacher quoi que ce soit – nous n'en sommes plus là. Vous devez simplement comprendre que les questions touchant aux déplacements temporels sont on ne peut plus délicates. Il faut faire très attention. Tout ce que je peux faire ou dire ici, en 1816, avec la connaissance que je détiens de l'avenir, peut engendrer des perturbations considérables dans les années qui suivront, y compris à longue échéance. Voilà la principale raison pour laquelle je me suis toujours rigoureusement abstenue d'en parler avec qui que ce soit. Ma simple présence ici, dans cette époque, a déjà profondément modifié la trame du temps et je m'astreins à tout faire pour éviter d'aggraver les choses. »

Les trois hommes s'entreregardèrent, comme pour partager leur incompréhension, mais Éthelinde commençait à entrevoir où Lithian voulait en venir.

« Vous ne devriez pas être ici et, surtout, *maintenant*..., énonça-t-elle lentement, réfléchissant à voix haute. Donc, chacun de vos actes entraîne nécessairement des modifications dans cette époque qui, même mineures, peuvent se traduire en conséquences majeures après des décennies, voire... des siècles, si toutefois l'éloignement de l'époque d'où vous venez se compte en siècles. »

Comme Lithian s'abstint de démentir, Éthelinde supposa que c'était le cas.

« Voilà pourquoi vous viviez en recluse en Suisse, conclut la naturaliste. Loin de tout et de tout le monde, vous couriez moins le risque de déstabiliser le temps.

— Pour cette raison, en effet, ainsi que par culpabilité pour ce que j'avais fait.

— Lors de notre rencontre, intervint Ludwig, vous avez prétendu que c'était la campagne d'assassinats d'érudits menée par Élégast qui vous avait poussée à vous exiler.

— Cela a joué dans ma décision. Mais, avant tout, je ne supportais plus de voir ce que le monde devenait par ma faute. »

Irénion fronça les sourcils et changea de position sur son siège.

« Le monde ? Vous affirmez avoir perturbé notre présent à une telle échelle ? fit-il. De quoi est-il question, au juste ? Les guerres napoléoniennes, par exemple, ont-elles eu lieu dans votre, euh... version du temps ? L'Empire français a-t-il existé là d'où... de *quand* vous venez ?

— Je le répète : je ne puis répondre à ces questions.

— Bigre, magesse, bougonna le Premier consul, je respecte votre sens du devoir, mais il est fort déstabilisant d'imaginer que j'ai bâti toute ma vie dans un empire que vous avez peut-être involontairement *créé* par votre simple présence dans notre temps ! Tout cela ne serait que du sable en fin de compte ? Tous ces combats sont-ils si vains ? »

Il plongea son regard dans celui de Lithian qui céda un peu de terrain.

« L'empire de Napoléon a bien existé dans mon temps également, concéda-t-elle. Je ne prends guère de risque à reconnaître cela, je pense. Mais ne gaspillez pas votre salive à en demander davantage, je n'irai pas plus loin. »

Comme Irénion se renfrognait, Éthelinde décida qu'il fallait ramener la discussion sur son sujet central.

« Si vous n'avez pas été déplacée par l'Anomalie, que vous est-il arrivé ? Qu'est-ce que cet "Incident" dont vous parlez ? »

Son verre étant vide, Lithian le remplit de nouveau et retourna s'installer dans le fauteuil pliant.

« Cela va être très compliqué à expliquer en termes profanes, et sans révéler des concepts que nul n'est censé connaître à l'époque présente...

— Je le conçois, mais il vous faut pourtant aller au bout. Les enjeux sont trop élevés, vous le savez. »

Lithian opina lentement en regardant au loin, par l'ouverture de la porte de la tente, roulée et attachée en hauteur. Dehors, la nuit était noire et le camp militaire, endormi, ne résonnait plus que de hennissements ou d'aboiements sporadiques. À l'intérieur de la grande tente d'état-major, deux des lampes à huile s'étaient éteintes, et la seule qui brûlait encore n'éclairait que faiblement les visages.

Lithian se lança finalement : « Dans le temps d'où je viens, j'étais... enfin, je serai... ah, c'est trop compliqué, je vais parler au passé, puisque après tout, pour moi, c'est du passé. Dans le temps d'où je viens, j'étais une jeune scientifique de très haut niveau, chercheuse en "physique fondamentale". » Devant le haussement de sourcils d'Éthelinde, elle précisa : « D'ici quelques décennies, l'amélioration des instruments de mesure mènera à la découverte de, euh… limitations à certains grands principes de la physique définis par Newton, et nécessitera d'inventer de nouveaux champs de recherche, à mi-chemin entre l'expérimentation et les mathématiques pures. Bref, je travaillais dans un laboratoire en Suède sur des applications pratiques de certaines de ces découvertes théoriques. Nous avions notamment acquis la capacité de mettre en œuvre une ingénierie au niveau moléculaire, c'est-à-dire de construire des machines si petites qu'elles étaient invisibles à l'œil nu. »

Éthelinde, qui peinait elle-même à suivre Lithian, songea que les trois autres devaient nager dans une totale incompréhension. Elle tâcha de clarifier ces concepts pour eux :

« La matière est constituée de grains extraordinairement petits, nommés atomes, dit-elle, même si cela n'a pas encore été démontré de manière irréfutable. (Bien qu'elle jetât un rapide coup d'œil à Lithian dans l'espoir que celle-ci confirme que la preuve en avait été donnée dans l'avenir, la magesse demeura impassible.) Ces grains s'organisent entre eux en éléments plus grands, appelés *molecula* – "petite masse" –, mais tout de même de taille si réduite que, pris séparément, vous ne pourriez les voir à l'œil nu. Un savant italien du nom d'Avogadro l'a conjecturé de manière convaincante, il y a quelques années à peine.

— Je ne vais pas entrer dans le détail, reprit Lithian. Cela serait trop complexe et, encore une fois, je ne veux pas influer sur cette époque plus que nécessaire. Sachez cependant que nous avions réussi à créer des machines de taille moléculaire, nommées "nanites", de minuscules auxiliaires dont le rôle était d'entretenir le corps humain de l'intérieur. En effet, une fois ces machines menues injectées dans le sang d'un individu, elles avaient pour tâche, de manière totalement autonome, de surveiller la santé de celui-ci et de réparer tout problème infectieux ou traumatique qui pouvait l'affecter. Il ne s'agissait pas de chercher à devenir immortel, mais de vivre bien plus longtemps, et en parfaite santé jusqu'au bout. Ces nanites pouvaient se répliquer et s'entretenir elles-mêmes, toutefois, leur énergie s'épuisait rapidement si on les sollicitait beaucoup ; alors, il fallait soit attendre qu'elles se rechargent seules, grâce aux influx électriques naturels du corps et au fer présent dans le sang, processus fort lent, soit les recharger à l'aide d'un dispositif extérieur. »

C'était à peine croyable pour Éthelinde. En quelques phrases, Lithian venait d'évoquer tant de prodiges qu'elle eût donné n'importe quoi pour découvrir une telle époque !

Le crâne auréolé de la fumée bleuâtre s'échappant de sa pipe, Irénion s'interrogea :

« Que signifie "leur énergie s'épuise" ou encore "se recharger" ? Soyez plus claire, je vous prie. Mettez-vous à notre humble niveau.

— Une fois de plus, je ne puis trop entrer dans le détail, rétorqua la magesse. Disons que, pour procéder par analogie avec un dispositif que vous connaissez, le parlant-à-distance a besoin de l'énergie fluidique d'un cristal pour fonctionner et, lorsque le fragment de celui-ci, contenu dans le tube, est entièrement désagrégé, vous "rechargez" le parlant-à-distance en remplaçant ce fragment par un nouveau.

— Dans votre époque, tout le monde bénéficiait-il de ces "nanites" ? demanda Éthelinde.

— Non, tout cela était très expérimental, même au sein du laboratoire dans lequel je travaillais. Bien que ce fût un peu imprudent compte tenu du peu de perspective que nous avions sur leur fonctionnement, j'avais décidé de me les injecter, suivant ainsi l'exemple de mon directeur de recherche. Nous voulions pouvoir constater de nous-même comment les nanites pourraient non seulement surveiller notre santé, mais aussi… améliorer d'autres capacités… En effet, comme nous l'avions supposé, nous nous sommes bientôt aperçus que les nanites, au-delà des fonctions pour lesquelles elles étaient conçues, aiguisaient également nos sens. La vue, l'ouïe, l'odorat… Nous avions désormais accès à des perceptions supérieures à celles d'un humain normal. Mes oreilles me transmettaient des fréquences d'ordinaire impossibles à entendre et mes yeux me montraient des longueurs d'ondes hors du spectre visible, y compris certaines ondes radio qui, euh… pardon, oubliez cela. »

Ludwig hocha lentement la tête :

« Vous pouvez voir des choses que les humains normaux ne voient pas ? Voilà qui explique les auras, n'est-ce pas ?

— Il m'a fallu du temps pour comprendre de quoi il s'agissait. Dans l'époque dont je suis issue, nul ne possédait d'aura fluidique. Je n'en avais jamais observé chez quiconque. En revanche, ici… enfin, lorsque je suis arrivée dans ce temps, en 1782, j'ai tout de suite remarqué que certaines personnes luisaient à mes yeux d'une manière étrange. Comme si un lien profond avec la nature et les forces invisibles qui la traversent existait encore chez certains individus, avant de se perdre irrémédiablement au fil des siècles. Et il est probable que, en des époques toujours plus reculées, les auras aient été encore plus manifestes. Comme celle dont vous brillez, Ludwig, par exemple. Lorsque je vous ai rencontré la première fois… Je n'avais jamais vu cela. Il me serait très difficile de vous la décrire. Les mots du langage courant y suffiraient à peine. À mes yeux, vous êtes constamment nimbé d'étranges irisations colorées rappelant celles de la nacre, parcourues d'ondulations pulsatiles dont le rythme varie en fonction de votre humeur. À certains moments, ce halo s'assombrit inexplicablement et devient, euh… inquiétant – je ne trouve pas d'autre terme. Lorsque nous sommes allés dans l'*Alter Mundus*, j'ai pu constater que ce phénomène était encore plus marqué chez les *elvëms*. Quant à la reine Mab, son aura est… indescriptible. Éblouissante. »

En entendant cela, Ludwig ne put retenir un sourire. De toute évidence, cette extraordinaire Mab lui faisait un effet similaire, même s'il ne pouvait distinguer son aura.

Éthelinde revint un peu en arrière dans la discussion : « Vous avez précisé que votre "directeur de recherche" s'était injecté des nanites lui aussi. Je suppose qu'il s'agissait en quelque sorte de votre "maître" ? »

La vieille magesse, mal à l'aise, se contenta d'acquiescer de la tête.

« Et ce maître, c'était Jorandi, n'est-ce pas ? »

Cette fois, Lithian demeura figée, incapable de se résoudre à confirmer l'évidence.

« Seigneur…, souffla Éthelinde, atterrée par les implications de ce qu'elle entrevoyait. Vous avez travaillé avec Vakt… »

À ces mots, les autres s'agitèrent.

Au loin, le sourd hululement d'une chouette s'éleva auquel un chien réagit d'un hurlement lugubre, avant qu'une réprimande de son maître ne le réduise au silence. Le calme revint.

« Confirmez-vous que Vakt et ce Jorandi avec lequel vous avez travaillé ne font qu'un ? demanda enfin Irénion, non sans une certaine sévérité.

— Je l'ai longtemps soupçonné sans en avoir la certitude, répondit Lithian, presque dans un murmure. J'en suis désormais convaincue.

— Et vous nous avez caché une information aussi importante ? »

Le ton d'Irénion s'était fait moins amical. Il avait clairement posé cette question comme le chef d'une armée en guerre contre Vakt.

« Laissez-moi m'expliquer, fit Lithian, mâchoires serrées. Vous comprendrez bientôt pourquoi il ne m'était pas aussi facile de le révéler que vous semblez le penser. »

IRINA

Près d'Albert, la Somme, la nuit.

Irina Uliatine abaissa le bras et l'homme s'écrasa durement sur le sol de terre battue.

« Pitié, Votre Altesse..., geignit-il. Je jure... que cela ne se reproduira pas... »

La concubine du Seigneur de l'Abîme venait d'interrompre la torture qu'elle faisait subir au commandant en chef des armées russes déployées en France. L'homme, un aristocrate issu d'une des meilleures familles de la cour impériale, était nu et dégoulinait de sang par les innombrables lacérations qu'Irina lui avait infligées près d'une heure durant. La terre desséchée et poudreuse dans laquelle il était contraint de se vautrer maintenant devait pénétrer ses plaies et aggraver sa douleur.

« En effet, cela ne se reproduira point, lâcha l'impératrice, car je vais nommer quelqu'un d'autre à la tête de mon armée. Un officier compétent, cette fois, capable de venir à bout de ces maudits Français ! »

Le commandant, toujours râlant, tenta de se redresser sur un coude. L'enveloppe humaine est si fragile, songea Irina en le regardant. Pathétique ! Elle ne put s'empêcher d'admirer ses propres bras, détaillant la splendeur des excroissances osseuses striées qui jetaient des reflets luisants dans la lumière des trépieds allumés. Elle n'était pas encore pleinement habituée à la seconde paire de membres qui se développait sur ses flancs, plus fins et possédant davantage d'articulations, mais, bientôt, ils lui seraient aussi naturels que les premiers.

« Nous avions correctement... prévu leur manœuvre fourbe..., fit le commandant en crachant du sang et de la terre mêlée. Les bataillons de la Faction rouge... que j'avais disposés à l'avance… dans les bois… nous ont presque permis… de l'emporter… »

Uliatine avait horreur que l'on se justifie devant elle. C'était faire insulte à son intelligence.

Aiguillonnée par la colère, elle tendit de nouveau la main droite et l'homme se souleva encore une fois jusqu'à se trouver suspendu dans le vide, à trois pieds du sol, tête en bas.

Hormis les gardes qui se tenaient à la porte d'entrée du bâtiment, nul ne pouvait les voir. Lorsque le camp militaire avait été dressé après leur fuite devant les Français, elle avait ordonné que sa tente fût installée à l'intérieur d'une vaste grange, réquisitionnée et préalablement vidée. Face à la tente, un large espace dégagé lui permettait de punir le commandant en toute tranquillité, sans que le reste de l'armée en soit témoin. Aussi puissante et incontestée que fût l'impératrice, il était préférable que les soldats ne puissent assister à ce petit divertissement. Une souveraine ne devait pas s'abaisser à exécuter les châtiments elle-même. Et surtout, elle n'était pas censée y prendre du plaisir.

« Je vous demande… pardon, Votre Altesse…, parvint à articuler le commandant, d'une voix rendue rauque par sa position. Veuillez m'excuser… de ne pas avoir su… me montrer à la hauteur de vos ordres…

— Croyez-moi, mon cher, soupira-t-elle, tous les regrets du monde ne sauveront pas votre tête. »

Nouveau mouvement de la main et le corps du commandant se contorsionna violemment, lui arrachant un cri de douleur. Tant de sang s'échappait de ses blessures que le sol de terre de la grange en était noirci, rendu presque boueux. Dès le début de la séance, elle avait arraché ses vêtements à distance, afin de l'humilier, bien sûr, mais surtout de profiter pleinement du spectacle des lacérations qu'elle lui infligeait.

« Je vous en… supplie… », gémit-il de nouveau.

Irina tendit un doigt, presque griffu désormais, et dessina de loin une ligne sur la cage thoracique du commandant, s'amusant à serpenter entre ses côtes et autour de son ventre flasque, ouvrant au fur et à mesure un profond sillon à vif, laissant voir les chairs et les vaisseaux sanguins éclatant les uns après les autres. Le commandant hurla tout du long puis s'interrompit d'un coup tandis qu'un gros bouillon écarlate jaillissait de sa bouche, le faisant s'étouffer à moitié. Un sifflement se fit entendre, comme un soufflet actionné dans le vide.

« Oh, navrée, mon cher, s'exclama Irina, je crois que j'ai perforé l'un de vos poumons. »

Elle laissa retomber lourdement le commandant au sol où celui-ci fut pris d'une violente toux, crachant à chaque quinte des jets de sang sur la terre. Heureusement qu'Irina se tenait à dix pas ; sa robe noire brodée de symboles en Langue Ancienne était à l'abri des excrétions de ce cloporte.

« J'implore... la miséricorde... de Son Altesse, pleurnicha le commandant en cherchant son souffle entre chaque mot. Nul n'aurait... pu prévoir... l'apparition de... ces génies... »

En réalité, quelqu'un *aurait dû* le prévoir : Irina elle-même. Si elle avait pris soin de maintenir chez l'ennemi un réseau d'espions digne de ce nom, comme elle s'y entendait à le faire autrefois, elle aurait nécessairement su que le sultan préparait un tour sournois. Or, ses nouveaux centres d'intérêt lui avaient fait négliger cet aspect des choses. Les immenses pouvoirs qu'elle détenait désormais, aussi bien politiques, militaires que magiques, accaparaient ses pensées. Elle en jouissait comme d'un opium, et cette dépendance l'avait rendue vulnérable. Avoir été si facilement mystifiée par les Français rendait la défaite encore plus cuisante.

Quelqu'un devait payer pour ce revers. Le commandant en chef n'était-il pas le premier responsable de la fortune d'une bataille ? Le désigner comme tel permettait à Irina de passer sa colère sur quelqu'un et, surtout, de présenter un coupable idéal le moment venu, lorsque Vakt lui demanderait des comptes. Car l'arrivée du Hiérophante du *Bog Krovi* était imminente. Et l'impératrice savait fort bien qu'elle se trouverait alors face à lui dans une position similaire à celle du commandant actuellement…

« La qualité première d'un chef des armées est de savoir s'adapter à toutes les situations, répondit-elle finalement. Voudriez-vous que l'ennemi vous communique son plan de bataille à l'avance ? »

Cette ironie ne servait qu'à masquer sa mauvaise foi. Elle avait elle-même été stupéfaite de voir surgir ces créatures qu'elle croyait mythiques, et il lui avait fallu un certain temps – bien trop long – pour comprendre qu'ils devaient se débarrasser des soldats turcs reliés aux ombilics. Plus facile à dire qu'à faire compte tenu des redoutables janissaires qui les protégeaient. Soudainement affolée, craignant une débandade, elle avait ordonné le repli. Le commandant en chef lui avait enjoint de poursuivre l'assaut, l'assurant que la victoire était à portée, mais elle ne l'avait pas écouté. Qui sait si ce fieffé insolent n'avait pas eu raison, après tout ?

Quant aux *djinns*, comment était-il possible qu'elle n'eût pas décelé leur présence à l'avance ? Ses nouveaux pouvoirs auraient dû lui permettre de percevoir des auras aussi puissantes, même de loin, y compris jusque dans le camp ennemi ! Irina ne s'était jamais intéressée aux génies orientaux et ignorait tout d'eux. Il fallait croire qu'ils ne procédaient pas du même fluide que l'Art Obscur, sans quoi, elle les eût remarqués avant leur apparition, s'épargnant ainsi un important revers militaire.

Alors que le commandant en chef essayait de parler sans parvenir à d'autres résultats que déclencher des toux sanglantes, l'impératrice le souleva de nouveau. Épuisé et affaibli, l'homme cessa soudain de lutter pour sa survie. Tel un cerf blessé à mort qui renonce à fuir et se couche devant la meute, il avait abandonné tout espoir. La torture perdit aussitôt tout intérêt aux yeux d'Irina. Le moment était venu d'en finir. Dans un craquement écœurant de côtes brisées, qui fit sursauter les gardes de l'entrée, qui pourtant en avaient vu d'autres, Irina ouvrit à distance le thorax du commandant en chef et en extirpa le cœur encore palpitant. Les artères se déchirèrent, déversant d'incroyables quantités d'un sang rouge vif. Lorsque toute vie quitta définitivement sa victime, elle laissa choir le corps et le cœur inerte dans la mare écarlate.

Cette séance de torture n'avait certes résolu aucune de ses difficultés, mais elle lui avait au moins permis de dissiper une partie de l'immense frustration que la défaite lui avait causée.

C'était déjà le troisième commandant en chef qu'elle tuait en un mois. En principe, plus aucun officier n'aurait dû accepter cette position, compte tenu du risque d'y laisser la vie à brève échéance. Pourtant, nul ne se hasardait à refuser. Voilà toute la beauté du pouvoir tyrannique, plus personne n'ose se dresser face à vous. Cependant, bien qu'elle jouît de cette situation, l'impératrice savait qu'il lui restait encore une marche avant d'accéder réellement à la domination absolue. Pour le moment, il existait encore une personne devant laquelle il lui fallait s'incliner. Irina était devant Vakt comme ce commandant était devant elle : impuissante. Soumise à sa volonté.

Malheureusement, elle n'avait toujours pas trouvé le moyen de se débarrasser de celui-ci et de prendre sa place. Le Seigneur de l'Abîme constituait un adversaire d'une autre envergure que Nicolas Pavlovitch Romanov l'avait été. Surtout depuis qu'il était capable de se déplacer dans son enveloppe charnelle, si monstrueuse que même Irina en était révulsée.

Lorsqu'il serait là, il faudrait lui rendre compte de la retraite honteuse du jour, qui n'allait pas le satisfaire. Irina craignait la colère de son « époux ». Et elle ne se faisait aucune illusion sur leur union. L'hypothétique attirance qu'elle avait un temps espéré exercer sur la part masculine qui subsistait – peut-être – en lui ne suffirait sûrement pas à la sauver. Si Vakt ne voyait plus d'utilité à lui laisser la marge de manœuvre dont elle disposait, il ferait d'elle une marionnette sans hésiter. À cette idée épouvantable, il lui sembla que les auxiliaires présents dans son sang la démangeaient soudain.

L'impératrice demeurait pensive, cherchant mentalement quel autre officier supérieur elle pourrait blâmer pour ses propres erreurs de jugement, afin d'offrir à Vakt un coupable encore en vie, lorsqu'un enseigne se présenta à l'entrée de la grange. Une fois autorisé à entrer, le jeune homme faillit défaillir à la vue de la masse sanglante gisant au sol.

« Votre Altesse, fit-il d'une voix étranglée, le chef de la garde m'a chargé de vous prévenir qu'une certaine Evdokia Sverela venait de se présenter au camp, avec une prisonnière ! »

Une intense stupéfaction saisit Irina.

Evdokia ? Par exemple !

Elle qui pensait ne jamais revoir l'agente spéciale après sa trahison ! Quelle mouche piquait donc celle-ci de se livrer à elle ?

« Qu'on l'amène devant moi, ordonna-t-elle.

— Votre Altesse, d'après le chef de la garde, il serait imprudent de la recevoir, pour votre sécurité… »

Furieuse, Irina souleva à distance le jeune homme du sol et, d'un geste, l'expédia par l'encadrement de la porte trente pieds plus loin.

« C'est de *moi* qu'il convient d'avoir peur, imbécile ! tonna-t-elle d'une voix que sa stature rendait caverneuse. Menez-les ici, sans délai ! »

Près de Warloy-Baillon, la Somme, la nuit.

Chacun demeura coi tandis que Silja Lithian rassemblait son courage avant de continuer.

Révéler qu'elle avait connu Vakt et travaillé avec lui dans le temps d'où elle prétendait provenir avait jeté un froid.

Elle posa les mains sur les accoudoirs du fauteuil et se leva pesamment, comme accablée par la culpabilité, et se mit à faire les cent pas, lentement. Chacun la suivait du regard dans la lueur tremblotante de la dernière lampe allumée.

« À cette époque, Vakt s'appelait Jorandi Montero, commença-t-elle. Bien que son nom de famille fût Montero, il était devenu une telle célébrité que tout le monde l'appelait familièrement Jorandi. Un scientifique d'origine argentine, sans conteste le plus grand de son temps, un nouvel Einstein, hum... pardon. L'homme le plus brillant qu'il m'ait été donné de rencontrer, mais malheureusement doté d'un tempérament instable, colérique et, comment dire, affligé de tendances mégalomanes. Cependant, même si j'avais conscience de ces traits de caractère fâcheux, je fermais les yeux, car il obtenait des résultats impressionnants, volant de découverte en découverte. Vous ne pouvez imaginer à quel point je regrette de ne pas avoir vu que j'avais affaire à un authentique sociopathe, euh... il s'agit d'un trouble de la personnalité qui rend indifférent aux règles sociales et aux sentiments des autres. J'étais aveuglée par son génie scientifique, car je plaçais le progrès de la connaissance au-dessus de tout. »

Éthelinde se sentit particulièrement embarrassée par cette dernière remarque en prenant conscience qu'elle partageait cette façon de voir les choses. Aurait-elle tort ? Manqueraitelle de jugement elle aussi dès lors qu'il serait question de la quête du savoir ?

« En suivant inconsidérément Jorandi dans ses recherches, poursuivait Lithian, y compris les plus contestables d'un point de vue éthique, j'ai commis une erreur que beaucoup d'autres savants ou ingénieurs ont commise avant moi, parfois pour le pire : penser qu'une innovation scientifique ou technique représente nécessairement un progrès humain.

— Si vraiment ces nanites pouvaient améliorer la vie des gens, fit remarquer Éthelinde, alors il s'agissait sans conteste d'un progrès humain. »

Comme si marcher l'aidait à avancer dans ce récit qui lui coûtait, Lithian continuait à circuler lentement autour du cercle de sièges, obligeant chacun à tourner la tête pour la suivre. Elle prit un instant pour répondre.

« Je ne faisais pas allusion aux nanites… À vrai dire, ces machines menues ne représentaient qu'une partie secondaire de nos recherches. Celle qui recelait les plus grandes promesses de profit pour notre laboratoire et qui permettait de financer notre programme d'étude le plus ambitieux, bien plus important à nos yeux… »

Comme elle laissait passer un silence, Ludwig lâcha : « Vous meniez des recherches sur le temps lui-même, n'est-ce pas ? »

S'immobilisant devant le mercenaire, Lithian sembla retrouver soudain un peu de l'énergie qui la caractérisait habituellement.

« Je sais que cela paraît insensé ! s'exclama-t-elle d'une voix redevenue aiguë. Mais il est des rêves qui taraudent les humains depuis qu'ils sont capables de s'interroger sur l'univers. Et le temps demeure la dimension la plus mystérieuse de notre existence. La plus intangible, celle sur laquelle nous avons le moins de pouvoir, à laquelle nous sommes tous soumis. Qui n'a jamais rêvé de revenir sur ses erreurs passées, de voir l'avenir ou même, d'arrêter l'écoulement du temps ? Ce qui était considéré comme une chimère par tous les savants depuis que, dans l'Antiquité, les Grecs créèrent la démarche scientifique, semblait enfin à portée ! En quelques années, nous avions accompli des progrès exceptionnels sur la compréhension de cette dimension. Certaines expériences, menées dans notre accélérateur de particu… hum, certaines de nos expériences nous avaient permis de réaliser des percées extraordinaires, notamment le jour où nous réussîmes à projeter quelques microgrammes de matière cinq millisecondes dans le futur. Cela peut sembler insignifiant au premier abord, mais, au fond, il n'y a pas de différence entre envoyer quelque chose dans l'avenir une fraction de seconde ou un million d'années.

— Ce n'est qu'une question de quantité d'énergie mise en œuvre, c'est cela ? lança Éthelinde.

— Ma chère, votre vivacité d'esprit me surprendra toujours, fit la magesse avec un sourire. Quoi qu'il en soit, en dépit de ces progrès, nous nous heurtions à de nombreuses difficultés pour déplacer dans le temps de la matière organique. »

En évoquant ses passions d'autrefois, Lithian paraissait avoir retrouvé de la vigueur et s'exprimait avec force grands gestes.

« Alors, Jorandi eu une idée. Il reprit en main la division consacrée aux recherches sur les nanites, à laquelle il ne s'intéressait jusqu'alors que le strict minimum pour assurer le revenu du laboratoire, et travailla à les améliorer. Officiellement, son objectif était d'en faire des produits incontournables lorsqu'elles seraient proposées à la vente ; en réalité, son intention était de rendre opérationnel le projet embryonnaire de "pile diamant", qui devait permettre de conférer aux nanites des performances et une autonomie bien plus importantes. »

Comme s'il était soulagé de connaître enfin l'un des concepts scientifiques exposés par Lithian, Irénion l'interrompit :

« Une “pile” ? Comme la “pile voltaïque” que Napoléon offrit à l’École polytechnique en 1813 pour leurs expériences ? J’avais assisté à son inauguration, car Agnès s’intéressait aussi aux sciences. Il s’agissait d’un dispositif énorme, qui occupait une surface de plus de cinquante mètres carrés.

— D’une certaine manière, oui, approuva Lithian. La pile diamant était en effet destinée à fournir de l’énergie, tout comme les premiers modèles inventés par Alessandro Volta, néanmoins, la technologie mise en œuvre n’avait plus aucun rapport. Comment expliquer cela… ? Ne croyez pas que je cherche à vous cacher quoi que ce soit, mais je ne voudrais rien dire, surtout devant un esprit brillant comme Éthelinde, qui pourrait précipiter des découvertes ultérieures. Disons qu’il existe un type de matière vraiment spécial, très lourd et très instable, qui irradie naturellement d’une énergie très puissante, mais également dangereuse à l’extrême. Dans un avenir lointain, l’humanité trouvera un moyen d’exploiter cet élément afin de générer de l’énergie facilement. Cependant, cette opération produit des résidus très nocifs dont on ne saura que faire. Une forme de carbone très particulière…

— Du “carbone” ? fit Ludwig. Qu’est-ce là ? Une sorte de charbon ?

— C’est l’élément chimique qui compose le charbon, en effet, répondit Éthelinde à la place de Lithian. Le grand Lavoisier a démontré au siècle dernier que le diamant était lui aussi composé de carbone.

— Le diamant est du charbon ? lâcha Irénion, les yeux ronds.

— Sous une forme cristalline particulièrement pure, oui. »

La magesse hocha la tête et poursuivit :

« Nos équipes travaillaient sur une pile utilisant les déchets radioactifs… pardon, les résidus de l’exploitation que nous faisions de cet élément très lourd, dont personne ne savait que faire. En quelques semaines, Jorandi est parvenu à lever la plupart des obstacles techniques pour une implantation chez l'homme, ouvrant la voie à une alimentation des nanites bien au-delà de la durée d'une vie humaine. C'était une invention au potentiel immense, mais encore très expérimentale. Ce fut à ce moment que Jorandi eut l'idée qui, je pense, est la source de tous nos maux. Au mépris de tous les protocoles scientifiques, il décida de s'implanter immédiatement son prototype de pile diamant, afin, espérait-il, de multiplier sa puissance de travail. Avec des nanites à plein régime, il pensait que son cerveau fonctionnerait selon un facteur dix et que son corps n'aurait même plus besoin de repos.

— Seigneur, souffla Éthelinde, il voulait devenir l'égal d'un dieu…

— C'est ce que je n'ai pas su voir, admit Lithian, la mine défaite. Au début, je croyais que, s'il se hâtait au mépris de toute prudence, c'était qu'il craignait qu'un autre savant ne découvrît avant lui un moyen de manipuler le temps et ne lui vole la gloire. En réalité, même si je ne l'ai compris que rétrospectivement, il pensait sûrement que le premier qui serait capable de manipuler le temps détiendrait pour toujours le pouvoir suprême sur ce monde. Il était prêt à prendre tous les risques dans ce but. Ainsi, une nuit, dans le laboratoire désert, je l'ai aidé à se servir du robot médical – une sorte d'automate très perfectionné – pour réaliser l'opération. Nous n'avons respecté aucun protocole de sécurité, aucune éthique médicale ou déontologie scientifique. Si je suis honnête avec moi-même, je crois que, si j'ai accepté de lui prêter mon concours, c'est que j'étais avide d'associer mon nom à une percée scientifique majeure. Malheureusement, je n'avais pas votre clairvoyance, Éthelinde. Cela dit, quand bien même aurais-je refusé de me plier à sa décision, Jorandi aurait eu les moyens de l'exécuter seul : le robot le permettait. Cette pile diamant est une sphère ne mesurant pas plus de six centimètres de diamètre, et l'implanter sous son plexus ne prit guère plus de quelques minutes au robot. L'intervention fut réalisée si finement que Jorandi n'eut même pas besoin de convalescence. De toute façon, les nanites accéléraient la cicatrisation et la gestion de la douleur. À peine un quart d'heure plus tard, il était déjà entièrement rétabli.

« L'opération fut une totale réussite. La pile diamant permit aussitôt aux nanites de fonctionner à plein régime et d'accroître le rendement général de son organisme. Jorandi se sentit immédiatement bien plus en forme, paraissant même avoir soudain rajeuni de plusieurs années, et, au fil des jours, divers tests mirent en évidence des possibilités... surprenantes, que nous n'avions pas du tout prévues. Par exemple, la faculté pour les nanites de former des chaînes macroscopiques capables de traverser la peau sous forme de fins tentacules noirs, afin d'interagir avec l'environnement, pour déplacer des objets, par exemple. Nous ne doutions pas de découvrir, avec le temps, d'innombrables perspectives insoupçonnées. Mais surtout, ces améliorations ne se limitaient pas au strict plan physique, car, comme Jorandi l'espérait, ses capacités cognitives s'en trouvèrent singulièrement développées. Son esprit fonctionnait mieux et plus rapidement. Dès le lendemain, il se remit à la tâche sur son grand œuvre, le générateur temporel. Et, en quelques semaines, il abattit l'équivalent d'une vie de travail ! C'était stupéfiant ! Ce fut pour nous, chercheurs, une période euphorique, durant laquelle nous crûmes tous les mystères de l'univers à notre portée. À un moment, je songeai à m'implanter moi aussi l'un des prototypes de pile diamant, mais Jorandi s'y opposa formellement. Lorsque je lui annonçai mon intention, il prétendit soudain ressentir des effets secondaires inquiétants, qu'il n'avait jamais mentionnés jusqu'alors. En réalité, il s'y refusait pour la raison que je vous ai exposée précédemment : Jorandi ne voulait pas de concurrence. Face à ce refus, j'aurais dû commencer à me méfier. Cela dit, aujourd'hui, je mesure la chance que j'ai eue qu'il m'en ait empêchée.

« En effet, peu à peu, je pris conscience que ces capacités démultipliées à l'extrême modifiaient également sa personnalité. En fonctionnant en permanence à un rythme effréné, pour lequel le cerveau humain n'a pas été conçu, l'esprit de Jorandi commençait à s'égarer. Sa mégalomanie prenait le dessus et se doublait d'une paranoïa de plus en plus marquée. Depuis, j'en suis venue à penser qu'il n'avait jamais été vraiment intéressé par la connaissance. Au fond, comme beaucoup d'hommes, Jorandi ne cherchait que la gloire et le pouvoir, et la science n'était que le moyen le plus efficace pour lui d'y parvenir. Pourtant, devant son immense génie scientifique, je n'osai protester. Après tout, un esprit aussi brillant devait savoir ce qu'il faisait, non ? Aujourd'hui, j'en suis même venue à me demander si les lointains échos de l'Anomalie, pourtant *antérieure*, ne l'avaient pas atteint et n'étaient pas la raison profonde de son obsession pour le contrôle du temps, le poussant sans cesse plus loin dans ses recherches. Comme si la conséquence avait besoin de la cause pour exister. »

Alors que chacun écoutait l'histoire de Lithian en tâchant de suivre comme il pouvait, Irénion écarquilla les yeux à cette dernière phrase.

« Je vous demande pardon ? fit-il en se passant une main sur le front d'un geste las. La conséquence a précédé la cause ? Ces raisonnements dépassent le soldat fruste que je suis.

— Rien de plus normal, le cerveau humain n'est pas fait pour manipuler de tels concepts. Dites-vous qu'en matière de distorsion temporelle, les causes et les effets peuvent se superposer, et engendrer des boucles rétrogrades ou antérogrades, ainsi que d'innombrables paradoxes. D'où l'importance de se tenir à distance prudente de ces domaines. »

Sans qu'elle se l'expliquât vraiment, Éthelinde éprouvait un malaise de plus en plus marqué au récit de la magesse.

« À force de travail acharné, reprit cette dernière, et après de nombreuses améliorations du générateur temporel, Jorandi parvint enfin à modifier localement l'écoulement du temps à une échelle macroscopique, c'est-à-dire, pour des quantités de matière et des durées significatives à notre échelle, et pas seulement pour quelques molécules durant quelques microsecondes. Puis, la percée majeure tant attendue survint finalement, le jour où, dans la chambre de confinement du générateur, nous réussîmes à accélérer l'écoulement local du temps pour un organisme vivant. Une souris envoyée une minute dans l'avenir disparut sous nos yeux, derrière le hublot de la chambre, puis apparut de nouveau exactement soixante secondes plus tard ! »

Soudain, ce récit parut insupportable à Éthelinde. Elle jaillit de son siège sous l'effet de la colère et s'emporta : « Alors, c'est vrai ! Vous l'avez vraiment fait ! »

Lithian s'interrompit et, comme les autres, regarda la jeune femme d'un air interloqué. Éthelinde, elle, se moquait de l'image qu'elle renvoyait à cet instant. Elle était scandalisée.

« Vous avez joué avec les forces fondamentales de la nature ! Vous avez joué à Dieu !

— Il est vrai que... je n'étais guère rassurée quant aux conséquences éventuelles..., bredouilla Lithian. Toutefois, le champ d'application potentiel était immense. Que ne pourrions-nous accomplir avec...

— Modifier *le cours du temps*, Lithian ! l'interrompit Éthelinde. Rien de bon ne pouvait sortir d'un tel... viol de l'univers ! »

La magesse ne trouva rien à répondre. Elle fixa le sol, l'air plus abattu que jamais.

« Le rôle d'un scientifique n'est pas de martyriser la nature, mais de la comprendre ! continua Éthelinde, toujours aussi furieuse. N'était-il pas évident qu'en altérant l'un des fondements mêmes de l'univers, des catastrophes allaient inévitablement se produire ? » Elle se campa devant Lithian et lâcha : « Ce n'est pas parce que vous pouviez le faire que vous deviez le faire. »

Alors qu'il n'avait presque pas pris la parole depuis le début, Roland le Preux quitta le poteau contre lequel il se tenait adossé et vint s'installer sur le siège resté libre.

« Comme Irénion, je ne suis qu'un simple soldat, dit-il, et je n'entends rien à toutes ces palabres assommantes. Nonobstant, j'ai appris à connaître la magesse depuis qu'elle m'a tirée de ma solitude. Alors que j'errais depuis des années, perdu dans ce temps que je ne pouvais comprendre, elle m'a tendu une main secourable et m'a aidé à m'accoutumer à ce fichu monde. Je ne connais rien à votre science, mais je connais les cœurs. Quoi que Lithian ait pu faire, elle ne l'a sûrement pas fait avec de mauvaises intentions. C'est une bonne personne. Je le sais. Alors, ne la jugez pas trop hâtivement. »

La vieille femme releva la tête et adressa au paladin antique un sourire triste, qu'il lui renvoya, bien qu'il fût à peine perceptible sous sa moustache broussailleuse. Éthelinde n'avait encore jamais vu Roland esquisser un sourire. Elle soupira et s'aperçut qu'elle mourait de faim. Se rendant devant les plateaux de nourriture, elle se servit des légumes froids dans une assiette.

« Je ne juge pas Lithian, finit-elle par dire d'une voix plus calme. Depuis l'Antiquité, les savants et les philosophes s'interrogent sur la légitimité de l'homme à tenter de percer les mystères de la nature, de lever le voile sur les secrets de la Création. C'est un débat dans lequel il n'y a pas de bonne réponse. Mais manipuler le temps ! Si Jorandi n'avait pas voulu se hâter en espérant être le premier à y parvenir, peut-être n'en serions-nous pas là…

— Je suis autant responsable que lui, puisque je n'ai même pas cherché à l'en dissuader, finit par dire Lithian, d'une voix éteinte. La malheureuse Eleanor l'a compris, elle aussi, lorsqu'elle a entraperçu des armes de l'avenir. Du récit que vous m'avez fait de sa tentative, je pense avoir deviné ce qu'elle a vu : deux bombes qui tombèrent sur le Japon. L'un des points culminants de la folie humaine. Une arme capable d'anéantir des civilisations entières, que l'humanité ne cessa de perfectionner par la suite. Un cycle sans fin, que personne ne parvenait à enrayer. Nous avons toujours cru que la science ne pouvait être qu'émancipatrice, avant de nous apercevoir, trop tard, qu'elle pouvait aussi causer notre perte.

— La science n'est ni bonne ni mauvaise, objecta la naturaliste, tout dépend de ce qu'on en fait ! En l'occurrence, Jorandi ne cherchait que gloire et pouvoir, mais vous, vous n'êtes pas affligée par cette hubris, je le sais. Qu'espériez-vous donc ? Réparer certaines erreurs de l'humanité, comme ces bombes de fin du monde ?

— J'admets que l'idée m'a traversé l'esprit. Je faisais fausse route, bien sûr. En tentant de réparer des erreurs passées, j'en eusse provoqué d'autres, à n'en pas douter. »

La tente se trouvait désormais pratiquement plongée dans l'obscurité. Constatant que la dernière lampe semblait sur le point de s'éteindre, Irénion posa sa pipe, froide depuis longtemps, puis se leva afin de verser de l'huile dans le réservoir. La flamme tremblotante regagna aussitôt en vigueur et une pâle lumière leur permit d'y voir à nouveau. Le Premier consul en profita pour se servir un verre, lui aussi.

« Ce débat est sans doute passionnant, fit-il en frottant ses joues râpeuses, mais je suis épuisé et j'ai besoin de me reposer. Laissons de côté les questions philosophiques et concentrons-nous sur notre problème immédiat. Poursuivez votre récit, Lithian. »

La flamme de la lampe faisait danser de fugaces reflets dans les petits yeux noirs de la magesse. Elle acquiesça machinalement à la demande d'Irénion et reprit là où Éthelinde l'avait arrêtée.

« Comme vous l'avez sans doute deviné, emporté par l'enthousiasme de cette première réussite, Jorandi voulut rapidement mener l'expérience sur lui-même. C'était une décision insensée, bien sûr, et, cette fois, je tentai fermement de l'en dissuader. Sans succès. Il m'affirma qu'il le ferait avec ou sans mon aide. Il me fallut donc me résigner à l'assister en espérant contenir les problèmes éventuels qui pourraient survenir. Son objectif initial était limité et semblait raisonnable au premier abord : il allait entrer dans la chambre de confinement, attendre deux minutes, s'infliger une légère coupure sur la main puis se renvoyer une minute en arrière. Si nos calculs étaient exacts, il disparaîtrait à mes yeux dès le début – afin de ne pas violer la loi de conservation de la matière – puis réapparaîtrait une minute plus tard, au lieu de deux, avec la coupure déjà présente sur sa main. Ainsi, la coupure serait rétrograde : elle serait présente sur sa main *avant* le moment dans le futur où il allait se l'infliger. La preuve serait faite. Par cette expérience, Jorandi voulait à tout prix répondre à une question qu'il se posait depuis le début : comment l'esprit d'un sujet se déplaçant dans le temps serait-il influencé ? Allait-il se souvenir de ces deux minutes qui n'auraient jamais existé pour ses perceptions ? Les neurones, euh... les structures spécialisées qui assurent le fonctionnement du cerveau, allaient-ils être affectés ? Car un déplacement temporel qui ferait perdre le souvenir du temps d'où l'on vient ne présenterait aucun intérêt. En théorie, le principe de superposition quantique permettait de supposer que... pardon, je vais encore trop loin... Jorandi entra donc dans la chambre de confinement, juste assez grande pour le contenir s'il s'asseyait. Le hublot me permettait de le voir. Il me fit signe de démarrer le générateur, puis de lancer le programme. »

Lithian observa une brève pause, le souffle court.

« Ce fut le moment exact du désastre. »

La voix rendue rauque par l'émotion, Lithian dut s'interrompre pour de bon pendant un instant. Lorsqu'elle reprit, son ton était devenu mécanique, comme si elle cherchait à se tenir à distance d'un souvenir trop douloureux.

« Dès que j'enclenchai le réacteur temporel, le processus s'emballa brusquement. Ce que nous n'avions pas prévu, c'était que le problème viendrait de l'ordinateur extraordinairement complexe mis au point pour contrôler la machine, qui opérait selon un principe calqué sur les réseaux de neurones, imitant donc le fonctionnement du cerveau. »

Face à cette accumulation de termes obscurs, Éthelinde comprit que, revivant un moment intense de sa vie, Lithian, bouleversée, oubliait de rendre son propos intelligible et même d'omettre des concepts anachroniques qu'elle se refusait à employer depuis le début. Elle s'abstint toutefois de le lui faire remarquer, espérant au fond d'elle-même pouvoir glaner quelques secrets venus du futur. Que pouvait donc être un « ordinateur » ?

« Avec n'importe quel autre sujet que Jorandi, cette structure neuronale n'aurait pas créé de difficulté particulière. Mais les nanites présentes dans le sang de Jorandi, aux performances améliorées par la pile diamant, amplifièrent soudain à l'extrême les capacités de son propre cerveau, qui entra alors en résonance avec le programme. Par un effet de rétroaction catastrophique, un peu comme un miroir reflétant sa propre image dans un autre miroir, le processus se démultiplia subitement en tendant vers l'infini. Le phénomène fut presque instantané, je ne pus rien pour l'interrompre. En une microseconde, une singularité de l'espace-temps fut engendrée qui nous expulsa, lui comme moi, hors du cours normal du temps. Ce phénomène n'eut pas de durée en tant que telle, cela n'aurait pas de sens pour une singularité temporelle. En revanche, pour nous, les conséquences furent désastreuses. »

La magesse marqua une nouvelle pause. Il était près de une heure du matin et elle parlait depuis un long moment, pour évoquer des souvenirs difficiles. La lumière de l'unique lampe ne parvenant presque pas jusqu'à elle, Éthelinde ne distinguait plus de Lithian qu'une silhouette sombre, recroquevillée dans un fauteuil de toile. Le silence du camp militaire, désormais total, n'était troublé que par le grésillement à peine audible des tubes électrofères de la barrière de protection surveillée par la garde personnelle d'Irénion. Les autres demeuraient immobiles eux aussi, figés dans l'attente de la suite du récit.

« Je vis, de mes yeux, Jorandi Montero se volatiliser dans la chambre de confinement. La dernière image que mon cerveau eut le temps d'enregistrer fut la destruction cataclysmique des installations, provoquée par la singularité. Je ne saurai jamais ce qui arriva après notre disparition, mais il est à craindre que l'aberration de la physique que nous engendrâmes ce jour-là n'eût dévasté tout le laboratoire. Heureusement que nous ne travaillions que de nuit, afin de préserver le secret, sans quoi des dizaines de victimes eussent été à déplorer par notre faute, les premières d'une longue liste… Cette catastrophe, que j'appelle « l'Incident », nous envoya dans un autre endroit de l'espace et du temps, tous les deux. Je me vis instantanément propulsée plus de cinq siècles dans le passé, en Suisse. Quant à Jorandi, je n'avais aucune idée de ce qu'il était advenu de lui. La suite, vous pouvez la deviner. Bien que je ne sois pas une *persona absens* au sens strict, je vécus à peu près la même chose qu'eux : le déracinement, la détresse d'avoir perdu ma vie sans le moindre espoir de la retrouver un jour, à cette différence que, dans mon cas, il fallait en plus ajouter la culpabilité. Car, si j'ignorais quand et où Jorandi avait reparu, je me doutais bien qu'il tenterait de profiter de ses capacités particulières, qui apparaîtraient comme des "pouvoirs" dans une époque reculée, pour abuser de la situation et flatter sa mégalomanie. Cependant, jamais je n'aurais imaginé qu'il irait si loin, au point de risquer de faire basculer le monde dans le chaos. »

Visiblement las de peiner autant à suivre les aspects scientifiques de ce qu'il entendait, Ludwig reprit la parole :

« Je dois dire que j'éprouve toujours quelque difficulté à comprendre la différence entre ce que vous appelez l'Incident et ce que l'ordre avait nommé l'Anomalie.

— Ce n'est pas l'Anomalie qui nous a affectés, Jorandi et moi – vous noterez que nous avons été déplacés dans notre corps d'origine, par exemple –, mais notre expérience ratée. L'Incident est la conséquence immédiate de cette dernière et n'entretient donc qu'un rapport indirect avec l'incantation malheureuse de Charles Ordant. »

Le mercenaire haussa les sourcils, ne semblant guère plus éclairé par cette réponse.

« Si vous avez complètement perdu la trace de Jorandi des années durant, reprit Éthelinde, comment en êtes-vous venue à penser qu'il pourrait être Vakt ?

— Une fois que j'eus accepté ma nouvelle situation, je consacrai une grande partie de ma vie à tenter de retrouver sa trace. Cette quête était même devenue obsessionnelle, car je considérai comme un devoir moral de limiter les conséquences de ma faute en empêchant Vakt de nuire. Pendant des années, je gardai le secret le plus absolu sur tout ce que je viens de vous révéler, y compris après avoir intégré l'ordre des M.K.M. La seule personne à laquelle je finis par en confier les grandes lignes fut Benedikt Magnússon, que vous avez brièvement rencontré. Il m'apporta une aide précieuse dans mes recherches, surtout sur le plan moral. (Éthelinde se rappela qu'ils avaient entretenu une relation intime.) Après n'avoir longtemps nourri rien de plus que des doutes au sujet du sorcier des Russes, j'en vins à acquérir la conviction qu'il s'agissait de Jorandi. Entre ma correspondance avec votre défunt père, les différents témoignages que je pus collationner, ce que vous avez vu dans le mausolée d'Al-Bahariya et ce que j'ai lu récemment dans la bibliothèque de *Sijendäl*, je crois avoir reconstitué les grandes lignes de ce que devint Jorandi Montero après l'Incident... »

À ce moment, Lithian parut vaciller. Sa tête dodelina et elle ferma les paupières, comme si elle se trouvait sur le point de s'évanouir. Éthelinde se leva aussitôt et la saisit par les épaules avant qu'elle ne bascule sur le côté. Lithian rouvrit les yeux et se frotta les tempes. Elle avait l'air exténuée. La fatigue physique s'additionnait à la tension nerveuse accumulée depuis des décennies sur ces sujets très lourds pour elle, et se relâchait d'un coup, maintenant qu'elle pouvait enfin les aborder ouvertement. Bien qu'Éthelinde eût souvent tendance à l'oublier, la magesse était très âgée et devait être traitée avec ménagement.

Elle lui proposa une couverture et du thé, que Lithian accepta. Roland se chargea d'allumer un réchaud afin de faire chauffer un peu d'eau. Une fois qu'elle estima avoir recouvré ses esprits, la magesse reprit là où elle s'était interrompue.

« Probablement parce qu'il se trouvait au cœur du générateur temporel, Jorandi se vit projeté beaucoup plus loin dans le passé que moi. Selon toute vraisemblance, environ cinq mille ans en arrière. Je pense qu'il a émergé du Fleuve du Temps en Égypte antique, durant le règne de Kheops, roi de la IVe dynastie de l'Ancien Empire, qui remonterait, d'après les historiens, aux alentours de 2600 av. J.-C. Il m'est impossible de connaître les détails exacts du parcours de Jorandi là-bas, mais les capacités hors du commun de ses nanites lui permirent sûrement d'apprendre la langue sans délai et, conformément à la troisième loi de Clarke, de passer pour un être exceptionnel, un magicien. Le pharaon Kheops était connu par les historiens pour son vif intérêt envers la magie, et il est probable que Jorandi fût parvenu à entrer à sa cour. Puis, avide de pouvoir comme il l'a toujours été, il aura sans doute tenté d'intriguer contre le pharaon, en espérant prendre sa place. Or, Kheops avait déjà à son service un sorcier nommé Djédi, qui s'opposa à lui et le bannit du royaume. »

Étonnée par de tels détails, Éthelinde songea que l'égyptologie, cette branche embryonnaire de l'Histoire que l'expédition napoléonienne de 1798 avait fait naître, paraissait avoir accompli des progrès extraordinaires dans les époques futures.

« Vous pensez que ce Djédi était un véritable sorcier ? demanda-t-elle.

— Je viens d'un temps où la magie était considérée comme une fable imaginaire, destinée aux seuls contes pour enfants.

L'une de mes plus grandes surprises en arrivant dans le passé fut de me rendre compte que celle-ci était un phénomène physique, certes particulier, mais bien réel. D'ailleurs, dans l'avenir, une science apparaîtra, nommée "physique quantique", dont je puis vous assurer qu'elle n'aura rien à envier en étrangeté aux phénomènes ésotériques. Évidemment, la plupart du temps, la magie n'est qu'un ramassis de fariboles pour ignorants ; cependant, certains des phénomènes que l'on qualifie de "magiques" reposent sur des principes physiques mesurables et, ainsi que vous l'avez admirablement pressenti, Éthelinde, accessibles à la science. Bref, je finis par comprendre que, pour des raisons qui m'échappent encore, plus l'on remonte loin dans le passé, plus la magie est puissante et présente de manière tangible dans le monde. Donc, pour répondre à votre question, je pense que Djédi était un authentique sorcier, probablement l'un des plus grands de son temps, raison pour laquelle il put s'opposer à Jorandi.

« Une fois banni de la cour du pharaon, il semble que Jorandi découvrit l'un des portails vers l'Autre Monde qui étaient encore nombreux à l'époque. Peu avaient la faculté de les voir, ainsi que de les emprunter. Seuls ceux dotés d'un *spiriti aestus* en étaient capables, tel notre ami Ludwig, alias Mérovée, ici présent. Or, les perceptions exceptionnelles de Jorandi que lui conféraient ses nanites le lui permirent sûrement et il entra en *Hursëlïnh* près de deux millénaires avant la naissance d'Obéron. À partir de là, il m'a été plus difficile de reconstituer son parcours. Mais, il est permis de penser que l'émanation ésotérique naturellement présente là-bas, sur ce que les *elvëms* appellent les Terres Originelles, décupla les capacités de ses nanites. J'ignore comment. Il est probable que ses auxiliaires, aux performances augmentées par la pile diamant, agirent comme des catalyseurs de toutes les… hum, pardon, je ne vais pas vous infliger de nouvelles théories trop techniques. Disons simplement que, après un certain temps passé dans l'*Alter Mundus*, Jorandi devint – pour de bon – un sorcier extraordinairement puissant et dangereux. Peut-être selon un processus proche de celui qui transforma, à une époque inconnue, certaines créatures autrefois "normales" d'*Hursëlïnh* en monstres des Vallées Putrides. (Devant l'incompréhension des autres, elle précisa :) Les résurgions.

« En accédant à un tel niveau de puissance brute, on ne peut que supposer que Jorandi perdit le peu de raison qui lui restait. Il devint l'abomination que l'on connaît aujourd'hui, incontrôlable, inconcevable, inhumain. Durant son séjour dans l'Autre Monde, il se montra si malfaisant qu'il demeure encore de nos jours dans la mémoire *elvëm* comme leur plus noire légende, la "Terreur Rampante". Les guerriers oracles et les *hüldres*, incapables de le combattre à eux seuls, demandèrent de l'aide aux humains, notamment à Djédi. Ensemble, cette mythique phalange de magiciens parvint à se rendre maître de Jorandi. Cependant, ils ne pouvaient le tuer. Ses nanites, secondées par la pile diamant, régénéraient son corps aussi vite que lui étaient infligées toutes les blessures, physiques ou ésotériques, possibles. Alors, ils l'enfermèrent dans un mausolée, une prison magique d'une grande puissance, dont il ne pourrait jamais s'échapper… Les peuples égyptiens successifs finirent par oublier ce *kharij al waqt*, "celui hors du temps", dont même le nom se perdit presque en se contractant en "Vakt"… »

Bien que le thé eût redonné quelques couleurs à Lithian, elle paraissait toujours accablée de fatigue.

« La suite, je crois pouvoir la deviner, intervint Éthelinde. Lorsque mon père découvrit le mausolée en 1798, il fit une interprétation erronée des inscriptions tracées sur ses murs, imaginant avoir affaire à une sorte de temple destiné à s'approprier les pouvoirs de dieux antiques… »

Lithian acquiesça :

« Bien qu'il me fût impossible, à ce moment-là, de faire le lien avec Jorandi, je tentai tout pour le dissuader de mettre en œuvre ce rituel. Faute de pouvoir comprendre avec certitude les hiéroglyphes, il prenait des risques inconsidérés. J'avais moi-même payé un prix très élevé pour avoir pratiqué une expérience dont les dangers avaient été sous-estimés.

— Ce comportement imprudent et irrationnel ne ressemblait pas à mon père, s'étonna Éthelinde.

— Il est possible que les émanations maléfiques de la dépouille en sommeil de Jorandi aient affecté sa personnalité, infecté ses pensées durant le temps qu'il étudia la chambre supérieure du mausolée. Toujours est-il que l'incantation prononcée par votre père entra à son tour en résonance avec la pile diamant de Jorandi, exactement comme dans notre laboratoire, des siècles plus tard, causant une anomalie temporelle tout aussi catastrophique, mais d'une nature différente de celle qui nous projeta, Jorandi et moi, dans le passé. Cette catastrophe-là atteignit au hasard des personnes dans des époques aléatoires, mais *toutes* antérieures à 1798. Ma théorie sur ce point, même si je ne peux la démontrer, est que la perturbation temporelle s'est abattue sur des personnes dotées d'un fort fluide ésotérique. Or, plus l'on remonte dans le passé, plus les individus de ce genre sont nombreux. »

Éthelinde demeura un moment silencieuse, le temps d'assimiler un tel volume d'informations.

« Vous avez accompli un immense travail de recherche au long des années, finit-elle par dire. Je suis impressionnée par la quantité de mystères que vous avez éclaircis à vous seule…

— Il reste pourtant encore tant de questions non résolues, se lamenta Lithian. Pourquoi l'Anomalie a-t-elle ouvert un passage dans l'Entre Monde ? Pourquoi les *persona absens a suo tempore* ont-elles vu leur personnalité dissociée de leur corps d'origine, alors que Jorandi et moi avons été physiquement déplacés par l'Incident ? Pourquoi l'incantation ratée de Charles a-t-elle réveillé Vakt dans les profondeurs du mausolée ?

— Vous pensez que c'est l'incantation qui a réveillé Vakt, et non les Russes ?

— Si les Russes sont venus le libérer de ses chaînes, c'est qu'ils étaient au courant de son existence. D'après les rapports de Catherine Lavoisin, le créateur de la Faction rouge, un certain Ivan Khanybekov, avait eu une "révélation" à peu près au moment de l'Anomalie. On peut supposer que, une fois partiellement éveillé, Vakt l'avait trouvé par la pensée et l'avait incité à venir le libérer. Mais pour cela, il fallait qu'il soit sorti de son sommeil millénaire, ce qui... »

Brusquement, Éthelinde crut entrevoir une explication à cette question.

« Un instant ! s'exclama-t-elle. Lorsque l'Anomalie a projeté l'esprit d'Obéron dans le corps de mon père, tout son *spiriti aestus* s'est dissipé d'un coup, se cristallisant dans le cratère qui venait de se former. Des dizaines de milliers de *lapis lucidus* se trouvèrent réunis subitement au même endroit. La proximité soudaine d'un énorme gisement d'énergie ésotérique n'aurait-elle pu provoquer le réveil de Vakt ? »

Hochant lentement la tête en soupesant cette hypothèse, Lithian finit par dire : « Même si elle ne peut fournir une énergie infinie, la pile diamant a maintenu Jorandi en vie, dans un état minimal, au long des ères. Toutefois, bien qu'il ne fût point mort, il était infiniment trop faible pour se manifester. Une telle réserve d'uchronite soudainement à sa portée peut très bien lui avoir permis de manipuler des esprits influençables afin de les pousser à venir le libérer physiquement, en brisant les entraves ésotériques dont il ne pouvait se débarrasser lui-même... »

Un long silence suivit ces paroles. Ce moment funeste avait marqué le début d'une tragédie qui avait mis dix-huit ans à se jouer et dont le dernier acte trouverait sa conclusion d'ici quelques jours. Toutes les mines étaient défaites ; chacun était à la fois atterré et profondément démoralisé. Cette histoire se révélait encore pire que tout ce qu'ils avaient imaginé.

« Pourquoi ne pas nous avoir dévoilé tout cela plus tôt ? demanda Irénion d'une voix à peine audible.

— Comme je vous l'ai dit, murmura Silja Lithian, j'étais accablée par la honte de m'être rendue complice d'une telle folie. D'avoir, par ma complaisance, permis tant de malheurs et de souffrances. Et je craignais de perdre votre confiance en avouant mes liens avec Vakt. Par ailleurs, vous l'avez compris, tout ce qui a trait au temps est à manier avec la plus grande précaution. En vous révélant des informations, même partielles, sur l'avenir, j'aurais pris le risque d'aggraver encore les choses. Je ne voulais pas d'une telle responsabilité… Et, de toute façon, qu'aurions-nous pu faire de plus ? En fin de compte, nous ne sommes que des fétus ballottés sur ce maudit Fleuve du Temps, et notre influence sur de tels événements demeure bien ténue… »

IRINA

Près d'Albert, la Somme, la nuit.

Le temps qu'Evdokia soit menée devant elle, Irina s'interrogea sur ce qu'espérait son ex-agente avec cette surprenante reddition. Un sincère regret patriotique ? Elle n'avait jamais beaucoup senti cette fibre vibrer chez la courtisane. Elle songea à faire évacuer les restes du commandant en chef, puis se ravisa ; la vue du cadavre saisirait Evdokia d'effroi. On obtenait toujours davantage d'un individu terrorisé.

Lorsque l'ancienne espionne fut introduite dans la grange, Irina la trouva quelque peu défraîchie, les traits tirés, le visage vieilli. Il semblait que les derniers mois eussent été difficiles. Pourtant, elle était encore belle, même avec les paupières gonflées de fatigue et vêtue d'atours grossiers.

Cependant, l'impératrice remarqua à peine Evdokia Sverela, car, à ses côtés, les mains liées dans le dos, traînée de force par une corde attachée à son cou comme une laisse, se tenait Azra Yilmaz ! Cette saleté de Manouche qui lui avait coûté sa couverture en France en soulevant la caravane contre elle, puis qui avait eu l'impudence stupéfiante de lui tendre une embuscade ! Irina s'attendait à tout sauf à cela !

La bohémienne n'avait guère changé, si ce n'était qu'elle était à peu près propre et portait des habits de bonne facture. Loin du nuisible crasseux qu'elle était lorsqu'elle faisait partie de la caravane. Elle semblait boiter de la jambe droite, et une attelle grossière lui maintenait la cheville.

Evdokia ne parvint à masquer son dégoût qu'à grand-peine lorsqu'elle découvrit Irina ; sa transformation s'était nettement accentuée depuis leur dernière rencontre au palais d'hiver. Mais ce fut le visage de la petite souillon qui exprima la plus profonde répulsion. Saisie d'horreur, elle recula d'un pas, retenue par sa laisse. Un sourire carnassier se dessina sur le visage d'Irina. Avec celle-là, elle allait prendre son temps. Chaque avanie qu'elle avait dû subir par sa faute – dont l'effroyable interrogatoire par Élégast –, Azra allait la payer au centuple.

L'un des gardes qui les avaient menées à elle dit :

« Sverela s'est présentée au camp à cheval, avec cette prisonnière ligotée jetée en croupe. Elles ont été fouillées toutes deux et nous n'avons trouvé qu'une arme sur Sverela, un pistolet, que nous avons confisqué, bien sûr.

— Laissez-nous, répondit l'impératrice, et fermez les portes de la grange en sortant. Que mes gardes restent dehors. »

Les hommes obéirent sans discuter.

Azra se ressaisissait déjà et, furieuse, crachant comme un chat errant pouilleux, insultait copieusement Evdokia en russe : « Je vais te tuer, sale putain, je le jure ! Je vais te tuer pour ta traîtrise et pour venger Pavel ! Tu ne perds rien pour attendre, comme ta salope de maîtresse. Je jure que je vais… »

Evdokia se retourna et, d'un geste étonnamment vif, administra une violente gifle à la gamine. Le souffle coupé, la joue écarlate, Azra se tut.

« Surveille ton langage devant l'impératrice, jeune femme ! » s'exclama-t-elle.

Uliatine leva les sourcils. Les temps changeaient, les gens aussi. La douce et langoureuse Evdokia semblait s'être endurcie sur le terrain.

Elle s'approcha des deux femmes afin de les dominer de toute son anormale hauteur. Elle éprouvait toujours une grande satisfaction à sentir le sol trembler sous ses pas. Elle ignorait combien elle pesait désormais. Probablement plus du double de son poids d'origine.

« Ma chère Evdokia, dit-elle, je dois admettre que je m'attendais à tout sauf à vous revoir. »

Son ancienne agente gardait la tête baissée. Elle savait comment se comporter en toutes circonstances.

La petite vermine zingane, en revanche, venait de reprendre sa bruyante litanie d'insultes. Cette vulgarité agaça Irina. D'un geste à peine perceptible, elle fit s'élever dans les airs l'un des lambeaux ensanglantés des vêtements du commandant qui traînaient un peu partout et l'envoya s'enrouler en un éclair autour de la bouche d'Azra, la réduisant enfin au silence pour de bon.

« Ainsi, mademoiselle Sverela, reprit l'impératrice, après avoir trahi votre patrie et, plus grave, m'avoir trahie, *moi*, après tout ce que j'avais fait pour vous permettre de vous affranchir de votre misérable condition, voilà que vous venez vous livrer… Qu'espérez-vous donc ? Le pardon ? »

L'ancienne courtisane s'inclina avec grâce. Cette révérence rappela le palais à Irina. Après des semaines entourée de rustres militaires, cela lui était agréable.

« Si Son Altesse m'y autorise, je peux tout expliquer.

— J'écoute.

— Je n'ignore pas que les apparences sont contre moi, sans parler des rapports mensongers que Staminir Kamenev a dû vous transmettre, mais je puis vous assurer que j'ai tout fait pour remplir ma mission. J'y suis d'ailleurs parvenue, puisque Pavel Laptev est mort. En revanche, il est vrai que, pour obtenir ce résultat, il m'a fallu faire preuve d'une certaine improvisation, car l'agent Kamenev était résolu à trahir. »

Irina laissa échapper une exclamation sonore, à mi-chemin entre le rire et le grondement.

« Kamenev, trahir ? lâcha-t-elle. C'est tout ce que vous avez trouvé ? Cet homme mettait un tel point d'honneur à accomplir ses missions que cela confinait à l'obsession.

— C'est exact, Votre Altesse. Du moins, ce l'était avant qu'il ne décide de se vendre à l'ennemi. Je l'ai rapidement compris, dès le début de notre voyage ; voilà pourquoi il ne m'a jamais laissé vous rendre compte directement. Comme j'avais deviné qu'il devait dresser de moi un tableau négatif dans ses rapports, et n'ayant aucun moyen de vous avertir, j'ai décidé de prendre patience et d'attendre le moment où il commettrait une erreur. Son plan était de se servir de moi et de mon identité de couverture afin d'approcher un membre de l'entourage du Premier consul de France, puis de proposer de vendre à prix d'or les informations qu'il possédait.

— C'est votre parole contre la sienne, ma chère. Dès le début, lorsque j'ai élaboré ce plan avec lui, il m'avait prévenue qu'il pensait que votre loyauté n'était qu'un souvenir et que vous comptiez profiter de cette mission pour faire défection.

— Votre Altesse, en réalité, c'était tout le contraire. Accuser les autres des forfaits que l'on compte commettre est une méthode de tromperie très efficace dans le monde de l'intelligence, nous le savons toutes deux. »

Elle avait raison sur ce point, bien sûr. Mais il en faudrait davantage pour convaincre Irina.

« Lorsque j'ai rencontré l'aide de camp Archant, un proche d'Irénion Brégante, poursuivit-elle, j'ai fait ce que j'ai toujours fait le mieux : je l'ai séduit. Je savais que si je laissais à Staminir l'occasion de sympathiser avec lui, il me dénoncerait comme l'une de vos agentes et s'entendrait avec lui. J'ai donc prévenu Archant que Kamenev allait bientôt prétendre vouloir lui vendre des informations… dans le seul but de tuer Pavel Laptev. »

Uliatine ne comprenait pas où Evdokia cherchait à en venir.

« Ce n'était certes pas le plan que nous avions élaboré, s'exclama-t-elle, mais peut-être avait-il décidé d'en changer en raison des circonstances ? Il a probablement jugé que ses chances étaient meilleures de cette manière ! »

Evdokia secoua la tête : « Avec tout le respect que je dois à Son Altesse, ce n'était pas le cas. Il avait réellement l'intention de se vendre. Par précaution, j'avais séduit l'un des hommes de son équipe, Borislav, qui avait fini par me l'avouer. Le malheureux était mortifié de devoir obéir à un traître, mais il était trop jeune pour oser s'opposer à lui. »

L'histoire n'était pas dénuée de vraisemblance. Le doute s'insinua dans les pensées d'Irina.

« Ainsi, en montant Yvonnius Archant contre Kamenev, continua Evdokia, j'ai empêché ce dernier de mettre en œuvre sa trahison. Mieux, j'ai fait en sorte qu'il le comprenne le jour où nous avons rencontré Pavel Laptev. Comme je l'avais prévu, Kamenev, fou de rage que j'aie compromis son plan, a déclenché une fusillade, provoquant ainsi la mort du jeune homme. Je ne tire pas gloire d'une telle réussite ; je dois reconnaître que, ce jour-là, la chance était de mon côté. Dès lors, ma mission étant accomplie, il ne me restait qu'à sauver ma vie. J'ai donc improvisé encore une fois. En laissant entendre depuis le début à Archant que je cherchais à trahir, j'avais gagné sa confiance. Ainsi, il m'a suffi de faire semblant d'accepter de leur livrer des renseignements – quelques broutilles sans réelle importance, destinées à me permettre de gagner du temps – en attendant le moment propice pour leur fausser compagnie. En définitive, non seulement je ne leur ai fourni aucune information sérieuse, mais je suis au contraire parvenue à les espionner de l'intérieur. Me voilà donc, Votre Altesse, ce soir, devant vous, afin de me remettre à votre service, porteuse de renseignements de première main sur l'ennemi… et d'un cadeau qui, je n'en doute pas un instant, doit vous ravir. »

L'agente montra la bohémienne toujours bâillonnée, dont les yeux semblaient lancer des éclairs sous l'effet de l'intense colère dont elle écumait.

Irina Uliatine fit quelques pas afin de réfléchir. Ce récit était plausible. Depuis qu'il l'avait fait évader des geôles d'Élégast, Staminir Kamenev avait toujours joui de sa confiance pleine et entière. Cependant, la loyauté n'est jamais définitivement acquise. L'on n'est trahi que par ceux en qui on a confiance. Pourrait-elle vraiment jurer que l'agent spécial n'aurait jamais pu décider de trahir pour de l'argent ? La réponse était non. Par ailleurs, si Evdokia mentait, pourquoi se jeter dans la gueule du loup en venant ici ?

Plissant les paupières, elle la dévisagea avec attention en lui demandant :

« Expliquez-moi comment vous êtes parvenue à échapper aux Français.

— Cette stupide fillette m'en a donné l'occasion. Les Français, par précaution, me tenaient toujours enfermée, dans une chambre d'une maison réquisitionnée près de leur camp. Archant m'avait assuré que je serais libérée une fois l'armée russe défaite. Cependant, je ne comptais pas rester les bras croisés. Avide de vengeance, Azra Yilmaz a réussi à se procurer les clés de ma cellule, dans laquelle elle s'est introduite une nuit avec un pistolet. Malheureusement pour elle, je l'avais entendue approcher et je m'étais embusquée derrière la porte. Je suis parvenue à la maîtriser et à lui prendre son arme, sous la menace de laquelle je l'ai menée jusqu'ici. »

Uliatine afficha une moue sceptique.

« Vous, la courtisane gracieuse, n'exprimant que charme et volupté, vous avez maîtrisé et désarmé quelqu'un qui venait pour vous tuer ? »

Evdokia haussa les épaules : « Ce n'est qu'une enfant idiote, Votre Altesse. Il n'était point besoin d'être un soldat expérimenté pour avoir raison d'elle. »

Irina songea que cette « enfant » lui avait tendu une embuscade qui avait bien failli réussir. Cela dit, il était vrai qu'elle était appuyée, ce jour-là, par un mercenaire endurci.

« Je suis presque tentée de vous croire, ma chère, dit-elle. Mais toute cette belle histoire ne pourrait être qu'un piège retors pour me tuer… »

Evdokia baissa la tête avec toute la déférence requise.

« Comment pourrais-je attenter à la vie de Son Altesse alors que je ne dispose d'aucun pouvoir magique ? » fit-elle humblement.

Cette attitude n'était pas pour déplaire à Irina Uliatine, qui ne put s'empêcher de sourire.

Elle tendit la main pour caresser la joue d'Evdokia. Celle-ci parvint à ne pas frémir de dégoût.

« Ma chère, je dois avouer que je suis enchantée de retrouver une agente aussi excellente et dévouée que vous. Je vais vous donner une nouvelle chance de faire vos preuves à mon service. En attendant, vous allez assister à la mise à mort de cette petite crasseuse… »

La belle courtisane fit une autre révérence.

« Je remercie infiniment Son Altesse pour sa confiance. Quant à la souillon, sa punition me ravira. Si vous saviez comme il m'a été difficile de supporter sa grossièreté durant tout le trajet jusqu'ici ! »

Evdokia tendit la laisse à Irina, qui tira brutalement Azra jusqu'au milieu de l'espace dégagé devant la tente. Juste à côté du monticule de chairs sanguinolentes du cadavre du commandant. La peur se lisait dans le regard de la petite dégénérée.

De ses doigts griffus, elle arracha le bâillon, et Azra put à nouveau débiter son flot d'insanités. Derrière Irina, Evdokia soupira.

« Ne vous inquiétez point, ma chère, fit Irina sans se retourner, fixant la souillon dans les yeux, je vais me faire un plaisir d'inculquer les bonnes manières à cette moins que rien à l'odeur repoussante.

— Peut-être que je ne connais pas les bonnes manières de la cour, répliqua Azra, sans se démonter, mais je ne suis pas un monstre inhumain, moi ! Et je ne parle pas que de ton apparence, salope !

— Quelle attitude déplorable, s'indigna faussement l'impératrice. Les Zinganes ne sont décidément que des animaux. L'on ne peut donc les éduquer, il faut les dresser… »

Soudain, Irina s'interrompit et se figea.

Elle venait de sentir comme une *présence*.

La bohémienne lui rendait son regard effrontément, un sourire mauvais sur son visage malpropre.

Un sourire de satisfaction.

L'impératrice comprit brusquement qu'elle avait été jouée !

Elle se retourna d'un bond vers Evdokia et découvrit que celle-ci tenait un curieux pendentif entre ses mains, auquel les gardes n'avaient sûrement pas prêté attention lors de la fouille. Une sorte de petite bouteille de cuivre ouvragé qu'elle venait d'ouvrir. Une étrange fumée s'en échappait qui gagna rapidement en volume. Beaucoup trop rapidement.

Irina se sentit glacée face à ce nuage bleuâtre qui prenait déjà une apparence humanoïde. Une créature aussi grande qu'elle-même se matérialisa, composée de volutes mouvantes, se dissipant et se reconstituant sans cesse. Quatre yeux jaunes s'ouvrirent dans un visage singulièrement beau, surmonté de cornes proéminentes.

Un *djinn* !

Une violente panique s'empara d'Irina, qui voulut lancer un sort de protection afin de se mettre à l'abri, mais, à sa grande stupéfaction, rien ne se produisit. Ses pouvoirs étaient inhibés ! Alors qu'elle n'avait pas encore fini de se former, l'entité était déjà plus puissante qu'elle. Dans un geste désespéré, Irina tenta de saisir un cristal ambré dans la bourse attachée à sa ceinture avec l'espoir d'en tirer une plus grande charge magique… mais elle demeura immobile ! Elle était paralysée !

Le *djinn* était maintenant totalement constitué. Irina pouvait percevoir les ondes de puissance ésotérique pure qui émanaient de lui. La chose, reliée à Evdokia par un ombilic, s'avança vers elle et, d'un simple regard impérieux, la fit mettre à genoux. La terreur la plus primitive envahit Irina Alexandrovna Uliatine. Elle sut qu'elle allait mourir. Tous ces efforts consentis depuis si longtemps pour finalement échouer si près du but ! Elle voulut supplier pour sa vie – au diable la fierté ! – mais elle ne pouvait même pas parler. Le *djinn* s'assurait qu'elle ne soit pas en mesure de lancer un sort quelconque. Irina comprit à ce moment que, en dépit de toutes les connaissances sur l'Art Obscur qu'elle avait accumulées au fil des années et des longues heures d'entraînement, elle n'était restée qu'une simple profane face à un être d'essence purement magique.

Evdokia la contemplait sans haine ni satisfaction particulière. Une certaine compassion pouvait même se lire dans son regard. Elle se déplaça jusqu'à sa complice sans que l'ombilic se rompe. Une fois détachée, Azra frotta ses poignets endoloris en venant se placer devant son ennemie mortelle et la toisa sans un mot, le visage froid et dur.

Le *djinn* s'exprima enfin, d'une voix profonde où vibraient des harmoniques d'un autre monde.

« *Femme, tu souilles les arcanes par le* shir, *la magie maléfique que tu sollicites…*, dit-il en Russe. *Tous les* qarins *le sentent et souffrent de chacun de tes forfaits, et de ceux de ton maître, à l'égal de chacune de vos victimes humaines... Dieu t'a dotée d'un talent spirituel et, au lieu d'en user pour* voir, *tu en as usé pour* prendre... »

L'être nébuleux laissa passer un silence. Lorsqu'il reprit, il s'exprima en Langue Ancienne, qu'Irina comprenait imparfaitement.

« Rêtmek ir'efên ! *Il y a plus de choses dans le ciel et sur la terre que n'en rêve ta noire spiritualité, si pauvre, si limitée... Par tes actes inconsidérés, tu fragilises l'unicité du Tout...* Ip'nârh êr kalun ! *Je discerne en toi les stigmates d'une souffrance ancienne terrible... Mais d'avoir été blessée ne donne pas le droit de blesser à ton tour...* »

Puis il repassa au russe : « *Aujourd'hui, femme, tu as ôté la vie de bien des humains qui ne le méritaient pas, et tu as renvoyé beaucoup de mes amis dans l'*Al-Ghayb. *Le moment est venu pour toi de payer le prix de tes fautes.* »

Une violente colère monta en Irina de se voir ainsi réduite au silence, qui supplanta un instant la peur de mourir. Comme s'il l'avait senti, le *djinn* libéra soudain sa parole.

« Je t'interdis de t'en prendre à moi, chien du *Qaf* ! éructa-t-elle aussitôt. Je suis unie au Seigneur de l'Abîme ! Je suis l'impératrice de toutes les Russies, je commande à toutes leurs armées et à la redoutable Faction rouge ! Bientôt le Hiérophante du *Bog Krovi* viendra et, si tu oses me faire le moindre mal, il se rendra dans ton royaume pouilleux et le réduira en cendres ! »

Le *djinn* se redressa et son beau visage devint sévère, effrayant. Son jugement sur Irina était sans appel.

« *Que Son Altesse se rassure, je ne fais jamais de mal aux humains.* »

Alors, sous les yeux effarés de l'impératrice, Azra se pencha et dénoua les bandelettes par lesquelles l'attelle était attachée à sa jambe. Elle récupéra le morceau de bois qui maintenait sa cheville. Irina constata qu'elle n'avait jamais été blessée ; il ne s'agissait que d'un stratagème destiné à faire entrer dans le camp ce qui ressemblait à un éclat acéré de planche, long comme l'avant-bras et couvert de taches brunâtres. La bohémienne s'approcha puis plongea ses yeux droit dans les siens. Un regard où brûlait une haine absolue.

Irina comprit que son heure avait sonné.

« J'ai retiré cet éclat de bois du corps de ma mère que tu venais d'assassiner, gronda Azra, mâchoires serrées. Je l'ai gardé tout ce temps pour toi. »

Non ce n'était pas possible, cela ne pouvait se terminer ainsi ! Ce n'était pas le destin auquel elle était promise, elle devait régner sur le monde, elle ne pouvait pas être tuée par une petite Manouche dégénérée !

La comtesse aurait voulu trouver en elle la force de demeurer fière et digne, mais elle ne parvint qu'à bredouiller : « Non, Azra, je suis, euh… désolée. Je te supplie de me pardonner ! Il est encore possible de… »

Mais la jeune bohémienne, les joues trempées de larmes, leva bien haut l'éclat, long et tranchant comme un poignard, serré à deux mains, et s'écria : « Pour Pavel ! Pour *mama* ! »

La dernière chose que vit la *grafinia* Irina Alexandrovna Uliatine, « épouse » du Hiérophante du *Bog Krovi*, impératrice de toutes les Russies, fut Azra abattant de toutes ses forces le pieu de bois dans son cœur.

LITHIAN

23 mai 1816

Près de Warloy-Baillon, la Somme, tôt le matin.

Lithian prenait un déjeuner frugal, seule, assise à l'extrémité d'une des tables disposées dans la grande salle de la ferme réquisitionnée par l'armée pour servir de mess aux officiers français sur le front. À cette heure, les lieux étaient presque vides. Devant elle, le bol de chicorée refroidissait sans qu'elle en ait bu une gorgée et la tranche de pain dans son assiette, pourtant agrémentée de marmelade de figues – privilège des hauts gradés –, était toujours intacte. D'humeur maussade, elle ne trouvait pas l'appétit.

La discussion de la nuit avait réveillé de lointains et douloureux souvenirs, ravivé des plaies qui n'avaient jamais vraiment cicatrisé. De plus, il n'y avait rien de plaisant à s'apercevoir que ceux qu'elle considérait comme des amis l'avaient en fait regardée avec méfiance pendant si longtemps. Pourtant, elle les comprenait. Son comportement aurait inspiré des soupçons à n'importe qui, et elle avait commis beaucoup d'erreurs, dans cette époque comme dans la sienne.

Il lui arrivait même de se demander si elle n'avait pas perdu la raison. Ce temps alternatif ne pourrait-il être au fond qu'une vaste illusion, n'existant que dans son cerveau, tandis que son corps reposerait, entravé sur un lit, dans un asile d'aliénés ? Tout cela était si extravagant. Voyager dans le temps ? Se rendre dans le monde des fées ? Combattre des sorciers maléfiques ? Rencontrer le légendaire roi Mérovée ou le non moins légendaire Roland de Roncevaux ? Vraiment ? Si une illusion atteint un degré de réalisme suffisant, comment la distinguer de la réalité ?

Non, lors de précédents moments d'abattement, il lui était déjà arrivé de faire cette hypothèse, et, chaque fois, elle se raccrochait au souvenir de l'amour de ses filles. Nulle illusion ne pourrait jamais imiter quelque chose d'aussi net, d'aussi vif, d'aussi fort.

Secouant brusquement la tête, elle chassa ces spéculations sans intérêt. Ce monde et ce temps, avec son lot de malheurs et d'injustices, ne lui paraissaient que trop réels. Quant à ses nanites, même affaiblies comme elles l'étaient, elle ne les sentait que trop bien en elle, œuvrant sans relâche à entretenir sa vieille carcasse, telles d'industrieuses fourmis, tenaces et têtues. Toutefois, elles aussi devraient finir par s'incliner face à l'usure des années.

Lors de sa première rencontre avec Éthelinde, Mathurin et Ludwig, durant une nuit d'orage, dans une villa sur les bords du lac Léman, le mercenaire lui avait montré ce stupéfiant pendentif qu'il gardait autour de son cou depuis son enfance. Un petit éclat d'uchronite ambrée, grossièrement enchâssé dans du fil de fer. Lithian avait d'emblée senti que ses nanites réagissaient à la proximité de cette source d'énergie inconnue. Le fluide ésotérique, le *spiriti aestus* – quelle que puisse être sa nature scientifique –, paraissait compatible avec les machines menues contenues dans son sang, profondément affaiblies après des décennies sans avoir été rechargées.

Plus tard, lorsqu'elle s'était trouvée en présence de quantités plus importantes de *lapis lucidus*, Lithian avait été tentée de drainer une partie de leur potentiel afin de recharger ses nanites pour de bon et régénérer son corps, le faire rajeunir et même, peut-être, acquérir des capacités nouvelles, à l'instar de Jorandi… Mais elle avait bien vite repoussé cette idée mortifère. D'une part, cela l'eût trahie auprès de ses amis, d'autre part, elle ne savait que trop bien à quel point cette technologie néfaste, couplée à une source d'énergie inappropriée, pouvait pervertir n'importe quelle personnalité. Maintenant, après toutes ces années, s'il avait été en son pouvoir d'expulser de son organisme ces maudites machines, elle l'aurait fait sans hésiter, même si cela devait signifier sa mort à brève échéance.

En songeant aux mutations effrayantes que le fluide naturel des Terres Originelles avait provoquées sur les auxiliaires de Jorandi lors de son passage dans l'Autre Monde, Lithian était révulsée à l'idée qu'il lui arrivât la même chose. Les premiers jours en *Hursëlïnh*, elle avait porté une attention constante à ses sensations internes, prête à quitter ce monde au moindre doute, en dépit du désir brûlant qu'elle avait de l'étudier. Heureusement, après plusieurs semaines là-bas, elle n'avait pas remarqué de changement particulier, hormis un léger regain de vitalité, notable, mais peu significatif. À l'inverse de Jorandi, elle ne possédait pas de pile diamant ; la différence se situait sans doute là. D'après les témoignages d'Evdokia et de Lavoisin concernant les facultés exceptionnelles de Vakt, notamment l'usage de ses pseudopodes synthétiques, la capacité à parler dans l'esprit de ses interlocuteurs et, surtout, à en faire des marionnettes à ses ordres par le simple transfert de quelques auxiliaires dans leur sang, il était permis de penser que ses nanites avaient dû non seulement proliférer dans son organisme au-delà de toute mesure, mais qu'elles avaient *évolué*. Tout cela demeurait hautement spéculatif et nécessiterait une étude approfondie afin de comprendre les processus à l'œuvre. Étude impossible à mener, bien entendu.

Lithian s'interrogeait également sur les cauchemars – ou visions ? – que Ludwig lui décrivait souvent au sujet de cette « entité extérieure », quoi qu'elle puisse être. Était-il possible qu'il existât un être non naturel profondément malfaisant, errant entre les dimensions, inaccessible à nos sens humains limités, mais capable, par sa seule présence à proximité de nos mondes, d'agir sur des personnalités avides de pouvoir telles que celles d'Obéron, Jorandi ou Khanybekov sans même qu'ils en aient conscience, leur laissant croire qu'elles étaient des élus, ou même des dieux, dans le but de leur faire ouvrir un passage dans notre univers ? Un frisson d'effroi traversa Lithian à cette idée. Quelle pouvait être la nature d'une telle créature, rôdant entre les plans de l'existence, hors du temps et de l'espace ? Plus elle y songeait, plus elle se demandait si cette chose ne pourrait avoir influencé Jorandi Montero dans l'avenir afin qu'il pousse trop loin et trop vite ses recherches, et provoque une singularité physique. Les perturbations majeures induites dans le tissu temporel auraient ainsi créé des conditions propices à son entrée dans cette dimension, dans ce monde… Perspective glaçante.

Sommes-nous à la veille de cet événement apocalyptique ?

À ce moment, elle fut tirée de ses réflexions par quelqu'un prenant place à sa table, face à elle : Éthelinde. La naturaliste avait les traits fatigués. Elle s'était fait donner un bol de gruau fumant, une tranche de pain et une mesure de lait.

Éthelinde la dévisagea en émiettant le pain dans le gruau.

« Vous n'avez pas dormi non plus ? » dit-elle.

Lithian se décida enfin à avaler une gorgée de sa chicorée, désormais tiède.

« Je n'ai pas passé un moment très agréable hier soir, répondit-elle. Cela ne crée pas les conditions idéales pour trouver un sommeil réparateur… »

L'activité au mess gagnait en intensité à mesure que les officiers arrivaient pour se restaurer, allant et venant entre les tables, se saluant et s'interpellant. Dans le brouhaha général, nul ne prêtait attention à elles.

Après avoir gardé le silence quelques instants, soufflant sur le gruau brûlant, Éthelinde finit par dire : « Je suis désolée d'avoir douté de vous. »

Lithian haussa les épaules :

« Que pouviez-vous faire d'autre ? Si je ne voulais pas subir ce genre de désagrément, je n'avais qu'à assumer mes erreurs, ravaler ma honte et tout vous avouer.

— Je ne puis qu'imaginer la douleur qui fut la vôtre d'avoir été déracinée de la sorte. Vous avez perdu tous vos proches d'un coup, comme dans un accident, mais sans qu'ils fussent… décédés. Il vous était donc impossible de faire votre deuil… Pour vous, la vie s'est en quelque sorte arrêtée. »

Bien qu'elle n'eût pas davantage d'appétit, la magesse se résolut à manger quelques bouchées de sa tartine. Son bref malaise de la veille l'avait passablement inquiétée.

Le regard dans le vide, elle répondit pensivement : « Pas un jour ne passe sans que je songe à mes filles et à mon mari. La dernière fois que je les ai vus remonte à trente-quatre ans – de mon point de vue, bien sûr. Merja avait huit ans et Hannele, six. Deux petites blondes débordantes d'énergie et heureuses de vivre. Merja aimait les animaux et Hannele, la musique. Je ne sais pas si la première a fini par devenir vétérinaire et la seconde musicienne… et je ne le saurai jamais. Quant à Matias, mon mari, il n'avait pas la fibre scientifique. Il aimait écrire, mais se considérait lui-même comme un médiocre écrivain – je ne partageais pas cette opinion. Alors, il rédigeait des articles pour la gazette locale, ce qui lui laissait le temps de travailler à ses textes, en espérant les faire éditer un jour. A-t-il fini par y parvenir ? Je ne le saurai jamais non plus. Ont-ils réussi à reconstruire leur vie après ma disparition ? M'en ont-ils voulu ? Je ne le saurai jamais. Je n'ai jamais pu leur dire au revoir, leur dire à quel point je les aimais. J'espère au moins qu'ils ont cru que j'étais morte dans la destruction du laboratoire, qu'ils ont pu faire ce deuil qui m'a été refusé… Moi, je ne cesserai jamais d'essayer d'imaginer l'existence qu'ils ont menée. Ont-ils été heureux ? Mes filles ont-elles eu des enfants ? L'Incident m'a volé ma vie. Voilà mon châtiment pour l'orgueil et l'égoïsme dont j'ai fait preuve en suivant Jorandi dans sa folie. Que mes filles ont-elles pu penser de cette mère qui préféra prendre des risques insensés au nom de la grandeur d'une chose aussi abstraite que la science au lieu de songer à elles avant tout ? »

Bien que Lithian se fût efforcée jusqu'à présent de retenir ses larmes, elles coulaient maintenant abondamment sur ses joues.

Les yeux humides elle aussi, Éthelinde lui répondit sur un ton compatissant : « Il vous était impossible de prévoir l'Incident. D'imaginer l'inimaginable. Sans quoi, vous auriez fait passer l'intérêt de vos filles en priorité, Silja, c'est évident. »

Lithian sécha ses joues et adressa à Éthelinde un regard dur. Mais cette sévérité était dirigée contre elle-même.

« C'est faux, vous le savez bien, maugréa-t-elle. J'aurais *dû* le prévoir. Si j'avais privilégié l'éthique à la précipitation, j'aurais tout fait pour m'opposer à Jorandi. Tout au moins, je ne lui aurais pas prêté mon concours. Depuis ce moment de faiblesse coupable, il me faut vivre avec les conséquences de mon égoïsme. C'est ainsi.

— Je ne sais que trop ce que c'est de perdre des proches, dit lentement Éthelinde, presque à mi-voix. Je ne sais que trop ce que c'est de se résigner à une vie de solitude et de misanthropie. Mais, au fond, depuis que je vous ai rencontrée ainsi que Ludwig, et feu Mathurin, j'ai compris que j'étais dans l'erreur durant toutes ces années passées à fuir la compagnie des humains. Avec vous et eux, j'ai retrouvé une famille. Et je pense que vous aussi, Silja, ainsi que Ludwig. Cela ne remplacera jamais nos familles d'origine, mais nous ne sommes pas condamnés à une vie de solitude. »

Profondément touchée, Lithian ouvrit la bouche pour répondre, mais, sous le coup de l'émotion, les mots lui manquèrent. Elle ne se doutait pas qu'Éthelinde lui vouait une telle affection et s'en voulut d'autant plus de lui avoir si longtemps caché son passé. Jamais elle n'aurait cru que la jeune femme pourrait lui pardonner d'avoir causé tant de malheurs pour d'aussi mauvaises raisons, ni de leur avoir menti depuis le début. À ce moment, Lithian ne vit plus en Éthelinde la femme forte, rompue à une existence de brigand, prête à user de violence au besoin, fugitive féroce recherchée des années durant par la sinistre Garde hermétique, mais la petite fille qui ne connut jamais sa mère et qui perdit son père à dix-sept ans, sans aucune famille pour la soutenir, contrainte à une vie de fuite et de solitude.

Incapable de parler, la vieille magesse tendit la main pardessus la table et prit celle de la naturaliste. Celle-ci, embarrassée, car tout aussi pudique, la serra fort à son tour, en souriant.

Un grondement sourd s'éleva soudain tandis qu'un long convoi de canons de douze livres, pesant chacun plus d'une tonne et demie, montés sur des roues bardées de fer et tirés par d'énormes percherons, défilait sur la route qui bordait le bâtiment. Plusieurs minutes durant, le sol trembla et les murs vibrèrent si fort que des cascades de poussière s'échappaient des jointures des pierres. Une fois que les batteries, suivies de leurs équipages, se furent éloignées, il fut de nouveau possible de s'entendre et les conversations reprirent dans le mess.

L'interruption avait permis aux deux femmes de retrouver en partie leurs esprits. Elles poursuivirent leur déjeuner, avec un peu plus d'appétit cette fois.

Davantage pour changer de sujet qu'en espérant réellement une réponse, Éthelinde demanda :

« Je suppose que vous allez refuser d'évoquer cette matière, mais la scientifique que je suis ne peut pas ne pas vous interroger sur…

— Éthelinde, coupa la magesse, je ne vous ferai nulle révélation sur l'avenir. J'ai été explicite sur ce point et j'en ai déjà bien trop dit hier soir.

— Bien sûr, vos explications ont été des plus claires : le simple fait de connaître l'avenir altère déjà le présent. Toutefois, peut-être qu'en choisissant soigneusement mes questions… »

Lithian demeura inflexible.

« Il est inutile d'insister, ma chère. Comme vous l'avez tout de suite saisi hier, les conséquences à long terme de la moindre modification dans une ligne temporelle peuvent se révéler majeures. On inventera un jour un concept appelé "l'effet papillon", une métaphore destinée à simplifier une théorie fort compliquée – dont je ne vous parlerai pas – qui postule, entre autres, que les systèmes complexes se développant sur de longues durées possèdent une grande sensibilité aux conditions initiales. En d'autres termes, l'infime battement d'ailes d'un papillon quelque part peut provoquer un ouragan à l'autre bout du monde…

— C'est entendu, admit Éthelinde. De petits événements s'accumulant sur des siècles entraînent d'importantes conséquences. Cependant, si vous me permettez de présenter les choses sous un angle différent : il n'y a pas de ligne temporelle "de référence", n'est-ce pas ? Au fond, est-ce si problématique de modifier l'avenir – du moins l'avenir tel que *vous* l'avez connu –, car le futur "alternatif" qui surviendrait alors ne sera pas nécessairement pire que celui d'où vous venez, voire, qui sait, peut-être serait-il même meilleur, non ? Par conséquent, est-ce vraiment si grave ? »

Le regard de la magesse se fit plus sombre : « Chaque fois que, dans ce temps, je dis ou fais quelque chose qui n'y a pas sa place, je change autre chose dans l'avenir. Petite ou grande altération, nul ne peut le dire. En revanche, certaines d'entre elles pourraient mener… à ce que mes filles n'existent pas. Pour moi, c'est une perspective intolérable… »

Éthelinde la dévisagea avec une compassion renouvelée.

« Quelle idiote je fais, finit-elle par dire, la voix enrouée. J'aurais dû comprendre cela moi-même… Je ne vous interrogerai plus à ce sujet, je le promets. Bien sûr, ce sera une frustration terrible pour moi, vous vous en doutez. J'eusse tant aimé en apprendre un peu sur les découvertes fabuleuses de votre temps au lieu de me voir limitée à celles du mien…

— Ne raisonnez point de cette façon, répondit Lithian en haussant les épaules. À chaque époque, les savants rêvent de connaître la science du futur en croyant la leur si rudimentaire, si imparfaite. Mais imaginez les érudits du Moyen Âge, en Europe ou en Orient, qui étaient au sommet du savoir de leur époque… ils auraient brûlé eux aussi de connaître les progrès scientifiques de votre temps. Pour eux, le XIXe siècle était un avenir lointain aux promesses scientifiques glorieuses. Que n'auraient-ils pas donné pour être à votre place ? Moi-même, dans l'époque qui fut la mienne, considérant les avancées extraordinaires que la science avait déjà permises, je ne cessais de me demander ce que plusieurs siècles de perfectionnements au même rythme finiraient par produire. Deviendrions-nous des êtres de pure énergie, des consciences immatérielles flottant entre les dimensions ? Je pense que mon enthousiasme irréfléchi pour les recherches de Jorandi procédait en partie de ce rêve de progrès infini… Mais ce rêve est vain… »

Un brusque vacarme emplit d'un coup la grande salle tandis que tous les officiers attablés se levaient à l'unisson pour se mettre au garde-à-vous. Le Premier consul Brégante venait d'entrer dans les lieux, suivi de sa garde qui se posta devant les portes.

« Repos, messieurs ! lança-t-il. Reprenez votre déjeuner ! »

Puis il vint trouver les deux femmes et s'assit à côté de Lithian.

« Le bonjour, mesdames, fit-il à voix basse. Je vous prie de m'excuser de vous presser, mais, compte tenu des informations essentielles que nous avons maintenant en notre possession, il nous faut tenter de mettre sur pied un plan d'action pour affronter Vakt. Si vous voulez bien me suivre. »

LUDWIG

Près de Warloy-Baillon, la Somme, le matin.

Dans les insondables gouffres de l'espace grouillent des choses que la pensée humaine ne peut appréhender, se vautrant au cœur d'un chaos de matière et de temps mêlés, immortelles, insensibles, aveugles et stupides. Ces légions inquantifiables le servent, Lui. *Ces innommables obscénités sont-elles ses armées, ou de simples adorateurs, flattant son orgueil inhumain ?* Il *patiente, tissant une infinie toile gluante destinée à capturer les esprits les mieux disposés à* Lui *rendre un culte, à se donner à* Lui, *à* Lui *faire offrande de leurs mondes et de toute la vie qui les anime. Le Monde Naturel, l'Autre Monde et tant d'autres, dont nul humain ou* elvëm *ne connaît l'existence et qui pourtant emplissent probablement l'univers par milliers de millions.* Il *les absorbera tous.* Il *n'a d'autre but dans l'existence, nulle autre fonction.*

L'apaisement du repos nocturne était un soulagement désormais refusé à Ludwig. Les maigres heures de mauvais sommeil qu'il parvenait à trouver chaque nuit lui permettaient encore d'atténuer sa fatigue physique, mais ne lui apportaient plus aucun réconfort moral.

Peu après son lever, tandis que son esprit peinait à se débarrasser des dernières rémanences de ses songes délétères, on l'avait fait prévenir qu'il était attendu par le Premier consul.

Lorsqu'il était arrivé dans la cour centrale du corps de ferme réquisitionné, il avait constaté qu'Irénion s'y trouvait déjà, en compagnie d'Yvonnius Archant, ainsi que de l'espionne Catherine Lavoisin. Éthelinde, Lithian et Roland étaient également présents. Tout le monde se tenait sous un grand orme, probablement pluricentenaire, à l'ombre duquel on avait dressé une table couverte de cartes de la région. Irénion avait jugé, lui dit-il après qu'ils se furent salués, qu'il serait plus agréable de profiter du grand air en ce début de matinée, avant que les chaleurs de l'après-midi ne devinssent pénibles. Ludwig, qui n'aimait rien moins que d'être enfermé, surtout sous une tente lugubre comme la nuit précédente, lui sut gré de cette initiative.

Lithian et Éthelinde avaient choisi de s'installer dans des fauteuils pliants ; les autres étaient demeurés debout, à l'exception d'Yvonnius, assis sur un coin de la table. Ludwig prit place sur l'une des imposantes racines de l'orme qui émergeait du sol tel un tentacule figé. La garde personnelle d'Irénion avait vidé tous les bâtiments de la ferme et ceinturé le périmètre. Ils étaient entre eux.

« Compte tenu des informations essentielles qui ont été portées à mon attention cette nuit, commença Irénion, j'ai jugé qu'il était nécessaire de revoir nos plans de bataille. C'est pourquoi je vous ai réunis de nouveau, en invitant le colonel Archant, en tant que premier aide de camp, ainsi que Catherine Lavoisin, pour la connaissance précise qu'elle a de l'ennemi. Mais avant tout, je dois vous apprendre une excellente nouvelle : cette nuit, tandis que nous tenions cette discussion, euh… déconcertante, la sinistre impératrice Uliatine est morte ! »

Une fois passée la stupeur produite par cette annonce sur la petite assemblée, le Premier consul leur exposa comment Yvonnius, sur l'idée d'Evdokia Sverela, avait mis sur pied le piège destiné à en finir avec cette créature malfaisante.

Le colonel Archant leur raconta lui-même combien il avait été délicat d'expliquer à Azra qu'Evdokia n'avait été, elle aussi, qu'une victime d'Uliatine, et que son repentir était sincère. Ensuite, il avait fallu convaincre le jeune Nizam de demander à son *djinn* de leur prêter son concours pour affronter une adversaire douée de tels pouvoirs. Il conclut en précisant qu'il n'était pas certain d'avoir saisi comment le *djinn*-qui-va-avec-Nizam s'y était pris pour faire sortir les deux femmes du camp militaire russe une fois leur objectif atteint ; il semblait qu'il eût été fait usage d'une sorte de "brouillard hypnotique" dans lequel un génie pouvait s'envelopper. Ludwig connaissait bien Yvonnius, maintenant ; il savait que l'officier ne se passionnait guère pour les matières ésotériques.

« Lorsque je commandais une compagnie de Sentinelles intérieures, ajouta Irénion, nous avons longtemps traqué la comtesse Uliatine. Sous la couverture d'une caravane de bohémiens en territoire français, elle espionnait et menait des actions de déstabilisation pour le compte de la Russie. De tous les agents étrangers contre lesquels il nous a fallu lutter, Uliatine était la pire. L'une des personnes les plus mauvaises et les plus dangereuses qu'il fût, et le pouvoir auquel elle avait récemment accédé faisait peser une menace effrayante sur le monde. C'est un immense soulagement qu'elle ne soit plus.

— J'avais déconseillé à Azra de chercher vengeance après la mort de sa mère, dit Éthelinde. Je ne sais que trop bien à quel point ce désir vénéneux peut ronger un individu toute sa vie. Cela dit, maintenant qu'elle a atteint son but, j'espère au moins qu'elle trouvera une certaine paix. Cette jeune fille a beaucoup souffert. »

Irénion approuva ces paroles d'un hochement de tête. Ludwig savait combien il se sentait coupable de la mort de Pavel.

« Cette élimination est une bonne chose pour nous, conclut le Premier consul. Cependant, le danger principal nous guette toujours. Le Hiérophante du *Bog Krovi* arrive et il ne vient ni négocier ni nous affronter selon les principes de l'honneur militaire. Il vient nous anéantir. Tous les plans de bataille, aussi empreints de génie napoléonien puissent-ils être, ne suffiront pas à l'arrêter. Beaucoup de choses extraordinaires ont été dites hier soir qui soulèvent de nombreuses questions, que je me suis efforcé de résumer à Yvonnius et à l'agente Lavoisin ce matin. Toutefois, le moment n'est pas à élaborer de complexes hypothèses scientifiques ou des développements philosophiques subtils. D'après les renseignements fournis par les espions de Mlle Lavoisin, Vakt arrivera sur le front d'ici moins de quarante-huit heures. Je ne saurais dire combien de temps lui sera nécessaire pour s'informer de l'état des forces en présence, prendre en considération la mort d'Uliatine et dresser son propre plan de bataille, mais je suppose que ce sursis n'excédera pas quelques jours. »

Il se posta devant la grande table, face à la carte de la région, telle une incarnation symbolique des dizaines de rectangles de bois colorés représentant toutes les divisions que la Grande Armée comptait.

« La question à laquelle nous devons répondre aujourd'hui est d'une simplicité biblique, mes amis : Vakt peut-il être vaincu ou devons-nous envisager une capitulation, en espérant sa clémence ? »

La moue qu'esquissa Lithian eût constitué une réponse claire, même si elle n'avait pas pris la parole.

« Il n'y aura nulle clémence à attendre d'un être qui se proclame lui-même "Seigneur de l'Abîme", déclara-t-elle comme une évidence. De mon temps déjà, Jorandi était un homme malfaisant – même si je n'ai su le voir –, guidé par son seul intérêt, sa soif de pouvoir. L'Incident, son séjour en Égypte, puis dans l'Autre Monde, les pouvoirs immenses qu'il y acquit, puis les dizaines de siècles passés à se dessécher au fond d'un mausolée ; tout cela a fait de lui un monstre absolu qui n'a plus rien d'humain. Un être qui n'entretient plus le même rapport à la réalité que chacun d'entre nous. Il ne cherche qu'à faire croître sa puissance, à étendre sa domination, à multiplier ses nanites par l'intermédiaire de ses marionnettes de manière à propager ces extensions de lui-même comme une maladie. La préservation de la vie humaine, l'empathie, la miséricorde sont des concepts qui n'ont aucun sens pour lui. »

Irénion ne chercha pas à dissimuler son accablement. Néanmoins, Ludwig savait qu'il n'attendait pas d'eux de vains encouragements, aussi exprima-t-il sa pensée sans ambages.

« Il est possible que la menace soit encore plus grave, fit-il. Je sais que certains d'entre vous font, comme moi, depuis plusieurs mois, des cauchemars étranges et effrayants. À force de pratiquer ce que j'appelle le "repliement", j'ai acquis la conviction que ces cauchemars ne sont pas réellement des rêves, mais des sortes de visions suscitées par une influence lointaine… Quelque chose rôde à la limite de notre monde. Une chose inconcevable, au sens exact du terme. J'ignore comment la qualifier. Disons, une sorte de déité extérieure à notre univers. Une entité de mal absolu. »

Le visage du Premier consul exprima un certain scepticisme.

« N'est-ce pas un peu mélodramatique ? répondit-il. Je sais que vous ne parlez jamais à la légère et, de plus, je souffre, en effet, moi aussi, de ces songes pénibles. Toutefois, ce que vous nous décrivez paraît un peu… abstrait… »

Quittant l'épaisse racine sur laquelle il était assis, Ludwig fit quelques pas, la tête baissée. Il répugnait à évoquer ce sujet.

« Croyez-moi, cette entité n'a rien d'abstrait, je l'ai vue. J'ai senti son œil sur moi. J'ai perçu ses pensées absurdes, chaotiques et… glaçantes. Elle n'attend qu'une chose : qu'un fou inconscient tel que Vakt lui ouvre une porte… Et viendra un moment où il le fera, sans même avoir conscience d'être manipulé par cette déité… »

Le front soucieux, Irénion jeta un regard à Lithian.

« Cette hypothèse n'est pas à prendre à la légère, je le crains, fit la magesse. Même dans les temps futurs où j'ai vécu, en dépit des immenses progrès scientifiques, les rêves demeurent mal compris et en grande partie mystérieux. On ne peut exclure qu'ils constituent un état neuronal nous mettant en rapport avec des dimensions inconnues ou avec les pensées d'entités dont nous préférerions ignorer l'existence. »

Toujours debout, impassible, les yeux perdus dans le lointain, au point que Ludwig se demandait si elle écoutait vraiment la conversation, l'agente Lavoisin intervint à ce moment : « Je ne possède nulle compétence dans les matières, euh… ésotériques, toutefois, sur un plan plus pratique, je puis confirmer en partie ce qui vient d'être dit. Vakt n'est pas un ennemi conventionnel avec lequel il sera possible de négocier. Toutes les informations que j'ai pu recueillir sur son compte concordent : contrairement à tous les dirigeants et à tous les chefs de guerre de ce monde, il ne s'intéresse pas aux conquêtes territoriales, ni aux alliances, ni aux jeux de pouvoir et encore moins aux richesses. Vakt ne semble attiré que par la mort, le chaos, l'asservissement total des âmes. Ne cherche-t-il qu'un plaisir pervers dans la désolation qu'il sème ? Je ne puis le dire. Cependant, ainsi qu'Arcerese vient de l'expliquer, Vakt est convaincu de posséder un lien étroit avec une sorte de déité cosmique, dont l'un des noms est le *Bog Krovi*, le "Sang Dieu". Déterminer si cette entité existe ou non n'est pas de mon ressort. En revanche, je peux affirmer que, par ce lien, il espère devenir lui-même un dieu. Or, un dieu ne négocie pas. »

Le Premier consul de France demeura silencieux après cette dernière remarque. Ramassant sur la carte un rectangle de bois peint en jaune et barré de deux chevrons noirs, il commença machinalement à jouer avec l'objet. Ludwig n'avait aucune idée du type de régiment qu'il symbolisait.

Comme pour pondérer le défaitisme qui s'était installé depuis quelques minutes, Lithian lança :

« N'oubliez pas que Jorandi n'est qu'un homme. Il a beau *se prendre* pour un dieu, il n'en est pas un ! Alors, ne nous avouons pas vaincus trop vite. En dépit de ses immenses pouvoirs, Vakt n'est pas immortel.

— S'il n'est pas immortel, fit lentement Irénion, pourquoi la phalange des sorciers menée par Djédi ne parvint-elle pas à le tuer ?

— Vakt n'a dû sa survie – comme ses pouvoirs, d'ailleurs – qu'aux machines menues présentes dans son sang. La pile diamant délivrait à l'époque une puissance telle que les nanites entretenaient et régénéraient son corps aussi vite que les attaques pouvaient le blesser. Les sorciers de ce temps le prirent pour un être d'essence supranaturelle et crurent qu'il serait impossible de le tuer physiquement. Ils l'ont donc emprisonné. Puis, ces mêmes nanites l'ont maintenu en vie durant quarante-trois siècles. Néanmoins, aussi perfectionnée soit la pile qui les alimentait, les radiations du carbone dont elle tirait son énergie ont fini par faiblir au fil des millénaires. J'ignore combien de temps cela aurait pris, mais, si Vakt n'avait pas été libéré par les Russes et de nouveau alimenté, sa pile aurait fini par s'éteindre et il serait mort pour de bon. Aujourd'hui, c'est le réservoir de puissance brute que représentent les cristaux d'uchronite qui permet à sa pile de fonctionner de nouveau, à une intensité pour laquelle elle n'était même pas prévue. »

Lithian s'interrompit un instant, hésitant de toute évidence à suggérer une idée qui pourrait leur donner de faux espoirs.

« Si cette pile est détruite, reprit-elle, une réaction en chaîne annihilera immédiatement toutes les nanites présentes dans l'organisme de Vakt, et son corps encaissera d'un coup plus de quatre mille ans de vieillissement.

— Enfin une once d'optimisme ! s'exclama Yvonnius. Cette pile est-elle facile à détruire ?

— En principe, oui, répondit Lithian. Il s'agit certes d'un dispositif très particulier, un sommet de la plus haute technologie de mon époque. Cependant, elle n'a rien de magique. Ce n'est qu'une machine. Alors, je suppose qu'une simple balle, ou même un coup de poignard, suffirait à la détruire…

— Il y a un “mais”, n'est-ce pas ? » se renfrogna Yvonnius.

Ludwig avait compris où la magesse voulait en venir.

« La difficulté ne réside pas dans la destruction de cette maudite pile, bien sûr, dit-il. Par ses immenses pouvoirs, Vakt anéantira tout projectile avant qu'il ne l'atteigne ou tuera tout individu qui tenterait de l'approcher. Ce diamant noir qui le maintient en vie a beau être fragile, il est, et restera, hors d'atteinte. »

À ces mots, Roland le Preux se redressa soudain et s'écria : « En ce cas, c'est à moi qu'il revient de faire cette tentative ! Rien ne peut me blesser. Ce soi-disant Seigneur de l'Abîme ne pourra m'arrêter ! »

Levant une main pour modérer cet enthousiasme, Éthelinde tempéra : « Rien de *connu* ne peut vous blesser, Roland. En ce qui concerne Vakt, nous n'en savons rien. Une telle tentative signerait peut-être votre arrêt de mort. »

Le neveu de Charlemagne haussa les épaules : « Risquer la mort en accomplissant son devoir, n'est-ce pas la mission de tout soldat ? De toute façon, à vous écouter depuis hier, il paraît clair que, si nous n'abattons pas ce démon, aucun d'entre nous ne survivra. Donc, ce risque ne m'importe point. De plus, érudite, je vous rappelle que vos expériences ont montré que les armes que je tenais devenaient indestructibles également. Dès lors, je ne vois pas comment Vakt pourrait m'empêcher d'enfoncer cette épée dans son torse de damné ! »

Joignant le geste à la parole, Roland le Preux, comte de la Marche de Bretagne, se leva et dégaina son lourd fauchon pour le brandir. Le tranchant courbe parfaitement aiguisé jeta un vif reflet dans la lumière du soleil matinal.

Ce fut l'agente Lavoisin qui refroidit son ardeur : « Je ne doute pas de votre détermination, paladin. Toutefois, tout aussi invulnérable que vous soyez, rien n'empêchera Vakt de prendre le contrôle de votre corps lorsque vous serez à sa portée et de faire de vous l'une de ses marionnettes. »

Ne trouvant aucun argument à opposer à cette remarque lapidaire, Roland rengaina son épée et se laissa retomber dans le fauteuil pliant dont il avait jailli un instant plus tôt, marmonnant quelque récrimination inaudible.

Cependant, cet échange avait fait naître une intuition diffuse dans l'esprit de Ludwig.

« Lithian…, fit-il, songeur, vous possédez vous aussi ces machines menues dans votre sang, comme Vakt, n'est-ce pas ? »

Le regard de la magesse se fixa sur lui.

« Oui…, commença-t-elle en cherchant à déterminer où le mercenaire voulait en venir, mais je ne possède pas de pile diamant. Mes nanites sont si faibles qu'elles ne suffisent même plus à entretenir mon corps, alors que c'était le rôle pour lequel elles étaient conçues… Je ne pourrai donc jamais acquérir des pouvoirs comparables à ceux de Jorandi. Alors, de là à le combattre… »

Réfléchissant à voix haute, Ludwig poursuivit : « Nous savons que ces nanites sont réceptives au *spiriti aestus* des cristaux, puisque c'est ainsi que Jorandi est devenu le plus puissant sorcier connu. Par conséquent, ne pourraient-elles accueillir une, euh… individualité d'essence ésotérique ? »

Lithian comprit soudain où il voulait en venir.

« Mab ! s'exclama-t-elle. Vous songez à la reine Mab ! »

Ludwig hocha la tête.

« Elle a elle-même évoqué la question devant moi, sans que je saisisse ce qu'elle voulait dire au juste, confirma-t-il. Elle a remarqué que vous étiez différente, Lithian. Elle m'a dit qu'elle sentait en vous quelque chose qu'elle ne comprenait pas, mais qui, d'après elle, entrait en résonance avec ses propres perceptions… Sur le moment, cela m'a semblé assez confus, mais je me demande maintenant si elle ne suggérait pas que…

— … que je l'accueille en moi ? fit la magesse. Bon sang, cette hypothèse mérite d'être envisagée. »

Les autres paraissaient déconcertés par cet échange.

« “L'accueillir en vous” ? s'interrogea Éthelinde. Que cela signifie-t-il ? »

Lithian se leva brusquement et, comme chaque fois qu'elle se prenait d'enthousiasme pour une idée, se mit à parler avec de grands gestes.

« Son esprit, son essence, son principe vital élémentaire, peu importe le nom qu'on lui donne, pourrait peut-être, euh… s'infiltrer dans mes nanites ! Mab a passé des siècles dans l'Entre Monde, un endroit où les corps sont dissociés des esprits. Si elle a suggéré une telle idée, c'est qu'elle pense pouvoir le faire.

— Et une fois en vous, reprit Ludwig, elle serait probablement en mesure de franchir le *lysëndelïs*. »

Toujours debout devant la grande carte, le Premier consul reposa le rectangle de bois peint en jaune et leva les mains afin de leur signifier qu'ils allaient trop vite pour lui.

« Nous ne savons rien de votre séjour dans l'Autre Monde, lança-t-il. Ce que vous y avez fait, ce que vous y avez découvert et qui vous y avez rencontré. Je vous ai souvent entendu parler de cette reine Mab, mais j'ignore de qui il s'agit exactement. Tâchez de vous montrer plus clairs, je vous prie. »

Prenant conscience du caractère chimérique que devait revêtir aux yeux des autres leur voyage en *Hursëlïnh*, alors que, pour lui, il s'agissait de l'expérience la plus concrète qu'il ait vécue jusqu'alors – l'Autre Monde lui paraissant bien plus tangible que celui-ci –, Ludwig inspira longuement avant de se lancer dans une explication, ne sachant guère par où commencer.

Lithian lui épargna cet effort en répondant avant lui, à sa façon expéditive habituelle : « La reine Mab est un personnage tout à fait remarquable, même selon les critères de l'*Alter Mundus*. Si, durant mon séjour dans ces contrées extraordinaires, j'ai senti que mes nanites réagissaient d'une manière particulière à proximité de la plupart des *elvëms*, ce phénomène était singulièrement frappant lorsque je me trouvais devant Mab. C'est assez difficile à expliquer… Un peu comme si sa simple présence réorientait les machines menues en moi, comme si mes nanites *cherchaient* un contact plus étroit avec la reine. Après réflexion, j'en suis venue à me demander s'il était possible que dans la physiologie même des *elvëms* puisse se trouver une sorte d'organisme symbiotique ressemblant un peu aux nanites qui… »

Devant un sourcillement agacé d'Irénion, Lithian interrompit son raisonnement.

« Pardon, laissons de côté les explications savantes. Disons simplement qu'il est tout à fait vraisemblable que les nanites puissent me permettre d'accueillir Mab en moi, lui donnant ainsi la possibilité de venir dans notre monde nous prêter main-forte face au Hiérophante du *Bog Krovi*… Sous quelle forme serait-elle en mesure de le faire, je n'en ai aucune idée. Pas avec son corps physique, cela est certain. Peut-être par une sorte de lien tel que celui qu'entretiennent les *djinns* avec leurs maîtres ? »

Accablé à l'idée de faire courir le moindre risque à sa bien-aimée, Ludwig ne put s'empêcher de secouer la tête.

Ô Titania-aux-Paupières-Closes, sylphide aux cheveux fleuris ! Pourquoi a-t-il fallu que le monde des hommes soit lié à Hursëlïnh, *te poussant au terrible sacrifice que tu t'apprêtes à faire ?*

« Croyez-moi, se résolut-il à dire, la mort dans l'âme, imaginer ma reine faire face à la Terreur Rampante m'afflige au plus profond de mon être. Je ne souhaite pour rien au monde qu'elle s'implique dans cette guerre. Cependant, si elle a fait ces allusions voilées devant moi, c'est, je crois, qu'elle avait la même intuition que nous concernant cette possibilité et qu'elle désirait se joindre aux combats des hommes. Et ce, même si les guerriers oracles et les *hüldres* persistaient à refuser de nous venir en aide. Je pense qu'elle s'en sent le devoir.

— C'est tout à son honneur de souhaiter se joindre au combat des humains, intervint Yvonnius, mais serait-elle capable de vaincre le Seigneur de l'Abîme ? »

Toujours debout, Lithian fit quelques pas afin de s'éclaircir les idées.

« Je ne peux être sûre de rien… mais, je vois Mab comme un "principe opposé" à Vakt, en quelque sorte. Jorandi, en son temps, céda au côté le plus sombre de la technologie humaine, disons, pour simplifier, à une certaine "artificialité destructrice". Pour ma part, j'ai toujours considéré que, avec l'art, la science était l'autre joyau de l'humanité, l'une des rares raisons qui font que l'apparition de l'homme dans l'univers en valait peut-être la peine, avait peut-être un sens, en dépit de toutes les horreurs absurdes dont il s'est rendu coupable. Néanmoins, comme certains de nos prédécesseurs l'avaient déjà pressenti, la science, entre de mauvaises mains, peut mener les hommes à leur perte. Parfois, en tant que scientifique, il faut savoir reculer devant une innovation, devant une "percée" comme on le dira plus tard, dans le temps d'où je viens. Ce que Jorandi n'a pas su faire. Or, Mab est l'antithèse de cela, je l'ai compris lors de mon séjour dans l'Autre Monde. Elle est l'exact contraire de l'artificialité de la technologie. Mab est l'expression même de la nature, de sa capacité à renaître, à s'adapter, à se renouveler et à trouver spontanément un équilibre. Elle est l'inverse de Vakt qui ne laisse que mort et désolation dans son sillage. Le pouvoir de vie contre le pouvoir de mort. Mab est le mystère du monde, ce qui le rend beau parce qu'on ne le comprend pas complètement. Mab est la vie, Vakt en est la négation.

— Je crois que je suis à peu près votre raisonnement, bien qu'il me paraisse un peu trop teinté de mysticisme, articula lentement Éthelinde, sur un ton dubitatif. Cependant, comme l'a fait remarquer Yvonnius, je ne vois pas comment Mab pourrait vaincre un être maléfique aussi puissant que Vakt. D'après ce que je comprends, elle n'est pas guerrière et ne peut – ni ne veut – probablement pas faire appel à l'*Ars Obscura.* »

Alors qu'il demeurait silencieux depuis qu'il avait rengainé son fauchon, Roland reprit la parole.

« La reine, à l'instar de Ludwig et moi-même, vient d'un temps où les forces qui régissaient l'univers étaient différentes. Or, contrairement à nous, Mab est restée comme "suspendue", ainsi que Lithian me l'a expliqué, dans l'Entre Monde. Alors que nous, *persona absens*, avons été profondément transformés et affaiblis par l'Anomalie, la reine est restée la même qu'à cette époque révolue de merveilles et de mystères oubliés. C'est d'ailleurs probablement pourquoi elle ne peut plus franchir un *lysëndelïs* : elle n'est plus "accordée" à ce temps ni à ce monde. La reine des *elvëms* est l'ultime représentante d'un temps où la magie était la force principale du monde. »

Ludwig remarqua que Lithian et Éthelinde échangeaient un regard stupéfait à cette envolée de Roland le Preux ; le paladin antique n'avait jamais manifesté beaucoup d'intérêt envers ces questions complexes et souvent nébuleuses. Il poursuivit sans paraître s'apercevoir de l'étonnement qu'il suscitait.

« Le pouvoir de Mab face à un être comme Vakt ne résidera pas dans sa force ni dans sa rapidité, elle n'aura pas à revêtir d'armure ni à brandir d'armes ; sa seule présence, sa *matérialité positive*, perturbera ce monstre, affaiblira ces machines impies qui le maintiennent en vie, l'obligera à se concentrer sur elle afin de ne pas cesser d'exister, tout simplement comme l'ombre cesse d'exister face à la lumière... Peut-être fais-je fausse route – après tout, je ne suis qu'un militaire ignorant –, mais je crois que la question n'est pas de savoir si Mab pourrait triompher de Vakt. Ce qui compte, c'est que cette confrontation accaparera toute l'attention de celui-ci, toute sa puissance. »

Roland tira de nouveau son épée de son fourreau, mais cette fois avec une lenteur menaçante.

« Alors, croyez-moi, si la reine des *elvëms* tient tête à ce démon suffisamment longtemps pour que je puisse m'approcher, je réduirai à néant le diamant maléfique siégeant dans sa poitrine maudite ! »

Un long silence accueillit ces paroles.

Ludwig était au supplice de devoir envisager des hypothèses qui impliquaient toutes de mettre en danger la reine qu'il aimait.

Irénion lança un regard interrogateur à Éthelinde, comme pour quêter son approbation d'un tel plan.

« Je ne sais pas..., répondit celle-ci en écartant les bras. Rien ne permet d'affirmer avec certitude que cela pourrait fonctionner, mais le raisonnement se tient. De toute façon, j'ai cru comprendre que nous ne disposions d'aucune autre option. »

Le Premier consul se tourna ensuite vers son premier aide de camp.

« Toutes ces spéculations paraissent bien fragiles, soupira Yvonnius. Comment faire reposer des plans de bataille aussi cruciaux sur de tels fondements ? Cependant, comme vient de le rappeler Mlle Ordant, nous n'avons guère le choix... »

De toute évidence, pour Irénion, le moment était venu de trancher.

« Nous voilà donc au pied du mur, déclara-t-il. Nulle prudence ne saurait nous sauver de l'anéantissement, alors tout ce qui peut être tenté doit être tenté. Nous, militaires, opposerons au Hiérophante du *Bog Krovi* tout le poids de notre force armée, mais, considérant que nous avons déjà failli être vaincus face à Irina, pourtant bien moins puissante, nous savons tous que cela ne suffira point. Alors, mes amis, faites tout ce qui est en votre pouvoir pour nous donner une chance de survivre au choc qui s'annonce. »

IRÉNION

1er juin 1816

Albert, la Somme, le matin.

Durant la retraite des troupes russes menées par la comtesse Uliatine, une dizaine de jours plus tôt, la commune d'Albert avait subi un bombardement nourri de l'artillerie française. Deux obus de mortier de douze pouces, emportant chacun soixante-dix kilogrammes d'explosif, avaient atteint le toit de l'église paroissiale au centre du bourg, détruisant une grande partie de la charpente et soufflant l'essentiel des ardoises. Lorsque, la veille, les officiers du génie avaient cherché un endroit surélevé d'où l'état-major pourrait superviser la bataille à venir, ce bâtiment s'était imposé. Une fois les débris dégagés et un plancher de fortune posé en quelques heures sur les lambourdes surmontant les voûtes, la vue depuis les restes du toit s'était révélée tout à fait satisfaisante. Une échelle permettait même de gagner le haut du clocher – encore debout – d'où les abat-sons avaient été retirés, offrant une perspective d'autant plus dégagée sur la campagne environnante.

Dès les premières heures du jour, Irénion Brégante avait rejoint ce quartier général improvisé, entouré de tous les officiers de liaison, de ses aides de camp et de Ludwig. Les chefs d'état-major des nations alliées se trouvaient là également, même si, une fois encore, les Français commandaient l'ensemble des armées coalisées.

Comme d'habitude depuis des mois, pas un nuage n'était visible dans le ciel, d'un horizon à l'autre.

« Jamais je n'eusse imaginé que la pluie puisse autant me manquer », maugréa Irénion.

La végétation était désormais si sèche que l'immense panorama qui s'offrait à lui sur la campagne de la Somme ne présentait plus aucune trace de vert. Seulement des nuances de brun ou de jaune.

« Moi qui, au contraire, ai toujours aimé la pluie, répondit Ludwig, qui se tenait à ses côtés, je vous laisse concevoir combien je souffre de voir la nature dans une telle agonie. Si un jour l'eau tombe de nouveau du ciel, j'espère que les plantes trouveront la force de repousser. »

Tout le long du pan nord du toit de l'église, des guetteurs placés entre les poutres encore debout observaient le lointain à l'aide de longues-vues. Au moindre mouvement suspect, le Premier consul serait immédiatement averti.

Derrière ce dernier, les chefs d'état-major de la coalition étudiaient une fois de plus les cartes de la région, dissertant sur la tactique qu'il conviendrait d'adopter face à l'ennemi. Le général Klenzel pour les Autrichiens, le *Reis Effendi* Ragip pour les Ottomans, le général Moray pour les Britanniques et le duc de Hardenberg pour les Prussiens. Irénion Brégante écouterait leurs suggestions éventuelles tant qu'ils ne le gêneraient pas dans le commandement lorsque les combats s'engageraient. Le seul dont les remarques lui importeraient vraiment était Nizam, dont le *djinn* possédait ce talent particulier d'être capable de communiquer avec tous les *qarins* du régiment spécial du sultan. Cette fois, le jeune homme n'était pas posté au quartier général, mais avait accompagné Éthelinde et les autres sur le terrain, afin d'aider Lithian à tenir son rôle dans le plan.

« Cette campagne est désespérément plate, se plaignit Irénion auprès d'Yvonnius, qui observait les environs lui aussi. Nos batteries seront terriblement imprécises faute d'une position surélevée.

— Les seuls reliefs se trouvent là-bas, répondit son ami en pointant un doigt vers le nord. De l'autre côté du camp russe. Si j'étais à leur place, j'aurais couvert ces collines de canons.

— Ils ne sont pas si stupides, fit Irénion en secouant la tête. Ils savent que nous ne serons pas assez fous pour nous approcher autant de leurs positions. Nous allons au contraire les laisser avancer jusqu'à un point où nous serons à égalité sur ce plan.

— Pourquoi commettraient-ils pareille erreur ? »

Irénion demeura quelques instants le regard perdu dans le lointain avant de répondre.

« Parce qu'ils veulent en finir. Parce qu'ils sont sûrs de leur supériorité. »

Au fond, Irénion lui-même avait hâte d'en terminer également. La menace effrayante que Vakt faisait planer sur eux depuis des mois était devenue difficile à supporter pour tout le monde. Alors, chaque soldat, chaque officier, chaque cantinière, cuistot ou palefrenier de cette armée n'espérait plus qu'une chose : être libéré de cet insoutenable poids moral. Par la victoire, si possible ; par la mort, s'il le fallait. Aujourd'hui, les deux camps jetteraient toutes leurs forces dans un Armageddon décisif. Néanmoins, conscient de son immense responsabilité, le Premier consul ne se laisserait aller à nulle précipitation. L'ennemi avait montré par le passé qu'il ne se souciait en rien de la vie de ses propres soldats, il était donc raisonnable de s'attendre à ce qu'il lance l'assaut le premier.

Pourtant, il se rendait compte qu'il lui serait plus difficile que d'ordinaire de concentrer ses pensées entièrement sur le déroulement des combats. Les révélations stupéfiantes de Lithian une semaine auparavant l'avaient ébranlé. À quoi bon se donner autant de mal pour préserver ce monde et la vie de ceux qui l'habitaient si des individus pouvaient arpenter le temps et, par leur action, volontaire ou non, en changer le cours ? Ces considérations lui avaient flanqué de belles migraines à force d'essayer de se représenter comment d'autres « versions » de ce temps pouvaient avoir existé et comment d'autres pourraient remplacer celle-ci si de nouveaux savants irréfléchis reproduisaient l'expérience catastrophique de Jorandi Montero.

Lithian lui avait assuré qu'elle ne croyait guère à cette hypothèse. Selon elle, il était très improbable que, après la destruction de leur laboratoire et du générateur temporel, quiconque ait été capable de réitérer l'exploit scientifique de Jorandi. Elle en tenait pour preuve que, si tel avait été le cas, d'autres voyageurs temporels seraient certainement venus les chercher, elle et son ancien mentor, afin de les extraire du passé qu'ils perturbaient tant par leur seule présence. Ou encore, il était possible que leur action dans cette époque ait tant modifié l'avenir que ces recherches ne pourraient jamais avoir lieu. La magesse renonçait à trancher entre un temps immuable ou malléable.

Après avoir longuement étudié les notes d'Élégast, elle savait que le Sorcier d'Empire lui-même avait été tracassé par cette double hypothèse : soit le temps pouvait être définitivement altéré par une modification dans le passé, soit celui-ci cherchait toujours à rentrer dans son cours et ne pouvait se voir troublé que durant quelques années. Bien qu'elle admît l'impossibilité de se forger une certitude sur la question, Lithian penchait plutôt pour la seconde supposition. Toutefois, Irénion se demandait si la magesse n'avait pas simplement cherché à le rassurer, en lui laissant entendre que tous ses efforts n'avaient rien de vain ni d'insignifiant, comme il s'était mis à le craindre.

Sur la droite, une lueur orangée attira l'œil d'Irénion : le parlant-à-distance accroché au revers du col de la veste de Ludwig venait de s'illuminer. Le mercenaire toucha du doigt le tube de verre contenant le petit éclat de cristal et la voix d'Éthelinde résonna dans le cornet de cuivre.

« *Nous avons rejoint la Garde impériale*, dit-elle. *Tout le monde est en place, ici. Avez-vous remarqué du mouvement du côté des Russes depuis votre poste d'observation ?* »

En dépit des efforts des ingénieurs d'Eleanor, les parlants-à-distance dysfonctionnaient de plus en plus souvent. La qualité de la reproduction des voix était plus mauvaise que jamais et les coupures bien trop fréquentes.

« Rien pour le moment, répondit Ludwig. Je vous préviens s'il se passe quoi que ce soit. »

Il relâcha la pression sur le tube, et la lueur du cristal s'éteignit.

Ludwig n'était revenu que deux jours plus tôt de l'Autre Monde, après un aller-retour précipité en compagnie de Lithian, destiné à mettre en œuvre la première partie du plan incertain élaboré une semaine auparavant. Il avait été décidé qu'il resterait avec l'état-major durant la première phase de la bataille, afin de coordonner au mieux l'intervention d'Éthelinde, Lithian et Roland, le moment venu. Irénion savait que le mercenaire aurait préféré descendre parmi les troupes en première ligne, mais, comme il se refusait à faire usage de magie, il serait plus utile ici.

En dépit des attentes qu'il avait placées en eux, Ludwig avait été déçu de ne pas être parvenu à convaincre les guerriers oracles et les *hüldres* de l'Autre Monde de se joindre à eux ; il avait continué d'espérer qu'une certaine Olathena réussisse là où il avait échoué, mais, depuis ce matin, il lui avait fallu se rendre à l'évidence : l'*Alter Mundus* ne viendrait pas au secours du Monde Naturel. Les *elvëms* considéraient probablement que c'était aux humains de régler le problème qu'ils avaient créé, et Irénion ne pouvait les en blâmer.

L'un des officiers de liaison signala au colonel Archant que l'ensemble des chefs de division avaient terminé de disposer leurs bataillons et n'attendaient plus qu'un ordre de l'état-major. Yvonnius acquiesça d'un bref mouvement de tête, puis reporta son attention sur les troupes ennemies qui procédaient aux mêmes préparatifs, à plusieurs kilomètres de là, soulevant de diaphanes nuages de poussière.

Irénion observa son ami. Il ne manquait pas d'allure dans son « grand uniforme » vert sombre, aux épaulettes et brandebourgs dorés, bicorne noir bien droit. Désormais premier aide de camp du Premier consul de France, Yvonnius avait, comme lui, parcouru une longue route depuis leur caserne des Sentinelles intérieures de Saint-Cloud. Toutefois, jamais leurs chemins ne s'étaient séparés, et, aujourd'hui, c'était ensemble qu'ils s'apprêtaient à diriger une armée immense, dans un combat qui, à n'en pas douter, resterait dans l'Histoire.

Une rumeur sourde retentit au loin. Des centaines de milliers de soldats hurlaient de concert chez l'ennemi, probablement exhortés à le faire par leurs officiers afin de se donner du courage et d'intimider l'adversaire.

Grâce au réseau d'espions tissé par Lavoisin chez les Russes, ils savaient que le Seigneur de l'Abîme était arrivé le 24 mai. Ainsi qu'Irénion l'avait prévu, Vakt ne s'était pas hasardé à attaquer immédiatement, préférant de toute évidence prendre la mesure de la situation, notamment en raison de la mort inattendue de son impératrice maudite. *On a beau être le plus puissant sorcier connu et se considérer comme un dieu, on n'est jamais trop prudent...* Malheureusement, ce sursis semblait devoir prendre fin aujourd'hui. Le Hiérophante du *Bog Krovi* était décidé à descendre en personne sur le champ de bataille, déterminé à infliger une telle défaite à ces impudents qui osaient se dresser devant lui que plus personne ne s'y risquerait jamais. Selon les rapports de Lavoisin, le nécromant l'avait annoncé à ses fidèles de la Faction rouge dans une messe d'apocalypse, tenue la nuit précédente au cœur du camp militaire russe.

Irénion se rongeait les sangs en songeant à ce que Vakt se préparait à leur faire subir. Allait-il déchaîner une tempête de feu, semblable à celle qui consuma la Grande Armée à Waterloo et mit fin au règne de Napoléon ? D'après Lavoisin, ce sort gigantesque avait pratiquement réduit à néant son *spiriti aestus*, en plus d'avoir immolé également un nombre important de troupes russes, puisqu'il s'était abattu sur le champ de bataille de manière indiscriminée. Par la suite, il avait fallu des semaines au sorcier pour recouvrer ses forces ésotériques, et ce coup d'éclat avait sans doute beaucoup retardé sa « croissance ». Toutefois, comme Vakt avait depuis considérablement gagné en vigueur, il n'était pas exclu qu'il fasse de nouveau usage de cette incantation au cours de l'affrontement qui s'annonçait.

Sur le strict plan militaire, les dix jours qui venaient de s'écouler avaient été mis à profit par les deux camps pour reconstituer leurs effectifs. Après avoir perdu environ quarante mille hommes et soixante-dix mille résurgions lors de la bataille de Warloy-Baillon, les Russes étaient parvenus à rapatrier à marche forcée au moins autant de nouvelles troupes en remplacement et peut-être même davantage.

Cependant, les coalisés avaient également fourni un effort considérable de leur côté. À la demande pressante de Walter Moray, le roi d'Angleterre avait enfin pris la mesure de la situation et envoyé deux divisions. Cette fois, les Anglais ne se cantonneraient pas au rôle de simple force d'appoint. Les Prussiens et les Autrichiens, dont les territoires subissaient toujours l'occupation russe, n'avaient pu réunir que quelques milliers d'hommes supplémentaires. Quant aux Ottomans, si le sultan avait dépêché de nouveaux contingents lui aussi, ils n'arriveraient pas avant deux semaines. Le sort du monde serait décidé d'ici là.

Les Français, bien sûr, n'avaient pas ménagé leur peine. Irénion avait ordonné au 12e corps d'armée, qui, jusqu'alors, barrait la route vers Paris aux Russes, de rejoindre le champ de bataille, et toutes les troupes de la nation dispersées dans un rayon de sept jours de « marche de guerre » avaient été rappelées. Le résultat de ces différentes mobilisations s'était révélé plutôt satisfaisant : désormais, l'armée réunie face à Vakt se montait à près de cent soixante-dix mille soldats, en dépit de la perte de vingt mille hommes à déplorer lors du précédent affrontement. De plus, trente nouveaux canons avaient pu être ajoutés aux cent quatre-vingt-dix déjà en service.

Par ailleurs, la rumeur d'une bataille « ultime », décisive pour l'avenir de l'Europe, et peut-être du monde, avait gagné tout le pays et des milliers de civils avaient afflué afin de se mettre sous les ordres du Premier consul, désireux de défendre leurs proches et leur patrie. Bien qu'il fût sensible à cet élan de courage, Irénion avait donné des consignes pour que ces hommes inexpérimentés ne soient pas envoyés au front où ils trouveraient la mort pour rien. Sans entraînement, ils ne feraient que gêner les véritables soldats. Ces volontaires s'étaient vu proposer d'aider à l'arrière, où l'on manquait constamment de bras, ou de remplir les rôles de guetteurs et d'éclaireurs.

« J'ai l'impression que les Russes s'agitent de plus en plus », fit Yvonnius, l'œil toujours rivé sur sa lunette.

Irénion tira sa montre de son gousset.

« Bientôt neuf heures, dit-il. S'ils veulent tenter une attaque, ils ne peuvent pas attendre indéfiniment.

— Ils semblent fort nombreux, grommela Yvonnius. Au moins deux cent mille soldats. Bien qu'à cette distance, il soit difficile de différencier les hommes des résurgions... »

Cette fois, la tactique n'allait jouer qu'un rôle mineur, Irénion en était convaincu. Le choc serait frontal, brutal, dénué de toute subtilité militaire, chaque camp engageant l'ensemble de ses forces dans une lutte sans retraite ni reddition, aussi grossière que meurtrière. Nul stratège n'aurait été capable de prédire l'issue d'une telle bataille si les sorciers et la magie noire étaient restés du domaine des légendes ; mais, avec Vakt en adversaire final, la nouvelle coalition semblait condamnée à s'incliner. Dès lors, un seul choix s'offrait à eux : mourir résignés ou en combattant. Sauf si, par miracle, le plan fragile échafaudé par Lithian et Ludwig fonctionnait.

Alors, se trouvant peut-être à quelques heures de sa fin, Irénion ne cessait de songer à Eleanor et à leur enfant qu'elle portait. Lui serait-il donné de naître et de connaître son père ?

Soudain, le son de nombreux clairons s'éleva au loin. Des guetteurs signalaient du mouvement chez l'ennemi. À peine quelques secondes plus tard, les parlants-à-distance de plusieurs officiers de liaison s'illuminèrent en même temps, et les voix de tous ces interlocuteurs se mêlèrent dans une cacophonie affolée.

Le Premier consul n'avait pas besoin de les entendre séparément pour comprendre que les Russes venaient de lancer leur attaque. En effet, à près de trois kilomètres de là, se levait un énorme nuage de poussière tandis que les vingt divisions du Seigneur de l'Abîme, ainsi qu'une quantité impossible à estimer de résurgions, se mettaient en branle. D'après Lavoisin, nul général en chef n'avait été désigné pour diriger cet assaut. L'ennemi comptait sur la submersion par le nombre, éternelle tactique russe depuis que les batailles rangées avaient cours, sauf lorsqu'ils étaient envahis et qu'ils pouvaient s'appuyer sur leur terrible hiver.

Tout le monde retenait son souffle en observant la marée de soldats et de monstres, vague rouge et noir qu'on aurait dite en feu en raison des nuages de poussière qui, à cette distance, évoquaient les fumerolles d'une coulée de lave.

Après plusieurs minutes de patience anxieuse, lorsque les troupes russes se trouvèrent à mi-chemin des lignes françaises, Yvonnius s'exclama : « Que l'on fasse donner les batteries ! »

Dès l'ordre transmis, le grondement de fin du monde des deux cent vingt canons alignés dans la plaine résonna, assourdissant, et les centaines de projectiles filèrent vers leurs cibles en jaillissant des épais panaches de fumée blanche. Quelques secondes plus tard, les boulets frappaient le sol, ricochant sur la terre dure comme de la pierre, fauchant de nombreux soldats à chaque rebond, les obus explosaient parmi les troupes et les biscaïens, dont la longueur de la mèche était réglée avant le tir, éclataient en l'air, dispersant leur mitraille meurtrière dans un rayon de plusieurs dizaines de mètres. Ces premiers tirs avaient néanmoins manqué d'efficacité, de nombreux projectiles ayant raté leur but – pour les équipages, viser depuis le niveau de la plaine demeurait un exercice en partie aléatoire.

Afin de palier cette difficulté, des chefs canonniers, tous pourvus de parlants-à-distance, avaient été postés dans le clocher de l'église paroissiale, dix mètres au-dessus du quartier général. En observant les premiers tirs à la longue-vue, ils purent aider les artilleurs à rectifier leurs trajectoires ainsi que la longueur des mèches, et les bordées suivantes commencèrent à causer davantage de dégâts chez les Russes, sans pour autant ralentir leur rythme de progression.

Il ne fallait pas laisser cette marée impie approcher trop, sans quoi les batteries deviendraient inutiles. Irénion ordonna alors qu'on sonne la charge.

Cette fois, nulle tactique de diversion, nulle ruse élaborée destinée à attirer l'ennemi, aucun régiment posté en embuscade latérale pour prendre en tenaille les troupes adverses par surprise. Tout ce que la Grande Armée comptait de grenadiers, de fusiliers, de voltigeurs de la Jeune Garde, de chasseurs à pied et à cheval, de Sentinelles intérieures, de hussards, de chevau-légers lanciers et de dragons de la Garde s'élança en même temps, se ruant sur les légions de Vakt. Une immense clameur s'éleva du champ de bataille, dont le niveau sonore fut si impressionnant qu'Irénion en oublia de respirer pendant de longues secondes.

Vus du toit de l'église d'Albert, de gauche à droite, s'alignaient le 10e corps d'armée et les Prussiens, menés par Villard, les 1er et 2e corps de cavalerie française et les deux divisions anglaises, dirigés par Radony, les 1er et 3e corps d'armée et la cavalerie autrichienne, commandés par Hassu-Massey, et le 12e corps d'armée conduit par le général Laloup. Plusieurs régiments des régions avoisinantes, qu'on n'avait pas eu le temps d'intégrer à des armées constituées, avaient reçu pour instruction de se porter en divers points de la bataille en fonction de l'évolution des combats. Le dispositif était semblable à celui qui leur avait si bien réussi à Warloy-Baillon dix jours plus tôt, à la différence qu'il était cette fois orienté d'est en ouest, et que les troupes avançaient d'un bloc, dans l'espoir de freiner la multitude ennemie. L'objectif était de faire front et de tenir le plus longtemps possible.

Lorsque les deux masses se rencontrèrent, les fusiliers formèrent les rangs afin d'exploiter au maximum l'avantage du famar, tandis que l'infanterie et la cavalerie percutaient l'adversaire avec violence. À ce moment, la bataille s'engagea pour de bon, sauvage, frénétique, chaotique. Les soldats russes tentaient d'appliquer leurs techniques de combat conventionnelles pendant que la Faction rouge faisait déferler des milliers de résurgions de toute taille et de toute nature. Depuis Santes, les fusiliers avaient reçu pour instruction de tenter d'identifier les « meneurs » et d'en faire leurs cibles prioritaires. Chaque fois que l'un de ces sectateurs masqués de noir tombait, une dizaine de pions de la Faction s'écroulaient avec lui.

L'artillerie ennemie peinait, à l'image des batteries françaises, à donner sa mesure, gênée par le terrain plat et l'imbrication étroite des lignes des deux camps.

Bien que le Premier consul s'efforçât de communiquer ses instructions aux officiers de liaison, son rôle se voyait singulièrement limité devant l'impossibilité de manœuvrer de manière précise et coordonnée. La visibilité devenait de plus en plus mauvaise à mesure que la fumée des tirs envahissait la plaine, mais ce n'était pas la seule raison… Il semblait à Irénion que la lumière du soleil s'était faite moins intense depuis quelques minutes. N'était-ce qu'une illusion ou le début d'un maléfice ? Il tâcha de ne pas se laisser distraire, d'autant que le régiment des maîtres-*djinns* venait d'entrer en action.

Protégés par les rangs serrés du 2e corps d'armée français et des janissaires du sultan, les six cents maîtres ayant survécu à la bataille précédente invoquèrent leurs *qarins* qui étirèrent aussitôt leurs ombilics vaporeux en direction des Russes. Cependant, l'effet de surprise dont ils avaient bénéficié la première fois ne joua pas de nouveau : l'ennemi résista à la panique, tout en concentrant ses attaques sur les maîtres. Les créatures surgies du *Qaf* permirent néanmoins de briser les lignes adverses en de nombreux endroits, où les fantassins parvinrent même, en quelques points âprement disputés, à établir des carrés d'infanterie qui firent des ravages parmi la Faction rouge et ses malebêtes, peu expérimentées face à ce genre de formation, particulièrement difficile à rompre.

Le Premier consul et ses aides de camp s'obstinaient, en distribuant des consignes, à tenter de mettre de l'ordre dans le chaos qui faisait rage dans la plaine, mais, à la vérité, Irénion commença à songer que cette bataille suivait un cours qui lui était propre et qu'il était vain de chercher à l'influencer. Quoique… à la réflexion, il était toujours possible de renverser un affrontement par un changement tactique judicieux, opéré au bon moment. Il le savait parfaitement, comme tout officier supérieur. Alors, s'il était conscient de cette vérité militaire… pourquoi un tel défaitisme ? Et la lumière du soleil… N'aurait-elle pas encore diminué ?

« Il se passe quelque chose », lança-t-il à Ludwig, à ses côtés, les yeux rivés sur le carnage en cours.

Le mercenaire, le front soucieux, hocha la tête lentement et lui répondit :

« Je l'ai remarqué également. Je sens une présence indéfinissable. J'ai commencé à la percevoir il y a une heure environ, mais elle est devenue nettement plus forte depuis quelques minutes...

— Vakt arrive ?

— Je ne sais pas... Comme je ne l'ai jamais rencontré, je ne puis être sûr... »

En bas, les combats continuaient de faire rage et, suivant les endroits, l'un ou l'autre camp paraissait avoir le dessus. Par moments, Irénion se prenait à croire qu'ils pourraient tenir, et peut-être même l'emporter, mais toujours davantage de sectateurs du *Bog Krovi* déferlaient et, surtout, toujours plus de résurgions !

« Triple Dieu ! s'écria Yvonnius. Cela n'en finira-t-il donc jamais ? Combien sont-ils à la fin ? Vakt a-t-il vidé les Enfers ? »

Soudain, comme pour souligner ce cri de colère, des enseignes, postés un peu à l'écart sous la charpente à nu, s'agitèrent et poussèrent des exclamations en désignant du doigt une zone au loin, dans la mêlée. Irénion tourna sa lunette dans cette direction. Au début, il ne vit rien, puis il releva l'instrument d'optique et aperçut, à sa profonde stupeur, de noires créatures volantes, de grande taille et munies de nombreuses ailes. Sous leur corps répugnant pendaient des appendices indéfinissables.

« Des résurgions volants ! gronda-t-il, furieux de découvrir un atout de plus dans la manche des Russes. Il ne manquait plus que cela ! »

Éthelinde et Roland leur avaient déjà décrit l'une de ces bêtes abjectes. Et d'ailleurs, Ludwig saisit aussitôt son parlant-à-distance afin d'appeler la naturaliste et de lui intimer de ne pas intervenir. Compte tenu de ses talents en matière de magie scientifique, celle-ci avait développé ses propres techniques, particulièrement efficaces, pour lutter contre certaines créatures des Vallées Putrides ; Ludwig craignait que la tentation soit forte pour elle de se porter au secours des troupes aux prises avec ces horreurs volantes, qui planaient au-dessus des hommes avant de piquer par intermittence et de s'emparer d'un malheureux qu'elles déchiquetaient sous les yeux terrorisés des autres. La jeune femme finit par lui répondre qu'elle s'en tiendrait au plan, bien que cela lui coûtât. Irénion se doutait qu'elle devait bouillir.

Une quinzaine de ces abominations s'en prenaient aux soldats de la coalition. Certaines fondaient sur les carrés d'infanterie qui, conçus pour repousser des attaques de cavalerie, se virent rapidement brisés, laminés. De toutes parts, des fantassins fuyaient, terrifiés. Alors que la situation, bien que tendue, demeurait jusqu'alors relativement équilibrée, elle devint critique en quelques instants. Ragaillardies par ce renfort spectaculaire, les troupes russes repartirent à l'assaut avec un entrain renouvelé.

Le Premier consul échangea un coup d'œil nerveux avec son premier aide de camp ; il hésitait à sonner la retraite afin de limiter les pertes.

Yvonnius secoua négativement la tête : « À quoi bon ? Si nous reculons, plus rien ne les arrêtera et, de toute façon, à la fin, nous mourrons tous. »

Irénion se tourna du côté de Ludwig. Le mercenaire était à l'agonie de se voir contraint de demeurer en retrait. Au comble de la fureur à regarder tant d'innocents massacrés en essayant de s'opposer à ces démons, sans toutefois pouvoir descendre lui-même dans la mêlée, se battre à leurs côtés. Le seul espoir qu'il leur restait résidait dans leur plan et il le savait. Cependant, pour que celui-ci puisse être mis en œuvre, il fallait que Vakt se montrât…

Du bruit derrière eux fit se retourner Irénion. Une estafette venait de grimper l'échelle qui permettait d'accéder au toit de l'église et surgit, hors d'haleine, dans le quartier général.

« Une troupe arrive du sud-ouest ! s'écria-t-il. Plusieurs guetteurs l'ont confirmé !

— Des nôtres ? lança l'un des généraux, près de la table des cartes.

— Les informations qu'on m'a transmises n'étaient pas claires, mon général ! Les soldats seraient, euh... étranges...

— Nombreux ? demanda Yvonnius.

— Je l'ignore aussi, mon général. On m'a dit de vous prévenir en urgence, car... »

Le jeune homme s'interrompit et recula, effrayé, tandis que Ludwig marchait vers lui d'un pas vif, ses lourdes bottes faisant trembler le parquet de fortune.

« Une colonne qui vient de cette direction..., lâcha le mercenaire d'une voix sourde. Se pourrait-il que... »

Arrivé de l'autre côté du toit, il pointa sa longue-vue sur la campagne à l'opposé du champ de bataille, rapidement imité par Irénion. Après plusieurs minutes à scruter les environs, ils remarquèrent en effet un nuage de poussière trahissant le passage d'une importante troupe non loin de là, en approche par l'une des routes d'accès à Albert. Une minute plus tard, les deux hommes découvraient l'un des spectacles les plus stupéfiants qu'il leur eût été donné de voir.

« Ils sont venus..., souffla Ludwig, une intense émotion dans la voix.

— Qui sont ces... », commença Irénion, avant de s'interrompre.

Toutes les personnes présentes dans le quartier général de l'état-major s'approchèrent tandis que le grondement de la cavalcade enflait, afin de contempler une procession que jamais ils n'oublieraient.

Les guerriers oracles allaient en premier, presque aussi grands que des humains et plus forts d'épaules. Leurs armures de métal bleu ornées du nom des Anciens Dieux de l'Autre Monde rutilaient dans la lumière du soleil, et leurs casques s'évasaient vers l'arrière de manière à former une large protection sur la nuque et le cou. Beaucoup arboraient une longue barbe, nouée en une tresse unique, et leur peau possédait des nuances orangées. Certains portaient une épée massive à deux lames, au profil inhabituel, tandis que d'autres semblaient ne détenir pour toute arme qu'un bouclier de taille imposante.

« Ils vont sur des montures semblables à la vôtre ! fit Yvonnius. Des *galt*... comment diable les appelez-vous ?

— Des *galzans* argentés, répondit Ludwig. Des bêtes d'une grande force et capables d'un galop redoutable.

— *Christi !* Je veux bien le croire lorsque je vois les muscles qui saillent sous leur peau ! »

Plus massifs que les percherons des artilleurs, ces *galzans* bénéficiaient de surcroît de leur propre armure, taillée dans ce qui ressemblait à du cuir doublé d'une sorte de cotte de mailles qui les rendaient encore plus impressionnants.

Le défilé dura de longues minutes, pendant lesquelles Ludwig estima leur nombre à près de deux mille.

Puis, vinrent les *hüldres*. Les suivantes de Mab, prêtresses de la nature, montaient des *galzans* plus petits et plus élancés. Leur peau aux reflets émeraude et leurs yeux entièrement noirs firent forte impression sur l'assistance. Elles avaient troqué leur tunique traditionnelle pour un vêtement plus court et serré à la taille, les laissant libres de leurs mouvements, et, comme toujours, un étrange halo les entourait, qui suscitait une sorte de miroitement de leur environnement immédiat. Sur leur front, toutes arboraient leur diadème distinctif, supportant une pierre différente pour chacune d'entre elles. Ludwig observa qu'elles ne semblaient pas armées. Il reconnut Aspëra du Jardin intermédiaire en tête du cortège, mais elle passa trop loin pour le remarquer. Ses traits, habituellement peu expressifs, montraient une détermination intimidante. Les *hüldres* étaient prêtes au combat. Ludwig en compta environ quatre-vingts.

« Ola..., murmura-t-il, tu as réussi. Tu les as convaincus ! »

Il n'avait aucun doute sur le fait que la modeste pêcheuse *alôs* était à l'origine de ce retournement de situation.

« Seigneur, lâcha Irénion dans un souffle, je n'ai jamais rien vu d'aussi extraordinaire. »

Le long cortège contourna le corps de ferme et s'engagea en direction du champ de bataille.

L'esprit pratique d'Yvonnius reprit alors le dessus sur la sidération.

« Que tous les officiers de liaison préviennent leurs officiers référents sur le terrain ! s'exclama-t-il. Chacun doit faire passer le mot aussi vite que possible pour que nos hommes ne confondent pas ces guerriers non humains avec des ennemis ! »

Chacun traversa en sens inverse le plancher branlant du toit afin de se poster de nouveau dans l'angle ouest. Pendant quelques minutes, tout le monde avait presque oublié le carnage insensé qui se déroulait dans la plaine.

La longue colonne de soldats de l'Autre Monde accéléra peu à peu et, prévenus *in extremis*, les maîtres-*djinns* et leurs janissaires s'écartèrent à temps pour leur laisser le passage. À peine les guerriers oracles les eurent-ils dépassés qu'ils lancèrent leurs montures à pleine vitesse et se jetèrent dans la marée ennemie. Les fantassins ou cavaliers russes, comme les hommes de la Faction rouge, tentèrent de reculer face à cette attaque soudaine, mais ils se virent freinés par les rangs arrière, acculés, subissant impuissants cette charge terrifiante.

Le choc de l'entrée des cavaliers *elvëms* dans la mêlée, chevauchant les *galzans* massifs, fut indescriptible. Irénion ainsi que tous ceux qui observèrent la scène en demeurèrent muets pendant de longues secondes. Une fois qu'ils eurent pénétré les lignes ennemies en profondeur, les guerriers oracles sautèrent à bas de leurs montures et commencèrent à se battre au corps-à-corps. Les *galzans*, livrés à eux-mêmes, avaient de toute évidence été dressés à attaquer les résurgions en se cabrant afin de retomber de toute leur masse sur les créatures des Vallées Putrides, écrasant leurs plaques chitineuses.

Les guerriers oracles, eux, combattaient par paires : l'un, porteur de cette singulière épée double, faisait tournoyer son arme devant lui, dont le poids et le fil acéré causaient des blessures effrayantes, tranchant membres et têtes chez les humains ou lacérant les carapaces des résurgions, l'autre protégeait son camarade de son imposant bouclier. Cet étrange pavois, presque aussi grand que les guerriers oracles eux-mêmes, était assez solide pour résister aux balles ou aux lames de sabres, et ses bords effilés servaient également pour attaquer au besoin.

Considérant que le Monde Naturel, et donc, tout ce qu'ils y voyaient, sentaient ou entendaient, était nouveau pour eux, le sang-froid au combat de ces *elvëms* forçait le respect. Quant aux résurgions, il était évident qu'ils étaient accoutumés à les affronter. Parfois, certains guerriers oracles paraissaient pousser de puissants cris de guerre – bien qu'il fût difficile d'en être sûr à cette distance – qui déstabilisaient ou assommaient leurs ennemis. Ludwig supposa qu'il y avait là quelque magie de l'*Alter Mundus*.

Quant aux *hüldres*, leur intervention déconcerta encore davantage l'état-major, les officiers et les aides de camp présents, au point qu'ils en oubliaient par moments de continuer à superviser le reste de la bataille. Les suivantes de Mab abandonnèrent elles aussi leurs *galzans* – qui, à l'inverse de ceux des guerriers oracles, s'éloignèrent prudemment des combats –, puis elles s'avancèrent vers l'ennemi en flottant plusieurs mètres au-dessus du sol, les bras en croix. Dans sa lunette, Irénion remarqua que leurs lèvres bougeaient, sans pouvoir entendre ce qu'elles disaient à cette distance. Ludwig émit l'hypothèse qu'elles usaient d'une sorte de chant magique – de toute évidence, il savait de quoi il parlait. L'étrange miroitement qui les enveloppait se mua en une clarté, indigo ou pourpre suivant les moments, qui semblait *inverser* la lumière. S'il lui avait fallu décrire précisément le phénomène, Irénion en eût été bien incapable. Sur les *hüldres* elles-mêmes, les ombres devenaient lumineuses et les parties de leur corps éclairées par le jour paraissaient obscures. En lui-même, cet artefact visuel était déjà déconcertant à regarder, mais ce n'était rien en comparaison de ce qu'elles firent sur le champ de bataille.

En effet, la plupart des projectiles qui visaient les prêtresses de la nature, y compris les boulets, se voyaient absorbés par ce halo négatif sans jamais atteindre leur cible, et les résurgions qui parvenaient à bondir assez haut pour tenter de les mordre ou de les griffer basculaient eux aussi dans ce « vide » – comment nommer autrement cette déformation anormale de l'espace, si troublante à observer que le regard peinait à la fixer plus de quelques secondes. Irénion se demanda si ce maléfice ne s'apparentait point à une sorte de bulle noire « contrôlée ». De temps en temps, une *hüldre* pointait un doigt vengeur vers un ennemi et un fugace rayon de lumière aveuglante jaillissait de la pierre de son diadème, réduisant la cible à néant, ne laissant flotter derrière elle qu'un nuage d'étincelles évanescentes. Cependant, l'usage de ce pouvoir devait leur coûter, car elles ne l'employaient que fort rarement. Quant aux résurgions volants, les *hüldres* savaient se coordonner afin de les attaquer de concert, prenant elles-mêmes de l'altitude et concentrant leur bref rayon d'énergie de telle manière que les monstres s'écrasent au sol, où les guerriers oracles les achevaient.

Pourtant, aussi impressionnante que fût leur entrée en lice, les troupes de l'Autre Monde n'étaient pas invulnérables. De temps à autre, une *hüldre* ne parvenait pas à éviter les griffes d'un résurgion, trop massif pour être aspiré par son halo sombre, et se voyait traînée au sol, puis massacrée par une meute de monstres enragés. Lorsque cela se produisait, une escadre de guerriers oracles se précipitait à son secours, mais ces braves périssaient parfois eux-mêmes dans cette tentative, submergés par le nombre.

Bien que cet apport inattendu de forces nouvelles ne suffît pas à faire reculer l'ennemi, il sembla au moins équilibrer les deux camps en présence, et un regain d'optimisme parut traverser les rangs de la coalition. Les hommes, aux côtés des *elvëms*, se battirent avec une ardeur renouvelée. Le Premier consul se prit à espérer et son cœur accéléra en songeant que, aujourd'hui encore, ils parviendraient peut-être à repousser les légions des abominations.

Mais, comme toutes les autres personnes présentes sous la charpente détruite de l'église paroissiale, fascinées par ce spectacle voué à s'inscrire dans les légendes, il en avait oublié la menace principale. L'âme même de l'ennemi, qui attendait son heure, au loin en face.

Brusquement, l'immense armée russe cessa de combattre puis, d'un seul vaste mouvement général, qui laissa tous les soldats coalisés pantois, recula. Ce n'était pas une retraite, encore moins une fuite.

L'intensité des rayons du soleil parut de nouveau diminuer – et cette fois, Irénion sut qu'il ne l'avait point imaginé, car tout le monde leva la tête vers le ciel, comme pour vérifier qu'un nuage n'était pas apparu comme par enchantement dans ce ciel entièrement bleu.

Dans la plaine, une partie des troupes alliées, notamment les forces à cheval, s'élancèrent à la poursuite de cet ennemi sur le recul, mais les aides de camp transmirent aussitôt les ordres de l'état-major : il fallait tenir les positions et ne surtout pas avancer. L'on redoutait un piège.

Une ombre terrifiante se leva alors au loin, derrière les lignes adverses. Un halo d'obscurité, tel un lever de soleil négatif.

Une horreur sourde emplit le cœur d'Irénion, le désespoir le plus absolu envahit ses pensées, le vidant de son désir de vivre, l'appelant à mettre fin à ses jours, à se débarrasser de ce fardeau insoutenable qu'était l'existence. À l'expression de souffrance morale qui s'afficha sur les visages de toutes les personnes présentes, Irénion sut que chacun expérimentait cette agonie mentale odieuse.

« Ce n'est qu'une illusion ! s'écria Ludwig, aussi fort qu'il put. Vakt use d'un maléfice pour vous ôter toute volonté de vous battre et même de vivre ! Ne vous laissez pas abuser, ce n'est qu'un tour, rien de plus ! »

Le simple fait de comprendre que cet accablement était artificiel aida Irénion à y résister.

« Ludwig Arcerese a raison ! reprit-il d'une voix puissante. Ce que vous croyez éprouver ne sont pas vos véritables sentiments ! Une fois que l'on en prend conscience, il est aisé de les faire refluer ! Passez le message par tous les parlants-à-distance, dussiez-vous en user tous les cristaux ! »

À entendre le Premier consul de France, général en chef de la Grande Armée, s'exprimer avec autant d'assurance, généraux, enseignes et officiers de liaison parvinrent à sortir de la léthargie mortifère qui les avait saisis, et l'activité repartit de plus belle dans le quartier général. L'épouvantable lamentation qui avait commencé à s'élever des armées réparties dans la plaine, provenant des milliers d'âmes en souffrance, s'éteignit peu à peu à mesure que le message circulait. Quelques dizaines de coups de feu avaient tout de même retenti : certains, plus fragiles moralement que les autres, avaient mis fin à leurs jours avant qu'on ait pu les en empêcher.

Au loin, l'ombre avait cessé de grandir. Maintenant, elle *approchait.*

Le moment redouté était arrivé. Le Hiérophante du *Bog Krovi*, le Seigneur de l'Abîme, la Terreur Rampante, *kharij al waqt*, Jorandi Montero – peu importe le nom qu'on lui avait donné au long des ères – avait décidé d'en finir. Il venait écraser ceux qui se dressaient encore sur sa route, avant d'assurer sa domination complète et définitive sur l'humanité.

Dans la plaine, face aux armées coalisées, une longue et large bande de terre piétinée et fumante était désormais vide de tout ennemi vivant. Après d'interminables minutes d'une approche délibérément lente, flottant au-dessus de ses troupes qui se signaient d'une curieuse manière à son passage, le halo de ténèbres absolues fut assez près pour que l'on distingue en son cœur une silhouette humaine, encore plus sombre que le néant qui l'entourait, volant dans les airs comme les *hüldres*. Vakt voulait être vu, il voulait frapper les esprits par sa simple présence, montrer qu'il n'avait rien à craindre de vermisseaux, fussent-ils assemblés en une multitude aussi nombreuse.

À travers les lentilles de sa longue-vue, Irénion put enfin observer la créature qui leur inspirait une telle crainte depuis si longtemps. Un homme grand et maigre, au visage dénué de toute expressivité, à la peau fripée et parcheminée et encadré de longs cheveux noirs d'une coupe étrangement régulière. Il ne portait pour seul vêtement qu'une toge sombre, fendue d'un large V sur le torse qui laissait paraître sa poitrine squelettique, efflanquée, au centre de laquelle brillait une lumière blanche, si vive qu'elle traversait son plexus et ses côtes.

La pile diamant.

Sur son passage, la monstruosité qui fut autrefois un humain semait littéralement la mort. Toute vie s'éteignait. Les plantes et les arbres se racornissaient et noircissaient, les bêtes et les hommes – même ses propres troupes – s'écroulaient mollement, comme s'ils n'avaient jamais rien été d'autre que des poupées sans âme, les oiseaux tombaient du ciel comme des pierres. À mesure qu'il avançait, Irénion s'aperçut qu'il n'était pas seulement accompagné de ténèbres, mais aussi d'une horrible cacophonie. Même de loin, des sons flûtés stridents blessaient les tympans et les échos de hurlements non humains semblaient provenir d'univers ignorés.

« Dieu tout-puissant, souffla Yvonnius à ses côtés, nous allons tous perdre la raison avant même de combattre… »

Irénion voulut répondre à son ami, mais les mots se perdirent dans sa gorge face à ce qui se produisit à ce moment. Alors qu'il croyait avoir vu le pire, l'horreur suscitée par Vakt monta encore d'un cran.

Maintenant qu'il avait atteint le centre du champ de bataille, là où les affrontements avaient fait rage, parmi les milliers de cadavres et de débris humains qui jonchaient le sol, certains se soulevaient et se dirigeaient vers le Seigneur de l'Abîme, comme attirés par lui. Des corps sans vie, plus ou moins mutilés, des jambes, des bras arrachés, volant lentement dans sa direction en laissant derrière eux des traînes de gouttelettes écarlates, qui se rapprochaient du sorcier jusqu'à s'agglomérer autour de son corps, construisant peu à peu une nouvelle enveloppe charnelle énorme, hideuse, révulsante. À cette vision, plusieurs personnes dans le quartier général eurent un haut-le-cœur et ne purent se retenir de régurgiter. Deux enseignes, parmi les plus jeunes, s'évanouirent.

Irénion crut lui-même défaillir, mais parvint à se reprendre. Il se souvint que Catherine Lavoisin avait évoqué cette forme monstrueuse, sans avoir pu le confirmer. Vakt se constituait une morphologie plus grande, plus forte et, surtout, le plus ignoble possible. Dans sa folie infinie, Jorandi ne voulait pas seulement la domination absolue du monde, il voulait imprimer sa marque au plus profond des âmes, et la peur était, sans le moindre doute, la plus primitive de toutes les émotions humaines.

Bientôt, l'abomination se vit hérissée de dizaines de torses formant d'abjectes excroissances sur lesquelles se balançaient mollement des têtes sans vie, ainsi que d'une multitude de jambes et de bras sanguinolents se contorsionnant en tous sens, selon une gestuelle atroce. Partout, dans les deux camps, des soldats perdaient connaissance face à cette vision infernale, d'autres s'effondraient au sol, recroquevillés sur eux-mêmes, sanglotant de terreur, d'autres encore se mettaient à hurler, pris de folie. Une fois de plus, Irénion Brégante dut produire un effort sur lui-même afin de ne pas céder à la panique.

Et cet effort, au lieu de lui coûter, fit exploser sa colère.

L'image d'Eleanor, et de l'enfant qu'elle portait – leur enfant –, venait de s'imposer à lui.

« ASSEZ ! » cria-t-il, soudain hors de lui.

Chacun dans le quartier général sursauta, sortant de sa sidération.

« Voilà l'intention de ce monstre ! éructa-t-il. Nous anéantir par un effroi extrême ! Là où il a échoué par le combat face à face, il cherche à vaincre par le moyen le plus lâche qui soit : la peur ! Il ne veut même pas avoir à batailler, il pense nous terrasser comme ces malheureux en larmes, là-bas ! Allons-nous accepter un expédient aussi méprisable ? Vakt se prend pour un dieu du mal, il estime que nous ne sommes que des fourmis face à lui, pas même dignes d'être combattues ? Sinistre erreur ! N'oubliez pas que Vakt n'est qu'un homme, en dépit de tous les artifices dont il use pour nous faire croire le contraire ! Messieurs, vous connaissez tous les tâches qui vous ont été assignées, vous savez tous que nous avons un plan à appliquer, aussi fragile soit-il ! Par la malepeste, du nerf ! Reprenez le combat et dirigez vos troupes comme prévu ! EXÉCUTION ! »

Ce fut comme si chaque soldat ou officier sur la plateforme improvisée sous la charpente venait de recevoir une gifle. Chacun se hâta de regagner son poste, une expression de honte sur le visage, et se mit à distribuer des ordres. Peu de temps après, alors qu'un silence de mort s'était abattu sur la plaine, les clairons et les tambours résonnèrent de nouveau. Les chefs artilleurs déclenchèrent le feu et les canons tonnèrent, sur une unique cible cette fois.

À l'hébétude succéda la fureur chez les troupes humaines comme *elvëms* ; cette obscénité souillait l'univers par sa simple présence, elle n'avait pas sa place ici. Soldats de la coalition, guerriers oracles, *djinns* ou *hüldres*, tous se ruèrent vers l'atrocité, animés par la même rage qu'Irénion. Une armée immense contre une seule créature. Spectacle dantesque.

Une fois encore, le Premier consul fut distrait un bref instant par la baisse de la luminosité et leva nerveusement les yeux vers le ciel. Le soleil était désormais si pâle qu'on pouvait presque le fixer. Il échangea un regard avec Ludwig.

« Ce n'est pas le fait de Vakt, dit celui-ci d'une voix sourde.

— Se pourrait-il que ce soit cette "entité extérieure" que vous évoquiez avec Lithian ? Croyez-vous que Vakt soit en train de l'attirer sans même s'en rendre compte ? »

Ludwig demeura sans répondre, silencieux.

Dans la plaine, le chaos le plus absolu s'était déchaîné. Assaillie par une marée de soldats, la créature sortie droit de Pandémonium usait pour se défendre d'une telle variété de moyens *anormaux* qu'Irénion avait cessé de chercher à comprendre ce qu'il contemplait. Son esprit n'y survivrait pas.

De longs membres impossibles, composés de multiples excroissances de Vakt, jaillissaient de son enveloppe charnelle pour écraser ou déchirer ses ennemis, des bulles de distorsion de la réalité surgissaient sporadiquement autour de lui, engloutissant des escadres entières que nul ne reverrait jamais, des hommes se retrouvaient collés aux autres, se fondant entre eux en des monstruosités hurlant de terreur et de souffrance, que leurs camarades, par charité, se voyaient obligés d'achever.

Et, au beau milieu de l'aberration, Vakt trônait toujours, son torse et ses bras émergeant de l'amas de chairs, la pile diamant brillant d'un éclat plus éblouissant que jamais. Il agitait les mains d'où fusaient d'innombrables tentacules fins et noirs, longs de plusieurs dizaines de mètres, qu'il lançait vers les troupes face à lui, tels des fils d'araignée qui saisissaient les uns pour les jeter au loin, les autres pour les étrangler ou les transpercer, ou encore, pour en convertir certains en marionnettes qui se retournaient contre leurs camarades. Des centaines d'hommes, cédant à la folie ou à la peur, fuyaient le champ de bataille, mais les dizaines de milliers de soldats qui restaient montaient courageusement à l'assaut, secondés par les *djinns*, les guerriers oracles et les *hüldres*.

Tous ces héros mériteraient qu'on chante leur bravoure durant des siècles, mais Irénion savait que, même en se sacrifiant tout entière, cette armée ne ferait que ralentir Vakt. Les morts se comptaient par centaines à chaque minute.

Ludwig lui posa une main sur l'épaule. Il était parvenu à la même conclusion.

« Le moment est venu », dit-il.

Irénion le regarda avec intensité et lui rendit son geste d'amitié.

« Bonne chance, mon ami », dit-il simplement.

Le mercenaire hocha la tête puis descendit rapidement l'échelle jusqu'à son *galzan*, qui l'attendait en bas, attaché à un arbre. Il l'enfourcha à la hâte, vérifia que les fontes sur les flancs de la bête contenaient toujours les centaines de cristaux qu'il avait fait venir en urgence de Vincennes, puis partit au triple galop vers le champ de bataille.

ÉTHELINDE

Éthelinde venait de vivre l'une des pires expériences de son existence. Jamais elle ne s'était trouvée au plus près d'une bataille et jamais plus elle ne voulait s'y trouver de nouveau. Comment l'humanité pouvait-elle s'adonner, depuis la nuit des temps, à une activité aussi démente que la guerre ? Par tous les diables, n'y avait-il point assez de place sur cette terre pour que chacun y vive pacifiquement, sans éprouver l'envie perpétuelle de tuer son voisin ?

Depuis le début des combats, elle patientait, un peu à l'écart du terrain d'affrontement, en compagnie de Lithian, de Roland et du jeune Nizam. Ils étaient entourés par une compagnie au complet de chasseurs à cheval de la Garde impériale, chargée d'assurer leur protection. Non loin d'eux, sur leur gauche, se déployait le régiment des maîtres-*djinns*, défendus par les intimidants janissaires.

La veille, Nizam avait eu un long entretien avec Lithian, afin de lui expliquer la relation particulière qui unissait les maîtres-*djinns* et leurs *qarins*. La magesse pensait que ce lien n'était pas sans points communs avec ce qu'elle espérait accomplir avec la reine Mab. Éthelinde avait pu assister à la démonstration de Nizam, qui leur avait présenté le *djinn* qui ne le quittait jamais. Une créature stupéfiante qui, bien que de même nature que l'*éfrit* malfaisant des Anglais à Al-Bahariya, ne lui ressemblait en rien. Ni dans son apparence ni par son attitude, bienveillante envers les humains. Durant la conversation, la naturaliste avait rempli des pages entières de notes dans l'un de ses carnets, dans l'intention de consacrer aux génies un sous-chapitre de son article sur l'*Ars Obscura* qu'elle écrivait pour l'Encyclopédie.

Aussi, lorsque Nizam avait libéré son *djinn* au cours de la bataille, elle n'avait pas été surprise de voir s'élever sa haute stature vaporeuse surmontée d'une tête étrange, au beau visage hiératique. Depuis, le *djinn*-qui-va-avec-Nizam n'avait cessé de produire la mélopée profonde qui lui permettait de communiquer avec les autres *qarins* engagés dans le combat.

Que de fois, durant les heures qui suivirent, elle fut tentée d'éperonner son cheval et de se lancer dans la bataille, surtout lorsque les résurgions ailés firent irruption au-dessus des troupes, lui rappelant un mauvais souvenir ! Toutefois, le message de Ludwig lui enjoignant de ne rien faire avait été inutile : elle savait maîtriser sa colère et n'avait pas oublié que leur plan constituait leur seul espoir. Tout en s'efforçant de rester discrète, elle gardait néanmoins Roland le Preux à l'œil, pas tout à fait aussi sûre qu'elle ne l'était d'elle-même qu'il résisterait au désir de se jeter dans cette épouvantable mêlée.

Puis, lorsque l'armée ennemie reflua soudain et que les troupes coalisées reçurent l'ordre de ne pas la pourchasser, un silence singulier s'abattit sur la plaine, presque plus oppressant que le fracas des affrontements. Les différentes odeurs de poudre, de végétation en feu, de sang, des ampoules Leyde vides jonchant le sol se confondaient dans un mélange âcre qui irritait la gorge. Placés comme ils l'étaient, il leur fut impossible d'observer l'apparition de Vakt derrière les lignes de ses soldats. En revanche, dès qu'il s'éleva au cœur d'un halo de ténèbres et s'avança sur la terre écorchée par les combats, Éthelinde et ses camarades demeurèrent pétrifiés.

Aucun d'eux ne survivrait à cette journée, pensa-t-elle aussitôt. Jamais une telle entité ne pourrait être vaincue.

Une panique absolue s'empara d'Éthelinde et elle faillit sauter à bas de sa monture pour s'enfuir, le plus loin possible du désespoir personnifié qui approchait. Seule la voix de Ludwig dans son parlant-à-distance l'arrêta : « *Prends garde ! Ce sentiment est une illusion ! Vakt tente d'abattre nos âmes avant même d'avoir à nous affronter !* »

Ce constat, qui circula rapidement parmi les troupes, relayé par les parlants des officiers, aida chacun à surmonter le terrible défaitisme qui avait bien failli débander entièrement la Grande Armée.

La fourberie du procédé fit enrager la jeune femme.

Quelle lâcheté ! Au fond, aussi puissant qu'il soit devenu, Jorandi Montero n'est qu'un petit homme faible, jouissant d'un pouvoir trop grand pour lui.

Un coup d'œil échangé avec Lithian lui apprit que la magesse partageait ce sentiment.

« Il n'est plus très loin, dit celle-ci, le regard sombre. Cette obscurité qui approche, c'est *lui.* »

Et, en effet, Éthelinde fut bientôt en mesure de distinguer au cœur de cette noirceur une silhouette encore plus noire. Son visage décharné était barré de deux yeux luminescents, mais cette clarté n'était rien en comparaison du soleil miniature qui irradiait dans sa poitrine.

« La pile diamant est en surcharge, lâcha Lithian. J'ignore combien de temps il peut l'utiliser à ce régime, mais ses pouvoirs sont décuplés ! »

De son côté, Roland commençait à s'agiter.

« L'ennemi est isolé ! s'exclama-t-il. Par le Christ, qu'attendons-nous pour attaquer ? Que ses troupes le rejoignent et nous rendent la tâche impossible ? »

Éthelinde secoua la tête : « Nous devons attendre le signal. Si nous sommes seuls face à Vakt, nous réduisons nos chances. »

Cependant, plus le temps s'écoulait, plus l'abomination approchait, flétrissant toute vie sur son passage, plus Éthelinde peinait elle aussi à résister au désir primitif de se ruer en hurlant vers la chose afin de conjurer l'insupportable peur qui lui nouait les tripes. Et cette peur atteignit son paroxysme lorsque le Hiérophante du *Bog Krovi* commença à attirer à lui d'innombrables cadavres pour s'en faire un *habit*, une sorte de combinaison extracorporelle, aussi bien destinée à le protéger qu'à attaquer.

Un garde impérial s'écria quelque part, d'une voix éraillée, en se signant : « Seigneur, c'est le diable en personne ! Dieu miséricordieux, aie pitié de nous ! »

Éthelinde fulmina intérieurement. Cette saleté n'avait rien d'un démon et encore moins d'un dieu. Simplement un homme qui avait joué avec des forces qui le dépassaient. Pourtant, même pour une savante, il était difficile de ne pas ressentir une profonde stupeur devant un tel spectacle, surtout lorsqu'elle s'aperçut que l'éclat du soleil lui-même paraissait diminuer. Levant les yeux vers le ciel, il lui sembla même discerner quelques étoiles. En plein jour !

Ce fut à ce moment que le signal fut donné.

Les canons tonnèrent tous en même temps et une grêle de fer et de feu s'abattit sur le Seigneur de l'Abîme. Pour la plupart, les projectiles furent anéantis avant d'atteindre leur cible, d'autres explosèrent sur un bouclier invisible. Quant aux rares qui parvinrent jusqu'à l'aberration, ils arrachèrent des morceaux entiers de son innommable enveloppe charnelle sans jamais toucher Vakt lui-même qui trônait à l'intérieur, à l'abri.

Juste après, les troupes se précipitèrent à l'assaut. Vision sidérante de dizaines de milliers d'hommes à pied ou à cheval, de guerriers de l'Autre Monde et de créatures surnaturelles, *hüldres* ou *djinns*, convergeant vers une chimère informe aux proportions démentes, hécatombe ambulante. Éthelinde avait l'impression de vivre un cauchemar éveillée. Si elle devait survivre à cette journée, jamais elle ne saurait décrire pareille atrocité.

« C'en est trop ! rugit-elle soudain. Roland a raison, au diable le plan ! L'on ne peut demeurer les bras ballants face à tel massacre ! »

Mais, alors qu'elle s'apprêtait à éperonner son cheval, Lithian l'interpella : « Attendez ! Voilà Ludwig ! »

Regardant dans la direction que pointait la magesse, Éthelinde aperçut en effet le mercenaire qui arrivait en trombe sur son *galzan* lancé à pleine vitesse. Lorsque les gardes impériaux s'écartèrent pour le laisser passer, il tira sur les rênes au dernier instant, obligeant sa monture à déraper sur la terre friable.

« Vakt a atteint la position prévue ! s'écria-t-il. Nos batteries vont désormais produire un tir de barrage constant derrière lui afin d'empêcher les troupes russes de venir prêter main-forte à leur maître. À nous de jouer ! »

Ainsi, nous y sommes, songea Éthelinde. *C'est aujourd'hui que le destin va s'accomplir, quel que soit son décret. Père, mère, Vincenzo, Mathurin, j'eusse aimé qu'il existât un au-delà, afin de vous y retrouver si je dois mourir ici et maintenant.*

« Capitaine ! lança-t-elle d'une voix forte au commandant du régiment des gardes impériaux. Que nul n'oublie la consigne : Lithian doit être protégée à tout prix ! Elle seule compte ! »

L'homme acquiesça de la tête, imprimant un balancement à la longue crinière noire surmontant son casque chromé.

« À mon commandement ! cria-t-il. Sabre au clair ! EN AVANT ! »

Alors, les quatre-vingt-dix cavaliers entourant Éthelinde, Ludwig, Lithian et Roland se mirent en marche. D'abord au trot, l'allure augmenta peu à peu. Même si, à mesure qu'ils approchaient de la monstruosité, Éthelinde sentit son souffle accélérer, sa détermination ne faiblit point, à l'image de tous ceux qui l'accompagnaient.

La chose dominait la mêlée générale de six bons mètres, hérissée de ses membres répugnants, fouettant l'air de ses tentacules de nanites et produisant des sons d'outre-monde de plus en plus difficiles à supporter. Partout, ses sorts dimensionnels surgissaient et absorbaient des groupes entiers de soldats, des malheureux fusionnaient avec leurs camarades dans des souffrances atroces et des corps démembrés se voyaient projetés dans les airs par les tentacules noirs. L'aberration engloutissait des vies par centaines et, pourtant, nul combattant ne tentait de reculer. La rage guerrière atteignait ici un paroxysme.

Lorsque la troupe d'Éthelinde rejoignit les premiers fantassins, les chevaux renâclèrent : le sol était littéralement couvert de cadavres et, les montures répugnant à les piétiner, il fallut les éperonner de plus belle. La masse de combattants était si dense qu'Éthelinde crut qu'ils ne parviendraient jamais à approcher Vakt. Le commandant de la Garde impériale fit signe à son clairon de sonner la charge, dans le simple but de se faire remarquer des soldats devant eux, qui, de dos, ne pouvaient les voir. Idée judicieuse : constatant qu'un régiment d'élite cherchait à passer, les troupes s'écartèrent et la Garde put reprendre sa progression.

Maintenant qu'ils se trouvaient au cœur de la mêlée, le danger était partout. Si les membres anormaux de Vakt se situaient encore hors de portée, ses longs tentacules de nanites pouvaient déjà les atteindre et il ne fallait jamais les quitter des yeux afin de les esquiver. Parfois, des soldats transformés en marionnettes non mortes se jetaient sur eux, et les gardes devaient se résoudre à les abattre. Éthelinde remarqua que Ludwig serrait un gros cristal d'uchronite ambrée dans une main et se tenait prêt à susciter un bouclier magique au-dessus d'eux si, par malheur, l'une de ces terribles bulles dimensionnelles se formait trop près. Elle savait qu'il s'était résolu, à contrecœur, à emplir ses deux fontes de plusieurs dizaines de cristaux au cas où la situation deviendrait si désespérée que toutes ses préventions concernant l'usage de ces pierres ne signifieraient plus rien.

Les gardes impériaux frappaient comme de beaux diables, imités par Roland avec son fauchon, ainsi que Ludwig avec sa lourde épée bâtarde, se taillant un chemin sanglant dans les funestes pantins du nécromant. Éthelinde maniait avec dextérité tout son arsenal de poudres contre les résurgions qui parvenaient à passer le tir de barrage de l'artillerie française, transformant en torche ardente tous ceux qu'elle atteignait de ses fioles. Plus ils approchaient du Seigneur de l'Abîme, plus les combats devenaient intenses, confinant à la folie la plus absolue. Les balles sifflaient, les obus explosaient, le sang giclait, les tentacules fouettaient l'air, les chevaux hennissaient d'épouvante, les hommes hurlaient de douleur ou de démence guerrière, les bulles dimensionnelles émettaient des sons que nul être vivant ne devrait jamais entendre.

Après de longues minutes, ou peut-être des heures – Éthelinde avait totalement perdu la notion du temps –, les guerriers oracles se rallièrent à eux, venant combattre à leurs côtés. Ils avaient probablement reconnu Ludwig et intuitivement compris que cette phalange d'humains allait tenter de défier la Terreur Rampante. Leur renfort arriva à point nommé : un grand nombre de gardes impériaux avaient déjà péri en les protégeant.

Brusquement, alors qu'elle avait été distraite un court instant par la survenue des guerriers, Éthelinde se sentit saisie par la nuque. Elle s'aperçut avec horreur qu'un des longs membres de Vakt, constitué de centaines de bras agglomérés, venait de l'attraper. Brutalement soulevée hors de sa selle, elle ne fut retenue que par ses étriers et les rênes de son cheval, auxquels elle s'agrippa de toutes ses forces. Elle eut un hoquet de dégoût en sentant les dizaines de doigts poisseux de sang sur son cou et voulut crier pour avertir ses camarades, mais la pression sur sa gorge l'en empêcha.

Ça y est, c'est la fin.

Elle tâtonna désespérément à sa ceinture dans l'espoir d'attraper son poignard, mais la réduction de l'afflux de sang dans son cerveau commençait déjà à rendre ses gestes approximatifs.

Soudain, une vive lumière violette jaillit devant elle et un rayon éblouissant frappa le membre anormalement long, le sectionnant aussitôt. La partie qui se trouva détachée de Vakt chut au sol, les dizaines de bras se séparant de nouveau. Éthelinde retomba sur sa selle, battant des paupières en tâchant de ne pas s'évanouir, s'agrippant au pommeau. Une *hüldre* descendit en flottant à son niveau et, une fois qu'elle se fut assurée que la jeune femme n'allait pas perdre connaissance, lui adressa un signe de tête, auquel Éthelinde parvint à répondre, puis repartit au combat. Tout s'était déroulé si vite qu'aucun de ses camarades ne semblait s'être aperçu qu'elle venait de frôler la mort. Après plusieurs longues inspirations, elle éperonna son cheval et retourna au cœur du groupe, qui avait continué d'avancer.

De nombreux *djinns* volaient autour de Vakt, lançant sur lui des attaques magiques certes vouées à l'échec, mais destinées à le distraire. Malheureusement, il était aisé pour l'abomination de projeter ses tentacules tranchants sur les ombilics afin de rompre le lien entre les *qarins* et leurs maîtres à l'arrière. Depuis le début de ces combats acharnés, tous n'avaient qu'un objectif : préserver la vie de Lithian et lui permettre d'approcher le plus possible du sorcier russe. Roland ne la quittait jamais, et une dizaine de gardes ou de guerriers oracles demeuraient massés en permanence autour d'eux, sans cesse remplacés à mesure qu'ils étaient fauchés.

Maintenant qu'ils ne se trouvaient plus qu'à une quinzaine de mètres de Vakt, Éthelinde se sentit soudain effarée par la petitesse incongrue de la vieille magesse, tenant à peine sur son cheval, face à la monstruosité de fin du monde qui se dressait là, putride, sanglante, entourée de ténèbres presque solides.

Le visage décharné de celui qui fut Jorandi se tourna vers eux et sembla enfin les remarquer. Nulle expression ne pouvait se lire sur ces chairs fripées, mais l'éclat de ses yeux redoubla lorsque, tout à coup, comme le chant du premier oiseau à l'aube transperce la nuit mourante, la frêle voix de Lithian, insignifiante dans ce chaos absolu, s'éleva avec la clarté d'un cristal extrait de sa gangue.

« JORANDI ! »

L'abomination se figea aussitôt et l'intensité des combats décrut d'un coup.

Le Hiérophante du *Bog Krovi* fixa la magesse.

« Reconnais-tu ce nom ? » lança celle-ci de sa voix aigrelette.

La lumière du jour parut encore diminuer.

Éthelinde leva la tête. Alors que le soleil trônait toujours haut dans le ciel, son éclat avait tant faibli que de plus en plus d'étoiles devenaient visibles. La naturaliste crut discerner quelque chose parmi les constellations, sans parvenir à en être sûre. Elle croisa le regard de Ludwig ; à l'anxiété fiévreuse qu'affichaient ses traits, elle sut qu'il l'avait remarqué lui aussi.

« JORANDIII N'EST PLUUUS ! » tonna la chose.

La plupart des hommes se bouchèrent instinctivement les oreilles et les montures se cabrèrent.

« CE JOUUUR MARQUE L'AVÈNEEEMENT D'UN DIIIEU ! PROOOSTERNEZ-VOUS OU PÉRIIISSEZ ! »

Signe d'un immense courage, d'une totale inconscience ou du soulagement de se libérer enfin du fardeau qu'elle supportait depuis tant d'années, Silja Lithian, parfaitement droite sur la selle de son cheval, toisait l'énorme créature qui se dressait devant elle sans manifester la moindre peur.

« Jorandi Montero ! Tu n'as jamais été qu'un homme ! Tu as perverti la science et cette forme odieuse qui est désormais la tienne est en accord avec ton esprit monstrueux. J'ai fait une longue route pour te trouver et tenter de réparer l'erreur impardonnable que j'ai commise en te prêtant mon concours. »

La pile diamant dans la poitrine de Vakt brilla alors d'un éclat insoutenable et des dizaines de pseudopodes de pure obscurité, semblables à ceux que suscitaient parfois les résurgences, jaillirent de l'abomination pour se ruer dans leur direction. Une attaque d'une puissance ésotérique inimaginable.

Éthelinde crispa ses mâchoires et, par réflexe, rentra la tête entre les épaules, se préparant à être engloutie par une matière putride, avant de constater que... les pseudopodes avaient heurté un bouclier mordoré, un hémisphère irisé apparu autour d'elle et ses amis, qui les déviait. Éthelinde remarqua alors que le *djinn*-qui-va-avec-Nizam venait de surgir à leurs côtés et, allié à Ludwig, qui serrait compulsivement deux cristaux massifs dans ses mains, suscitait cette protection. Le long ombilic du génie s'étirait jusqu'à son jeune maître, cent mètres plus loin. Nizam, en dépit des ordres du *Reis Effendi*, était descendu au cœur de la bataille lui aussi, entouré d'une escouade de janissaires, prêts à donner leur vie pour lui.

Les pseudopodes se rétractèrent et le bouclier disparut. De la poussière ambrée s'écoula entre les doigts de Ludwig. Les deux gros cristaux s'étaient entièrement désagrégés en quelques secondes à peine !

« *Tiens-toi prêt, humain*, lança le *djinn* au mercenaire de sa voix profonde. *Il va recommencer.* »

Ludwig, le visage marqué par l'effort qu'il venait de fournir, saisit précipitamment deux autres cristaux dans ses fontes, juste au moment où une série de plusieurs dizaines de bulles dimensionnelles surgissaient au-dessus d'eux. L'hémisphère mordoré jaillit de nouveau pour les arrêter, mais des centaines de malheureux qui se trouvaient en dehors de cette protection furent immédiatement aspirés dans le néant. Cette fois, l'attaque dura bien plus longtemps. Les traits de Ludwig étaient crispés à l'extrême, et son visage couvert de sueur.

« Je *le* vois…, gémit-il, peinant à prononcer chaque mot, comme dans un état second. Le Sang Dieu… La *Terreur*… *Il* est là… »

Éthelinde se sentit glacée ; elle n'avait jamais vu Ludwig éprouver une peur si intense. Au son de sa voix, elle comprit que son esprit se fissurait. Il n'allait pas résister bien longtemps à un usage aussi violent d'Art Obscur. Ludwig n'était pas un sorcier. Il ne pouvait contrôler un tel flux de *spiriti aestus*.

Certaine qu'il ne tiendrait jamais seul face à Vakt, Éthelinde se tourna vers le commandant des gardes impériaux et cria : « Que l'on protège à tout prix l'ombilic du *djinn* ! »

Les guerriers oracles, bien que ne comprenant pas leur langue, semblèrent saisir l'enjeu et se joignirent aux gardes pour défendre contre les tentacules tranchants de Vakt le long lien immatériel qui ancrait le *djinn*-qui-va-avec-Nizam dans ce monde. Sans l'aide de celui-ci, Ludwig mourrait sur-le-champ.

Puis la jeune femme lança : « Silja ! C'est le moment ou jamais ! »

La vieille magesse lui jeta un dernier regard, acquiesça, puis ferma ses paupières et baissa la tête.

En dépit des puissantes manifestations d'*Ars Obscura* qui se déchaînaient autour d'eux, elle se concentra ainsi que Nizam le lui avait appris, libérant le passage à l'être qui l'accompagnait, qu'elle avait accueilli en elle lors de son aller-retour rapide dans l'*Alter Mundus* deux jours plus tôt.

Une douce lueur rose la nimba alors, d'où émergèrent de surprenantes formes florales, tel le jaillissement de tiges d'un bosquet de fleurs sauvages poussant à vue d'œil, qui se regroupèrent jusqu'à former une silhouette féminine qui s'éleva lentement, toujours rattachée à Lithian par ses ramifications. Peu à peu, la créature immatérielle devint de plus en plus précise, de plus en plus nette, de plus en plus belle.

Jamais Éthelinde n'avait contemplé une telle splendeur. La femme qui flottait désormais au-dessus de Lithian, bien que ses contours fussent indécis et sa substance éthérée, représentait toute la beauté du monde à elle seule.

En quelques secondes, tous les combats cessèrent et chacun demeura subjugué. Même Vakt, déstabilisé, interrompit son attaque magique, et les bulles dimensionnelles disparurent toutes d'un coup, ainsi que le bouclier mordoré.

Un silence extraordinaire tomba sur la plaine.

ÉLÉGAST

Lorsqu'il arriva près du champ de bataille, Élégast n'avait même plus besoin de se cacher. Dans le chaos général, nul ne se préoccupait d'un vieillard sans arme. Descendant de son cheval, il gravit une petite butte envahie de broussailles et découvrit l'affrontement forcené qui faisait rage entre les troupes coalisées et les Russes.

Une semaine plus tôt, dans l'Autre Monde, alors qu'il observait Mab depuis son refuge secret donnant sur les appartements de celle-ci à Sijendäl, un soir, il avait eu la surprise de voir Mérovée et Lithian revenir inopinément. Bien qu'il fût trop loin pour entendre leurs échanges, le sentiment d'urgence qui se dégageait de la gestuelle du mercenaire lui permit de comprendre qu'il se passait quelque chose de grave. Puis, la vieille magesse des M.K.M. avait longuement parlé avec Mab, comme pour lui fournir une explication. À la fin, Titania avait acquiescé sans la moindre hésitation. Ce qu'elle avait accepté, Élégast n'avait nul moyen de le deviner, mais à l'expression effondrée de Mérovée, il comprit aussitôt que la reine allait courir un grand danger.

Élégast avait ensuite passé une nuit sans sommeil, l'esprit trop agité pour parvenir à dormir, incapable de décider quel parti prendre. Alors que son séjour en Hursëlïnh lui avait enfin permis de regagner un faible fluide ésotérique, qui serait suffisant, selon lui, pour jeter le sort spécial avec lequel il comptait se venger de Mérovée, voilà que le retour subit du bellâtre le mettait au pied du mur. Au fond, il avait commencé à espérer qu'il fût parti pour de bon et que cette décision terrible ne serait plus à prendre. Car, si ce sort ultime supprimait du monde l'individu qui en était la cible, le lanceur se voyait englouti lui aussi. Élégast était-il désespéré au point d'en arriver à une telle extrémité ?

Au fond de lui, il savait que c'était tout ce qui lui restait à faire. Il s'était aventuré trop loin dans les ténèbres pour avoir la moindre chance de retrouver un jour un semblant de vie normale. Il appartenait désormais au royaume des ombres. Là-bas, il serait à sa place. Mais il emporterait ce damné Mérovée avec lui.

Même Puck l'avait quitté. Après leur arrivée en Hursëlïnh, le jeune homme paraissait avoir peu à peu perdu la raison, devenant chaque jour plus apathique, plus mutique, cessant de s'alimenter. Un matin, Élégast avait constaté qu'il avait disparu. Il était parti sans prévenir et n'était jamais revenu.

Ce malheureux, qui n'avait rien demandé à personne, aura été ta dernière victime...

Yef'uvïn ! Cette voix accusatrice ! Élégast ne supportait plus de l'entendre ! Ce juge intérieur lui était devenu intolérable. Lancer ce sort fatal et cesser d'exister serait une libération pour lui !

Le lendemain matin, à travers les fenêtres des appartements de Mab, il avait assisté à une scène déconcertante. Un étrange cérémonial au cours duquel la reine, allongée sur son lit, s'était laissé endormir par quelques gouttes du suc d'une fleur spéciale, versées sur ses paupières, puis recouvrir du légendaire voile des Ubcÿdes. Elle fit ensuite l'objet d'un rituel dont il ignorait la nature – même lui, le grand sorcier d'Hursëlïnh ! Pendant près d'une heure, plusieurs hüldres, sous la supervision d'Aspëra, entretinrent une transe autour de Mab, désormais parfaitement immobile sur sa couche, à peine visible sous le voile, les mains jointes, dans une attitude de méditation profonde. Chose curieuse : Lithian assistait à ce rituel mystérieux, alors que les hüldres, jalouses de leur savoir et de leurs pouvoirs uniques, n'acceptaient jamais de témoin durant leurs transes.

Une fois le rituel terminé, Mab ne s'était pas relevée, et son corps reposait toujours sur son lit, tel un gisant. Elle n'était pas morte, Élégast en était certain ; il l'aurait su sans le moindre doute. Toutefois, elle ne semblait plus vraiment là non plus. Puis, Mérovée était venu l'embrasser sur le front, dans ce qui ressemblait à un adieu.

Alors, Élégast comprit. Quelle que fût la magie employée sur elle par les hüldres, Mab allait partir avec Mérovée et Lithian pour le Monde Naturel, même si son corps demeurait ici, en Sijendäl. L'ancien roi d'Hursëlïnh ignorait ce qui se tramait, mais il n'avait aucun doute sur la finalité de cette étrange opération : sa reine avait décidé d'aider les humains à combattre Vakt. Ainsi, il était possible que ni Mérovée ni Mab, quelle que soit sa forme actuelle, ne revinssent jamais du monde des hommes.

Inüsk'ith sÿ ulhfën ! Sö luia'j !

Cela, il ne pouvait le permettre !

Après avoir empaqueté son maigre bagage et quelques vivres, il se mit aussitôt en route. Mérovée et Lithian voyageaient à dos de galzan, mais, lui, il lui fallut monnayer son passage sur des chariots, avec de menus objets de valeur dérobés au palais. Ce mode de transport lui fit perdre un temps précieux ; aussi, lorsqu'il émergea du lysëndelïs dans le Monde Naturel, il avait une semaine de retard sur les deux humains.

Là, il parvint sans trop de difficulté à voler un cheval dans une ferme et couvrit la distance jusqu'au front en moins de deux jours. Lorsqu'il atteignit le champ de bataille, les combats battaient déjà leur plein.

Du haut de la petite butte sur laquelle il était monté, caché dans les broussailles, il observa la première charge de l'armée russe, ou plutôt, des « légions de Vakt », tant ces troupes étaient désormais au service exclusif du sorcier, puis la contre-attaque des hommes. Tout du long de cette première partie de l'affrontement, il se fit la réflexion que, si cet imbécile d'Irénion Brégante avait imité le nécromant en capturant des résurgions afin de les lancer sur son ennemi, il aurait bénéficié d'un avantage comparable.

Il ne l'a pas fait parce qu'il n'est pas un dictateur sanguinaire, lui. Il a su résister à l'appel du mal, contrairement à toi lorsque tu as commencé à lever des armées dans les Vallées Putrides, exactement comme Vakt.

« SILENCE ! glapit Élégast d'une voix qui sonnait comme celle d'un fou, même à ses propres oreilles. Vas-tu te taire à la fin ! Je… Je ne suis pas comme Vakt… Je ne cherchais que le bien d'*Hursëlïnh*… Je… Je… »

Larsün ! Ce maudit tribunal intérieur allait-il enfin cesser ? Il ne voulait plus l'entendre !

Il allait tuer Mérovée et mourir avec lui, ainsi tout s'arrêterait !

Il s'interrompit en apercevant les guerriers oracles et les *hüldres* déferlant sur le champ de bataille, spectacle extraordinaire, puis assista, médusé, à un combat comme il n'en avait jamais imaginé. Cependant, plus rien de tout cela n'avait d'importance à la fin.

Lorsque l'obscurité se leva derrière les rangs russes et que Vakt s'avança dans la plaine désertée, Élégast perdit le peu de personnalité qu'il lui restait. En regardant l'abomination se former, il ne vit pas seulement un monstre épouvantable, il se vit *lui-même.* Il vit ce qu'il serait devenu si l'Anomalie n'avait pas contrecarré ses plans. Si Mérovée ne s'était dressé devant lui afin de l'empêcher de les mettre en œuvre, comme il se dressait aujourd'hui devant le Hiérophante du *Bog Krovi.* À ce moment, les dernières bribes de l'esprit d'Élégast s'envolèrent, et ne restèrent que les ruines de celui d'Obéron, ancien roi du Pays des feuillages, le plus beau des mondes.

Cette aberration, négation même de la vie, qui se contorsionnait d'une manière abjecte, là, dans la plaine… voilà comment il aurait fini.

« NON ! NON ! NON ! *Qöpa'ban xü lïtfh !* » criait-il en se frappant la tête de ses poings avec violence.

Les armées du Premier consul repartaient à l'assaut de l'abomination et, bientôt, Élégast reconnut Mérovée dans la mêlée, entouré de ses compagnons, protégés par la Garde impériale et les guerriers oracles. L'ex-Sorcier Empereur s'efforçait de comprendre ce qu'ils cherchaient à faire en approchant ainsi du démon hors de contrôle qu'était devenu Vakt. Ils ne pouvaient rien contre une telle créature. C'était trop tard. À l'époque où Élégast était en pleine possession de ses moyens magiques, du temps de sa toute-puissance, il aurait été capable de lui résister, voire, peut-être, de le vaincre. À présent, rien ni personne ne pourrait l'arrêter. Le Seigneur de l'Abîme s'apprêtait à dévorer le monde, *tous* les mondes, guidé – « utilisé », plutôt – par cette présence indicible là-haut, dans le ciel désormais si sombre.

Élégast discernait-il vraiment, ou imaginait-il simplement, lorsqu'il levait les yeux, une chose incompréhensible, aux dimensions inconcevables, emplissant l'éther froid et mort ?

Alors que, depuis des semaines, il attendait patiemment de s'être suffisamment rechargé grâce aux Terres Originelles d'*Hursëlïnh* pour être en mesure de lancer son sort final sur Mérovée, et « partir » avec lui, soudain, Élégast hésita. Il aurait pu tenter sa chance, là, tout de suite, en jetant son cheval dans la mêlée jusqu'à se trouver assez près de son vieil ennemi pour l'atteindre, mais maintenant, en voyant Vakt, il sentait sa détermination flancher, sa haine s'éteindre.

Face à l'horreur absolue de l'aberration amorphe et au courage inouï de ceux qui donnaient leur vie pour essayer de l'arrêter, Élégast fut accablé d'une telle honte qu'il en pleura. Il s'était fourvoyé si longtemps, il avait fait tant de mal que jamais il ne pourrait se racheter. Sa soif de vengeance s'était évanouie et n'avait laissé place qu'à un vide immense, insupportable. Élégast n'avait plus qu'un désir : partir et trouver un endroit où se cacher, loin et pour toujours, disparaître aux yeux des hommes et des *elvëms*, comme le malheureux Puck.

Sa décision était prise. Le sort final, c'était contre lui-même qu'il allait le lancer. Voilà ce qu'il méritait.

Inutile d'attendre plus longtemps, il était prêt. Élégast se leva, prit une profonde inspiration et se prépara à réciter les Mots Interdits.

Pourtant, il demeura muet. Le souffle coupé.

Là-bas, au cœur des combats dans la plaine, une silhouette éthérée venait de surgir, si lumineuse que, même d'aussi loin, on ne voyait qu'elle, si belle qu'il en resta subjugué. Mab l'éternelle aux cheveux fleuris, Titania-aux-Paupières-Closes !

Élégast comprit alors ce que Mérovée et ses camarades essayaient de faire. Mais il savait que cette tentative était vouée à l'échec ! Jamais Mab, en dépit de la vitalité pure qui la traversait, ne pourrait tenir face à une telle abomination ! Lui, Obéron, avec la maîtrise des forces magiques qui fut la sienne, ne le voyait que trop bien. Sa reine allait périr ! Perspective intolérable ! *Karû'ktat'ô !*

Habité d'une vigueur nouvelle, comme électrisé, Élégast dévala la butte, enfourcha son cheval et se précipita vers son destin.

LITHIAN

Depuis qu'elle avait accueilli en elle le principe vital de Mab, tout était devenu différent pour Lithian. Elle vivait là une expérience unique, déconcertante, parfois un peu inquiétante, mais profondément exaltante.

Le rituel qui avait permis à l'essence de la reine des *elvëms* de s'insinuer jusqu'aux nanites de la magesse n'avait laissé à cette dernière que peu de souvenirs. Ludwig lui avait expliqué par la suite qu'il en avait été de même pour lui lorsque Aspëra avait accepté de l'aider à pratiquer l'Ancien Rite. Lithian parvenait seulement à se remémorer plus ou moins les préparatifs autour de Mab, allongée sur son lit de fleurs, entièrement couverte d'un voile brodé de symboles mystérieux, entourée d'*hüldres* en transe, puis les vapeurs de décoctions capiteuses lui avaient fait perdre toute conscience de son environnement.

Au moment où elle avait repris ses esprits, elle s'était aussitôt sentie double. Ses pensées, ses perceptions, ses sentiments ne lui appartenaient plus complètement. Une brève panique s'était alors emparée d'elle, mais les *hüldres*, préparées à cette réaction, s'employèrent à la calmer, à lui faire accepter cette présence en elle.

De son côté, au cours des quelques heures que le rituel avait duré, Ludwig avait de nouveau essayé de convaincre les chefs de phalange des guerriers oracles de repartir avec lui, sans parvenir à vaincre leurs réticences. En désespoir de cause, il avait laissé Olathena tenter une dernière fois d'obtenir leur assentiment. La pêcheuse *alôs* avait déjà fait la preuve de sa grande force de caractère lors des précédentes assemblées, et Ludwig avait cru percevoir que sa détermination embarrassait quelque peu les guerriers, dans la mesure où elle soulignait leur pusillanimité.

Le temps étant compté, Ludwig avait insisté pour quitter le palais le soir même. Constatant que Lithian, trop désorientée par le rituel, serait incapable de tenir sans aide en croupe derrière lui, sur le large dos du *galzan*, le mercenaire l'avait attachée à lui. Au long du rapide voyage jusqu'au *lysëndelïs*, elle commença à s'habituer peu à peu à ses nouveaux sens. Car les liens intimes entre Mab et la nature autorisaient désormais la magesse à distinguer elle aussi les lignes de force du vivant qui traversaient chaque chose animée, des végétaux les plus simples aux plus grands animaux. Elle se rappela la description que Ludwig lui avait faite des « fils » qu'il réussissait à entrevoir lorsqu'il pratiquait ce mystérieux « repliement », songeant qu'il jouissait probablement d'un talent comparable à celui de la reine des *elvëms*.

Pour Lithian, cette expérience se révélait extraordinaire. Bien qu'elle ne les perçût que confusément, elle partageait les impressions de Mab. Celle-ci n'était pas réellement consciente, flottant en stase dans son réseau de nanites, de la même manière qu'elle avait « dormi » mille ans dans l'Entre Monde ; elle rêvait et les images qui se formaient dans ses pensées imprégnaient celles de Lithian. Il fallut plusieurs jours à la magesse pour s'habituer à une telle perturbation de sa personnalité, mais, une fois qu'elle accepta cette étrange interférence dans son processus mental, elle en vint à éprouver une troublante euphorie. Le peu qu'elle saisissait de l'esprit de Titania lui parut vertigineux ! Tout ce que cette individualité si ancienne avait vu, avait connu, avait appréhendé de l'univers, dépassait sa compréhension, dépassait même parfois les sciences les plus avancées de l'avenir. Quelles merveilles Lithian ne pourrait-elle accomplir, sur le plan scientifique aussi bien que sur le plan humain, si elle gardait cette source de savoir en elle pour toujours ! Et combien elle se sentait vide et froide en comparaison de la sylphide aux cheveux fleuris ! Elle ignorait si, le moment venu, elle supporterait d'être quittée lorsque Mab devrait réintégrer son corps, demeuré en *Hursëlïnh*, étendu sous le voile des *Ubcÿdes*. Si toutefois, l'une et l'autre survivaient aux prochaines heures…

Car le cataclysme dans lequel elle avait été entraînée surpassait ses pires craintes. Contempler, impuissante, une bataille rangée de si près l'avait profondément affectée. À quoi bon se donner autant de mal pour sauver une humanité capable d'une telle folie ? Peu après, son esprit avait failli sombrer lorsqu'elle avait vu, comme tout le monde, l'abomination s'avancer. Tout espoir l'avait alors quittée. La mort qui approchait lui apporterait enfin l'apaisement.

Puis, peu à peu, la chaude présence de Mab l'avait rassérénée. La sérénité de la reine éternelle s'était imposée à elle et l'esprit de Lithian avait recouvré son calme habituel. À partir de ce moment, elle commença à observer Vakt, froidement, sous l'angle scientifique. Quels processus biologiques et énergétiques étaient donc à l'œuvre pour accoucher d'une telle aberration ? Jorandi possédait-il encore un quelconque contrôle sur cette forme monstrueuse, ou bien sa personnalité s'était-elle dissoute dans les multiples convulsions temporelles et dimensionnelles auxquelles il avait été exposé ? Une entité extérieure à cet univers, un « dieu » venu d'une autre dimension, pouvait-elle réellement utiliser l'esprit de Jorandi et le pousser à déchirer notre propre espace-temps afin de lui ouvrir un passage ? Et si, par malheur, cette entité atteignait notre monde, que lui ferait-elle ? Quel était son but ?

Fi de tout cela ! À quoi bon spéculer sur des questions aussi abstraites ? Comment savoir ce qui demeurait tapi dans les plus infimes interstices de la matière ou dans les plus lointaines régions de l'univers, là où les règles de la physique n'avaient plus vraiment cours ?

À la fin des fins, seule comptait la réalité de ce qui se déroulait sous ses yeux : le monstre amorphe environné de ténèbres solides au centre duquel trônait *kharij al waqt*, « celui hors du temps », Seigneur de l'Abîme qui n'était autre que son ancien mentor, le méprisable Jorandi Montero. Un vieux fou, ivre de pouvoir, totalement dépassé par les puissances avec lesquelles il avait joué.

Lorsque les amis de Lithian – sa nouvelle famille – s'étaient élancés vers l'abomination, sa peur avait reflué ; et quand ils s'étaient trouvés au cœur de l'effarante boucherie perpétrée par Jorandi, cette peur s'était muée en colère.

Au fond, ce fameux « génie scientifique » n'avait jamais été qu'un arriéré sur le plan moral, un simple salopard comme l'humanité en a toujours compté tant, avide de pouvoir, de gloire, de domination, jouissant de la souffrance d'autrui. Si la fatalité avait fait de ce sociopathe tristement banal l'un des plus grands esprits savants de tous les temps, cela ne diminuait en rien la bassesse de sa personnalité. Furieuse de s'être autrefois tant aveuglée à son sujet, Lithian libéra soudain cette rage qu'elle contenait depuis si longtemps en criant : « JORANDI ! »

La bête immonde se figea alors dans un état de stupeur profonde.

Ce nom et cette voix, voilà bientôt cinq millénaires qu'il ne les avait plus entendus, et ils ramenèrent à sa misérable condition humaine celui qui avait fini par se prendre pour un dieu.

Le bref échange qui suivit le confirma. Vakt n'avait même pas conscience d'être manipulé, d'être lui-même une marionnette entre les mains du marionnettiste ultime. Lorsqu'il perdit patience et déchaîna sur eux ses pires attaques, Lithian, qui s'était tant inquiétée à l'idée de ne pas se montrer capable d'accomplir ce qu'on attendait d'elle le moment venu, entreprit de réciter intérieurement les mantras de communion des *qarins* que le jeune Nizam lui avait appris, libérant le passage pour la reine Mab.

Alors, à mesure que les émanations florales éthérées surgissaient autour d'elle dans une magnifique lumière rosée comme l'aurore, Lithian se sentit envahie d'une paix profonde. Elle devint simple observatrice de ce qu'il advint ensuite.

Tandis que la haute silhouette immatérielle de Mab achevait de se former au-dessus d'elle, Silja pressa avec une infinie douceur les flancs de sa monture, qui se mit à avancer lentement. Autour d'elle, le plus beau des spectacles s'offrit à tous les regards, celui de la renaissance de la vie. Sur le passage de Mab, la végétation repoussait à une vitesse irréelle, plantes et arbres jaillissaient du sol, se couvrant de bourgeons en quelques secondes, feuilles et fleurs s'épanouissant, éclosant à vue d'œil ; certaines espèces n'appartenaient même pas au Monde Naturel mais provenaient, de toute évidence, de l'Autre Monde. Le pouvoir de vie de Mab s'opposait frontalement au pouvoir de mort de Vakt, qui parut, pour la première fois depuis le début des combats, hésiter, douter de sa puissance. Le soleil lui-même sembla retrouver une certaine vigueur.

Le Hiérophante du *Bog Krovi*, stupéfait, recula de quelques pas, laissant derrière lui une traînée de fange répugnante, et tonna : « NE T'APPROOOCHE PAS, CRÉAAATURE INDIGNE ! TU NE PEEEUX RIVALIIISER AVEC UN DIIIEU ! »

On eût dit une voix droit sortie des Enfers, tel un ouragan sonore pestilentiel. Dans un rayon de cent mètres, tous les hommes s'effondrèrent en se bouchant les oreilles, et même les résurgions s'enfuirent. Sous la bulle de protection du *djinn* et de Ludwig, Lithian et les autres parvinrent à résister.

Imperturbable, la magesse approchait toujours, surmontée de la silhouette incarnadine de Mab, laissant derrière elles un sillage de verdure luxuriante.

La reine des fées se mit à chanter. Une cantilène venue du fond des âges, ode à la nature et à ses bienfaits, une mélodie qui exprimait le bonheur simple d'exister pour toutes les créatures douées de vie, conscientes de leur chance d'appartenir à ce monde. Ce chant pur étouffa la voix empoisonnée de Vakt et insuffla de nouveau le courage dans le cœur de tous les combattants qui repartirent à l'assaut, qu'ils fussent de la Terre, d'*Hursëlïnh* ou du *Qaf*.

De toutes ses forces, l'abomination lançait ses appendices monstrueux et ses tentacules noirs vers Mab, cherchant à tout prix à rompre les liens arborescents qui la rattachaient à Lithian et ses nanites, mais la plupart se voyaient arrêtés par le bouclier mordoré. Et même lorsqu'un fin tentacule réussissait à pénétrer cette barrière magique, il échouait à trancher ces liens comme il y parvenait pourtant avec l'ombilic des génies.

Des dizaines de résurgions et de soldats non morts convergeaient désormais vers Lithian, car les créatures physiques, elles, pouvaient franchir le bouclier mordoré. Elles se heurtaient toutefois à la résistance acharnée de l'alliance des gardes impériaux, des guerriers oracles et des *djinns*, tous résolus à se battre jusqu'au bout pour empêcher de passer cette marée de l'enfer. La scène devint si insensée que Lithian sentit qu'elle se détachait de la réalité, comme si tout cela n'était finalement qu'un rêve dont elle ne tarderait pas à se réveiller.

Ludwig et Éthelinde ne quittaient jamais ses côtés, l'une à sa gauche, l'autre à sa droite, luttant pied à pied contre toutes les malebêtes ou les membres immondes de Vakt. Bientôt, les *hüldres* elles-mêmes les rejoignirent dans la bulle de protection, flottant sous le dôme irisé afin de contribuer par leur *spiriti aestus* à le soutenir. Maintenant que Lithian portait le principe vital de Mab en elle, chaque fois qu'une nymphe était tuée, une sensation horrible lui serrait le cœur, comme si un dommage irréparable venait d'être causé à l'univers, dont celui-ci ne se remettrait jamais vraiment.

Soudain, au cœur de cette vision confinant presque à la folie, Lithian remarqua que Roland s'élançait au galop vers l'abomination. Dans ce maelström général, la magesse en avait fini par oublier le plan ! Ainsi qu'ils l'avaient prévu, tandis que Vakt se trouvait contraint de lutter pied à pied contre la positivité de Mab, projetant vers elle des ondes de mal absolu, de négativité pure, afin de ne pas se voir annihiler par son pouvoir de vie, il était devenu moins vigilant envers les attaques physiques directes, trop occupé à faire mourir les plantes que Mab suscitait sans cesse autour d'elle.

Roland avait attendu le moment opportun pour se lancer et arrivait maintenant au plus près du nécromant, son fauchon massif déjà en main, prêt à sauter sur la créature géante afin de planter sa lame effilée dans la pile diamant, plus brillante que jamais. Cependant, Lithian constata rapidement que, bien qu'il mobilisât toutes les forces de sa volonté, le guerrier franc semblait ralentir peu à peu, donnant presque l'impression de se mouvoir sous l'eau. En dépit de toute l'attention qu'il lui fallait prêter à Mab, Vakt avait remarqué ce guerrier à l'aura particulière et usait contre lui d'un procédé implacable, dont Lithian ignorait qu'il fût à sa portée : il manipulait le temps autour du héros antique, le freinant à l'extrême. Bientôt, Roland se trouva presque incapable de bouger. Plus il approchait du sorcier, plus l'effet du ralentissement tendait vers l'infini. Lithian comprit qu'il serait physiquement impossible à Roland de rejoindre Vakt ! Jamais il n'y parviendrait ! Tous ces efforts et ces sacrifices avaient été accomplis pour rien !

Même Mab d'ailleurs semblait donner des signes de faiblesse. Les plantes autour d'elle ne renaissaient plus assez vite pour s'opposer au flétrissement provoqué par le nécromant. Titania n'avait rien d'une guerrière, une sylphide n'avait pas vocation à combattre un ennemi, et encore moins à le vaincre. Elle n'avait fait reculer Vakt que par sa simple présence, mais, maintenant que celui-ci comprenait le piège qui lui avait été tendu, il se reprenait et sa puissance parut subitement redoubler.

L'éclat de la silhouette éthérée de Mab faiblit soudain et de nombreuses ramifications qui la reliaient à Lithian se rétractèrent. À ce moment, il devint affreusement évident pour la magesse que, bien qu'elle ne fût présente en ce lieu que sous une forme immatérielle, s'ils ne parvenaient pas à vaincre le Seigneur de l'Abîme, Mab allait mourir ici, comme eux tous. Silja croisa le regard de Ludwig ferraillant toujours sur sa droite et sentit son cœur se serrer au désespoir qu'elle lut sur son visage ; il avait compris lui aussi que Mab ne tiendrait plus longtemps.

Une intense panique saisit Lithian, qui ne savait plus que faire. Ils avaient largement sous-estimé la Terreur Rampante. Dans le ciel, au-delà des étoiles désormais bien visibles, elle crut distinguer une chose abominable sur le point de surgir dans leur monde. Roland le Preux était si ralenti qu'il paraissait complètement figé, comme statufié. La situation était désespérée. Perdu pour perdu, Ludwig, poussant un terrible cri de rage, éperonna son *galzan* argenté à son tour, déterminé à tenter lui aussi d'atteindre Vakt.

Pourtant, après à peine quelques mètres, il tira sur les rênes de sa monture qui se cabra. Lithian suivit son regard et vit ce qui l'avait arrêté. Derrière l'abomination, fendant les légions de l'enfer, un cavalier arrivait à bride abattue. Un vieillard si insignifiant, d'apparence si inoffensive que nul n'avait prêté attention à lui jusqu'à présent ; il avait l'air si faible et fragile qu'elle se demanda comment il trouvait la force de maîtriser son cheval.

Même si elle ne l'avait jamais vu en personne, surtout depuis sa déchéance, la magesse sut tout de suite de qui il s'agissait.

Ludwig, qui peinait à reprendre le contrôle de son *galzan*, s'écria : « Obéron ! » d'une voix qui laissait transparaître son immense surprise. À cette exclamation, tout le monde tourna la tête, découvrant l'arrivée du plus inattendu des combattants. Le traits d'Éthelinde se décomposèrent en reconnaissant le corps de celui qui avait été son père, dont l'esprit avait été depuis longtemps écrasé par le Sorcier d'Empire.

Le visage empreint d'une colère folle, Élégast menait sa monture à une vitesse insensée, percutant les résurgions et les soldats ennemis tels de simples fétus. C'était impossible… Quoique, en regardant avec plus d'attention, Lithian remarqua que sa silhouette semblait étrangement voilée, presque floue. Une puissante magie était à l'œuvre ! Les lèvres d'Élégast bougeaient rapidement tandis qu'il répétait des phrases inaudibles, comme poussé par une force impérieuse. À mesure qu'il avançait, il devint évident qu'il récitait une incantation en Langue Ancienne. Les Mots Interdits paraissaient terroriser les résurgions, qui fuyaient à son passage. Plus il approchait, plus le sortilège qu'il psalmodiait prenait de la vigueur, altérant l'espace autour de lui, comme s'il était vu à travers une lentille déformante. Voilà qu'il avait presque atteint l'abomination sans être ralenti le moins du monde. Élégast, alors qu'il avait été privé de tous ses pouvoirs par Ludwig, déjouait les sorts temporels de Vakt !

Mab, qui avait beaucoup faibli et dont la présence était de moins en moins tangible, l'aperçut enfin, tandis qu'il sautait de son cheval pour s'agripper à l'enveloppe charnelle du nécromant. Lithian perçut l'effroi de la reine à cette vision : Obéron lui avait fait autrefois un mal immense et, pourtant, à ce moment, elle craignait pour sa vie. Si elle avait pu parler, elle l'aurait conjuré de s'enfuir, de ne pas se sacrifier. Son émoi soudain lui fit perdre encore davantage de substance, et les plantes autour d'elle moururent pour de bon, les feuilles noircirent, les fleurs se fanèrent. Grâce au partage de leurs perceptions, Lithian comprit ce qu'Obéron avait décidé de faire, la terrible particularité du sort qu'il était en train de lancer. Éprouvant de plein fouet l'émotion intense de la reine Mab à l'idée que son ancien roi allait périr, Lithian ne put se retenir de crier, à l'unisson de la voix intérieure de celle dont elle abritait l'essence : « Non ! *Yilünsel !* Je t'en supplie, ne fais pas cela ! »

Mais il était trop tard. Le funeste sort était lancé, nul retour en arrière n'était possible. Le temps n'avait déjà plus complètement prise sur Élégast, empêchant l'aura négative de Vakt de le freiner à l'infini, comme elle le faisait avec Roland, toujours figé. L'ancien Sorcier Empereur continuait à grimper sur la créature monstrueuse haute de près de six mètres, s'agrippant aux membres agités de spasmes malsains, fouetté par les tentacules de nanites. Mais le vieillard chétif, si frêle qu'il en paraissait pathétique en comparaison de l'abomination, profitait d'une énergie non naturelle, porté par les vibrations de l'espace et du temps que son incantation provoquait, dont les remous gênaient les mouvements de Vakt. Plus Élégast montait sur la bête immonde, plus il donnait l'impression de retrouver une jeunesse perdue. D'ailleurs, même si Lithian n'aurait pu jurer que ses yeux ne la trahissaient pas, elle crut voir son apparence changer fugacement à plusieurs reprises, comme si l'ancien corps d'Obéron alternait avec l'enveloppe vieillie volée à Charles Ordant. À force de manipulations, le temps devenait comme fou à proximité des deux sorciers ! Alors, dans un ultime effort, Élégast parvint à atteindre le véritable corps de Vakt, toujours enchâssé jusqu'à la taille au sommet de l'abomination, et sauta à califourchon sur ses épaules.

Vakt hurla de rage et de peur à la fois. Pour la première fois depuis fort longtemps, il avait perdu le contrôle des événements. Les dizaines de fins tentacules noirs qui hérissaient son corps s'effritèrent brusquement, se dispersant en d'innombrables nuages de poussière charbonneuse, disséminant les nanites qui les composaient dans l'air. De toutes parts, son enveloppe charnelle abjecte tombait en morceaux, alors qu'il peinait à maintenir la cohésion de l'ensemble. Vakt semblait à son tour comme ralenti, impuissant à se débarrasser de la créature ridiculement faible agrippée à son dos, happé par les marées temporelles déclenchées par l'incantation d'Élégast.

La chose indicible qui se devinait dans les cieux paraissait plus proche que jamais, voilant l'éclat du soleil, masquant les étoiles. Lithian se demanda si elle seule voyait ce prodige terrifiant.

Par l'intermédiaire de la magesse, Mab s'écria une dernière fois : « Je t'en supplie, *Yilünsel !* Renonce ou tu seras emporté toi aussi ! »

Mais l'ancien roi du Pays des feuillages, un insoutenable chagrin dans le regard, répondit : « Il y a longtemps que j'ai été emporté, ma reine, et je ne puis revenir... », puis il prononça la phrase terminale de son incantation. Une série de Mots Interdits qui claquèrent dans l'air comme autant de coups de canon, blessant les oreilles de tous ceux qui assistaient à la scène. De stupéfiantes ondulations optiques concentriques s'échappèrent des deux sorciers aux prises l'un avec l'autre. Avec l'énergie du désespoir, Vakt parvint à susciter de nouveau quelques courts tentacules, avec lesquels il fouetta le vieillard, ouvrant de larges plaies sanglantes dans ses membres décharnés.

Alors, dans un ultime effort, Élégast leva un bras et cria à l'adresse de Ludwig : « Mérovée ! À l'aide ! Mon *spiriti aestus*... est trop faible ! »

En bas, les joues inondées de larmes, Ludwig lâcha son épée et plongea une main dans l'une de ses fontes pleines d'uchronite.

« Obéron, mon frère ! s'exclama-t-il d'une voix tremblante. Je suis avec toi, comme autrefois, comme nous n'aurions jamais dû cesser de l'être ! »

Puis, tendant l'autre bras dans la direction d'Élégast, il poussa un hurlement viscéral inhumain ; un jet d'énergie ésotérique pure, éblouissant comme un éclair, jaillit de sa main et atteignit son frère, frappant la main qu'il avait levée dans un choc apocalyptique qui fit reculer l'abomination de plusieurs mètres. En une fraction de seconde, Ludwig vida de leur *spiriti aestus* plusieurs dizaines de cristaux au profit d'Élégast, et, comme Lithian le comprit grâce aux perceptions de Mab, lui abandonna l'intégralité de son propre fluide naturel, renonçant à tous ses pouvoirs, pour les transmettre à Obéron.

Le chaos visuel et sonore qui s'ensuivit fut tel que chacun ferma les yeux et se boucha les oreilles.

Lithian eut tout juste le temps d'entendre la voix brisée d'Élégast lancer : « Ma reine, mon frère, pardonnez-moi, si vous le pouvez ! »

LUDWIG

Le soleil s'est éteint, cœur à l'arrêt,

Le destin funeste, douloureux, se vêt de noir.

Le monde vient de se pétrifier. Tout est suspendu. L'air est solide, coagulé.

Ludwig est statufié, incapable de tout mouvement. Même ses processus vitaux semblent paralysés.

Pourtant, son esprit fonctionne toujours.

Est-il mort ? Et, s'il l'était, le saurait-il ? L'au-delà pourrait-il ressembler à cela ? Une immobilité éternelle, les pensées s'éteignant à petit feu.

L'éclair de *spiriti aestus* qui a jailli de son bras tendu vers Élégast est lui aussi parfaitement figé, la ligne lumineuse torturée qu'il dessine est marquée d'irisations nacrées. Tout autour de lui, une armée entière est changée en légions de statues. Soldats russes ou coalisés, guerriers oracles, *hüldres* et *djinns*, plus aucun mouvement ne les anime. Le silence est total, les odeurs, absentes. Les balles ou les obus, les gouttes de sang, les explosions, les résurgions écrasés par des *galzans*, tout est suspendu.

L'éternelle éclipse du temps, la Grande confusion d'Ilöd.

Od'ëm huy, ju qälan'té.

Ludwig ignore quel sort Élégast a utilisé, mais il est évident qu'il est à l'origine du phénomène cataclysmique qui est en train de se produire. Les autres autour de lui expérimentent-ils un temps « normal » ? Cet instant qui, pour lui, semble devoir s'étirer sur une éternité, ne dure-t-il en réalité qu'une « microseconde », selon un terme que Lithian a employé une fois ?

Le souffle tournoyant de l'heure noire,

Écho lointain, brisé sur les rocs du temps.

Les irisations nacrées sur l'éclair de fluide figé semblent frémir, des ondulations s'y propagent de nouveau, avec une lenteur infinie. Le temps paraît se remettre en route, mais à une vitesse si infime que seuls les événements les plus extrêmes, tels que les contorsions de la foudre, deviennent perceptibles. Puis, peu à peu, une partie de l'environnement se dissout dans les ténèbres, les armées, ses amis, le bouclier mordoré, tout disparaît en quelques instants. Ne demeurent visibles que lui-même et Élégast, encore reliés par l'éclair, et Vakt.

Non, pas seulement. Ludwig s'aperçoit que Roland le Preux est toujours présent lui aussi. Sans doute se trouvait-il trop près de l'abomination au moment où Élégast a prononcé les Mots Interdits pour ne pas se voir happé par la perturbation temporelle.

Sâbhon'kmaên'tho, ûn'churik ûk kur t'er !

Poison des mondes, vile poussière !

Toutes sortes d'images se forment alors autour d'eux, des personnages apparaissent, des scènes se jouent, se superposent, s'entremêlent. Est-ce dû à la confusion des pensées de Ludwig ? Il lui semble que plusieurs époques et plusieurs mondes se mélangent, se télescopent, fusionnent puis se séparent, dans un summum d'étrangeté.

Des sorciers menés par Djédi, ligués à des *hüldres* d'*Hursëlïnh*, concentrent leurs immenses pouvoirs pour conjurer *kharij al waqt*, lui faire mettre un genou à terre et l'enchaîner pour des dizaines de siècles dans un mausolée souterrain. Derrière eux, Ludwig jurerait apercevoir de fabuleuses créatures, des dieux égyptiens à corps d'homme et têtes d'animaux. L'un d'eux, Anubis, à tête de chacal, ouvre les portes de la nuit et avance sur une barque. *Khenty ta djeser* se prépare à emmener Jorandi pour l'ultime voyage qu'il aurait dû accomplir si la phalange commandée par Djédi était parvenue à le faire mourir... Mais ils ont échoué...

Les lignes sont là aussi, Ludwig les voit, comme lorsqu'il pratique le repliement.

Ici, elles sont différentes...

De la poussière naît la vie, absurde sarabande.

Maintenant, Élégast, le Sorcier d'Empire, puissance destructrice suprême, se trouve aux côtés de Napoléon, usant d'une magie qui avait disparu de ce monde, provoquant l'anéantissement de régiments entiers afin de servir l'Empereur dans le secret espoir de prendre sa place le moment venu. Ces milliers de vies qu'il supprime, ces souffrances qu'il inflige, ces bulles noires funestes qu'il suscite par l'exploitation maléfique de son fluide ne causent pas chez lui le moindre remords tant il méprise les humains...

Ô, Obéron, pourquoi ?

Pourquoi ce mur noir autour de ton cœur ?

Pourquoi la ruine plutôt que la création ?

Uy isla'nüih !

La mère de Mérovée, Altina, dont il ignore tout, soudain il la voit, se baignant, nue, dans une rivière du monde ancien. Il découvre comment elle fut séduite par la *bestea Neptuni Quinotauri similis*, le Quinotaure, une créature de l'Autre Monde, tandis qu'elle le portait déjà dans son ventre, tombant enceinte une seconde fois, devenant également la mère d'Obéron. Mérovée et Obéron, deux demi-frères, qui vécurent une enfance merveilleuse, à cheval entre les deux mondes, partageant leurs expériences et grandissant ensemble...

Les lignes semblent infinies ici, très différentes de celles que Ludwig discerne dans les forêts. Effrayante vision. Elles ondulent, se croisent, se joignent, se défont. C'est trop pour son esprit humain, il aimerait fermer les yeux pour cesser de les voir, mais ce ne sont pas ses yeux qui les lui montrent.

Morne rivage, couronne glacée.

La tristesse de Charlemagne, tout empereur qu'il fût, inconsolable de la disparition de son neveu Roland le Preux…

Les larmes des cimetières, sur les coteaux fleuris.

Le propre père de Mérovée, Clodion le Chevelu, qui jamais ne comprit pourquoi son fils aîné l'avait quitté, sans explication, après son exploit aux champs Catalauniques contre Attila le Hun. Ce fils si prometteur, qui, il en était persuadé, aurait engendré une longue lignée de rois…

Son frère, Clodovald, rongé toute sa vie par le remords d'avoir trahi Mérovée, qui régna comme souverain des Francs saliens sans jamais se sentir autre chose qu'un usurpateur…

Ahnänsat'ël ereth'unsil !

Les Anciens Dieux d'*Hursëlïnh* qui interdirent l'emploi de certains mots, que les sorciers réapprirent pourtant à utiliser…

Colère, les murs enferment, la vue libère,
Les souffrances finissent toujours par se taire.
Toujours.

Éthelinde, malmenée par la vie dès son enfance, jamais résignée. Autour d'elle, les lignes s'entrecroisent si étroitement qu'on la dirait prise dans un filet. Son existence de compagne de contrebandier, aux côtés de Vincenzo, faite de mille péripéties qui rendirent heureuse une jeune femme romantique rêvant d'aventure, avant de la remplir de culpabilité lorsqu'elle causa, involontairement, la mort du brigand flamboyant qu'elle aimait.

Intense est la lumière émise par les lignes de l'amour qu'elle vouait à son père, espérant longtemps le retrouver en vie…

Mathurin… Loukás… Ludwig… Les petites orphelines… Les fils enserrant Éthelinde semblent enfin se démêler au loin…

L'horizon d'airain, aussi fragile qu'une flamme,
Celui qui redoute d'être redouté, Xän'ud höi'sem Älst,
Suivi comme un astre.

Ces lignes-là sont parfaites, d'un parallélisme si absolu qu'il en paraît miraculeux. La trajectoire, lente, mais irrésistible, d'Irénion, simple capitaine des Sentinelles intérieures, qui jamais n'imagina qu'il prendrait la tête d'un empire et supporterait le fardeau d'avoir à ne sauver rien de moins que l'humanité. Ses fidèles compagnons de route, Yvonnius Archant, Michel de Caumont, le brigadier Gassinas, le maréchal des logis Passenec... Un parcours intègre, mais parfois austère, privé de véritable joie et semé de terribles peines, Joachim, Agnès... Jusqu'à ce qu'enfin, Eleanor vienne illuminer son existence... et engendrer la vie... Ludwig est stupéfait : Eleanor porte leur enfant !

L'abattoir de l'espoir, vœux cruels,
Les chaînes, le joug, la chute sans fin.

Ceux qui ne savaient faire que le mal traversent également les visions de Ludwig, brouillant les fils lumineux, Hélade, Ravegeac, Uliatine, et tant d'autres qu'il ne connaît pas... Passent aussi devant lui, fugitivement, Sir Jonas Thorpe Whisby, être égaré, qui n'a jamais su décider qui il était vraiment, perdu au point qu'il errait d'un bord à l'autre, terrifié par lui-même... l'hidalgo Leandro, dont la vie fut ruinée par ce concept absurde inventé par les hommes : l'honneur... Tous ces hommes auraient pu suivre des lignes différentes, et pourtant...

Danser sur la colère, étoile d'opale.

L'impétueuse Azra, si durement éprouvée, qui n'avait pu trouver d'autre sens à sa vie que le désir de vengeance... Ludwig distingue autour d'elle des bohémiens, ceux rencontrés après la trahison de Jonas, qu'il n'avait pas eu le temps de connaître, mais qui occupent dans l'esprit de la jeune femme une place bien plus grande qu'elle n'a jamais voulu l'admettre...

Longues heures de la nuit, la crainte,

Un pied dans la mort, déjà, les hommes tombent.

Brièvement surgit l'image de généraux embarqués dans un complot qui aurait pu mettre un terme à cette tragédie s'il avait abouti. Les malheureux avaient fini dévorés par un épouvantable feu de flammes vertes, torches humaines, consumés par la froide colère du monstre qu'était devenu Élégast...

Kômarôlk frun Ek'ôlk !

Que tombe la sentence sur les traîtres !

Toutes ces visions virevoltent autour de Ludwig, se superposent, se mêlent, parfois de façon incompréhensible, parfois lui révélant des choses qu'il n'avait jamais vues ni sues.

Komroth enosh !

Ludwig croit même discerner, infiniment loin, à une distance impossible, le Sang Dieu – nom inventé par les humains pour une entité dont le véritable nom rendrait fou – et ressent les ondes de sa colère cosmique d'avoir été repoussé. L'entité reviendra. Ce qu'elle a échoué à faire cette fois, elle le tentera de nouveau. Le Sang Dieu n'a pas d'âge. Il n'est pas vivant et ne peut donc mourir. Il a l'éternité devant lui, et les humains sont si influençables...

« *Dans les veines du* Bog Krovi *coulera bientôt le Sang Roi. Le Sang Roi est la seule Vie Véritable et lorsqu'Elle sera, Elle ensemencera le monde.* »

Pauvre Nicolas Pavlovitch Romanov, simple jouet de puissances qui le dépassaient. Il a payé sa crédulité d'une souffrance infinie...

Pourtant, dans ce tumulte temporel chaotique, quelques étoiles brillent d'un éclat apaisant.

Des figures reviennent sans cesse, comme un refrain, vital pour Ludwig, ponctuant une musique désordonnée, de fugaces instants vécus avec sa seconde famille. Lazzaro et Honorine, qui n'hésitèrent pas à l'adopter et faire de lui leur fils, puis à lui donner la main de leur fille, Onéline, qui elle-même lui donna Thalie, leur fille. Trop peu d'années passées ensemble, mais parmi les plus belles de son existence. Que de moments de bonheur, dominés par une vision, imprimée pour toujours au plus profond de ses pensées : le doux visage d'Onéline, penchée sur lui. Sa future femme, encore petite fille, le secourant au fond de son repaire des bois, alors qu'il venait de se voir projeté dans le corps d'un enfant sauvage… Ce malheureux Ludwig, le véritable possesseur de ce corps, qui n'eut pas la chance de connaître l'amour de ses parents, mais qui, même piégé dans une enveloppe charnelle qui ne lui appartenait plus, put au moins en faire l'expérience quelques années durant, par l'intermédiaire des sensations de Mérovée qui avait pris sa place…

Cachée dans d'étranges feuillages,
Furtive, attentive, évanouie à jamais,
Aube et crépuscule en même temps.
Ohed, zaïmph ! Y'pös, fanüril !

Et, au milieu de toutes ces visions, ces fantômes, une figure erre en arrière-plan, surgissant régulièrement parmi tous ces gens, tous ces événements, telle une ponctuation essentielle, sans laquelle rien ne serait intelligible. Lithian, la magesse. Silja, la mère désespérée et l'épouse éplorée. Jamais personne n'a déployé autant d'efforts, n'a passé autant de temps à tenter de réparer ses erreurs…

Autour d'elle, les lignes se comportent comme avec nul autre. Comme si elles cherchaient à éviter à tout prix un élément perturbateur…

Forêts sans chemin, ténèbres vides,
Seul, abandonné, privé de toi-même.
Ô Inüsel eremdïr, ta place n'est pas ici ! PARS !

À un moment, Ludwig traverse des lignes si serrées qu'il se voit lui-même, absorbé par la résurgence dans laquelle il s'est jeté sans réfléchir pour secourir sa famille. Flottant, inconscient, attiré lentement mais sûrement vers le *Lüalen* dont il n'aurait jamais réchappé si Mab n'avait guidé Aspëra jusqu'à lui. L'*hüldre* le saisit entre ses mains par l'arrière du crâne, lui laissant sur le visage cette tache de vile-peau unique en son genre, le tirant en arrière jusqu'à le faire ressortir de la bulle noire avant qu'elle ne se referme…

Ëlso'q sauwnïr !

Soudain, Ludwig voit.

Il comprend.

Ces lignes qu'il a appris à discerner, à lire, durant ses repliements… C'est le Fleuve du Temps qu'il aperçoit ! Le *miroitement* à sa surface l'a toujours attiré, mais il s'en est chaque fois méfié, conscient qu'il pouvait s'y perdre.

Maintenant, les visions ont disparu, le temps se réorganise lentement. Le fleuve lui apparaît dans toute sa splendeur, son inconcevabilité. L'esprit humain limité de Ludwig ne peut réellement comprendre ce qu'il voit, ne peut même l'appréhender. Ses pensées ne fonctionnent que dans un sens, celui de son univers, où le temps avance de manière uniforme.

Cette « dimension temporelle », comme l'appelle Lithian, nul humain ne peut la contempler et demeurer sain d'esprit. Ludwig sait qu'il doit se dégager de ce piège tant qu'il le peut encore !

Devant lui, toujours pétrifié dans une posture d'agonie, enfin débarrassé de son enveloppe monstrueuse, Vakt a repris l'apparence que possédait Jorandi Montero au moment de l'Incident ; Obéron a perdu le corps vieilli et abîmé de Charles Ordant, retrouvant la physionomie du beau roi des elfes qui régna autrefois sur le Pays des feuillages. Sous les yeux de Ludwig, les deux ex-sorciers, enlacés dans une lutte figée, mortifère et éternelle, commencent à se désagréger, s'effriter, comme du sable fin dispersé par le souffle d'une infime brise.

Statufié telle la femme de Loth, Jorandi ne peut plus rien, ni se mouvoir, ni parler, ni lancer un quelconque sort. Mais Ludwig sait que, comme lui-même, les pensées de l'ex-sorcier fonctionnent encore et il perçoit sa terreur abyssale. Rien ne saurait être pire pour celui qui se croyait un dieu que de disparaître. La pile diamant a tant pâli qu'elle ne brille plus maintenant que d'un éclat terne, vacillant. Bientôt, elle est atteinte par l'effritement progressif du corps de Jorandi et s'éteint alors pour toujours. Privées de leur source d'énergie, les nanites cessent aussitôt de fonctionner, et cinq mille ans de vieillissement rattrapent d'un coup le corps qu'elles soutenaient. Dans une souffrance atroce, immobile et silencieuse, ce qui reste de Jorandi se racornit et achève de se disloquer.

Quelques instants après, le corps d'Obéron se réduit à son tour à ses composants primordiaux.

La poussière scintillante de leurs êtres se mélange dans un étrange tourbillon, puis se fond dans les lignes. Cette nuée insignifiante rejoint bientôt le miroitement, se dissout dans les marées du temps, entraînée par le grand fleuve immuable, perdue dans son courant qui s'écoule dans toutes les directions simultanément.

Une fraction d'éternité plus tard, il ne reste plus rien d'eux.

La paix Obéron pour toi, enfin.

Adieu, mon frère.

Bien que la disparition de son demi-frère accable Ludwig, il est heureux de l'avoir retrouvé *in extremis*, même pour quelques fugaces instants avant sa fin. Obéron n'est plus, il ne fera plus le mal, il ne souffrira plus.

Mais voilà que Ludwig, reportant son attention sur Roland, s'aperçoit que lui aussi commence à se dissoudre. Des filaments de poussière immaculée s'échappent du guerrier franc qui semble perdre en substance rapidement. Le comte de la Marche de Bretagne se trouvait si près de Vakt au moment où Élégast a lancé son sort terminal qu'il a été touché par le phénomène. Ludwig voudrait l'aider, le sortir de ce piège avant qu'il ne soit trop tard, mais il ne peut rien. Il regarde impuissant son ami disparaître également dans l'implacable miroitement. Il perçoit les ultimes échos de ses pensées. Roland n'éprouve nul regret.

Adieu, paladin. Tu auras fait honneur à ton nom.

Le miroitement…

Ludwig se sent à son tour attiré par ce scintillement éblouissant à la surface du fleuve. Il s'en faut de peu qu'il ne s'y laisse prendre lui aussi. Cependant, la longue habitude qu'il a désormais de la méditation permet à son esprit de s'abstraire de ce temps inenvisagé, qui existe sans avoir existé, qui ne s'écoulera que s'il accepte qu'il s'écoule.

Mérovée ferme son esprit à toute pensée. Les seules qu'il laisse prendre forme concernent ceux qu'il aime et a aimés. Familles du passé et du présent. Amours d'hier, d'aujourd'hui et de demain.

Un moment pour une vie, un souffle pour une heure,
Les présages, les contes, les étreintes, les baisers,
Un sourire, un mot,
Le présent.

Ce moment n'a nulle durée. Ludwig se démultiplie soudain en une infinité de versions de lui-même.

Tous les choix qu'il est possible de faire dans une infinité de vies s'offrent à lui.

Il n'hésite pas un instant. L'une de ces versions accède à l'Entre Monde et entre dans le *Lüalen.*

Cette fois, ni Mab ni Aspëra ne pourront le guider ni le sauver, et pourtant, il n'éprouve nulle crainte.

L'Interstice, où se trouvent emprisonnées les milliers de victimes emportées par les résurgences, les maléfices des sorciers ou l'Anomalie, subit également les répercussions de l'événement cataclysmique déclenché par le sort d'Obéron. Tous ceux qui se virent piégés ici, en stase, s'animent enfin. Totalement désorientés, incapables de concevoir ce qui leur arrive, ils sont entraînés eux aussi le long des lignes, mais pas en direction du Fleuve du Temps. Ils finissent par disparaître aux yeux de Ludwig, qui ignore leur destination, mais comprend qu'ils vont enfin trouver le repos. L'espace d'un court instant, au milieu des centaines de visages qui défilent devant lui, il croit apercevoir un antique paladin à la tignasse et à la barbe blondes, sans pouvoir en être sûr.

Enfin, il les voit.

Elles.

Onéline et sa petite Thalie. Elles sont là, devant lui.

Elles aussi semblent reprendre vie durant un bref moment d'éternité.

Ludwig ne peut communiquer avec elles, mais, cette fois, elles le *voient.*

Et, tandis qu'elles s'éloignent, emportées comme les autres vers un ailleurs inconnu, Ludwig sait qu'elles vont enfin trouver la paix, elles aussi.

ÉPILOGUE

OLATHENA

Inhmä 56, Ereth 124

Archipel de Nhâle, Hursëlïnh, le soir.

Dissimulée derrière les feuilles des olämiers qui abondent sur les rives de l'archipel de Nhâle, Olathena observait et attendait. Elle s'était glissée jusqu'à cette cachette quelques heures plus tôt, en nageant discrètement entre les racines de la mangrove, plongeant profondément lorsqu'un Alôs traversait une passerelle à portée de vue. Une fois atteint ce petit îlot, elle avait rampé sous les olämiers, aux branches basses et aux feuilles larges, idéales pour se cacher. Après avoir trouvé un endroit satisfaisant, elle s'était préparée à patienter de longues heures. En face, à trente brasses à peine : la maison de Galnîc. Une petite habitation, plutôt modeste compte tenu des responsabilités du patriarche dans la communauté. La plupart des notables alôs se faisaient construire de belles et grandes demeures, parfois même avec un étage.

Après plusieurs heures, alors que le soir tombait, Olathena, qui n'avait pas bougé d'un pouce, vit enfin Galnîc arriver. En dépit de son âge avancé, il marchait encore d'un pas ferme sur les passerelles jetées entre les îlots. Ola patienta quelques minutes de plus, afin d'être sûre que personne ne le suivait, puis, tandis que la lumière baissait rapidement, elle se laissa glisser dans l'eau et nagea sans faire le moindre bruit jusqu'à la maisonette. Grimpant sur l'un des pilotis par-derrière, elle s'introduisit dans les lieux par une petite fenêtre ouverte. La chambre, de toute évidence. Une odeur de bouillon flottait dans l'air ; Olathena se dirigea prudemment vers la cuisine, prenant garde de ne pas faire grincer les lattes du plancher.

Le patriarche se trouvait là, de dos, assis devant l'âtre de pierre où flambaient quelques algues séchées ; il remuait du bouillon de poisson dans un petit chaudron qu'il avait mis à chauffer au-dessus des flammes.

« Qui que tu sois, fit Galnîc sans se retourner, il n'y a rien à voler ici. Je ne possède aucun objet précieux. Tu peux donc repartir. »

Olathena ne put s'empêcher de sourire. Galnîc avait beau être âgé, il avait encore l'ouïe fine et les sens aiguisés.

« Je ne suis pas venue voler quoi que ce soit, patriarche », répondit-elle en entrant dans la pièce.

Au son de sa voix, Galnîc se retourna vivement.

« Olathena ? Par les eaux du fleuve-monde, que fais-tu ici, jeune femme ? Sais-tu ce qui t'attend si jamais tu es prise ? »

En arrivant chez lui, il avait délaissé sa tunique de Docte et enfilé une simple chemise, ample et confortable, qui laissait voir les muscles longs et secs qui couraient sous sa peau grise. Olathena remarqua qu'il avait raccourci sa barbe.

« Comment pourrais-je l'ignorer, patriarche ? répondit-elle. Et tu as contribué à cette sentence injuste. »

Les épaules du vieil homme s'affaissèrent et son regard s'assombrit.

« Tu sais que j'avais désapprouvé la décision du Conseil, Olathena, fit-il d'une voix terne. Mais je ne pouvais m'y opposer, les règles qui découlent de nos traditions sont…

— Si les traditions imposent de bannir une mère et son fils pour une simple bêtise, alors il faut se débarrasser de ces traditions ! »

Le patriarche se redressa et changea de regard sur la pêcheuse. Les Alôs ne questionnaient jamais l'ordre établi. Mais Olathena avait visité de nombreuses régions et rencontré beaucoup de gens fort différents depuis son départ forcé, et elle savait maintenant que chaque contrée s'inventait des rites, des traditions et des légendes. Aucun n'avait de valeur absolue.

D'un geste, Galnîc l'invita à s'asseoir sur un tabouret près de l'âtre, en face de lui. Olathena s'exécuta et il lui servit un bol de bouillon.

« Voilà de drôles de vêtements pour une pêcheuse, fit-il après avoir avalé plusieurs cuillerées de sa soupe de poisson. Tu as vu du pays, on dirait. »

Olathena portait une tenue légère, faite de pièces de ruhrü, un tissu inconnu dans l'archipel, mais courant dans la cité-mère, taillée selon une coupe serrée qui ne la gênait pas dans ses mouvements et présentait l'avantage de rester bien en place sous l'eau. De jolies broderies en ornaient l'extrémité des manches et du col. Rien d'ostentatoire à Opälvyr ; au pays de Nhâle, en revanche, ces vêtements ne seraient accessibles qu'à des notables.

« Après notre bannissement, nous avons erré durant des semaines, Olu et moi, dit-elle. Pendant longtemps, j'ai pensé pouvoir retrouver l'idole dans les remous du Söthsÿn. Ainsi, je suis allée bien plus loin en Hursëlïnh que je n'aurais jamais imaginé le faire dans ma vie. J'ai rencontré toutes sortes d'elvëm's, des bons comme des mauvais, entendu toutes sortes de langues, goûté toutes sortes de plats, visité toutes sortes d'endroits modestes ou fastueux. Il y a eu beaucoup de moments difficiles, surtout les premiers temps, mais il nous est aussi arrivé de belles choses, et certaines si extraordinaires que personne ici n'accepterait de me croire.

— "Extraordinaires" ? s'interrogea le patriarche. Bien que peu de nouvelles des contrées de l'aval parviennent jusqu'à nous, tu le sais, nous avons tout de même appris que de profonds bouleversements ont eu lieu à la cité-mère... Des créatures d'un autre monde seraient venues demander de l'aide pour une guerre terrible chez eux. Des *humains*, paraît-il. Tu as toujours cru aux légendes concernant les humains, n'est-ce pas ? »

Il s'interrompit le temps d'avaler de nouvelles cuillerées de bouillon.

« Aurais-tu été mêlée à ces bouleversements ? interrogea-t-il d'une voix où pointait une certaine admiration.

— Aussi merveilleuses qu'aient pu être nos aventures, répliqua-t-elle sèchement, ce n'est pas à toi ni au Conseil docte que nous le devons, Olunemi et moi. »

Le patriarche secoua la tête, embarrassé et agacé à la fois.

« Ola, je te le répète, j'avais désapprouvé la décision du Conseil, mais je n'avais pas le pouvoir de m'y opposer. Que cela aurait-il changé à votre sort que je sois destitué pour ne pas avoir respecté nos règles ? Rien. Au contraire, j'ai tout fait pour éviter le pire à Olu. Tu le sais ! »

Olathena le savait, bien sûr. Mais elle n'avait pas envie de lui faciliter les choses.

« Qu'attends-tu de moi, pêcheuse ? reprit Galnîc. Pas davantage aujourd'hui qu'hier, je ne pourrais vous faire accepter de nouveau dans l'archipel. Crois-moi, si cela était en mon pouvoir, je l'aurais déjà fait. »

Elle le toisa un long moment avant de dire : « J'ai retrouvé l'idole. »

De surprise, le patriarche faillit laisser échapper son bol et répandit quelques gouttes de bouillon sur le plancher.

« Tu as réussi ? s'exclama-t-il. Tu as écumé le fleuve-monde et tu es parvenue à lui reprendre une si petite chose dans l'infinité de ses eaux ? Par la déesse, c'est un exploit prodigieux ! »

Olathena secoua la tête.

« Le fleuve n'avait pas pris la statuette, dit-elle d'une voix sombre où sourdait la colère. J'aurais pu passer mille vies à l'explorer, je ne l'y aurais pas repêchée. Elle était ailleurs.

— Je ne comprends pas, Ola. Si tu ne l'as pas reprise au Söthsÿn, où l'as-tu trouvée ? »

La jeune femme posa le bol près de l'âtre et se leva.

« Rejoins-moi demain soir, à la tombée de la nuit, derrière le gros rocher du petit affluent du Terêk. Sois discret. Je te montrerai où se trouvait l'idole depuis le début. Merci pour le bouillon. »

Puis elle quitta les lieux, sous le regard médusé de Galnîc.

Deux mois et demi plus tôt, après être parvenue à convaincre l'assemblée de prendre part au combat contre la Terreur Rampante, Olathena aurait pu repartir aussitôt, n'ayant plus de rôle à jouer au palais, mais elle avait préféré attendre le retour de Ludwig et de Lithian. Son inquiétude pour ses amis humains et, plus généralement, pour le sort du monde – des mondes – était trop grande.

Devant une telle anxiété, les hüldres qu'Aspëra avait chargées d'entretenir le rituel autour du corps de la reine Mab l'avaient acceptée parmi elles. Privilège rare, qui intimida beaucoup Olathena. Elle apprit par la suite que ses prises de parole enflammées aux assemblées avaient profondément marqué les esprits. La pêcheuse ignorait qu'elle possédait un talent oratoire. L'une des hüldres l'avait détrompée : son talent ne résidait nullement dans son éloquence, mais dans son altruisme sincère. Le Haut Conseil d'Hursëlïnh, sclérosé depuis des cycles par le souci de préserver la paix entre tous les peuples elvëms, faute d'un Olnëan pour assurer la stabilité, en avait oublié qu'il est parfois des guerres que l'on doit se résoudre à mener, même à contrecœur.

Cinq jours après le départ de Lithian et Ludwig, le corps de Mab, jusqu'alors inerte, fut pris de tremblements et de soubresauts erratiques. Chacune des hüldres et Ola avaient compris que le face-à-face entre la reine des elvëms et la Terreur Rampante dans le Monde Naturel avait commencé. Les nymphes se mirent alors à réciter toutes les incantations destinées à raffermir autant que possible le lien fragile qui rattachait l'essence de la reine à son enveloppe charnelle. Incapable de leur apporter une aide quelconque, Olathena se contenta d'observer, sidérée par les phénomènes inexplicables qui survinrent dans la chambre royale. Durant plusieurs heures, d'étranges mirages se formèrent au-dessus du corps d'Opëride-qui-songe, chimères lumineuses aux contours et aux couleurs diverses, traversées de traînées fulgurantes ou ponctuées d'étincelles fugaces ; chaque fois qu'Ola croyait parvenir à discerner des images un peu plus précises au cœur de ce chaos visuel, les visions s'enfuyaient, comme si son esprit ne pouvait appréhender ce qu'elles lui auraient montré. Des brefs aperçus qu'elle réussit à saisir, il lui sembla distinguer des abîmes de noirceur infinie qui la terrifièrent au point qu'elle ferma les yeux – elle n'osait se lever ni quitter la pièce, de peur de perturber la transe des hüldres.

Soudain, la reine parla !

« Non ! *Yilünsel !* Je t'en supplie, ne fais pas cela ! »

Olathena rouvrit les yeux à cet éclat de voix inattendu. Même les hüldres, stupéfaites, avaient brièvement interrompu leur mélopée. Le corps de la reine était contracté dans un spasme de douleur qui paraissait insoutenable. Elle souffrait là-bas, mais cette souffrance était morale. Mab craignait pour la vie de quelqu'un d'autre, quelqu'un qui lui était très cher.

Il ne s'agissait pas de Ludwig ; Olathena savait que le surnom que Mab venait d'employer n'était pas le sien.

« Je t'en supplie, *Yilünsel !* reprit celle-ci quelques instants plus tard, arc-boutée sous le voile des Ubcÿdes. Renonce ou tu seras emporté toi aussi ! »

Pour qui Titania-aux-Paupières-Closes pouvait-elle éprouver une telle affection ? Dans sa voix avait même résonné ce qui ressemblait aux intonations de l'amour. Ou... d'un ancien amour ?

Olathena pensa alors comprendre de qui il était question, même si elle ne parvenait pas à concevoir comment un roi disparu d'Hursëlïnh plus de mille années auparavant pouvait se trouver là-bas, dans le Monde Naturel, en train de livrer bataille lui aussi au côté des humains. Mais la pêcheuse alôs avait conscience d'ignorer beaucoup de choses. Et c'était peut-être mieux ainsi. Après plusieurs heures éprouvantes, le corps de la reine finit par retrouver l'immobilité du sommeil profond.

Deux semaines plus tard, les guerriers oracles et les hüldres qui avaient survécu à la bataille – destinée à devenir légendaire – qui avait fait rage dans le Monde Naturel revinrent à Opälvyr. Plus de la moitié d'entre eux avaient péri et de nombreux blessés se comptaient dans leurs rangs.

Au grand soulagement d'Olathena, Ludwig et Lithian les accompagnaient. Lithian paraissait profondément affaiblie et fut aussitôt emmenée dans la chambre de la reine afin de procéder au rituel de réintégration de l'essence de Mab dans son propre corps. Ludwig, dont les longs cheveux étaient devenus entièrement blancs, serra Ola dans ses bras en la remerciant d'avoir en fin de compte réussi à convaincre l'assemblée.

Avec Olunemi, ravi de passer encore un peu de temps auprès de Ludwig, elle demeura une semaine de plus au palais de Sijendäl. L'humain leur fit un stupéfiant récit de la bataille, de l'apport déterminant des guerriers oracles et des hüldres, ainsi que du rôle crucial que Mab y joua. La pêcheuse fut à la fois émerveillée de tels prodiges et horrifiée à l'idée d'un tel massacre.

Ludwig suggéra qu'elle pourrait prendre part à la recomposition du Haut Conseil que tous ces événements allaient sans doute provoquer. Car, maintenant que les elvëms et les humains se connaissaient, savaient que leurs mondes communiquaient, des choses allaient changer, et une voix comme la sienne serait écoutée. Ne se considérant nullement légitime pour parler au nom des Alôs, ou de qui que ce fût, Olathena refusa, effrayée à l'idée d'être investie de telles responsabilités. Sa place était dans les eaux du fleuve-monde ; c'était là qu'elle se sentait elle-même, pas entre les murs de Sijendäl. Ludwig la comprit, bien sûr ; sur ces questions, ils partageaient une même sensibilité. Néanmoins, il insista pour qu'elle réfléchisse à cette proposition, et elle s'engagea à le faire.

En réalité, Olathena savait qu'il avait probablement raison. Pour le moment, rien ne comptait davantage pour elle que de rentrer dans son pays et d'y faire éclater la vérité ; cependant, maintenant qu'elle et son fils avaient découvert l'étendue d'Hursëlïnh et la variété de ses habitants, pourraient-ils se satisfaire de la vie simple qu'ils menaient auparavant dans l'archipel de Nhâle ? Elle n'en était pas si sûre.

Lorsque le jour vint de faire leurs adieux à l'humain, Olunemi était en larmes et Olathena ne parvenait qu'à grand-peine à retenir les siennes. Elle lui prit les mains et lui fit promettre de l'emmener voir le Monde Naturel un jour. Ludwig accepta et, bien qu'elle connût sa décision de ne plus se rendre dans son propre monde, sauf en cas d'impératif absolu, elle savait qu'il tiendrait parole.

Grâce aux galzans dont la reine leur fit don, seulement trois semaines leur furent nécessaires pour revenir au pays de Nhâle. Par précaution, Olathena établit un discret campement dans la gorge du Terêk, un ruisselet à l'écart des grands affluents, où personne ne venait jamais. De là, elle pouvait se déplacer furtivement sur de nombreuses rives un peu sauvages, à la végétation dense, et scruter les îlots principaux de l'archipel.

Chez les Alôs, la vie suivait son cours, identique depuis des cycles. Rien n'avait vraiment changé.

Le plus clair de son temps, elle le passa embusquée derrière un roc couvert de plantes grasses, à une cinquantaine de pas de la belle maison de Megüi, l'une des rares construites sur une rive de la terre ferme et non sur un îlot ou sur pilotis. Plusieurs jours durant, elle observa les activités de la notable. En journée, celle-ci s'occupait de son atelier de broderie installé à l'avant de sa maison, le plus réputé de l'archipel, souriant à ses clients les plus fortunés tandis qu'elle maltraitait les petites mains qu'elle faisait travailler en arrière-boutique contre de misérables coquilles.

Cependant, Olathena n'était pas venue pour cela. Il ne lui fallut que trois jours pour s'apercevoir que, lorsque Megüi rentrait chez elle, dans sa maison personnelle derrière l'atelier, elle sortait tous les soirs dans son jardin, à la nuit tombée, toujours durant une vingtaine de minutes.

Parmi les notables alôs qui avaient les moyens de posséder une telle maison, la plupart entretenaient un jardin personnel, signe supérieur de richesse. Ces espaces de nature contrainte, qui déplaisaient à Olathena, faisaient en général la fierté de ces gens importants. Ils les exhibaient aux yeux de tous. Sauf Megüi. La maîtresse brodeuse avait même fait ériger une haute palissade de bois tout autour du sien, de sorte que personne ne pouvait voir ce qu'elle y faisait. Ola était certaine que cette clôture n'existait pas au moment où elle et son fils avaient été bannis. Toutefois, aussi haute que fût cette palissade, les reliefs sur les rives de l'archipel étaient souvent escarpés. Il ne fallut que quelques heures à Ola pour trouver un poste d'observation lui permettant d'avoir un point de vue dégagé sur cet espace clos.

Le soir venu, lorsque Megüi sortit de sa maison et s'avança dans son jardin, Olathena sut enfin que Ludwig ne s'était pas trompé.

Le lendemain, elle allait voir le patriarche Galnîc et, le soir suivant, à la tombée de la nuit, elle revint avec lui à ce point d'observation, après l'avoir retrouvé à l'endroit convenu.

« Je ne sais vraiment pas pourquoi j'accepte de me plier à tes lubies, jeune pêcheuse, grommela Galnîc, tandis qu'ils s'embusquaient sur l'escarpement. J'aurais dû te dénoncer à la garde plutôt que de t'accompagner ici en cachette, comme un brigand.

— Avec tout mon respect, patriarche, parle moins fort, s'il te plaît, chuchota Olathena, sans quoi nous aurons fait cela pour rien.

— Fait quoi ? demanda Galnîc, en baissant sa voix. Venir espionner la maîtresse brodeuse dans son intimité ? Est-ce devenu une habitude pour toi d'épier les gens chez eux ? J'ai risqué de me rompre les os à plusieurs reprises en montant ici.

— Allons, patriarche, tu aimes passer pour plus vieux que tu ne l'es afin d'avoir l'air plus sage, mais je sais que tu es encore en grande forme. »

Galnîc soupira sans répondre, probablement tiraillé entre la flatterie sur ses qualités physiques et l'insinuation sur sa légère sournoiserie. Dès lors, ils attendirent en silence. Il ne leur fallut pas patienter bien longtemps avant que Megüi ne paraisse dans son jardin, un lumignon dans la main afin d'éclairer son chemin.

La brodeuse avança sur l'allée centrale, puis bifurqua sur le côté, leur tournant le dos, afin de s'approcher d'une petite armoire en bois. Grâce à une clé qu'elle portait à son cou, elle défit le verrou puis en ouvrit les portes. L'intérieur du meuble était plongé dans le noir. Megüi s'agenouilla et, à l'aide de son lumignon, alluma plusieurs bougies rituelles disposées dans l'armoire, sur de petites étagères latérales. Cela fait, elle s'inclina profondément pour prier.

Lorsqu'elle se pencha, elle libéra la vue sur l'intérieur de l'armoire et le patriarche Galnîc expira brusquement, comme s'il venait de recevoir un coup dans l'estomac. L'idole de la déesse en pleurs, la tête entre les mains, trônait dans l'armoire, éclairée par la lumière tremblotante des bougies. Olathena et Galnîc demeurèrent silencieux durant les vingt minutes de la prière de la brodeuse, puis celle-ci éteignit les bougies, referma l'armoire et rentra dans sa maison.

Quand ils furent de nouveau seuls, Olathena expliqua au patriarche qu'elle avait découvert que Megüi avait trouvé la statuette près de chez elle, prise au piège dans un remous, et que la brodeuse avait vu là un moyen de se venger de l'affront qu'elle considérait avoir subi après le refus de la pêcheuse de devenir sa mépê.

Estomaqué par une telle duplicité, le patriarche balbutia :

« Mais pourquoi ne pas avoir rendu l'idole une fois son but atteint, après que vous avez été bannis ? Elle aurait pu prétendre l'avoir découverte par hasard et aurait ainsi gagné une estime considérable dans la communauté, elle qui rêve de devenir matriarche le jour où je rejoindrai les ancêtres.

— C'est pourtant clair, dit Olathena comme énonçant une évidence. Megüi est très croyante et, en étant la seule à révérer cette idole-là, même séparée des trois autres, elle espère s'attirer les bonnes grâces de la déesse, se les réservant pour elle seule. »

Galnîc était si choqué, et si furieux, qu'il ne trouva rien à répondre. Il demeura silencieux, ses sourcils broussailleux tellement froncés qu'on ne distinguait presque plus ses yeux.

Le lendemain, le patriarche du conseil alôs, accompagné d'Olathena, de plusieurs Doctes et de nombreux gardes, vint arrêter Megüi. La maîtresse brodeuse protesta, trépigna, les traita de menteurs, menaça les Doctes de les faire punir par le reste du Conseil, mais, une fois l'armoire du jardin ouverte, devant l'évidence, elle se mura dans le silence. Lorsqu'elle fut menée hors de chez elle, les mains entravées, comme la voleuse qu'elle était, elle garda les yeux baissés, incapable de soutenir le regard d'Ola.

Elle fut aussitôt conduite jusqu'à la grande plateforme sur pilotis, équivalent à Nhâle de la grand-place de Yahau, où se tennaient les fêtes ou les réunions publiques. Comme c'était jour de marché, elle était noire de monde.

Galnîc fit monter Megüi sur l'estrade centrale, toujours encadrée de gardes, puis invita Olathena et son fils à les rejoindre. Un attroupement dense se forma rapidement tandis qu'il expliquait d'une voix forte le crime odieux dont la brodeuse s'était rendue coupable. La foule poussa un cri de stupeur lorsqu'il exhiba l'idole perdue depuis des mois, certains pleurèrent même de soulagement. Rien n'agaçait davantage Ola que ces superstitions.

Le patriarche déclara que Megüi serait jugée au plus vite en Gol-û-Sol par ses pairs, à l'endroit même où elle avait comploté pour faire condamner une innocente et son fils. Olathena ne pouvait savoir le sort qui serait réservé à la brodeuse, mais à voir la pâleur de son visage, Megüi elle-même se doutait que la sentence serait probablement les Fosses des maudits. Là où certains avaient envisagé de jeter Olu pour son « crime ».

Olathena avait beau avoir conscience qu'il serait plus noble de sa part de réclamer la clémence du Conseil, elle ne pouvait s'y résoudre. Peut-être que le temps que la brodeuse soit jugée, elle saurait trouver cette force morale.

Galnîc conclut en annonçant solennellement l'annulation du bannissement d'Olathena et de son fils, et leur réintégration pleine et entière dans le peuple de l'archipel de Nhâle. Megüi fut emmenée par les gardes et la foule se dispersa peu à peu, disposant là d'une source de commérages pour des semaines.

Un jeteur d'eau du Sanctuaire des larmes, prévenu entretemps, arriva précipitamment pour récupérer la précieuse statuette.

« Tiens, prêtre, fit le patriarche en tendant la figure de pierre si étrangement légère à l'homme essoufflé, fais ton office et va replacer l'idole afin de satisfaire la déesse.

— Alors, prêtre, ne put s'empêcher d'ironiser Ola, durant tout ce temps où le sanctuaire ne comptait plus que trois idoles sur quatre, de grands malheurs se sont-ils abattus sur l'archipel ? Un raz-de-marée remontant le fleuve-monde depuis l'océan ? Une crue scélérate ? Une attaque de silakôa ? »

Interloqué, l'homme regarda Olathena avec une expression si outrée qu'il en demeura muet. Galnîc lui fit signe de ne pas se préoccuper de ces paroles et de se hâter de retourner au sanctuaire.

« Pêcheuse, regagner ta place au sein du peuple alôs ne te donne pas le droit de manquer de respect envers les prêtres, la sermonna-t-il.

— C'est à cause de ces superstitions que nous avons été bannis, Olu et moi, grommela-t-elle.

— Non, c'est à cause d'une femme malfaisante. »

Galnîc ne croyait guère plus aux esprits qu'elle-même, Olathena le savait. Alors qu'elle ouvrait la bouche pour répliquer, il lâcha avec un clin d'œil : « Par ailleurs, tu as tort : il y a au moins *une* Alôs à qui cela a porté malheur ! »

La pêcheuse hocha la tête avec un sourire amusé tandis que le patriarche s'éloignait afin de s'occuper de préparer le conseil exceptionnel à venir.

Dans l'après-midi, après avoir mené leurs galzans à l'une des écuries de l'archipel, située sur la rive la plus proche de leur îlot-village, Ola et Olu purent enfin retrouver leur cahute à Iâlh-Mehty. L'habitation ne semblait pas avoir trop souffert du manque d'entretien.

Tandis qu'ils déballaient leurs affaires, Olathena éprouvait comme une étrange mélancolie, alors qu'elle s'était attendue à déborder de joie le jour où elle parviendrait à rapporter l'idole, heureuse de retrouver leur vie d'avant. Au fond, le désirait-elle vraiment ? Allait-elle construire un nouvel udal'ekî avec son fils, puis reprendre son métier de pêcheuse de coquilles ? Il y avait tant de choses à voir dans ce monde, et ils n'en avaient eu qu'un simple aperçu. Quant à la suggestion de Ludwig, elle n'avait cessé d'y songer et, finalement, peut-être que…

Des coups frappés à la porte interrompirent ses pensées.

Olunemi alla ouvrir et ils découvrirent Sâv, rouge et essoufflé d'avoir couru jusque-là ! Le maître broyeur était le premier à leur rendre visite.

De ses bras musculeux, il les serra tous les deux en même temps avec une telle chaleur qu'Olathena ne put retenir quelques larmes.

« Quand j'ai appris que vous étiez de retour, je n'en ai pas cru mes oreilles, s'exclama-t-il. C'était si terrible de vous voir bannis, tellement injuste ! Si j'avais été plus jeune, j'aurais fendu le crâne à tous ces ânes "doctes" du Conseil !

— Sâv ! s'écria Olunemi. Il nous est arrivé tant d'aventures que tu n'en croiras pas tes oreilles une seconde fois quand nous te les raconterons !

— Je n'en doute pas un instant, mon garçon ! Rien qu'à voir vos vêtements élégants, je suis sûr que vous avez rencontré des gens haut placés. Venez donc chez moi ce soir, je vous préparerai un dîner et, en échange, vous me ferez un récit complet de ces aventures incroyables !

— Entendu, Sâv, fit Olathena, mais en attendant... »

Elle ouvrit l'un de ses sacs et en sortit le marteau ouvragé qu'elle avait acquis à Yahau et conservé avec elle jusqu'à ce jour, comme symbole de sa détermination à revenir au pays de Nhâle.

« *Zetâmé !* s'exclama le maître broyeur. C'est pour moi ? Je n'ai jamais vu un outil d'une telle facture ! Je ne sais pas quoi dire, Ola, c'est un trop beau cadeau, il a dû te coûter une fortune...

— Ce qu'il m'a coûté n'est rien comparé à la force morale qu'il m'a procurée, Sâv. Lorsque je perdais espoir, je me rattachais à l'idée qu'il *fallait* que je trouve un moyen de revenir pour te le donner, sans quoi j'aurais acheté ce marteau pour rien.

— Vraiment, Ola, je suis...

— Attends, Sâv ! coupa Olunemi, excité. Ce n'est pas tout ! Nous avons un autre présent pour toi ! »

Le garçon sortit du sac un paquet soigneusement emballé qu'il tendit à leur ami. En l'ouvrant, le maître broyeur découvrit un étrange coquillage de grande taille, aux reflets jaune et bleu, presque métalliques. Les yeux écarquillés, il en demeura muet de stupeur.

« Une double conque étoilée de, euh… Psentïl-Siüden ! fit Olu, qui avait eu du mal à retenir ce nom. Le coquillage le plus rare d'Hursëlïnh !

— Je… le sais, mon garçon, articula lentement Sâv, retrouvant enfin la parole. Si rare que je n'en avais jamais vu jusqu'à présent !

— C'est la reine Mab qui nous l'a donné à notre départ de Sijendäl, précisa Olathena. Nous lui avions parlé de toi et elle a pensé que cela te ferait plaisir. »

Le maître broyeur semblait totalement déconcerté.

« La reine… Mab ? Vous avez… rencontré la reine ? Et… vous lui avez parlé de *moi* ? »

Ola éclata de rire.

« Vivement ce soir que j'entende votre récit, balbutia le broyeur.

— Je pense qu'il va nous falloir plusieurs soirs, Sâv », conclut Olunemi.

IRÉNION

15 décembre 1816

Palais des Tuileries, Paris, dans la matinée.

En ce dimanche matin, le Premier consul de France jouissait du calme inhabituel du palais des Tuileries en prenant son petit déjeuner dans le salon de ses appartements privés. Le feu qui crépitait doucement dans la cheminée de marbre dispensait une chaleur bienvenue tandis que les premiers froids de décembre tombaient sur Paris. Assise dans l'un des canapés à proximité de l'âtre, Eleanor, encore en robe de chambre, donnait le sein à leur fils de trois mois. Levée plus tôt qu'Irénion, elle avait déjeuné avant lui. Celui-ci lui avait proposé d'avoir recours aux services d'une nourrice, mais la jeune femme avait refusé.

Tout en buvant son café, Irénion lisait les nouvelles dans le quotidien *Le Constitutionnel.* Il s'efforçait de parcourir l'essentiel de la presse tous les jours depuis que la liberté de celle-ci avait été rétablie, à la fin de la guerre. En dehors de l'actualité, la plupart des articles portaient sur les débats autour du projet de Constitution. Bien qu'elle fût toujours en cours d'élaboration, Irénion avait choisi d'en rendre le texte public dans sa version provisoire. Avant qu'elle ne soit votée par une Assemblée constituante, il lui paraissait essentiel que le peuple se sente impliqué dans sa rédaction, car, une fois définitivement adoptée, cette loi fondamentale s'appliquerait à tous. Et Irénion comptait bien convaincre l'ensemble de la société de l'importance de la direction qu'il estimait devoir donner au pays, notamment par l'instauration d'un véritable suffrage universel, d'un corps législatif bicaméral et d'une démocratie directe issue de l'élection du chef de l'État par le peuple. En ce sens, ses longues discussions avec Eleanor et Theodore concernant le modèle politique des États-Unis d'Amérique avaient été pour lui d'un intérêt certain, même si, en définitive, il avait décidé de ne pas retenir le système des grands électeurs, rappelant selon lui un peu trop le suffrage censitaire qui n'avait pas laissé un très bon souvenir aux Français.

Derrière les hautes fenêtres, une fine pluie battait les vitres. Ce mois de décembre se montrait particulièrement pluvieux, comme si la nature essayait de rattraper le temps perdu.

Après l'annihilation de Vakt, la chaleur anormalement élevée était très vite redescendue et, à peine quelques jours plus tard, les premières précipitations tombaient sur la France. La population avait fêté le retour de la pluie avec autant d'allégresse que la victoire sur les Russes. Cette anomalie météorologique de plusieurs mois avait-elle été provoquée à dessein par Vakt, n'avait-elle été qu'une malheureuse conséquence de l'usage débridé de l'Art Obscur ou une simple coïncidence ? Nul ne le saurait probablement jamais.

Le moment de la fin de Vakt, point culminant de la bataille d'Albert, resterait pour toujours gravé dans les mémoires de tous ceux qui en avaient été témoins. Même si Irénion y assista de trop loin pour en saisir les détails, il n'était pas près d'oublier ce qu'il avait vu. D'innombrables phénomènes physiques et optiques, tous plus inexplicables et incompréhensibles les uns que les autres, se succédèrent au cœur du champ de bataille, avec pour épicentre le sorcier russe : des sons et des visions fantasmatiques, de prodigieuses explosions de lumière, parfois composées de couleurs n'appartenant pas à ce monde, d'effroyables secousses dans le sol, suscitées par les déformations concentriques de l'espace qui semblèrent marteler les environs pendant de longues secondes. Puis, soudain, tout s'arrêta. L'abomination massive n'était plus là. Elle avait disparu d'un coup. Tout était fini.

Un silence extraordinaire s'abattit sur le champ de bataille, chacun tâchant de déterminer s'il s'agissait d'un nouveau sort ou d'une ruse perverse. Puis, les armées coalisées comprenant que la Terreur Rampante était enfin vaincue, une immense clameur traversa la plaine. Au quartier général, sous la charpente de l'église paroissiale d'Albert, d'innombrables hourras furent lancés et tous les hommes présents tombèrent dans les bras les uns des autres. Ce ne fut que plus tard qu'Irénion apprit le détail des ultimes moments du combat, de l'intervention inattendue d'Élégast et, surtout, de la disparition de Ludwig et de Roland, emportés par la monstruosité dans sa chute.

Leur sacrifice attrista beaucoup Irénion. Aussi, quel ne fut pas son soulagement lorsqu'on lui rapporta, quelques jours plus tard, que Ludwig Arcerese était réapparu dans la forêt Charbonnière, près du portail ! Ce furent les armées de l'Autre Monde qui le retrouvèrent tandis qu'elles organisaient leur retour chez elles. Les *elvëms* avaient emmené Ludwig avec eux en *Hursëlïnh*, non sans avoir pris la peine de faire porter un message au Premier consul afin de le rassurer quant à l'état de son ami.

Irénion n'avait pas encore eu l'occasion de revoir l'ancien mercenaire depuis ce jour. Il avait cru comprendre que, là-bas aussi, les dirigeants du royaume avaient décidé de refonder les bases de leur société, et il était probable que Ludwig s'impliquait personnellement dans ce processus. Irénion espérait qu'ils auraient la possibilité de se rencontrer de nouveau à l'avenir, soit que Ludwig revînt dans le Monde Naturel, soit que lui-même lui rende visite dans cet « Autre Monde » bien mystérieux. Le Premier consul n'était pas tout à fait certain de souhaiter faire cette expérience. L'idée de passer dans un *lysëndelïs* le troublait quelque peu.

Une fois le Seigneur de l'Abîme anéanti, les troupes régulières russes se rendirent et l'état-major ennemi capitula sans condition. Il ne resta que l'ignoble Faction rouge, fanatisée, pour continuer de se battre, mais les armées coalisées en vinrent rapidement à bout, éliminant tous les meneurs et les résurgions sous leur coupe jusqu'au dernier. Les marionnettes de Vakt, quant à elles, s'écroulèrent toutes en même temps à la disparition de leur maître, raides mortes. Les Français apprirent plus tard qu'il en avait été de même pour toutes celles qui étaient demeurées au palais d'hiver. Seuls les pouvoirs de Vakt, ou plutôt ses « nanites », ainsi que les appelait Lithian, permettaient de garder en pseudo-vie ces enveloppes corporelles privées d'âme.

La coalition envahit la Russie sans perdre de temps afin d'y traquer tout membre de la Faction rouge qui leur aurait échappé. Cette chasse dura plusieurs semaines, tant la secte s'était propagée jusqu'au cœur des campagnes, convertissant partout des innocents à leur cause par leur infâme transfusion, et tentant d'imposer, même dans les petits villages, le culte du Sang Dieu. *In fine*, tous les sectateurs furent exécutés et toutes les idoles et icônes blasphématoires brûlées.

Dans le même temps, parmi les officiers de l'armée régulière et les nobles déchus qui avaient refusé de prendre part à l'horrible régime de Vakt, certains furent désignés pour constituer un gouvernement provisoire et assurer une transition vers un système politique moderne, débarrassé de la brutalité du tsarisme. Les contours précis en seraient définis plus tard. Connaissant mieux que personne les personnages haut placés du régime précédent, Evdokia Sverela joua un rôle précieux durant cette période, conseillant dans l'ombre l'administrateur français, nommé temporairement à la tête du pays, pour le choix des membres du gouvernement provisoire, notamment parmi les opposants politiques dont débordaient les prisons russes.

Irénion hésita à récompenser l'ancienne espionne pour services rendus à la nation. D'un côté, il ne parvenait pas à oublier qu'elle avait participé – à son corps défendant, certes – à la préparation de l'attentat qui avait coûté la vie à Pavel ; de l'autre, si Azra elle-même était arrivée à trouver en elle la force de lui pardonner, qui était-il, lui, pour s'y refuser ? Ainsi, sans aller jusqu'à la décorer au nom de la France, il lui avait fait verser une somme suffisante pour qu'elle se construise une vie nouvelle loin de la Russie, où elle put emmener ses sœurs. Le pays qu'elle avait choisi fut soigneusement tenu secret, au cas où certains fanatiques de la Faction rouge seraient parvenus à échapper à la traque des coalisés et chercheraient à lui faire payer son rôle dans la fin de leur maître. Irénion savait qu'elle avait proposé à Azra de la rejoindre, mais que la jeune bohémienne avait refusé.

Un autre qu'Irénion éprouva quelque difficulté à pardonner à Evdokia. Au cours de leurs multiples rencontres, Yvonnius avait développé de véritables sentiments pour la Russe, et découvrir qu'il avait été joué l'avait profondément blessé. Toutefois, à l'instar d'Azra, il finit par comprendre la situation impossible dans laquelle Evdokia s'était trouvée et avoua à Irénion qu'il songeait sérieusement à se retirer du service actif dans le but d'aller retrouver la femme qu'il aimait. En attendant qu'il prenne sa décision, les deux amoureux échangeaient des lettres presque tous les jours. Yvonnius Archant, qui avait toujours été si volage, semblait donc enfin aimer quelqu'un pour de bon. Bien qu'il regrettât de perdre un officier d'une telle valeur, précieux pour la nation, Irénion l'assura évidemment que nul ne lui tiendrait rigueur de quitter le pays pour rejoindre la belle Evdokia. Son ami ne s'était pas encore décidé, mais Irénion ne doutait pas qu'il finirait par partir.

Quant à Azra Yilmaz, la seule faveur qu'elle sollicita auprès d'Irénion (elle aurait pu demander n'importe quoi, il ne lui aurait rien refusé) fut simplement de lui donner les moyens de retrouver les lieux où elle avait enterré sa mère à la hâte ainsi que celui où Pavel avait enterré son père, afin de ramener leurs restes en Russie avec ceux de Pavel et de les inhumer là-bas, sur leur terre. La bohémienne aurait voulu en faire autant avec leur ami Sergueï, mais le corps de celui-ci ne put jamais être retrouvé ; les crapules de la Garde hermétique auxquelles Leandro l'avait livré s'y entendaient pour faire disparaître un cadavre. Même s'il n'avait pas eu de nouvelles de la jeune fille depuis son départ, Irénion espérait qu'Azra avait pu réaliser son souhait. Il savait qu'elle avait prévu de partir ensuite à la recherche de son ancienne compagnie de bohémiens, car, disait-elle, c'était au fond la seule famille qu'il lui restait. Azra était encore jeune ; Irénion espérait de tout cœur qu'elle finirait par trouver, elle aussi, le bonheur.

Dans les mois qui suivirent la chute de l'Empire russe, le Premier consul décida de retirer les troupes françaises de tous les pays conquis par Napoléon, puis d'organiser une grande conférence sur l'avenir du continent. Il n'avait pas renoncé à son projet, qui paraissait pourtant profondément utopique à certains, de fonder des États-Unis d'Europe, une large alliance au sein de laquelle les nations cesseraient enfin de se livrer une guerre continuelle et trouveraient le courage de faire la paix – car il fallait, selon lui, davantage de courage pour conclure une paix durable que pour déclarer une guerre. Il n'ignorait pas, évidemment, que le chemin serait long tant les rancœurs et les vieilles haines étaient tenaces, mais il se refusait à abandonner.

En attendant, un vaste traité fut établi, incluant toutes les grandes nations du continent ainsi que l'Empire ottoman, décrétant l'interdiction de la magie à des fins militaires ou autres. L'Art Obscur était désormais banni de ce monde – du moins, tant que personne ne violerait ce traité. Une exception avait été accordée au sultan Mahmoud II pour que les maîtres-*djinns* conservent le droit d'entretenir le lien puissant qui les attachait à leur *qarin*, à condition que le régiment qui les intégrait aux forces militaires de l'Empire soit dissous. Bien que le sultan s'y engageât solennellement, Irénion se doutait qu'il lui serait difficile de résister à la tentation de les rappeler si jamais une guerre éclatait avec l'un de ses voisins.

Un petit hoquet attira son attention : le nourrisson avait terminé son repas lui aussi et sa mère lui tapotait le dos. Elle croisa le regard d'Irénion et lui sourit.

« Enfin, tes yeux quittent ce journal », dit-elle.

Irénion reposa *Le Constitutionnel* et lui sourit en retour.

« J'admets que mes yeux sont bien mieux utilisés à vous regarder tous les deux, qu'à lire ces lignes austères. »

Nouveau hoquet, sonore, celui-ci, et les jeunes mariés rirent pour de bon.

Leur mariage avait été célébré quatre mois plus tôt, en toute simplicité et dans l'intimité. Pierre-Eugène Aurières avait tenté de le convaincre d'organiser une grande cérémonie publique, mais Irénion s'y était refusé. Il ne voulait pas d'un sacre ; il n'était pas davantage empereur qu'Eleanor ne se sentait l'âme d'une impératrice. La France avait besoin de tout sauf d'un nouveau Napoléon. Au fond, il n'était même pas sûr de souhaiter conserver le pouvoir. S'il réussissait, ainsi qu'il l'espérait, à mettre sur pied l'élection au suffrage universel direct du chef de l'État, il n'était pas certain non plus d'avoir l'ambition de s'y présenter. Il avait vu trop de malheurs, vécu trop de drames, perdu trop de proches pour ne pas avoir une conscience presque douloureuse du caractère épouvantablement éphémère de la vie humaine. Alors, même s'il désirait servir son pays, il voulait avant tout profiter du bonheur qu'il était enfin parvenu à trouver avec Eleanor et leur enfant.

« Tu te soucies trop de la nation, Irénion, le réprimanda Eleanor, comme si elle avait lu dans ses pensées. Tu as donné beaucoup plus à la France que quiconque. Personne ne te reprochera de te mettre un peu en retrait des affaires de l'État.

— Tu as raison, bien sûr, mon amour. Mais le pays se trouve à la croisée des chemins. Même si nous ne vivons plus dans l'urgence de la guerre, je ne puis relâcher complètement mon attention. D'apprentis dictateurs se préparent déjà quelque part, sans que quiconque ait connaissance de leurs intentions, c'est inévitable. Alors, il faut doter la France d'institutions solides, capables d'empêcher toute dérive tyrannique d'un futur gouvernement, comme vous avez su si bien le faire en Amérique.

— Bien sûr. Jamais je ne te demanderai d'abandonner tes idéaux. Cependant, si tu as su mener des centaines de milliers d'hommes au combat, sauras-tu passer au moins un dimanche avec ta famille, sans avoir l'esprit envahi de projets pour la nation ou de tracas administratifs ? »

Bien qu'Irénion rît de bon cœur à ce défi théorique, il avait conscience de ne pas être capable de réaliser l'effort sur elle-même qu'avait accompli Eleanor, lorsqu'elle avait renoncé, du jour au lendemain, à son rêve d'ouverture d'une nouvelle manufacture d'armes, et même à sa carrière d'ingénieur dans ce domaine. Elle et Theodore avaient de surcroît revendu l'ancienne manufacture familiale.

Depuis qu'elle avait eu ce funeste aperçu des armes du futur, Eleanor avait décidé de se consacrer désormais, par la publication d'articles, de manifestes et par des conférences, à convaincre toutes les nations et tous les dirigeants de ce monde d'abandonner quelque recherche que ce fût en matière d'armement, afin de conserver un avenir au genre humain. Car la jeune femme était intimement persuadée que ce qu'elle avait vu s'abattre sur le Japon n'était qu'un premier pas vers un autoanéantissement global, qui surviendrait inéluctablement. Tôt ou tard. Un véritable suicide de l'humanité. Irénion, bien entendu, lui apportait son soutien plein et entier dans cette entreprise, mais il doutait fortement qu'il fût possible d'amener l'ensemble des dirigeants de ce monde à renoncer à tenter de prendre l'avantage sur ses voisins. Cet espoir risquait donc fort de se révéler vain.

« Le bonjour, chère famille », lança Theodore tandis qu'il entrait dans le salon, après qu'un majordome lui eut ouvert les portes.

Eleanor et Irénion le saluèrent en retour et il vint s'installer à table, non sans avoir déposé un baiser sur le front de sa sœur et de son neveu.

S'il s'était globalement remis de sa terrible blessure, Theodore ne pouvait plus marcher sans l'aide d'une canne, et son visage était resté marqué par cet événement, comme vieilli de dix ans. Alors qu'il avait longtemps espéré que les soupçons qu'Eleanor et lui-même nourrissaient contre leur père fussent erronés, voir de ses yeux ce dernier prêter son concours à une tentative d'assassinat l'avait profondément atteint sur le plan moral. Ainsi, même après sa quasi-guérison, il avait traversé une longue période neurasthénique. Seule la naissance de son neveu semblait lui avoir redonné en partie le goût de vivre. Il passait beaucoup de temps avec eux, et Eleanor était soulagée qu'il se remette peu à peu.

Jugé pour son odieux complot, Samuel Rockwell avait été condamné à mort par un tribunal. Eleanor, dévorée de colère, avait souhaité assister à l'exécution afin de plonger son regard dans celui de son père tandis qu'il monterait sur l'échafaud, mais Irénion était parvenu à l'en dissuader. L'image de la décapitation de l'auteur de ses jours l'eût hantée toute sa vie, à n'en pas douter. La jeune femme devait oublier ses malheurs passés et se tourner entièrement vers l'avenir. Elle avait fini par se ranger à cette opinion.

En tombant par hasard sur un article en première page du *Constitutionnel* au sujet de l'élection présidentielle américaine qui venait de porter au pouvoir un avocat du nom de James Madison, Theo et Irénion avaient engagé une discussion sur les mérites comparés du droit civil et de la *common law*, lorsqu'on vint annoncer que le Deuxième consul Aurières était arrivé aux Tuileries.

« Pierre-Eugène était attendu au palais aujourd'hui ? fit semblant de s'étonner Eleanor. Est-il invité pour le déjeuner ? »

Irénion se leva et, s'étirant longuement afin de masquer son embarras, répondit :

« Nous étions convenus d'une courte séance de travail ce jour au sujet d'un alinéa de la Constitution qui...

— Allons, cher mari, je ne fais que te taquiner, l'interrompit-elle en souriant. Ce sujet est important et il est normal qu'il accapare une partie du temps que tu devrais accorder à ta femme et à ton fils. Je sais que tu te rattraperas une fois que le texte sera achevé, n'est-ce pas ?

— Je me rattraperai dès cet après-midi, je le promets... (il se tourna vers Theodore) devant témoin ! Je ne mentais point en qualifiant cette séance de "courte". Deux ou trois heures, tout au plus. Après le déjeuner, nous irons prendre l'air tous les quatre dans le parc. »

Eleanor approuva d'un hochement de tête : « Et propose donc à Pierre-Eugène de rester déjeuner avec nous. »

La jeune femme, qui n'avait pas connu ses grands-parents, appréciait le vieux général.

Tout en marchant le long des couloirs afin de gagner son bureau, dans l'antichambre duquel le Deuxième consul devait déjà patienter, Irénion ne cessait de s'étonner, plus d'un an après, de la chance qu'il avait eue de rencontrer Eleanor Rockwell. Et rien ne l'effrayait davantage que l'idée de la rendre malheureuse en la délaissant à cause de sa charge de travail. Car, en dépit des illusions dont il faisait semblant de se bercer lui-même, il savait très bien qu'il se lancerait à la conquête des urnes dès que se tiendraient les premières élections après l'adoption de la Constitution, que ce soit pour désigner un « chef de gouvernement » ou un « président de la République ».

Et il se doutait que sa chère Américaine, qui lisait en lui à livre ouvert, le savait très bien elle aussi.

ÉTHELINDE

17 décembre 1816

Village de Vauloup, vers Troyes, le matin.

Depuis Saint-Maur, il ne fallut à Éthelinde que deux jours de cheval pour se rendre à Vauloup, cheminant entre les champs retournés, prêts à être semés de nouveau au printemps suivant. Après avoir subi tout du long une morne pluie d'automne, elle savoura les timides rayons de soleil qui tentèrent pendant quelques instants de se frayer un passage à travers la couche de nuages, lors d'une brève éclaircie. Les précipitations n'avaient guère connu d'interruption ces dernières semaines, mais nul ne s'en plaignait. La nature en avait besoin pour guérir. Comme presque toutes les récoltes de l'année avaient été perdues, il faudrait attendre un an avant de pouvoir en engranger de nouvelles. Heureusement, les réserves du pays et l'aide des nations coalisées avaient permis d'épargner la famine aux Français. De justesse.

Elle arriva à Vauloup tandis que la cloche de l'église sonnait onze heures du matin et s'engagea dans la rue principale du village, là où, accompagnée de Ludwig, elle était venue chercher Mathurin, un an et demi plus tôt.

En se présentant à l'auberge de la place, elle fut aussitôt reconnue et accueillie, non sans chaleur. Elle prit une chambre pour la nuit et l'aubergiste refusa de la faire payer, en dépit de ses insistances. L'homme n'avait pas oublié ce qu'elle et Ludwig avaient fait pour eux.

« M. Madeline est-il toujours maire ? demanda-t-elle.

— Non, madame, fit l'aubergiste. Il s'est retiré des affaires municipales, mais il sera certainement heureux que vous lui rendiez une petite visite. Allez donc le voir, nous nous occupons de mettre votre monture à l'écurie. »

Éthelinde remercia de ces égards et partit vers la maison de l'ancien maire.

La rédaction de l'article traitant de l'*Ars Obscura* qu'elle préparait pour l'Encyclopédie avançait bien. Une fois terminé, il lui faudrait en assurer la publication à ses frais, dans un opuscule séparé de l'œuvre majeure de Diderot et d'Alembert. Heureusement, l'héritage légué par son père lui en laissait les moyens ; à n'en pas douter, ce dernier eût approuvé que son argent soit employé de cette manière. Avec le temps, si son texte présentait les qualités requises, des éditeurs finiraient peut-être même par l'intégrer dans le corps général de la respectable Encyclopédie.

L'affrontement final contre Vakt à la bataille d'Albert l'avait obligée à remanier substantiellement ce qu'elle avait écrit auparavant, à la lumière des phénomènes extraordinaires auxquels elle avait assisté. Bien entendu, d'un commun accord avec Silja, elle avait pris soin d'éviter toute allusion aux révélations que celle-ci leur avait livrées sur son origine temporelle et les perturbations que ses recherches aux côtés de Jorandi avaient provoquées. Il eût été impensable de rendre publics de tels détails. D'ailleurs, certains jours, Éthelinde se demandait si la magesse n'avait pas raison lorsqu'elle manifestait ses réticences au sujet de son article. Peut-être vaudrait-il mieux que toutes ces connaissances jusqu'alors occultes le restent ?

Au fond, maintenant qu'Élégast et Jorandi avaient été extirpés de cette époque et de ce monde, il se pourrait bien que les choses rentrent dans l'ordre peu à peu... Plus de sorciers, plus d'Histoire déviante. Qui sait si ce temps anormal qu'ils vivaient, ce « temps qui n'aurait pas dû exister », n'allait pas reprendre le cours qu'il n'aurait jamais dû quitter ? En ce cas, s'en rendrait-elle seulement compte ? Peut-être que d'ici quelques années, toute trace du Sorcier d'Empire disparaîtrait de la mémoire collective et l'Histoire retiendrait que Napoléon avait conquis l'Europe grâce à son seul génie militaire, sans l'aide de l'Art Obscur. Dans cette hypothèse, Éthelinde se souviendrait-elle de l'article qu'elle écrivait au sujet de cette sombre magie ?

Ah, au diable ces cogitations ! Lithian avait raison, ces problématiques temporelles étaient exaspérantes. Chaque question soulevée, au lieu de trouver une réponse, se heurtait à un nouveau paradoxe !

Quoi qu'il en fût, la plupart des traces visibles de l'Art Obscur disparaissaient peu à peu.

À la fin des combats, lorsque Irénion et les généraux alliés avaient emmené leurs armées reprendre la Russie en main, elle avait été chargée, avec l'aide de Gacien, d'enseigner à plusieurs compagnies leur méthode de solidification des résurgences permanentes. Après plusieurs semaines d'efforts, toutes les bulles noires purent être considérées comme fermées. Depuis, plus aucune d'entre elles ne s'était formée, nulle part, confirmant l'hypothèse d'Éthelinde selon laquelle ces phénomènes étaient liés à l'utilisation de l'Art Obscur par les sorciers. De délétères scories. On pouvait donc raisonnablement espérer qu'il n'en surgirait plus. Quant aux derniers résurgions errants, tous finiraient par être abattus.

Le Monde Naturel allait enfin redevenir naturel.

Bien sûr, la satisfaction procurée par l'éradication de la magie noire se voyait ternie par la disparition de Roland le Preux. Éthelinde s'était attachée à ce drôle de gaillard avec qui elle partageait de nombreux traits de caractère. Pourtant, c'était peut-être mieux ainsi. Le guerrier franc n'avait jamais trouvé sa place dans cette époque où la vocation d'un paladin antique n'avait que peu de possibilités de s'exprimer.

Quant à Ludwig, elle avait bien cru l'avoir perdu, lui aussi. À la suite du cataclysme final, lorsque le mercenaire s'était volatilisé en même temps que Roland et les deux sorciers, Éthelinde en avait été profondément bouleversée. Tous ceux à qui elle vouait quelque affection paraissaient destinés à devoir mourir trop tôt. Inévitablement. Si elle ne s'était toujours revendiquée de l'esprit des Lumières, elle en serait venue, par superstition, à se considérer comme une sorte de porte-malheur.

S'étant proposée pour aider à soigner les blessés à l'issue des combats, Éthelinde se trouvait encore à Albert lorsqu'elle apprit que Ludwig était subitement réapparu à quelques kilomètres du front, près du portail. Transportée de joie, elle avait filé là-bas, à bride abattue, afin de le revoir une dernière fois avant qu'il ne rejoigne définitivement l'*Alter Mundus*. Car il ne faisait aucun doute pour elle que le mercenaire allait partir pour ne jamais revenir ; elle avait compris depuis longtemps qu'il avait perdu tout lien avec le Monde Naturel. Par chance, elle était parvenue à atteindre le *lysëndelïs* avant son départ. En effet, Ludwig avait passé plusieurs jours à chercher Kuromir, son énorme boulonnais, qu'un paysan de la région avait récupéré errant dans les champs, le croyant abandonné. Le mercenaire le lui avait racheté à un prix honnête.

En arrivant sur place, elle découvrit quelques dizaines de guerriers oracles encore présents, occupés à lever leur camp, franchissant le portail les uns après les autres avec leurs impressionnantes montures. Éthelinde passa parmi eux sans déclencher de réaction particulière. Après la bataille, elle avait essayé de communiquer avec certains, mais la barrière de la langue – alliée à leur caractère taciturne – s'était révélée insurmontable en si peu de temps. Une fois encore, la naturaliste s'émerveilla de ces créatures totalement nouvelles pour elle, de leur langue étrange, de leurs vêtements ou de leur équipement, dont parfois elle ne parvenait même pas à se figurer l'usage.

Elle entrevit le *lysëndelïs* de loin, dans la pénombre de trois énormes chênes, tandis qu'un guerrier l'empruntait, le faisant flamboyer quelques secondes. La tentation était grande d'aller l'observer de plus près, mais elle pourrait toujours revenir plus tard. Elle ne s'était pas tant hâtée pour cela.

En reconnaissant l'un des guerriers oracles avec qui elle avait tenté d'échanger quelques mots, elle le salua d'un signe de tête et lui dit simplement : « Ludwig ? » L'*elvëm* trapu lui désigna une petite clairière un peu plus loin. Éthelinde y trouva son ami occupé à brosser Kuromir tout en lui parlant doucement.

« Ainsi, tu as réussi à retrouver ton fidèle compagnon, lança-t-elle en s'approchant. Je me demandais si tu pourrais te résoudre à partir sans lui dans le cas contraire. »

Le mercenaire se retourna, un sourire aux lèvres.

« Éthelinde ! Je suis content que tu sois venue. »

Tandis qu'ils se prenaient dans les bras l'un de l'autre, la jeune femme perçut l'habituelle gêne de Ludwig, qui n'aimait guère les effusions. Elle constata que ses cheveux avaient viré au gris, presque blanc, mais s'abstint de le faire remarquer.

« Voici donc ta nouvelle "normalité" ? fit-elle avec un geste englobant les troupes de guerriers oracles, les *galzans* et le portail. Tu sembles désormais presque plus à l'aise au milieu de ces *elvëms* que parmi les humains.

— Ce n'était pas bien difficile, je ne me suis jamais senti à l'aise avec les humains. »

Kuromir tourna la tête pour humer le manteau d'Éthelinde, chargé de l'odeur de sa propre monture. La jeune femme lui caressa le front.

« Alors, c'est le moment ? dit-elle. Tu pars pour de bon ? »

Ludwig hocha simplement la tête.

« Je comprends, reprit-elle. Plus rien ne te retient ici, et je suppose que tu as hâte de retrouver Mab et d'avoir des nouvelles de cette Olathena dont tu m'as tant parlé.

— Je ne me fais aucun souci pour Ola. Plutôt pour ceux qui se dresseront sur sa route ! Elle te ressemble assez, vous vous entendriez bien. Féroce, tête brûlée, mais grand cœur… »

Une vive émotion saisit Éthelinde. Après un silence, elle finit par dire :

« En ce cas, il faudra que je me rende dans l'Autre Monde pour la rencontrer.

— Je serais ravi de t'y accueillir et de t'en faire découvrir les merveilles.

— Ne crains-tu pas que le portail se referme sans prévenir, t'empêchant pour toujours de revenir dans le Monde Naturel ? »

Le mercenaire secoua fermement la tête.

« Ma décision de demeurer là-bas est prise depuis longtemps. Il n'y a rien que je regretterai ici, à part mes amis. Toutefois, maintenant que nous avons ranimé le *lysëndelïs* et qu'il a beaucoup été utilisé, je ne crois pas qu'il puisse se refermer brusquement, sans aucun signe avant-coureur. Si jamais il devait s'affaiblir, nous aurions le temps de nous en apercevoir. Dans le cas où tu déciderais de venir, tu n'aurais pas à craindre de te trouver bloquée en *Hursëlïnh.* »

Délaissant Kuromir, occupé à tenter de grappiller les rares touffes d'herbe jaunie qui avaient survécu à la sécheresse, ils firent quelques pas. Éthelinde s'arrêta devant un *galzan* et lui flatta l'encolure, fascinée.

« Je m'y rendrai dès que j'en aurai l'occasion, reprit-elle. J'ai quelques affaires à régler et mon article à achever. Mais j'ai hâte de découvrir cet *Alter Mundus.* Quelle expérience extraordinaire ce sera ! Un monde nouveau tout entier à étudier et à répertorier ! Le rêve de tout naturaliste. Rien que pour les *hüldres*, le voyage en vaudra la peine. »

Elle avait été particulièrement frappée par ces créatures féminines, si mystérieuses, si singulières, même pour des *elvëms*. Quelque part en elle, une intuition lui soufflait qu'elles jouaient dans cette histoire, et peut-être même dans l'histoire du monde, un rôle bien plus important qu'elles ne voulaient le montrer.

« Étudier les *hüldres* ? rétorqua Ludwig en riant. Pas sûr qu'elles soient d'accord. Personne ne les comprend vraiment, à part Mab. »

Contrairement au doux crin qui couvre la peau des chevaux, le cuir du *galzan* se révélait un peu rugueux sous la paume d'Éthelinde. Elle cessa de le caresser et ils reprirent leur marche en s'éloignant de l'effervescence du départ des guerriers oracles.

« Lorsque tu as été emporté par le cataclysme final, demanda-t-elle, c'est encore cette fameuse Aspëra qui t'a sauvé de l'Entre Monde ?

— Non, cette fois, j'en suis sorti seul. J'ignore comment exactement. Chaque fois que je suis entré et sorti de l'Interstice, ma mémoire s'est brouillée. Peut-être est-ce le *Lüalen* lui-même qui m'a laissé partir, parce que j'avais accompli... plutôt, j'avais *achevé* l'Ancien Rite en donnant enfin le repos à ma femme et à ma fille. »

Ludwig avait changé, Éthelinde en fut frappée à ce moment. Pour la première fois depuis qu'elle l'avait rencontré, il semblait apaisé.

« Tes cauchemars ont-ils pris fin ? »

Il acquiesça :

« Il est encore un peu tôt pour l'affirmer avec certitude, mais je crois que oui. Je pense que l'annihilation de Vakt a fermé la porte à l'entité du dehors. Du moins, je l'espère !

— Alors, comme tu as renoncé à ton *spiriti aestus* et que l'entité extérieure ne menace plus nos mondes, ne pourrais-tu accepter de devenir roi d'*Hursëlïnh* ? s'interrogea-t-elle. Tu ne cours plus le risque de voir ton esprit s'assombrir.

— Ce n'était pas la seule raison de mon refus. En fait, je n'en ai nul désir, tout simplement. Ce n'est pas pour moi. »

Il baissa la tête, presque honteux.

« J'espère que Mab comprendra mon choix.

— Ne peut-elle renoncer à être reine ? D'après ce que tu as dit, j'ai le sentiment qu'elle ne souhaitait plus vraiment le rester.

— C'est ce que j'espère secrètement, mais je ne le lui demanderai pas. Je ne voudrais pour rien au monde qu'elle s'y sente forcée. En principe, elle peut enjoindre aux oracles de *Sijendäl* de former un nouvel *Olnëan*. C'est un long processus, qui s'appelle le "Renouveau" et qui survient lorsqu'un membre de l'*Olnëan* décède ou… abdique. Cela dit, quoi qu'elle décide, je me tiendrai à ses côtés. »

La jeune femme ne doutait pas que Mab laisserait sa place afin de pouvoir vivre avec Ludwig. Bien qu'elle fût heureuse que son ami parvienne enfin, peut-être, à trouver une forme de bonheur, Éthelinde éprouva comme un pincement douloureux au cœur. L'amour intense que ces deux-là partageaient, il lui était refusé.

« Je vous souhaite d'être heureux, fit-elle, d'une voix un peu tremblante. Tu as tant attendu après elle, tant fait pour la retrouver. Maintenant, tu mérites de vivre la vie dont tu as si longtemps rêvé. »

Ludwig s'arrêta et la dévisagea un moment. Puis il lui prit les mains, délicatement.

« Éthelinde, dit-il d'une voix douce. Après ma famille adoptive, tu es la personne qui aura le plus compté pour moi dans ce monde. Je sais que… nous n'avons pas eu la relation que tu espérais, mais, dans d'autres circonstances… »

Elle haussa les épaules en essayant de sourire, d'un air faussement dégagé.

« Ah, ne t'en fais pas pour moi ! Il y a belle lurette que j'ai renoncé à cet aspect-là des rapports humains. Célibataire, ce sera aussi bien. Je suppose que j'ai un trop fort caractère pour qu'un homme me supporte, et je... »

Ludwig la serra alors dans ses bras.

Et cette fois, il le fit sans retenue aucune. Il posa sa joue contre la sienne et ils demeurèrent ainsi un long moment. Éthelinde fut incapable de contenir ses larmes.

Ensuite, elle avait préféré lui faire ses adieux et partir sans attendre qu'il franchisse le portail.

Elle était triste, et heureuse en même temps. Elle ignorait que ce fût possible. Pourtant, comment encore s'étonner de quoi que ce fût en matière de sentiments humains ?

Si Éthelinde avait renoncé à trouver l'amour d'un homme, elle s'était en revanche découvert, à l'occasion de son séjour à l'hospice des enfants abandonnés de Saint-Maur, des sentiments maternels. Après y avoir longuement réfléchi, elle avait décidé d'adopter Ernestine. La petite était douée, comme elle, d'une curiosité insatiable, et l'idée de la laisser dans un couvent religieux jusqu'à l'âge adulte lui paraissait presque criminelle. La joie de la fillette lorsqu'elle avait appris la nouvelle avait empli Éthelinde d'une émotion nouvelle. De plus, les relations avec la mère supérieure Gauthier s'étant apaisées, elle continuait d'enseigner à l'hospice, même si la couverture pour les *Magi Karoli Magni* était devenue inutile.

En effet, à la fin de la guerre, le quartier général de l'ordre avait été déménagé dans un endroit tenu hautement secret, où avaient été transférés, sous bonne garde, le matériel et les livres confisqués à Vincennes, ainsi que la précieuse réserve de cristaux d'uchronite. Rien ni personne ne devait plus jamais approcher de ces dangereuses pierres. Éthelinde hésitait même à poursuivre ses expériences sur celles-ci, craignant de déclencher involontairement quelque perturbation temporelle. Si elle avait eu connaissance d'un moyen de les détruire en toute sécurité, elle l'aurait déjà fait. Cependant, il n'était pas impossible qu'elles finissent par se désagréger spontanément un jour.

Après le départ de Lithian, elle avait d'ailleurs failli dissoudre les M.K.M., purement et simplement. Irénion l'en avait dissuadée. Selon lui, tant que l'on ne pourrait être certain que les perturbations temporelles eussent cessé une fois pour toutes, il convenait de garder l'ordre en activité, même avec peu de membres. Éthelinde s'était rangée à cet avis, néanmoins, elle avait décidé de quitter la charge de grande maîtresse, souhaitant disposer de davantage de temps à consacrer à sa fille. Tout naturellement, elle avait proposé à Gacien Guigès de la remplacer et celui-ci avait aussitôt accepté. Le timide chimiste qu'elle avait connu un an plus tôt s'était affirmé. Il ferait un excellent grand maître, elle n'en doutait pas.

Au terme d'une dizaine de minutes de marche, Éthelinde arriva devant la demeure de M. Madeline, située un peu à l'extérieur du village. Une maison modeste, au bout d'un petit terrain dont l'essentiel de la surface était occupé par un potager, au repos en ce mois de décembre. Après qu'elle eut frappé le heurtoir sur la porte, l'ancien maire vint lui ouvrir. Tout d'abord surpris, il parut ravi de la voir et s'empressa de l'inviter à déjeuner, ce qu'elle accepta avec reconnaissance – elle n'avait encore rien avalé de la journée.

M. Madeline ne se trouvait qu'au milieu de la cinquantaine, mais il semblait bien plus âgé. D'après ce qu'il lui confia, Éthelinde comprit qu'il souffrait de problèmes de santé récurrents qui l'avaient contraint à quitter sa fonction à la tête du modeste bourg. Même s'il était évident qu'il regrettait sa charge de maire, il avait l'air heureux de disposer de tout son temps pour s'occuper de son petit-fils, Jean, pendant que les parents de celui-ci travaillaient.

Éthelinde passa toute la journée chez lui à lui faire le récit des aventures vécues avec ses amis, du moins la partie qu'elle pouvait en livrer sans trahir de secret. Bien entendu, elle s'attarda en particulier sur les épisodes qui concernaient Mathurin, et ne chercha point à dissimuler les difficultés que le voyant avait parfois éprouvées à se faire à cette vie sur la route, pleine de risques et de périls. Bien qu'il lui en coûtât, elle s'efforça également de se montrer honnête sur la souffrance sentimentale qu'elle avait fini par lui causer, sans le vouloir. Rien ne lui fut plus douloureux que de relater le sacrifice final du jeune homme, ainsi que le moment où il avait expiré dans ses bras.

Comprenant à quel point elle se sentait coupable d'avoir entraîné Mathurin vers sa perte, M. Madeline tâcha de la rassurer.

« Mathurin n'était guère heureux en ce bas monde, mademoiselle Ordant, lui dit-il de sa belle voix grave. À l'époque où il était encore parmi nous, caché par tout le village pour ses dons de voyant qu'il mettait à notre disposition, il n'osait jamais sortir de la ferme de ses parents. Il était si mélancolique que j'ai souvent pensé qu'il quitterait cette vie plus tôt que tard, probablement d'une manière que les curés réprouvent. Au moins, vous et votre ami lui avez offert un bref moment de cette aventure qui l'avait toujours tant attiré, en dépit de sa couardise. »

Il avait usé de ce qualificatif sans mépris, avec un petit rire affectueux.

« Compte tenu du don exceptionnel dont il disposait, reprit-il, je jurerais que, lorsqu'il a accepté de vous suivre, il savait déjà ce que le destin lui réservait. Du moins devait-il le pressentir. Cela ne l'a pourtant pas empêché de partir à vos côtés explorer le vaste monde qui le terrifiait tant. »

Cette idée avait en effet traversé l'esprit d'Éthelinde.

« Vous pensez qu'il savait que la mort l'attendait ? »

L'ancien maire haussa les épaules.

« Je crois qu'il a préféré vivre intensément durant quelques mois plutôt que de passer toute son existence ici, reclus et malheureux. »

Les yeux humides, Éthelinde hocha la tête. Elle partageait cette opinion et cela lui fit du bien de l'entendre formulée par quelqu'un qui avait bien connu Mathurin Eutrope.

« J'ai une faveur à solliciter auprès de l'ancien maire que vous êtes », dit-elle en se levant.

Fouillant dans sa besace, elle en sortit un petit sac de toile.

« Qu'avez-vous donc là ? demanda M. Madeline.

— Du sable. Je l'ai prélevé dans le désert égyptien, sur la tombe que nous creusâmes pour Mathurin, dans l'oasis d'Al-Bahariya. Il nous était malheureusement impossible de faire revenir sa dépouille en France. Alors, j'ai songé que nous pourrions lui donner une sépulture dans le cimetière du village, auprès de sa sœur. Faute de cercueil à mettre en terre, je répandrais ce sable dans sa tombe. Ce n'est qu'un symbole un peu vain, bien sûr… »

M. Madeline secoua la tête, visiblement ému : « Cela n'a rien de vain, mademoiselle Ordant. Maintenant que Mathurin est mort, il est un peu présent en toutes choses de ce monde, et surtout dans ce sable. Demain, nous irons voir ensemble le nouveau maire afin qu'il prenne toutes les dispositions nécessaires à l'inhumation. »

LITHIAN

21 décembre 1816

Cologny, Suisse, le matin.

Ce matin-là, l'immobilité absolue de ses eaux faisait ressembler le Léman à une étendue d'argent liquide, sur laquelle les montagnes se reflétaient comme dans un miroir. Les martins-pêcheurs qui volaient juste au-dessus de sa surface, à la recherche d'un poisson imprudent, paraissaient dédoublés. Bien que la neige ne fût pas encore arrivée, l'air descendant des sommets était froid, aussi Silja Lithian marchait d'un pas rapide afin d'éviter de grelotter.

Voilà bientôt trois mois qu'elle était revenue s'établir dans les Alpes suisses, près de la petite bourgade de Cologny, sur la rive sud du majestueux lac. Précisément là où elle s'était cachée durant des années, vivant en recluse jusqu'à ce que la fille de Charles Ordant la retrouvât. Différence notable, cette fois, elle n'avait pas eu à reprendre son activité de cantonnière pour subvenir aux nécessités de l'existence : le Premier consul Brégante avait refusé de la laisser sans ressources et lui avait fait octroyer par l'État français une rente mensuelle en récompense de ses services à la bataille d'Albert.

Cependant, comme Lithian trouvait cette somme absurdement élevée, elle faisait don des trois quarts du montant aux œuvres locales pour les indigents. De toute façon, elle n'avait aucun besoin, en dehors de ceux de se vêtir, se nourrir et se chauffer en hiver. Même le loyer n'était plus une préoccupation ; en plus de la rente, Irénion avait insisté pour qu'elle accepte un petit pécule, qui lui avait permis d'acquérir une maisonnette au lieu de la masure insalubre qu'elle louait autrefois. Elle avait soigneusement choisi une maison isolée de manière à y être dérangée le moins possible et à profiter d'une vue dégagée sur les montagnes se dressant au-dessus des eaux claires de l'immense lac. Elle ne désirait plus qu'une chose : écouter chanter les mésanges et oublier toute cette folie.

Son intervention directe dans la bataille d'Albert l'avait fortement secouée, épuisant ses nanites, qui se trouvaient déjà sur le déclin. Toutefois, ce fut après avoir rendu le principe vital de Mab à son corps qu'elle s'était soudain sentie véritablement affaiblie. Une semaine entière de repos dans l'Autre Monde lui avait été nécessaire avant de recouvrer quelques forces.

Ainsi qu'elle le redoutait, renoncer à garder en elle l'essence de la reine des *elvëms* lui laissa une affreuse impression de vide, assez difficile à supporter. Elle éprouva alors un sentiment de solitude absolue comme elle n'en avait jamais connu. La reine elle-même et Ludwig s'efforcèrent de la soutenir moralement dans cette épreuve, mais rien n'y fit. Elle eut beau s'immerger dans le travail, reprenant l'étude des manuscrits latins de la bibliothèque de *Sijendäl* là où elle avait été forcée de l'interrompre, elle abandonna au bout de quelques jours. Le cœur n'y était plus. La fin de Jorandi avait mis un terme à une longue période de son existence, lui retirant en quelque sorte sa raison de vivre. Elle n'avait plus à réparer son erreur.

Alors, elle fit ses adieux à ses amis et regagna le Monde Naturel. Après avoir rejoint Éthelinde et tenté de reprendre sa charge au sein des M.K.M., force lui fut de constater que, là non plus, elle ne parvenait pas à retrouver une place en ce monde. Pourtant, la jeune femme lui témoigna la plus grande affection, lui proposant même de venir habiter avec elle et sa fille adoptive, comme une famille. Aussi touchée qu'elle fût, Lithian refusa. Elle était arrivée à la fin d'un cycle de sa vie. Peut-être même à la fin de sa vie tout court. Elle préférait donc se retirer.

À son départ, elles pleurèrent toutes les deux comme des idiotes. Éthelinde fit la promesse de lui rendre visite en Suisse, mais, au fond, Lithian espérait qu'elle n'en ferait rien. Elle aussi commençait une nouvelle partie de sa vie en devenant mère. On ne sortait pas totalement indemne d'événements aussi considérables que ceux auxquels ils avaient pris part, et retrouver la « vieille magesse », comme ils l'appelaient tous, ne ferait que la ramener en arrière.

Silja Lithian reprit donc la route, parcourant en sens inverse le chemin qui l'avait menée plus loin qu'elle ne l'avait imaginé le jour où elle avait aperçu Ludwig pour la première fois sur la place du marché de Cologny. Elle avait immédiatement remarqué ce mercenaire à l'apparence intimidante à cause de l'aura exceptionnelle qui l'entourait. Elle terminerait ses jours ici, seule face à la montagne, si belle, si apaisante dans son éternité, et ce serait très bien ainsi.

Pendant quelque temps, elle caressa l'idée d'entreprendre un voyage jusqu'en Suède dans l'intention – absurde et déraisonnable – de laisser un message à un endroit où elle serait sûre que son mari ou ses enfants le trouveraient, des siècles plus tard. Par exemple, le gros rocher au fond du jardin de leur maison de campagne, sur lequel les fillettes aimaient tant jouer l'été. La maison n'était pas encore construite, mais le roc devait déjà se dresser là. Il lui suffirait de graver quelques mots à la base du bloc minéral et les filles, qui s'amusaient souvent à en arracher toutes les mousses, finiraient nécessairement par les voir. Pourtant, elle n'en fit rien. D'une part, après s'être donné tant de mal durant de si longues années pour ne rien entreprendre qui risquerait de perturber davantage le cours du temps, elle n'allait pas ruiner bêtement tous ces efforts au soir de sa vie ; d'autre part, que pourrait-elle dire dans ce message ? Tout ce qu'elle pourrait donner comme explication entraînerait inévitablement des remous dans ce maudit Fleuve du Temps. En fin de compte, le seul mot qu'elle pourrait laisser consisterait à leur dire qu'elle les aimait. Or, cela, elles le savaient déjà, bien sûr.

Comme une carriole tirée par un cheval approchait derrière elle, Lithian se rangea sur le côté de la route de terre qui longeait le lac. L'homme s'arrêta à son niveau et lui proposa de la déposer un peu plus loin afin de lui épargner une partie de son chemin. Lithian le remercia, mais refusa. Après tout, même âgée, ses jambes fonctionnaient encore, alors, autant s'en servir !

Elle se rendait à Genève. Plusieurs kilomètres de marche depuis Cologny. Une jolie petite trotte pour une vieille femme.

Après que Ludwig lui eut raconté comment il avait vu Roland le Preux être emporté lui aussi par les marées du temps, elle avait longtemps été rongée par un profond remords. C'était elle, Lithian, qui avait retrouvé la trace du guerrier franc et l'avait entraîné dans de hasardeuses aventures. Sans elle, il serait certainement encore en vie.

Puis, ce matin-là, sans raison particulière, une intuition avait surgi dans son esprit dès le saut du lit. Selon la description que Ludwig lui avait donnée du cataclysme final, tel qu'il l'avait vécu de l'intérieur, Lithian s'était fait la réflexion qu'il n'était pas impossible que Roland n'ait pas été « supprimé » de ce temps, victime secondaire de l'affrontement des deux sorciers, mais se soit plutôt vu emporté vers l'Entre Monde, à l'instar de Ludwig. Là, qui sait s'il n'aurait pu retrouver son propre corps d'origine, ainsi qu'il voulait tant essayer de le faire avant qu'elle ne l'en dissuade ? Si, par une chance incroyable, ou par un coup dont le destin a parfois le secret, Roland était parvenu à atteindre son ancienne enveloppe charnelle, en stase depuis un millénaire, peut-être n'avait-il pas simplement « trouvé le repos », comme le disait Ludwig à propos de tous les malheureux piégés en cet endroit après avoir été engloutis par des bulles noires ? Roland le Preux était une *persona absens a suo tempore*. Les conséquences pourraient avoir été très différentes pour lui… Lithian devait en avoir le cœur net !

En début d'après-midi, elle franchit les portes de la vénérable bibliothèque de Genève, fondée par Jean Calvin, dans laquelle elle était si souvent venue étudier par le passé. Il ne lui fallut guère de temps pour trouver une histoire de France et la feuilleter jusqu'à la période de la dynastie des Carolingiens.

Un an et demi auparavant, peu après avoir retrouvé Roland le Preux, elle s'était demandé comment les livres d'histoire traitaient désormais de celui qui, pour elle qui venait d'un autre temps, s'appelait « Roland de Roncevaux » en raison de sa mort légendaire. Un guerrier franc si connu qu'il donna son nom à une chanson de geste ainsi qu'à l'un des plus célèbres poèmes épiques de la Renaissance, *Orlando furioso*, de l'Arioste. À l'époque, même en consultant plusieurs ouvrages d'auteurs différents, Lithian avait constaté qu'ils présentaient tous Roland comme un neveu de Charlemagne mystérieusement disparu vers 778…

Tournant fébrilement les pages de l'épais volume sous la froide lumière des carreaux blancs de la bibliothèque de Genève, elle trouva enfin ce qu'elle cherchait.

Un large sourire s'afficha sur son visage.

Maintenant, il n'était plus question d'une « mystérieuse disparition », banale et sans gloire, mais de la fin héroïque de Roland le Preux, comte de la Marche de Bretagne, qui perdit la vie dans une vallée des Pyrénées près de Roncevaux, au terme d'un affrontement fameux contre les Vascons. Un combat au cours duquel, en tentant de briser son épée indestructible, Durandal, il ouvrit dans la montagne une brèche qui aujourd'hui porte son nom. Un combat qui marqua tant les mémoires qu'il fit de lui un personnage mythique.

Ce satané paladin y est arrivé, songea Lithian, heureuse. *Il a retrouvé son temps et est finalement devenu le héros de légende qu'il était destiné à être…*

FIN

REMERCIEMENTS

Je tiens à remercier les personnes suivantes pour l'aide qu'elles m'ont apportée pendant l'écriture de ce texte : Colette Baranger, Xavier Dollo, Hélène Boulard, Léo Tortchinski, Abe Hanabi, Adil Ibn Elhadek, Samy Seffadj, Angel Huertas, Sébastien Dion, René Despert, Élisabeth Carolani, Valérie de Winter, Charly Debray.

Composition : nord compo
Achevé d'imprimer par Grafica Veneta S.p.A.
à Trebaseleghe (Pd), en octobre 2025.
Dépôt légal : octobre 2025.
magasin@gallimard.fr

ISBN 978-2-207-165959- Imprimé en Italie.

447338